Brothers

余华 著

兄弟

北京出版集团公司
北京十月文艺出版社

新经典文化股份有限公司
www.readinglife.com
出　品

上 部

一

我们刘镇的超级巨富李光头异想天开，打算花上两千万美元的买路钱，搭乘俄罗斯联盟号飞船上太空去游览一番。李光头坐在他远近闻名的镀金马桶上，闭上眼睛开始想象自己在太空轨道上的漂泊生涯，四周的冷清深不可测，李光头俯瞰壮丽的地球如何徐徐展开，不由心酸落泪，这时候他才意识到自己在地球上已经是举目无亲了。

他曾经有个相依为命的兄弟叫宋钢，这个比他大一岁、比他高出一头、忠厚倔强的宋钢三年前死了，变成了一堆骨灰，装在一个小小的木盒子里。李光头想到装着宋钢的小小骨灰盒就会感慨万千，心想一棵小树烧出来的灰也比宋钢的骨灰多。

李光头母亲在世的时候，总喜欢对李光头说：有其父必有其子。她这话指的是宋钢，她说宋钢忠诚善良，说宋钢和他父亲一模一样，说这父子俩就像是一根藤上结出来的两个瓜。她说到李光头的时候就不说这样的话了，就会连连摇头，她说李光头和他父亲是两个完全不同的人，是两条道上的人。直到李光头十四岁那一年，在一个公共厕所里偷看五个女人的屁股时被人当场抓获，他母亲才彻底改变了看法，她终于知道了李光头和他父亲其实也是一根藤上结出来的两个瓜。李光头清楚地记得他母亲当时惊恐地躲开眼睛，悲哀地背过身去，抹着眼泪喃喃地说：

“有其父必有其子啊。”

李光头没有见过他的亲生父亲，在他出生的那一天，他的父亲臭气熏天地离开了人世。母亲说他父亲是淹死的。李光头问是怎么淹死的：是在小河里淹死的，还是在池塘里淹死的，或者是在井里淹死的？他的母亲一声不吭。后来李光头在厕所里偷看女人屁股被生擒活捉，用现在的时髦说法是闹出了绯闻，李光头在厕所里的绯闻曝光以后，他在我们刘镇臭名昭著以后，才知道自己和父亲真是一根藤上结出来的两个臭瓜。他的那个生父亲爹就是在厕所里偷看女人屁股时，不慎掉进粪池里淹死了。

我们刘镇的男女老少乐开了怀笑开了颜，张口闭口都要说上一句：有其父必有其子。只要是棵树，上面肯定挂着树叶；只要是个刘镇的人，这人的嘴边就会挂着那句口头禅。连吃奶的婴儿呀呀学语时，也学起了这句拗口的文言文。人们对着李光头指指点点，窃窃私语，掩嘴而笑，李光头却是一脸无辜的表情，若无其事地走在大街小巷。他心里嘿嘿笑个不停，那个时候他快十五岁了，他已经知道了男人是个什么东西。

现在满世界都是女人的光屁股晃来晃去，在电视里和电影里，在VCD和DVD里，在广告上和画报上，在写字用的圆珠笔上，在点烟用的打火机上……什么样的屁股都有，进口屁股国产屁股，白的黄的黑的还有棕色的，大的小的胖的瘦的，光滑的粗糙的，幼的老的假的真的，琳琅满目目不暇接。现在女人的光屁股不值钱了，揉一揉眼睛就会看到，打一个喷嚏就会撞上，走路拐个弯就会踩着。在过去可不是这样，在过去那是金不换银不换珠宝也不换的宝贝，在过去只能到厕所里去偷看，所以就有了像李光头这样当场被抓获的小流氓，有了像李光头父亲那样当场丢了性命的大流氓。

那时候的公共厕所和现在的不一样，现在的公共厕所里就是用潜望镜也看不见女人的屁股了。那时候的公共厕所男女中间只是隔了一堵薄薄的墙，下面是空荡荡的男女共有的粪池，墙那边女人拉屎撒尿的声音是真真切切，把你撩拨得心驰神往。你就将头插了进去，那本来应该是你的屁股坐进去的地方，你欲火熊熊就把头插了进去，你的双手紧紧抓住木条，你的双腿和肚子紧紧夹住挡板，恶臭熏得你眼泪直流，粪蛆在你的四周胡乱爬动，你也毫不在乎，你的动作就像是游泳选手比赛时准备跳水的模样，你的头和身体插得越深，你看到的屁股面积也就越大。

李光头那次一口气看到了五个屁股，一个小屁股，一个胖屁股，两个瘦屁股和一个不瘦不胖的屁股，整整齐齐地排成一行，就像是挂在肉铺里的五块猪肉。那个胖屁股像是新鲜的猪肉，两个瘦屁股像是腌过的咸肉，那个小屁股不值一提，李光头喜欢的是那个不瘦不胖的屁股，就在他眼睛的正前方，五个屁股里它最圆，圆得就像是卷起来一样，绷紧的皮肤让他看见了上面微微突出的尾骨。他心里怦怦乱跳，他想看一看尾骨另一端的阴毛，想看一看阴毛是从什么样的地方生长出来的，他的身体继续探下去，他的头继续钻下去，就在他快要看到女人的阴毛时，他被生擒活捉了。

有一个名叫赵胜利的人这时恰好跑进了厕所，他是我们刘镇的两大才子之一，他看到有个人的脑袋和上身插了下去，立刻知道是怎么回事了。他一把抓住了李光头后背的衣服，像是拔萝卜似的一把将李光头拔了上来。

当时的赵胜利二十多岁，已经在我们县文化馆的油印杂志上发表了一首四行小诗，为此他拥有了一个名人的绰号——赵诗人。赵诗人在厕所里捉拿了李光头以后，兴奋得满脸通红，他把十四岁的李光头提到了厕所外面，滔滔不绝地训斥起了李光头，他在训斥的时候仍然是满嘴的诗情画意：

“田野里的油菜花金黄一片，你不去看；小河里的鱼儿在水中戏耍，你不去看；天空蔚蓝浮云洁白多么美丽，你不抬头去看；厕所里臭气冲天，你偏偏要低头塞进去看……”

赵诗人在厕所外面大声说着，过了有十多分钟了，女厕所里还是没有动静，赵诗人急了，跑到女厕所的门外大声喊叫，让里面的五个屁股快快出来，他忘记了自己是个文雅的诗人，他粗俗地对着里面的她们喊叫：

“你们别拉屎撒尿啦，你们的屁股被人看了又看，你们还一点都不知道，你们快出来吧。”

那五个屁股的主人终于冲锋似的跑了出来，怒气冲冲，咬牙切齿，尖声喊叫，哭哭啼啼。哭哭啼啼的就是那个在李光头眼中不值一提的小屁股，一个十一二岁的小女孩，双手捂着脸，哭得全身发抖，好像她刚才不是被李光头偷看，而是被李光头强暴了。李光头被赵诗人揪着站在那里，看着哭哭啼啼的小屁股，心想你哭什么，你一个没发育的小屁股有什么好哭的，我他妈的是没办法才顺便看了你小屁股一眼。

一个十七岁的漂亮姑娘是最后出来的，她羞红了脸，匆匆看了李光头一眼，就匆匆地转身离去。赵诗人在后面使劲地叫她，要她别走，要她回来，要她别不好意思，要她快来伸张正义。她头也不回，越走越快。李光头看着她走去时屁股的扭动，就知道那个圆得卷起来的屁股是属于她的。

圆得卷起来的屁股走远以后，哭哭啼啼的小屁股也走了，一个瘦屁股对着李光头破口大骂，喷了他一脸的唾沫，接着她伸手抹了抹自己的嘴也走了。李光头看着她走去，她的屁股瘦得穿上裤子以后就看不见了。

剩下的三个人押着李光头走向了派出所，眉飞色舞的赵诗人和一个新鲜肉般的胖屁股，还有一个咸肉般的瘦屁股。他们押着李光头走在我们这个不到五万人的小城里，走在半路上的时候，我们刘镇的另外一大才子刘成功也加入了进去。

这个刘成功也是二十多岁，也在我们县文化馆出版的油印杂志上发表过作品，他发表的是一篇小说，密密麻麻地占了两页纸，比起赵诗人发表在夹缝里的四行小诗来，刘成功的两页小说气派多了，刘成功也有一个名人的绰号——刘作家。刘作家在绰号上面没有输给赵诗人，其他地方自然也不能输给他。刘作家手里提着个空米袋，本来是要上米店去买米的，看到赵诗人活捉了偷看女人屁股的李光头，正在耀武扬威地走来，刘作家心想不能让赵诗人独领风骚，这种出风头的事自己也得有一份。刘作家大声嚷嚷着走上前去，一副雪中送炭的模样，他冲着赵诗人叫道：

“我来帮你啦！”

赵诗人和刘作家是亲密的笔杆子朋友，刘作家曾经寻遍世上的好词赞美过赵诗人的四行小诗；赵诗人投桃报李，用了更多的好词赞美了刘作家的两页小说。赵诗人本来是在后面揪着李光头，现在刘作家嚷嚷着走上前来，赵诗人就往左边挪过去了，右边的位置让给了刘作家。于是我们刘镇的两大才子聚集到了一起，一左一右共同揪着李光头的衣领，开始了没完没了的游街。他们口口声声要送他去派出所，附近就有一个派出所，他们偏偏不送他去，他们绕着路去更远的派出所，不走小巷专走大街，他们要让自己出尽风头。他们一边押着李光头游街，一边又羡慕起他来了，他们对李光头说：

“你看看，你看看，两大才子押着你，你小子真是福运通天啊……”

赵诗人意犹未尽地补充道：“这好比是李白和杜甫押着你……”

刘作家觉得赵诗人的比喻不妥当，李白和杜甫都是诗人，而他刘作家是写小说的，所以他纠正道：

“应该是李白和曹雪芹押着你……”

李光头被他们押着游街时还在东张西望，一脸满不在乎的表情，听到我们刘镇的两大才子自喻为李白和曹雪芹，李光头忍不住嘿嘿地笑，他说：

“连我都知道，李白是唐朝的，曹雪芹是清朝的，唐朝的人怎么和清朝的人碰到一起？”

沿街看热闹的群众哄堂大笑，他们说李光头说得对，说刘镇的两大才子文学造诣是高，可是历史知识还不如这个偷看女人屁股的坏小子。说得两大才子面红耳赤，赵诗人伸直了脖子说：

“不过是个比喻嘛……”

“换个比喻也行，”刘作家说，“怎么说也是一个诗人和一个作家押着你，好比是郭沫若和鲁迅押着你。”

群众说这次的比喻说对了，李光头也点起了头，他说：“这还差不多。”

赵诗人和刘作家不敢再说文学方面的话了，他们揪着李光头的衣领，威风凛凛地控诉着李光头的流氓行径，威风凛凛地向前走去。李光头一路上看到了很多很多的人，有些人他认识，有些人他不认识，他们“嘿嘿”“呵呵”“哈哈”地笑了又笑。押着他的赵诗人和刘作家一边走着，一边不厌其烦地向着街上的人解说，他们比现在电视里的主持人还要敬业，那两个被李光头偷看过屁股的女人就像是电视里的特邀嘉宾，她们和赵诗人刘作家一唱一和，她们脸上的表情一会儿气愤，一会儿委屈，一会儿气愤委屈混杂了。走着走着，那个胖屁股突然尖叫了起来，她在看热闹的人群里发现了自己的丈夫，于是她呜咽起来，她高声对她的丈夫说：

“我的屁股被他看见啦，除了屁股，不知道他还看见了些什么，你抽他呀！”

所有的人都笑着去看她的丈夫，她的丈夫红着脸皱着眉，站在那里一动不动。这时候赵诗人和刘作家不让李光头往前走了，他们揪着李光头的衣服，把他押送到了那个倒霉的丈夫面前，就像是把肉骨头押送进狗嘴里一样。胖屁股的女人继续在呜咽，继续高声叫着要她的丈夫揍李光头，她说：

“我的屁股从来只让你一个人看，现在让这个小流氓偷看了，这世上见过我屁股就有两个人啦，我可怎么办呀？你快抽他呀！抽他脸上的眼睛！你为什么站着不动，你不觉得丢脸吗？”

围观的人哄堂大笑，连李光头也嘿嘿地笑了，他心想让这个男人丢脸的不是我李光头，是这个胖屁股的女人。胖屁股女人这时对她的丈夫尖叫起来：

“你看看，他还在笑呢，他捡了便宜啦，他高兴呢，你快抽他呀！你吃亏了还不抽他？”

那个铁青着脸的男人是我们刘镇有名的童铁匠，李光头童年的时候经常去他的铁匠铺子，去看他打铁时火星飞扬的美景。现在童铁匠气得脸比铁还要青了，他扬起了他打铁用的大手掌，打铁似的“啪”的一声揍在李光头的脸上，让他一头栽倒在地，让他当场掉了两颗牙，让他眼睛里火星飞溅，让他半个脸呼呼地肿了起来，让他耳朵里的响声嗡嗡地叫了一百八十天。这一巴掌让李光头觉得自己损失惨重，他发誓以后再遇上铁匠老婆的屁股时，就是倒贴给他金子银子，他也紧闭眼睛死活不看了。

李光头挨了揍以后满脸青肿流着鼻血，赵诗人和刘作家继续押着他游街。他们在刘镇的大街上走了一圈又一圈，他们三次走过了那个派出所，派出所里的民警三次都站到大门口来看热闹了，赵诗人和刘作家还是不把李光头押送进去。赵诗人、刘作家，一胖一瘦两个屁股押着李光头走呀走呀，走个没完没了。走得那个新鲜肉般的胖屁股都没兴致了，走得那个咸肉般的瘦屁股也不愿走了，两个屁股受害者回家以后，赵诗人和刘作家押着李光头在城里又走了一圈，直到他们自己走得腰酸腿疼，说得口干舌燥，才把李光头送进了派出所。

派出所里五个民警一拥而上，围着李光头审问起来。他们先把那五个女人的名字弄清楚了，随后一个名字一个屁股地审问过来，除了那个小屁股他们没有审问，其他四个屁股他们都审问了。他们一点都不像是在审问，倒像是在向李光头打听，当李光头开始交待如何偷看林红的屁股，就是那个不胖不瘦圆得卷起来的屁股时，这五个民警就像是在听鬼故事，满脸的紧张神情。这个圆屁股的姑娘，这个名叫林红的姑娘是我们刘镇出了名的美人，派出所的五个民警平日里在大街上隔着裤子打量过她的漂亮屁股。这城里隔着裤子看过她屁股的男人多着呢，脱下了裤子以后的真肉屁股，就只有李光头一个人见过。这五个民警拿住了李光头后自然是机不可失，他们问了又问，当李光头说到林红紧绷的皮肤和微微突起的尾巴骨时，五个民警的十只眼睛突然像通电的灯泡似的亮闪闪了。李光头紧接着说没再看到什么时，这十只灯泡般的眼睛立刻像断了电一样暗了下来，他们满脸的失望和满脸的不高兴，他们拍着桌子对李光头吼叫：

"坦白从宽，抗拒从严，想一想，还看到什么啦？"

李光头胆战心惊地交待起了自己如何让身体更往下去一点，如何想去看一看林红的阴毛和长阴毛的地方是什么模样。李光头因为胆战心惊，所以悄声说着，他们听着听着竟然屏住了呼吸。李光头似乎又在说鬼故事了，可是鬼快要出现时故事又没了。李光头告诉他们，就在他马上要看到林红的阴毛时，那个赵诗人一把将他提了上去，结果什么都没看见。李光头万分可惜地说：

"就差那么一点点……"

李光头说完以后，这五个民警一时间没有反应过来，仍然眼睛发直地看着他，看了一会儿发现他的嘴巴不动了，他们才知道又是一个没有结尾的故事。他们脸上的表情稀奇古怪，好像是五个饿鬼眼睁睁地看着煮熟的鸭子飞走了。有一个民警忍不住埋怨起了赵诗人，他说：

"这姓赵的不好好地待在家里写诗歌，去厕所干什么？"

派出所里的民警觉得从李光头嘴里挖不出什么东西来了，就让李光头的母亲来把他领回去。李光头告诉他们，他母亲的名字叫李兰，在丝厂工作。一个民警就走出派出所的大门，站在大街上喊叫起来，问那些来来往往的人，有没有认识李兰的，就是那个在丝厂上班的李兰。这个民警在那里喊了五六分钟，终于碰上一个要去丝厂的人。他问民警：找李兰什么事？民警说：

“让她来派出所，把她的流氓儿子领回去。”

李光头如同失物等待招领似的，在派出所里坐了整整一个下午。他坐在派出所的长凳上，看着阳光从大门口照射进来，刚开始像门板那么大的光亮铺在水泥地上，接下去水泥地上亮闪闪的阳光越来越窄，变成了竹竿一样，然后在眼前一晃什么都没了。李光头不知道自己已经成了一个名人，路过派出所的人都顺便进来看他一眼，男男女女，嘻嘻哈哈，来看看这个在厕所里偷看女人屁股的人是个什么模样。没有人进来看他的时候，就会有一两个仍不死心的民警走过来拍着桌子，厉声对他说：

“好好想想，还有什么没有交待。”

李光头的母亲直到天黑以后才出现在派出所的大门口，她没有在下午的时候来，她害怕在大街上被人指指点点。十五年前李光头的生父已经让她感到无比耻辱，现在李光头火上浇油让她更加耻辱了。她等到天黑以后，才裹上头巾戴上口罩悄悄来到了派出所。她走进大门时看了儿子一眼，随即惊慌地将眼睛移开去。她胆怯地站在民警的面前，声音抖动着告诉民警她是谁。那个本来应该下班回家的民警对着李光头的母亲大发脾气，说他妈的都什么时候了，他妈的已经是晚上八点啦，他说他还没吃饭呢，他本来晚上要去看电影的，他是在售票窗口的人群里又挤又推又踢又骂才买到这张电影票的，现在还看个屁，现在就是坐飞机去电影院也只能看到银幕上“再见”这两个字了。李光头的母亲可怜巴巴站在民警的面前，民警骂一句，她点一次头，最后民警说：

“别他妈的点头啦，快走吧，老子要关门了。”

李光头跟着母亲走到了大街上，他母亲低着头静悄悄地走在远离路灯的地方，他跟在她的身后，大模大样地甩着双手，满不在乎的样子，好像在厕所里偷看的不是他，是他母亲似的。回到了家中，李光头的母亲一声不吭地走进了自己的房间，关上门以后里面再也没有声音了。到了深夜，李光头在睡梦里迷迷糊糊地感到她来到了床前，像往常一样替他盖好踢掉的被子。李兰几天没有和儿子说话，然后在一个下雨的晚上眼泪汪汪地说了一句——有其父必有其子。她坐在昏暗的灯光后面，用昏暗的声音告诉李光头，当初他的生父在厕所里偷看女人屁股淹死后，她觉得无脸见人，曾想上吊自尽，是因为他在襁褓里的哭声才让她活了下来。她说早知道他也会这样，真不如当初死了更干净。

二

李光头在厕所里偷看女人屁股后身败名裂，我们刘镇的群众都认识这个十四岁的少年了。在大街上，年轻的姑娘们躲着他，没发育的小女孩和上了年纪的老女人也躲着他。李光头愤愤不平，心想自己在厕所里偷看了不到两分钟，享受的却是强奸犯的待遇。不过有失也有得，他偷看到了林红的屁股。林红是我们刘镇美人中的美人，上了年纪的男人和年轻的男人，还有正在发育的男人，见了她都是目不转睛一脸痴呆，流口水的比比皆是，还有人见了她一阵激动流出了鼻血。到了晚上，我们刘镇不知道有多少个房间里，有多少张床上，有多少个男人闭着眼睛想象着她身体的两三个部位起劲手淫。这些可怜虫平日里一个星期能见到她一次已经是吉星高照了，而且见到的也只是她的脸，她的脖子和她的手，到了夏天运气会好一些，还能见到她穿凉鞋的脚和裙子下面的小腿，除此以外他们什么都见不到，只有李光头见到过她的光屁股，这让我们刘镇的男群众十分羡慕，都说这是李光头前世修来的艳福。

李光头也因此一举成名，虽然女群众纷纷躲着他，男群众见了他都是一脸的亲热，而且笑得意味深长，在大街上搂着他的肩膀，没话找话说些什么，看看四下没人时，就会悄悄地问：

“喂，小子，看见什么了？”

这时李光头故意响亮地说：“看见了屁股！”

说话的男人就会吓一跳，捏着李光头的肩膀说："他妈的，小声点。"然后仔细观察四周，发现没有人注意他们，继续悄悄地问李光头："喂，林红那个……怎么样？"

李光头小小年纪就知道了自己的价值所在，他明白了自己虽然臭名昭著，可自己是一块臭豆腐，闻起来臭，吃起来香。他知道自己在厕所里偷看到的五个屁股，有四个是不值钱的跳楼甩卖价，可是林红的屁股不得了，那是价值连城的超五星级的屁股。李光头后来之所以能够成为我们刘镇的超级巨富，因为他是个天生的商人。他十四岁的时候就拿着林红的屁股跟人做起了生意，而且还知道讨价还价。他只要一看到那些好色男群众的亲热嘴脸，只要有人搂着他的肩膀，只要有人拍着他的肩膀，他就知道他们都是想到自己这里来打听林红的屁股秘密。派出所的五个民警假公济私地在他这里打听林红的屁股秘密时，李光头如实交待，一点不敢隐瞒。此后李光头学聪明了，他不再供应免费的午餐，在那些假装亲热的男群众面前，李光头守口如瓶，连根阴毛的影子都不会透露，只说"屁股"这两个字，让那些前来了解林红屁股的男群众听后摸不着头脑。

那个刘作家，本来是我们刘镇五金厂的车床工人，因为他爱舞文弄墨，又能说会道，深得刘镇五金厂厂长的赏识，提拔他当了五金厂的供销科长。刘作家已经有个女朋友了，他的女朋友不丑也不美，这个刘作家当上了供销科长，又在县文化馆的油印杂志上发表了两页的小说，觉得自己飞黄腾达了，觉得现有的女朋友配不上自己了，他见异思迁瞄上了林红，这是我们刘镇所有已婚和未婚男人的共同心愿。刘作家想甩掉他的女朋友，他女朋友不是一盏省油的灯，她坚决不干，她要紧紧咬住功成名就的刘作家。她站到了派出所门外的大街上痛哭流涕，说自己已经被刘作家睡过了。她哭诉的时候，十根手指全伸开了，我们刘镇的群众以为她被刘作家睡了十次，结果她说出来把群众吓了一跳，这个刘作家和她睡过一百次了。她这么又哭又闹以后，刘作家不敢甩掉她了。那年月的男女只要是睡过了就得结婚，五金厂的厂长把刘作家叫过去臭骂一顿，告诉他，摆在他面前的只有两条路：一条路是和这个女朋友结婚，这样他就可以继续干他的供销科长；另一条路是他甩掉这个女朋友，那他就下辈子再当科长吧，这辈子他只能看守大门打扫厕所了。刘作家权衡利弊，觉得前途比婚姻更为重要，只好在女朋友面前低头认错。两个人立刻和好如初，并肩逛商店，并肩看电影，开始打造家具筹办婚事。

赵诗人对刘作家的遭遇深表同情，刘作家把自己的一生交给了这么一个不知羞耻的女人，真是一时的情欲冲动，毁了一生的前程。赵诗人深感惋惜，他逢人就说：

“这就叫一失足成千古恨。”

群众不同意赵诗人的话，群众说：“怎么是一失足呢？他都和她睡了一百次了，起码也失足一百次了。”

赵诗人哑口无言，只能换了一个说法，他说：“英雄难过美人关啊！”

群众还是不同意，他们说：“他是英雄吗？她也不是个美人。”

赵诗人连连点头，心想群众个个长着一双雪亮的眼睛，这个刘作家连个非美人关都过不了，他还能干些什么出来？赵诗人不再对刘作家表示同情和惋惜了，他摆了摆手，不屑地说：

“他呀，成不了什么气候。”

刘作家虽然筹办婚事了，可是他身在曹营心在汉，他对林红的美色垂涎三尺，每天晚上入睡之前就像是练气功似的使劲想着林红的方方面面，指望着能到梦乡里去和林红做个露水夫妻。虽然刘作家伙同赵诗人揪着李光头在我们刘镇转着圈子游街，可是李光头心里掌握着林红的屁股秘密，刘作家对李光头还是刮目相看。为了让自己在想象里和睡梦里和林红相遇交欢时有真实感和现场感，刘作家迫切地想知道林红身体的秘密，在那次游街以后他每次见了李光头都像个老朋友似的笑脸相迎，不过他对李光头说来说去的只有“屁股”两个字很不满意，有一天他像个兄长一样拍拍李光头的后脑勺说：

“你嘴里能不能吐出些别的东西来？”

李光头问他：“要我吐什么？”

刘作家说：“这‘屁股’二字太抽象了，说得具体一点……”

李光头响亮地说：“屁股怎么具体？”

“喂，喂，别喊叫。”刘作家看看四周没人，用手比划着说：“屁股有大有小，有瘦有胖……”

李光头想起来自己在厕所里看到的一排五个屁股，他差不多是惊喜般地说：“屁股确实有大有小，有瘦有胖。”

接下去他又守口如瓶了，刘作家以为他需要启发，就耐心地说：“屁股就跟脸一样，每个人长得都不一样，比如有些人脸上有颗痣，有些人脸上就没有痣。喂，林红那个……怎么样？”

李光头仔细想了想后说：“林红脸上没有痣。”

“我知道她脸上没有痣，”刘作家说，“我没问她的脸，喂，她的屁股怎么样？”

李光头小小年纪就会皮笑肉不笑了，他悄悄问刘作家：“你给我什么好处？”

刘作家只好向李光头行贿，他以为李光头还是个小孩，弄了几颗硬糖来打发他。李光头吃着刘作家的硬糖，让刘作家的身体弯下来，让刘作家的耳朵自己凑上来，然后李光头装神弄鬼地把那个不值一提的小屁股仔细描述了一番，刘作家听后满脸的疑惑，他低声问李光头：

“这是林红的屁股吗？”

“不是。”李光头说，“是我偷看到的最小的一个屁股。”

“你这个小王八蛋，”刘作家低声骂道，“我问的是林红的屁股。”

李光头摇着头说：“我舍不得说。”

“他妈的，”刘作家继续骂道，“她不是你妈，不是你姐姐……”

李光头觉得刘作家说得有理，他点了点头说：“你说得对，她不是我妈，不是我姐姐……”

接着他又摇头了，他说：“可她是我的梦中情人，我还是舍不得说。”

“你小小王八蛋有什么梦啊？”刘作家焦急万分，他问李光头：“怎么样你才舍得说了？”

李光头皱着眉想了很久说：“你请我吃碗面条，我就舍得说了。”

刘作家迟疑了一会儿，咬咬牙说：“好吧。”

李光头吞着口水，得寸进尺地说：“我不吃九分钱一碗的阳春面，我要吃三角五分钱一碗的三鲜面，里面要有鱼有肉还有虾。”

“三鲜面？”刘作家叫起来，“你这小王八蛋狮子大开口，我大名鼎鼎的刘作家一年里也吃不了几次三鲜面，我自己都舍不得吃，我会请你吃吗？你是做梦想吃屁。”

李光头听了连连点头，他说：“是啊，你自己都舍不得吃的三鲜面，怎么舍得请我吃呢？”

“就是，”刘作家很满意李光头的态度，他说，“你就吃一碗阳春面吧。”

李光头吞着口水，一脸遗憾地说：“吃了阳春面，我还是舍不得说。”

刘作家气得咬牙切齿，他恨不得对准李光头的嘴脸狠狠给上一拳，揍他个七窍出血。可是气到最后刘作家还是同意请李光头吃三鲜面了，他骂了一声，他不再骂“他妈的”了，他骂了一声“他奶奶的”，然后他说：

“就请你吃三鲜面，你要一五一十清清楚楚地告诉我。”

那个姓童的铁匠也来李光头这里打探林红的屁股消息了，他老婆的胖屁股被李光头偷看以后，他在大街上使出了打铁的力气揍了李光头一个大嘴巴，揍掉了李光头两颗牙齿，揍得李光头的耳朵里嗡嗡响了一百八十天。童铁匠也是个身在曹营心在汉的男人，他每天晚上搂着自己的胖老婆睡觉，闭上眼睛想着的全是林红的婀娜身影。童铁匠说话不像刘作家那样拐弯抹角，他说话直截了当，他在大街上见到李光头后，用宽大的身体挡住李光头，低头问：

“喂，小子，你还认得我吗？”

李光头抬着头说：“你烧成了灰我也认得。”

童铁匠听了这话感觉很不爽，他沉着脸说：“你小子在诅咒我死？”

“不是，不是……”

李光头赶紧解释，心想他的大巴掌千万不要再揍上来了。李光头用手拉开自己的嘴唇，让童铁匠往里面看看，他说：

“看见了吧，少了两颗牙，就是被你揍掉的……”

李光头又指指自己左边的耳朵说：“里面养着蜜蜂似的，还在嗡嗡响着呢。”

童铁匠嘿嘿地笑了起来，他当着大街上来往的群众大声说：“看在你还是个孩子分上，我请你吃碗面条，算是补偿你了。”

童铁匠大摇大摆地向着人民饭店走去，李光头双手背在身后跟着走去，他心想毛主席说过，世上没有无缘无故的爱，也没有无缘无故的恨。这童铁匠突然想请他吃面条了，一定是想来打听林红的屁股，他双手仍然背在身后，小步跑上去悄悄问童铁匠：

“你请我吃面条，也是为了打听屁股吧？”

童铁匠嘿嘿笑着点点头，他夸奖李光头：“你小子很聪明。”

李光头说：“你家里已经有一个屁股了……”

“男人嘛，”童铁匠低声说，“都是吃着碗里，看着锅里。”

童铁匠像个阔佬似的走进人民饭店，他坐下来以后就是个小气鬼了，他没有给李光头要一碗三鲜面，给他要了一碗阳春面。李光头心里哼了一声，没有说话。等到阳春面端上来了，李光头拿起筷子呼呼地吃了起来，吃得满头大汗，吃得鼻涕都流出来了。童铁匠看着他的鼻涕流到嘴边，他呼的一声吸了回去，然后鼻涕又出来了，又慢慢地流到嘴边，他又呼的一声吸了回去。童铁匠看着李光头吸了四次鼻涕，将面条吃下去一半了，还不开口。童铁匠有些急了，他说：

“喂，喂，别光顾着吃，该说话了。”

李光头吸了吸鼻涕，擦了擦汗水，向四周看看，然后悄声说了起来。他没有说林红的屁股，说的是一个胖屁股。李光头说完以后，童铁匠疑神疑鬼地看着他，疑神疑鬼地说：

“怎么像是我老婆的屁股……”

“就是你老婆的屁股。”李光头认真地说。

童铁匠勃然大怒，挥起巴掌喊道：“我抽死你这个小王八蛋！”

李光头赶紧跳起来，躲开他的大巴掌。饭店里的人全扭头看着他们，童铁匠只好把准备抽打的手掌改成招手的样子了，他对李光头说：

“回来，坐下。”

李光头对饭店里的其他人又是点头又是笑，心想只要有他们在场，童铁匠不敢对他怎么样。他重新在童铁匠对面坐下来，童铁匠脸色铁青地对他说：

“快说，快说林红的……”

李光头看看四周，饭店里的其他人还在看着他们，他放心地笑了笑，然后压低声音说：

“肉有肉价，菜有菜价，一碗阳春面是你老婆屁股的价，林红的屁股是一碗三鲜面。”

童铁匠气得半天说不出话来，看着李光头若无其事地端起那碗面条，童铁匠一把抢了过来，他恶狠狠地说：

“不给你吃啦，老子自己吃。”

李光头扭头去看饭店里的其他人，那些人疑惑不解地看着他和童铁匠，刚才还是李光头在呼呼吃着的面条，现在是童铁匠呼呼吃上了。李光头笑着向他们解释：

“是这样的，他先请我吃了半碗面条，我又回请他吃了半碗面条。”

李光头从此明码实价，一碗三鲜面交换林红屁股的秘密。李光头耳朵里还在嗡嗡响着的半年里，吃了五十六碗三鲜面，从十四岁吃到了十五岁，把面黄肌瘦的李光头吃成了红光满面的李光头。李光头心想真是因祸得福，应该是一辈子三鲜面的份额，他半年时间就全吃下去了。那时候李光头还不知道自己后来会成为亿万富翁，不知道自己后来会将世上的山珍海味吃遍吃腻。那时候的李光头还是个穷小子，有一碗三鲜面吃，他就美滋滋不知道天高地厚了，就像是到天堂里去逛了一次，他半年里美滋滋了五十六次，也就是去了天堂五十六次。

李光头不是每次都能顺利地吃到三鲜面，每次都有这样那样的波折，每次都是他经过斗争后才吃到的。那些前来打探林红屁股秘密的人，都想拿一碗阳春面来糊弄他，李光头从不上当，他每次都是耐心细致地和人讨价还价，每次都吃到了三鲜面，而不是阳春面。那些请他吃了三鲜面的人，个个对他刮目相看，他们都说这个十五岁的小王八蛋比五十岁的老王八蛋还要精明世故。

童铁匠打铁铺子的斜对面有一个磨剪刀的铺子，磨剪刀的是父子两人，父亲叫老关剪刀，儿子叫小关剪刀。小关剪刀十四岁从父学磨，现在二十多岁，未婚无女友，对林红也是倾慕已久，他想用一碗阳春面来交换林红的屁股秘密。小关剪刀见了李光头伸出磨剪刀磨白了的手，晃来晃去，说李光头的好日子不会太久了，说林红马上就会有男朋友了，说林红有了男朋友，就没人再请李光头吃面条了，所以李光头应该抓住最后的时机赶紧把阳春面吃了，到了那时候别说是阳春面了，就是面汤也喝不到了。

李光头听了这话有些不明白，他问：“为什么？”

小关剪刀说：“你想想，林红有了男朋友，她男朋友肯定比你知道的多吧，别人都到林红男朋友那里去打听了，谁还会来理睬你呀？”

李光头初一听觉得很有道理，仔细一想发现了里面的破绽，他嘿嘿笑个不停，对小关剪刀说：

“林红的男朋友会告诉你们这些吗？”

接着李光头仰起脸眯着眼睛，无限憧憬地说：“有一天我要是成了林红的男朋友，我就什么都不会说了……”

然后李光头厚颜无耻地对小关剪刀说：“趁着我还不是林红的男朋友，你抓住时机赶紧请我吃三鲜面……”

李光头虽然在三鲜面上面寸步不让，不过他是一个讲究信誉的人，只要吃到了三鲜面，他就会毫无保留地说出林红屁股的全部秘密。所以他的顾客源源不断，始终是求大于供，而且还有回头客，有一个健忘的人回头了三次。

李光头在讲述林红屁股的模样时，所有的听众都是一样的表情，都是半张着嘴，听得出神入化，口水流出来了都不知道。听到最后，那些听众都会若有所思地说上一句：

“有点不对。”

李光头的详细描述，让他们知道了每天晚上手淫时想象的林红屁股和真实的有所出入。

我们刘镇的赵诗人也找过李光头，李光头吃到的五十六碗三鲜面，其中有一碗就是赵诗人请的。李光头吃着赵诗人的三鲜面时神采飞扬，他说不知道为什么，赵诗人请吃的三鲜面比别人请吃的好像更加鲜美。他得意洋洋，拍着胸脯对赵诗人说：

“全中国只有一个人吃过的三鲜面比我多。”

赵诗人问他：“是谁？”

“毛主席，”李光头虔诚地说，“毛主席他老人家当然是想吃什么就能吃到什么，别的人就不能和我比啦。”

赵诗人也经常在那个厕所里偷看女人屁股，那个厕所是赵诗人的地盘，可他偷看了一年都没看到林红的屁股；这个李光头也就是匆匆过客，在赵诗人的地盘上只偷看了一次，就看到了林红的屁股。赵诗人觉得自己是前人栽树，这个李光头是后人乘凉。那天要不是李光头抢先在那里偷看，看到林红屁股的第一人肯定是他赵诗人了，赵诗人觉得李光头命里有贵人相助，才有这么好的运气。那天赵诗人本来也是准备来偷看女人屁股的，他捉拿了李光头以后，兴奋得满脸通红，他对女人屁股一下子没有兴趣了，兴趣全跑到李光头那里去了，所以他押着李光头没完没了地游街。

很多人都从李光头那里了解到了林红屁股的秘密，赵诗人也不甘落后，他当然不会放过李光头，他找到李光头的时候，别说是三鲜面了，就是一碗阳春面他也不愿意请。虽然他押着李光头游街，让李光头臭名昭著，但也是他一手成就了李光头的五十多碗三鲜面，一手成就了李光头的满面红光，他觉得李光头应该是饮水不忘掘井人。赵诗人拿出县文化馆出版的油印杂志，露出李白的表情和杜甫的眼神，翻到有他诗歌的那一页，向李光头炫耀他的作品。李光头伸手去拿这本油印杂志时，赵诗人像是有人要抢他钱包似的紧张，他挥手打开了李光头伸过来的手，他不让李光头碰他的油印杂志，他说李光头的手太脏了，他自己拿着油印杂志让李光头读他的诗歌。

李光头没有读他的诗歌，而是在数他诗歌的字数，数完后李光头说："太少了，才四行，每行七个字，总共才二十八个字。"

赵诗人很不高兴，他说："虽说只有二十八个字，可是字字珠玑啊！"

李光头说他理解赵诗人对自己作品的钟爱，他老练地说："文章是自己的好，老婆是别人的好。"

赵诗人不屑地说："你小小年纪知道什么呀！"

然后赵诗人切入正题，他说自己正在写一篇小说，写一个少年在厕所里偷看女人屁股被活捉的故事，里面有几段心理描写需要李光头的帮助。李光头问赵诗人：

“什么心理描写？”

赵诗人启发他：“你第一眼看到女人屁股时是什么样的心理？比如你看到林红屁股时……”

李光头恍然大悟，他说：“原来你也是来打听林红屁股的，一碗三鲜面。”

“胡说，”赵诗人气愤地说，“我是那样的人吗？我告诉你，我不是刘作家，我是赵诗人，我早就把自己的生命献给神圣的文学了，我已经立下了誓言，我要是不在全国一级的文学杂志上发表作品，第一我不找女朋友；第二我不结婚；第三我不要孩子。”

李光头觉得赵诗人这句话里面有毛病，他让赵诗人把刚才的话重复一遍，赵诗人以为自己的话打动李光头了，声情并茂地重复了一遍。李光头找到毛病了，他得意万分地对赵诗人说：

“你说话文理不通，你不找女朋友，怎么可能结婚？怎么可能有孩子？所以你有个第一就行了，第二和第三都是多余的。”

赵诗人气得哑口无言，嘴巴张了几下后说：“你不懂文学，我不和你说这些，还是说你的心理吧……”

李光头伸出一根手指：“一碗三鲜面。”

赵诗人心想世上还有这么无耻的人，他咬牙切齿了一会儿后，继续满脸笑容地劝说李光头，他说：

“你好好想想，你是我小说中的主人公，我的小说发表后出了名，你不也跟着出名了吗？”

赵诗人看到李光头认真地在听着他的话，他继续说：“你出了名，还不对我感恩戴德……”

李光头干笑了几声说：“你把我写成个反面人物，我还会对你感恩戴德？”

赵诗人吓了一跳，心想这个小小年纪的李光头怎么这样老练，难怪别人都说这个十五岁的小王八蛋比五十岁的老王八蛋还要精明世故。赵诗人努力微笑着说：

“小说结尾时，少年改邪归正了。”

李光头对赵诗人的小说一点兴趣都没有，他伸出一根手指斩钉截铁地说：“不管是我的心理，还是林红的屁股，都是一碗三鲜面。”

“秀才遇上兵啊，有理说不清。”赵诗人仰天长叹，然后心疼不已地说：“好吧！”

赵诗人和李光头来到了人民饭店，李光头吃着赵诗人买单的三鲜面，开始说起自己当时看到女人光屁股时的心理，他说他当时是浑身发抖，赵诗人说：

“这是身体，你的心呢？”

李光头说：“心也跟着一起抖啊。”

赵诗人觉得李光头说得好，赶紧在笔记本上记下来。接下去说到林红的屁股时，李光头擦着三鲜面吃出来的满头汗水和满嘴鼻涕，回忆了很久之后说：

“不抖了。”

赵诗人不明白，他问：“为什么不抖了？”

“就是不抖了，”李光头说，“我看到林红的屁股后，完全被迷住了，什么感觉都没有了，只有屁股，只想看得更多更清楚，什么声音都听不到了，要不你进来时我怎么会不知道？”

“有道理，”赵诗人两眼闪闪发亮，“这就叫此处无声胜有声，这可是艺术的最高境界啊！”

接下去李光头说到林红紧绷的皮肤和微微突起的尾巴骨时，赵诗人呼哧呼哧喘上粗气了。李光头说到如何让身体更往下去一点，如何想去看一看林红的阴毛和长阴毛的地方是什么模样时，赵诗人也像听鬼故事似的满脸的紧张神情，和当初派出所民警的神情一模一样。赵诗人马上就要听到高潮段落时，发现李光头的嘴巴闭上了，赵诗人焦急地问：

“后来呢？”

“没有后来了。”李光头非常生气地说。

“为什么没有后来？”赵诗人还沉浸在李光头讲述的情境之中。

李光头敲着桌子说：“就是在这关键的时候，你这个王八蛋把我揪上去啦！”

赵诗人连连摇头，无限惆怅地说：“我这个王八蛋要是晚进去十分钟就好了。”

“十分钟？”李光头低声叫道，“你这个王八蛋晚进来十秒钟都成啦。”

三

李光头的名字叫李光，他母亲为了省钱，为了一年里少付几次理发的钱，每次都让理发师给他推个光头。于是这个叫李光的孩子还在蹒跚学步的时候，就有了这个李光头的绰号。从小到大，别人都这么叫他，连他的母亲也叫他李光头了，他母亲叫他李光的时候，常常不知不觉地滑了过去，多叫出来一个“头”字，后来干脆就叫他李光头了。哪怕他的头发长出来了像草垛一样乱蓬蓬，别人还是叫他李光头。李光头长大成人以后，心想反正有没有头发都是个“李光头”，干脆给自己弄了个正宗的光头。当时的李光头还不是我们刘镇的巨富，还是我们刘镇的穷小子，他发现保持一个正宗的光头不容易，要比留上头发的人多花一倍的钱。为此他到处炫耀，他说做个正宗的穷人开销也大啊！他的兄弟宋钢每个月也就是理一次头发，他每个月起码去两次理发店，让理发师手握一把明晃晃的刀，像是刮胡子似的把他的脑袋刮了又刮，刮得像绸布那样光溜溜，刮得比那把刀还要明晃晃，才刮出了一个正宗的李光头，一个名不虚传的李光头。

李光头的母亲李兰是在儿子十五岁那一年离开人世的。李光头说他母亲是个爱面子的女人，说他父亲和他自己都是不要脸的东西。李光头伸出一根手指说：丈夫是杀人犯、儿子也是杀人犯的女人，这世上可能还有几个；丈夫在厕所里偷看女人屁股被抓，儿子在厕所里偷看女人屁股也被抓，这样的女人世上可能只有他母亲一个了。

那年月很多男人都在厕所里偷看女人的屁股，很多男人都平安无事。李光头偷看时被他们活捉了还被他们游街；李光头的父亲偷看时掉进了粪池淹死。李光头觉得他父亲是世上最倒霉的人，看一眼女人的屁股丢了自己的性命，这是货真价实的赔本买卖，就是丢了西瓜捡芝麻的买卖也比他父亲的上算；李光头觉得自己是其次倒霉的人，他也就是做了一笔拿西瓜换芝麻的买卖，谢天谢地的是他保住了性命的本钱，李光头后来用五十六碗三鲜面扭亏为盈。这叫留得青山在，不怕没柴烧。李光头的母亲没有青山没有柴，这父子两个人的倒霉最后全堆到了她身上，清白无辜的李兰就成了世界上最倒霉的女人。

李光头不知道他父亲那次看到了几个屁股，根据自己的经验，可以断定他父亲的身体当初放进去太深了。他一定是想看清楚女人的那些阴毛，将自己的身体逐渐下探，他的两条腿差不多都腾空了，他全身的重量都抵押在两只手上了，他的手紧紧抓在了屁股坐的木框上，那地方有无数的屁股坐过了，那地方被磨得亮晃晃滑溜溜。这个倒霉的人很可能看到了他梦寐以求的阴毛们，他的两只眼睛肯定瞪得像鸟蛋一样圆了，粪池里的恶臭肯定熏得他眼泪直流，流出的眼泪肯定让他的眼睛又痒又酸，那时候他肯定还舍不得眨一下眼睛。激动和紧张让他手上渗满了汗水，汗水让他抓着木框的手越来越滑。

就在这时候，一个身高一米八五的男人一边解着裤子上的纽扣，一边急匆匆地跑进了厕所，他看到厕所里空无一人，只有跷起的两条腿，他吓得大叫一声。这一声撞见了鬼似的惊叫，把李光头全神贯注的父亲吓得魂飞魄散，他双手一松，一头栽进泥浆似的又厚又黏的粪池里。泥浆似的粪便几秒钟的时间就塞满了他的嘴巴和他的鼻孔，紧接着又塞满了他的气管，李光头的父亲就这样活活地被憋死了。

这个失声惊叫的男人就是宋钢的父亲宋凡平，后来成为了李光头的继父。当李光头的亲生父亲一头栽进了粪池以后，他的继父站在那里惊魂未定，他觉得自己只是眨了一下眼睛，那两条跷起的腿一下子就没了。他的额头上渗出了密密麻麻的冷汗，他心想难道大白天还有鬼？这时候隔壁女厕所里响起了尖叫声，李光头的父亲掉进粪池时像颗炸弹，将她们的光屁股上溅满了粪便，她们吓得跳了起来，回头往下一看，看到粪池里有一个人。

接下去是一片混乱，几个女人像夏天的知了一样叫个不停，引来很多男群众也引来了很多女群众。有一个女的忘了穿上裤子就跑到了厕所外面，她看到男群众都在如饥似渴地看着自己，她哇哇叫着又逃进了厕所。屁股上溅满了粪便的几个女人发现她们带来的纸不够用，就央求外面的男群众帮她们多采些树叶，三个男人立刻爬上了一棵梧桐树，将上面宽大的树叶席卷掉了一半，再让一个闻讯赶来的姑娘送进去。几个女人就在里面翘起了几个屁股，用梧桐树叶将溅在屁股上的粪便擦了又擦。

在另一端的男厕所里已经站满了议论纷纷的男群众，他们通过十一个拉屎的座位往下看着李光头的父亲，他们讨论着他是死是活，又讨论着如何把他弄上去，有人说是用竹竿把他捞起来，立刻有人说不行，说用竹竿最多也就是捞一只母鸡上来，想捞一个人上来要用铁棍，竹竿肯定会断，可是上哪里去找这么长的铁棍？

这时候李光头后来的继父，那个名叫宋凡平的人走到了厕所外面的粪池旁，外面的粪池是让环卫工人抽粪用的，宋凡平毅然地跳了下去。这就是为什么李兰后来会深爱这个男人。当所有的男人都站在那里卖弄嘴皮子的时候，这个男人竟然跳进了粪池。他胸口以下的身体都淹没在粪便中，他举着双手，缓慢地在粪便里移动，粪蛆都爬到了他的脖子上和脸上，他仍然举着手移动着，只是当粪蛆爬到他的嘴上、眼睛上、鼻孔和耳朵时，他才伸手将它们弹走。

宋凡平移动到了粪池的里面，将李光头的父亲托在手臂上，又慢慢地移出来，移到外面的粪池后，他将李光头的父亲举了起来，放到了岸上，然后双手抓住池边爬了上去。

拥挤在粪池边的男女群众呼呼地往后退去，他们看到满身粪便和蛆虫的李光头父亲和宋凡平，他们全身都是鸡皮疙瘩，他们捏着鼻子捂着嘴，他们“哎呀哎哟哎呀哎哟”地叫个不停。宋凡平上来以后，蹲在了李光头父亲的身旁，伸手在他的鼻孔放了一会儿，又在他的胸口放了一会儿，站起来对群众说：

“他死了。”

然后高大魁梧的宋凡平背着李光头的父亲走去了，当初的情景比后来李光头游街时还要轰动，一个浑身粪便的活人背着一个浑身粪便的死人，他们身上的粪便一路往下掉，阵阵臭气飘过了两条大街和一条小巷。差不多有两千多人前来观赏，有一百多个人叫嚷着他们的鞋被踩掉了，有十多个女人叫嚷着被下流男人摸了屁股，还有几个男人一路上破口大骂，他们口袋里的香烟被人偷走了。在两千多人的浩浩荡荡里，李光头前后两个父亲来到了李光头的家门口。

那时候李光头还在母亲的肚子里，他那可怜的母亲已经得到了这个消息，她挺着硕大的肚子靠在门框上，她看着自己的丈夫从一个男人的背上下来，歪斜着躺在地上一动不动，她看着死去的丈夫，好像是一个陌生人躺在那里。她的眼睛让人觉得空空荡荡的，里面什么都没有。突如其来的打击让她像个假人似的靠在那里，她分辨不清此刻发生了什么，她甚至都不知道自己正站在门口。

宋凡平放下了李光头的父亲以后，走到了井边，从井里提起来一桶一桶的水，一次一次地冲洗起自己。那时候还是五月的天气，冰冷的井水从他的脖子灌进衣服里去，他连着打了几个冷战。他用井水冲洗掉头发上和身上的粪便后，回头看了一眼李兰，李兰当初仿佛失去了知觉的表情，让他没有立刻离去，让他用井水清洗起了李光头的父亲，他将李光头父亲的遗体翻来覆去地冲洗了几遍，然后站在那里看着李兰。李兰木然的表情让他摇了摇头，他一把将李光头的父亲抱了起来，走到门口时，站在门口的李兰还是一动不动，宋凡平只好侧着身子把死人抱进了屋子。

宋凡平看到里屋的枕套上、床单上和被子上都绣着大红的“囍”字，这是新婚的痕迹。他抱着个死人站在那里犹豫了一会儿，他没有将李光头湿淋淋的父亲放到地上，而是放在了那张新婚不久的床上。当他转身走出来时，李兰仍然一动不动地靠在门框上，他看到屋外人山人海，人人脸上都是看戏的表情，他低声对她说话，让她赶紧回到屋子里去，赶紧关上屋门。她似乎没有听到，她的脸没有转过来看他一眼，她一直木然地站着。宋凡平只好自己点了点头，湿淋淋地向着人群走去，围观的群众看到他走过来，立刻为他闪出了一条道路，似乎他仍然是满身的粪便。他们惊慌地躲开去，于是又有人的鞋被踩掉了，又有女人的屁股被人偷偷摸了。刚才冰冷的井水让宋凡平接二连三地打起了喷嚏，他走出了小巷，走上了街道。人们重新围拢过来，继续乐此不疲地看着可怜的李兰。

这时候李兰的身体靠着门框慢慢滑了下去，她一直木然的脸上出现了痛苦的表情，她躺在了地上，她的两腿伸开了，她的十根手指像是要紧紧抓住大地似的插进了泥土之中，她的额上渗满了汗珠，她睁圆了眼睛无声无息地看着围观的人群。有人发现她的裤子被里面渗出来的血染红了，这人惊慌地喊叫：

“你们看，你们看，她流血啦！”

一个生过孩子的女人知道发生什么了，她喊叫起来：“她生啦！”

四

李兰生下李光头以后，开始了她漫长的偏头痛。从李光头有记忆开始，他的母亲就一直裹着头巾，像是田里干活的农妇一样。隐隐的疼痛和突然来到的剧烈疼痛，让他母亲一年四季眼泪不断。她时常用手指敲击着自己的脑袋，而且敲击的声响越来越清脆，差不多是庙里木鱼的敲击声了。

李光头的母亲在刚刚失去丈夫的时候有些神志不清，当她神志慢慢清醒过来以后，她没有悲伤，没有愤怒，只有耻辱了。李光头的外婆从乡下赶来照料他们，李兰在三个月的产假里闭门不出，甚至都不愿意站到窗前去，她怕别人看见自己。当三个月的产假结束，李兰必须去丝厂上班时，她脸色惨白浑身发抖，她拉开屋门抬脚跨出去时的恐惧仿佛是要跳进滚烫的油锅。无论如何她还是走了出去，她战战兢兢地走在街道上，她的头低到了胸前，她贴着墙边走去，她觉得街上所有人的目光像针一样扎遍了她的全身。一个认识她的人叫了一声她的名字，她中弹似的浑身一颤，差一点倒在地上。天知道她是如何走进丝厂，如何在缫丝机旁工作了一天，又如何从街道上走回家中。从此以后她无声无息，就是在门窗紧闭的家里，和她的母亲儿子在一起时，她也是很少说话。

李光头在婴儿时就遭受歧视，只要他的外婆将他抱到屋外，就有人对着他们指指点点，还有人围上来看西洋镜似的看着李光头，他们的嘴里吐出来的都是些难听的话，他们说李光头就是那个偷看女人屁股掉进粪池淹死的……他们说的话常常没头没尾，好像是李光头这个婴儿在厕所里偷看女人屁股似的；他们说这个小崽子和他父亲一模一样，他们每次说的时候都有意无意地省掉了“长得”这两个字，只说一模一样。让李光头外婆的脸上红一块白一块，他的外婆再也不愿意把他抱到屋外去了，她只是偶尔抱着他站在窗前，隔着玻璃让他晒一会儿阳光，有人从窗前经过时探头探脑地向里张望，她就会迅速地闪开。就这样，李光头一次次地失去了阳光，他在阴暗的屋子里过了一天又一天，他的脸上没有了婴儿们的红润，他的腮帮子也没有了婴儿们鼓起来的肉。

这时候李兰正在忍受着偏头痛的折磨，她的牙缝里时刻都在发出咝咝的响声。自从丈夫丢人地死去以后，李兰再也没有抬起头来看过别人，再也没有喊叫过，剧烈的头痛也只是让她嘴里不停地咝咝，有时候在睡梦里她才会发出“哎哟哎哟”的呻吟。当她将儿子抱到怀里，看着他苍白的脸色和瘦小的胳膊时，她就会泪水长流。即便这样，她仍然没有勇气在阳光灿烂的时候把儿子抱到街上去。

李兰在经历了一年多的犹豫之后，终于在一个月光明媚的深夜，抱着李光头悄悄地来到了街道上。她低下的头都贴在了儿子的脸上，她沿着墙根快速地走动着，只有在她确定前后都没有脚步声的时候，她才会放慢自己的步伐，抬起了自己的头，看着天空里一轮皎洁的明月，沐浴着夜风凉爽的吹拂。她喜欢站在空空荡荡的桥上，凝视着河水在月光里闪闪发亮，一波一波永无止境地荡漾过去。她抬起头来时，河边的树木在月光里安静得像是睡眠中的树木，伸向空中的树梢挂满了月光，散发着河水一样的波纹。还有飞舞的萤火虫，它们在黑夜里上下跳跃前后飞翔时起伏不止，像是歌声那样的起伏。

这时候李兰就会把儿子托在右手上，伸出左手指着桥下的河水、河边的树木、天上的月亮、飞舞的萤火虫……告诉儿子：

“这叫河，这叫树，这叫月亮，这叫萤火虫……”

然后她无限幸福地对自己说：“夜晚真灿烂啊……”

从此以后，缺少阳光照耀的李光头开始沐浴起了夜晚的月光。当别的孩子呼呼睡去的时候，李光头这个小小夜游神就会在这个小城里到处出现。有一个深夜李兰抱着李光头不知不觉走到了南门外，广阔的田野在月光下一望无际地伸展开去，李兰不由轻轻叫了一声，她熟悉了房屋和街道在月光里神秘的宁静之后，突然发现广阔的田野在月光下有着神秘的壮丽。她怀里抱着的李光头也激动了起来，双手同时伸向了天空般宽广的田野，嘴里发出了老鼠一样“吱吱”的叫声。

很多年以后，李光头成为我们刘镇的超级巨富，决定上太空去游览，他闭上眼睛想象自己在太空里高高在上，低头瞧着地球的时候，婴儿时期的印象神奇地回来了，他想象中地球的壮丽情景，就是母亲抱着他第一次站在南门外所见到的情景：田野在月光下无限地伸展，李光头婴儿时的目光像俄罗斯联盟号飞船一样飞翔过去。

李光头就是在明媚冷清的月光里，从母亲那里学会了什么是街道、什么是房屋、什么是天空、什么是田野……李光头那时候不到两岁，他昂着头惊奇万分地看着这个明媚冷清的世界。

李兰抱着李光头在深夜的月光里流连忘返，有一次和宋凡平相遇了。当时李兰抱着儿子走在静悄悄的街道上，一个完整的家庭说着话走在街道的对面，那是宋凡平一家人在走过来。这个高大的父亲手里托着比李光头大一岁的宋钢，他的妻子手里提着一只篮子，他们的声音在寂静的夜空里如同敲门一样清晰地响着。李兰听到宋凡平的声音以后猛然抬起头来，她肯定知道这个高大的男人是谁了。他曾经臭气熏天地背着她那个臭气熏天的丈夫来到她的家门口，李兰当时仿佛没有知觉地靠在门框上，但是她永远记住了这个男人的声音，永远记住他是如何用井水冲洗自己，又冲洗了她那个死人丈夫。所以她抬起头来了，她的眼睛看到这个男人时可能闪亮了一下。紧接着她立刻低下头匆匆地向前走去，因为这个男人站住了，他站在街道对面对他妻子低声说着什么。

在后来的深夜里，李兰抱着李光头走在街道上时，两次与宋凡平相遇。有一次是他们一家人，有一次只有他一个人，那次宋凡平突然用他高大的身躯挡住了这对母子的去路，他粗壮的手指摸着孩子昂着的脸，他对李兰说：

“这孩子太瘦了，你应该让他多晒晒太阳，阳光里有维生素。”

可怜的李兰都不敢抬起头来看他一眼，她抱着李光头浑身发抖，李光头在她怀里晃个不停，就像屋子在地震里晃个不停。宋凡平笑了笑，擦着他们的身体走了过去。这天深夜李兰没有享受月光的灿烂，她抱着李光头早早回家了，她嘴里咝咝的响声也和往常不一样，这一次她可能不是因为偏头痛。

在李光头三岁的时候，外婆离开了她的女儿和外孙，回到了自己的村里。这时候李光头已经可以走来走去了，他还是很瘦，比婴儿时的李光头更瘦了。李兰脑袋里的疼痛仍然时好时坏，因为长时间低着头，她有些驼背了。外婆离开以后，李光头开始有机会走进白天的阳光了。当李兰上街买菜时，就会带上他。她还是低着头急匆匆地走过街道，李光头拉着她的衣服跌跌撞撞地跟随在她的身后。其实那时候已经没有人对他们指指点点，甚至没有人来看他们一眼，李兰仍然觉得所有人的目光都像钉子似的钉在她的身上。

李光头瘦弱的母亲每隔两个月就要去米店买四十斤大米，这是李光头最幸福的时光。当她背着四十斤大米往回走的时候，他不用跌跌撞撞地跑在她的身后了，她背着大米咝咝地喘着气，那时候她喘气和说话里都开始有咝咝的响声了，她走走停停，停停走走，李光头就有时间在大街上东张西望。

高大的宋凡平在一个秋天的中午走到了他们面前，当时李兰正低垂着头擦着脸上的汗珠，她看到一只强劲的手突然提起了地上的米袋，她吃惊地抬起头来看到了这个微笑的男人，他对她说：

“我帮你提回家。”

宋凡平提着四十斤的大米就像是提着一只空篮子似的轻松，他的左手一把将李光头抱起来，驮到他的肩上，让李光头的双手抱住他的额头。李光头从来没有在这么高的地方张望过街道，他从来都是仰脸张望，他第一次低头看着街上的行人，他坐在宋凡平的肩上咯咯笑个不停。

这个身材魁梧的男人提着李兰的米袋，驮着李兰的儿子，在熙熙攘攘的街道上声音宏亮地说着话。李兰低垂着头走在他的身边，她脸色苍白浑身冒出了冷汗，她恨不得找一条缝钻进地下，她觉得全世界的人此刻都在嘻嘻哈哈地看着她。宋凡平一路上问这问那，李兰除了点头还是点头，她嘴里除了咝咝声还是咝咝声。

他们终于走到了家门口，宋凡平把李光头放到了地上，又把布袋里的大米倒进米缸，他看了一眼他们的床，床单和被套是他三年前看到过的，上面的“囍”字已经褪色，线头也在脱落。他离开时告诉李兰，他叫宋凡平，是中学的老师，他说以后买大米买煤球这样的体力活可以叫他来帮忙。他离开以后，李兰第一次让儿子独自一人在门外玩耍，她把自己关在屋子里，谁也不知道她在里面干了些什么，直到天黑以后她才打开屋门，那时候李光头坐在地上靠着门睡着了。

李光头记得是在自己五岁的时候，宋凡平的妻子因病去世了。李兰听到这个消息以后，嘴里咝咝响着在窗前站立很久，看着夕阳西下和月亮升起，然后拉着儿子的手，在夜晚的月光里悄无声息地走向了宋凡平的家。李兰没有胆量走进宋凡平的家，她站在一棵树的后面，看着宋凡平家昏暗的灯光里有人坐着有人走着，屋子的中间放着一具棺材。李光头拉着母亲的衣角，听着母亲嘴里咝咝的响，他抬头去看月亮和星星的时候，看到母亲在哭，母亲的手一直在抹着眼泪，他问母亲：

“妈妈，你哭了？”

李兰嗯了一声，告诉儿子，恩人的家中有人死了。李兰站了一会儿后，又拉起了李光头的手，悄无声息地走回家中。

第二天晚上李兰从丝厂下班回家后，一直坐在桌前制作纸钱，她做了很多纸铜钱和很多纸元宝，又用一根白线分别将纸铜钱和纸元宝穿连起来。李光头兴致勃勃地坐在旁边，看着母亲先是用剪刀把纸剪开，然后叠出了一个个元宝，她在一些元宝上面写上了一个“金”字，另一些元宝上面写上一个“银”字。她拿起“金”元宝告诉李光头，在过去的时候可以用它买一幢房子；李光头指着“银”元宝，问母亲可以买到什么？李兰说也能买到一幢房子，只是房子小一些。李光头看着堆在桌子上的“金银”元宝，心想可以买到多少房子啊？那时候他刚刚学会数字，他一个一个地数着元宝，可是他只能数到十，十以后他就不会数了，又数成了一。眼看着桌子上的元宝越来越多，不管他怎么数，数到了十就像是进了死胡同一样过不去了。他把自己数得满头大汗，也数不出个结果来，数得他母亲都忍不住微笑了。

李兰制作了一大堆的纸元宝以后，开始制作纸铜钱了。她先是剪出了圆纸片，又在中间剪出一个小洞，然后认真地在圆纸片上画上一根根线条，写上了一个个字。李光头觉得他母亲制作一个圆纸片的铜钱，比制作一个纸元宝困难得多，他不知道一片纸铜钱可以买多少幢房子，他问母亲是不是可以买下一排房子？他母亲拿起一长串纸铜钱说，只能买一件衣服。李光头又把自己想了个满头大汗，他想不通为什么衣服比房子还要贵。李兰告诉儿子，就是十串铜钱也没有一个元宝值钱。李光头第三次满头大汗了，既然十串铜钱都比不上一个元宝，他不明白母亲为什么还要这么费劲地制作纸铜钱。李兰说这些钱在阳间是不能花的，只能到阴间去花，是给死人的盘缠。李光头一听说“死人”二字就打了个哆嗦，他看到窗外黑乎乎的又打了个哆嗦。他问母亲，这是给哪家死人的盘缠？李兰放下了手里的活，对儿子说：

“恩人家的。”

在宋凡平妻子出殡的那天，李兰将穿连起来的纸铜钱和一只只的纸元宝放进了一只篮子，挽着篮子拉着李光头的手，走出家门守候在大街上。在李光头的记忆里，那天上午李兰第一次在大街上抬起头来了，她是在张望着出殡的队伍。有些认识李兰的人走过她身边时，都往她的篮子里看，还有人提起了一串串纸元宝和纸铜钱，说李兰真是心灵手巧，然后问她：

“你家又死人啦？”

李兰垂下了头，轻声回答：“不是我家的……”

宋凡平的妻子出殡时，只有十多个人送行，棺材放在一辆板车上，在石板路上嘎吱嘎吱地响了过来。李光头看到十多个送行的男女都在头上扎着白布条，腰上也系上了白布条，他们哭泣呜咽着走了过来。这些人里面他熟悉的只有宋凡平，他曾经在这个高大男人的肩上俯视过街上的世界。

宋凡平拉着比李光头大一岁的宋钢，从他们身旁走过去的时候迟疑了一下，宋凡平回头向李兰点了点头，宋钢也像他父亲一样回头对着李光头点了点头。李兰拉着李光头跟在了出殡队伍的后面，沿着漫长的街道走出了我们刘镇的石板路，走在了乡村的泥路上。

那一天，李光头跟随着这些低声呜咽的人走了很远的路，终于来到了一个已经挖好的墓穴前，棺材放进去时，低声的呜咽立刻变成了号啕大哭。李兰挽着篮子拉着李光头站在一旁，看着这些人哭泣着将泥土铲进墓穴，泥土在墓穴里升了起来，变成了一座坟墓。号啕大哭又变成了低声呜咽，这时宋凡平转身走到了他们面前，他眼含泪水地看着李兰，从她手里接过了篮子，回到坟墓前，将里面的纸元宝和纸铜钱拿了出来，放在了坟墓上，用火柴点燃了纸钱，当纸钱熊熊燃烧的时候，哭声又变得响亮起来。李光头看到自己母亲也开始了伤心的哭泣，李兰在那一刻想到了自己的不幸。

然后又是走了很远的路，李光头才回到了城里。李兰仍然是一手挽着篮子一手拉着儿子，走在这些人的后面，走在前面的宋凡平不停地回头张望着这对母子，在走近李兰家的小巷时，宋凡平站住了脚，等着李兰和李光头走上来，他低声和李兰说话，邀请这对母子去他家吃晚饭，吃一顿悼念死者的豆腐饭，这是我们刘镇的风俗。

李兰迟疑着摇了摇头，拉着李光头的手走进了小巷，回到了自己家中。走了差不多一天的李光头躺到床上就睡着了，李兰独自坐在里屋，嘴里咝咝响着看着窗外发呆。天黑的时候有人来敲门了，李兰惊醒过来，她起身打开屋门时，看到了宋凡平站在门外。

宋凡平的突然出现，让李兰惊慌失措，她没有看见宋凡平手里提着的篮子，她忘记了应该让他进屋，她习惯地低下了头。宋凡平把篮子里的饭菜端出来递给李兰，李兰这才知道宋凡平把豆腐饭亲自送上门来了。她差不多是哆嗦着接过宋凡平手里的饭菜，然后手脚麻利地将碗里的饭菜倒出来，倒在自己家的碗里，又在水缸旁麻利将宋凡平的碗清洗干净。李兰把洗干净的碗还给宋凡平的时候，她的双手又哆嗦了。宋凡平接过自己的碗放进篮子，转身离去时，李兰又是习惯地低下了头，直到宋凡平的脚步声消失之后，她才想起来竟然没有把他让进屋里来，她抬起头来时，黑暗的巷子里已经没有宋凡平的身影了。

五

李光头不知道宋钢的父亲是怎么和他母亲搞上的，当他知道这个男人名叫宋凡平的时候，他差不多七岁了。

在一个夏天的傍晚，李兰拉着李光头的手先去了理发店，给他推了一个正宗的光头，然后拉着他的手来到了电影院对面的球场边。这是我们刘镇唯一有灯光的篮球场，我们都叫它灯光球场。这天晚上，我们刘镇和另外一个镇要进行一场篮球比赛，有一千多个男人和女人穿着拖鞋噼里啪啦地走来，他们层层叠叠地围住了灯光球场，让球场看上去像是一个大坑似的，而他们就像是挖出来的泥土一样堆在四周。男人们抽着烟，女人们吃起了瓜子，附近的树上爬满了尖声叫喊的孩子，后面的围墙上站满了脏话连篇的男人。他们站在围墙上已经人挨着人了，已经挤得连缝都快没有了，下面的人还要往上爬。上面的人又是踢腿又是甩胳膊，不让他们上来，下面的人又是叫骂又是满嘴的唾沫星子，他们偏要上去。

李光头就是在这里第一次和宋钢说话，这个比他大一岁的男孩穿着白背心蓝短裤，流着鼻涕拉着李兰的衣角。李兰摸着宋钢的头，摸着宋钢的脸，摸着宋钢的小脖子，李兰对他的喜爱像是想把他吞到肚子里去。然后李兰把两个孩子拉到了一起，她哇哇叫着说了很多话，李光头和宋钢一点都听不清楚，四周是滚滚的人声，几个女人吐出来的瓜子壳从他们中间飞过，几个男人吐出来的烟圈在他们中间缭绕升起。围墙那边的人已经打起来了，一棵树上的树枝断了，有两个孩子掉了下来，李兰还在对着他们喊叫，这次他们听清楚了。

李兰指着宋钢对李光头说："这是你哥哥，他叫宋钢。"

李光头点着头对宋钢叫了一声："宋钢。"

李兰又指着李光头对宋钢说："这是你弟弟，他叫李光头。"

宋钢听到了李光头的绰号后，看着李光头亮闪闪的光脑袋咯咯笑个不停，他说："真滑稽，你叫李光头。"

宋钢笑了没多久就哇哇哭了起来，一个男人的香烟烫在了他的胳膊上。看到宋钢闭着眼睛哭的样子，李光头也觉得滑稽，他正要笑出来，另一个男人的香烟烫在了他的脖子上，他也立刻哇哇地哭上了。

然后篮球比赛开始了，在耀眼的灯光球场上，在像是刮着台风的声浪里，宋凡平出足了风头，他的高个子，他的健壮，他的弹跳，他的技术，让李兰的嘴张开以后就再也没有合上，她把嗓子都喊哑了，她激动得眼睛都红了。这个宋凡平每次投进一个球以后，都会张开双臂，像是要飞翔似的从他们面前跑过去。有一次他竟然在篮下跳起来扣了一个篮，他这辈子只扣了一次篮，就是这一次；那些团团围在四周的一千多人这辈子第一次见到扣篮，也是这一次。当时隆隆的人声一下子没了，人们目瞪口呆，人们互相看来看去，仿佛要证实刚才发生的事是不是真的。随即灯光球场四周的人声呼啸而起，当年日本人打进来的时候也没有这么大的声响。

宋凡平也被自己的扣篮吓了一跳，他在篮下怔住了，紧接着当他知道自己刚才干了什么以后，他睁圆了眼睛，脸色紫红，向着李兰他们奔跑过来，他伸出双臂突然将宋钢和李光头高高举起。他举着他们两人跑向了篮板，要不是宋钢和李光头吓得哇哇大哭，这个得意忘形的男人真会把他们扔进篮筐。谢天谢地，他跑到篮下以后突然想起来他们两个不是篮球，他嘿嘿笑着又跑了回去，把两个孩子放到地下后，他意犹未尽一把抱起了李兰。一千多个人看着呢，他竟然把李兰举了起来，灯光球场里的笑声哗啦哗啦地响起来，大笑、微笑、尖笑、细笑、淫笑、奸笑、傻笑、干笑、湿笑和皮笑肉不笑，林子大了什么鸟都有，人多了也是什么笑声都有。

那年月看到一个男人抱住了一个女人，就等于是现在的三级片。宋凡平把李兰放下后，又张开双臂跑到比赛里去了。李兰主演了三级片以后就是另外一个人了，接下去只有一半人在看着比赛，还有一半人兴致勃勃地看起了李兰。他们议论纷纷，他们重新想起了那个在厕所里偷看女人屁股丢掉了性命的男人，他们指指点点，他们恍然大悟地说原来这个女人跟这个男人搞上了。李兰当时沉浸在她的幸福里，她眼泪汪汪，嘴唇颤抖，她已经不在乎别人说些什么了。

比赛结束以后，宋凡平脱下被汗水浸透了的背心，李兰接了过去，这件全是汗臭的背心被她抱在胸前，像是抱了个宝贝。他们两家四口走进了一家冷饮店，他们坐下来的时候，宋凡平的背心已经弄湿了李兰胸前的白衬衣，她的两个乳房隐约可见，她自己一点都不知道。宋凡平要了两碗冰绿豆，两瓶冰汽水，李光头和宋钢吃起了冰绿豆。宋凡平打开了冰镇汽水，一瓶推给了李兰，一瓶自己举起来咕咚咕咚喝了下去。李兰没有喝，她把另一瓶冰镇汽水推给了宋凡平，宋凡平犹豫了一下，拿起来也咕咚咕咚喝了下去。他们两个人坐在那里互相看来看去，他们都顾不上自己的孩子了，宋凡平忍不住一眼又一眼地从李兰浸湿的胸前扫过，李兰也把宋凡平光着的上身看了又看，他宽阔的肩膀和发达的肌肉让李兰浑身发热脸蛋通红。

李光头和宋钢也顾不上他们了，这是两个孩子第一次在夏天里吃到冰镇的东西，在此之前他们吃过的最凉的东西也就是喝一喝井水。现在他们吃的可是从冰柜里拿出来的冰绿豆，上面撒了一层雪花一样的白糖，他们的手端起了碗，碗上冰凉的感觉已经比喝井水更惬意了，白糖就像融化的积雪一样在冰绿豆上面湿了，变黑了，他们的勺子插了进去又舀了出来，一勺子的冰绿豆进入了他们的嘴巴，他们舒服呀，他们高兴啊，他们的嘴巴在炎炎夏季迎接了又凉又甜的冰绿豆。他们吃进了第一口以后，他们的嘴巴就像机器发动起来后停不下来了，他们呼呼地吃着，冰凉的绿豆呼呼地进来，把他们的嘴巴冻得呼呼地疼痛，他们的嘴像是烫伤似的张了开来，他们哈哈哈哈地喘着气，他们又像是牙疼一样，用他们的手拍着他们的腮帮子。然后他们又呼呼地吃起了冰绿豆，他们把冰绿豆席卷到了嘴巴里，他们的舌头在碗里舔了又舔，把剩下的绿豆汁舔得干干净净，他们的舌头还在舔，他们是在舔残留在碗上的凉爽，他们一直把碗舔得比舌头还热，他们才依依不舍地放下了碗。他们抬起头来，看着宋凡平和李兰，看着宋钢的爹和李光头的妈，他们说：

“明天再来吃，好吗？”

宋凡平和李兰同时回答：“好！”

六

李光头和宋钢不知道他们的父母两天后就要结婚了。李兰买来了两斤上海生产的硬糖，还炒了一大锅的蚕豆，一大锅的瓜子，她把它们全部倒进了一只木桶里搅拌了一会儿，才抓一把出来递给李光头。李光头把它们堆在桌子上，数了又数，蚕豆只有十二颗，瓜子只有十八粒，硬糖只有两块。

新婚的这一天，天没亮李兰就起床了，她穿上了新衬衣，新长裤，还有一双亮晶晶的塑料新凉鞋，她坐在床沿上看着黑夜在窗户上如何消散，看着初升的阳光如何映红了窗户。她嘴里咝咝地响着，其实这时候她不头痛了，她咝咝叫着是因为她的喘气越来越急，第二次新婚即将来临，让她脸红耳热心里怦怦跳个不停。当时的李兰对黑夜恨得咬牙切齿，当黎明终于来到之后，她就变得越来越激动了，她的咝咝声也是越来越响亮，把李光头从睡梦里吵醒了三次。李光头第三次醒来后，李兰不让他再睡了，让他赶紧起床，赶紧刷牙洗脸，赶紧穿上新背心、新短裤，还有一双塑料新凉鞋。李兰蹲下来给李光头的新凉鞋系上搭扣的时候，她听到了一辆板车嘎吱嘎吱地来到了门前，她一跃而起，一头撞过去似的打开了屋门，推着板车的宋凡平站在门外喜气洋洋，坐在板车上的宋钢看到李光头后咯咯笑着叫了一声：

“李光头。”

然后咯咯笑着对他父亲说："这名字真滑稽。"

这时候李兰的邻居们聚集了过来，他们惊讶地看着宋凡平和李兰将屋里的用具搬到了板车上。这些邻居里有三个中学生，有一个名叫孙伟的中学生留着一头长发，另外两个就是刘成功和赵胜利，我们刘镇后来的两大才子，当时他们还不是刘作家和赵诗人，还只是名叫刘成功和赵胜利的两个中学生。他们成为刘作家和赵诗人的时候，揪着偷看女人屁股的李光头游遍了我们刘镇的大街。这三个中学生兴致勃勃地围在板车前，他们互相挤眉弄眼地笑，又冲着李兰稀奇古怪地笑，他们说：

"你是不是又要结婚啦？"

李兰满脸通红，她抱着那个木桶走上去，抓出一把把蚕豆、瓜子和硬糖递给她的邻居们，宋凡平也停下了手里的活，跟在李兰身后给邻居的男人们递上一支支香烟。这些邻居们咬着蚕豆吃着瓜子嚼着糖，他们嘻嘻哈哈地看着宋凡平和李兰往板车上装东西。

然后他们的板车走在夏天的街道上了，这是石板铺成的街道，车轮滚过去时有些石板在上下摆动，木头电线杆在街角嗡嗡地响着，像是蜜蜂的叫唤。板车上堆满了李兰家的衣服和被子、桌子和凳子、洗脸盆和洗脚盆，还有锅碗刀勺和筷子。李光头二婚的母亲和宋钢二婚的父亲走在前面，拖油瓶的李光头和宋钢走在板车的后面。

李兰从那只木桶里抓了两把蚕豆、瓜子和硬糖，塞给了李光头和宋钢，两个孩子双手捧着走在后面，他们馋得口水直流，可是他们的手太小了，连捧着瓜子和硬糖都不够用了，有些瓜子豆子已经从他们的指缝里掉出去了，他们没有第三只手拿起瓜子来吃，拿起豆子来咬，拿起硬糖放进嘴里含着。他们捧着一大把吃的，他们的嘴里却是空空荡荡。

有几只母鸡和公鸡追随着两个孩子，它们咯咯叫着抢啄着掉落地上的瓜子，它们在两个孩子的腿中间窜来窜去，它们还扇动着翅膀扑向他们的双手，他们躲来躲去的时候，手里的瓜子和蚕豆越掉越多。

宋凡平拉着板车，李兰抱着木桶，走在行人越来越多的大街上，笑容在两个人的脸上荡漾。很多认识宋凡平和李兰的人都站住了脚，他们奇怪地看看这一男一女，看看后面被公鸡母鸡追逐着的李光头和宋钢。他们指指点点，互相说着这是怎么回事。

宋凡平就放下板车走上去，掏出香烟一支支地递给那些男人，李兰抱着木桶跟在后面，抓出一把把豆子瓜子硬糖递给女人和孩子。这一男一女满脸通红满脸是汗，又是点头又是笑个不停，声音抖动着说他们结婚了。所有的人都噢噢噢噢地点起了头，他们看看宋凡平和李兰，又看看宋钢和李光头，他们嘿嘿咯咯嘻嘻哈哈笑个不停，他们笑着说：

“结婚了，噢，噢，结婚了……”

宋凡平和李兰沿街笑着走去，沿街说着他们结婚的事，沿街的人都抽上了他们的喜香烟，咬上了他们的喜硬糖，嚼上了他们的喜豆子，吃上了他们的喜瓜子。跟在后面的李光头和宋钢连个喜屁都没闻着，两个孩子的双手还在保护着手里这些吃的，公鸡母鸡们还在追逐着他们，他们的嘴里流满了口水，看着别人吃个不停，他们却只能喝着自己的口水汤。

沿街的人看着李光头和宋钢议论纷纷，他们说这样两家人合到一起，哪家的孩子才算是拖油瓶？他们商量到最后说：

“两个都是拖油瓶。”

然后他们对宋凡平和李兰说：“你们还真是很般配……”

终于来到了宋凡平的家门口，这游街式的婚礼终于进站了。宋凡平将板车上的东西搬进了屋子，李兰仍然抱着她的木桶站在门外，从里面一把一把抓出来递给宋家的邻居们，木桶里吃的不多了，李兰抓出来时也越来越少了。

李光头和宋钢赶紧爬到了里屋的床上，他们把手里吃的放在了床上，那些豆子瓜子都被他们手上的汗水浸湿了，他们馋得都快昏过去了，把瓜子豆子和硬糖一口气放进了嘴里，把自己的嘴巴一下子塞满了，塞得像屁股一样圆鼓鼓的嘴巴都不能动了，他们才发现自己还是什么都没吃着。这时候宋凡平在屋外喊叫着两个孩子的名字，屋外挤满了看热闹的人，这些人把二婚的一男一女看够了，就想看看这二婚的两个儿子。

李光头和宋钢嘴里鼓鼓囊囊地走了出去，两个孩子的脸被挤肿了，眼睛被挤小了，屋外的人看到两个孩子就哈哈地笑，他们说：

“嘴里塞了什么山珍海味？”

两个孩子又是摇头又是点头，就是说不出话来，他们中间有人说：“别看这俩小子的嘴巴比充足了气的皮球还圆，照样还能塞进去吃的。”

说话的那个人嬉笑着走进了宋凡平的屋子，东找西找拿出来了两只白瓷杯盖，让李光头和宋钢叼住杯盖上像奶头一样的圆纽。两个孩子真把杯盖叼住了，看热闹的这些人哄堂大笑，他们笑得前仰后合，笑得浑身发抖；他们笑出了眼泪，笑出了鼻涕，笑出了口水，还笑出了屁。李光头和宋钢一人叼着一只白瓷杯盖，在他们看来就像是叼着李兰的两个奶头。李兰羞红了脸，她歪着头去看她新婚的丈夫，宋凡平满脸尴尬，走到两个孩子面前，取下了孩子嘴上叼着的杯盖，对两个孩子说：

“进去吧。”

李光头和宋钢回到了屋子里，重新爬到了床上，两个孩子的嘴巴还是塞得太满，还是不能动弹。他们伤心地互相看着，嘴里塞了那么多吃的，可是他们什么都没吃下去。这时候李光头首先反应过来，他很快就知道把手伸到嘴里一点一点挖出来，宋钢学着他也一点一点将嘴里的东西挖出来。他们将挖出来的豆子瓜子和硬糖堆在了床单上，它们黏黏糊糊，像鼻涕似的亮晶晶，弄脏了新婚父母的新婚床单。两个孩子的嘴巴绷得太久了，当他们重新将豆子瓜子往嘴里放的时候，嘴巴突然合不上了。两个孩子可怜巴巴地看着对方像个山洞似的张开的嘴，他们不知道如何去对付自己空荡荡的嘴巴，这时候宋凡平和李兰又在外面喊叫他们的名字了。

李兰家的男女邻居们带着他们的中学生孩子和更小的孩子来到了这里，他们穿街走巷一路打听着找到了宋凡平的家，他们的来到让李兰一阵惊喜，可是她的惊喜像打喷嚏一样短暂，瞬间之后她就失望了。他们并不是来祝贺李兰和宋凡平的新婚，他们是来寻找走失了的公鸡母鸡。他们的公鸡母鸡追逐着李光头和宋钢，一直追逐到大街上，接下去谁也不知道它们去了哪里。公鸡母鸡们的主人在门外吵吵嚷嚷，对着李兰和宋凡平又喊又叫，他们说：

“鸡呢？鸡呢？他妈的鸡呢？”

这对新婚的夫妻不知道他们在说些什么，问他们：“什么鸡？”

“我们的鸡……”

他们五花八门地说着他们的鸡长了什么模样，他们说很多人都看见了，看见他们的公鸡母鸡跟着李光头和宋钢走上了大街。宋凡平不明白，他说：

“鸡不是狗，狗会跟着人，鸡怎么会跟到大街上？”

他们说很多人都看见的，看见李光头和宋钢这两个小王八蛋一路走去时，指缝里又是掉出瓜子，又是掉出豆子，他们的公鸡母鸡就跟着啄呀啄呀，跟到大街上了。宋凡平和李兰再次把两个孩子叫了出来，问他们：

“鸡呢？鸡呢？”

两个孩子张开的嘴巴还没有办法合上，他们只能摇晃着身体摇晃着头，来表示他们什么都不知道。

寻找公鸡母鸡的三个男人三个女人和三个中学生，还有两个比李光头和宋钢大一点的男孩，总共十一个人把李光头和宋钢团团围住，七嘴八舌说着，他们问这两个孩子：

“鸡呢？那几只鸡是不是跟着你们走了？”

李光头和宋钢点起了头，他们扭头去对宋凡平和李兰说：“看见了吧，这两个小王八蛋点头啦。”

他们再去问李光头和宋钢：“鸡呢，他妈的鸡在哪里？”

李光头和宋钢摇起了头，他们非常生气，他们说：“这两个小王八蛋刚才还在点头，现在又摇头了……”

他们声称公鸡母鸡们不是跳蚤虱子们，不会近在眼前都看不见，他们说去找一找，去搜一搜。他们说着走进了宋凡平的屋子，他们打开柜子看，趴到床下看，揭开锅盖看。三个中学生里长头发那个，就是名叫孙伟的那个，让李光头和宋钢张开嘴，对着他们嘴巴闻了起来，闻闻里面有没有鸡肉的气味。孙伟闻了一会儿没有把握，让赵胜利来闻一闻；赵胜利闻了一会儿也没有把握，让刘成功来闻一闻，刘成功闻了一会儿说：

“好像没有……”

进屋搜查的人连根鸡毛都没找到，他们骂骂咧咧说着难听的话走了出来。这时候的宋凡平已经不是一个喜气洋洋的新郎，他是个脸色铁青的新郎。他的新娘吓得脸色苍白，伸手拉住了他的衣角。李兰不断拉扯着宋凡平的衣服，她害怕新婚的丈夫会和这伙人打起来。宋凡平一直在忍气吞声，当这些人从屋子里走出来说了一大堆难听的话时，宋凡平仍然在忍气吞声，他一言不发，只是瞪圆了眼睛看着他们。

这些人又在屋子的四周看来看去，连那口井都没有放过，几个脑袋轮番探入井口去张望，他们没有看到公鸡母鸡的脸，倒是看到了自己在井水里的脸。那三个中学生像三只猴子爬到了树上，看看屋顶上有没有他们的公鸡母鸡。他们没有看见公鸡和母鸡，他们说看见了几只麻雀在屋顶上蹦蹦跳跳。

这些人什么都没找到，他们离开的时候连句客气的话都不说，他们仍然在骂骂咧咧，有一个人说：

“可能是掉进厕所里淹死了，偷看女人屁股时淹死了。”

“鸡也偷看女人屁股？”

“公鸡嘛。”

他们哈哈咯咯地笑，哈哈笑着的是男人，咯咯笑着的是女人。李兰这时候浑身哆嗦，她都不敢去拉宋凡平的衣服了，她觉得是自己连累了新婚的丈夫。宋凡平已经忍无可忍了，这些人走去的时候还在一唱一和，他们说：

“母鸡呢？”

“母鸡等公鸡淹死了就再嫁嘛。”

宋凡平吼叫起来了，他伸手指着说话的那个人：“你回来！”

这些人全部回过头来了，三个男人加上三个中学生，还有三个女人加上两个男孩。宋凡平看到他们全都站住了脚，就说：

“你们给我回来！”

这些人嘿嘿笑了起来，三个男人和三个中学生走到了宋凡平跟前，将他团团围住，三个女人拉着两个孩子的手站在一旁看戏似的看着他们。他们人多势众，他们嬉笑着问宋凡平，是不是要请他们喝喜酒？宋凡平冷笑着说，没有喜酒，只有拳头。他伸手指着中间的一个人说：

“你把刚才的话再说一遍。”

那个人坏笑着问：“我刚才说什么了？”

宋凡平迟疑了一下后说：“你说了母鸡什么……”

那个人“噢”的一声说他终于想起来了，他问宋凡平：“你要我再说一遍？”

宋凡平说：“你要是敢再说一遍，我就揍烂你的嘴。”

那个人看看身边的同伴，还有三个中学生，嬉笑地说：“我要是不说呢？”

宋凡平愣了一下，随后苦笑着挥挥手说：“你们走吧。”

那些人这时候哈哈大笑起来，那三个中学生用身体挡住宋凡平，齐声说："公鸡淹死了，母鸡再嫁人？"

宋凡平举起了拳头又放了下来，他看着这三个中学生摇了摇头，他推开他们准备回到屋子里去。刚才那个人这时说：

"什么母鸡再嫁人？母鸡再嫁鸡！"

宋凡平转身就是一拳。他的转身，他的出拳，又快又准又猛，把那个人打翻了过去，就像是一条扔出去的旧被子。李光头和宋钢张了很久的嘴巴，因为这一拳，"砰"的一声合上了。

那个人从地上爬起来时满嘴的血，他往地上呸呸呸，吐出来的口水鼻涕里也全是血。宋凡平打出一拳后向后一跳，跳出了他们的包围。当他们扑上来时，宋凡平蹲下身体，伸直了右腿扫了过去。李光头和宋钢就是从那时候知道什么叫扫堂腿，宋凡平一条腿扫倒了三个男人，还将那三个中学生绊得跌跌撞撞。

他们爬起来再次扑上来时，宋凡平的左腿蹬了出去，蹬在一个人的肚子上，这个人号叫着倒地时也掀翻了他身后的两个人。这三个男人和三个中学生满脸的诧异，他们互相看了又看，仿佛在想着刚才是怎么一回事。

宋凡平握紧拳头站在他们的对面，他们中间的一个人叫了起来，他说要把宋凡平围起来。这六个人立刻把宋凡平围在了中间，宋凡平挥着拳头声东击西，刚刚冲了出去，又被他们赶上来围在了中间。接下去兵荒马乱了，谁都看不清他们在那里干些什么了，他们有时候像是包子似的挤成一团，有时候又像爆米花一样散了开去。

那两个比李光头和宋钢大三四岁的男孩这时候趁火打劫，走到李光头和宋钢面前，每人拉过去一个，扇他们的脸，踢他们的腿，还吐了他们满脸的口水鼻涕。刚开始李光头和宋钢毫不示弱，也伸手扇他们的脸，抬脚踢他们的腿，也把口水鼻涕往他们脸上吐。可是李光头和宋钢的手短，扇不着他们的脸；脚短，踢不着他们的腿；因为年龄小，就是口水鼻涕也没有他们多。几个回合下来，李光头和宋钢知道自己输定了，两个孩子只好哇哇大哭。

宋凡平听到了两个孩子的哭声，他一个对付六个忙不过来，没工夫来照料他们。李光头和宋钢只好哭叫着跑到李兰的身旁，李兰那时候哭得比李光头和宋钢还要汹涌，她向宋凡平的邻居们和那些路过这里看热闹的人连连哀求，哀求他们去帮帮她的新婚丈夫。她一个一个地哀求他们，李光头和宋钢拉着她的衣服一步一步地走着，那两个男孩跟在后面继续扇李光头和宋钢的脸，继续踢李光头和宋钢的腿，继续把鼻涕呼呼地吸到嘴里，再呸呸地吐到李光头和宋钢脸上。李光头和宋钢哭叫着哀求李兰帮帮他们，李兰哭叫着哀求围观的人去帮帮她的丈夫。

宋凡平的邻居里和看热闹的人群里终于有人站出来了，先是两三个，接着是十多个，他们冲上去将那六个围打着宋凡平的人拉开来，把他们拉到一边，把宋凡平拉到了另一边，这些人挡在了中间。这时的宋凡平眼睛肿了，嘴巴鼻子出血了，衣服也撕破了；另外的六个人也是差不多的鼻青脸肿，只是他们的衣服还没有撕破。

这些劝架的人开始两边做起了工作，他们对宋凡平说，谁家丢了鸡都心疼，谁家丢了鸡都会说些难听的骂人话；他们对那些人说，人家今天是新婚大喜的日子，不看僧面看佛面，不看平常日子也得看新婚日子。他们把宋凡平往屋子里推，把那些人往街上推，他们说：

“算啦，算啦，冤家宜解不宜结，宋凡平你回屋去，你们回家去。”

伤痕累累的宋凡平仍然昂首站在那里，这些人也是死活不愿意回去，他们仗着自己人多势众，他们不依不饶，说这事不能这样完了，这事总得有个说法，他们说：

“最起码也得赔礼道歉……”

中间劝架的人终于找到了一个办法，让宋凡平给他们每人都递上一支香烟。按照那年月的规矩，打完架递上香烟算是认输，算是赔礼道歉。这些人一想也就答应了，起码在面子上赢了，他们说：

“就这样吧，今天就放过他了。”

劝架的人又走到宋凡平面前，不说递香烟是赔礼道歉，只说给这些人递上结婚时的喜烟。宋凡平知道递给他们香烟是什么意思，他摇了摇头，他说：

“没有香烟，只有两个拳头。”

宋凡平说完这话以后，看到李兰哭肿的眼睛，看到宋钢和李光头的脸上挂着自己的泪水和别人的鼻涕口水。他突然满脸的忧伤，他那么站了一会儿后，低头走进了屋子，拿着一盒香烟又低头走出来，他一边拆着一边走到三个男人和三个中学生面前，从里面一支一支抽出来，一支一支递给他们，连那三个中学生都给了。当他递完香烟转身走回来时，那几个人在后面嚣张地叫着：

“别走，给我们点烟。”

宋凡平忧伤的脸立刻变成了愤怒的脸，他将手里的香烟往地上一摔，正要转身重新去战斗的时候，李兰扑上去紧紧抱住了他。李兰哭着低声哀求他，李兰说：

“让我去，让我去给他们点烟，让我去……”

李兰拿着火柴走到这些人面前，她站在那里先将眼泪擦干，然后才划燃了火柴，挨个给他们点燃了嘴里叼着的香烟。那个名叫孙伟的长头发中学生吸了一口香烟以后，故意将烟雾吐在了李兰的脸上。

宋凡平看见了，这一次他没有愤怒，他低下了头，转身走进了屋子。李光头看见他的继父走进去的时候流出了眼泪，这是李光头第一次看见宋凡平的眼泪，一个强大的男人哭了。

李兰给他们点完香烟以后，将火柴放进口袋，走到李光头和宋钢面前，她撩起衣角擦干净两个孩子脸上的泪水，还有别人吐在上面的鼻涕和口水，拉起两个孩子的手，跨过了门槛走进了屋子，然后她转身关上了屋门。

从不抽烟的宋凡平坐在屋角的凳子上一口气抽了五支香烟，他的咳嗽声听起来像是在呕吐，他往地上吐着口水，吐着痰，里面全是血。他让两个孩子非常害怕，他们惊魂未定地坐在外屋的床上，他们挂在床边的四条腿瑟瑟打抖。李兰双手捂着脸靠门而立，她的眼泪还在流，从她的指缝里流了出来。宋凡平抽完了五支香烟以后站了起来，他脱下被撕烂的衬衣，擦干净脸上的血迹，他又用脚上的凉鞋擦起了地上血糊糊的痰和口水，然后他走进了里面的房间。

过了一会儿宋凡平出来时像是换了一个人，穿着一件干净的白背心，他虽然鼻青脸肿，可是笑容满面，他向李光头和宋钢伸过来两只拳头，他说：

“猜一猜里面是什么？”

两个孩子摇起了头，他们不知道里面是什么，他的两只拳头伸到了他们的眼皮底下，手指张开后，他们看到两颗硬糖在他的两只手掌里，他们终于笑了起来。宋凡平剥掉糖纸，将硬糖放进了两个孩子的嘴中，两个孩子的嘴巴甜起来了！上午的时候他们就想着让自己的嘴甜起来，直到太阳快落山了他们的嘴巴刚刚开始甜起来。

宋凡平走到了李兰面前，他仍然鼻青脸肿地笑着，拍着李兰的背，摸着李兰的头发，又凑到李兰的耳边说了很多话。李光头和宋钢坐在床上，吃着让满嘴都甜起来的硬糖，他们不知道宋凡平说了什么话，只看到过了一会儿李兰笑了。

这天晚上四个人围坐在一起，宋凡平做了一条鱼，炒了一碗青菜，李兰从她的行李里拿出一碗早就煮好的红烧肉。宋凡平拿出了一瓶绍兴黄酒，给自己倒了一盅，给李兰也倒了一盅，李兰说她不喝酒，宋凡平说他也不喝酒，宋凡平说以后谁都不喝酒，但是今晚的酒一定要喝，他说：

“今晚喝的是自己的喜酒。”

宋凡平拿起酒盅，举在昏暗的灯光下等待着李兰，李兰也将酒盅举了起来，宋凡平将手里的酒盅和她碰了一下，李兰羞涩地笑了。宋凡平将黄酒一饮而尽，嘴里的伤让他疼歪了脸，然后他像是吃了根辣椒似的伸手在张着的嘴边扇着风。他让李兰也将黄酒喝下去，李兰也是一饮而尽，等李兰放下了酒盅，他才将酒盅放下。

李光头和宋钢并肩坐在一条长凳上，他们的头刚刚伸到桌子的上边，他们的下巴搁在桌面上，就像他们父母的手搁在桌面上一样。宋凡平和李兰轮换着给两个孩子的碗里夹了肉，夹了鱼，夹了青菜。李光头吃了一口肉，吃了一口鱼，吃了一口青菜加米饭后，就不想再吃了，他扭头看着身旁的宋钢，轻轻说了声：

"糖。"

宋钢正在美滋滋地吃着鱼和肉，听到李光头的话以后，他也不想再吃鱼和肉了，他也轻轻说了声：

"糖。"

两个孩子知道鱼和肉的美味，这样的美味他们一年也就是尝几回，可是他们更想吃到糖，他们的嘴巴甜了没多久，现在又咸了，他们说想吃糖，先是轻声地说，接着响亮地说，最后叫叫嚷嚷地说，他们叫嚷出来的只有一个字：

"糖、糖、糖……"

李兰说没有喜糖了，她说木桶里的喜糖和瓜子豆子都在路上抓给别人了。宋凡平嘿嘿地笑，他问两个孩子想吃什么糖，两个孩子同时拿起了放在桌子上的糖纸，同时说：

"想吃这样的糖。"

宋凡平装模作样地把手伸进口袋，问他们："你们想吃硬糖？"

他们使劲地点起了头，他们伸长了脖子想看到他的口袋。可是宋凡平摇起了头，他说：

"没有了。"

两个孩子失望得差点哭出来，宋凡平这时说："没有硬糖，只有软糖。"

两个孩子立刻瞪圆了眼睛，他们从来就没有听说过这个世界上还有一种糖的名字叫软糖。他们看到宋凡平站起来，他像是要把软糖找出来似的摸遍了身上的口袋，让他们的小小心脏怦怦跳个不停，他将口袋一个个翻过来给他们看，他嘴里说着：

“软糖呢？软糖呢？”

宋凡平将最后一个口袋翻过来仍然是空的时候，望眼欲穿的李光头和宋钢哇地哭出来了。宋凡平拍着自己的脑袋，对他们说：

“我想起来了……”

宋凡平转身蹑手蹑脚地走向里面的屋子，好像要去抓一把虱子、跳蚤似的小心翼翼，让李兰咯咯直笑。当他那张鼻青脸肿的脸在门口重新出现时，李光头和宋钢看到了他手里提着的一袋奶糖。

两个孩子惊叫起来。然后他们第一次吃到了软糖，第一次吃到了奶油味的软糖，包着它的糖纸印上了大白兔，它的名字也叫大白兔。宋凡平说这是他在上海的姐姐邮寄过来的，是姐姐给他的结婚礼物。宋凡平让李兰尝一颗，他自己也尝了一颗，给了李光头和宋钢每人五颗。

两个孩子把奶糖放在嘴里慢慢地舔，慢慢地咬，慢慢地吞着口水，他们的口水和糖一样甜，和奶油一样香。李光头把米饭放进了嘴里和奶糖一起嚼，宋钢也学着把米饭放进了嘴里。两个孩子嘴里的米饭也像糖一样甜起来了，也像奶油一样香起来了，他们嘴里米饭的名字也叫大白兔了。宋钢一边美美地吃着，一边亲热地叫着：

“李光头，李光头……”

李光头也是一边吃着一边叫着：“宋钢，宋钢……”

宋凡平和李兰幸福地笑着，宋凡平看着李光头光溜溜的脑袋，对李兰说：“不要叫孩子的绰号，应该叫孩子的名字。”

宋凡平拍着脑袋说：“我只知道孩子叫李光头，不知道孩子的名字。”

他问李兰：“李光头叫什么名字？”

李兰忍不住地笑，她说：“你刚说完不要叫绰号，马上就叫上了。”

宋凡平举起双手，像是投降似的说：“从今往后，不许再叫孩子的绰号……孩子的名字是什么？”

李兰脱口而出：“李光头的名字是……”

李兰没说完立刻捂住了自己的嘴，她知道自己又叫孩子绰号了，她哧哧笑个不停，她吃吃地说：

“他叫李光。”

“李光，”宋凡平点点头说，“知道了。”

然后宋凡平转向了两个孩子，对他们说：“宋钢，李光头，我有话要对你们说……”

宋凡平看到李兰在偷偷地笑，他小心翼翼地问：“我是不是又叫绰号了？”

李兰笑着点点头，宋凡平搔了搔脑袋说：“算了，还是叫绰号吧，叫李光的时候总是忍不住滑过去叫成李光头了。”

宋凡平说完后哈哈大笑，再次转向两个孩子，他把大笑变成了微笑后，对李光头和宋钢说：

“从今天起，你们就是兄弟，你们要亲如手足，你们要互相帮助，你们要有福同享有难同当，你们要好好学习天天向上……”

宋凡平和李兰成为了夫妻，宋钢和李光头成为了兄弟，两个家庭变成了一个家庭。李光头和宋钢睡在了外屋，李兰和宋凡平睡在了里屋。这一天的夜晚，两个孩子捧着大白兔的糖纸躺到了床上，闻着糖纸上残留的奶香，准备去和梦中的大白兔奶糖相遇。李光头在入睡之前一直听到里屋的床在嘎吱嘎吱地响，听到他母亲在嗯嗯地哭，有时候还哭得哎哟哎哟地叫起来。李光头觉得他母亲这个夜晚的哭声和以前的哭声不一样，好像不是在哭。那时候窗外的小河里有一条小船经过，吱呀吱呀的橹声就像是李光头母亲在里屋的声音。

七

宋凡平是一个快乐的人，他被人揍得鼻青脸肿，他一笑就会满脸的疼痛，可他仍然哈哈大笑。他在新婚的第二天就在屋外大模大样地给李兰洗起了头发，那时候他肿胀的嘴脸跟挂在肉铺里猪头似的，他对邻居们的怪笑满不在乎，他将打上来的井水倒在脸盆里，帮助李兰浸湿了头发，擦上了肥皂，然后像个理发师那样搔起了李兰的头发，把李兰弄得满头的肥皂泡，接着再次打上来井水将李兰的头发冲洗干净，用毛巾替她把头发擦干，又用木梳替她将头发梳理整齐。他都不让李兰自己动手，当李兰抬起脸来时，看到四周已经站了十多个大人小孩，他们像是看演出似的嘿嘿地笑，李兰满脸羞红，同时也是满脸的幸福。

然后宋凡平大声说着要到街上去逛一逛，那个时候李兰的头发还在滴着水珠，她看着宋凡平肿胀的脸犹豫不决，宋凡平知道她的意思，他轻松地说一句脸不疼了，就锁上了屋门，拉上李光头和宋钢的手向前走去，李兰只好跟了上来。

李光头和宋钢走在中间，他们的父母走在两边，四个人手拉手走在大街上。大街上的男男女女看着他们嘻嘻哈哈地笑，他们知道这一对夫妻都是二婚，知道这两个儿子都是拖油瓶，知道这个新郎在新婚的那一天和六个人打架打得手忙脚乱。他们想不到的是这个新郎还在鼻青脸肿的时候就来逛街了，而且他满脸的得意，看见他认识的人就会大声招呼，然后指着李兰快乐地说：

“这是我妻子。”

又指着两个孩子快乐地说：“这两个都是我儿子。”

街上所有人的表情都是那么的快乐，他们的快乐和宋凡平的快乐不一样。宋凡平的快乐是新郎的快乐，他们的快乐是看别人笑话的快乐。李兰知道他们脸上的怪笑是什么意思，知道他们指指点点时都说了些什么话，所以李兰低下了头，宋凡平也知道，他低声对李兰说：

“抬起头来。”

一家人快乐地走过了两条大街，走过那家冷饮店时两个孩子无限怀念地往里面张望，他们的父母视而不见地拉着他们继续往前走。走到照相馆时，宋凡平站住了脚，他兴高采烈地说着要进去照一张全家福，这时候他完全忘记了自己肿胀的脸，李兰说以后再来照，宋凡平已经走进了照相馆，他回头看到李兰拉着两个孩子的手仍然站在门外，就使劲地招手要他们进去，李兰拉着两个孩子的手就是不进去。

宋凡平对走过来的摄影师说要照一张全家福，当摄影师万分惊讶地看着他的脸时，他才想起来今天不宜照相，他歪着脑袋从照相馆的镜子里看了一下自己的脸，对摄影师说：

“今天不照了，我妻子说以后再来照。”

快乐的宋凡平走出照相馆时嘿嘿笑个不停，他的快乐感染了李兰，在他们继续向前走去时，这两个人一直嘿嘿地笑，然后李光头和宋钢也咯咯笑了起来，虽然两个孩子不知道为什么要笑。

再婚的李兰喜气洋洋，自从她的前任丈夫在厕所里淹死以后，她生不如死地熬过了七年，她的头发像狗窝似的乱了七年，现在她恢复了姑娘时的辫子，还在辫梢处系上了两根红绳。她的脸色像是吃了人参似的突然红润起来，她的偏头痛也突然没有了，她嗞嗞响了七年的嘴里开始哼起了歌曲。她那再婚丈夫也是红光满面，他在屋里走进走出时脚步敲鼓似的咚咚响，他贴着外面的墙壁撒尿时疾风暴雨似的哗哗地响。

这一对二婚的夫妻在他们的蜜月里如胶似漆，他们一旦抓住空闲就会躲进里面的屋子，而且屋门紧闭。李光头和宋钢只能在外面的屋子里想入非非，两个孩子听到他们在里面时嘴巴噼里啪啦地响，坚信他们躲在里面吃着那一袋大白兔奶糖。他们不仅白天吃，晚上也是吃个不停。天还没黑他们就会逼着李光头和宋钢上床睡觉，他们把自己关在里屋，两只嘴巴不断地响。这时候邻居家的孩子们还在外面奔跑喊叫，李光头和宋钢却只能上床睡觉了，宋凡平和李兰说起来也上床睡觉了，可是他们在里面的屋子里嘴巴响个不停。李光头和宋钢流着眼泪流着口水进入梦乡，第二天早晨醒来时眼泪干了，口水还在流。

李光头和宋钢馋得口水滔滔，有一天吃完午饭以后，宋凡平和李兰的嘴巴在里屋再次响起来时，李光头贴在门缝上往里面偷看，宋钢贴在他的后背，随时听取消息。李光头在第一条门缝里看到他们的四条腿都在床上，宋凡平的两条腿压在上面，夹住了下面李兰的两条腿，李光头悄悄告诉宋钢：

“他们正在床上吃……”

李光头换到第二条门缝时，看到宋凡平的身体压在李兰的身体上面，双手抱着李兰的腰，他悄悄说：

“他们正抱着吃……”

第三条门缝让李光头看到了他们一上一下两张脸，看到宋凡平和李兰正在狂热地亲嘴，李光头先是咯咯笑了两声，这样的情景让他觉得十分滑稽，接下去他看得心醉神迷了。站在身后的宋钢几次伸手推他，他都不知道。宋钢一次次悄声问他：

“喂，喂，他们正在怎么吃？”

李光头看得兴致勃勃，他回头神秘地说：“他们没吃奶糖，他们在吃嘴巴。”

宋钢不明白，他神秘地问："吃谁的嘴巴？"

李光头继续神秘地说："你爸吃我妈的，我妈吃你爸的。"

宋钢吓了一跳，他以为宋凡平和李兰像两头野兽一样在里屋互相吃着。这时里屋的门突然打开了，宋凡平和李兰站在门口吃惊地看着两个孩子。宋钢看到他们两个人的嘴巴都还在脸上，松了一口气，指着李光头的鼻子，对他们说：

"他骗我，他说你们把嘴巴吃掉啦。"

李光头晃着脑袋说："我只说你们在吃嘴巴，没说嘴巴吃掉了。"

宋凡平和李兰红着脸哧哧地笑，他们什么话都没说，走出家门去上班了。他们走后，李光头为了证明自己不是骗子，他让宋钢在床上坐好了，就像在电影院里看电影那样坐端正了，他搬了一条长凳放在宋钢的面前，自己趴在了凳子上，他仰起头指了指长凳说：

"这好比是我妈。"

又指了指自己说："这好比是你爸。"

他把长凳比喻成了李兰，又把自己比喻成了宋凡平，然后演绎起了什么是嘴巴吃嘴巴。李光头压在长凳上面，双手抱着长凳，嘴巴亲着长凳时噼里啪啦地响成一片，他的身体随着响声开始上下蠕动起来，他一边亲着一边动着，一边对宋钢说：

"就是这样，他们就是这样。"

宋钢不明白他的身体为什么要动。宋钢说："你身体动来动去干什么呀？"

李光头说："你爸的身体就是这样动来动去。"

宋钢咯咯地笑："你真滑稽啊。"

李光头说："你爸就是滑稽嘛。"

李光头在长凳上蠕动得越来越快，他开始脸色通红呼吸急促起来，宋钢害怕了，从床上跳下来，双手推着李光头的身体说：

“喂，喂，喂，你怎么啦？”

李光头蠕动的身体慢慢停下来，他起身后满脸惊喜地指了指自己的裤裆，对宋钢说：

“这么动来动去，动得小屌硬邦邦的很舒服。”

随后李光头满腔热情地让宋钢也趴到长凳上去试试，宋钢将信将疑地看着李光头，他趴到长凳上时发现上面都是李光头的口水，里面亮晶晶的好像还有鼻涕，他摇着头重新坐起来，他指着长凳说：

“你看看，都是你的鼻涕。”

李光头十分羞愧，赶紧用袖管擦干净长凳上的口水鼻涕，让宋钢再次趴到长凳上。宋钢趴上去后又坐了起来，他挑剔地说：

“都是你鼻涕的气味。”

李光头深感歉意，为了让宋钢有福同享，他殷勤地让宋钢的脸趴到长凳的另一端。宋钢重新趴到长凳上，李光头像一个教练似的指导起了宋钢，让宋钢的身体怎么来回蠕动，他不断纠正宋钢的动作，当他觉得宋钢蠕动越来越像宋凡平时，他擦着额上的汗水坐到了床上，十分满意地问宋钢：

“舒服了吧？小屌硬了吧？”

宋钢的回答让李光头大失所望，宋钢觉得一点意思都没有，他坐起来对李光头说：

“长凳硬邦邦的，硌得我小屌很不舒服。”

李光头疑惑地看着宋钢说：“怎么会不舒服呢？”

接下去他殷勤地把两个枕头放到了长凳上，他觉得还不够松软，又把里屋宋凡平和李兰的枕头拿出来也放在了上面，他殷勤地笑着，殷勤地对宋钢说：

“这样你肯定舒服啦。”

宋钢盛意难却，趴到了枕头上面，在李光头的指导下动起了身体，他动了几下又坐了起来，他还是说不舒服，他说枕头里像是有小石子，硌得他的小屌都疼了。

然后奇迹出现了，两个孩子欣喜若狂地发现了剩下的那一袋大白兔奶糖，他们的父母把大白兔奶糖藏到枕套里了。他们曾经在屋子里翻箱倒柜地寻找，没有大白兔奶糖的踪影；爬到床底下寻找时将自己弄得满身的灰尘，将被子铺盖翻过来寻找时又差点让自己喘不过气来，还是没有大白兔奶糖的踪影。他们的寻找就像是在大海里捞针一样，就在他们彻底泄气、不再寻找的时候，大白兔奶糖自己在枕头里出现了。

两个孩子像两条饿狗似的狂叫起来，把奶糖全部倒在床上，李光头一口气将三颗奶糖放进了嘴里，宋钢也起码放进去了两颗，他们笑着吃着，他们不再去舔，不再去吸，他们大口地嚼，反正奶糖还有很多，他们要让甜的味道和奶的味道塞满嘴巴，让这些味道流到肠子里去，让这些味道从鼻孔里溢出来。

两个孩子风卷残云般地将剩下的三十七颗奶糖吃得只有四颗了，这时候宋钢突然害怕地哭起来，他抹着眼泪说，要是父母回来后看到奶糖被偷吃了怎么办？宋钢的话把李光头吓得哆嗦一下，李光头也只是哆嗦了一下，就不顾一切地将剩下的四颗奶糖塞进嘴里吃了个精光。宋钢眼睁睁地看着李光头将最后的四颗奶糖一人独吃了，他哭着说：

“你为什么不害怕呀？”

李光头将四颗奶糖全部吃完以后，抹了抹嘴巴说：“我现在害怕了。”

两个孩子坐在床上发呆发愣发怔，他们看着那三十七张糖纸，它们像秋风扫下的树叶一样落满了他们的床。宋钢哭个不停，他害怕宋凡平和李兰发现后会严厉地惩罚他们，宋凡平会把他们揍个鼻青脸肿，揍得像新郎时的宋凡平一样。宋钢的哭泣让李光头也是越想越害怕，他一口气哆嗦了十来下，他哆嗦完了以后想出了一条妙计，他说去找一些和奶糖差不多大小的石子，重新用糖纸包起来。宋钢破涕为笑了，跟着李光头爬下了床，两个孩子走到了屋外，在树下、在井边、在街上，还在宋凡平撒尿的墙角找了一堆小石子，他们捧着回到床上，用糖纸将它们包了起来，把它们放进袋里，再把这三十七颗奇形怪状的假奶糖重新放进了枕套，又把枕头放回到里屋的床上。

当这一切全部做完以后，宋钢重新担心起来，他又呜呜地哭上了，他抹着眼泪鼻涕说：

“他们还是会知道的。”

李光头没有哭，他咧着嘴傻笑了一会儿，晃着脑袋安慰宋钢：“他们现在还不知道。”

李光头小小年纪就已经是那种今日有酒今日醉的人了，他吃光了大白兔奶糖以后，兴趣重新回到了长凳上。在宋钢呜呜的哭声里，他再次趴到了长凳上，再次来回蠕动起来，这次他有经验了，他把身体的重心放在小屌那地方，让那地方在长凳上擦来擦去，擦得自己再次满脸通红呼吸急促。

李光头和宋钢从此形影不离，李光头喜欢这个比他大一岁的宋钢，自从有了这个兄弟，李光头才有了到处乱窜的自由生活。在此之前，李兰只要去丝厂上班就会把他反锁在家中，让他独自一人在屋子里度过了一天又一天。宋凡平和李兰不一样，宋凡平将一把钥匙套在宋钢的脖子上，让宋钢和李光头像断了线的风筝似的在我们刘镇的大街小巷神出鬼没。宋凡平和李兰曾经担心两个孩子每天都会大打出手，没想到两个孩子好得跟一个人似的，这对兄弟的脸上和身上只有跌跟头摔跤的伤痕，没有互相打架留下的青肿，只有一次他们两个人嘴唇破了鼻子出血了，那也是他们共同和别人家的孩子打架时挂的彩。

李光头在长凳上发现了自己身体的新天地以后，经常像是上了瘾似的摩擦起了自己的小屌，他和宋钢在大街上走得好好的，他也会突然站住脚，对宋钢说：

"我要擦几下啦。"

然后他迎面抱住一根木头电线杆，听着里面嗡嗡的电流声，身体一上一下地擦了起来，每次都把自己擦了个红光满面，擦了个呼哧呼哧直喘气。每次擦完后，他都会无比幸福地对宋钢说：

"真舒服啊。"

李光头的表情让宋钢十分羡慕，宋钢百思不得其解，他经常问李光头："我为什么就不舒服？"

李光头也是百思不得其解，他每次都是摇晃着脑袋说："是啊，你为什么不舒服？"

有几次李光头和宋钢走在桥上的时候，李光头也会突然来了擦瘾，他就趴到了桥栏上，像是趴在长凳上那样摩擦起来，下面是我们刘镇的小河，常常有拖船鸣叫着汽笛声从桥下通过，当汽笛响起来的时候，李光头更是异常兴奋，有一次他都快活地哇哇叫上了。

那时候三个中学生刚好从他身旁走过，就是和宋凡平大打出手的三个中学生，他们站在桥栏旁奇怪地看着李光头，他们说：

"喂，小子，你这是干什么？"

李光头翻身下来，他呼哧呼哧喘气说："这样擦来擦去，小屌硬邦邦的很舒服……"

三个中学生听了李光头的话以后目瞪口呆，李光头继续言传身教，告诉他们，也可以抱着木头电线杆擦来擦去，不过站着擦来擦去容易累，不如趴着擦来擦去轻松，他最后说：

"回到家里就到长凳上去这样擦……"

三个中学生听完李光头的教导后，惊奇地哇哇直叫，他们说："这小子已经发育啦。"

李光头终于明白了为什么自己擦来擦去很舒服，宋钢却不舒服。三个中学生走远以后，李光头恍然大悟地说：

“原来我是发育了。”

然后他神气地对宋钢说：“你爸和我一样，也发育啦，你还没有发育。”

李光头和宋钢流窜在大街小巷的时候，我们刘镇最热闹的城西巷是他们常去的地方，这条巷子里有铁匠铺、裁缝铺、磨剪刀铺、拔牙铺，还有一个王冰棍拍打着冰棍箱子叫过来又叫过去。

两个孩子先是站在裁缝铺门口，看着我们刘镇赫赫有名的张裁缝拿着一把皮尺，给女人量了脖子又量胸脯，量了胸脯又量屁股，他的手在女人身上弄来弄去，弄得女人没有脾气还要笑呵呵。

看完了张裁缝，两个孩子又去看剪刀铺里两个关剪刀，老关剪刀四十多岁，小关剪刀十五岁，两个关剪刀围着木盆坐在两只矮凳上，木盆里全是水，两块磨刀石斜着搁在木盆里，两个关剪刀把两把剪刀磨得像是下雨一样沙沙地响。

看完了两个关剪刀，两个孩子再去看拔牙铺的余拔牙，余拔牙其实没有铺子，他在街旁撑着一把油布雨伞，下面摆着一张桌子，桌子左边放着一排大小不一的拔牙钳子，右边放着几十颗拔下的大小不一的牙齿，以此招揽顾客。桌子后面是一只板凳，板凳旁边是一把藤条躺椅，有顾客的时候是顾客躺在藤条椅子里，余拔牙坐在板凳上，没有顾客的时候，余拔牙就自己躺在藤条椅子里了。李光头有一次看到藤条躺椅空着，刚刚躺上去想舒服一下，余拔牙就条件反射地拿起拔牙钳子，要捅进李光头的嘴巴里，吓得李光头哇哇直叫，余拔牙才知道错把李光头当顾客了，一把将李光头提起来说：

“他妈的，满嘴的乳牙，滚开！”

童铁匠的铺子是两个孩子最喜欢去的地方，童铁匠有一辆自己的板车，这在当时是气派无比，比现在自己有一辆卡车还要风光。童铁匠每个星期去一次废品站，买些废铜烂铁回来。李光头和宋钢喜欢看着童铁匠打铁，把废铜做出镜框的模样，把烂铁打出了镰刀锄头的模样，尤其是火星飞溅时的情景，让两个孩子兴奋得哇哇乱叫，宋钢问童铁匠：

“天上的星星是不是打铁打出来的？”

“是，”童铁匠说，“就是老子打出来的。”

宋钢对童铁匠极为崇敬，他说原来满天的星星都是从童铁匠的铺子里飞出去的。李光头不相信童铁匠的话，他说童铁匠是在吹牛，他说童铁匠打出来的火星还没出屋门就全掉到地上灭啦。

李光头知道童铁匠吹牛，他还是喜欢去看他打铁。李光头从三个中学生那里得到了自己喜欢擦来擦去的理论根据，所以他到了铁匠铺就会趴到那条长凳上。本来他总是和宋钢一起坐在长凳上看着童铁匠打铁，现在长凳属于李光头一个人了，宋钢只能站在一旁，李光头摊开双手理直气壮地说：

“没办法，我发育了。”

李光头一边看着飞溅的火星，一边蠕动着自己的身体，一边呼哧呼哧地喘气，一边和宋钢一起惊叫：

“星星，星星，这么多的星星……”

那时候的童铁匠只是一个二十多岁的小伙子，还没有和后来的胖屁股女人结婚。膀粗腰圆的童铁匠左手拿着铁钳，右手轮着铁锤，一边打着铁，一边看着李光头，他知道李光头正在干什么，他心想这么小的一个王八蛋竟然也自己和自己搞上了。童铁匠一走神，差点将铁锤砸在自己的左手上，他像是碰着了火似的扔了铁钳，他把自己吓了一跳，他骂骂咧咧地放下铁锤，问正在长凳上急促喘气的李光头：

“喂，你多大啦？”

李光头呼哧呼哧地回答：“快八岁啦。”

“他妈的，”童铁匠惊讶地说，“你这个小王八蛋还不到八岁就有性欲啦。”

李光头从此知道了什么叫性欲，他相信童铁匠说的比那三个中学生说的更有道理，童铁匠的年龄比中学生大多了。李光头不再说自己发育了，开始换一种说法了，他得意地对宋钢说：

“你还没有性欲，你爸有性欲了，我也有了。”

李光头在木头电线杆上发扬光大了自己的摩擦，当他把自己擦得满脸通红的时候，他开始往上爬了，爬到上面后，再贴着电线杆滑下来，站到地上后他感慨万千，他对宋钢说：

“简直是太舒服啦！”

有一次他刚刚爬到电线杆的上面，看到那三个中学生走过来，他匆匆忙忙地滑了下来，这次他没对宋钢说舒服，他急忙叫住那三个中学生，对他们说：

“你们不懂，我小屌擦得硬邦邦的时候，不是发育，是性欲上来啦。”

八

在波涛汹涌的蜜月之后，宋凡平和李兰的幸福生活开始细水长流了。他们上班时一起出门，下班时又一起回到家中。宋凡平的学校离家近，他下班时总是先走到那座桥上，他站在桥边等上三分钟时间，等着李兰走过来以后，两个人微笑着并肩走回家中。他们一起买菜，一起做饭，一起洗衣服，一起睡觉，一起起床，他们两个人似乎没有不在一起的时候。

这样的日子过了一年以后，李兰偏头痛又来了。新婚燕尔的快乐让李兰暂时没有了这个老毛病，可是这个毛病就跟储蓄似的，时间越久也就越多，当它再次发作时就来势凶猛了，李兰不再是嘴里咝咝叫了，她疼得眼泪汪汪，她像是坐月子似的脑袋上绑了一条白毛巾，她整天用手指敲击着自己的太阳穴，就像和尚敲击着木鱼一样，让家里扑扑响个不停。

那段日子里宋凡平睡眠严重不足，他时常在深更半夜被李兰疼痛的叫声弄醒，他爬起来走到屋外打上来一桶井水，将毛巾在冰凉的井水里浸泡又拧干后，放到李兰的额头上，这样李兰就会舒服很多。宋凡平像是对待一个整夜发烧的病人那样，一个晚上要起床几次给李兰换一换冰凉的毛巾。宋凡平认为李兰应该去医院好好治疗一段时间，他对我们县里的医生不屑一顾，他坐在吃饭的桌前给他在上海的姐姐写信，他差不多每个星期都要写一封这样的信，让他姐姐尽快在上海联系一家医院，他在信上不断地写上“火速”这样的字眼，而且每次都在结尾时用上一排惊叹号。

两个月以后他的姐姐终于回信了，说是已经联系了一家医院，但是必须要有我们这里医院的转院证明。这一天李兰深深感到她的这个丈夫是多么了不起，宋凡平向他的学校请了半天假，在李兰下午上班的时候和她一起去了丝厂。宋凡平要找李兰的厂长谈一谈，要他同意让李兰去上海住院治疗偏头痛。胆小的李兰是一个生了病都不敢请假的人，她领着宋凡平走到厂长办公室门外时，低声哀求她的丈夫，说她不敢进去，他能不能一个人进去？宋凡平笑着点头，他让李兰在外面等待着好消息，自己走了进去。

宋凡平是我们刘镇的名人，他那一记惊世骇俗的扣篮名满全城，他向厂长介绍自己时，话还没有说完，那个厂长就挥着手让他不要说了，厂长说知道你是谁，你就是那个扣篮的人。然后两个人像是老朋友似的聊天了，他们在里面说了一个多小时的话，宋凡平差一点忘了他的妻子正在外面等候。李兰在外面听得入迷，直到很久以后，李兰在思念她的丈夫时，仍然会感慨万分地说：

“他的口才真好！”

宋凡平和厂长一起走出来时，厂长不仅同意了李兰去上海治病，还一再对李兰说，到了上海以后什么都不要想，好好治病，有什么困难就找厂里，厂里一定帮助解决。

接下去宋凡平令李兰着迷的口才又在医院里如法炮制，他和一位年轻的医生聊天时海阔天空，他们上知天文下知地理，他们的话题跳来跳去，每一个话题他们都是见解一致，两个人说得眉飞色舞唾沫横飞。李兰坐在旁边听得目瞪口呆，她都忘记了自己的头疼，她惊喜万分地望着宋凡平，她没想到这个和自己生活一年多的男人竟然如此才华横溢。当他们拿到转院证明以后，那位年轻的医生还意犹未尽把他们送到了大门口，临别时握着宋凡平的手，说今天算是酒逢知己棋逢对手了，他说一定要找一个时间，打上一斤黄酒，炒上两个小菜，坐下来聊个通宵，聊个死去活来。

李兰在回家的路上充满了喜悦，她不断用手去轻轻碰一下宋凡平的手，宋凡平扭头看她时，她眼睛里的光芒像炉膛里的火焰一样热烈。他们回到家中，李兰将宋凡平拉进了里面的房间，关上门以后她紧紧地抱住了宋凡平，她把头贴在宋凡平宽阔的胸前，幸福的眼泪浸湿了宋凡平胸前的衣服。

自从她的前任丈夫淹死在粪坑里以后，这个胆小的女人已经习惯了自卑，习惯了孤苦无依，现在宋凡平给了她做梦都想不到的幸福，更重要的是李兰从此有了依靠，而且这个靠山在她眼中是如此的强大，她觉得自己从今往后再也不用低头走路了，宋凡平让她骄傲地抬起头来了。

宋凡平不知道李兰为何如此激动，他笑着要推开她，问她这是干什么，李兰摇着头什么都不说，只是紧紧地抱住他。直到李光头和宋钢在外面的屋子里大声喊叫，说他们饿啦！饿啦！饿啦！李兰才松开了她的手，宋凡平问她为什么哭了，她害羞地扭过头去，打开屋门匆匆走了出来。

李兰是坐第二天下午的长途汽车去的上海。一家人中午就走出了家门，宋凡平提起一只灰色的旅行袋，这是他第一次结婚时在上海买的，旅行袋侧面印有暗红的“上海”两个大字。他们全部穿上了干净的衣服，他们先去了照相馆。一年多前，宋凡平和李兰新婚的第二天，宋凡平就要来拍一张全家福，因为自己鼻青脸肿没有拍上，后来宋凡平就忘了这事，现在李兰要去上海治病了，宋凡平重新想起了全家福。

他们一家四个人来到了照相馆，宋凡平再次让他的妻子吃了一惊，这个无所不知的男人竟然指挥起摄影师重新布置灯光，他说要把四个人照得脸上都没有阴影。那个摄影师也听从了他的指挥，一边移动着落地照明灯，一边对宋凡平说的话点头称是。摄影师布置完灯光以后，宋凡平到镜头里去看了看，又让摄影师移动了一下灯光，然后指挥起两个孩子如何抬起头来，如何发出微笑。他让李光头和宋钢坐在中间，让李兰坐在宋钢的身旁，自己坐在李光头的身旁，他让他们都看着摄影师举起的手，他没让摄影师说数字，而是自己数上了：

“一、二、三，笑！”

摄影师“啪”地按下了快门，一家人灿烂的笑容进入了一张黑白照片。宋凡平付了钱以后，将一张蓝色的发票小心翼翼地放进了皮夹，他转身告诉两个孩子一个星期以后就可以看到照片了。然后他提起那只灰色的旅行袋，率领着妻子儿子走向了长途车站。

在车站的候车室里，他们坐在一排长椅里，宋凡平一遍又一遍地向李兰描述着他姐姐的长相，说他姐姐会站在上海长途车站出口处的右边，他已经写信让他姐姐手里拿着一张《解放日报》。宋凡平喋喋不休说着的时候，一个背着一捆甘蔗的人站在他们对面不停地叫卖，让李光头和宋钢仰起了盼望的脸，无限可怜地看着他们的父母。

李兰平时节俭得恨不得自己都不吃不喝，这时候她想到就要和这两个孩子分开了，她为他们买了一整根甘蔗。两个孩子看着那个人哗哗地削下了一条条甘蔗皮，然后啪啪地砍成四截，接下去两个孩子就不知道他们的父母说些什么了，他们只知道自己拿着两截甘蔗吃了起来。

开始检票了，宋凡平的口才再一次淋漓尽致地发挥了，他说服了检票员同意他们四个人都进去，他们四个人都上了长途客车，宋凡平让李兰在座位上坐下，他将灰色旅行袋放上了行李架，请求一个年轻人，到了上海以后请他帮李兰将旅行袋拿下来。然后宋凡平带着李光头和宋钢走下了汽车，他们站在李兰的车窗下，李兰无限深情地看着他们三个人，宋凡平说一句话，她就点一次头，最后宋凡平说回来时别忘了给孩子买点什么，咬着甘蔗的李光头和宋钢立刻喊叫起来：

“大白兔奶糖！”

他们的父母想起来了，他们说家里还有大白兔奶糖。李光头和宋钢吓得嘴里的甘蔗都不敢嚼了，好在这时候汽车启动了，当汽车驶出车站的时候，李兰满眼泪水扭头看着他们，宋凡平向她挥动着手，汽车驶出了车站。那时候宋凡平脸上挂着微笑，他不知道这是最后一眼看到自己的妻子，李兰留给他的最后印象就是抬起手擦着眼泪的侧影，李光头和宋钢当时的印象是长途客车远去时卷起了滚滚尘土。

九

李兰去了上海以后，“文化大革命”来到了我们刘镇，宋凡平早出晚归整天在学校里，李光头和宋钢也是早出晚归，他们整天在大街上。刘镇的大街上开始人山人海，每天都有游行的队伍在来来去去，越来越多的人手臂上戴上了红袖章，胸前戴上了毛主席的红像章，手上举起了毛主席的红语录。越来越多的人走到大街上大狗小狗似的喊叫和唱歌，他们喊着革命的口号，唱着革命的歌曲；越来越多的大字报让墙壁越来越厚，风吹过去时墙壁发出了树叶的响声。开始有人头上戴上了纸糊的高帽子，有人胸前挂上了大木牌，还有人敲着破锅破碗高喊着打倒自己的口号走过来；李光头和宋钢知道这些戴着高帽子、挂着大木牌、敲着破锅盖的人，就是大家所说的阶级敌人。大家可以挥手抽他们的脸，抬腿踢他们的肚子，擤一把鼻涕甩进他们的脖子里，掏出屌来撒一泡尿在他们的身上。他们受了欺负还不敢言语，还不敢斜眼看别人，别人嘻嘻哈哈笑着还要他们伸手抽自己的脸，还要他们喊着口号骂自己，骂完了自己还要骂祖宗……这就是李光头和宋钢童年时最难忘的夏天，他们不知道“文化大革命”来了，不知道世界变了，他们只知道刘镇每天都像过节一样热闹。

李光头和宋钢就像两条野狗一样在我们刘镇到处乱窜，他们跟随着一支又一支游行的队伍在大街上走得汗流浃背，他们跟随着“万岁”的口号喊叫了一遍又一遍，跟随着“打倒”的口号喊叫了也是一遍又一遍，他们喊叫得口干舌燥，喊叫得嗓子眼像猴子屁股似的又红又肿。李光头在游行的途中，见缝插针地把我们刘镇的所有木头电线杆都强暴了几遍，这个刚满八岁的男孩抱住了木头电线杆就理所当然地上下摩擦起来。李光头一边把自己擦得满面红光，一边兴致勃勃地看着街上的游行队伍，他身体摩擦的时候，他的小拳头也是上上下下，跟随着喊叫“万岁”的口号，喊叫“打倒”的口号。街上走过的人见到李光头抱着木头电线杆的模样，个个挤眉弄眼掩嘴而笑，他们知道他是在干什么，他们嘴上什么都不说，心里偷偷笑个不停。也有不知道的，有一个在长途车站旁边开了一家点心店的女人走过时，看到李光头正在激动地擦着自己，惊奇地问他：

“你这小孩在干什么？”

李光头看了一眼这个名叫苏妈的女人，没有答理她。他又要摩擦，又要喊口号，他忙不过来。刚好那三个中学生走了过来，他们不再说李光头是发育，他们指指李光头和他抱着的电线杆，又指指上面的电线，对苏妈说：

“这小孩是在发电。”

街上听到的人放声大笑，站在一旁的宋钢也咯咯笑个不停，虽然宋钢不知道自己为什么要笑。李光头很不高兴自己被误解了，他停止了摩擦，抹着脸上的汗水，不屑地对三个中学生说：

“你们不懂。”

然后李光头得意地对苏妈说：“我性欲上来啦。”

苏妈听后大惊失色，她连连摇头，连声说：“作孽啊……”

这时候我们刘镇有史以来最长的游行队伍过来了，从街头一直到街尾，多如牛毛的红旗迎风招展，大旗像床单一样大，小旗像手帕一样小，旗杆和旗杆撞击在一起，旗帜和旗帜抽打到一起，在风里面东倒西歪。

我们刘镇打铁的童铁匠高举铁锤，喊叫着要做一个见义勇为的革命铁匠，把阶级敌人的狗头狗腿砸扁砸烂，砸扁了像镰刀锄头，砸烂了像废铜烂铁。

我们刘镇拔牙的余拔牙高举拔牙钳子，喊叫着要做一个爱憎分明的革命牙医，要拔掉阶级敌人的好牙，拔掉阶级兄弟阶级姐妹的坏牙。

我们刘镇做衣服的张裁缝脖子上挂着皮尺，喊叫着要做一个心明眼亮的革命裁缝，见到阶级兄弟阶级姐妹要做出世界上最新最美的衣服，见到阶级敌人要做出世界上最破最烂的寿衣，不！错啦！是最破最烂的裹尸布。

我们刘镇卖冰棍的王冰棍背着冰棍箱子，喊叫着要做一个永不融化的革命冰棍，他喊叫着口号，喊叫着卖冰棍啦，冰棍只卖给阶级兄弟阶级姐妹，不卖给阶级敌人。王冰棍生意红火，他卖出一根冰棍就是发出一张革命证书，他喊叫着：快来买呀，买我冰棍的都是阶级兄弟阶级姐妹；不买我冰棍的都是阶级敌人。

我们刘镇磨剪刀的父子两个关剪刀，手举两把剪刀喊叫要做两个锋芒毕露的革命剪刀，见到阶级敌人就要剪掉他们的屌，老关剪刀话音刚落，小关剪刀憋不住尿了，嘴里念念有词地“剪剪剪”“屌屌屌”，冲出游行的队伍，贴着墙角解裤子撒尿了。

高大强壮的宋凡平走在队伍的最前面，他伸直了双手举着一面巨大的红旗，这红旗像两张床单那么大，可能还不够，再加上两条枕巾可能差不多。宋凡平的红旗在风中行驶，抖动的旗帜像是涌动的波涛，宋凡平仿佛是举着一块汹涌的水面在走过来。他白色的背心已经被汗水浸透，他的肌肉像小松鼠似的在他的肩膀和手臂上跳动，他通红的脸上连汗水都在激动地流，他的眼睛亮得就像天边的闪电，他看到了李光头和宋钢，他对着他们大声喊叫：

“儿子，过来！”

那时候李光头抱着电线杆正在好奇地向旁人打听：苏妈为什么要喊叫“作孽啊”？听到宋凡平的叫声后，他立刻抛弃了电线杆，和宋钢一起扑了过去。两个孩子一边一个拉住了宋凡平的白背心，宋凡平将手里的旗杆往下伸了伸，让两个孩子的手也握住旗杆。李光头和宋钢的手握住了我们刘镇最大一面红旗的旗杆，走在我们刘镇最长的游行队伍前面。宋凡平大步向前走着，两个孩子小跑着紧贴在他身旁，很多孩子流着羡慕的口水也跟着一起跑，他们只能在街边挤成一堆地跑；那三个神气活现的中学生此刻傻笑着也跟着跑，他们也只能在街边的人堆里跑。李光头和宋钢跟随着宋凡平，就像小狗跟随着大象的脚步，两个孩子跑得气急败坏，跑得嗓子眼里火烧一样，跑到一座桥上时，宋凡平终于站住了脚，然后整个游行的队伍都站住了。

黑压压的人群挤满了桥下面的大街小巷，所有的人都看着桥上的宋凡平，所有的大旗小旗都在向桥上招展，宋凡平双手将那面巨大的红旗举过了头顶，风把我们刘镇最大的红旗吹得像爆竹似的噼里啪啦地响。接下去宋凡平左右挥舞起了他的红旗，李光头和宋钢仰脸看着这巨大的旗面如何开始它的飞翔，它从他们的左边斜着飞到了右边，一个翻转之后又飞回到了左边，它在桥上飞来飞去，红旗挥舞出来的风吹乱了两个孩子的头发，他们的头发也开始左右飞翔了。宋凡平挥舞着红旗的时候，人群开始山呼海啸了。李光头和宋钢看到拳头一片片举起来一片片掉下去，喊叫出来的口号就像炮声一样在周围隆隆地响。

李光头开始哇哇喊叫，就像他抱着木头电线杆时的喊叫，他激动得脸红脖子粗，他对宋钢说：

“我性欲上来啦。”

他看到宋钢满脸通红，伸长了脖子闭着眼睛在使劲喊叫，他惊喜万分，伸手推着宋钢说：

“你也有性欲啦？”

这是宋凡平最辉煌的一天，游行结束以后人们各自回家，宋凡平拉着李光头和宋钢的手仍然走在大街上，很多人在街上叫着宋凡平的名字，宋凡平嘴里嗯嗯地回答他们，有些人还走上来和宋凡平握一下手。李光头和宋钢走在宋凡平的身旁，两个孩子开始趾高气扬了，他们觉得城里所有的人都认识宋凡平。他们兴致勃勃，不断向宋凡平打听，叫着他名字的那个人是谁？和他握手的那个人是谁？他们一直向前走，两个孩子觉得离家越来越远了，就问宋凡平去什么地方，宋凡平响亮地说：

“去馆子吃饭。”

他们来到了人民饭店，饭店里开票的、跑堂的、吃着的都笑着向他们招手，宋凡平也向这些人挥动着自己的大手，就像毛主席在天安门城楼上的手。他们在窗前的一张桌子旁坐下来，开票的和跑堂的就围了过来，那些正在吃着的端着饭菜坐了过来，里面炒菜的也闻声出来，满身油腻地站在李光头和宋钢的身后。那些人七嘴八舌问了很多问题，他们的问题五花八门，从伟大的领袖毛主席和伟大的无产阶级“文化大革命”开始，一直问到夫妻吵嘴和孩子生病。宋凡平也就是挥了一下刘镇有史以来最大的一面红旗，就成了刘镇有史以来最重要的人物。他端坐在那里，一双大手铺在桌上，他每一次回答时都先说上一句：

“毛主席教导我们……”

他的回答里全是毛主席的话，没有一句自己的话。他的回答让那些人的头像是啄木鸟一样点个没完没了，让那些人的嘴巴像是牙疼似的哎呀哎哟赞叹不已。那时候李光头和宋钢饿得前胸贴后背，饿得放出来的屁都是空的，两个孩子仍然一声不吭，仍然崇敬地看着宋凡平，他们觉得宋凡平的喉舌就是毛主席的喉舌，宋凡平喷出来的唾沫就是毛主席的唾沫。

李光头和宋钢不知道在人民饭店里坐了有多久，不知道太阳是什么时候落山的，不知道什么时候天黑了灯亮了，然后两个孩子才吃到了热气蒸腾的阳春面，那个满身油腻的厨师低下头来问他们：

“面汤好喝吧？”

两个孩子异口同声地说：“好喝极了。”

油腻的厨师得意洋洋，他说：“这是肉汤……给别人的都是煮开的水，给你们的是肉汤。”

这天晚上回家后，宋凡平带着李光头和宋钢站在了井旁，用井水冲澡。他们三个人都只穿着短裤，湿淋淋地往身上擦着肥皂，然后宋凡平从井里提起来一桶一桶水，冲洗了两个孩子，也冲洗了他自己。那些坐在门口纳凉的邻居们摇着扇子和宋凡平没完没了地说话，他们说着游行队伍的壮观，说着宋凡平挥舞红旗时的威风，说得已经疲惫不堪的宋凡平又红光满面和声音响亮了。回到了屋子里，李光头和宋钢上床睡觉，宋凡平坐在灯下红光满面地给李兰写信，李光头入睡前看了宋凡平一眼，他咯咯笑着告诉宋钢，他爸把脖子都写红了。宋凡平写了很长时间，他把这一天的经历都写进信里了。

李光头和宋钢第二天醒来时，宋凡平站在床前，满面的红光还在他脸上，他的两只手伸向两个孩子，两枚毛主席的红像章就在他的手上闪闪发亮，他说这是给他们的，要戴在胸前心脏跳动的地方。然后他将另外一枚毛主席的红像章戴在了胸前，将毛主席的红语录拿在手里，脸蛋像语录和像章一样红彤彤地跨出屋门，他的脚步走去时咚咚直响，李光头和宋钢听到邻居有人在问他：

“今天还挥舞红旗吗？”

宋凡平响亮地说：“挥！”

李光头和宋钢用耳朵互相贴着对方的胸口，瞄准了心脏跳动的地方，给对方戴上了毛主席的红像章。宋钢像章里的毛主席是在天安门的上面，李光头的毛主席是在一片大海的上面。两个孩子吃过早饭后，迎着早晨八九点钟的太阳来到了大街上，床单似的大旗和手帕似的小旗仍然飘满了我们刘镇的大街。

昨天来游行的人今天又嘻嘻哈哈地来了；昨天来贴大字报的人今天又在往墙上刷着浆糊；昨天高举铁锤的童铁匠今天还是高举铁锤，又在喊叫着要砸烂砸扁阶级敌人的狗头狗腿；昨天高举钳子的余拔牙今天还是高举钳子，又在喊叫着要拔掉阶级敌人的好牙；昨天叫卖冰棍的王冰棍今天还是背着冰棍箱子，跟着游行队伍敲敲打打，喊叫着要把冰棍卖给阶级兄弟姐妹；昨天脖子上挂着皮尺游行的张裁缝今天的脖子上还挂着皮尺，喊叫着要给阶级敌人做出最破最烂的寿衣，他又喊错啦，又急忙改成了裹尸布；昨天手举剪刀的老关剪刀今天还是手举剪刀，在空中咔嚓咔嚓地剪着阶级敌人虚幻的屌，昨天贴着墙角撒尿的小关剪刀今天又站在那里解裤子了；昨天唾沫横飞的、咳嗽的、打喷嚏的、放屁的、吐痰的和吵架的，今天一个不少全在大街上。

孙伟、赵胜利和刘成功，这三个中学生也走过来了。他们看着李光头和宋钢胸前的毛主席像章，像是抗战电影里的三个汉奸一样嘿嘿地笑，笑得李光头和宋钢心里七上八下。长头发的孙伟指指街边的一根电线杆，对李光头说：

"喂，小子，你的性欲呢？"

李光头觉得他们不怀好意，他拉着宋钢往旁边躲，他摇晃着脑袋说：

"没有，现在没有。"

长头发的孙伟一把揪住了李光头，把他往电线杆推过去，孙伟嘿嘿笑着说：

"你弄点性欲出来吧。"

李光头挣扎着喊叫："我现在没有性欲。"

赵胜利和刘成功哈哈笑着揪住了宋钢，也把宋钢往电线杆那边推，他们对宋钢说：

"你也去弄点性欲出来。"

宋钢一脸无辜的表情，他一边挣扎，一边向他们解释：

“我没有性欲，真的，我从来就没有性欲。”

三个中学生把李光头和宋钢推到了木头电线杆前，六只手捏着李光头和宋钢的鼻子，捏着他们的耳朵，捏着他们脸上的肉，就像是在捏着馒头似的，捏得李光头和宋钢嗷嗷乱叫。最后三个中学生的手一挥，把李光头和宋钢胸前的毛主席像章抢走了。

三个中学生扬长而去，宋钢站在那里张开了嘴巴哇哇地哭，哭得眼泪鼻涕都流进了嘴里，又把眼泪鼻涕吞进了肚子里。他对着所有走过的人哭诉，说他和李光头胸前的毛主席被三个人抢走了。宋钢指着他们的背影，当他们消失以后宋钢就指着他们走去的方向。宋钢一遍遍地说着毛主席像章，他说：

“毛主席的脸是红颜色的，一个红脸蛋在天安门城楼上，还有一个红脸蛋在大海的浪尖上……”

李光头没有哭，他也指着三个中学生消失的方向，一副义愤填膺的模样，他向走过的人控诉三个中学生，他说：

“我现在没有性欲，他们非要我弄出一点性欲来……”

走过的人都嘻嘻哈哈笑个不停，李光头看到宋钢哭得像是打嗝似的抖动着脑袋，他也伤心起来，他抹着眼泪，想起来自己的毛主席像章被三个中学生抢走了。宋钢指着自己的胸口说：

“毛主席像章是今天早晨才刚刚戴上的……”

李光头也指着自己的胸口说：“里面的心还在怦怦跳呢，外面的毛主席没有了……”

两个孩子在大街上孤立无援，他们想起了宋凡平，那个高大强壮的父亲，他一条腿能扫倒几个人。他们相信宋凡平会去教训三个中学生，会取回他们的毛主席；宋凡平会揪住三个中学生的衣领，像是提小鸡似的把他们提到半空中，让他们吓得哇哇乱叫，让他们的腿在半空中瑟瑟乱抖。

宋钢对李光头说："走，找爸爸去。"

这时候是中午了，两个孩子肚子里空空荡荡，手拉着手沿着街道走去。他们的手一直拉在一起，有人从他们中间过去时把他们分开了一下，他们马上又手拉手。他们去找游行的队伍，去看看领头挥舞着红旗的人是不是宋凡平。他们又去集会的地方，看看站在高处演说的人会不会是宋凡平。他们走了很多地方，问了很多人，叫了很多叔叔阿姨爷爷奶奶，还是没有找到宋凡平。两个孩子来到了桥上，昨天的时候宋凡平就在这里挥舞着红旗，让整个小城嗷嗷大叫。今天的桥上没有了红旗，有几个人低头站在那里，头戴高帽子胸前挂着大木牌。两个孩子知道这是几个阶级敌人。他们站在这几个阶级敌人的前面，看着几个戴着红袖章的造反派在桥上走来走去，宋钢问道：

"你们看见我爸爸了吗？"

一个戴红袖章的人问："你爸爸是谁？"

"我爸爸是宋凡平，"宋钢说，"就是昨天在这里挥红旗的宋凡平……"

李光头补充道："他是很有名的人，他去吃面条人家都给肉汤。"

这时宋凡平的声音在两个孩子的身后响了起来："儿子，我在这里。"

两个孩子转身看到了宋凡平，他头戴纸糊的高帽子，胸前挂着一块大木牌，木牌上写着"地主宋凡平"五个字，他们不认识上面的字，他们只认识字上面打了红色的五个"×"。宋凡平的身体就像是一块门板一样挡住了阳光，两个孩子站在他的阴影里，仰脸看着他，他的眼睛被人揍肿了，嘴角被人揍破了，他微笑地看着李光头和宋钢，他的笑容硬邦邦的。两个孩子不知道发生了什么，昨天的时候他还在这桥上威风凛凛，今天他突然成了这副模样。宋钢怯生生地问：

"爸爸，你站在这里干什么呀？"

宋凡平低声说："儿子，饿了吧？"

两个孩子同时点了点头，宋凡平从他的裤子口袋里摸出两毛钱，让他们去买吃的。刚才那个戴红袖章的人对着宋凡平喊叫：

“不准说话，低下你的狗头。”

宋凡平低下了他的头，李光头和宋钢吓得倒退几步，戴红袖章的人在桥上大声斥骂着，宋凡平在他的骂声里斜眼看了看两个孩子，他们看到他在微笑，他们的勇气又上来了，重新走到宋凡平的身前，告诉他，他们的毛主席像章被那三个王八蛋中学生抢走了，宋钢问他：

“你能去拿回来吗？”

宋凡平点点头说：“能。”

李光头问他：“你能揍他们？”

宋凡平还是点点头：“能。”

两个孩子咯咯笑了起来。这时候戴红袖章的人走上来扇了宋凡平两个耳光，他高声骂道：

“叫你不准说话，你他妈的还要说。”

宋凡平的嘴角流出了鲜血，他催促两个孩子：“快去吧。”

李光头和宋钢一溜烟地走到了桥下，他们浑身哆嗦越走越快，他们不断回头看一眼桥上的宋凡平，宋凡平的头低垂着，他的头像是挂在脖子上似的。两个孩子走上了熙熙攘攘的街道，走进了一家点心店，买了两个包子后，他们站在店外一口一口地将包子吃了下去。他们看到远处桥上的宋凡平连腰都弯下去了，他们知道今天的宋凡平已经不是昨天那个了。宋钢低下了头，没有声音地哭了起来。宋钢的双手卷起来举到了眼睛上，像是举着望远镜似的擦起了眼泪。李光头没有哭，他想着那枚毛主席在大海上的像章，他心想可能拿不回来了。宋钢哭泣的时候，李光头走到一根木头电线杆前，抱住电线杆摩擦了几下后，又垂头丧气地走了回来，他对宋钢说：

“我没有性欲了。”

宋凡平回家的时候天已经黑了，他的脚步沉甸甸的像是两条假腿，他一声不吭地走进了里面的房间，他在床上一动不动地躺了两个小时。在外面屋子的李光头和宋钢连个翻身的声响都没有听到，窗外的月光冷冷清清地照进来，两个孩子开始感到害怕，就走到了里面的房间，宋钢先爬到了床上，李光头也爬了上去，他们在宋凡平的脚旁坐了下来。不知道又过去了多少时间，宋凡平突然坐了起来，他说：

"嘿，我睡着了。"

然后灯亮了，笑声也起来了。宋凡平在煤油炉上做起了晚饭，李光头和宋钢站在他身旁，开始学习如何做饭。宋凡平教他们如何淘米洗菜，如何点燃煤油炉，如何煮熟米饭。在炒菜的时候，宋凡平让李光头往锅里倒上油，让宋钢往菜里撒上盐，又握着他们的手，让他们轮流每人炒三下，他们每人炒了九下以后，一碗青菜就出锅了。三个人围坐在桌前吃起了晚饭，虽然只有一碗青菜，也让他们吃得满头大汗。宋凡平吃过晚饭以后，对李光头和宋钢说，自从他们的母亲去上海治病以后，他还没有带他们去海边玩。他说要是明天不刮大风不下大雨的话，就带他们去海边，去看大海的波涛，去看大海上面的天空，去看大海和天空之间飞翔的海鸟。

李光头和宋钢激动得尖声喊叫，宋凡平吓得伸手捂住了他们的嘴，他惊恐的脸色把他们也吓住了。看到两个孩子害怕的模样，宋凡平立刻松开了手，他笑着指了指上面说：

"你们的叫声快把屋顶掀掉了。"

李光头和宋钢觉得他这话说得有趣极了，这一次他们自己捂住了嘴，咯咯笑个不停。

十

第二天正要出门去海边的时候，宋凡平的学校里来了十多个戴红袖章的人，他们横七竖八像螃蟹似的走了进来。李光头和宋钢不知道他们是来抄家的，以为是宋凡平的朋友来看望他了。看到这么多戴红袖章的人来到家中，威风凛凛地把所有的地方都站满了，李光头和宋钢兴高采烈，在他们中间钻来钻去，就像在树林里钻来钻去一样。这时“轰”的一声巨响，李光头和宋钢吓得浑身一颤，两个孩子惊恐地看到家里的衣柜已经掀翻在地，他们的衣服，他们抽屉里的东西铺了满地都是，那些戴红袖章的人像是一群捡破烂的，弯腰在地上寻找着宋凡平家的地契。宋凡平出生地主家庭，这些人觉得他肯定藏着地契，等待着改朝换代时再拿出来。戴红袖章的人又把床板翻过来，地板撬开了寻找。李光头和宋钢躲到宋凡平的身旁，两个孩子看到宋凡平满脸的笑容，不明白宋凡平为什么还这样高兴。这些人把宋凡平的家弄成了废墟也没有找到地契，他们一个一个走出了屋子，宋凡平仍然是满脸笑容，他像是送客似的跟了出去，还对他们说：

“喝口茶水再走吧。”

他们中间有人说：“不喝了。”

宋凡平满脸笑容站在门口，当他们走出了小巷，他才转身回到屋子里，这时候他脸上还挂着笑容，当他在凳子上坐下来后，笑容立刻没有了，就像熄灯一样的快，让李光头和宋钢胆战心惊。宋凡平脸色铁青地坐在那里，很长时间一动不动。两个孩子走上去，战战兢兢地问他：

"还去海边吗？"

宋凡平像是在睡梦里被叫醒似的浑身一抖，随即说："去！"

他看了看外面的阳光说："这么好的天气，当然要去。"

接着他伸手指了指满地的衣物说："先把屋子收拾干净了。"

宋凡平把倒地的柜子立起来，把床板铺好，把撬开的地板钉上。李光头和宋钢跟在他的后面，把衣服放进柜子，把物品放进抽屉。仿佛灯突然又亮了，宋凡平又是满脸的笑容，他一边收拾着屋子，一边说着让两个孩子咯咯笑个不停的话。到了中午的时候，他们终于把屋子收拾干净了，而且比以前更干净。他们用毛巾擦干脸上的汗水，用手拍掉衣服上的灰尘，又在镜子前梳了梳头发，然后他们要出门了，要去海边了。

当他们打开屋门的时候，七八个戴红袖章的中学生站在门外，那三个抢走了李光头和宋钢毛主席像章的人也站在那里。李光头和宋钢见到这三个人时兴奋地叫了起来，宋钢对他父亲说：

"爸爸，就是他们抢走了我们的毛主席像章，你快教训他们……"

李光头对着这三个中学生喊叫："交出来！把像章交出来！"

这三个中学生笑嘻嘻地推开两个孩子，长头发的孙伟对宋凡平说："我们是红卫兵，是来抄家的！"

宋凡平赔着笑容说："请，请进。"

宋凡平讨好他们的模样让李光头和宋钢不知道发生了什么。红卫兵们蜂拥而入，屋子里立刻响声四起，刚刚立起来的柜子又翻倒在地，刚刚铺好的床板又被掀起，刚刚钉好的地板又被撬开，刚刚整理过的衣物又扔了满地都是。前面宋凡平学校的人来翻箱倒柜掀床板撬地板，也就是四处拿起书本纸张仔细地查看，他们要搜查的是宋凡平家藏着的地契。现在红卫兵来了，就是狼进了羊圈，狗进了鸡窝。他们把锅碗砸在了地上，把筷子折断扔在了地上，他们一边搜查一边往自己口袋里装着东西，一边装着东西还一边互相打听对方拿了什么。

这些红卫兵在宋凡平家打砸抢整整一个下午，他们看到没有什么可砸了，没有什么可拿了，他们所有的口袋都已经鼓鼓囊囊了，他们这才吹着口哨走出门去。走到了门口，那个长头发的孙伟又转回身来对宋凡平说：

“喂，你出来！”

宋凡平和李兰的新婚之日，孙伟、赵胜利和刘成功，这三个中学生与他们的三个父亲一起，和宋凡平打得天昏地暗。宋凡平的扫堂腿让他们倒了三个，趺趺撞撞了三个，现在这三个一年多前趺趺撞撞的中学生要报复了。他们让宋凡平站在门前的空地上，他们要炫耀自己的扫堂腿。强壮的宋凡平站在那里像铁塔一样，这三个中学生开始了热身练习，他们蹲下去提起右腿扫荡过去。他们练了几次，没有一次像模像样，不是失去重心后一屁股坐在地上，就是脚从地上刮过去弄得尘土飞扬。另外几个中学生看了直摇头，他们说：

“怎么看都不像是扫堂腿。”

“不像扫堂腿像什么？”

“不知道像什么，反正不像扫堂腿。”

长头发的孙伟问低头站在那里的宋凡平：“喂，我们刚才的像不像扫堂腿？”

“像倒是像。”宋凡平说，“只是没有抓住要领。”

孙伟对宋凡平说：“老实交待，要领在哪里？”

于是宋凡平当起了教练，先让那三个中学生仔细看着他做动作。宋凡平身手敏捷地做了两次，让另外几个中学生嘴里啧啧不停，他们说这才叫扫堂腿。接下去宋凡平放慢动作示范起来，他告诉他们，扫堂腿其实只有三个动作，蹲下去、扫过去和立刻起身，这三个动作要连成一个动作，所以一定要快。他说身体重心要前移，这样腿扫过去时有力量，可以双手撑一下地。然后宋凡平让他们开始练习，不断让他们停下来，不断自己去做出示范。最后宋凡平说他们的动作都标准了，只是还不够快，他说：

“只有快了，才看不出里面有三个动作。这快，不是一天两天能练出来的，回去天天练，练到让人觉得只有一个动作，这快，才算是练出来了。”

这天下午宋凡平言传身教，耐心细致地教会了那三个中学生扫堂腿。他们觉得自己学业有成了，就喝令宋凡平站好，说要他尝尝他们扫堂腿的厉害。宋凡平分开双腿站在那里，第一个上去的是赵胜利，他先在宋凡平身前练习了一遍，他的动作引来一片喝彩：

“好！”

当他蹲下来正式扫过去时，他的脚扫在铁塔似的宋凡平腿上，宋凡平一动不动，他自己反而趴在了地上，弄了个嘴啃泥，引来一片哄笑。第二个上去的是刘成功，他打量着强壮的宋凡平，他担心自己也来个嘴啃泥。他发现宋凡平的双腿分开站着，就嘿嘿笑了，他说他知道是什么原因了，他让宋凡平把双腿并拢，他说这样就可以把宋凡平扫倒在地了。当他蹲下来时又担心仍然会把自己弄个嘴啃泥，所以他没有用腿扫过去，而是伸脚使劲一踹，踹在宋凡平小腿骨头上，宋凡平疼得摇晃了一下，仍然没有倒下。旁观的人为宋凡平喝彩：

“好！”

第三个是长头发的孙伟，他绕到了宋凡平的身后，看着宋凡平的背影往后退去，退到十多米左右站住脚，接着像是要跳远似的助跑起来，跑到宋凡平身后，对准了宋凡平的腿弯处踹上一脚，宋凡平一下子跪在了地上。长头发的孙伟为自己喊叫了一声：

“好！”

然后他得意洋洋地对同伴们说："看看我的功夫。"

其他中学生说："你这不叫扫堂腿……"

"怎么不是？"孙伟踢了一脚跪在地上的宋凡平，"你说，这是不是扫堂腿？"

宋凡平点点头，低声说："是。"

宋凡平被变种的扫堂腿踹倒在地，那几个中学生吹着变调的口哨扬长而去。宋凡平直到他们走远以后才站起来，看到他的亲儿子宋钢低着头无声地擦着眼泪，看到李光头这个拖油瓶儿子睁圆了惊吓的眼睛。李光头和宋钢都是不知所措，他们心目中最强大的宋凡平突然像只小鸡一样被欺负。宋凡平用手拍干净裤子上的泥土，像是什么都没有发生似的对两个孩子说：

"你们两个，过来！"

宋钢擦着眼泪，李光头摸着脑袋，两个孩子摇摇晃晃地走过去，宋凡平笑着问他们：

"想不想学扫堂腿？"

宋凡平的话让两个孩子吃了一惊。宋凡平向四周看看，随后蹲下身体对他们神秘地说：

"知道吗？他们刚才为什么没有把我扫倒？因为我留了一招没教他们，这一招留着就是为了教你们两个的。"

李光头和宋钢立刻忘记了刚才的一切，他们因为兴奋像昨天晚上那样尖叫起来，宋凡平突然又紧张地捂住了他们的嘴，两个孩子不由抬头看看上面，李光头和宋钢同时说：

"上面没有屋顶啊……"

宋凡平紧张地看看四周说："不是屋顶，是不能让别人偷学了扫堂腿。"

两个孩子明白了，他们一声不吭地跟着宋凡平学起了扫堂腿。先是站在他身后跟着他的动作学，接着宋凡平转过身来教他们。他们也就是学了半个小时，宋凡平就说他们已经学会了，说可以练习了。宋凡平站在那里，让李光头先上去试试，李光头走到他的身旁，蹲下来伸腿扫过去。李光头轻轻一扫，宋凡平就一屁股坐到了地上，他爬起来又站好了，让宋钢上去，宋钢也是轻轻一扫就把他扫倒在地。宋凡平摸着自己的屁股哎哟哎哟叫着站起来，他惊讶地对两个孩子说：

“你们的扫堂腿太厉害啦！天下无敌。”

然后两个孩子兴致勃勃地跟着宋凡平再次收拾起了乱七八糟的家，他们刚刚学会了天下无敌的扫堂腿，高兴得浑身都是力气。他们帮助宋凡平把柜子扶起来，帮助宋凡平把床板铺好，又学着将撬开的地板重新钉上，把砸碎的碗和折断的筷子捡起来，扔到屋外的垃圾堆里。他们满头大汗地跑进跑出，接着他们突然想起来一天没有吃东西了，饥饿让他们一下子没有了力气，两个孩子爬到床上躺了下来，眼睛一闭上就睡着了。

不知道过了多长时间，宋凡平把两个孩子叫醒，他说可以吃饭了。这时屋里亮着灯了，李光头和宋钢坐在床上揉着眼睛，宋凡平把他们一边一个抱到饭桌前坐下，他们看到桌上还是只有一碗青菜，旁边摆着三碗米饭。这四只碗是那些红卫兵中学生打砸抢以后幸存下来的，上面都有缺口。他们捧起了有缺口的碗，然后发现没有筷子，所有的筷子都被中学生折断了，在清理屋子时被他们扔进了垃圾堆。两个孩子捧着热气腾腾的米饭，看着绿油油的青菜，没有筷子他们不知道怎么吃饭。

宋凡平忘记了家里已经没有筷子，他起身去拿筷子，然后他才想起来筷子都折断了，都扔掉了。他高大的背影站在那里一动不动，昏暗的灯光将他的脑袋投射在墙上，墙上的脑袋像洗脸盆一样大。宋凡平那么站了一会儿，他转回身来时脸上挂着神秘的笑容，他神秘地问两个孩子：

“你们见过古人用的筷子吗？”

李光头和宋钢摇着头，充满了好奇地问他："古人用什么筷子？"

宋凡平笑着走到门口，对他们说："你们等一会儿，我去拿来。"

李光头和宋钢看着他蹑手蹑脚开门出去，又蹑手蹑脚地关上门，仿佛他要去遥远的古代一样神秘和小心翼翼。宋凡平出去后，两个孩子互相看着，他们不知道宋凡平用什么办法跑到古人那里去拿筷子，他们觉得这个父亲真是了不起。过了一会儿门开了，宋凡平回来了，他笑嘻嘻地把双手放在身后。

两个孩子问他："拿到古人的筷子了？"

宋凡平点点头，走到饭桌前坐下后，才将身后的手伸出来，给了李光头和宋钢每人一双筷子。两个孩子拿起了古人的筷子看了又看，觉得和平时用的筷子差不多长，只是它们粗细不一样，有些弯曲，而且上面还有结。李光头首先发现了，他叫了起来：

"这是树枝。"

宋钢也发现了，他问宋凡平："这古人的筷子为什么像树枝？"

"古人的筷子就是树枝，"宋凡平说，"因为古代没有筷子，所以古人就用树枝当筷子。"

两个孩子恍然大悟，原来古人是用树枝吃饭。李光头和宋钢开始用宋凡平刚刚折来的树枝吃饭，放到嘴里时觉得有一丝青涩的苦味。他们用古人的筷子把现在的饭吃了下去，他们吃得香喷喷的，吃得脸上流出了汗水。当两个孩子吃饱了打嗝了，才发现天已经黑了，才想起来本来今天要去海边的。今天没有刮大风，没有下大雨，今天的阳光亮得让人睁不开眼睛，可是今天不能去海边了。两个孩子立刻哭丧着脸，宋凡平问他们，是不是不喜欢古人的筷子？他们摇着头说喜欢古人的筷子。

宋钢伤心地说："今天去不成海边了。"

宋凡平笑着说："谁说今天不去海边？"

李光头说："太阳都没有了。"

宋凡平说："太阳没有了，还有月亮。"

上午阳光灿烂的时候，他们就准备去海边了，一直到夜晚月光冷清的时候，他们才终于走向了海边。两个孩子一左一右拉着宋凡平的手，在月光的路上走了很长时间。当他们来到海边，正是涨潮的时候，他们走上了堤岸，四周空无一人，只有冷风吹来，涛声隆隆。汹涌的海浪冲击过来时，掀起的泡沫让大海白茫茫的一长条，这茫茫的白色有时候会变成灰色，有时候又黑暗起来；远处的地方有明有暗，天上的月亮也在云层里时隐时现。这是两个孩子第一次在夜晚看到大海，夜晚的大海神秘莫测和变化多端，让他们一阵激动，忍不住尖声喊叫起来，这次宋凡平没有捂住他们的嘴，他的大手摸着他们的头发，让他们叫个不停，他自己出神地看着黑暗中的大海。

当他们在堤岸上坐下来后，夜晚的大海开始让两个孩子害怕，只有风声和涛声，月光时有时无，黑暗中的大海仿佛一会儿在扩大，一会儿又在缩小。李光头和宋钢左右抱住了宋凡平，宋凡平张开双臂抱住了他们。他们不知道在海边坐了有多长时间，他们后来睡着了，宋凡平是前面抱一个后面背一个，把两个孩子带回了家。

十一

我们刘镇的批斗大会越来越多，在中学的操场上像是庙会似的从天亮开到了天黑。宋凡平每天一早都要提着那块大木牌出门，走到中学大门口时就将木牌挂在脖子上，低头站在校门口，等着开批斗大会的人都进去了，他才取下木牌，拿起扫帚清扫起了中学前面的大街。到了一场批斗会结束的时候，他就走回到校门口，挂上大木牌低头站在那里，里面的人像潮水似的涌了出来，他们踢他骂他向他吐口水，他东摇西晃一声不吭。接着另一场批斗会开始了，宋凡平一直要到天黑以后，确信里面操场上一个人都没有了，他才提着大木牌和扫帚回家。

那时候李光头和宋钢就会听到沉重的脚步，宋凡平满脸疲倦地跨进屋门。回家的宋凡平总是在凳子上沉默地坐上一会儿，然后起身用井水洗一下脸，又用抹布把那块木牌上的尘土、脚印和那些小孩的口水擦干净。这时候李光头和宋钢都不敢说话，他们耐心地等着，他们知道当宋凡平洗完脸，又把木牌擦干净后，就会变成一个高兴的人，就会和他们说很多高兴的话。

李光头和宋钢不认识木牌上“地主宋凡平”这五个字，但是他们知道就是这五个字让宋凡平倒霉的。没有这五个字的时候，宋凡平在桥上威风凛凛地挥舞着红旗；有了这五个字，连个小孩都能冲着他吐口水撒尿了。有一天，两个孩子终于忍不住问他：

“这是什么字？”

当时宋凡平刚刚擦干净他的大木牌，听到孩子的话以后怔了一下，随即他笑了起来，对他们说：

“过完这个夏天你们就要上学了，我先教你们认字，就从这五个字开始……”

这是李光头和宋钢第一次上课，宋凡平教他们坐下来身体要挺直，手要放端正，又把那块大木牌挂在墙上，还去拿来一根古人用的筷子。宋凡平在教两个孩子认字前的准备工作，差不多用掉了半个小时，让李光头和宋钢激动无比，让他们对接下来的上课充满了期待。

宋凡平站到大木牌前，认真地咳嗽了三下说：“现在上课了，我先宣布两条纪律。第一，不许做小动作；第二，发言要先举手。”

宋凡平举起那根古人用的筷子，指点着木牌上的第一个字说：“这个字念‘地’，你们想一想，‘地’是什么意思？看看你们谁先知道？”

宋凡平先是用手指着地，又用脚踢着地，还不断地向李光头使眼色，向宋钢使眼色。李光头抢在了宋钢前面，他伸手往下一指，喊叫起来：

“我知道啦……”

“等一下，”宋凡平打断他的话，“发言要先举手。”

李光头一边举手，一边说：“下面的就是‘地’，我们就在‘地’的上面。”

“对了！”宋凡平说，“你真聪明。”

然后宋凡平指着第二个字，他说：“这个字更难，这个字念‘主’，想一想，你们以前听到过‘主’这个字吗？”

李光头又抢在宋钢的前面举手了，宋凡平这一次没让他回答，他说：“刚才你先说了，这次让宋钢先说。宋钢，你想想，有没有听过‘主’这个字？”

宋钢胆怯地说：“是不是毛主席的‘主’？”

“对了！”宋凡平说，“你真聪明。”

李光头这时叫了起来："他还没有举手……"

宋凡平对宋钢说："是的，你刚才没有举手，现在举一下吧。"

宋钢急忙举起了手，同时不安地问："现在举手还来得及吗？"

宋凡平大笑起来，他说："当然来得及。"

这一天两个孩子学会了五个字，先是学会了地上的"地"，又学会了毛主席的"主"。他们终于知道木牌上是什么字了，他们心想连起来就是"地"上的毛"主"席，后面跟着的就是"宋凡平"。

此后的日子里，宋凡平每天和他的大木牌在一起，提着它早出晚归，就像城里那些提着菜篮子上班下班的女人一样。李光头和宋钢仍然到处乱窜，他们把这个小城都跑遍了，只要是人去过的地方，他们都去了；就是鸡鸭猫狗去过的地方，他们也去过了。大街上的红旗和大街上的人仍然多如牛毛，每天都像电影散场似的；戴高帽子的挂大木牌的人也是越来越多，刚开始在中学门前的街道上扫地的只有宋凡平，几天以后变成了三个人。有两个老师也挂着大木牌与宋凡平站在了一起，三个人高矮胖瘦低头站在那里。其中有一个戴着眼镜的瘦老头，他的木牌上也写着"地主"两字，和宋凡平的一模一样。这让李光头和宋钢十分兴奋，他们对他说：

"原来你也是'地'上的毛'主'席。"

两个孩子的话让他哆嗦了一下，他的脸白得像个死人似的，他对他们说："我是地主，我是坏人，你们快打我，快骂我，快批斗我……"

李光头和宋钢经常看到孙伟、赵胜利和刘成功在路边练习着他们的扫堂腿。这三个中学生差不多每天都在街边的一棵梧桐树下，用手搂着树，转着圈练习扫堂腿。长头发的孙伟竟然能够绕着梧桐树一口气扫上一圈，他的动作像是在演杂技似的，他的长头发也会随风飘起来。赵胜利和刘成功只能绕着梧桐树扫荡半圈，不是一屁股坐在了地上，就是抬起的腿掉下去了。孙伟就成了他们的教练，他一边用手指梳理着自己的长头发，一边重复着宋凡平教他们的话：

“快，再快一点，只有快了，才看不出里面有三个动作，要快到让人觉得只有一个动作……”

李光头和宋钢在他们身边走过时神气活现，他们觉得这三个中学生的扫堂腿缺了一招，他们自己的才是真正的扫堂腿，宋凡平没有把真功夫教给这三个中学生，留着最重要的一招教给他们了，所以他们手拉着手从三个中学生身边走过去时，偷偷笑个不停。

这三个中学生对扫堂腿心醉神迷，没有注意两个流着鼻涕的小孩经常偷偷嘲笑他们。长头发的孙伟学无止境，开始练习绕着梧桐树扫上两圈。有一次因为动作太快控制不了，整个人扑了出去。

这一次李光头和宋钢终于忍不住了咯咯大笑起来，于是三个中学生瞪着眼睛走过来了，长头发孙伟从地上爬起来，满身尘土走到他们跟前，恶狠狠地说：

“他妈的，笑什么？”

李光头和宋钢一点都不怕他，宋钢仰着脸说：“笑你的扫堂腿。”

“嘿——”长头发奇怪地看看自己的同伴说，“他敢嘲笑老子的扫堂腿？”

宋钢轻蔑地对李光头说：“他的扫堂腿？”

李光头咯咯地笑，他也轻蔑地说：“他的扫堂腿？”

李光头和宋钢的神气的表情让三个中学生满脸的惊讶，他们说：“他妈的……”

宋钢这时响亮地说：“告诉你们吧，有一招我爸爸没教你们，那是最重要的一招，他教给我们了。”

“他妈的……”他们继续骂着，长头发孙伟说，“这么说，你也会扫堂腿？”

宋钢指着李光头说：“我们都会。”

三个中学生哈哈大笑起来，他们看着李光头和宋钢说："你们也会扫堂腿？你们的个子还没有我们的屌长呢。"

长头发孙伟对宋钢说："你扫给我看看。"

宋钢说："你先站好了。"

长头发更是满脸的惊讶，他对赵胜利和刘成功说："他要我站好了？他妈的，他还想扫我的腿？"

在嘻嘻哈哈的笑声里，孙伟站在了宋钢的面前，先是分开腿站着，又并拢了腿站着，接着提起一条腿站着，他问宋钢：

"你要我怎么站？"

宋钢指指地上说："两条腿都站好了。"

孙伟嬉笑着放下了提起的那条腿，宋钢转过脸问李光头："你先扫，还是我先扫？"

这时候李光头觉得自己没有把握，他对宋钢说："你先扫。"

宋钢后退了几步，助跑起来扫荡了长头发孙伟的腿。就像是一只兔子抬腿踢了一条狗，长头发孙伟仍然在嘻嘻地笑，宋钢却像个皮球似的在地上滚了一圈。宋钢从地上爬起来后不知道刚才发生了什么，满脸疑惑地看看李光头，这时候李光头知道他和宋钢的扫堂腿是怎么回事了，宋钢像个傻瓜那样还不知道发生了什么事。那三个中学生哈哈大笑，笑得李光头心里一阵阵地发麻。长头发的孙伟笑着抬腿一扫，将宋钢扫了个跟斗，他对李光头说：

"看着，这才叫扫堂腿。"

孙伟说完也给了李光头一腿，让李光头也一个跟斗翻了出去。接下去这三个中学生就像是三只野狗追逐着两只小鸡一样，追得李光头和宋钢满街乱跑。他们的扫堂腿把李光头和宋钢扫了一个跟斗接着一个跟斗，刚刚爬起来又摔了个嘴啃泥。李光头和宋钢足足跑着摔出去了半条街，三个中学生一边追逐扫荡李光头和宋钢，一边嬉笑着互相喝彩，长头发的孙伟对赵胜利和刘成功说：

“给他们来个连环扫堂腿。”

什么是连环扫堂腿？就是李光头和宋钢都爬起来以后，一条腿把他们两个人同时扫个嘴啃泥。于是李光头和宋钢每次都摔到了一起，他们擦破了脸、擦破了手以后，他们的脑袋还要撞在一起，撞得他们满眼睛望出去都是晚上的星星在闪烁，撞得他们脑袋里全是拖拉机突突的声响。

我们刘镇的一些革命群众看见三个中学生欺负两个学龄前儿童，气愤地指责他们，说他们以大欺小，以强凌弱，是旧社会的军阀作风。赵胜利和刘成功胆怯地不敢吱声，长头发孙伟振振有词地说：

“他们是地主宋凡平的儿子，他们是小地主。”

革命群众哑口无言了，看着李光头和宋钢一次次摔在地上，很多次撞在了一起，直到李光头和宋钢躺在地上爬不起来了。孙伟、赵胜利和刘成功，这三个中学生也是满头大汗气喘吁吁，围着李光头和宋钢笑着叫着，要他们两个站起来。李光头和宋钢一点力气都没有了，他们站不起来了，他们躺在地上说：

“我们躺着很好……”

说完他们立刻知道怎样才能躲过三个中学生的扫堂腿了，就是赖在地上不起来。不管三个中学生怎样踢他们，怎样骂他们，怎样吓唬他们，他们就是不起来。最后三个中学生哄骗他们说：

“只要爬起来，就不扫荡你们了……”

李光头和宋钢不上当，仍然死死地赖在地上。长头发的孙伟指指跟前的一根木头电线杆，引诱李光头：

“喂，小子，你上电线杆去弄点性欲出来吧。”

李光头摇晃着脑袋说：“我现在没性欲。”

赵胜利和刘成功也鼓励李光头：“你上去弄几下就会有性欲了。”

李光头仍然摇晃着脑袋说：“我今天不弄了，你们自己去弄点性欲出来吧。”

“他妈的，”他们骂了起来，他们说，“这他妈的两个小无赖，天下第一的小无赖。”

长头发孙伟说：“把这两个小无赖提起来，再扫下去。”

赵胜利和刘成功正要上去把李光头和宋钢提起来时，见义勇为的革命铁匠过来了，童铁匠大喝一声：

“住手。”

童铁匠的吼声把三个中学生吓得一阵哆嗦，长头发孙伟喃喃地说：“他们是小地主……”

“什么小地主？”童铁匠指着李光头和宋钢说，“他们是祖国的花朵。”

长头发孙伟看到童铁匠膀粗腰圆，不敢说话了。童铁匠指着三个中学生说：“你们也是祖国的花朵。”

三个中学生听了童铁匠的话，互相看来看去，随即嘿嘿笑了起来，他们嘿嘿笑着走去了。童铁匠看一眼走去的三个中学生，看一眼地上的李光头和宋钢，也转身走去。童铁匠走去时气势磅礴，他声音响亮地说：

“都是祖国的花朵。”

李光头和宋钢从地上爬起来，伤痕累累的宋钢看着伤痕累累的李光头，宋钢不明白刚才为什么没有把那个长头发孙伟扫倒在地。他问李光头这是为什么？他说是不是没有用上最重要的那一招？李光头生气地说：

“根本没有最重要的一招，你爸是在骗我们。”

宋钢摇晃着他肿胀的脸说：“他是我们的爸爸，爸爸不会骗儿子的。”

李光头喊叫道：“他是你爸，不是我爸。”

两个人站在那里吵吵嚷嚷，后来宋钢抹了一把眼泪，甩了一把鼻涕，他说：“走，问爸爸去。”

李光头和宋钢来到了中学的大门口，刚好是批斗会散场的时候，宋凡平挂着大木牌和另外两个人低头站在那里，出来了一群学生围着他们正在喊着打倒他们的口号，几个戴红袖章的人正在说着什么。两个孩子不知道这些人开完了里面的大批斗会，又在这里开小批斗会了。他们从人缝里挤了进去，挤到了宋凡平跟前，宋钢拉拉他父亲的衣袖说：

“爸爸，你教了我们扫堂腿里最重要的一招，对不对？”

宋凡平低垂着头一动不动，宋钢委屈地哭了起来，他推推自己父亲说：“爸爸，你告诉李光头，你教我们了……”

宋凡平还是一声不吭，这时候李光头喊叫起来了：“你是骗我们的，你根本没有教会我们扫堂腿……你还骗我们木牌上的字，明明是‘地主’两个字，你说是‘地’上的毛‘主’席……”

当时李光头不知道这句话会给宋凡平带去什么，接下去的情景把他吓傻了，那些人听到李光头的话以后先是愣了一下，然后一阵拳打脚踢，把宋凡平揍了个死去活来。他们吼叫着，几只脚对准地上的宋凡平又是踩又是蹬，要宋凡平老实交待他是怎样恶毒攻击伟大的领袖、伟大的导师、伟大的统帅、伟大的舵手——毛主席。

李光头从来没有见过一个人会被打成这样，宋凡平满脸是血，他头发都被血染红了，他躺在地上，不知道有多少只大人的脚和小孩的脚蹬在他的身上，他的身体像是台阶似的被人踩个不停。他的身体没有躲闪，躲闪的是他的眼睛，他的眼睛躲闪着是为了能够看到李光头和宋钢，他看到李光头的时候眼睛里仿佛在说着什么话，他的眼睛让李光头十分害怕。后来李光头被挤到了外面，就没再看到他的眼睛，只看到宋钢哭叫着挤了进去，又哭叫着被人挤了出来。八岁的宋钢除了哭叫以外，只知道使劲往里面挤。围观的人越来越多，宋钢离他的父亲也就越来越远。最后宋钢张大的嘴里已经没有了声音，他走到李光头的身边，满脸的眼泪鼻涕，嘴巴一张一合好像是在对着李光头吼叫，李光头什么都听不到。宋钢吼叫了一阵后，挥手给了李光头一拳，李光头也给了他一拳，接下去两个孩子像是打扑克出牌似的，轮流给对方一拳，总共揍出了三十六拳。

十二

宋凡平被揍得遍体鳞伤以后，又被抓走了，关押在一个像仓库一样的大房子里。此后的一个星期里，宋钢和李光头不再说话。宋钢也说不出话来了，那天宋钢把自己的嗓子哭喊得又红又肿，说话时没有声音，只有口水从嘴角淌出来。李光头知道是他的揭发把宋凡平送进了那个像牢房一样的仓库，晚上睡觉的时候，他就会想起宋凡平在台阶上被人乱踩乱蹬的情景，宋凡平的眼睛还在惊慌地寻找他和宋钢。李光头心里很难过，嘴上还是很强硬，他嘲笑宋钢的嘴巴像个屁眼一样只有出气的声响。

李光头开始孤单一人，一个人在街上走，一个人在树下坐着，一个人蹲到河边去喝水，一个人和自己说话……他站在街上看呀等呀，盼望着一个和他一样年龄一样孤单的孩子走过来，他身上的汗水出来了一次又一次，又被太阳晒干了一次又一次，他看到的都是游行的人和游行的红旗，和他差不多年龄的孩子都被他们的妈妈牵着手，从他眼前一个一个被拉了过去。没有人和他说话，甚至都没有人看他。当走过去的人不小心撞了他一下，当吐痰的人不小心吐到了他的脚上，他们才会认真看他一眼。只有那三个中学生喜欢他，他们一看到他就会高兴地招着手，远远地叫他：

“喂，小子！弄点性欲出来。”

他们向他招着手，兴致勃勃地走向他。他知道他们嘴上说是弄点性欲出来，其实是要来练习扫堂腿，他们想把他扫个屁滚尿流和鼻青脸肿，李光头拼命逃跑。三个中学生在后面笑着喊叫：

“喂，小子，别跑，我们不扫你……”

在那个夏天里，李光头为了躲避这三个中学生的扫堂腿，经常跑得尘土飞扬，跑得自己把自己绊倒。他把八岁的腿跑得又酸又疼，把八岁的肺跑得呼呼地冒热气，把八岁的心脏跑得咚咚乱跳，把八岁的自己跑得死去活来。然后李光头有气无力地来到童铁匠、张裁缝、关剪刀、余拔牙他们的巷子里。

这时的童张关余已经是革命铁匠、革命裁缝、革命剪刀和革命牙医了。张裁缝的顾客拿着布料上门时，张裁缝首先要盘问对方是什么阶级成分。若是贫农，张裁缝笑脸相迎；若是中农，张裁缝勉强收下布料；若是地主，张裁缝马上高举拳头喊叫几声革命口号，面如土色的地主顾客抱着布料出了铺子，走在巷子里了，张裁缝还要站在门外，对着走去的地主顾客说：

“我要给你做最破最烂的寿衣，又错啦，是裹尸布。”

两个关剪刀的革命觉悟比张裁缝还要高，贫农顾客不收钱，中农顾客多收钱，地主顾客就要抱头鼠窜了。两个关剪刀高举两把咔嚓响着的剪刀，站在铺子外面，对着抱头鼠窜的地主顾客喊叫着要剪掉他的屌，两个关剪刀叫道：

“要把你这个地主剪成一个没屌的地主婆。”

余拔牙是一个革命投机分子，顾客走到面前了，他不去盘问阶级成分；顾客躺进藤条椅子了，他也不去盘问阶级成分；顾客张开嘴巴让他看清楚里面的坏牙了，他仍然不去盘问阶级成分。他怕万一盘问出一个地主成分，就丢了一桩买卖，少了一笔钱，可是不盘问就不是一个革命牙医。余拔牙要革命也要钱，他把钳子伸进顾客的嘴巴夹住了一颗坏牙，才时机恰当地大声盘问：

“说！什么阶级成分？”

顾客的嘴巴里塞着把钳子，啊啊叫着什么都说不清楚了。余拔牙装模作样把耳朵低下去听了听，大叫一声：

“是贫农？好！我就拔了你的坏牙。”

话音刚落，那颗坏了的牙齿就被拔出来了。余拔牙随即用镊子夹着棉球塞进顾客嘴巴里的出血处，让顾客咬紧牙关来止血。顾客咬紧牙关也就被堵住了嘴，哪怕是个地主，余拔牙也强行把他当成一个贫农了。余拔牙意气风发地拿起拔下的坏牙让顾客看：

“看见了吧？这是贫农的坏牙。若你是个地主，就不是这颗坏牙了，肯定是另外一颗好牙。”

然后余拔牙露出一副革命挣钱两不误的嘴脸，伸出手要钱了：“毛主席教导我们：革命不是请客吃饭……拔掉一颗革命的牙，要付一角革命的钱。”

革命的童铁匠从来不去盘问顾客的阶级成分，童铁匠觉得自己坐得正站得直，阶级敌人不敢来他的铁匠铺，童铁匠拍着自己的胸脯，嘴里振振有词：

“只有勤劳的贫下中农才会到我这里来买镰刀锄头，好吃懒做的地主剥削阶级是用不上镰刀锄头的。”

革命的洪流滚滚而来，童铁匠、张裁缝和关剪刀不久后都做起了火热的革命的工作。童铁匠光着膀子，他的光胳膊上套着革命的红袖章，他打铁打出来的已经不是镰刀锄头了，打铁打出来的全是红缨枪的枪头。童铁匠打出来的红缨枪头，立刻送到斜对面的磨剪刀铺子，两个关剪刀也是光着膀子，他们的光胳膊上也套着革命的红袖章，两个关剪刀不再磨剪刀了，两个关剪刀坐在矮凳上，劈开双腿汗流浃背磨枪头霍霍。两个关剪刀磨出来的枪头立刻送到隔壁的裁缝铺子，张裁缝虽然穿着背心，胳膊也是光着的，也套着革命红袖章，张裁缝不再做衣服了，他做出来的全是红旗红袖章，还有红缨枪上挂下来的丝丝红缨。“文化大革命”正在把我们刘镇打造成一个井冈山，这时的刘镇已是“山下旌旗在望，山头鼓角相闻”了。

余拔牙的胳膊也套上了革命的红袖章，这是张裁缝送给他的，眼看着童关张热火朝天一条龙制造着红缨枪，余拔牙冷冷清清，红缨枪上没有牙齿，余拔牙不能去拔牙，不能去补牙，更不能去镶上几颗假牙，余拔牙只好躺在藤条椅子里等待革命的召唤。

李光头到处游荡，看完了童关张三家铺子像是兵工厂那样制造红缨枪后，李光头打着呵欠走到余拔牙的油布雨伞下，身边没有了朝夕相处的宋钢，李光头孤独又无聊，他走到哪里就把呵欠带到哪里。呵欠也传染，看到李光头呵欠连连，余拔牙的嘴巴也跟着一张一合，打出了一个又一个呵欠。

以前余拔牙的桌子上放着的都是拔下的坏牙，现在余拔牙与时俱进地放上去十几颗不小心拔错的好牙，余拔牙要向所有走过的革命群众表明自己鲜明的阶级立场，说这些好牙全是从阶级敌人的嘴里拔下来的。看到只有八岁的李光头走进了他的油布雨伞，余拔牙也同样要表明自己的阶级立场，他从藤条躺椅里支起身体，指指桌子上十几颗拔错的好牙说：

“这些是我拔下的阶级敌人的好牙。”

又指指桌子上几十颗招揽顾客的坏牙说：“这些是我拔下的阶级兄弟和阶级姐妹的坏牙。”

李光头没精打采地点点头，他看看桌子上这些阶级敌人的好牙和阶级兄弟姐妹的坏牙，觉得没什么意思，他在余拔牙躺椅旁的板凳上坐了下来，张嘴继续打着呵欠。余拔牙已经无聊地躺了一个上午，好不容易来了一个李光头，结果是来和自己比赛打呵欠。

余拔牙坐起来，看看街对面的电线杆，拍拍李光头的脑袋说：“你不去搞搞这根电线杆？”

“搞过了。”李光头晃着脑袋说。

“再去搞一次。”余拔牙鼓励他。

“没意思，”李光头说，“城里所有的电线杆我都搞过几次了。”

“我的妈呀，”余拔牙惊叫起来，他说，“要是在从前，你就是皇帝，三宫六院；要是在现在，你就是连环强奸犯，坐牢枪毙。”

正打着呵欠的李光头一听“坐牢枪毙”，惊得半个呵欠缩了回去，他瞪圆了眼睛说：

“搞搞电线杆也要坐牢枪毙？”

“当然啦，”余拔牙换了一种语气，“这要看你的阶级立场。”

“什么阶级立场？”李光头不明白。

余拔牙伸手指着对面的电线杆，问李光头：“你是把它们当成阶级女敌人呢，还是把它们当成阶级姐妹？”

李光头还是瞪圆了眼睛不明白，余拔牙来精神了，他眉飞色舞地说：“你要是把电线杆当成阶级女敌人，你搞它就是批斗它；你要是把电线杆当成阶级姐妹，你就得和它登记结婚，不登记不结婚，你就是强奸。你把城里的电线杆全搞了，你就是把城里的阶级姐妹全强奸了，还不是坐牢枪毙？”

李光头听了余拔牙的话，知道“坐牢枪毙”的后顾之忧解除了，瞪圆的双眼放心地扁成了两条缝。余拔牙拍拍李光头的脑袋问：

“明白了吧？明白什么叫阶级立场了吧？”

“明白了。”李光头点点头说。

“你告诉我，”余拔牙说，“你是把它们当成阶级女敌人呢，还是把它们当成阶级姐妹？”

李光头眨了一会儿眼睛说：“我要是把它们当成阶级电线杆呢？”

余拔牙一愣，随即大笑地骂起来：“你这个小王八蛋。”

李光头在余拔牙那里坐了半个小时，余拔牙笑声朗朗了，李光头还是觉得没意思，他起身又回到了童铁匠的铺子。李光头坐在童铁匠的长凳上，背靠着墙壁，歪着脑袋斜着身体，看着童铁匠生机勃勃地打造红缨枪头，童铁匠左手用钳子夹着枪头，右手挥动着铁锤砰砰地响，铁匠铺子里火星四溅飞舞。童铁匠左胳膊上套着的红袖章不断滑下去，童铁匠拿着钳子的左手就不断举起来一下，让滑到手腕上的红袖章再掉回到手臂上，童铁匠钳子里夹着的枪头也就一次次刺向了空中。汗流浃背的童铁匠一边捶打枪头一边打量着李光头，心想这个小王八蛋以前一来就趴在长凳上磨来磨去，现在一来就垂头丧气地斜靠在那里，像只蹲在墙角的瘟鸡。童铁匠忍不住问他：

“喂，你不和长凳搞搞男女关系啦？”

“男女关系？”李光头咯咯笑了两声，他觉得这句话很好玩。接着他摇了摇脑袋，苦笑着说：“我现在没性欲了。”

童铁匠嘿嘿地笑，他说：“这小王八蛋阳痿了。”

李光头也跟着笑了几声，他问童铁匠：“什么叫阳痿？”

童铁匠放下铁锤，拿起挂在脖子上的毛巾擦着脸上的汗水说：“拉开裤子，看看自己的小屌……”

李光头拉开裤子看了看，童铁匠问他：“是不是软绵绵的？”

李光头点点头说：“软得像面团。”

“这就叫阳痿。”童铁匠将毛巾挂回到脖子上，眯着眼睛说，“你的小屌要是像小钢炮那样硬邦邦的想开炮，就是性欲来了；软得像面团，就是阳痿。”

李光头“噢”地叫了一声，他发现了新大陆似的说：“原来我是阳痿了。”

这时候的李光头已经是我们刘镇小有名气的人物了，我们刘镇有些群众游手好闲经常晃荡在大街上，这些群众有时候举举拳头喊喊口号，跟着游行的队伍走上一阵；有时候靠着梧桐树无所事事呵欠连连。这些游手好闲的群众都知道李光头了，他们一看见李光头就会兴奋起来，就会忍不住笑，就会互相叫起来：

“那个搞电线杆的小子来啦。”

这时的李光头今非昔比了，宋凡平被关进了仓库，宋钢嗓子哑了不再和他说话，他独自一人又饥肠辘辘，他垂头丧气地走在大街上，他对街旁的木头电线杆是一点兴趣都没有了。晃荡的群众对他仍然兴趣浓厚，他们眼睛看着川流不息的游行队伍，身体拦住了他，悄悄指指街旁的木头电线杆对他说：

“喂，小子，很久没见你去搞搞电线杆了。”

李光头摇晃着脑袋响亮地说：“我现在不和它们搞男女关系啦。”

这些在街上晃荡的群众捂住嘴巴笑得前仰后合，他们围着李光头不让他走开，他们等着游行的队伍过去了，再次问他：

“为什么不搞男女关系了？”

李光头老练地拉开裤子，让他们看看自己的小屌，他说：“看见了吧？看见我的小屌了吧？”

他们的脑袋撞在一起看见了李光头裤子里的小屌，他们点头的时候脑袋又撞到了一起，这些人捂着脑袋说看见了。李光头再次老练地问他们：

“是硬邦邦像小钢炮，还是软绵绵像面团？”

这些人不知道李光头是什么意思，他们点着头说：“软绵绵，软绵绵，像面团……”

“所以我不搞男女关系了。”李光头神气地说。

然后他像是一个准备告别江湖的侠客似的挥了挥手，从这些群众中间走了出去，他走了几步后回过头来，仿佛是历尽沧桑似的对他们说：

“我阳痿啦！”

在这些群众的阵阵哄笑里，李光头又精神抖擞了，他昂起了头威风凛凛地走去，走过一根木头电线杆的时候，他还顺便踢了电线杆一脚，表示自己对电线杆已经绝情绝意了。

十三

在街上到处游荡的李光头，口袋里没有一分钱，渴了他就去喝河里的水，饿了他只好吞着口水往家里走。那时候他的家已经像个砸破的罐子，柜子倒了，他和宋钢没有力气扶起来；地板上到处是衣物，两个孩子也懒得去捡起来。自从宋凡平被押进那个仓库以后，抄家的人又来了两次，每次李光头都是立刻溜走，让宋钢一个人去对付他们。让宋钢没有声音的嗓子去咝咝地和他们说话，他们肯定会不耐烦，肯定会将巴掌扇过去。

这几天里宋钢没有出门，他像个厨师一样做饭炒菜了。宋凡平曾经教过两个孩子怎么做饭，李光头早忘得干干净净，宋钢倒是记住了。当李光头饥肠辘辘垂头丧气地回到家中时，宋钢已经做好了饭菜，摆好了饭碗和那两双古人用的筷子，坐在桌前等着李光头，看到李光头吞着口水走进来时，宋钢的嗓子就会咝咝地响起来，李光头知道他是在说：你终于回来啦。李光头刚跨进屋门，他就端起自己的饭碗狼吞虎咽地吃起来。

李光头不知道宋钢这些天是怎么度过的，宋钢每天都在对付那只煤油炉，他小心翼翼地划亮火柴，小心翼翼地把棉条一根根地点燃，每天都要把越烧越短的棉条再一根根拔出来一点。他把自己弄得满头大汗，弄得满手的煤油，他的指甲里黑乎乎的，然后做一锅夹生饭给李光头吃。

李光头吃着宋钢煮出来的米饭就像是在吃豆子似的，嘴里嘎嘣嘎嘣响个不停，把李光头的胃都吃累了，他常常没吃饱就开始打嗝，打出来的嗝也是嘎嘣嘎嘣地响。宋钢炒出来的青菜也是极其难吃，宋凡平炒出来的青菜是绿油油的，宋钢每次都把青菜炒烂炒黄了，像是咸菜的颜色，里面还有黑乎乎煤油的颜色，不是太咸就是太淡。李光头本来已经不和宋钢说话了，他吃着吃着火冒三丈了，他说：

“饭是生的，菜是烂的，你是地主的儿子……”

宋钢涨红了脸，嘴里咝咝响个不停，李光头不知道他在说些什么，李光头说：“别咝咝啦，像蚊子放屁，像臭虫撒尿。”

宋钢能够说出声音的时候，已经知道如何把米饭煮熟了。那个时候两个孩子早就将宋凡平留下的青菜吃完了，只剩下不多的大米。宋钢把煮熟的米饭盛在碗里，桌上放着一瓶酱油，看到李光头进门时，他的嗓音终于嘶哑地响了，他惊喜地对李光头说：

“这次熟啦！”

宋钢确实将米饭煮熟了，而且将米饭煮得一颗颗饱满晶亮。在李光头的记忆里，这是他吃到的最好的米饭，虽然他后来吃到过很多煮得更好的米饭，他总觉得都不如宋钢那次煮出来的米饭。李光头觉得宋钢是瞎猫逮着死耗子，碰巧煮得这么好。吃了几天的夹生饭以后，那天晚上终于吃上熟饭了。他们没有菜，可是他们有酱油。两个孩子把酱油倒进热气蒸腾的米饭里，搅拌均匀以后，米饭们像是涂上了油彩一样又黑又红又亮，酱油的香味在米饭的热气里扩散开来，飘满了整个屋子。

这时候天已经黑了，两个孩子吃着这碗里油亮的美味，月光从窗外照进来，风在屋顶上滑过去，宋钢嘶哑的嗓音说话了，他嘴里含着酱油米饭嗡嗡地说：

“不知道爸爸什么时候回来？”

刚说完宋钢的脸上就流满了眼泪，他放下碗，低头抽泣起来，一边抽泣一边还将嘴里的米饭咽了下去。然后他擦着眼泪痛哭起来，嘶哑的嗓音像是拉起了电力不足的警报似的，呜呜的一声长，呜呜的一声短，哭得身体一抖一抽的。

李光头也低下了脑袋，他突然难受起来。宋钢煮了这么好的米饭，李光头想和宋钢说几句话，最后还是什么都没说，李光头告诉自己：

“他是地主的儿子。”

宋钢煮了一次了不起的米饭以后，第二天中午又是夹生饭了。李光头一看到碗里干瘪没有光泽的米粒，就知道完蛋了，知道又要吃夹生饭了。那时候宋钢坐在桌前正在做着科学实验，他在一只碗里细心地撒上盐，又在另一只碗里倒上一点酱油，他分别品尝着它们，撒上盐的夹生饭和拌上酱油的夹生饭。李光头进门的时候，他已经取得了成果，他高兴地告诉李光头，撒上盐的夹生饭比拌上酱油的要美味很多。而且这盐要一点一点撒上去，撒一点就赶紧吃一口，不能等盐化了，一化就没有口感了。

李光头怒气冲冲，对着宋钢喊叫：“我要吃熟饭，我不吃夹生饭。”

宋钢抬起头来告诉他一个坏消息：“煤油用光了，饭煮到一半时就没有火了。”

李光头没有脾气了，只好坐下来吃夹生饭。没有煤油等于没有了火，李光头心想宋钢要是屌里尿得出煤油，屁眼里喷得出火，那就太好了。宋钢让李光头撒一点盐就马上吃一口，李光头按宋钢说的去吃，吃得他眼睛一亮。一粒粒的盐和一颗颗的夹生米饭在嘴里一嚼，都有着清脆的声响。尤其是那一粒粒的盐，李光头嚼碎它们时突然有了鲜味。李光头知道了宋钢为什么让他在盐融化以前吃下去夹生米饭，就像是摩擦生火一样，这盐里的鲜味是咀嚼的一瞬间摩擦出来的，当它们融化以后就没有鲜味，只有咸味了。李光头第一次觉得夹生饭的味道也不错，这时候宋钢告诉他另一个坏消息：

“米也吃光了。”

到了晚上两个孩子继续吃着撒上盐的夹生饭，这是中午剩下的。第二天早晨的太阳照到了他们的屁股上，才把他们照醒过来。起床后他们跑到屋外的墙角各自撒了一泡尿，提一桶井水各自洗了一把脸，然后他们才想起来从今天起连个屁都吃不到了。李光头在门槛上坐了一会儿，他想看看宋钢这小子有什么办法弄出一点吃的来。宋钢在倒地的柜子里翻弄了一阵，又在地上的衣物里寻找了一阵，最后也是什么吃的都没有，宋钢只能吞着自己的口水当早餐了。

李光头也只好吞着自己的口水，继续像野狗一样在大街小巷到处游荡，刚开始的时候李光头还能蹦跳几下，中午时他就成了泄了气的皮球。饥饿让八岁的李光头仿佛八十岁了，头晕眼花不去说它了，四肢无力也不去说它了，肚子里空荡荡什么都没有还不停地打着嗝。李光头在街旁的一棵梧桐树下坐了很长时间，歪着脑袋看着街上来来往往的人，他看到有人吃着肉包子从面前走过，他亲眼看见那人的嘴角挂着肉汁，他还亲眼看见那人的舌头伸出来舔了一下肉汁；还有吃着瓜子从他身边走过的女人，她把瓜子壳都吐到了他的头发上了；最让李光头生气的是一条野狗，从他前面走过时嘴里竟然叼着一根骨头。

李光头不知道自己是怎么走回家的，他只知道自己饥肠辘辘，他根本不指望回家能吃到什么，他只想回家躺到床上去。可是当李光头走到门口时，突然看到宋钢坐在桌前吃饭的背影。那一刻李光头喜出望外，他饿昏饿累的时候竟然还有力气扑上去。

李光头扑了个空，他看清了宋钢正在吃着什么，宋钢的面前放着一碗清水，他往嘴里放上一点盐，慢慢地让盐溶化了，接着喝上一口水；吃完了盐以后，下一次是喝上一小口酱油，他鼓着腮帮子一副津津有味的样子，等酱油把他的嘴巴浸泡够了，他又喝起了那一碗清水。

宋钢有气无力地吃着盐和酱油，喝着清水，他饿得都不愿意和李光头说话，只是指了指桌上另一碗清水，李光头知道这是为他准备的。李光头在桌旁坐了下来，虽然万分失望，他还是像宋钢那样吃了起来。吃上一点盐和酱油，喝上一碗清水，总比什么都不吃强。这顿午饭其实什么都没有，也让李光头觉得吃过午饭了。李光头好像舒服一点了，他躺到了床上，他自言自语说着，要到梦里去看看有什么吃的，随后他舔了舔嘴唇就睡着了。

李光头说到做到，刚进梦乡就一头撞在一个巨大的蒸笼上，蒸笼呼呼地冒着热气，几个穿着白衣服的厨师喊着“嗨哟嗨哟”的劳动号子，把巨大的蒸笼盖抬了起来，李光头看到里面的肉包子多得像是中学操场上开批斗会的人群，那些包子都在流着肉汁。那几个厨师又把蒸笼盖上了，他们说还没蒸熟。李光头说肯定熟啦，包子里的肉都流出来啦。厨师们谁也不理他，他只好站在一旁等了又等，看到肉汁都流到蒸笼外面来了，厨师们终于说：熟啦！他们“嗨哟嗨哟”地将盖子抬走，他们说：吃吧！李光头觉得自己像是跳水一样，一头扎进了蒸笼里，李光头的胸前抱起了一堆肉包子，就在他低头咬住一个流着肉汁的包子时，他醒来了。

宋钢把李光头推醒了，宋钢摇晃着李光头的身体，沙哑地喊叫：“找到啦！找到啦！”

眼看着自己咬住肉包子了，结果被宋钢这么摇来晃去，这包子就没了踪影。李光头气得哇哇大哭，他一边抹着眼泪，一边抬脚去踢宋钢，他嘴里喊出来的声音全是“包子包子包子”。随即李光头又破涕为笑了，因为他看到宋钢挥动的手里拿着钱和粮票，他看清楚了是两张五元的钱。

宋钢喋喋不休地说着他是怎么找到宋凡平留下的钱和粮票，李光头是一句都没听进去，他的脑袋被流着肉汁的包子塞满了。李光头的力气也一下子回来了，他跳下了床，对宋钢说：

“走，买包子去！”

宋钢摇着头说："我要先去问问爸爸，他同意了，我们才可以去买包子吃。"

李光头说："等找到你爸爸，我们早就饿死啦！"

宋钢还是摇着头说："我们不会饿死的，我们会很快找到他的。"

钱有了，粮票有了，眼看着包子也马上要有了，宋钢这傻瓜还要去问他妈的什么爸爸去。李光头急得直跺脚，他看着宋钢手里的钱和粮票，他想扑上去抢过来。宋钢看出来李光头要来抢钱，赶紧把钱和粮票塞进了口袋。两个孩子扭打了起来，他们一起倒在了地上。宋钢的双手紧紧捂住他的口袋，李光头的手想穿过他的指缝伸到他的口袋里。两个孩子都是一天没吃东西了，都没有了力气，他们扭打一会儿，又停下来张着嘴呼哧呼哧地喘上一会儿气，接着继续扭打和继续喘气。后来宋钢先从地上爬起来，他想冲出门去，李光头也赶紧爬起来，堵在了门口。两个孩子都累得歪歪斜斜了，李光头堵在门口，宋钢站在屋里，他们脸对着脸喘着气休息了一会儿。然后宋钢转身走到了厨房里，李光头听到他从水缸里舀出水来咕咚咕咚喝了好一会儿，喝饱了水的宋钢重新走到李光头前面，冲着李光头嘶哑地喊叫：

"我有力气啦！"

宋钢双手一推，就把李光头摔出门去了。宋钢从李光头的身体上面跳了过去，成功地逃跑了，去找他的地主爸爸了。李光头像死猪那样躺在屋前的地上，后来又爬起来像病狗那样坐在门槛上，他饿得呜呜地哭了几声，哭泣让他觉得自己更饿了，他立刻停止哭泣。李光头看着风吹在树叶上沙沙地响，阳光照在他的脚趾上亮闪闪，李光头心想要是阳光像肉丝一样可以吃，风像肉汤一样可以喝就好了。李光头靠着门框坐了一会儿，然后站起来到厨房的水缸里咕咚咕咚喝饱了水，他觉得有点力气了，就关上门走向了大街。

这天下午李光头在大街上苟延残喘地走来走去，什么吃的都没见着，倒是见着了那三个中学生。当时李光头正靠在一棵梧桐树上，他听到了嘿嘿的笑声，听到他们叫他：

“喂，小子。”

李光头抬起头来时，他们已经围住他了。看着他们高兴的样子，李光头知道他们要来练习扫堂腿了。这一次李光头没法逃跑了，他也没有力气逃跑，他对他们说：

“我一天没吃东西了……”

长头发孙伟说：“我们给你吃扫堂腿。”

李光头哀求他们：“今天不吃扫堂腿了，我明天再吃吧。”

“不行，”他们三个人同时说，“今天明天都得吃。”

李光头指指不远处的电线杆，继续哀求他们：“别让我吃扫堂腿了，就让我和电线杆搞搞男女关系吧。”

三个中学生哈哈笑个不停，长头发孙伟说：“先吃扫堂腿，吃饱了再去和电线杆搞搞男女关系。”

李光头伤心地抹起了眼泪，三个中学生像亲兄弟似的互相谦让着，都要把第一个出脚的机会让出来。

这时候宋钢出现了，他手里拿着包子从街道对面奔跑过来，跑到李光头跟前时一屁股坐在了地上，同时也把李光头拉到了地上。两个孩子都坐在了地上，宋钢满头大汗地将肉包子递给李光头，这是一个还冒着热气的肉包子，李光头拿过来就塞进嘴里去了，他第一口就让里面的肉汁流出了嘴角，第一口还没吞下去他就噎住了，李光头伸长了脖子一动不动。宋钢伸手在他的后背上拍打着，同时得意洋洋地对那三个中学生说：

“我们坐在地上了，看你们怎么扫荡我们……”

“他妈的，”三个中学生互相看了看，又说了一声，“他妈的。”

三个中学生不知道如何来扫荡已经坐在地上的李光头和宋钢，他们商量着要不要动手把两个孩子提起来，宋钢警告他们：

“我们会喊救命，大街上的人都会过来……”

“他妈的，”长头发孙伟说，“有本事你们就站起来。”

宋钢跟着他说：“有本事你们把我们扫荡起来。”

三个中学生看着赖在地上的李光头和宋钢束手无策，他们骂骂咧咧地看来看去，看着李光头把肉包子吃了下去。李光头吃下包子以后有力气了，他应和着宋钢的话：

“我们坐着很舒服，我们坐在地上比躺在床上还要舒服。”

三个中学生又是骂了三声“他妈的”，长头发孙伟换了一副嘴脸，他亲切地笑着，亲切地对李光头说：

“喂，小子，起来吧，我们保证不扫荡你，你去和电线杆搞搞男女关系吧……”

李光头嘿嘿笑了两声，伸出舌头舔着嘴角的肉汁，把自己舔得摇头晃脑，他摇头晃脑地说：

“我不和电线杆搞男女关系了，要搞，你自己去搞，我阳痿了，你知道吗？”

三个中学生不知道阳痿是什么意思，他们互相好奇地看了看，赵胜利忍不住去问李光头：

“什么叫阳痿？”

李光头得意洋洋地对他说：“你拉开裤子看看自己的屌……”

赵胜利伸手摸了摸自己的裤裆，警惕地看着李光头，李光头说：“你看一看，你的屌是硬邦邦像小钢炮，还是软绵绵像面团？”

赵胜利隔着裤子摸了一把自己的屌，他说：“还用看吗？现在肯定是软绵绵像面团……”

李光头听后惊喜地对赵胜利说：“你也阳痿啦！”

三个中学生这时候明白什么叫阳痿了，孙伟和刘成功哈哈地笑，孙伟对赵胜利说：

“你真是个笨蛋，你连阳痿都不知道……”

赵胜利觉得自己很没有面子，他踢了李光头一脚说：“你这个小王八蛋才是个阳痿，老子早晨醒来时硬邦邦的比小钢炮还要硬……”

李光头热心地开导赵胜利：“你早晨不阳痿，你是下午阳痿。”

“放屁，”赵胜利说，“老子一年四季，一天二十四小时从来不阳痿。”

“吹牛，”李光头指了指不远处的木头电线杆说，“你去和电线杆搞搞男女关系，你搞给我们看看……”

“电线杆？”赵胜利哼了一声，他说，“只有你这种小王八蛋才会和电线杆搞，老子要搞男女关系，就和你妈去搞。”

李光头不屑地说：“我妈才不会和你搞男女关系呢……”

然后李光头指指身旁的宋钢，得意地说：“我妈只和他爸搞……”

孙伟和刘成功笑得弯下了腰，赵胜利骂骂咧咧说了一堆难听的话，三个中学生知道这两个小无赖就是海枯石烂了，也不会站起来了。三个中学生讨论着如何对付这两个小无赖，三个中学生又想把他们提起来，再扫下去。李光头想起了上次童铁匠救过他们，笑着说：

“童铁匠来了。”

三个中学生扭头看看街上，先看近处再看远处，没有看到童铁匠，三个中学生踢了李光头和宋钢各三脚，李光头和宋钢哎哟喊叫时，三个中学生捡了便宜似的走去了。

李光头躲过了扫堂腿，还吃到了肉包子。倒霉的是李光头一点都没记住肉包子的滋味，他只记得自己噎住了四次，记得噎住时宋钢拍着他的背，宋钢说他噎住的时候脖子伸得像鹅脖子那么长。

李光头和宋钢重归旧好，兄弟两个面对面嘿嘿笑了差不多一分钟，手拉手一起走上了大街。宋钢说他找到爸爸了，他说爸爸住在一个仓库里，仓库里关押了很多人，有些人在哭，有些人在叫。李光头问，为什么他们要哭要叫？宋钢说，好像有人在里面打架。

这天下午宋钢拉着李光头的手走过了三条街和两座桥，还有一条小巷，他们来到了那个关押着地主和资本家，关押着现行反革命和历史反革命，关押着所有阶级敌人的仓库。李光头见到了长头发孙伟的父亲，这个人胳膊上戴着红袖章站在仓库的大门口抽烟，他见到宋钢就说：

“你怎么又来啦？”

宋钢指着李光头说：“这是我的兄弟李光头，他要见爸爸。”

孙伟的父亲看着李光头，他问李光头：“你妈呢？”

李光头说：“在上海看医生。”

孙伟的父亲嘿嘿笑着说：“不是看医生，是看病。”

孙伟的父亲将烟屁股扔在了地上，又踩上一脚，推开仓库的大门，对着里面喊叫起来：

“宋凡平！宋凡平出来！”

孙伟的父亲推开大门的时候，李光头看到里面有一个人抱着脑袋躺在地上，另一个人正用皮带抽打他。躺在地上被抽打的那个人一点声音都没有，倒是那个抽打的人在号叫着，好像是抽打的这个人在疼痛地喊叫。这情景把李光头吓得浑身哆嗦，把宋钢吓得脸色苍白，吓得两个孩子都没有注意从大门里走出来的宋凡平。宋凡平走到两个孩子跟前，问他们：

“你们吃过肉包子啦？”

李光头看到宋凡平高大的身体站在前面，他的汗衫上沾着血迹，他的脸青了，眼睛肿了。李光头知道他是被别人打成这样的，他蹲下来看着李光头，伸手抚摸着李光头的脑袋说：

“李光头，你嘴角还沾着肉汁呢。”

李光头低下了头，难过地掉下了眼泪。他后悔自己的揭发，他心想要是不在学校门口说那些话，宋凡平就不会在这个仓库里受苦受难。想到宋凡平对自己这么好，李光头流着眼泪吸着鼻涕哭出声音来了，他呜呜地说：

"我错了。"

宋凡平用大拇指擦着李光头的眼泪，笑着对他说："你没有把鼻涕吸到眼睛里去吧？"

李光头扑哧一声笑出来了。这时候仓库里的哭喊声和叫骂声越来越响亮，从门缝里源源不断地传出来，里面还有阵阵呻吟声，听起来像是青蛙在叫。李光头害怕了，他和宋钢哆嗦着站在宋凡平的身旁，宋凡平好像什么都没有听到，他高兴地和两个孩子说着话。他的左胳膊奇怪地郎当起来了，李光头和宋钢不知道他的左胳膊被打成脱臼了，他们觉得看上去很奇怪，像是一条假胳膊挂在肩膀上。他们问宋凡平，为什么左胳膊在郎当？宋凡平轻轻晃了晃自己的左胳膊，对两个孩子说：

"它累了，我让它休息几天。"

这个宋凡平总是让李光头和宋钢充满了好奇，他们觉得他有着一身的绝技，他竟然有本事让胳膊郎当起来休息几天。

为了满足李光头和宋钢的好奇心，宋凡平就在这个鬼哭狼嚎的仓库大门前当起了教练，教他们如何让胳膊休息一下。他让两个孩子先把一侧的肩膀斜下去，再让那侧的胳膊放松了垂下去。他告诉他们，垂下去的这条胳膊不能使劲，就当这条胳膊没有了，他指着自己的太阳穴说，脑子里别想着这条胳膊。他觉得李光头和宋钢学得差不多了，就让两个孩子排成一行，他喊着"一、二,一、二"的口令，让两个孩子在仓库门前斜着肩膀和垂着胳膊走过去和走过来。李光头和宋钢觉得每走一步，那条休息的胳膊就会晃动一下，两个孩子惊喜万分，互相看着对方晃动的胳膊，嘴里哎呀哎呀地惊叫起来。

宋凡平问他们："胳膊郎当了吗？"

李光头和宋钢同声回答："郎当啦！"

长头发孙伟的父亲看着他们笑声不断，先是嘿嘿地笑，接着哈哈大笑，后来他捂着肚子蹲下去笑。当他站起来时仍然捂着肚子在笑，他对宋凡平说：

“行啦，你该进去啦。”

宋凡平郎当着左胳膊走进了仓库，他在进门的时候回头对两个孩子说：“回家接着练。”

这天下午李光头和宋钢完全忘记了仓库里恐怖的声音，忘记了宋凡平脸上的青肿，他们只记住了宋凡平让他们继续练习的话。两个孩子一路上都在兴致勃勃地斜着肩膀垂着胳膊，一会儿让左胳膊郎当起来，一会儿让右胳膊郎当起来。回家以后，他们又躺到床上去练习，让一条胳膊从床沿上垂下去。他们发现躺在床上郎当起胳膊来，比斜着肩膀走路时容易多了，倒霉的是躺在床上胳膊垂下时一会儿就发麻了。

十四

李光头和宋钢继续着没有父母的兄弟生活，而且过得不错。他们提着米袋一起去买米，他们喜欢米店里称米的机器，他们把米袋套住那个像滑梯一样的铝皮出口，里面的闸门一开，那些米粒就像是坐着滑梯一样哗哗涌进了他们的米袋，然后他们伸手使劲拍打着那个出口，让沾在上面的米粒也滑进他们的口袋，他们把这滑梯般的铝皮出口拍得响声一片，米店里的人破口大骂，从柜台里伸出手来扇他们的脑袋。

他们提着篮子一起去买菜，他们一边挑选着青菜，一边偷偷将菜叶子一片片掰了下来，只剩下里面最嫩最新鲜的，让卖菜的老太太急得眼泪汪汪，她嘴里一声声地诅咒他们，说他们是两个小王八蛋，说他们不得好死，说他们喘气都会噎住，喝水都会塞牙，拉屎没有屁眼，撒尿没有屌缝。

李光头和宋钢省吃俭用，他们像出家的和尚那样只吃素不吃荤。后来他们实在太想吃荤了，就到河里去捕小虾。走向河边的时候，他们想到自己还不会做这道荤菜，那时他们连个小虾影子都还没见着，已经舌头舔着嘴唇在讨论着如何吃它们了。他们不知道是煎，是炒，还是煮?于是他们拐了个弯，先跑到那个仓库去向宋凡平请教，到了仓库门前，他们自然而然地斜着肩膀郎当起胳膊来了。左胳膊仍在郎当的宋凡平出来后告诉他们，煎炒煮都可以，只要虾的颜色变红了就可以吃了，宋凡平说：

“像舌头一样红就熟了。”

宋凡平说虾都在水浅的地方游来游去，他让两个孩子把裤管卷到膝盖上面，他警告他们：

“裤管湿了就不能再往河里走了，水深的地方没有虾，只有蛇。”

李光头和宋钢哆嗦了一下，他们不知道宋凡平是在吓唬他们，他是怕他们走到水深的地方会淹死。两个孩子点着头，保证不会让河水漫过膝盖，然后他们斜着肩膀郎当着胳膊走去。宋凡平又叫住了他们，他让他们先回家去拿竹篮，他们不知道拿竹篮干什么，宋凡平就问他们：

“捕鱼要用什么？”

两个孩子站住脚想了一会儿，宋钢说：“用钓鱼竿。”

“那是钓鱼，”宋凡平说，“捕鱼要用鱼网，捕虾就用竹篮。”

宋凡平郎当着他的左胳膊，弯起了他的右胳膊好像提着竹篮似的，躬起身体在仓库大门前比划着教他们怎样用竹篮捕虾。他说站在河水里时要像哨兵一样警惕，把竹篮倾斜着放到水里，当虾自己游进竹篮，就立刻提起竹篮。他直起身体说：

“这样就捕到虾了。”

宋凡平问他们明白了没有，李光头和宋钢互相看了看，都指望着对方点头。宋凡平就说再教他们一次，当他再次躬下身体时，他们指出了他的错误，李光头说：

“你的裤管还没卷起来。”

宋凡平嘿嘿笑了，他蹲下身去将两个裤管都卷了起来，重新表演了一次如何捕虾。这一次两个孩子齐声说：

“明白啦。”

李光头和宋钢来到了河边，卷起裤管走进了小河，让河水在他们的膝盖下面荡漾。他们把竹篮倾斜着放到河水里，模仿着宋凡平在仓库前的动作，等待虾们自己游进竹篮。他们在河水里站了整整一个下午，夏天的阳光晒出了他们满身的汗珠。他们惊奇地发现虾在河水里游动时是蹦蹦跳跳的，它们和摆着尾巴的鱼不一样，它们蹦蹦跳跳地游进了两个孩子的竹篮，最多的一次有五只小虾。那一次两个孩子高兴地嗷嗷乱叫，随即他们又捂住了自己的嘴巴，他们发现河里的虾被吓跑了，他们只好换一个地方。到了晚霞出来的时候，两个孩子坐在岸边的草地上数了数，才知道他们已经捕到了六十七只小虾了。

这天傍晚两个孩子脸上的神态、说话的口气、走路的模样，都像是我们刘镇戴红袖章的那些人了。李光头和宋钢提着装有六十七只小虾的竹篮招摇过市，有人看见了竹篮里的小虾后嘴里啧啧不停，他们说这两个小王八蛋真是有本事。李光头听了得意洋洋，他第一次喜欢别人叫他们小王八蛋了，他对宋钢说：

“小王八蛋就是有本事。”

回家以后，李光头指挥起了宋钢：“把六十七只小王八蛋虾用水煮起来。”

当锅里的水越来越热时，李光头兴奋地对宋钢说：“听到了吧，听到六十七只小王八蛋虾在锅里蹦跳了吧。”

等到锅里的虾没有了声响，两个孩子揭开锅盖，看到里面的虾都变红了，他们想起了宋凡平说的话，只要像舌头一样红就熟了。宋钢就伸出了他的舌头，问李光头是不是和他的舌头一样红。李光头说：

“比你的舌头还要红。”

李光头也伸出了舌头让宋钢看，宋钢说：“也比你的舌头红。”

接着他们一起叫了起来：“吃！快吃！吃小王八蛋虾。”

这是他们第一次吃自己捕的和自己煮的虾，他们忘了往锅里放盐，吃了几只淡味的虾以后，两个孩子觉得有点不对劲。这时候宋钢才华横溢了，他马上有了好主意，他把酱油倒在碗里，再把虾往酱油里蘸一下再吃。李光头吃得眉开眼笑，他说这小王八蛋的虾肉，比小王八蛋肉包子还要好吃几十倍。那一刻两个孩子除了吃，什么都不知道了，连正在吃着这事都不知道了。吃完以后，他们还坐在那里回味无穷，还没有从吃里面出来，直到宋钢打了一个嗝，李光头也打了一个嗝，他们才知道已经把六十七只小虾吃光了。两个孩子抹了抹嘴，无限憧憬地说：

“明天再吃虾。”

接下来的日子，李光头和宋钢对大街没有兴趣了，他们热爱小河了。李光头和宋钢每天提着竹篮早出晚归去捕虾，他们沿着小河走了很远，然后又沿着小河走回来。他们把自己的腿脚浸泡得像死人的腿脚一样白，又把自己的脸蛋吃得像资本家的脸一样红彤彤。他们无师自通地学会了煮虾、炒虾和煎虾，他们发现炒虾要用酱油，煎虾的时候就要用盐了。运气来了门板都挡不住，有一次两个孩子捕到了一百多只虾，他们把这一百多只虾在油锅里煎了又煎，后来都煎糊了，他们吃的时候不由惊喜万分，他们发现煎糊了的虾壳又脆又香，有着虾肉所没有的美味。当他们吃了还剩四十多只煎虾时，宋钢突然不吃了，他说：

“这些给爸爸送去。”

李光头说：“好！”

两个孩子把剩下的煎虾放进一只碗里，出门的时候宋钢说再给他爸爸去打二两黄酒。宋钢想象着宋凡平喝着黄酒吃着虾的时候，一定会高兴得哈哈大笑。宋钢张开嘴啊啊乱叫，表演起了他爸爸如何大笑；李光头说宋钢笑得不像，说他像是在喊救命。然后李光头表演起了宋凡平的哈哈大笑，李光头说宋凡平嘴里塞满了虾肉，灌满了黄酒，就是张大嘴巴也笑不出声音来，只能“呵呵”地笑了；宋钢说李光头也不像，说他像是在打呵欠。

他们拿了一只空碗，走出门去，到街上的食品店里打了二两黄酒。那个卖酒的看着他们碗里的虾，使劲吸着鼻子，他说闻着都香，吃起来就不知道是什么了。李光头和宋钢咯咯地笑，他们说吃起来就更香了。他们转身离去的时候，听到了卖酒的在后面吞口水。

这是黄昏时刻，宋钢端着一碗黄酒，李光头端着一碗煎虾，他们小心翼翼地走向了宋凡平的仓库。他们又遇上了那三个扫堂腿中学生，三个中学生迎面走来，对着他们叫道：

“喂，小子。”

他们心想坏了，要不是端着黄酒和煎虾，他们早就逃之夭夭了，现在他们手里端着碗跑不快，只能一屁股坐到了地上。三个中学生的六条扫堂腿包围了他们，李光头和宋钢端着碗仰脸看着三个中学生，宋钢得意地说：

“我们已经坐在地上了。”

李光头以为他们会说：有本事站起来。所以他忍不住提前说了句：有本事把我们扫荡起来。可是三个中学生没说这话，他们的兴趣到李光头的碗里来了。孙伟、赵胜利和刘成功挨着蹲了下来，孙伟吸着鼻子说：

“真香呵，这虾做得比饭店里的虾还香……”

赵胜利接着说：“他妈的还有黄酒呢。”

李光头端着碗的手抖动起来，他觉得他们要吃他碗里的煎虾了。果然他们说：

“喂，小子，让我们尝尝。”

三个中学生的六只手同时往李光头的碗里伸，李光头躲闪着手中的碗，拼命叫着说：

“童铁匠说了，我们都是祖国的花朵。”

他们听到童铁匠的名字，手缩了回去，四处张望了一下，没有看见童铁匠，街上也没有人注意他们，他们的手又伸了过来。李光头哇哇叫着张嘴要去咬他们的手，这时的宋钢突然喊叫起来：

“卖虾啦！卖虾啦！”

宋钢一边喊着一边用胳膊捅着李光头，李光头看到宋钢的喊叫吸引了街上行走的人，于是他也跟着宋钢喊叫起来：

“卖虾啦！香喷喷的煎虾啦！”

很多人围了过来，他们好奇地看着叫卖的李光头和宋钢，三个中学生被挤到了外面，站在那里骂了宋钢的爸，又骂了李光头的妈，还骂了他们爸妈的列祖列宗，然后吞着口水抹着嘴巴走去了。

有人问李光头和宋钢：“这虾怎么卖？”

宋钢说：“一元钱一只虾。”

“什么？”那个人惊叫起来，他说，“你是在卖金银珠宝啊！”

“你闻闻，”宋钢让李光头端起碗来，他说，“这是煎虾。”

李光头把碗举过了头顶，他们都闻到了煎虾的香味，有人说：“香倒是很香，一分钱两只还差不多。”

另外的人说：“一元钱都可以买一只金虾了，这两个小王八蛋是在投机倒把。”

宋钢站起来说：“金虾又不能吃。”

李光头也站起来说：“金虾又不香。”

三个中学生已经不在了，李光头和宋钢松了口气，从围着的人群里走出来，两个孩子端着两只碗大摇大摆地走去，他们走过了街道走过了桥，走到了那个仓库的大门前。看守大门的还是长头发孙伟的父亲，他的儿子差一点吃了李光头碗里的虾，他看到两个孩子走过来，笑着说：

“喂，胳膊不郎当啦？”

两个孩子说：“不能郎当，我们端着碗呢。”

长头发孙伟的父亲也闻到了虾的煎香，他走过去低头看着李光头和宋钢手里的虾和酒，伸手从李光头的碗里拿了一只虾，放进嘴里吃了起来，问他们：

“谁做的虾？”

李光头说："我们做的。"

他满脸的惊奇，他说："这两个小王八蛋，简直是国宴厨师。"

他说着手又伸向了李光头的虾碗，李光头躲开了他的手。他干脆两只手都伸了过去，要两个孩子把酒碗和虾碗都交给他。两个孩子后退着躲开他，他骂了一声"他妈的"，走到仓库门前踢开了大门，对着里面喊叫：

"宋凡平！出来！你的两个儿子送吃的喝的来啦！"

他把"吃的喝的"拉长了喊叫，里面一下子出来了五六个戴红袖章的人，他们一边走过来，一边东张西望地说：

"吃什么？喝什么？"

他们的鼻翼都翕动起来了，他们说真香啊，比猪油还香。他们平日里吃的都是萝卜青菜，他们一个月里面最多吃一次猪肉，现在他们看见了李光头手里的煎虾，馋得嘴巴里都伸出手爪子来了。他们围住了两个孩子，就像高大的墙围住了两棵小树。他们七嘴八舌地说着，让老子尝尝。他们的唾沫星子像下雨一样喷在李光头和宋钢的脸上。李光头和宋钢捂住手里的碗，吓得大叫起来：

"救命啊！救命啊！"

这时郎当着胳膊的宋凡平走了出来，两个孩子见到了救星，他们对着宋凡平喊叫：

"爸爸，你快过来呀！"

宋凡平走到两个孩子面前，李光头和宋钢躲到了他的身后，两个孩子放心了，举起虾碗和酒碗递给他，宋钢说：

"爸爸，我们给你做了煎虾，我们还给你打了二两黄酒。"

宋凡平郎当着的左手不能用了，他的右手接过来李光头的虾碗，他自己没有吃，而是谦恭地递给了那些戴红袖章的人；他又接过来宋钢手里的酒碗，也递给了他们，他们正忙着吃虾，宋凡平就谦恭地端着酒碗。他们吃虾的手就像是树上伸出来的树枝那么多，也就是眨了几下眼睛，打了几个喷嚏，他们就把煎虾吃了个精光。他们看到宋凡平谦恭地站在那里端着的黄酒，他们拿过去了黄酒，每人喝了一大口，把黄酒也喝了个精光，李光头和宋钢都听到他们的喉咙里咕咚咕咚的响声。

李光头和宋钢伤心地抹起了眼泪，他们做了煎虾，打了黄酒，专门给宋凡平送来，可他没舔着虾也没沾着酒。宋钢伤心地说：

“我们以为你吃着虾，喝着酒，你会哈哈大笑。”

宋凡平蹲下来擦着两个孩子的眼泪，那时候天已经黑下来了，他什么话都没说，只是擦着他们的眼泪。两个孩子突然看到他哭了，他笑着看他们，可是他的眼泪却在流出来。

那几个红袖章吃了虾喝了酒，这时竟然抬脚踢起了宋凡平，他们对着宋凡平叫道：

“起来，滚回仓库去！”

宋凡平擦了擦脸上的泪水，轻轻拍拍李光头的脸，又轻轻拍拍宋钢的脸，轻声对他们说：

“回家吧。”

宋凡平站了起来，站起来的宋凡平没有眼泪了，他幸福地对那几个红袖章笑了笑。然后宋凡平像个英雄走向了仓库的大门，虽然他郎当着左边的胳膊，走到门口时，他转身向李光头和宋钢挥了挥右手。宋凡平挥动右手时的模样牛气冲天，就像是毛主席在天安门城楼上向百万游行的人群挥手似的。

十五

很多年以后，李光头每次提起他的继父宋凡平时，只有一句话，李光头竖起大拇指说：

“一条好汉。”

宋凡平在那个其实是监狱的仓库里饱受折磨，他的左胳膊脱臼以后逐渐浮肿，他哼都没哼一声。他一直在给李兰写信，他是在桥上挥舞红旗的那天写的第一封信，这是他最为风光的时候，所以他的信也是写得激情四射。李兰在上海医院的病床上第一次读到了一个男人的来信，而且是一封令人亢奋的信，李兰像是吃着激素似的读完它。李光头的生父从来没有给李兰写过信，那个淹死在厕所里的男人最浪漫的时候，也就是在深更半夜敲打着李兰的窗户，想把她勾引到稻田里去搞一次野合。所以当李兰拿到宋凡平的第一封信时，竟然满脸通红。后来宋凡平的信一封又一封地来到她的手上时，她仍然会脸红心跳。

这时候宋凡平已经被打倒了，为了让李兰在上海安心治病，他的信仍然写得激情四射，他没有告诉李兰实际的情况，他在信里把自己写得越来越好，让李兰觉得他在“文化大革命”的洪流里正红得发紫。当宋凡平被关进了仓库，左胳膊被打脱臼后郎当起来时，他的右手还在编造自己的风光。后来的这些信是李光头和宋钢替他寄走的，两个孩子走到仓库的大门口，长头发孙伟的父亲把信交给他们，他们再去邮局。宋凡平自己寄信的时候，习惯将邮票贴在信封的右上角。李光头和宋钢去寄信时，不知道邮票应该贴在什么地方。他们看到一个寄信的人将邮票贴在了信封的背面，那一次李光头就这样贴上去了。下一次轮到宋钢贴邮票了，他看到别人将邮票贴在信的封口上，他也贴在了封口上。

当时的李兰已经无法在上海安心治病了，医院里每天都有批斗会，她认识的医生一个一个被打倒了。她忧心忡忡，她想回家了。可是宋凡平的来信不同意她回家，希望她在上海将偏头痛彻底治愈。李兰在医院的病床上度日如年，她把宋凡平的来信读了不知道有多少遍，她都能倒背如流了，这是她在上海孤独一人时全部的安慰。

李兰也把那些信封看了一遍又一遍，她发现从某一天开始，邮票的位置变了，先是在信封背面，接着又在封口上。当她接到一封邮票在背面的信时，她就会默默告诉自己，下一封信的邮票一定在封口上。

李光头和宋钢每人轮流贴一次邮票，轮流将信塞进邮筒，他们的轮流从来没有出过错，这就让李兰隐约感到了不安，而且这样的不安与日俱增。她开始想入非非，开始忧心失眠，她的头痛自然也就加剧了。对宋凡平百依百顺的李兰，第一次用斩钉截铁的语气写信。她告诉宋凡平，因为“文化大革命”，已经没有医生来她们的病房了，她已经决定回家了。

李兰坐上汽车来上海治病时，宋凡平曾经说过，等她的病治好了，他要亲自到上海来接她。李兰为了消除自己心里的忧虑，在信上试探地问宋凡平，能不能到上海来接她回家？

这一次李兰等了半个月才接到宋凡平的回信。宋凡平在写这封信的时候，刚刚被人用皮带抽打了一个多小时，这条好汉在被囚禁的时候仍然想着要遵守诺言，在信里一口答应到上海去接他的妻子，并且定下了日期，他让李兰在中午十二点的时候，站在医院的大门口等着他。

这是宋凡平写给他妻子最后的一封信，这封信让李兰流下了放心的眼泪，她打消了自己所有的不安，天黑以后美美地睡着了。

那天晚上宋凡平从仓库里逃了出来，他是趁着孙伟的父亲上厕所的时候，悄悄将大门打开一条缝，溜了出来。他走回家时，差不多是凌晨一点多，李光头和宋钢早就睡着了，有一只手在抚摸他们，灯光也在照着他们，先是宋钢揉着眼睛醒来，看到宋凡平坐在床边，他发出了惊喜的喊叫，然后李光头也揉着眼睛醒来了。宋凡平告诉两个孩子，李兰要回来了。他的妻子，他们的母亲要回家了。宋凡平说他一早就要坐上汽车去上海接李兰，他们会坐下午的汽车回来。宋凡平指着漆黑的窗外说：

“明天太阳落山时，我们就到家了。”

李光头和宋钢在床上跳跃着像两只高兴的猴子，宋凡平摆动着他的右手让他们安静下来，他指了指两边的邻居，悄声说不要把别人吵醒了。李光头和宋钢立刻捂住了自己的嘴，悄悄地爬到床下。宋凡平看着家里倒地的柜子和满地的衣物，他愁眉苦脸地对两个孩子说：

“你们的妈妈回家后，看到比垃圾堆还脏，一生气又回上海了怎么办？”

这一下李光头和宋钢也愁眉苦脸了，宋凡平问他们：“怎样才能让她不回上海？”

李光头和宋钢想了想后，同时叫了起来：“打扫卫生。”

“对！”宋凡平也叫了一声。

宋凡平走到倒地的柜子前，蹲下去用右手将柜子提起来，再用肩膀顶住，当他站起来的时候，柜子也站起来了。李光头和宋钢目瞪口呆，宋凡平一只手就将那么大的柜子弄起来了，他都不需要左手帮忙，他的左手还在郎当着休息呢。两个孩子跟在宋凡平的身后，应该说是跟在他的右手后面，整理起了他们的家。他们帮着他的右手将地上的衣物捡起来；他的右手扫地时，他们倒垃圾；他的右手拖地板时，他们就拿着抹布去擦桌子凳子上的灰尘。当他们将屋子打扫干净时，听到了清晨的鸡叫，外面的天空出现了鱼肚白。然后两个孩子面朝外坐在门槛上，看着宋凡平用右手提起来井水，用右手给自己擦肥皂洗澡。当宋凡平走回屋子时，他们转过身来面朝里坐在门槛上，看着他用右手换上了干净的衣服。他穿上一件红色背心，胸前有一排黄色的字，他们不认识这些字，宋凡平告诉他们这是他念大学时，校篮球队发给他的背心。他又穿上了一双米色的塑料凉鞋，这是李兰在结婚前送给他的，他新婚那天穿了一次，这是第二次穿上它。

这时候两个孩子发现宋凡平郎当的左胳膊变粗了，他的左手也胖了，胖得像戴上了棉手套，他们不知道那是浮肿，他们问他，为什么左手比右手胖？宋凡平说，那是因为他的左手一直在休息，他说：

“它光吃不干活，就长胖了。”

李光头和宋钢觉得宋凡平简直是个神仙，他能让一条胳膊干活，让另一条胳膊一直休息，还能让这条休息的胳膊发胖。他们问他：

“什么时候你的右手也长胖了？”

宋凡平嘿嘿笑着说：“它会长胖的。”

太阳开始升起的时候，一夜没睡的宋凡平打了几个呵欠，他让两个孩子上床去睡觉，李光头和宋钢摇摇头仍然坐在门槛上，于是他就抬脚从他们中间跨了出去，他要去坐早班汽车，去上海迎接他的妻子。他高大的身体从两个孩子的头顶越过后，朝霞将屋子映红了，两个孩子才发现自己的家清洁得都明亮起来了，像是擦过的镜子，李光头和宋钢一起叫了起来：

“好干净啊！”

宋钢转过身，对着走去的父亲喊叫：“爸爸！回来！”

宋凡平响亮的脚步又走了回来，宋钢问他：“妈妈看到这么干净会说什么？”

宋凡平回答：“她会说‘不回上海了’。”

李光头和宋钢咯咯笑了起来，宋凡平也朗声大笑。他迎着朝阳走去，他的两只脚踩在地上，像是铁锤在击打着道路，发出啪啪的响声。走出了十多米，李光头和宋钢看到他站住了脚，他的右手伸向了左边，小心翼翼地提起郎当的左手，把左手放进裤子口袋。他继续向前走去，他的左胳膊不再郎当了。宋凡平一只手插在口袋里，另一只手甩着走去时神气极了，这个迎着日出走去的高大身影，像是电影里的英雄人物。

十六

宋凡平走到了城东的长途汽车站，他看到一个戴红袖章的人手里拿着木棍站在台阶上，这个人看到宋凡平从桥上走下来时，立刻转身对着候车室里面喊叫，里面立刻冲出来了五个戴红袖章的人。宋凡平知道他们是来抓他的，他迟疑了一下，迎面走了过去。宋凡平想拿出李兰的信给他们看，转念一想又算了。六个戴红袖章的人站在车站的台阶上，他们每人手里拿着一根木棍。宋凡平将郎当的左手从裤袋里抽出来，走上了台阶，正要向他们解释：他不是逃跑，是要去上海接他的妻子。几根木棍迎面打来，宋凡平本能地举起右胳膊阻挡打来的木棍，木棍砸在了他的右胳膊上，让他觉得手臂的骨头仿佛断了似的疼痛，他仍然挥舞着右胳膊阻挡打来的木棍，宋凡平走进了候车室，走向了售票的窗口。六个戴红袖章的人挥舞着木棍，像六头野兽似的追打着他，一直追打到了售票窗前。这时的宋凡平觉得自己阻挡木棍的右胳膊疼得快要裂开来了，他的肩膀也挨了无数次打击，他的一只耳朵似乎已经被打掉了，他终于在乱棍的围追堵截里接近了售票窗口，他看到里面的女售票员吓得眼珠子快从眼睛里瞪出来了，他脱臼的左胳膊这时神奇地抬起来了，阻挡雨点般的乱棍，他的右手伸进口袋摸出钱来，从售票窗口递了进去，对里面的女售票员说：

“去上海，一张票。”

女售票员脑袋一歪栽倒在地，吓昏过去了。这情景让宋凡平一下子不知所措，他脱臼的左胳膊掉了下去，他忘了用胳膊去阻挡打来的木棍，乱棍瞬间砸在了他的头上，宋凡平头破血流倒在了墙脚，六根木棍疯狂地抽打着他，直到木棍纷纷打断。然后是六个红袖章的十二只脚了，他们的脚又是踩，又是踢，又是蹬，连续了十多分钟以后，躺在墙脚的宋凡平一动不动了，这六个戴红袖章的人才停住了他们的手脚，他们呼哧呼哧喘着气，揉着自己的胳膊和腿脚，擦着满脸的汗水走到上面有吊扇的椅子上坐了下来，他们累得一点力气都没有了，歪着脑袋看着躺在墙脚的宋凡平，他们嘴里还在骂骂咧咧：

"他妈的……"

这些来自那个名为仓库实为监狱的戴红袖章的人，是在天亮的时候发现宋凡平跑了，他们立刻兵分两路，守住了车站和码头。守在车站的六个红袖章在这天早晨号叫着殴打宋凡平，把那些在候车室的人吓得都躲到了外面的台阶上，几个孩子尖声哭叫，几个女人吓歪了嘴巴。这些人站在候车室的门外偷偷往里面张望，没有一个人敢走进去，直到去上海的长途汽车开始检票了，这些人才小心翼翼地走了进来，胆战心惊地看着围坐在吊扇下休息的六个红袖章。

宋凡平在昏迷中隐约听到了检票员的喊叫，他竟然苏醒了过来，而且扶着墙壁站了起来，他抹了抹脸上的鲜血，摇摇晃晃地走向了检票口，让那些排成一队等待检票的旅客失声惊叫起来。坐在吊扇下休息的六个红袖章看到宋凡平突然站了起来，而且还走向了检票口，他们目瞪口呆地互相看来看去，嘴里发出了咦咦呀呀的惊讶声，这时一个红袖章喊叫了一声：

"别让他跑啦……"

六个红袖章捡起地上打断了的木棍冲了上去，他们劈头盖脸地打向了宋凡平。这一次宋凡平开始反抗了，他一边挥起右拳还击他们，一边走向检票口。那个检票员吓得哐当一声关上了铁栅栏门，拔腿就逃。宋凡平没有了去路，只好挥拳打了回来。六个红袖章围打着刚刚从昏迷里醒来的宋凡平，他们把宋凡平打得鲜血淋漓，从候车室里打到了候车室外的台阶上，宋凡平拼命抵抗，打到台阶上时他一脚踩空了，身体滚了下去，六个红袖章围着他一顿乱踢乱踩，还将折断以后锋利的木棍像刺刀一样往宋凡平身上捅，有一根木棍捅进了宋凡平的腹部，宋凡平的身体痉挛了起来，那个红袖章又将木棍拔了出来，宋凡平立刻挺直了，腹部的鲜血呼呼地涌了出来，染红了地上的泥土，宋凡平一动不动了。

六个红袖章也没有力气了，他们先是蹲到地上大口地喘气，接着他们发现蹲在夏天的阳光下太热，走到了树下，靠着树撩起汗衫擦着浑身的汗水。他们觉得这次宋凡平不会再爬起来了，没想到长途汽车从车站里开出来时，这个宋凡平竟然又从昏迷里苏醒过来了，而且再次站了起来，摇晃着往前走了两步，还挥了一下右手，他看着远去的汽车，断断续续地说：

“我还——没——上车——呢……”

刚刚休息过来的六个红袖章再次冲了上去，再次将宋凡平打倒在地。宋凡平不再反抗，他开始求饶了。从不屈服的宋凡平这时候太想活下去了，他用尽了力气跪了起来，他吐着满嘴的鲜血，右手捧着呼呼流血的腹部，流着眼泪求他们别再打他了，他的眼泪里都是鲜血。他从口袋里摸出李兰的信，他郎当的左手本来已经不能动了，这时竟然打开了李兰的信，他要证明自己确实不是逃跑。没有一只手去接他的信，只有那些脚在继续蹬过来踩过来踢过来，还有两根折断后像刺刀一样锋利的木棍捅进了他的身体，捅进去以后又拔了出来，宋凡平身体像是漏了似的到处喷出了鲜血。

我们刘镇有几个人亲眼目睹了这六个红袖章对宋凡平的屠杀，那个在汽车站旁边开了一家点心店的苏妈，看到这一幕的时候难过得眼泪直流，她一边抹着眼泪，一边摇着头，嘴巴里呜呜地响着，不知道是哭声还是叹息声。

宋凡平奄奄一息了，这六个红袖章才发现自己饿了，他们暂时放过了宋凡平，向着苏妈的点心店走来，这六个红袖章像是干了一天力气活的码头工人那样疲惫不堪，他们走进苏妈的点心店坐下来时，累得谁都不想说话了。苏妈低头走进自己的点心店，在柜台前坐了下来，一声不吭地看着这六个禽兽不如的红袖章。这六个红袖章歇过来以后，向苏妈要了豆浆和油条馒头，然后他们像野兽似的大口吃了起来。

这时守在码头的五个红袖章赶到了，他们知道宋凡平在车站被抓以后，兴致勃勃满头大汗地跑来，他们手里的木棍接着用上了，对着已经一动不动的宋凡平又是一顿疯狂的抽打，直到所有的木棍都打断为止，他们又开始用脚踢、用脚踩、用脚蹬上了。前面六个吃饱的红袖章从点心店里走出来后，这后来的五个红袖章进了苏妈的点心店，轮到他们吃早点了。这六个加上五个，总共十一个红袖章继续轮流折磨着宋凡平，宋凡平已经一动不动了，他们还在用脚将他的身体蹬来踢去。最后是点心店的苏妈实在看不下去了，她说了一句：

“人可能都死了……”

这十一个红袖章才收住了他们的脚，擦着汗水凯旋而去。十一个红袖章都把自己的脚踢伤了，走去时十一个全是一拐一瘸了。苏妈看着他们瘸着走去，心想他们简直不是人，她对自己说：

“人怎么会这样狠毒啊！”

十七

那时候李光头和宋钢正在家中睡觉，正在梦见李兰回家后的喜悦情景。他们睡醒的时候已经是中午了，他们兴高采烈，虽然宋凡平说要到太阳落山的时候才会到家，可是两个孩子等不及了，他们中午就走向了车站，他们要在那里等待宋凡平和李兰乘坐的汽车驶进车站。两个孩子走出家门以后，学着宋凡平的神气模样，把左手插在裤子口袋里，让右手甩着，努力让自己走出电影里英雄人物的气派来，他们故意走得摇摇晃晃，走出了电影里汉奸特务的模样。

李光头和宋钢下桥的时候就看到了宋凡平，一个血肉模糊的人横在车站前的空地上，几个行人从他身旁走过，看上几眼说上几句话，两个孩子也从他的身旁走过，他们没有认出他。宋凡平趴在那里，一条胳膊压在身体下面，另一条胳膊弯曲着；有一条腿是伸直的，另一个条腿蜷缩了起来。苍蝇们嗡嗡叫着在他身上盘旋，他的脸，他的手和脚，他身上所有血迹斑斑的地方都布满了苍蝇。两个孩子见了又害怕又恶心，宋钢问一个戴着草帽的人：

“他是谁？他死了没有？”

那个人摇摇头，说了声不知道，走到树下，摘下草帽给自己扇起了风。李光头和宋钢走上台阶，走进了候车室。他们觉得在外面只站了一会儿，夏天的毒太阳就快把他们烤干了。候车室的屋顶挂下来两个大吊扇，正在呼呼地旋转，里面的人也都围在两个吊扇的下面，嗡嗡地说着话，就像两堆苍蝇似的。李光头和宋钢在那两堆人的旁边分别站了一会儿，吊扇旋转出来的风吹到他们这里时已经没有了，有风的地方都被这些人占领了。他们就走到卖票的窗口，踮起脚往里面张望，看到一个女售票员呆呆地坐在那里，像个傻子似的，她还没有从早晨的惊恐里完全摆脱出来，两个孩子的说话声把正在发呆的她吓了一跳，她定睛一看后吼叫了一声：

“看什么？”

李光头和宋钢赶紧蹲下去悄悄离开，走到了检票口。检票口的铁栅栏门半开着，两个孩子往里面张望，一辆汽车都没有，只有一个端着茶杯的检票员向他们走来，他也吼了一声：

“干什么？”

李光头和宋钢逃跑似的离开了检票口，然后无聊地在候车室里转了几圈。这时候王冰棍提着一只小凳，背着一箱冰棍出现在了大门口，王冰棍把小凳放在候车室的大门口，坐下来以后用木块敲打着冰棍箱，叫卖起了他的冰棍，王冰棍喊叫道：

“卖冰棍啦！冰棍卖给阶级兄弟姐妹们……”

两个孩子走到了王冰棍的跟前，吞着口水看着他。王冰棍一边敲打着木块，一边警惕地看着李光头和宋钢。这时两个孩子又看到了外面地上的宋凡平，他还是刚才的样子趴在那里。宋钢指着宋凡平，问王冰棍：

“他是谁呀？”

王冰棍斜着脑袋看了两个孩子一眼，没有答理，宋钢继续问：“他死了没有？”

这时王冰棍恶狠狠地说：“没钱就滚开，别在这里吞口水。”

李光头和宋钢吓了一跳，手拉着手跑下了车站的台阶。他们又来到了夏天的烈日下，从满是苍蝇的宋凡平身旁走过去时，宋钢突然站住了脚，他“啊”的一声惊叫起来，指着宋凡平脚上的米色凉鞋说：

“他穿着爸爸的凉鞋。”

宋钢又看到了宋凡平身上的红色背心，他说：“他还穿着爸爸的背心。”

两个孩子不知道发生了什么，站在那里互相看着。过了一会儿李光头说话了，李光头说这不是爸爸的背心，爸爸的背心上应该有一排黄色的字。宋钢先是点点头，接着又摇起了头，他说黄色的字是在胸前。两个孩子蹲了下去，挥手驱赶着苍蝇，扯着宋凡平身下的背心，有几个黄色的字被他们扯出来了。宋钢站起来哭了，他哭着问李光头：

“他会不会是爸爸？”

李光头忍不住也哭了起来，他哭着说：“我不知道。”

两个孩子站在那里，哭泣着东张西望，没有人走过来，他们又蹲了下去，挥手驱赶掉宋凡平脸上的苍蝇，想看看清楚，是不是宋凡平。宋凡平的脸上全是血迹和泥土，他们看不清楚。他们觉得他有点像宋凡平，又不知道是不是他。他们站了起来，觉得还是去问问别人。他们先是走到了树下，有两个人站在那里抽烟，他们指着宋凡平问：

“他是不是我们的爸爸？”

树下抽烟的两个人先是一愣，接着摇着头说：“不认识你们的爸爸。”

两个孩子走上了台阶，走到了王冰棍面前，宋钢抹着眼泪问他：“外面趴着的是不是我们的爸爸？”

王冰棍敲打了几下木块，瞪着眼睛说：“滚开！”

李光头委屈地说：“我们没有吞口水。”

王冰棍说：“那也滚开！”

李光头和宋钢哭泣着手拉手走进了候车室，问站在吊扇下的那两堆人：“你们有谁知道，外面那个人是不是我们的爸爸？”

两个孩子伤心的话引来了一片哄笑，他们说世上还有这样的傻瓜，连自己的爸爸都不认识，还要去问别人。有一个人笑着向两个孩子招手：

“喂，小孩，过来。”

两个孩子走到了那个人的面前，那个人低头问他们：“你认识我爸爸吗？”

两个孩子摇摇头，他又问：“那么谁认识我爸爸呢？”

两个孩子想了想后，同时说：“你自己。”

“走吧，”那人挥挥手说，“自己的爸爸自己去认。”

两个孩子哭泣着手拉手又走出了候车室，走下了台阶，走到趴在地上的宋凡平身旁，宋钢哭着说：

“我们认识自己的爸爸，可是这个人脸上都是血，我们看不清楚。”

两个孩子走到了汽车站旁边的点心店，里面只有苏妈一个人在擦着桌子，他们心里有点害怕了，站在门口不敢进去，宋钢小声说：

“我们想问你，又怕你生气……”

苏妈看到两个哭泣的孩子站在门口，打量着李光头和宋钢身上的衣服说：“你们不是来要饭的吧？”

“不是，”宋钢伸手指着趴在外面地上的宋凡平，“我们想问问你，他是不是我们的爸爸？”

苏妈放下手里的抹布，她认出李光头来了，这个小流氓曾经抱着木头电线杆磨来擦去的，还声称自己性欲上来了。苏妈瞪了李光头一眼，然后去问宋钢：

“你们爸爸叫什么名字？”

宋钢说：“他叫宋凡平。”

两个孩子听到她喊叫起来，好像是在喊“天哪”“妈呀”“祖宗啊”，她喊累了以后，喘着气对宋钢说：

“他都在那里躺半天了，我还以为他家里人都死光了……”

两个孩子不知道她在说些什么，宋钢继续问她：“他是我们爸爸吗？”

苏妈抹着额头上的汗水说：“他是叫宋凡平。”

宋钢立刻哇哇大哭了，他对着李光头哭叫道：“我就知道他是爸爸，所以我一看见他就哭了……”

李光头也哇哇大哭了，他说：“我一看见他也哭了。”

两个孩子在那个夏天里尖厉地哭叫起来，他们重新走到宋凡平的尸体前，尖厉的哭叫把那些苍蝇吓得嗡嗡地飞走了。宋钢跪到了地上，李光头也跪到了地上，他们俯下脸去仔细看着宋凡平，宋凡平脸上的血被太阳晒干了，宋钢的手把血迹一片一片剥了下来，然后他终于看清楚了自己的父亲，宋钢转身拉住了李光头的手说：

“他是爸爸。”

李光头点着头哭叫道：“他是爸爸……”

两个孩子跪在汽车站前的泥地上放声大哭，他们向着天空张开了嘴，哭声向着天空飞去。他们的哭声像是断了翅膀一样掉下来，突然噎住了，张开嘴半晌没有声音，眼泪鼻涕堵住了他们的喉咙，他们费了很大劲才将眼泪鼻涕咽了下去，他们的哭喊又尖厉地爆发出来，又在天空里呼啸了。两个孩子一起哭，一起推着宋凡平，一起喊叫着：

“爸爸，爸爸，爸爸……”

宋凡平一点反应都没有，两个孩子不知道怎么办。李光头哭喊着对宋钢说：“天亮的时候他还好好的，现在为什么又聋又哑了？”

宋钢看到有很多人围了过来，就对着他们喊叫：“你们救救我爸爸吧！”

两个孩子的眼泪鼻涕滔滔不绝，宋钢抹了一把鼻涕往后一甩，甩在一个围观的人的裤管上，那人抓住宋钢的汗衫破口大骂。这时李光头也甩了一把鼻涕，不小心甩在了他的凉鞋上，那人又揪住了李光头的头发。他一手一个揪住两个孩子，把他们往下摁，要两个孩子用自己的汗衫去替他擦干净。李光头和宋钢哇哇哭着用手去擦他裤子上和凉鞋上的鼻涕，结果更多的鼻涕眼泪掉到他的裤子上和凉鞋上，那人先是暴跳如雷，随后哭笑不得，他说：

“别擦啦！他妈的，别擦啦！”

李光头和宋钢一个抱住了他的一条腿，一个揪住了他的裤管，两个孩子就像是抓住了救命稻草似的死活不松手。那人往后退，他们就跪着往前爬，李光头和宋钢哭着哀求他：

“救救爸爸！求求你，救救爸爸！”

那人用手推他们，抬脚甩他们，他们还是死死缠着他。他把两个孩子拖出十多米，他们还是不松手，还是哭叫着哀求他。那人累得直喘气，站在那里擦着汗，哭笑不得地对围观的人说：

“你们看看，你们看看，我的裤子，我的凉鞋，我的丝袜……他妈的这叫什么事？”

点心店的老板娘苏妈也过来了，她站在围观人群的前面，两个孩子悲壮的哭叫让她眼圈都红了，她对那人说：

“人家是孩子……”

那人听了勃然大怒，他说：“什么孩子？这他妈的是两个小阎王。”

“你就行行好，”苏妈说，“帮这两个小阎王收尸吧。”

“什么？”那人叫了起来，“你要我把这又脏又臭的尸体背走？”

苏妈擦了擦眼睛说：“没让你背尸体，我家有板车，借给你用。”

苏妈说着走回了点心店，一会儿就将板车推了过来。她替两个孩子哀求围观的人，请他们帮着把宋凡平抬到板车上。围观的人有的走开了，有的往后退。苏妈不高兴了，伸手指点着他们说：

“你，你，你，还有你……”

苏妈说着伸手指指地上躺着的宋凡平：“不管这人是好是坏，死了都得收作，总不能让他一直这么躺下去。”

终于有四个人走了出来，他们蹲下身去，同时抓住宋凡平的双手和双脚，喊起了一、二、三，喊到三的时候，他们把宋凡平抬了起来，这四个人使足了劲，憋得脸色通红，他们说这死人又沉又重像一头大象。他们把宋凡平抬到板车旁，又喊起了一、二、三，喊到三的时候将宋凡平扔进了板车。宋凡平高大的身躯被扔进板车时，让板车嘎吱嘎吱直摇晃。这四个人拍打起了手掌，有一个把手举到鼻子上闻了闻，对苏妈说：

“我们要去你店里洗手。”

“去吧，”苏妈点着头，转过身对被李光头和宋钢紧紧抓住的那个人说，“你行行好，把死人拉走吧。”

那人低头看看跪在地上紧紧抱住他两条腿的李光头和宋钢，苦笑着说：“老子也只好把死人拉走了。”

然后那人对着李光头和宋钢吼叫：“他妈的松手！”

李光头和宋钢这时才松开了手，他们从地上站了起来，跟着那人走到板车前，那人拉起板车又对着李光头和宋钢吼叫起来：

“说！家在哪里？”

宋钢使劲摇头，他哀求道：“去医院。”

“他妈的，”那人扔下了板车说，“人都死啦，还去个屁医院。”

宋钢不相信，他转身去问苏妈：“我爸爸死了吗？”

苏妈点点头说：“死了，回家吧，可怜的孩子。”

这一次宋钢没有仰脸大哭，他低下了头呜呜地哭了，李光头也跟着低下了头呜呜地哭，他们听到苏妈对拉起板车的那人说：

“你会有善报的。”

那人拉起板车往前走去，一边走一边骂道：“善报个屁，十八代祖宗都跟着老子倒霉了。”

那天下午李光头和宋钢手拉手呜呜哭着走回家中，血肉模糊的宋凡平在后面的板车里。两个孩子哭得伤心欲绝，走得跌跌撞撞，他们哭着哭着会突然噎住，过一阵子又“哇”的一声像颗手榴弹似的爆炸开来。两个孩子尖厉的哭声压过了大街上的革命歌曲和革命口号，那些游行的人和那些闲逛的人都围了上来，他们就像刚才围着宋凡平的苍蝇一样围着拉过去的板车，“嗡嗡”说着和“哄哄”问着，簇拥着板车向前走去。

那个拉板车的人在后面骂起了李光头和宋钢：

"别哭啦！他妈的把全城的人都召来啦，全城的人都看见我拉了个死人……"

很多人走过来问板车里躺着的死人是谁。前前后后有四五十人问那个拉板车的，问得他火冒三丈。刚开始他还告诉他们：板车里的死人叫宋凡平，是中学里的老师。询问的人越来越多后，他就懒得解释了，他让他们睁大眼睛看看，他说谁哭个不停就是谁家的死人。后来他觉得这样说话也还是太累，别人再问他时，他干脆说：

"不知道。"

那个人拉着板车在夏天里走去时汗流浃背，他拉着的还是一辆躺着死人的板车，还要口干舌燥地应付那么多人的问话，他早就怒火冲天了，这时一个认识他的人挤上来问：

"喂，你家谁死了？"

拉板车的人爆发了，他冲着这人吼叫起来："你家才死人呢！"

问话的人一愣，他问："你说什么？"

拉板车的人再次喊叫道："你家死人啦！"

问话的人脸色铁青，他一声不吭，迅速地脱掉了汗衫，露出满身的肌肉，然后举起右手，竖起食指，指着拉板车的人说：

"他妈的，你再说一遍，你敢再说一遍，老子让你也躺到板车上……"

说完这人还得意地补充了一句："老子要把这板车变成双人床……"

拉板车的人扔下了手里的板车，冷笑着说："变成了双人床，也是你家的双人床！"

拉板车的人说完后，走上去两步，冲着那人的脸喊叫："他妈的你听着，你家的人死光啦！"

那人挥起拳头揍在了拉板车的嘴角，拉板车的人脚步踉跄身体歪歪斜斜，当他刚刚站稳了，那人紧跟着就是一脚，把他蹬在了地上，随后扑在了他的身上，挥起拳头一二三四五地揍在了他的脸上。

那时候李光头和宋钢还在哇哇地哭着往前走，他们回头看到拉板车的已经被那人压在地上了，已经被那人的拳头揍得头晕眼花了。宋钢呼地扑了上去，李光头也跟着扑了上去，两个孩子像两条野狗似的咬住了那人的腿和肩膀，咬得那人嗷嗷乱叫。那人又是蹬腿又是挥拳，终于把两个孩子甩开了。他刚站起来，两个孩子又扑了上去，宋钢咬住了他的胳膊，李光头咬住了他的腰，他们咬破了他的衣服，咬破了他的肉。他揪他们的头发，揍他们的脸，他们死死抱住他不松手，他们的嘴在他身上到处乱咬，把这个和宋凡平一样强壮的人咬得像杀猪似的一声声惨叫。最后是拉板车的人从地上爬了起来，走过去拉开了李光头和宋钢，拉板车的说：

“行啦，别咬啦。”

李光头和宋钢才松开了手和嘴，那人浑身是血，他被两个孩子的突然袭击弄蒙了，当他们重新上路时，看到他像个傻瓜似的站在那里发呆。

他们继续向前走去，李光头和宋钢伤痕累累，拉板车的人也是满脸血迹。接下去的路上仍然有很多人围上来，两个孩子不敢再哭了，拉板车的也不再说话。两个孩子一边走着，一边回头小心翼翼地看看拉板车的人，看到他的汗水在脸上的血迹里流，宋钢脱下自己的汗衫举过头顶递给他，对他说：

“叔叔，你擦擦汗。”

拉板车的人摇摇头说：“不用。”

宋钢拿着汗衫走了一会儿，又回头说：“叔叔，你口渴吗？”

拉板车的不说话，低着头往前走。宋钢又说：“叔叔，我有钱，我去买根冰棍给你吃。”

拉板车的又摇起了头，他说：“不用，我吞口水就解渴了。”

他们无声地往家里走去。本来李光头和宋钢已经忍住不哭了，宋钢不断地回头去讨好拉板车的人，他就不断地看到自己死去的父亲，于是他又哭了起来，他的哭声也传染给了李光头。两个孩子不敢放声大哭，害怕拉板车的人骂他们，他们捂住自己的嘴呜咽地哭，拉板车的人在后面一点声音都没有，快要到家时，两个孩子才听到他说话，他的声音突然温和起来，他说：

“别哭了，你们哭得我鼻子都酸了。”

最后有十多个人一直跟随着他们走到家门口，这些人袖手旁观站在那里，拉板车的人看看他们，问他们能不能帮忙把宋凡平抬起来，这些人全都一声不吭。拉板车的人不再和他们说话，他让李光头和宋钢来帮助他，让两个孩子压住板车的车把，别让板车翘起来。然后他双手伸进宋凡平的胳肢窝，抱起了宋凡平拖下板车，再把宋凡平拖进家门，拖到里屋的床上。他比宋凡平矮了半个脑袋，他拖着宋凡平就像是拖着一棵大树，他累得脑袋都歪了，他的肺里像是拉风箱似的呼哧呼哧地响。他把宋凡平拖到里屋的床上后，走出来他在凳子上坐了很长时间，歪着脑袋喘着气，李光头和宋钢站在一旁不敢说话，他歇过来以后，扭头看了看门外张望的那些人，问李光头和宋钢：

“家里还有什么人？”

两个孩子说还有妈妈，说他们的妈妈马上就要从上海回来了。他点点头说，这样他就放心了。他向两个孩子招招手，让他们走到自己跟前，他拍拍两个孩子的肩膀，问他们：

“你们知道红旗巷吧？”

两个孩子点着头说知道，他继续说：“我就住在巷口，我姓陶，我叫陶青，有什么事就到红旗巷口来找我。”

他说着站了起来，走到了门外，门外的那些围观的人立刻闪开去，他们害怕自己的身体会碰到这个刚刚抱过死人的人。宋钢和李光头也跟着走到了门外，他拉起板车的时候，宋钢学着苏妈的话说：

“你会有善报的。”

他点点头，拉着板车走去了，李光头和宋钢看到他走去时抬起左手擦了擦自己的眼睛。

那天下午李光头和宋钢守候在死去的宋凡平身旁，宋凡平皮开肉绽血迹斑斑，他的样子让两个孩子开始害怕了。他的身体一动不动，他的嘴巴张开着也是一动不动，他的眼睛睁圆了，里面的眼珠像是两颗小石子，没有一点光亮。李光头和宋钢哭过了，喊过了，也咬过人了，现在两个孩子开始哆嗦了。

李光头和宋钢看着那些在窗口和门前晃动的脑袋和身体，听着他们嗡嗡地说话，他们说着宋凡平是一个什么人，又说着宋凡平是怎样死去的；当有人说这两个孩子真可怜时，宋钢哇哇地哭了两声，李光头也跟着哇哇地哭了两声，然后继续害怕地看着他们。嗡嗡响着的还有很多苍蝇，它们从四面八方飞了过来，叮咬着宋凡平的尸体。苍蝇越来越多，在他们的屋子里盘旋时像是飘起了黑色的雪花，苍蝇的嗡嗡声盖过那些人说话的嗡嗡声，苍蝇也开始叮咬起了李光头和宋钢，叮咬起了屋外张望的人，两个孩子听着他们的手掌噼里啪啦地打着自己的腿和胳膊，打着自己的脸和胸口，他们叫着骂着四散而去，苍蝇把他们赶走了。

这时候的阳光的颜色开始变红了，两个孩子走到了屋外，看到太阳正在落山。他们想起了宋凡平早晨说过的话，宋凡平说太阳落山的时候他和李兰就会回到家中。他们觉得自己的母亲就要回来了，李光头和宋钢拉着手在夕阳的余辉里再次走向了车站。两个孩子走过车站旁边那家点心店时，看到苏妈坐在里面，宋钢对她说：

“我们是来接妈妈，她从上海回来。”

两个孩子站在了汽车的进站口，踮起脚伸长了脖子沿着公路向远处眺望，田野的尽头有一团尘土正在滚动过来，他们看清楚了是一辆汽车在奔驰过来，还听到了汽车鸣叫的喇叭声，宋钢扭头对李光头说：

“妈妈回来了。”

宋钢说着泪流满面，李光头的眼泪也流到了脖子上。那辆长途汽车带着滚滚尘土奔驰而来，驰到两个孩子跟前时一个转弯进了车站，滚滚尘土立刻把他们包围了，让他们什么都看不清楚了。当尘土慢慢消散以后，提着箱子和袋子的人开始从车站里走出来，先是两三个人，接着是一排人，他们从两个孩子的面前走过，李光头和宋钢没有看到李兰。直到最后一个人出来时，他们的母亲仍然没有从那个门口走出来。

宋钢走上去胆怯地问那个人："这是上海来的汽车吗？"

那个人点了点头，他看着两个满脸泪痕的孩子，问道："你们是谁家的孩子？你们站在这里干什么？"

他的话让李光头和宋钢同时放声大哭，他吓了一跳，提着行李赶紧走去，他走去时还不断回头好奇地看两个孩子，两个孩子对他说：

"我们是宋凡平家的孩子，宋凡平死了，我们是在等李兰回来，李兰是我们的妈妈……"

两个孩子的话还没有说完，那个人就已经走远了。李光头和宋钢继续站在汽车的进站口，他们觉得李兰会坐下一班的汽车回来。他们在那里站了很长时间，候车室的大木门关上了，进站口的大铁门也关上了，他们仍然站在那里，等着他们的母亲从上海回来。

天黑的时候，点心店的老板娘苏妈走过来了，她塞给他们两个肉包子，她说：

"快吃，趁热吃。"

两个孩子吃着包子，苏妈对他们说："今天没有汽车了，车站的门都关上了，你们回家吧，明天再来。"

两个孩子信任苏妈，他们点着头，吃着包子，抹着眼泪往回走去。他们听到苏妈在后面叹气，听到她说：

"可怜的孩子……"

宋钢站住脚回头对苏妈说："你会有善报的。"

十八

李兰凌晨的时候就已经站在了医院的大门口，虽然宋凡平在信里说自己中午才能到上海，可是两个多月的分别让李兰的思念像浪涛一样汹涌澎湃，天没亮她就醒来了，坐在病床上等待着晨光的到来。一个手术后的病友因为疼痛翻身醒来时，看到李兰一动不动像个鬼似的坐在那里，吓得惊叫起来，差一点将刚刚缝合的伤口绷裂。当她确定对面床上坐着的是李兰后，开始了疼痛的呻吟。李兰深感不安，她轻声说了一堆道歉的话以后，就提起旅行袋走出了病房，走到了医院的大门口。天亮前的大街上空空荡荡，孤零零的李兰和她孤零零的旅行袋站在一起，两个黑影在医院的大门前无声无息。这一次让医院的门房吓了一跳，这个守门的老头前列腺肥大被尿憋醒后提着裤子来到屋外，看到两个黑影时吓得哆嗦了一下，半截尿泻在裤子里，他喊叫起来：

“你是谁？”

李兰告诉他，她叫什么名字，住在几号病房，今天要出院了，在这里等待着丈夫来接她。守门的老头仍然惊魂未定，他指着另一个黑影说：

“他是谁？”

李兰将行李提起来说：“它是旅行袋。”

守门的老头这才舒了一口气，他绕到了屋子后面，对着墙角将剩余的半截尿冲了出来，他嘴里嘟哝着说：

“吓死人了，他妈的裤子都湿了……”

李兰听到了他的抱怨，羞愧地提起旅行袋走出了医院的大门，沿着街道一直走到了拐角处，站在一根木头电线杆旁，听着电线杆里嗡嗡的电流声，看着不远处医院黑暗的大门。这时候李兰的心里突然宁静了，当她坐在医院的病床上时，她觉得自己是在等待着天亮；现在她站在了街角，她觉得自己等待的是宋凡平了，而且她在想象里看到了宋凡平高大强壮的身影充满热情地走来。

李兰一直站在那里，瘦小的身体在黑暗里一动不动，她确实让人害怕。曾经有个男人迎面走来，走到十来米的地方才发现了她，不由一惊，然后小心翼翼地走到街道对面，从对面走过去时还不断扭头侦察着她。另一个男人是在拐弯时撞见她的，吓得浑身一抖，随即故作镇静地从她身前绕了过去，他走去时肩膀还在发抖，李兰不由轻声笑了起来，这仿佛是女鬼般的笑声让那个男人彻底垮了，他一路狂奔而去。

直到日出的光芒将整个街道照亮，李兰才结束女鬼的角色，她仍然站在街道的拐角处，她开始成为了人。当街道上逐渐热闹起来，李兰提着旅行袋重新走到医院的大门口，这时候她的等待正式开始了。

整整一个上午，李兰都是脸色通红情绪亢奋，她面前的街道也是红旗飘飘口号声声，游行的队伍来来往往川流不息，让炎热的夏天更加炎热。那个医院的门房已经认出李兰了，他一个上午都在奇怪地看着这个天亮前把他吓得尿了裤子的女人，他看到她激动地看着游行队伍里的每一个人，应该说是每一个走过的人。李兰的激动汇入到街道的激动之中，就像是小溪汇入江河一样，她激动的眼睛在激动的人流里寻找着宋凡平的身影。那个门房看到她长时间站在那里张望，心想怎么还没有人来接她，就走过去问她：

“你丈夫什么时候来？”

李兰扭头回答：“中午。”

医院的门房听到了她的回答后，满腹狐疑地走回传达室，又满腹狐疑地看看墙上的挂钟，这时还不到上午十点。他心想世上真是无奇不有，这个女人天没亮就站在这里等着一个中午才来的男人。接下去守门的老头更是好奇地打量着李兰，他心里暗想：这个女人有多长时间没让男人碰过了？他忍不住再次上前问李兰，问她与丈夫分别有多久了？李兰告诉他有两个多月了。门房嘿嘿笑了几声，心想才两个多月就急成这样了，这个看上去瘦小干瘪的女人，骨子里是个百分之一百的骚货。

那时候李兰在街道上差不多站立了六个小时了，她滴水未沾，粒米未进，可她仍然脸色通红情绪高昂。随着中午的临近，她的激动和亢奋也达到了顶点，她的目光看着那些往来的男人时，像是钉子似的仿佛要砸进那些男人的身体。有几次她看到了与宋凡平相似的身影，她踮起脚使劲挥动着手，而且热泪盈眶，虽然这样的喜悦都是昙花一现，她还是继续着她的激动。

过了中午十二点，宋凡平仍然没有出现，倒是宋凡平的姐姐赶来了，她从一辆公交车上挤了下来，满头大汗地跑到医院的大门口，看到李兰后高兴地喊叫起来：

“哎呀，你还在这里……”

宋凡平的姐姐擦着额上的汗水，滔滔不绝地说着话，她说一路上都在担心自己赶不上了，她差一点要转车去长途汽车站，好在她没去。她说着将一袋大白兔奶糖递给李兰，说是给孩子吃。李兰收下了奶糖，放进了旅行袋。她什么话都没说，她只是对宋凡平的姐姐笑着点点头，又忍不住去看着大街上的人流。宋凡平的姐姐和她一起看起了大街上的男人，这位姐姐对弟弟一直没有出现感到不解，她指着手表对李兰说：

“他应该到了，都快下午一点钟了。”

两个女人在医院的门口站了有半个小时，宋凡平的姐姐说她不能再等了，她还要赶回去上班。临走的时候她安慰李兰，说宋凡平一定是堵在路上了；她说从长途汽车站到医院要转三次公交车，大街上都是游行的人，把大街都塞住了；她说人挤过去都难，别说是车了。宋凡平的姐姐说完后匆匆地离去，接着又匆匆跑回来对李兰说：

“要是赶不上下午的车，就来我家住。”

李兰继续站立在医院的门口，她相信宋凡平姐姐的话，相信宋凡平是堵在路上了，她的眼睛仍然充满激情地看着不断走来的男人们。随着时间的流逝，李兰越来越疲惫，饥渴让她没有力气继续站着了，她在传达室的台阶上坐了下来，身体靠在门框上，她的头颅仍然挺立，眼睛仍然在张望。传达室里的老头抬头看看墙上的挂钟，已经下午两点多了，就对她说：

“天没亮你就在这里了，现在都下午两点多了；没见到你吃什么，喝什么，只见你一直站着，你这么不吃不喝能行吗？”

李兰回头笑着对老头说：“现在还行。”

老头继续说：“你还是去买点吃的吧，向右走二十米就有一家点心店。”

李兰摇摇头说：“要是我走开，他来了怎么办？”

老头说：“我替你看着，告诉我，他长什么样子？”

李兰想了想后仍然摇头，她说：“我还是在这里等着。”

两个人不再说话，老头坐在传达室的窗口，不断有人过来问他什么。李兰还是坐在门口的台阶上，还是看着每一个走过来的人。后来老头站起来了，走到李兰身旁对她说：

“我替你去买吃的。”

李兰一怔，老头又重复说了一遍，同时把手伸向了李兰。李兰明白了，急忙从口袋里拿出钱和粮票。老头问她：

“吃什么？包子吗？肉包子还是豆沙包子，要不要来一碗馄饨？”

李兰将钱和粮票递给老头说：“买两个馒头就行了。”

老头接过钱和粮票说：“你真是节省。”

老头走到了大门口，又回头关照她：“不要让任何人进传达室，里面都是国家财产。”

李兰点点头说：“知道了。”

差不多是下午三点半的时候，李兰终于吃上食物了。她将馒头一片一片掰了下来，一片一片放进嘴里，慢慢地咀嚼，慢慢地咽下去。她一天没有喝水了，她吃得很艰难，像是在吃着一片一片的苦药。老头看见了，就把自己的茶杯递给她。李兰端起满是茶垢的杯子，慢慢地喝着里面的茶水，将一个馒头吃了下去。另一个馒头她没有吃，用纸包起来后放进了旅行袋。吃了一个馒头以后，李兰觉得自己身上的力气渐渐回来了，她站了起来，对传达室里的老头说：

“他坐的汽车中午十一点就到上海了，他就是走，也该走到医院了。”

老头说：“就是爬，也爬到这里了。”

这时的李兰觉得宋凡平可能是坐下午的汽车，她心想宋凡平一定是给什么重要的事情耽误了。她觉得自己应该去长途汽车站，因为下午的汽车是五点钟到上海。李兰详细地向老头描述了宋凡平的模样，说万一宋凡平来了，请转告他，她去长途汽车站了。老头让她放心，说只要有个子高的男人走过来，就会问他是不是叫宋凡平。

李兰提着旅行袋，走出了医院的大门，走到了公交车的站牌下，她站在那里等了一会儿后，又提着旅行袋走回传达室的窗口，老头看到她说：

“你怎么回来了？”

李兰说：“有句话忘了说。”

老头问：“什么话？”

李兰看着老头的眼睛，郑重其事地说：“谢谢你，你是个好人。”

瘦小的李兰提着肥大的旅行袋，挤上了公交车，在拥挤的车箱里摇摇晃晃，在汗臭狐臭脚臭口臭里昏昏沉沉。然后又挤下车，又挤上车，转了三次车以后来到了长途汽车站。那时候快到下午五点了，她站在了出站口，日落的光芒映红了她的身体，她看着一辆又一辆的长途客车进站，看着一队又一队的旅客走了出来。她又像中午时那样满脸通红和精神亢奋，她知道当一个高出别人一头的男人走出来时，肯定就是宋凡平了，所以她闪闪发亮的眼睛是从那些旅客的头顶上看过去。这时候她仍然坚信宋凡平会从这个出口走出来，她根本没有想到会发生什么意外。

那个时候正是李光头和宋钢在我们刘镇的车站等待着她，当刘镇的车站关上大门时，上海的这个车站也关上了大门；李光头和宋钢吃着点心店老板娘给的包子走回家中时，李兰仍然站在上海车站的出站口。天色渐渐黑了下来，李兰没有看到宋凡平高大的身影，当进站口的大铁门关上后，她的脑袋里像是被掏空了一样，站在那里仿佛失去了知觉。

李兰是在候车室的门外度过了那个夜晚，她曾经想着是不是去宋凡平姐姐的家，可是没有她家的地址，宋凡平的姐姐忘了告诉李兰家里的地址，她和李兰一样根本想不到宋凡平会没来上海，她觉得弟弟知道她的地址就行了。于是李兰像一个无家可归的乞丐一样席地而睡，夏夜的蚊子嗡嗡叮咬着她，她却毫不知觉，昏昏睡去，又恍恍惚惚地醒来。

到了后半夜，一个女疯子来陪伴她了，这个疯子先是坐在她的身边，仔细地看着她，同时哧哧笑着。李兰被她的怪笑吓醒，在路灯的光亮里女疯子蓬头垢面，让李兰发出了一声惊叫，结果女疯子发出了一声更长更尖厉的惊叫，像是李兰吓着她似的跳了起来，随即又若无其事地坐了下来，看着李兰继续哧哧地笑。

李兰还在惊愕之中，女疯子已经哼起了小调，她一边哼唱着，一边滔滔不绝地说着什么，她发出的声音像机关枪似的突突地响。李兰不再惊愕，虽然不知道这个疯子说些什么，可是有一个声音在耳边不断地响着，让她心里十分安详。李兰微微一笑后，又昏昏睡去。

不知道过去了多少时间，李兰在睡梦里听到了噼里啪啦的掌声，她睁开沉重的眼睛后，看到这个女疯子还在身边坐着，挥动着手臂正在驱赶蚊虫，同时双手拍打着它们。女疯子接连拍打十多下后，又小心翼翼地将手掌上的蚊虫取下来放进嘴里，哧哧笑着将它们咽下去。她的动作让李兰想起了旅行袋里的馒头，李兰坐了起来，拿出旅行袋里的馒头，掰下一半后递给这个疯子。

李兰拿着馒头的手差不多伸到她的眼皮底下了，这个女疯子还是视而不见，她继续驱赶拍打着蚊虫，继续将手掌上的蚊虫放进嘴里咀嚼，继续哧哧笑着。李兰的手举累了，正要放下来时，这个疯子突然一把抢走了这半个馒头。女疯子拿到馒头后，立刻站了起来，嘴里呜呜地叫着，走下了候车室的台阶，像是在寻找着什么似的，这个疯子往南走了几步，又回过来往北走了几步，然后举着手里的馒头向东走去了。当女疯子慢慢走远后，李兰终于听清楚了她在叫什么，她一直在喊叫：

"哥哥，哥哥……"

昏暗的路灯下只剩下李兰了，她坐在那里，将馒头慢慢地吃下去，她觉得心里空空荡荡。她吃完馒头的时候，路灯突然熄灭了，她仰起脸来看到了日出的光芒，那一刻她的眼泪突然涌了出来。

李兰坐上了早班汽车，当汽车驶出长途车站时，她扭头张望着，她一直这么看着外面的街道，寻找着宋凡平的身影。直到汽车驶出了上海，窗外的景色变成了一片田野，李兰才合上了眼睛，将头靠在窗框上，在汽车行驶时的颠簸里昏昏睡着了。在这三小时的行程里，李兰不断睡着又不断醒来，她的脑子里不断出现了那些信封，为什么贴邮票的位置总是不一样？这样的疑虑再度袭来，而且越来越强烈。李兰深知宋凡平是一个言出必行的人，既然他说要到上海来接她，他就会不顾一切地来到上海。如果他没有来，必然发生了什么意外。这样的想法让李兰心里一阵阵地发抖，随着汽车离我们刘镇越来越近，车窗外的景色开始熟悉起来，李兰不安的预感也就越来越强烈。这时候她明确地感到宋凡平出事了，她浑身颤抖双手捂住自己的脸，她不敢去想更为具体的，她觉得自己快要崩溃了，她的眼泪夺眶而出。

汽车驶进了我们刘镇的车站，李兰提着印有“上海”的灰色旅行袋最后一个下车，她跟随在出站人群的后面，她觉得自己的两条腿像是灌满了铅似的沉重，每走一步都让她感觉到噩耗的临近，当她水深火热般地走出汽车站时，两个像是在垃圾里埋了几天的肮脏男孩对着她哇哇大哭，这时候李兰知道自己的预感被证实了，她眼前一片黑暗，旅行袋掉到了地上。这两个肮脏男孩就是李光头和宋钢，他们哇哇哭着对李兰说：

“爸爸死了。”

十九

李兰一动不动地站在那里，李光头和宋钢哭喊着，一遍又一遍地告诉她：爸爸死了。李兰的身体站立在那里像是被遗忘了，在这中午阳光灿烂的时刻，李兰的眼睛里一片黑暗，她仿佛突然瞎了聋了，一时间什么都看不见，什么都听不到。李兰虽生犹死站立了十多分钟，眼睛逐渐明亮起来，两个孩子的哭喊也逐渐清晰起来，她重新看清楚了我们刘镇的汽车站，看清楚了行走的男人和女人，看清楚了李光头和宋钢，她的两个孩子满脸的眼泪和鼻涕，拉扯着她的衣服，对着她哭叫：

"爸爸死了。"

李兰轻轻地点了点头，轻声说："我知道了。"

李兰低头看了看掉在地上的旅行袋，她弯腰去提旅行袋的时候一下子跪倒在地，让拉扯着她的李光头和宋钢也跌倒了。李兰把两个孩子扶了起来，她的手撑住旅行袋站了起来，当她再次去提旅行袋的时候，她再次双腿一软跪倒在地。这时候的李兰浑身颤抖起来，李光头和宋钢害怕地看着她，伸手摇晃着她的身体，一声声地叫着：

"妈妈，妈妈……"

李兰扶着两个孩子的肩膀站了起来，她长长地叹息了一声，然后提起了旅行袋，艰难地向前走去。中午的阳光让她晕眩，让她走得摇摇晃晃，在走过车站前的空地时，宋凡平的血迹仍然在那里，暗红的泥土上还有十几只被踩死的苍蝇，宋钢伸手指着地上的血迹对李兰说：

“爸爸就是死在这里的。”

本来两个孩子已经不哭了，宋钢说完这话以后又哇哇哭上了，李光头也忍不住哭了起来。李兰的旅行袋再次掉到了地上，她低头看着地上已经发黑的血迹，又抬头看看四周，看看两个孩子，她的目光在含满泪水的眼睛里飘忽不定。然后她跪了下去，拉开旅行袋，从里面取出了一件衣服铺在地上。她小心翼翼地将那些苍蝇捡起来扔掉，双手捧起暗红的泥土放在衣服上，又仔细地将没有染上血的泥土一粒一粒地拣出来，再捧起那些暗红的泥土放入衣服。她一直跪在那里，她将所有染血的泥土都捧到衣服上以后，仍然跪在那里，她的手在地上的泥土里拨弄着，像是在沙子里寻找金子似的，继续在泥土里寻找着宋凡平的血迹。

她在那里跪了很长时间，很多人围在她的四周，看着她和议论着她。有些人认识她，有些人不认识她，有些人说起了宋凡平，说到了宋凡平是如何被人活活打死的。他们说的这些，李光头和宋钢都不知道，他们说着木棍是如何打在宋凡平的头上，脚是如何蹬在宋凡平的胸口，最后说到折断的木棍是如何插进宋凡平的身体……他们每说一句，李光头和宋钢都要尖厉地哭上一声。李兰也听到了这些话，她的身体一次又一次地哆嗦着，有几次她抬起头来了，她看了看说话的人又低下了头，继续去寻找宋凡平的血迹。后来点心店的苏妈走过来了，她高声骂着那些说话的人，她说：

“别说啦！别当着人家老婆孩子的面说这些，你们这些人啊，简直不是人！”

然后苏妈对李兰说：“你带着孩子快回家吧。”

李兰点点头，将装满了暗红色泥土的衣服提起来系好了，放进旅行袋。那时候已经是下午，李兰提着沉重的旅行袋走在前面，李光头和宋钢拉着手走在后面，两个孩子看到她走去时肩膀都斜了。

李兰一路走去时没有哭泣，也没有喊叫，她只是摇摇晃晃地往家里走去，可能是旅行袋太沉了，她几次放下来休息一会儿，那时候她就会看着两个孩子，可是她一句话都不说。两个孩子也不哭了，也不说话了。路上遇到几个认识她的人，叫一声她的名字，她只是微微点点头。

李兰无声地走回自己的家中，当她推开门看见床上死去的丈夫时，宋凡平血肉模糊的惨状让她一下子栽倒在地，但她马上又站了起来。她仍然没有哭泣，她站在床前只是不断地摇着头，然后伸手轻轻去碰了碰宋凡平的脸，接着又怕是把宋凡平弄疼了，她惊慌地缩回了手。她的手在那里悬了一会儿，开始梳理起宋凡平杂乱的头发，几只死去的苍蝇掉了下来。于是她的右手将宋凡平身上的苍蝇一只只地捡起来，放在左手上。整整一个下午，李兰都站在床前捡着宋凡平尸体上的苍蝇，几个邻居在窗前探头探脑地看了几下，有两个还走进来和李兰说话，李兰不是点头就是摇头，她还是一声不吭。当他们走后，李兰就关上了门窗。到了傍晚的时候，李兰觉得宋凡平身上已经没有苍蝇了，她才在床沿上坐下来，呆呆地看着映在窗户上的晚霞。

李光头和宋钢一天没吃东西了，他们站在她身前呜呜地哭，哭了很长时间后，李兰仿佛才刚刚听到，她转过脸来低声对两个孩子说：

“不要哭，不要让别人听到我们在哭。”

两个孩子立刻用手捂住了自己的嘴，李光头胆怯地说：“我们饿了。”

李兰如梦初醒般地站起来，给了他们钱和粮票，让他们自己上街去买吃的。两个孩子出门时，看到她又呆呆地坐在了床沿上。两个孩子买了三个包子，李光头和宋钢一边吃着一边走回家中，她仍然坐在那里，他们把第三个包子递给她时，她神情恍惚地看着包子问他们：

“这是什么？”

李光头和宋钢说：“包子。”

李兰点点头，仿佛明白了，将包子举起来咬了一口，慢慢嚼着慢慢咽着，李光头和宋钢一直看着她将包子吃了下去。她吃完后对他们说：

“去睡吧。”

这天晚上，两个孩子在睡梦里总觉得有个人在屋子里走进走出，还有一次次倒水的声响。那是李兰一次次地去外面井里提上来水，仔细擦洗了宋凡平的尸体，给宋凡平换上了一身干净衣服。两个孩子不知道瘦小的李兰是如何给高大的宋凡平换上衣服的，也不知道她是什么时候睡下的。第二天上午李兰出门后，李光头和宋钢发现里屋床上的宋凡平像个新郎一样干净了，他身下的床单也换过了，他的脸洗干净以后反而又青又紫了。

死去的宋凡平躺在床的外侧，里侧的枕头上留下了李兰的几根长头发，有两根头发还挂在宋凡平的脖子上。李兰一定是头枕着宋凡平的胸口度过了这个夜晚，这是她和宋凡平最后一次同床共眠。沾满血迹的衣服和床单都浸泡在床下的木盆里，水里还漂浮着几只衣缝里出来的苍蝇。

这个夜晚李兰泪如雨下，她在给宋凡平擦洗身体时，累累伤痕让她浑身发抖，她几次都要爆发出惨烈的哭叫，她又几次把哭声咽了下去，她把哭声咽下去的时候也同时昏迷了过去，又几次从昏迷中坚强地醒过来，她把自己的嘴唇咬得鲜血淋漓。谁也无法想象她是如何度过这个夜晚的，如何压制住自己，如何让自己不要发疯。后来当她在床上躺下来，闭上眼睛头枕着宋凡平的胸口时，不是睡着了，是陷入和黑夜一样漫长的昏迷之中，一直到日出的光芒照耀进来，才将她再次唤醒，她才终于从这个悲痛的深渊里活了过来。

李兰眼睛红肿地走出家门，走向了棺材铺，她把家里所有的钱都带上了，她想给自己的丈夫买一口最好的棺材，可是她的钱不够，她只能买下一副没有上油漆的薄板棺材，而且是一排四个棺材里最短的一具。快到中午的时候，她回来了，身后跟着四个男人，肩抬那副薄板棺材走来，一直走进了屋子，把棺材放在了李光头和宋钢的床旁。李光头和宋钢惊恐地看着这具棺材，那四个浑身汗臭的男人用毛巾擦着汗，用草帽扇着风，东张西望大声说：

“人呢？人在那里？”

李兰无声地打开了里屋的门，无声地看着他们，他们中间领头的那个人往里屋张望了一下，看见了躺在床上的宋凡平，他向同伴招一下手，四个人一起走了进去。这四个人在床前小声议论了一会儿，伸手抓住了宋凡平的双手和双脚，领头的喊了一声“抬”，将宋凡平抬了起来，四个人的脸憋得像猪肝一样又紫又红，他们从里屋的门拥挤着将宋凡平抬了出来，放进棺材时显得更为拥挤。宋凡平的身体进去了，他的两只脚却架在了棺材上。这四个人站在棺材旁呼哧呼哧地喘着气，他们问李兰，宋凡平活着时有多重？

那时的李兰靠在门框上，她低声告诉他们，她的丈夫有一百八十多斤。他们每个人的表情都是恍然大悟，领头的那个人说：

“难怪这么沉，人死了体重还要加倍，总共有三百六十多斤呢……他妈的腰都快扭伤啦！”

接下去这四个来自棺材铺的男人七嘴八舌议论着，努力将宋凡平的两只脚放进棺材里。宋凡平的身体太长了，而棺材太短。这四个人满头大汗足足忙了有一个小时，将棺材那头宋凡平的脑袋都顶得歪斜过去了，仍然没法把他的两只脚放进去。他们又说着要把宋凡平的身体侧过来，让他双手抱住双腿侧身躺着，说这样就能把他全放进去了。

这时候李兰不答应了，她觉得死者都是仰脸躺在棺材里的，因为死者还想看着人间，她对他们说：

“不要侧身过去，侧身过去他在九泉之下就看不见我们了。”

领头的那个人说：“仰躺着也看不见，上面又是棺材板又是土……再说人在娘胎里就是双手抱双腿，死了还是这模样多好，来世再出生也容易。”

李兰还是摇着头，她还想说些什么，这四个人已经俯身下去嗨哟嗨哟喊叫着将棺材里的宋凡平侧身过来，然后他们发现棺材太窄了，宋凡平的身体太宽太厚，他的腿又太长，让宋凡平像在娘胎里那样侧身抱膝躺着，也没法把他全部放进去。这四个人累得直摇头，汗水从他们的脸上流到了胸口，他们撩起汗衫擦着汗，嘴里骂着对李兰说：

“这他妈的哪是棺材啊，这他妈的比脚盆大不了多少……”

李兰难过地低下了头。四个人坐着靠着歇了一会儿，又商量了一会儿，领头的对李兰说：

“只有一个办法，把他的膝盖砸断了小腿弯过来，这样就能放进去了。”

李兰脸色惨白，惊恐地连连摇头，她哆嗦地说：“不要，不要这样……”

“那就没办法了。”

四个男人说着站了起来，收起了扁担和麻绳，晃着脑袋摆着手，说这活他们没法干了。他们走到了屋外，李兰跟到了屋外，可怜巴巴地问他们：

“还有别的办法吗？”

他们回头说：“没办法了，你也看见了。”

棺材铺的四个男人拿着扁担和麻绳走在巷子里，李兰可怜巴巴地跟在他们身后，可怜巴巴地说着：

“还有别的办法吗？”

他们斩钉截铁地说：“没有了。”

四个男人走出了巷子，看到李兰还跟着他们，领头的那个人站住了脚，对李兰说：

“你想想，天底下哪有死人伸两只脚在棺材外面的，再怎么，也比脚伸在棺材外面好。”

李兰这时悲哀地低下了头，悲哀地说：“我听你们的。”

四个男人又走回来了，可怜巴巴的李兰跟在他们身后走回家中，她无声地摇着头，无声地走到棺材前，无声地看了一会儿里面的宋凡平。然后她俯下身去了，双手伸进了棺材，小心翼翼地将宋凡平的裤管卷了起来，她在卷裤管的时候又看见了宋凡平小腿上的伤痕，她浑身哆嗦着将宋凡平的裤管卷到了膝盖上面。她抬起头来时看到了李光头和宋钢，她害怕地躲开两个孩子的眼睛，低下头拉着两个孩子的手走进了里屋。李兰关上了门，在床上坐下来后闭上了眼睛。李光头和宋钢坐在她的两旁，她的手搂着两个孩子的肩膀。

领头的那个人在外面的屋子里喊叫了一声："我们砸啦！"

李兰的身体触电似的抖了一下，李光头和宋钢的身体也跟着抖了一下。那时候屋外站了很多人了，邻居的人和过路的人，还有邻居和过路的叫来看热闹的人，他们黑压压地挤在门外，有几个人被推进来了。他们在外面轰轰地说着话，棺材铺的四个男人在外面的屋子里砸起了宋凡平的膝盖，李兰和两个孩子不知道他们是怎么砸着宋凡平的膝盖。听着他们在外面说用砖头砸，结果砖头砸碎了好几块；他们又说着用菜刀的刀背砸，后来还说了用其他什么东西砸。外面的声音太嘈杂了，他们听不清外面的人在说些什么了，只听到围观的人在大呼小叫，还有就是砸的声响，接连不断的沉闷的响声，偶尔有几声清脆的，那是骨头被砸断时瞬间的响声。

李光头和宋钢抖个不停，他们像是狂风中的树叶一样抖出了响声，他们吃惊地看着自己的身体，不知道它为什么抖成了这样。后来他们才发现是李兰搂着他们的手在瑟瑟颤抖，李兰的身体像是发动机似的震动着。

外面的四个人终于将宋凡平强壮的膝盖砸断了，领头的那个人说，把棺材里的砖头碎片捡出来。过了一会儿这个人又说，把裤管放下来，把断了的小腿塞进去。然后这个人敲了敲里屋的门，对李兰说：

“你出来看一眼，我们要把棺材盖上了。”

李兰身体震动着站起来，震动地打开门，震动地走了出去。天知道她是如何艰难地走到棺材前的，她看到自己丈夫的两条断了的小腿搁在大腿上，像是别人的小腿搁在她丈夫的大腿上，她摇晃了几下，没有倒下。她没有看到宋凡平被砸烂的膝盖，他们把两条小腿放进裤管了，但是她看到了几片骨头的碎片和一些沾在棺材板上的皮肉。李兰双手抓住棺材，无限深情地看起了宋凡平，在这张肿胀变形的脸上，宋凡平的音容笑貌生机勃勃地浮现了出来，宋凡平回头挥手的情景栩栩如生，他走在一条空荡荡的道路上，四周的景色荒无人烟，李兰一生的至爱正在奔赴黄泉。

坐在里屋床上的李光头和宋钢听到李兰声音震动地说：“盖上吧。”

二十

李光头和宋钢永远都不知道是什么力量让李兰如此坚强，从她走出长途汽车站看到李光头和宋钢哇哇大哭，一直到跪在地上将染上血迹的泥土包起来，回到家中又看到血肉模糊的尸体，再去买回来一具薄板棺材，让棺材铺的四个男人将宋凡平的膝盖砸断，她始终没有哭叫。听着宋凡平的腿是如何被人砸断时，李光头和宋钢几次张大了嘴要哭出声音来，可是一想到李兰说过的话，不要让别人知道他们在哭，他们的嘴巴又合上了。

这天晚上李兰做了一顿豆腐饭，这是我们刘镇的风俗，办丧事的人家都会做这样一顿饭。李兰做了一大盆豆腐放在桌子的中间，还有一碗炒青菜。天黑了灯亮了以后，三个人坐到了桌子前，宋凡平的棺材就在旁边，一碗油灯点亮了放在棺材上，这是长明灯，照亮宋凡平走向阴间的道路，宋凡平就不会被绊倒。

整整一个下午，李兰没有说话，李光头和宋钢也不敢说话，家里无声无息。一直到李兰做饭炒菜时，两个孩子才听到了声响，见到了升起来的热气。这是李兰从上海回家后第一次做饭，她站在煤油炉前泪水长流，可是她的手没有一次举起来，没有擦过一次眼泪，当她将一大盆豆腐和一碗青菜端到桌子上时，李光头和宋钢看到她泪如泉涌，她在给两个孩子盛饭时仍然泪如泉涌。然后她转身去拿筷子了，她在灯光的阴影里站了很久，她拿着那六根树枝继续泪如泉涌地走到桌前，她脸上的表情像是睡梦中的表情，她泪如泉涌地在凳子上坐下来，泪如泉涌地看着手里的树枝，宋钢声音哆嗦地告诉她：

“这是古人用的筷子。”

她泪如泉涌地看着两个孩子了，两个孩子告诉她筷子的来历后，她终于举起了手，擦起了满脸的泪水，她擦干净脸上的泪水以后，将古人用的筷子分给李光头和宋钢，她轻声说：

“这古人用的筷子真好。”

说完她转身看着棺材微微一笑，她的微笑亲切得就像是宋凡平坐在那里看着她。然后她端起了饭碗，她重新泪如泉涌了，她一边流着泪，一边吃着饭，一点声音都没有。李光头看到宋钢的眼泪也流到了饭碗里，于是他的眼泪也止不住地流了下来。三个人无声地哭着，无声地吃着。

吃完豆腐饭的第二天早晨，李兰认真地洗脸梳头，把自己收拾干净后，拉上李光头和宋钢的手，昂首挺胸地走出家门。她拉着两个孩子走在“文化大革命”的街道上，在满街的红旗和满街的口号里旁若无人地走去，很多人对着她指指点点，她视而不见。她先去了布店，别人在那里买的都是做红旗和红袖章的红布，李兰买的是黑纱和白布。布店里有人好奇地看着她，有人认出了她是宋凡平的妻子，走到她身旁举起了拳头喊着打倒她的口号。她从容不迫地付了钱，从容不迫地卷起黑纱和白布，从容不迫地将黑纱和白布捧在胸前走出了布店。

李光头和宋钢拉着李兰的衣服，跟随着她的步伐又去了照相馆。李兰在整理宋凡平的遗物时，发现了那张蓝色的发票，她将发票拿在手里看了很长时间，才想起来曾经照过一张全家福的照片，那是她去上海治病前照的。宋凡平一直没有将照片取回来，她心想肯定是她一到上海，宋凡平就出事了。

照相馆的人拿着发票找了很久，才找到他们的全家福。李兰接过照片的那一刻，她的手颤抖不已，她将照片和黑纱白布一起捧在了胸前，走出了照相馆，继续昂首挺胸地走在大街上。那时候她忘记了李光头和宋钢跟在她的身后，她的脑子里全是宋凡平的音容笑貌，宋凡平指挥着摄影师布置灯光，指挥着摄影师按下快门，然后一家四个人快乐地走出了照相馆，走向了长途汽车站。她就是在汽车站与宋凡平挥手再见，这是最后一幕了，当她从上海回来时，宋凡平已经没有音容笑貌了。

李兰向前走去，她捧着照片的手抖个不停，她努力压制着自己，不让自己的手从纸袋里抽出他们的全家福。她努力让自己这么坚强地走着，当走到那座桥上时，游行的队伍挡住了她的去路，宋凡平曾经在那里威风凛凛地挥舞着红旗，她当然不知道，可是当她的脚步停下来以后，她再也压制不住自己了，她的手从纸袋里取出了照片，她第一眼就看到了宋凡平快乐的笑容，第二眼还没有看清楚另外三个人的笑容时，她已经崩溃了。三天来她一直忍受着这巨大的悲痛，而且挺了过来，现在照片上宋凡平活生生的笑容让她一下子垮了，她一头栽倒在地。

当时李光头和宋钢正拉着李兰的衣角站在她的身后，她的身体突然没有了，站在他们前面的是一个男人吃惊的脸，然后两个孩子才看到李兰倒在地上了。李光头和宋钢哇哇叫着蹲下去，哇哇叫着推她，她闭着眼睛一点反应都没有。李光头和宋钢凄厉地哭叫了，周围的人越来越多，两个孩子跪在了地上，他们孤立无援地哭叫着，哀求周围的人救救他们的母亲。他们不知道李兰昏迷过去了，他们哇哇哭着问那些围观的人：

“妈妈为什么倒下了？”

围观的人都站在那里，没有一个人蹲下来，这些人乱哄哄地说着什么，有一个人弯下腰对两个孩子说：

“翻开她的眼皮看看，里面的瞳孔放大了没有？”

李光头和宋钢急忙去翻开她的眼皮，看到了里面的眼球，他们不知道眼球和瞳孔的区别，他们仰脸说：

“很大的瞳孔。”

这个人说：“那就是瞳孔放大，人可能死了。”

两个孩子一听说李兰可能死了，不由抱在一起号啕大哭。这时另一个人弯下腰来了，他说：

“不要哭，不要哭，你们小孩知道什么瞳孔，你们肯定是把眼球当瞳孔了。你们把一下她的脉搏，只要脉搏在跳，她就没死。”

李光头和宋钢立刻止住了哭声，焦急地问他：“脉搏在哪里？”

他伸出左手，用右手指点着脉搏的地方说：“就在手腕上。”

李光头和宋钢一人抓住李兰的一只手，摸着她的手腕，两个孩子摸来摸去也没摸到跳动的地方。那个人问他们：

“跳不跳？”

李光头摇着头说：“没有跳。”

李光头说完紧张地去看宋钢，宋钢也是摇着头说：“没有跳。”

那个人直起了腰，说：“可能真死了。”

李光头和宋钢绝望了，他们张大了嘴巴哭声呼啸了，他们呼啸地哭了一阵，又同时噎住了，接着又同时爆发出呼啸的哭声。宋钢一边哭着一边叫道：

“爸爸死了，妈妈也死了。”

童铁匠这时候出现了，他从外面挤了进来，他蹲下身体摇晃着两个孩子，喊叫着让他们别哭了，他说：

“什么瞳孔放大，什么脉搏跳不跳，那是医生的事，你们两个小孩懂个屁，听我的，把耳朵贴到她胸口去，里面跳不跳？”

宋钢抹了抹眼泪鼻涕，把头贴到了李兰的胸口，他听了一会儿抬起头来，紧张地对李光头说：

“好像在跳。”

李光头也赶紧抹了抹眼泪鼻涕，也贴上去听了一会儿，他也听到了心跳，他点着头对宋钢说：

“是在跳。”

童铁匠站了起来，训斥刚才说话的两个人：“你们懂个屁，你们只会吓唬孩子。”

然后童铁匠低头对李光头和宋钢说：“她没死，她是昏迷，就让她躺着吧，过一会儿自己会爬起来的。”

李光头和宋钢立刻破涕为笑了，宋钢抹着眼泪仰脸对童铁匠说：“童铁匠，你会有善报的。”

童铁匠很满意宋钢的话，他笑着对宋钢说：“这是一句公道话。”

李光头和宋钢开始安静地坐在李兰的身旁，他们觉得李兰躺在地上像是睡着了。宋钢把掉在地上的照片捡起来，自己看了看，又给李光头看了看，小心翼翼地放进了纸袋。桥上的人越来越多，很多人挤进来看了他们一会儿，又向别人打听了一会儿，又转身挤了出去。两个孩子耐心地坐在那里，他们不时地看对方一眼，偷偷地笑一笑。过了很长时间，李兰突然坐了起来，两个孩子高兴地叫了起来，他们对围观的人群叫道：

“妈妈醒来啦。”

李兰不知道刚才发生了什么，只知道自己是从地上爬起来的，她不好意思似的站了起来，认真拍打着身上的尘土，将照片和黑纱白布重新捧在胸前，李光头和宋钢重新拉住了她的衣角，三个人低着头从围观的人群里挤了出去。回家的路上李兰没说一句话，李光头和宋钢也不敢说话，可是他们激动万分，他们紧紧拉着李兰的衣角，他们的母亲失而复得，让他们感到无比幸福。李光头和宋钢拉着李兰向前走去时，一会儿把头伸到李兰的前面，一会儿又把头转到李兰的身后，他们不断地去看看对方，不断地向对方笑一笑。

二十一

宋凡平死后的第四天，一个上了年纪的农民拉着一辆破旧的板车，来到了李兰的家门口。他穿着满是补丁的裤子和汗衫站在门外，不说一句话，老泪纵横地看着屋里的棺材。他就是宋凡平的父亲，宋钢的爷爷，这个解放前拥有过几百亩田地，解放后田地全部分给了村里的农民，只剩下一个地主身份的老地主来了。这个现在比最穷的贫下中农还要穷的老地主，来接他的地主儿子回家了。

在前一天的晚上，李兰已经给宋钢整理了行李，李光头和宋钢坐在床上默默地看着她整理，看着她从印有“上海”的灰色旅行袋里拿出自己的衣物，拿出了染上了宋凡平血迹的那包泥土，还拿出了一袋大白兔奶糖。她又把宋钢的衣物放进了旅行袋，还把整整一袋奶糖全塞进了旅行袋，当她扭头看到李光头充满期待的眼神时，又把奶糖拿了出来，从里面抓出一把递给李光头，也给了宋钢两颗奶糖，其余的又都塞进了旅行袋。李光头和宋钢吃着奶糖的时候不知道明天会发生什么，直到第二天宋钢的地主爷爷出现在门口时，他们仍然不知道兄弟两人就要分手了。

这一天的上午，他们的手臂戴上了黑纱，腰间系上了白布条，宋凡平的薄板棺材放在那辆破旧的板车上，板车上还放着宋钢的旅行袋，老地主低垂着白发苍苍的头，拉着板车走在前面，李兰拉着李光头和宋钢走在后面。

在李光头的记忆里，从来没有见过李兰的表情如此骄傲。李光头的生父给她的是恨和耻辱，宋凡平给她的是爱和尊严。李兰昂首走着，像电影里的红色娘子军。那个老地主弯腰拉着板车，像是正在被批斗似的，他拉着板车向前走去时，不断抬手抹着脸上的眼泪。他们和两支游行的队伍迎面相遇，革命群众的口号停止呼喊了，革命群众手里的小红旗也倒着拿了，革命群众议论纷纷地看着这四个人和一辆板车一具棺材。一个戴红袖章的人走上来问李兰：

"谁在棺材里？"

李兰平静和骄傲地说："我丈夫。"

"你丈夫是谁？"

"宋凡平，刘镇中学的老师。"

"他怎么死的？"

"被人活活打死的。"

"为什么？"

"他是地主。"

李兰说到宋凡平是地主时，李光头和宋钢哆嗦了一下，前面的老地主吓得不敢抹眼泪了，她却是响亮地说了出来。游行队伍里的革命群众站住了脚，他们惊诧这个瘦小的女人竟然敢这样说话，那个戴红袖章的男人对李兰说：

"你丈夫是地主，你就是地主婆？"

李兰坚定地点点头："是。"

那个男人回头对游行的革命群众说："看到了吗？如此嚣张……"

他说完转回身来，挥手给了李兰一巴掌，李兰的头甩了一下，她的嘴角流出了鲜血，可她骄傲地笑了，继续昂首看着他。那个戴红袖章的人又给了她一巴掌，她的头又甩了一下，她仍然骄傲地笑着，仍然昂首看着他，她说：

“打够了吗？”

李兰的话让他怔了一下，他看看李兰，又看看游行的人群，满脸的奇怪表情。李兰对他说：

“你要是打够了，我就要走了。”

“他妈的……”戴红袖章的男人破口骂道，他挥手给了李兰两个耳光，让李兰的头左右甩了两下，然后他说：“滚吧……”

李兰嘴角流着鲜血，微笑地拉起李光头和宋钢的手，向前走去。大街上的革命群众惊讶地看着她，她微笑地走着，微笑地告诉他们：

“今天是我丈夫下葬的日子。”

说完这话，她的眼泪夺眶而出。这时候李光头和宋钢也呜呜地哭了起来，前面的老地主也在哭，他的身体抖个不停。李兰训斥李光头和宋钢：

“不要哭。”

她响亮地说：“不要在别人面前哭。”

两个孩子用手捂住了嘴巴，他们止住了哭声，可是止不住眼泪。李兰禁止他们哭，她自己仍然泪流满面，她微笑地流着眼泪向前走去。

他们走出了南门，走过了一座嘎吱嘎吱响着的木桥以后，听到了知了的鸣叫，他们知道已经走上了乡间的泥路。这时候是中午了，一望无际的田野里升起了缕缕炊烟，夏天的田野里空空荡荡，仿佛天空下面只有他们四个人，还有躺在棺材里的宋凡平。宋凡平的老父亲终于发出了他的哭声，他弯着腰像一头耕地的老牛那样拉着他死去的儿子，浑身颤抖地往前走着，他的哭声也在颤抖。他的哭声引爆了宋钢和李光头的哭声，宋钢和李光头从他们的指缝里响亮地哭了出来，他们虽然双手捂住了嘴巴，可是哭声从鼻子里一阵阵地喷发出来，他们伸手去捏住鼻子，哭声又从嘴巴脱颖而出，两个孩子害怕地抬起头来，偷偷看一眼李兰，李兰对他们说：

“哭吧。”

说完后李兰的哭声首先响起，这是李光头和宋钢第一次听到她尖厉凄楚的哭声，她尽情地哭着，仿佛要把自己全部的声音同时哭出来。宋钢松开了手，嘴里的哭声哇哇地出来了，李光头也跟着自由地哭起来。他们四个人放声大哭地向前走，现在他们什么都不用担心了，他们已经走在乡间的路上了。田野是那么的广阔，天空是那么的高远，他们一起哭着，他们是一家人。李兰像是在看着天空似的，仰起了自己的脸放声痛哭；宋凡平的老父亲弯腰低头地哭，仿佛要把他的眼泪一滴一滴种到地里去；李光头和宋钢的眼泪抹了一把又一把，甩到了宋凡平的棺材上。他们痛快响亮地哭着，他们的哭声像是一阵阵的爆炸声，惊得路边树上的麻雀纷纷飞起，像是溅起的水花那样飞走了。

他们哭着走了很久，后来宋凡平的老父亲哭得实在走不动了，他放下了板车，跪在地上，他把自己的腰都哭疼了，哭得不能动了。他们站住了脚，直到哭声渐渐平息下来。李兰擦干了眼泪，说她来拉板车，宋凡平的老父亲不答应，他说儿子的最后一程让他来送。

后来的路上他们不再哭泣，他们无声地走着，只有板车在嘎吱地响着。他们走进了宋凡平出生的村庄，几个衣着破烂的亲戚等在村口，他们已经挖好了坟墓，拄着铁锹站在那里。宋凡平就埋葬在村口的一棵榆树下。当宋凡平的棺材放进土坑，几个亲戚将泥土盖上去时，他的老父亲跪在旁边一颗一颗往外拣着石子，李兰也跪了下去，一起往外拣石子。随着土坑被填满，坟墓隆起来，他们两个人拣石子的身体也慢慢抬了起来。

然后他们来到了宋凡平父亲的茅屋，里面摆着一张床和一个破旧的衣柜，还有一张吃饭的破桌子，几个穷亲戚坐在桌前吃饭，李光头和宋钢也吃起了这顿咸菜白饭。宋凡平的老父亲坐在墙角的矮凳上，低头抹着眼泪，他一口饭都没吃。李兰也是一口没吃，她打开了那个破旧衣柜，把宋钢旅行袋里的衣服拿出来叠好放进去，李光头看着她把那袋大白兔奶糖也放进了衣柜。放完衣服以后，她就不知道该做什么了，站在了衣柜旁呆呆地看着两个孩子。

这是一个无声的下午，那几个吃完饭的穷亲戚走了以后，他们四个人在茅屋里还是无声无息。李光头看到了屋外的树木和池塘，看到了麻雀在树上跳跃，看到了燕子从屋檐里飞出去，宋钢也看到了。两个孩子很想出去看看，可是他们不敢，只能坐在板凳上，偷偷看着悲戚中的李兰和宋凡平的老父亲。后来李兰说话了，她说该回去了，要在天黑前赶回城里。宋凡平的老父亲颤巍巍地站起来，走到那个破衣柜前，从里面拿出一个小罐，手伸进去摸索了一会儿，抓出了一把炒熟的蚕豆塞进了李光头的裤袋。

他们又来到了村口，宋凡平隆起的坟墓上多了几片树叶，李兰走过去捡起树叶扔在一旁，李兰没有哭泣，两个孩子听到她低头对着坟墓说：

"等孩子长大了，我就来陪你。"

李兰转身走到宋钢身前，蹲下来摸了摸宋钢的脸，宋钢也伸手摸了摸李兰的脸，李兰一把抱住了宋钢，忍不住哭起来，李兰对宋钢说：

"儿子，你要好好照顾爷爷，爷爷年纪大了，他要你留在身边……儿子，妈妈会经常来看你的……"

宋钢不知道李兰为什么要说这样的话，他点点头后，又抬起头看看李光头。李兰抱着宋钢哭了一阵，然后擦着眼泪站起来，她看看宋凡平的老父亲，嘴巴动了一下却没有声音，她转身拉起了李光头的手。

李兰拉着李光头走上了乡间的泥路，她没有回头，她的步伐沉重得像是两条拖把在地上拖过去。这时候李光头仍然不知道要和宋钢分开了，他的手被李兰拉着，身体侧着去看宋钢，心想他为什么不和他们一起走？宋钢的爷爷拉着宋钢的手，宋钢站在他父亲的坟前，疑惑不解地看着李光头和李兰慢慢走去，他也不知道自己为什么留下来了？李兰拉着李光头越走越远时，宋钢抬头看到爷爷正在向李光头和李兰挥手道别，他也犹豫地抬起了手，他的手在肩膀的地方挥动着。李光头被李兰拉着走去时一直扭头看着宋钢，看到远处的宋钢向他挥手，他的手也抬到肩膀的地方挥动了。

二十二

李光头从此独自一人，那些日子李兰早出晚归，她所在的丝厂已经停产闹革命了，宋凡平留给她一个地主婆的身份，她每天都要去工厂接受批斗。李光头没有了宋钢，也就没有了伙伴，他整日游荡在大街小巷，像是河面上漂浮的树叶那样无聊，也像是街道上被风吹动的纸屑那样可怜巴巴。他不知道自己要干什么，只知道自己在走来走去，累了就找个地方坐下来，渴了就去拧开某个水龙头，饿了就回家吃几口冷饭剩菜。

李光头不知道世界发生了什么，无产阶级“文化大革命”让街上戴高帽子挂大木牌的人越来越多，点心店的苏妈也被揪出来批斗了，说她是妓女。她没有丈夫，却有一个女儿，所以她是妓女。有一天李光头远远看见一个红头发的女人站在街角的长凳上，他从来没有见过红头发的人，好奇地跑了过去，才看清楚她的头发是被血染红的，她胸前挂着木牌低头站在长凳上，她的女儿，一个比李光头大几岁，名叫苏妹的女孩站在旁边，举着手拉着她的衣角。李光头一直走到苏妈的下面，抬头去看她低垂的脸，认出来她就是点心店的老板娘。

苏妈的身旁还有一条长凳，上面低头站着的是长头发孙伟的父亲，这个曾经和宋凡平大打出手，曾经戴着红袖章在仓库门前神气活现的人，现在也戴上了高帽子挂上了大木牌。孙伟的爷爷解放前在我们刘镇开过一家米店，又在战乱里倒闭关门，随着“文化大革命”越来越广泛深入，孙伟的父亲也被挖出来成了资本家，他胸前的木牌比地主宋凡平挂过的那块还要大。

长头发的孙伟也和李光头一样孤零零了，他的父亲戴上了高帽子挂上了大木牌成了阶级敌人，他的两个伙伴赵胜利和刘成功立刻和他分道扬镳。孙伟不再练习扫堂腿了，在大街上练习扫堂腿的只有赵胜利和刘成功两个身影了。赵胜利和刘成功每次看见李光头就会不怀好意地笑，李光头知道他们还想着要扫荡他，所以他看见他们就逃之夭夭，来不及逃跑时就一屁股坐到了地上，摆出一副小无赖的嘴脸说：

“我已经在地上啦。”

赵胜利和刘成功也就英雄无用武之地了，只能踢他一脚，骂他一声：“这臭小子……”

他们以前是叫他“小子”，现在叫他“臭小子”了。李光头经常看见长头发的孙伟，他时常一个人歪着脑袋在街上走来走去，时常一个人歪着脑袋斜靠在桥栏上，没有人叫他的名字，没有人拍他的肩膀，就是赵胜利和刘成功看见他时也像是不认识了。只有李光头还像从前那样，见了他不是逃跑就是一屁股坐到了地上；他也像从前那样叫李光头“小子”，没在前面加个“臭”字。

李光头后来厌倦逃跑了，每次都逃跑得气喘吁吁，逃跑得肺里往外冒臭气，他心想还不如一屁股坐在地上，舒舒服服的，还能看看街上的风景。李光头此后见了长头发的孙伟就像是抢座位似的往地上一坐，摇头晃脑地对孙伟说：

“我已经在地上啦，你最多也就是踢我一脚。”

长头发孙伟嘿嘿地笑，伸脚碰碰李光头的屁股，对他说：“喂，小子，为什么看见我就坐下？”

李光头狡猾地说：“怕你的扫堂腿。”

长头发孙伟还是嘿嘿地笑，他说：“起来吧，小子，我不扫荡你了。”

李光头摇着头说："等你走开了，我再起来。"

"他妈的，"他说，"我肯定不扫荡你了，起来吧。"

李光头不相信他的话，李光头说："我现在坐着很舒服。"

"他妈的，"他骂了一声后走去了，走去时还说了一句毛主席的诗词，"问苍茫大地呀，谁主沉浮呢？"

这两个同样孤零零的人经常在大街上相遇，李光头不是远远躲开孙伟，就是一屁股坐到地上，孙伟每次看见了都是嘿嘿地笑，李光头一直警惕着孙伟的两条腿，不让它们偷袭自己。直到有一天的中午，李光头放松了警惕，那时候城里很多人家的水龙头都上了锁，李光头口渴难忍地到处寻找，找到第八个水龙头时才没有上锁，他拧开后喝了一肚子的水，又用凉水冲洗了冒着热汗的脑袋。当他刚刚关上水龙头，后面上来一个人又拧开了，哗啦哗啦地喝了好一阵子，嘴巴咬着水龙头像是咬着一截甘蔗似的，他歪着脑袋翘着屁股，一边喝水一边还在放屁。李光头咯咯地笑，他喝完水直起身体对李光头说：

"喂，小子，笑什么？"

李光头看清楚了他是长头发孙伟，当时的李光头忘了坐到地上，他咯咯笑个不停，对孙伟说：

"你放屁的声音像是在打呼噜。"

孙伟嘿嘿地笑着，将水龙头拧小了，不断地用手指接一点水，整理起自己的长头发。他一边整理着自己的头发，一边问李光头：

"那个小子呢？"

李光头知道他是在问宋钢，他说："那个小子回乡下去了。"

孙伟点点头关掉了水龙头，甩了甩他的长发向李光头挥一下手，要他跟着一起走。李光头跟着他走了两步，突然想起来他的扫堂腿，李光头赶紧坐到了地上。孙伟往前走了几步发现李光头没有跟上，回头时看到李光头已经坐在地上了，他奇怪地问：

“喂，小子，干什么？”

李光头指指他的两条腿说：“你有扫堂腿。”

他哈哈大笑，他说：“我要是想扫荡你，刚才就扫荡了。”

李光头觉得他说得有道理，不过还是不相信他，李光头试探地说：“你刚才忘记扫荡我了。”

他摆摆手说：“不是！起来吧，我不会扫荡你了，我们现在是朋友了。”

“我们现在是朋友了”这句话让李光头受宠若惊，李光头差不多是跳着站了起来。孙伟确实没有扫荡他，还把手搭在了李光头的肩膀上，他们像是朋友那样走上了街道，孙伟甩着潇洒的长头发，嘴里念念有词：

“问苍茫大地呀，谁主沉浮呢？”

李光头兴奋得满脸通红，这个大七岁的孙伟成了自己的朋友。这个朋友的扫堂腿在宋凡平死后就是天下无敌了，他的头发遮住了耳朵，他在向前走去时头发迎风飘动，嘴里不断念着毛主席的诗词，他念的时候还加上了“呀”和“呢”，孙伟的改编让李光头觉得动感十足。李光头觉得走在他身边都是威风八面，就是那些戴红袖章的人，李光头都暂时不放在眼里了。

走到那座桥上时，他们遇到了赵胜利和刘成功，赵胜利和刘成功看到孙伟竟然和儿童李光头走在一起，两个人满脸的好奇，孙伟若无其事地念着自己改编过的毛主席诗词：

“问苍茫大地呀……”

李光头小人得志地抢着念出了下一句：“谁主沉浮呢？”

赵胜利和刘成功看着孙伟窃窃私语掩嘴而笑，孙伟知道他们是在嘲笑自己，就低声训斥李光头：

“喂，小子，别走在我旁边，跟在我屁股后面。”

李光头的嚣张气焰一下子没了，李光头没有了和孙伟并肩而行的权利，只能像个跟屁虫那样走在孙伟的屁股后面。李光头歪着脑袋斜着肩膀，泄气地跟在孙伟身后，李光头知道孙伟是没有一个朋友了，才滥竽充数地将他当朋友。尽管如此李光头还是紧随着孙伟，和孙伟走在一起总比自己一个人走着要强大。

让李光头没有想到的是，长头发孙伟第二天上午竟然找上门来了，那时候李光头刚刚吃完早饭，孙伟就在门外念着毛主席的诗词：

“问苍茫大地呀，谁主沉浮呢？”

李光头打开屋门时惊喜万分，孙伟像个老朋友似的向他挥挥手说：“走吧。”

两个人又走在了一起，李光头小心翼翼地走在孙伟身旁，孙伟没有反对，李光头放心了。走到巷口时孙伟突然站住了，对李光头说：

“你看看，我的裤子是不是破了？”

李光头凑到了孙伟的屁股前，没看到裤子上的破洞，李光头说：“没破。”

孙伟说：“凑近了再看看。”

李光头的鼻子差不多挨上孙伟的屁股了，仍然没有看到破洞，这时孙伟突然响亮地放了一个臭屁，孙伟的臭屁像一阵风似的打在李光头的脸上。孙伟哈哈大笑，走去时嘴里高声念着：

“问苍茫大地呀……”

李光头赶紧大声接上：“谁主沉浮呢？”

李光头知道孙伟是在捉弄他，李光头不在乎，他在乎的是孙伟让他走在旁边，还是要他跟在屁股后面。

在夏天剩下的日子里，李光头和孙伟朝夕相处，他们在大街上晃荡的时间比阳光还要久，有时候月光照下来了他们仍然在晃荡。孙伟不喜欢冷清的地方，他喜欢热闹的大街，李光头跟随着他整日在大街上晃荡，就像苍蝇总是在粪坑上盘旋一样，他们离开了大街就不知道去什么地方。孙伟喜欢自己的长头发，他每天起码两次走下街边的台阶，蹲在河边弄一些水上来，把额前的头发弄得服服帖帖，然后对着河水里模糊的影子甩一甩他的长头发，吹两声得意洋洋的口哨。李光头后来知道他为什么喜欢在大街上走过来又走过去，他是喜欢大街上的玻璃，当他在某一块玻璃前站住脚，吹起口哨的时候，李光头闭着眼睛都知道孙伟又在甩他的长头发了。

他们经常在大街上见到孙伟的父亲，那时候孙伟就会低下头，怕是被人认出来似的匆匆走过。孙伟父亲戴着一顶纸糊的高帽子，像过去的宋凡平那样拿着扫帚扫起了大街，上午扫过去，下午又扫过来。大街上时常有人训斥他：

"喂，罪行都交待了吗？"

他唯唯诺诺地说："都交待了。"

"想想，还有什么没交待的。"

他哈腰点头说："是。"

有时候是孩子们训斥他："举起拳头来喊'打倒我'。"

他就举起了拳头喊叫："打倒我！"

这时候李光头嗓子里就会痒痒的，李光头也想训斥他几句，可是孙伟就在旁边，让李光头说不出来。有一次李光头实在忍不住了，当孙伟的父亲喊完了"打倒我"之后，李光头说：

"喊两声。"

孙伟的父亲连着举了两次拳头，喊了两声"打倒我"。孙伟使劲踹了李光头一脚，低声骂道：

"他妈的，打狗也得看主人。"

孙伟见到其他戴着高帽子正在挨批斗的人，走过时就会顺便踢他们一脚，李光头也会跟着踢上一脚，然后两个人如同白吃了一碗三鲜面似的高兴，孙伟对李光头说：

"见到坏人顺便踢一脚，跟拉完屎要擦屁股是一个道理。"

孙伟的母亲，曾经是一个尖嘴利齿的女人，在李兰和宋凡平的新婚之日，为了一只走失的母鸡破口大骂，能够骂出一连串难听的话。现在她的丈夫戴上了高帽子挂上了大木牌，她换了一个人，说话轻声细气，见人笑脸相迎。李光头经常在上午的时候出现在她的家门口，她知道李光头是她儿子唯一的朋友了，她见了李光头像一个妈妈似的热情体贴，她说李光头的脸脏了，就会拿她自己的毛巾给李光头擦脸；她说李光头衣服上的纽扣掉了，就要李光头脱下来，给他缝上纽扣。她时常悄悄问一下李兰的情况，那时候李光头总是摇着头说不知道，她就会叹气，眼圈就会发红，当她的眼泪快要出来时，她就会背过身去。

李光头和孙伟的友谊没有持续多久。这时候的大街上除了游行的人群，还出现了拿着剪刀和理发推子的人，他们见到小裤管的人就会一把拉过来，把他们的裤管剪得像拖把上的布条子；见到长头发的男人就把他们摁在地上，把他们的头发推成一窝杂草。小裤管和男人的长头发都是资产阶级，孙伟的长头发也跑不了。那一天的上午，他们刚刚走上大街，刚刚看到孙伟的父亲低着头在远处扫地时，几个拿着剪刀和推子的人向他们奔跑过来，当时孙伟嘴里正在念念有词：

“问苍茫大地呀，谁主沉浮呢？”

李光头听到身后一堆跑来的脚步声，他扭头往身后看了看，看到几个拿着剪刀和推子的红袖章冲向了自己，李光头不知道发生了什么事，他回过头来去看看孙伟，孙伟已经狂奔而去，向着他父亲扫地的方向奔去。那几个红袖章从李光头身旁风一样地奔跑过去，去追赶前面的孙伟。

李光头的中学生朋友，平时在大街上遇到他扫地的父亲时，总是低着头匆匆走过，这时候为了保护他钟爱的一头长发，跑向了自己的父亲，他一边奔跑过去，一边大声喊叫：

“爸爸，救救我！”

另一个戴红袖章的人突然出现在街道中央，孙伟跑到跟前时，红袖章一脚扫过去，孙伟一个跟斗栽倒在地。孙伟爬起来继续奔跑时，后面追赶的人一拥而上，将他摁在了地上。这时李光头也跑过去了，他看到孙伟的父亲也在跑过来，一阵风将他的高帽子吹落在地，他又回去把高帽子捡起来重新戴好，然后一只手护着高帽子，一只手甩动着跑来。

几个强壮的红袖章将孙伟摁在地上，用理发推子强行推剪着孙伟的漂亮长发。孙伟拼命挣扎，他双臂被摁住后，他的两条腿游泳似的蹬踩起来，两个红袖章跪下去，用腿压住了他的腿弯处，他的两条腿不能动了。孙伟的身体被他们死死摁住以后，孙伟的头颅不断地昂起来，不断地喊叫：

“爸爸，爸爸……”

红袖章手里的理发推子像一把锯子在孙伟的头发上和脖子上绞割着，红袖章的用力和孙伟的拼命挣扎，使理发推子从孙伟的头上滑下来以后，竟然深深插进孙伟的颈部，红袖章还在用力绞割，鲜血涌出来染红了理发推子，红袖章的手仍然没有停止，红袖章割断了里面的动脉。

李光头看到了恐怖的一幕，动脉里的血喷射出来，足足有两米多高，喷得红袖章们满脸满身都是血，把红袖章们吓得像弹簧一样蹦了起来。戴着高帽子的孙伟父亲跑到跟前，看到儿子颈部喷射出鲜血时，还在哀求他们放过自己的儿子。他跪到血淋淋的地上时高帽子掉了，这一次他没有捡起来，而是将儿子抱了起来，儿子的头像是断了似的晃荡着，他喊叫着儿子的名字，一点反应都没有，他满脸恐惧地问围观的人：

“我儿子是不是死了？”

没有人回答他，那几个害死他儿子的红袖章此刻抹着脸上的鲜血，正在惊慌地东张西望，他们被刚才这一幕吓傻了。接下去孙伟的父亲站起来了，他对着那几个红袖章吼叫道：

“你们！杀了我儿子！”

他吼叫着向他们扑过去，他们吓得四散而逃，狂怒的父亲紧握拳头不知所措了，他不知道应该去追打哪一个。这时另外几个戴红袖章的人走过来，他们看到孙伟的父亲时训斥他，要他立刻回去扫地。孙伟父亲愤怒的拳头砸向了他们，李光头看到了一场可怕的殴斗，他们四个人打他一个，在大街上像一堆滚动的动物一样一会儿打过去，一会儿又打过来，围观的人也是跟着涌过去，又跟着退回来。孙伟的父亲用拳头击，用脚踹，用头去撞，他嗷嗷吼叫着像是一头发疯的狮子，他们四个人合在一起也打不过他一个。他曾经和宋凡平大打出手，那时候他不是宋凡平的对手，这一刻李光头肯定宋凡平不是他的对手了。

街上戴红袖章的人越来越多，最后差不多有二十来个，他们把孙伟父亲围在中间，轮番进攻，终于把他打倒在地。孙伟的父亲像宋凡平曾经遭受过的那样，被他们一阵乱踢乱踹乱蹬，直到孙伟父亲一动不动了，这些红袖章才收起脚，站在那里呼哧呼哧地喘着气，孙伟父亲苏醒过来后，他们对他吼叫：

“起来，跟我们走。”

这时候孙伟的父亲又恢复了往日的唯唯诺诺，抹着嘴上的血，让伤痕累累的身体站起来，还捡起那顶染上儿子鲜血的高帽子，认真地戴在了头上。当他低垂着头跟着他们离去时，他的眼睛看到了李光头，他哭了，对李光头说：

“快去告诉我老婆，儿子死了。”

李光头浑身哆嗦地来到孙伟的家门口，这时候仍然是上午，孙伟的母亲看到李光头一个人站在门口，以为李光头是来找她儿子的，她奇怪地说：

“你们刚刚一起出去的？”

李光头摇摇头，浑身哆嗦着说不出话来，孙伟的母亲看见李光头脸上的血迹，惊叫了一声：

“你们打架啦？”

李光头伸手抹了一下脸，看到了手上的血迹，才知道从孙伟颈部喷射出来的鲜血也溅到了他的脸上，他张嘴哭了两声，呜呜地说：

“孙伟死了。”

李光头看到恐惧爬上了孙伟母亲的脸，她惊恐万分地看着李光头，李光头又说了一遍，李光头觉得孙伟母亲的眼睛变成了斜视眼，李光头补充了一句：

“在大街上。”

孙伟的母亲从屋子里摇摇晃晃地走出来，摇摇晃晃地走出了小巷，走上了大街。李光头跟在她的身后，结结巴巴地说着她儿子是怎么死的，又说到她的丈夫是怎么和人打架的。孙伟的母亲越走越快以后，她的身体不再摇晃了，速度给了她平衡，她走上大街以后奔跑起来。李光头跟在后面跑了几步，就站住脚看着孙伟母亲奔跑过去，看着她的身影跑向了远处，跑到了儿子躺着的地方，她的身影掉下去似的跪倒在地。然后李光头听到了令人发抖的哭叫，每一声都像是匕首割破了胸膛后呼啸出来一样。

孙伟的母亲从此再也没有停止过哭泣。她的眼睛又红又肿，像是两个灯泡，她还是哭个不停。接下来的日子，她每天都会在早晨的时候，贴着小巷的墙壁走上大街，再贴着大街的墙壁走到儿子死去的地方，站在那里看着儿子留下的血迹不停地哭泣，天黑以后她才贴着墙壁走回家中，第二天她又在那里泣不成声了。有些熟悉她的人走上去好言安慰时，她仿佛害羞似的背过身去，而且深深地低下了自己的头。

她神情恍惚目光呆滞，身上的衣服越来越脏，头发和脸也是越来越脏。她走路的姿态也变得越来越奇怪，她的右腿迈出去时，右手甩出去了；左腿迈出去时，左手甩出去了。用我们刘镇的说法，她是顺拐子走路了。她走到儿子死去的地方席地而坐，整个身体昏迷似的瘫软在那里，她呜呜的哭泣声低得像是蚊子的鸣叫。很多人以为她精神失常了，可是当她偶然抬起头来，看到别人的眼睛时，她就扭过身去，垂下头偷偷地擦起了眼泪。后来为了不让别人看到她的哭泣，她干脆背过身去，把脸贴在街边的梧桐树上。

我们刘镇的群众议论纷纷，有些说她已经疯了，有些说她还知道害羞，就表示她还没有疯。这些说她还没有疯的人，对她的怪模怪样也是说不清楚，他们说她可能是得了精神忧郁症。她每天来到大街上，她的鞋子有一天掉了，以后没再见她穿鞋；她身上的衣服也一件件少了，也没见她加上衣服。直到有一天她突然赤身裸体坐在了那里，那时候儿子的血迹已经被几场雨水冲洗干净了，她仍然看着地面不停地哭泣，仍然是发现别人在看她时，就扭过身去，把脸贴到梧桐树上，偷偷地擦着眼泪，这时候刘镇的群众意见统一了，所有的人都说她疯了，说她确实疯了。

这个可怜的女人已经不知道家在何处．天黑以后她站了起来，然后在我们刘镇的大街小巷到处寻找她的住宿，深更半夜像个鬼魂似的悄无声息地走来走去，常常把我们刘镇的群众吓得喊爹叫妈，差一点灵魂出窍。后来她连儿子死去的地方也记不住了，整个白天里她都像是一个赶火车的人那样急急忙忙，匆匆地走过来，又匆匆地走过去，嘴里一声声地喊叫儿子的名字，她的喊叫像是要儿子赶快回家吃饭：

“孙伟啊，孙伟啊……”

再后来孙伟的母亲从我们刘镇消失了。她消失了差不多几个月，我们刘镇的群众才想起来很久没有看见她了。群众互相打听，说那个孙伟的母亲怎么突然看不见了？孙伟生前的两个伙伴赵胜利和刘成功知道她去了什么地方，他们站在刘镇群众的中间，向着南边挥了挥手说：

“走啦，她早走啦。”

“走啦？”群众问，“走到什么地方去了？”

“走到乡下去啦。”

赵胜利和刘成功可能是最后看到她走去的两个人，那天下午他们正在南门外的木桥上钓鱼，他们看着孙伟的母亲走来，当时她身上已经穿了一件衣服，那是有一天晚上苏妈悄悄给她穿上的，苏妈也给她穿了一条裤子。当她走出南门的时候，她的裤子没有了，她当时正是月经来潮，走过木桥时鲜血顺着双腿流了下来，让赵胜利和刘成功看得目瞪口呆。

孙伟的父亲在儿子死的那天，就被关进了那个其实是监狱的仓库，他曾经在那里看管过宋凡平，现在轮到他了，听说他就睡在宋凡平躺过的那张床上。儿子鲜血淋漓地死去，让他一下子失去了理智，殴打了戴红袖章的革命造反派。这些红袖章把他押进仓库后，第一天晚上就开始了对他的折磨。这些红袖章把他的双手和双脚捆绑起来，到外面去捉来了一只野猫，把野猫放进了他的裤子，裤子的上下都扎紧了，野猫在他的裤子里面又咬又抓了整整一夜，让他痛不欲生地惨叫了整整一夜，让仓库里其他被关押的人哆嗦了整整一夜，有几个胆小的吓得都尿湿了裤子。

第二天这些红袖章换了一种刑罚，又让他趴在地上，找来一把铁刷子，刷他的脚心，他又疼又痒，胳膊和腿像是游泳似的抽动起来，戴红袖章的人站在一旁哈哈大笑，一边笑一边还问他：

“你知道这叫什么吗？”

孙伟的父亲号叫着浑身抽动，还要号叫着回答他们的问题，他眼泪汪汪地说：“我，我，我不知道……”

一个红袖章笑着问他：“你会游泳吧？”

孙伟的父亲已经是上气不接下气了，他还要回答：“会，会……”

“这叫鸭子凫水，”红袖章们笑得前仰后合，他们说，“你现在就是鸭子凫水了。”

第三天这些戴红袖章的人仍然没有放过孙伟的父亲，他们拿根烟点燃了立在地上，让孙伟父亲把裤子脱下来。孙伟父亲脱下裤子的时候脸都疼歪了，上下的牙齿敲击到一起像是童铁匠打铁的声响。那只野猫把他的两条腿全部抓烂了，裤子又粘连在了伤口上，他在脱下裤子时仿佛是脱下一层皮肉似的疼痛，裤子脱下来时脓血流满了他的双腿。他们让他把肛门对着立在地上的烟头坐下去，他含着眼泪坐了下去。有一个红袖章还趴到了地上，脑袋挨着地观察着，指挥着他的屁股，一会儿让他往左一点，一会儿让他往右一点，眼看着烟头对准他的肛门了，这个人一挥手下了命令：

“坐下去！”

孙伟的父亲对着燃烧的烟头坐了下去，他感觉到烟头烧着了肛门，发出了长长的“吱吱”声，这时他已经感觉不到疼痛了，他只是闻到了皮肉烧焦后的气味。那个红袖章还在喊叫着：

“坐下去！坐下去！”

他一屁股坐在了地上，将烟头压在了肛门下面，烟头“吱吱”地烧糊了他的肛门，接着熄灭了。他像是死了一样坐在地上，红袖章们捧腹大笑，其中有一个问他：

“你知道这叫什么？”

他无力地摇了摇头，低声说：“我不知道。”

“这叫肛门吸烟，”这个红袖章踢了他一脚，“记住了吗？”

他垂着头说：“记住肛门吸烟了。”

孙伟的父亲在那个惨叫声夜夜不绝的仓库里受尽折磨，他的两条腿越来越肿，每天都在流着脓血，每天都在发出一阵一阵的恶臭。他每次拉屎都是痛不欲生，他不敢拿纸去擦，一擦肛门就是一阵剧疼，他的屎积在烧焦的肛门处，他的肛门开始腐烂了。这个男人浑身上下都破烂了，站着的时候疼痛，坐着的时候疼痛，躺着的时候疼痛，动的时候疼痛，不动的时候也疼痛。

他生不如死，还要继续忍受着新的折磨，只有在深夜时才会有片刻的安宁，他浑身疼痛地躺在床上，唯一不疼痛的地方就是他的思想，那时候他就会一次又一次地想着儿子和妻子。他不停地去想儿子下葬在什么地方。他的眼前一次又一次地出现了一个青山绿水的地方，他心想儿子就埋葬在青山和绿水之间，他有时觉得这美丽的地方好像很熟悉，有时又觉得很陌生。然后他又不停地去想妻子现在怎么样了。他想象到了她失去儿子后的痛苦，她一下子瘦了很多，她很少出门了，寂静无声地坐在家中，等待着他的回去。

他每天都有着自杀的念头，而且越来越强烈，好在他每个深夜都在不停地想着儿子和孤立无援的妻子，才让他一天一天苦熬过来，他觉得自己的妻子每天都会走到仓库的大门前，指望着能够见到他一面，所以仓库的大门每次打开时，他都要紧张地向外面张望。有一次他实在忍不住了，跪在地上叩头哀求着一个红袖章，假如他妻子来探望他，能不能让他到门口去见一眼。他是这时候知道妻子疯了，知道妻子赤身裸体在大街上走来走去。

那个红袖章嘿嘿笑着，叫来了另外几个红袖章，他们告诉他，他的妻子早就是个疯子了。他们站在他面前，嬉笑地议论着他妻子的身体，说她的奶子很大，可惜下垂了；说她的阴毛很多，可是太脏了，上面还粘着稻草……

孙伟的父亲当时一屁股坐在了地上，低着头一动不动，难过得连眼泪都掉不出来了。到了晚上他浑身疼痛地躺在床上，这时候他的思想也疼痛了，他脑子里像是有个绞肉机在绞动着他的脑浆，让他脑袋里疼痛难忍。凌晨两点时他有了片刻的清醒，这时候他正式决定自杀了，这个想法让他脑子里的疼痛立刻消失了，他的思想也立刻健康了。他清晰地想起来床下有一根大铁钉，差不多一个多月前他就看见过，他第一个自杀的念头就是来自于这根大铁钉，最后一个自杀的念头也回归到了这根大铁钉上。他起身下了床，跪在地上摸索了很久，摸到了大铁钉，然后他用肩膀抬起床架，摸出垫床腿的砖头，靠墙坐了下来。浑身疼痛的他这时一点疼痛的感觉都没有了，一个赴死之人突然没有了生时的苦痛，他靠墙坐下来，长长地呼吸了两口气，左手举起了大铁钉，插在自己的头顶上，右手挥起了砖头，他想到了死去的儿子，他微笑了一下，轻声说：

“我来了。”

他右手的砖头砸在了头顶的大铁钉上，铁钉好像砸进了脑壳，他的思维仍然是清晰的，他举起右手准备砸第二下时，他想到疯了的妻子，想到她从此流离失所，不由流下了眼泪，他轻声对妻子说一声：

“对不起。”

他砸下去了第二下，铁钉又插进去了一些，似乎碰上脑浆了，他的思维还在活动着。他最后想到的是那些戴红袖章的恶棍们，他一下子仇恨满腔怒火冲天了，他瞪圆了眼睛，在黑暗里对着假想中的这些红袖章，疯狂地吼叫了一声：

“我要杀了你们！”

他使出了生命里所有的力气，一下子将大铁钉砸进了自己的脑袋，是全部砸了进去，那块砖头一下子粉碎成了十多块。

孙伟父亲最后的那声怒吼，让仓库里所有的人都从睡梦里惊出一身冷汗，就是那些红袖章们也是战战兢兢，他们拉亮了电灯以后，看到孙伟的父亲斜靠着坐在墙角，瞪圆了眼睛一动不动，地上是砸碎了的砖头。起初还没人觉得他自杀了，他们不知道他为什么坐在那里，一个红袖章还对着他骂起来：

“他妈的，起来，他妈的还敢瞪眼睛……”

这个红袖章走上去踹了他一脚，他顺着墙壁倒下了，红袖章这才吓了一跳，倒退了几步后，让两个被关押的犯人上去看看。这两个人走上去蹲在那里，把孙伟父亲看了又看，只看到他浑身的伤口，看不出来他是怎么死的。这两个人又把孙伟父亲扶了起来，扶起来时看见他头顶上全是新鲜的血，两个人仔细看了看他的头顶，又伸手去摸一摸，终于知道了，两个人同时惊叫起来：

“有一根铁钉，他把铁钉砸进脑袋啦。”

孙伟父亲令人匪夷所思的自杀，迅速传遍了我们刘镇。李兰听到这个消息的时候正在家里，几个邻居站在她的窗外议论着孙伟父亲的自杀，他们的嘴里一片唏嘘之声，他们连连说着不可思议，难以置信，无法想象……他们说那根大铁钉足足有两寸多长，他怎么就把它全部砸进了自己的脑袋，而且砸得和脑袋一样平整，砸得就像打造柜子时用的铁钉一样，一点都没有露在外面，用手去摸都摸不着钉帽。他们说到这里声音都抖起来了，他们说他怎么下得了手，这么长的一根铁钉，就是往别人的脑袋砸进去，心也会发虚，手也会发抖，更不用说是砸进自己的脑袋了……李兰站在窗前听着，当他们走开后，李兰转过身来凄凉地笑了笑，她对自己说：

“人要是真想死了，总能有办法。”

二十三

刘镇的大街上越来越混乱，几乎每天都有革命群众在斗殴。李光头不明白这些同样戴着红袖章，同样挥着红旗的人为什么互相打起来了？他们用拳头、用旗杆、用木棍打成一团时，像是一群豺狼虎豹。有一次李光头看见他们用上菜刀和斧子了，很多人鲜血淋漓，木头电线杆上、梧桐树上、墙壁上和街道上都留下了他们的斑斑血迹。

李兰不再让李光头出门了，她担心李光头会从窗口溜出去，就把窗户钉死了。李兰早晨去丝厂时把李光头反锁在屋里，到了傍晚回家时，屋门才会打开。李光头开始了真正孤独的童年，从日出到日落，他的世界只有两个房间，他开始了与蚂蚁蟑螂的全面战争。他常常埋伏在床下，手里拿着一碗水，等着蚂蚁们爬出来时，先将水泼上去，再用手一只一只摁死它们。后来一只肥胖的老鼠从他眼皮底下蹿了过去，他吓得再也不敢钻到床底下去了。李光头开始到柜子里去袭击蟑螂，为了不让蟑螂夺门而逃，他把自己和蟑螂一起关进了柜子，手里拿着鞋子，借着缝隙的光亮观察它们的动静，随时拍死它们。有一次李光头在柜子里睡着了，李兰傍晚回家时，李光头还在里面做着美梦。可怜的李兰惊慌失措，她在屋里屋外大呼小叫，甚至都跑到井口向里面张望。当李光头听到她的叫声从柜子里出来后，她一下子瘫坐在了地上，脸色苍白捂住胸口，半天说不出一句话来。

就在李光头极其孤独的时候，宋钢长途跋涉来看望他了。宋钢带着五颗大白兔奶糖，没有告诉他的爷爷，早晨就走出了村庄，沿途打听着去刘镇的路怎么走。快到中午时走到了李光头家的窗外，他敲着窗户喊叫：

“李光头！李光头……你在里面吗？我是宋钢。”

那时候李光头无聊得快要在床上睡着了，宋钢的喊叫让他蹦跳起来，他扑向了窗户，也敲着玻璃喊叫起来：

“宋钢！宋钢！我在里面。”

宋钢在外面叫着：“李光头，你开门呀！”

李光头说：“门外面锁上了，打不开。”

“你把窗户打开。”

“窗户被钉死了。”

李光头和宋钢这对兄弟敲着窗户激动地喊叫了好一阵子，下面的窗格玻璃被李兰糊上了报纸，兄弟两个看不见对方，只能喊叫着让对方听到。后来李光头搬了把凳子到窗前，通过凳子站到了窗台上，最上面的窗格玻璃没有糊上报纸，李光头终于看到了宋钢，宋钢也终于看到了李光头。宋钢穿着宋凡平出殡时的那一身衣服，仰脸看着李光头，对李光头说：

“李光头，我想你了。”

宋钢说着不好意思地笑了笑，李光头双手敲打着玻璃，哇哇叫着：“宋钢，我也想你。”

宋钢从口袋里摸出了五颗大白兔奶糖，捧在手里举起来给李光头看，他说：“你看见了吗？我给你的。”

李光头看见了大白兔奶糖，惊喜万分地叫道：“宋钢，我看见了，宋钢，你真好。”

李光头嘴里的口水横七竖八地流了起来，可是窗玻璃隔开了他和宋钢手里的奶糖，让他吃不到奶糖，他对着宋钢喊叫：

“宋钢，你想想办法，把奶糖弄进来。”

宋钢放下了举起的手，想了想后说：“我从门缝里塞进去。”

李光头赶紧下了窗台，下了凳子，凑到了门上，在最粗的那条门缝里看到了糖纸塞进来了，在缝里抖动着，糖果却进不来，宋钢在外面说：

“塞不进去。”

李光头急得抓耳挠腮，他说：“你想想别的办法。”

李光头听着宋钢在门外呼哧呼哧地喘着气，过了一会儿他说：“实在塞不进去……你先闻一闻吧。”

宋钢的奶糖贴在外面的门缝上，李光头的鼻子贴在里面的门缝上，李光头使劲吸着气，终于闻到了丝丝奶香，李光头不由哇哇哭了起来，宋钢在门外说：

“李光头，你哭什么？”

李光头哭着说：“我闻到大白兔奶糖了。”

宋钢在门外咯咯地笑了起来，李光头听到了宋钢的笑声后，也破涕为笑了。李光头哭一声笑一声，又笑一声哭一声。后来两个孩子靠着门板坐在了地上，隔着门板背靠背说了很多话。宋钢告诉李光头乡村的事，他说他学会了捕鱼，学会了爬树，学会了插秧和割稻子，学会摘棉花。李光头告诉宋钢城里发生的事，告诉宋钢，长头发的孙伟死了，那个点心店的苏妈也被揪出来挂上大木牌了。说到长头发孙伟是怎么死的时候，宋钢在外面抽泣了，他说：

“他真可怜。”

两个孩子隔着门板亲密无间地说着话，一口气说到了下午，门外的宋钢看到阳光斜照到井那边去了，赶紧站了起来，敲着门对里面的李光头说，他要走了。他说回家的路很长，要早点回去。李光头在里面敲着门，哀求宋钢再和他说会儿话，李光头说：

“天还没黑呢……”

宋钢敲着门说：“要是天黑了，我会迷路的。”

宋钢走的时候把五颗大白兔奶糖压在门前的石板下面，他说放在窗台上会被人拿走的。他走了几步又回来了，他说放在石板下面怕被蚯蚓吃了，他又去摘了两张梧桐树叶，把奶糖仔细包好了，重新放到石板下面。然后他的眼睛贴着门缝看看李光头，对李光头说：

“李光头，再见。”

李光头伤心地问他：“你什么时候再想我了？”

宋钢摇摇头说：“我不知道。”

李光头听着宋钢的脚步渐渐走远，一个九岁男孩的脚步，走去时轻得像鸭子的脚步。接下去李光头的眼睛就贴在门缝上了，守护着外面石板下面的奶糖，当有人走近了，李光头心里就会一阵乱跳，生怕那人会翻开门外的石板。李光头盼望着黄昏快些来到，这样李兰就会回家，门就会打开，李光头就能吃到急不可待的大白兔奶糖了。

宋钢脚步轻轻地走出了小巷，走上了大街，他在大街上东张西望地走着，他看着熟悉的房屋、熟悉的梧桐树；看到有些人在打架，有些人在哭，有些人在笑；这里面有一些他熟悉的人，他对着他们微笑，他们却没有答理他。他有些失望地走过了两条大街和一座木桥，走到了南门外。他走出了南门以后，在乡间第一个路口就迷路了，天没黑他就迷路了，他可怜巴巴地站在那个路口，不知道自己应该向哪边走去，哪边都有田野和房屋，哪边都有遥远的地平线。宋钢在那个路口站了很久，终于有一个男人走来，他一声声叫着叔叔，向那个人打听爷爷的村庄，那个人摇晃着脑袋说不知道，然后摇晃着身体越走越远。宋钢站在广阔的田野中间，站在无边的天空下面，他越站越害怕，哇哇哭了两声后，擦擦眼泪往回走了，走过了南门，重新走进了我们刘镇。

宋钢走后，李光头的眼睛一直贴在门缝上，他的眼睛看酸了看疼了的时候，突然看到宋钢走回来，李光头以为是宋钢又想念他了，才走回来的。李光头高兴地捶着门，高兴地喊叫：

“宋钢，你是不是又想我了？”

宋钢站在门外摇着头，伤心地说：“我迷路了，我不知道回家的路怎么走，我都要急死了。”

李光头咯咯地笑，捶着门安慰宋钢：“你别急死了，等妈妈回来吧，她知道去你家的路怎么走，她会送你回去的。”

宋钢觉得李光头说得对，他使劲地点了点头，贴着门缝看了看里面的李光头，靠着门重新坐在了地上，李光头也在里面靠着门坐到了地上。两个孩子再次隔着门板背靠背，他们又说了很多话，这一次是宋钢告诉李光头城里发生的事，告诉李光头刚才路上看到的一切，哪里有人在打架，哪里有人在哭，哪里有人在笑。宋钢说着的时候突然想起了大白兔奶糖，他赶紧翻开石板拿出来奶糖，他说真危险啊，蚯蚓刚刚把树叶吃穿了，好在还没有吃到奶糖。他把五颗奶糖小心放入口袋，又用手捂住口袋。过了一会儿，宋钢轻声对李光头说：

“李光头，我饿了，我还没吃中午饭呢，我能不能吃奶糖？”

李光头在里面犹豫了一下，他有些舍不得，外面的宋钢继续说：“我真的很饿，让我吃一颗吧。”

李光头在里面点点头，他说：“你吃四颗吧，给我留一颗。”

宋钢在外面摇摇头说：“我吃一颗。”

宋钢从口袋里拿出一颗奶糖，看了一会儿，又举到鼻子处闻了一会儿。李光头在里面没有听到他嘴里的声音，听到的全是鼻子里的声音，李光头不明白，他问宋钢：

“你嘴里为什么有鼻子的声音？”

宋钢咯咯笑了，他说：“我没吃，我只是闻一闻。”

李光头问他：“你为什么没吃？”

宋钢吞着口水说：“我不吃了，这是给你的奶糖，我闻闻就行了。”

李兰这时候回来了，在屋里的李光头先是听到他母亲惊喜的喊叫，接着听到他母亲快步跑来的声响，然后听到宋钢喊叫着“妈妈”。李兰跑到了门口，一把抱住了宋钢，她嘴里说出来的话像是机关枪突突响个不停。李光头还像坐牢似的被关在里面，李光头使劲捶着门，又喊又叫，过了很久李兰才听到李光头的喊叫，才打开屋门。

李光头和宋钢终于正式见面了，两个孩子拉着手哇哇乱叫蹦蹦跳跳，跳得满头大汗，跳得鼻涕都流进了嘴巴。跳了差不多有十多分钟，宋钢想起来口袋里的大白兔奶糖，他抹了抹头上的汗水，将奶糖摸出来，一、二、三、四、五地数着，一颗一颗地放到了李光头的手上，李光头把四颗放进了口袋，一颗当即剥了糖纸放进了嘴巴。

李兰在丝厂挨了一天的批斗，她走回家中时疲惫不堪，可是她见到宋钢以后，立刻兴奋得满脸通红。自从宋凡平死后，李兰第一次这么高兴，她说宋钢来了，晚上要让两个孩子吃一顿好吃的。她拉着两个孩子的手走上了大街，说要去人民饭店吃面条。他们走在黄昏的大街上，李光头觉得自己仿佛几年没有上街了，他高兴得已经不是在走了，而是在跳跃，宋钢也像李光头一样跳跃着向前走去。李兰满脸笑容地拉着两个孩子，李光头很久没有看见她的笑容了，她的笑容让两个孩子跳得更加欢快。

他们走到桥上时，看到点心店的苏妈挂着木牌低头站在那里，她的女儿苏妹站在旁边，举着手拉着苏妈的衣服。宋钢看到苏妈后走了上去，问苏妈：

“你这么好的人为什么也挂上大木牌了？”

苏妈低着头一声不吭，苏妹听了宋钢的话以后，举手擦起了眼泪。李兰低头站在那里，轻声说着话推了推李光头，要李光头给苏妹一颗奶糖。李光头吞着口水，从口袋里摸出一颗大白兔奶糖，依依不舍地递给了苏妹，苏妹擦着眼泪的手接了过去。苏妈抬起头对李兰笑了笑，李兰也对苏妈笑了笑。李兰站了一会儿后，拉拉宋钢的手，宋钢知道该走了，对苏妈说：

“你放心，你会有善报的。”

苏妈低声对宋钢说：“好孩子，你也会有善报的。”

苏妈说着抬头看看李兰和李光头说：“你们都会有善报的。”

李兰拉着李光头和宋钢来到了人民饭店，他们很久没有来人民饭店了，上一次是宋凡平带他们来的，宋凡平刚刚挥舞了红旗，正是威风凛凛的时候，他们吃着面条时，饭店里的人都围着他们，那个厨师还给了他们肉汤。现在的饭店里冷冷清清，李兰给他们要了两碗阳春面，她没有给自己要，她舍不得，她说她回家吃剩饭。李光头和宋钢吃着热气蒸腾的面条，他们的鼻涕一次次快流到嘴里了，又一次次吸了回去，他们觉得这次的面汤和上次的一样鲜美。那个曾经见过他们的厨师趁着没人的时候，走过来低头悄悄说了一句：

“给你们的是肉汤。”

这天晚上李兰拉着两个孩子的手在街上走了很长时间，天黑以后他们来到了灯光球场。三个人坐在场边的石头上，在月光里看着空空荡荡的球场，李兰回忆着这里曾经有过的明亮灯光，曾经有过的热烈比赛，宋凡平在那场比赛里出尽风头，尤其是那一次技惊四座的扣篮，让全场一下子鸦雀无声，随即又爆发了地震般的轰然惊叫声。李兰嘴角的微笑挂在黑暗里，她对两个孩子说：

“你们的爸爸死后，世上就没有人会扣篮了。”

宋钢在李光头家里住了两天，第三天清晨，宋钢的爷爷，那个老地主背着一只南瓜来了，他没有跨进家门，低头站在门外，李兰热情地叫着他“爸爸”，热情地拉着他的袖子，要把老地主拉进屋里来。老地主脸红了，他摇着头，死活不愿意进屋。李兰没办法，只好搬一只凳子到门外，让老地主在门外坐下来。老地主没有坐下，他还是站在那里，只是把身体伸了进去，将南瓜放到屋子里面，然后他耐心地站在门外，看着宋钢在里面吃完早饭，等宋钢走出来，他拉起了宋钢的手，鞠躬似的对李兰点了点头，拉着宋钢走了。

李光头跑到了门口，难过地看着宋钢走去，宋钢不断地回过头来，难过地看看李光头，宋钢的手举到肩膀的地方向李光头挥动，李光头的手也在肩膀旁挥动起来。

宋钢后来差不多每个月都会进城，他不再是一个人来了，他是在爷爷进城卖菜时，跟着一起走来。爷孙两个人进城的时候天还没有亮，李光头还在睡梦里。走过南门进了城，宋钢就会捧着两棵新鲜的青菜跑在天亮前的街道上，跑到李光头的家门口，把青菜悄悄靠在门上，再跑回天亮前的菜市场，坐在卖菜的爷爷身旁，替爷爷叫喊：

“卖青菜啦！”

宋钢和他爷爷常常是天刚亮就将青菜卖完了，挑着空担子的爷爷就会拉着宋钢的手，专门绕道来到李光头的家门口，一老一少安静地在门外站着，听听里面有没有动静，想知道母子两人是不是正在起床。那时候李兰和李光头总是还在睡觉，那两株青菜仍然靠在门上，宋钢和他爷爷只好悄悄地离开了。

在第一年里，宋钢每次进城都会给李光头带去几颗大白兔奶糖，用梧桐树叶包好了压在门口的石板下面。李光头不知道李兰给了宋钢多少颗奶糖，在这一年里李光头断断续续差不多每个月都能吃到大白兔奶糖。

李兰起床后打开屋门，看见两株带着露水的青菜时，就会对李光头喊叫：“宋钢来了。”

李光头的第一个动作就是翻开门外的石板，拿出树叶包着的奶糖，接下去李光头向着大街奔跑。李兰知道李光头要去见宋钢，这时她不会阻拦他。当李光头跑到菜市场时，已经没有宋钢的踪影，李光头立刻掉头就跑向南门。有几次兄弟两个在南门外见到了，李光头看着宋钢跟在爷爷的担子后面，远远地走去，李光头使劲喊叫：

“宋钢！宋钢……”

宋钢听到了，回过头来也使劲喊叫：“李光头！李光头……”

李光头站在那里，挥着手喊叫着宋钢的名字，宋钢一边走着一边回头看着李光头，他也挥着手，也喊叫着李光头的名字。李光头一直喊叫着，直到看不见宋钢的身影，他仍然站在那里喊叫：

“宋钢！宋钢……”

因为李光头每次喊叫一声，都会听到来自天边的回声：“钢——钢——”

二十四

漫长的岁月无声无息地走过了我们刘镇，一晃七年过去了。在我们刘镇，丧夫的女人一个月不能洗头发，最长的半年不洗。李兰自从宋凡平死后，再也没有洗过头发。没有人知道李兰对宋凡平的感情有多深，那是比海洋还要深厚的爱。李兰七年没有洗头发，还经常往头发上抹头油，她把自己的头发弄得又黑又亮，梳理得整整齐齐，然后昂首走上大街，刘镇的孩子跟在她身后，一声声地叫着：

"地主婆，地主婆……"

李兰的嘴角始终挂着骄傲的微笑，虽然和宋凡平只有短短的一年零两个月的夫妻生活，可是在李兰的内心深处比一生还要漫长。李兰七年没有洗头，又不断抹上头油，头上的酸臭味是越来越重。刚开始是她回到家中，屋子里就飘满了类似臭袜子的气味，后来她走到街上，街上的人都闻到了，刘镇的群众纷纷躲着她，连那些叫她"地主婆"的孩子也落荒而逃，他们一边跑着，一边捂着鼻子喊叫：

"臭死啦，臭死啦……"

李兰以此为荣，她希望人们时时记得她是宋凡平的妻子。当李光头背上书包上学以后，每次要填写父亲的名字时，她总是毫不犹豫地让他写上"宋凡平"。这给李光头带来了苦恼，一旦写上宋凡平的名字，李光头在家庭成分这一栏里就必须写上"地主"了。李光头在学校里饱受歧视，同学们都叫他小地主。除了李兰和从乡下来看他的宋钢还叫他李光头，别的人好像都不知道他的名字了，最后连老师都这么叫他了：

“小地主，站起来背一段课文。”

李光头十岁的时候，想起了自己有一个亲生父亲，那个在厕所里偷看女人屁股淹死在粪便里的父亲，李光头希望填写他的名字，可以免除那个让他倒霉的“地主”。李光头反抗了一次，在需要写上父亲名字的时候，他问李兰：

“怎么写？”

李兰正在做饭，李光头的问题让她一怔，她迷惑地看着儿子，然后说：“宋凡平。”

李光头低着头说：“另外那个爸爸……”

这时李兰脸色一沉，斩钉截铁地说：“没有另外的爸爸。”

李兰骄傲地做着她的地主婆，骄傲地让宋凡平活在她的内心深处。李兰的骄傲一直持续了七年，持续到李光头十四岁那年。这一年李光头在厕所里偷看女人屁股被生擒活捉，李兰一下子垮了。后来当李光头再次填写完表格后，李兰用橡皮擦掉了宋凡平的名字，写上了一个李光头完全陌生的名字“刘山峰”，又把后面家庭成分栏里的“地主”改成了“贫农”。李兰把改过的表格递给李光头，她看到李光头又把“刘山峰”和“贫农”擦掉了，重新写上了“宋凡平”和“地主”。十四岁的李光头已经不在乎自己“小地主”的身份了，他在擦掉自己亲生父亲名字时，嘟哝着说：

“宋凡平才是我爸爸。”

李兰不认识似的看着自己的儿子，儿子刚才的话让她吃惊，当儿子抬头看她时，她立刻低下了头，嘴里咝咝地说：

“你的生父就叫刘山峰。”

“什么刘山峰？”李光头不屑地说，“他是我爸爸的话，宋钢就不是我的兄弟了。”

李光头偷看女人屁股一举成名以后，就不再是“小地主”了，成了一个“小屁股”。他的生父本来已经被人遗忘了，现在又臭名昭著地像文物那样出土了。李光头的同学不再叫他“小地主”,他们叫他“小屁股”了，叫他死去的生父“老屁股”，连老师也这么叫上了：

“小屁股，打扫卫生去。”

李兰回到了第一个丈夫淹死在厕所里的自卑之中，宋凡平给她的骄傲一下子没有了。她不再昂首走在街上，她像十四年前那样胆怯了，每次上街都是低垂着头，贴着墙壁匆匆地走去，她觉得街上所有的人都在对她指指点点，对她议论纷纷。她不愿意出门了，就是在家里时她也把自己关在里面的屋子里，坐在床边呆若木鸡。她的偏头疼也随之而来，她的嘴里从早到晚咝咝地响着。

这时的李光头已经在出售林红的屁股秘密，已经吃了很多碗三鲜面，偶尔还吃了阳春面，李光头开始营养充足红光满面了。

李光头大摇大摆地走在街上，完全是一副名人的派头，别人嗤笑地叫他“小屁股”，他对此不屑一顾。叫他“小屁股”的都是些不知底细的人，像赵胜利，像刘成功，像小关剪刀，这些和他做过林红屁股交易的人，都是知道底细的人，这些人都叫他“屁股大王”。这时的赵胜利已经是赵诗人了，刘成功也是刘作家了，“屁股大王”的绰号就是刘镇的这两位文豪发明的。李光头很满意“屁股大王”这个绰号，觉得这个绰号实事求是。

少年李光头和青年诗人赵胜利、青年作家刘成功做了几个月的莫逆之交，他们的共同爱好就是研究和讨论林红的美丽屁股，我们刘镇的两位文豪绞尽脑汁想出来了很多不同的文学词语，有写实的、有抒情的、有形容的、有比喻的，还有描述的和议论的，全部拿出来摆在李光头面前，让李光头最终来拍板，哪些个词语用在林红的屁股上最为贴切和最为传神。李光头挑选出来最贴切的词语都是写实的，最传神的词语都是抒情的。当他们的讨论词穷意尽以后，李光头和两位文豪的交往也就结束了。这两位文豪曾经几次深更半夜时去一间屋子偷书，这些书籍都是“文革”中搜罗来的，又被查封了起来，李光头几次都在外面替他们望风，描绘林红屁股的很多美妙词汇都是从这些偷来的书中发现的。

童铁匠是知道底细的人里面唯一不叫李光头“屁股大王”的。童铁匠想用一碗廉价的阳春面来换取林红昂贵的屁股秘密，李光头没有上当。童铁匠偷鸡不成蚀把米，赔了一碗阳春面。童铁匠在大街上见到李光头时，就会吼上一声：

“小王八蛋屁股。”

李光头一点都不生气，他合情合理地向童铁匠建议：“还是叫我‘屁股大王’吧。”

有时候李光头会在大街上见到林红，这时的林红十八岁了，姑娘十八一枝花，林红十八花上花，楚楚动人的林红一旦走上了大街，大街上所有男群众的眼睛都直愣愣了。这些男群众都是敢看不敢言的货色，只有李光头满腔热情地迎上去，像个老相好似的对林红说：

“林红，很久不见啦，这些日子你忙什么呢？”

林红满脸羞红，这个在厕所里偷看过她屁股的十五岁小流氓，竟然并肩和她走在了一起，全然不顾街上行人惊愕的表情和嗤笑的表情，继续热情地说着话：

“你家里人都好吧？”

林红气得咬牙切齿，她低声说：“走开！”

李光头听了林红的话以后，回头去看看别人，对走在他身后的别人挥挥手，好像林红是要那个人走开，然后自告奋勇地要成为林红的保护人，他对已经气得眼泪汪汪的林红说：

“你去哪里？我陪你去。”

林红已经忍无可忍了，她响亮地骂了出来："走开！流氓！"

李光头还是回头去看别人，林红这时明确地告诉他："我要你走开！"

在街上群众的哄笑声里，李光头站住了脚，看着林红婀娜走去，十分遗憾地抹了抹自己的嘴巴，对街上群众说：

"她还在生我的气。"

然后他摇摇头叹息一声，后悔莫及地说："我不应该犯那个生活错误。"

李光头的种种劣迹点点滴滴地传到了李兰的耳中，让李兰的头垂得越来越低，她曾经承受了第一个丈夫的丑闻，现在又要来承受儿子的丑闻。她曾经以泪洗面，现在她的眼泪已经流干了。李兰一声不吭，对李光头的所作所为不管不顾，她知道自己已经管不了这个儿子了，她常常在半夜里因为头疼而醒来，然后忧心忡忡地想着李光头今后怎么办。她差不多每次都是睁眼到天亮，每次都要在心里凄楚地说：

"老天爷啊，为什么让我生下一个混世魔王？"

李兰的精神垮了以后，她的身体也垮了，她的偏头痛越来越严重，后来肾也出了问题。李光头在外面吃三鲜面，把自己吃得油光满面的时候，李兰已经不再上班了，请了长病假在家休息，这时的李兰已是面黄肌瘦。李兰每天都要去医院打针，她头发上的酸臭让医生护士们戴着口罩都能闻到，他们都扭着头和她说话，侧着身给她打针。李兰的病情加重后需要住院了，他们对她说：

"洗了头发再来住院。"

李兰羞愧地低头走回家中，一个人在家里难过了两天，这两天里她想着的全是宋凡平生前的音容笑貌，她觉得自己洗了头发就对不起宋凡平，她一生挚爱的宋凡平。后来李兰觉得自己的日子不会太久了，觉得自己可能很快就要去九泉之下与宋凡平团聚了，她心想宋凡平可能也不喜欢她头上的酸臭。所以在星期天的中午，李兰将几件干净衣服放进一个竹篮，把正要出门的李光头叫住，犹豫了一会儿，对李光头说：

“我这病怕是治不好了，我想死之前把自己洗洗干净。”

自从李光头在厕所里偷看女人屁股后，李兰第一次要李光头陪着她上街。虽然儿子和前夫一样让她丢脸，虽然她永远不会原谅前夫，哪怕前夫为此丢了性命。可是儿子就不一样了，儿子是自己身上掉下来的肉。

李兰和李光头一起走向街上的澡堂时，她突然发现李光头个子已经比自己高了，她的脸上出现了一丝欣慰的笑容，忍不住挽住了儿子的手臂。那时候李兰走路都喘气了，她走上二十来米就要找一棵树靠着歇一会儿，李光头站在她的身旁，一边跟他认识的人打招呼，一边告诉李兰这个人是谁。李兰吃惊地发现，这个十五岁的儿子认识的人比她认识的还要多，而且是多了很多。

从家里走到澡堂也就是一里路，李兰走了有一个多小时，每次她靠着树休息时，李光头都是耐心地站在一边，一脸成熟地讲述着很多发生在刘镇的事，这些事都是李兰从来没有听说过的。那一刻李兰对儿子突然刮目相看，她心里高兴了一阵子，随即又在心里想：要是李光头像宋钢那样为人正直，他在这个世上就能好好地活下去了。可惜的是……李兰在心里对自己说：

“这儿子是个混世魔王……”

他们来到澡堂门口后，李兰又靠在墙上歇了一会儿，然后拉住李光头的手，要他不要走开，就在澡堂外面等着她。李光头点点头，看着母亲转身走进了澡堂，李兰的步伐仿佛是垂暮老人似的迟缓，她的头发七年没有清洗了，她的头发倒是乌黑发亮。

李光头在澡堂外面不知道站了有多长时间，站得他先是腿酸，后来脚趾都酸痛起来了。李光头看着很多人从澡堂里满面红光地出来，他们的头发都还是湿淋淋的，有些人看见李光头还不忘了叫他一声“小屁股”，也有出来的人叫他“屁股大王”。对叫他“小屁股”的人，李光头一副趾高气扬的模样，都懒得去看他们一眼；对叫他“屁股大王”的人，李光头是笑脸相迎，热情地与他们打招呼，因为这些人都是他的三鲜面顾客，李光头是和气生财。

童铁匠也从澡堂里面走出来，看到李光头站在门口，叫了他一声“小王八蛋屁股”后，伸手指着澡堂，向他建议：

“去澡堂里偷看多好，屁股多得目不暇接……”

李光头鼻子里哼了一声，不屑地说：“你懂什么呀，屁股太多了你看得过来吗？你都不知道该看哪一个。”

说着他伸出五根手指，老练地教导童铁匠：“最多不能多过五个，最少不能少于两个。多过五个，你就看糊涂了；少于两个，只有一个，你看是看清楚了，记也记住了，就是没有了比较。”

童铁匠听后满脸的恍然大悟，似乎是崇拜地对李光头说：“你这小王八蛋屁股真是个人才，老子这辈子一定要请你吃一次三鲜面。”

李光头客气地摆摆手，然后纠正童铁匠的话：“叫我‘屁股大王’。”

童铁匠这次接受了李光头的纠正，他说：“你确实是个‘屁股大王’。”

我们刘镇的屁股大王李光头，在我们刘镇的澡堂门外站了差不多有三个小时，他的母亲迟迟没有出来。李光头一会儿急得火冒三丈，一会儿又担心母亲在里面是不是晕倒了。三个小时过去后，一个满头白发的女人步履蹒跚地跟在几个年轻女子的后面走出了澡堂，李光头看着那几个年轻女子头发上滴着水，说说笑笑地走去，他没有注意那个步履蹒跚的女人正在走向自己，这个满头白发的女人走到李光头面前站住了，轻轻叫了一声：

“李光头。”

李光头大吃一惊，他没想到眼前的这个女人就是他的母亲。刚才李兰进去时头发还是乌黑的，现在站在李光头面前时已是满头白发。为了纪念宋凡平，李兰八年没有洗头发，现在她一洗，洗掉了满头的黑发，洗出来了满头的白发。

李光头第一次觉得母亲老了，而且像一个奶奶那样的老了。李兰挽着李光头的手臂，吃力地往家中走去，路上遇到几个熟人，他们看见李兰时都是吃了一惊，他们的眼睛都凑到了近前，吃惊地说：

“李兰，你是李兰吗？”

李兰有气无力地点点头，有气无力地说：“是的，是我……”

二十五

李兰回到家中，在镜子前仔细看了自己，她也被自己的突然苍老吓了一跳。然后她有了一个不祥的预感，她觉得自己住进了医院以后，可能出不来了。她已经洗掉了满头的酸臭味，她没有马上去医院，她在家里又住了几天。那几天她不是躺在床上，就是坐在桌前，忧心忡忡地看着李光头，不时叹息着对李光头说：

"你以后怎么办？"

李兰开始料理后事了，她最担心的就是李光头，她不知道自己死后儿子会怎么样。她总觉得儿子在这个世界上不会有好的命运，十四岁就在厕所偷看女人屁股了，十八岁以后不知道他还会做出些什么伤天害理的坏事，她担心这个儿子今后有可能犯罪坐牢。

李兰决定去住院治病前，先把儿子的今后安顿好了。她把户口本抱在胸前，让李光头扶着她去了县里的民政局。可怜的李兰觉得自己是地主婆，又是小流氓李光头的母亲，她羞耻地低着头，战战兢兢地走进民政局的院子，又战战兢兢地向人打听：

"谁管孤儿的事？"

李光头扶着李兰走进了一个房间，一个三十多岁的男人坐在办公桌前看着报纸。李光头一眼就认出了他，七年前就是他用板车把宋凡平的尸体从汽车站拉回他们家中。李光头记得他叫陶青，高兴地指着他说：

“是你啊，你是陶青。”

李兰扯了扯李光头的衣服，觉得儿子刚才那样说话太没有礼貌了，她点头哈腰地说：

“您是陶同志吧？”

陶青点点头，放下手里的报纸时仔细看了看李光头，好像记起李光头来了。李兰站在门口不敢进去，她声音哆嗦着对他说：

“陶同志，我有事要问问您。”

陶青微笑地说：“进来问吧。”

李兰不安地低下头说：“我成分不好。”

陶青仍然微笑着，他说：“进来吧。”

说着陶青起身搬了一把椅子过去，让李兰坐下。李兰惶恐地走进了屋子，还是不敢在椅子上坐下来。陶青指着椅子说：

“坐下来再说。”

李兰迟疑了一会儿坐了下去，她恭恭敬敬地将户口本递给陶青，用手指着李光头，对他说：

“他是我儿子，户口本上有他的名字。”

陶青翻着户口本说：“我看见了，你有什么事？”

李兰苦笑了一下，对他说：“我得了尿毒症，我的日子不长了，我死后儿子就没有亲人了，他能不能拿到救济？”

陶青吃惊地看着李兰，又看看李光头，随即点点头说：“能拿到。每月有八元钱，二十斤粮票，油票和布票是每季度发一次，一直拿到他参加工作为止。”

李兰又忐忑不安地说：“我成分不好，是地主婆……”

陶青笑了，把户口本还给李兰说：“你的情况我了解，你放心吧，这事由我经办，你儿子以后找我就行了。”

李兰终于长长地舒了口气，因为高兴她苍白的脸上出现了红晕。这时陶青看着李光头嘿嘿地笑了，他说：

“原来你就是李光头，你很有名，还有一个叫什么？”

李光头知道他是在问宋钢，李光头正要回答，李兰不安地站了起来，她知道陶青说李光头很有名就是指在厕所里偷看女人屁股的事，她连着说了几声谢谢，就要李光头扶着她走。李光头扶着李兰走出了屋子，又走出了民政局的院子，李兰这才放心地靠在一棵树上，喘着气感叹道：

“这陶同志真是个好人。”

这时候李光头告诉李兰，宋凡平死在汽车站前，就是这个叫陶青的人把宋凡平的尸体拉回家的。李兰听了这话，突然激动得满脸通红，她不再要李光头搀扶了，一个人快步走回了民政局的院子，走进了刚才的房间，她对陶青说：

“恩人，我给您叩头啦。”

李兰的身体差不多是摔下去似的叩了一个响头，她把自己的额头磕破了。接下去她呜呜地哭了，陶青不知所措地站了起来，过了一会儿，是李兰的哭诉让他明白了这个女人为什么给他叩头。陶青赶紧上前伸出双手要把她扶起来，李兰跪着又给他叩了两个响头，接下去陶青像是哄孩子似的说了很多好话，才把李兰扶了起来，陶青搀扶着李兰一直走到民政局的大门外，分手的时候陶青竖起大拇指，低声对李兰说：

“宋凡平，了不起。”

李兰激动得浑身哆嗦，当陶青走回民政局的院子后，李兰抹着眼泪，对李光头欣喜地说：

“听到了吧，听到刚才陶同志说的话了吧……”

李兰离开民政局以后，又去了棺材铺。她额头渗着血，走几步歇一歇，每次歇下来的时候，就忍不住要重复一遍陶青说的话：

“宋凡平，了不起。”

然后她的手臂向着前方挥动了一下，骄傲地对李光头说：“刘镇全城的人心里都这么想，只是他们嘴上不敢这么说。”

李光头搀扶着李兰走得比乌龟还要慢，走到了棺材铺，李兰坐在了门槛上，喘着气抹了抹额头上流出的血，笑着对里面的人说：

“我来了。”

棺材铺的人都认识李兰，他们问她：“这次给谁买棺材？”

李兰不好意思地说：“给我自己买。”

他们先是一怔，然后笑了起来，他们说：“没见过活人给自己买棺材的。”

李兰也笑了，她说：“是啊，我也没见过。”

李兰伸手指着李光头继续说：“儿子还小，不知道该给我买什么样的棺材，我先挑选好了，以后他来取就行了。”

棺材铺的人全都认识大名鼎鼎的李光头，他们嘻嘻怪笑地看着站在门口若无其事的李光头，对李兰说：

“你儿子不小啦。”

李兰垂下了头，知道他们为什么怪笑。李兰挑选了一具最便宜的棺材，只要八元钱。和宋凡平的一样，也是没有上油漆的薄板棺材。她双手抖动着从胸口摸出手帕包着的钱，先付给他们四元，说剩下的四元来取棺材的时候再付清。

李兰去民政局解决了李光头的孤儿救助金，又去棺材铺给自己订好了棺材，她心里的两块石头落地了，应该第二天就去住院治病。可她屈指一算，再过六天就是清明节了，她轻轻摇起了头，说清明那天她要去乡下给宋凡平扫墓，等过了清明节再去医院。

李兰拖着沉重的身体，走走歇歇来到了刘镇的新华书店，在文具柜台买了一沓白纸，抱在胸前走走歇歇回到家里，坐在桌前开始制作起了纸元宝和纸铜钱。宋凡平死后的每一个清明节，李兰都要制作一篮子的纸元宝和纸铜钱，挽在手里走上很长的路，去乡下给宋凡平上坟烧纸钱。

这时的李兰病得没有力气了，做完一个纸元宝就要歇上一会儿，在给纸铜钱画线时，给纸元宝写上“金”“银”两字时，她的手不停地哆嗦。一个下午的活，李兰做了整整四天。李兰把完工的纸元宝整齐地放进篮子里，把白线串起来的纸铜钱小心地放在纸元宝的上面，她微笑了一下，长长地松了一口气，随即又流下了眼泪，她觉得这可能是最后一次给宋凡平上坟扫墓了。

晚上的时候，李兰把李光头叫到床前，仔细看了看儿子，觉得儿子长得一点都不像那个叫刘山峰的人，李兰欣慰地笑了笑，然后有气无力地对李光头说：

“后天是清明节，我要去乡下扫墓，我没有力气走那么长的路……”

“妈，你放心，”李光头说，“我背着你去。”

李兰笑着摇摇头，她说起了另一个儿子，她说：“你明天去乡下把宋钢叫来，你们兄弟两个轮流背着我去。”

“不用叫宋钢来，”李光头坚定地摇着头，“我一个人就行。”

“不行，”李兰说，“路太长，你一个人背着我太累。”

“累了我们就找棵大树，”李光头挥着手说，“在下面坐下来歇一会儿。”

李兰还是摇头说：“你去把宋钢叫来。”

“我不去叫宋钢，”李光头说，“我自己会想办法的。”

李光头说着打起了呵欠，他要去外面的屋子睡觉了，他走到了门口时回头对李兰说：

“妈，你放心，我保证把你舒舒服服地弄到乡下去，再把你舒舒服服地弄回城里来。”

已经十五岁的李光头在外屋的床上躺下来，只用了五分钟时间，就想出办法来了，然后他心安理得地闭上眼睛，鼾声立刻就起来了。

第二天下午了，李光头才不慌不忙地走出家门，他先去了医院，在医院的走廊上晃来晃去，像个探视病人的家属，趁着护士办公室里没人的时候，呼地蹿进去，蹿进去以后他就从容不迫了，在一堆空输液瓶里面挑肥拣瘦起来，先把十多个用过的葡萄糖输液瓶拿出来，挨个举起来看看，哪个瓶里剩下的葡萄糖液最多。选中最多的一个后，动作迅速地藏进了衣服，又呼地蹿出了护士办公室，呼地蹿出了医院。

然后李光头提着空输液瓶大摇大摆地走上了街道，不时将输液瓶举到眼前晃一晃，看看里面剩下的葡萄糖液究竟有多少。李光头觉得可能有半两之多，为了获得准确的答案，他走进了街边一家酱油店，举起瓶子向卖酱油的售货员摇晃起来，咨询里面有多少葡萄糖。卖酱油的售货员是这方面的老手了，他接过输液瓶晃了两下，就知道里面的分量了，说瓶里的葡萄糖液多于半两少于一两。李光头十分高兴，接过瓶子晃动着说：

“这可是营养啊。”

李光头得意洋洋地提着多于半两少于一两的葡萄糖，走向了童铁匠的铺子。李光头知道童铁匠有一辆自己的板车，李光头打起了童铁匠板车的主意，想从童铁匠那里借出来用一天，把李兰拉到乡下去扫墓。李光头来到了铁匠铺，站在门口看着童铁匠在里面挥汗如雨地打铁，李光头看了一会儿后挥挥手，像个前来视察的领导那样说：

“歇一会儿，歇一会儿。”

童铁匠放下手里的铁锤，撩起毛巾擦着满脸的汗水，看着李光头一副无事不登三宝殿的嘴脸走进来，在他童年时搞过男女关系的长凳上舒服地坐下来。童铁匠说：

“你这小王八蛋来干什么？”

李光头嘿嘿笑着说：“我是来要债的。”

“他妈的，”童铁匠甩了甩手里的毛巾，“老子什么时候欠你这个小王八蛋债啦？”

李光头还是嘿嘿笑着，他提醒童铁匠：“两个星期前，在澡堂门口，你说过一句话。”

“什么话？”童铁匠想不起来了。

李光头得意地指指自己的鼻子说：“你说我李光头是个人才，你说你这辈子一定要请我吃一碗三鲜面。”

童铁匠想起来了，他把毛巾挂回脖子上，蛮横地说：“老子是说过这句话，你能怎么样？”

李光头开始拍马屁奉承童铁匠了，他说：“你童铁匠是什么人物？你童铁匠一声吼，刘镇也要抖三抖。你童铁匠说出的话，不会收回吧？”

“你这个小王八蛋。”

童铁匠笑着骂了一声，李光头这么一说，他蛮横不起来了，他想了想后也得意起来，他说：

“我是说这辈子请你吃一碗三鲜面，我这辈子还长着呢，哪天请你吃，我现在还不知道。”

“回答得好！”

李光头竖起大拇指夸奖一声，然后嘿嘿笑着切入正题了，他说：“这样吧，我不吃你的三鲜面，你把板车借我用一天，就算抵消了三鲜面的债。”

童铁匠不知道李光头葫芦里卖的什么药，他说：“你借我的板车干什么？”

“唉！”李光头叹息一声，告诉童铁匠，“我妈要去乡下给我爸扫墓，你知道我妈病了，走不了那么远的路，我借你的板车把她拉过去。”

李光头说着将手里的输液瓶放在了长凳上，童铁匠指指输液瓶说：“这瓶子干什么？”

“这是军用水壶，”李光头夸张地说，然后他解释起来，“去乡下的路太长，太阳又晒着，我妈路上渴了怎么办？瓶子里装上水，让我妈路上喝，这瓶子就是军用水壶啦。”

童铁匠“嗨”地叫了一声，他说：“看不出来，你这个小王八蛋还是个孝子。”

李光头谦虚地笑了笑，举起输液瓶晃了晃，对童铁匠说：“这里面还有多于半两少于一两的葡萄糖营养。”

童铁匠豪爽地说：“看在你是孝子的分上，我把板车借给你啦。”

李光头连声说着谢谢，然后拍拍长凳，又向童铁匠招招手，满脸神秘地让童铁匠坐过来，李光头说：

“我不会白借你的板车，我要报答你，这叫善有善报。”

童铁匠不明白：“什么善有善报？”

李光头悄声说：“林红的屁股……”

“噢——”童铁匠恍然大悟了。

满脸神秘的童铁匠坐到了满脸神秘的李光头身旁，李光头绘声绘色地讲述起了林红屁股的秘密，说到最紧张最激动人心的时候，李光头的嘴巴不动了。童铁匠等了一会儿，李光头嘴巴重新动起来，说的不是林红的屁股了，说的是赵诗人如何在这关键的时候一把将他揪了上去。童铁匠大失所望，站起来摩拳擦掌，来回走了几步，忍不住破口大骂了：

“这王八蛋赵诗人……”

虽然对林红的屁股一知半解，童铁匠对李光头仍然是满腔热情，他把板车借给李光头的时候，对李光头说：

“你以后要用板车了，说一声，拉走就是。”

李光头把医院偷来的葡萄糖输液瓶插在衣服口袋里，拉着童铁匠的板车来到了余拔牙面前，他看中了余拔牙的藤条躺椅。他要把余拔牙的藤条躺椅借出来绑在童铁匠的板车上，让李兰舒舒服服地躺着去乡下。

李光头来的时候，余拔牙正躺在他的藤条椅子里昏昏欲睡。李光头把童铁匠的板车往地上响亮地一放，余拔牙吓得浑身一颤，睁开眼睛看到在他面前的是李光头和一辆板车，知道这两个都不是顾客，又懒洋洋地闭上了眼睛。李光头继续像个视察的领导那样走到油布雨伞下面，双手背在身后，看看桌子上的钳子，看看桌子上的牙齿。

这时候是“文革”后期了，革命不再是滚滚洪流，革命是涓涓细流了。余拔牙不需要再用拔错的好牙来表明自己的阶级立场，拔错的好牙摆在桌子上反而影响他的拔牙声誉。余拔牙与时俱进地又将好牙们藏起来了，和他的钞票们藏在一起，余拔牙心想三十年河东三十年河西，革命的涓涓细流有一天还会变成滚滚洪流，那时候他还得将这些好牙拿出来摆在桌子上。

李光头盯着桌子看了一会儿，没有看到好牙，李光头敲敲桌子，大声问躺椅里闭着眼睛的余拔牙：

“好牙呢？那些好牙呢？”

“什么好牙？”余拔牙很不高兴地睁开眼睛。

“就是你拔下的那些好牙，”李光头指指桌子说，“以前就放在这张桌子上。”

“放屁，”余拔牙支起身体愤怒地说，“我余拔牙从来没有拔过好牙，我余拔牙拔出来的全是坏牙。”

李光头没想到余拔牙如此生气，立刻赔上笑脸，也像余拔牙那样与时俱进了，李光头拍着自己的脑门说：

“是，是，你余拔牙从来没有拔过好牙，一定是我记错了。”

李光头说着将那把凳子拉到余拔牙的躺椅前，坐下来开始奉承余拔牙了，就像刚才奉承童铁匠那样，李光头说：

“你余拔牙是方圆百里第一拔，你余拔牙就是闭着眼睛拔，拔出来的也一定是坏牙。”

余拔牙转怒为喜了，他点点头笑着说：“这话说得公道。”

李光头觉得时机成熟了，他用话去引导余拔牙：“你余拔牙在这里待上十多二十来年了，刘镇的姑娘全见过了吧？”

“别说是姑娘，”余拔牙得意地说，“刘镇的老太太我也全见过了，谁家的姑娘出嫁了，谁家的老太太出殡了，我当天就知道。”

“你说，”李光头继续引导余拔牙，“刘镇的姑娘里面，谁最漂亮？”

“林红，”余拔牙不假思索地说，“当然是林红。”

“你说，”李光头嘿嘿笑起来，“刘镇上上下下这么多男人里面，谁见过林红的光屁股？”

“是你，”余拔牙伸手指着李光头哈哈大笑起来，“就是你这个小王八蛋。”

李光头当仁不让地点点头，低下头悄悄问余拔牙：“你想不想听听林红的屁股？”

哈哈大笑的余拔牙立刻一脸严肃起来，从躺椅里支起身体，对着巷子东张西望了一番，等到近处没人了，悄声对李光头说：

“说！”

余拔牙眼睛闪闪发亮，张开的嘴巴像是在等着天上掉下来馅饼。李光头的嘴巴这时候老谋深算地闭上了，就像我们刘镇某些男群众所说的，这个十五岁的小王八蛋比五十岁的老王八蛋还要精明世故。余拔牙看到李光头的嘴巴紧闭，连条缝都没有了，焦急地催促起来：

“说呀！”

李光头不慌不忙地摸了摸余拔牙的藤条躺椅，皮笑肉不笑地说：“你把这躺椅借我用一天，我就把林红屁股的每个毫米都告诉你。”

余拔牙一听要借用他的躺椅，立刻摇头了：“这不行，没有了这躺椅，我余拔牙怎么给顾客拔牙？”

李光头耐心地开导他：“没有了躺椅，还有凳子，别说是坐着，顾客就是站着，也难不倒你这方圆百里第一拔。”

余拔牙嘿嘿笑了两声，他在心里权衡起了利弊，觉得借出去一天的躺椅，换来美人林红屁股的秘密，不失为一桩合算的买卖。余拔牙点头同意了，他伸出一根手指说：

“一天，只借你一天。”

李光头的嘴巴凑到了余拔牙的耳边，抑扬顿挫地说了起来。经过了五十六碗三鲜面的锤炼，再经过赵诗人和刘作家文学语言的熏陶，李光头已经把林红的屁股说得出神入化了，说得比天上仙女的屁股还要引人入胜。余拔牙听着的时候，脸上的表情是风起云涌。当余拔牙的脸上出现听鬼故事的表情时，也就是最激动人心的段落来到时，李光头的嘴巴突然不动了，他的眼睛看到了余拔牙的油布雨伞，他心里打起了油布雨伞的主意。余拔牙急得叫了起来：

“说下去呀。”

李光头抹了一下嘴巴，指指油布雨伞说：“这把伞也要借我用一天。”

“你这是得寸进尺，”余拔牙生气地说，“你借走了我的躺椅，再借走我的伞，只剩下这张桌子，我这堂堂拔牙铺就成了拔光了毛的赤膊麻雀。”

李光头晃着脑袋说：“也就是明天没有毛，后天你就有毛了。”

余拔牙好比是读章回小说，读到了“欲知后事如何，且听下回分解”处，余拔牙心急如焚，只好同意把油布雨伞也借给李光头。李光头又说了两句林红的屁股，接下去余拔牙听到的是赵诗人的手了。余拔牙愣在那里，半晌没有反应过来，他满脸疑惑地说：

“怎么回事？林红好端端的屁股怎么就成了赵诗人的手了？”

“我也没办法，”李光头无奈地说，“那个王八蛋赵诗人坏了我的好事，也坏了你的好事。”

余拔牙气糊涂了，他的怒火全冲着赵诗人去了，他咬牙切齿地说：“这姓赵的王八蛋，老子非拔掉他一颗好牙不可。”

李光头拉着童铁匠的板车，车上放着余拔牙的躺椅和油布雨伞，又去了我们刘镇百货公司的仓库。李光头在仓库里巧言令色，把林红的屁股秘密又出卖了一次，借出了一堆麻绳。李光头大功告成了，口里吹着革命歌曲的旋律，拉着板车在大街上嘎吱嘎吱地凯旋回家了。

这时候天已经黑了，李兰已经睡了，想到自己明天要走很长的路去乡下，李兰吃过晚饭早早就上床了。自从李光头在厕所里偷看女人屁股名扬刘镇以后，李兰就管不住这个儿子了，儿子经常深夜回家，李兰只能唉声叹气。

李光头回家时看到屋里黑着灯，知道母亲睡了，他轻轻地放下板车，悄悄地打开屋门，摸到灯绳拉亮电灯，坐在桌前狼吞虎咽地吃下去母亲给他留着的晚饭。然后李光头开始干活了，借着屋里的灯光和屋外的月光，李光头先把躺椅放到板车上，用麻绳将躺椅和板车牢牢固定在一起。躺椅的扶手上有一个插杯子的孔，李光头打开油布雨伞，将伞把插进孔里，让油布雨伞在躺椅上面张开，李光头再用麻绳将油布雨伞牢牢固定在躺椅和板车上。

此刻已是夜过三更，李光头又仔细检查了一遍，又用麻绳将关键的地方再加固一道。最后的加固完成后，李光头双手背在身后，绕着板车走了两圈。李光头嘿嘿笑个不停，他觉得板车、躺椅和油布雨伞三位一体结结实实了，好像胳膊、腿和身体长在一起那样。李光头满意地打着呵欠，走回屋里睡觉了。李光头躺下后发现自己睡不着，他担心屋外的杰作被人偷走，干脆抱着被子来到了屋外，爬上了童铁匠的板车，躺在了余拔牙的躺椅上，李光头心里一下子踏实了，眼睛一闭鼾声就起来了。

天亮的时候，李兰起床后看到李光头的床空着，被子也没有了，李兰不知道发生了什么事，她摇摇头打开屋门后，失声惊叫起来，她看见了一辆世界上最稀奇古怪的板车，她的儿子裹着被子就睡在板车上的躺椅里，上面张开着一把很大的油布雨伞。

李兰的惊叫让李光头从睡梦里醒来了，他看到母亲吃惊的表情，揉了揉眼睛爬下了板车，得意万分地告诉李兰，板车是童铁匠的，躺椅和油布雨伞是余拔牙的，这些捆绑着的麻绳是从百货公司仓库借来的。李光头对李兰说：

“妈，这下你就舒服啦！”

李兰看着这个混世魔王儿子，心想一个十五岁的孩子哪来这么大的本事？李兰觉得自己不认识李光头了，这个儿子总会隔三差五地弄出些让人瞠目结舌的事情来。

母子两个吃过早饭以后，李光头提起热水瓶，小心翼翼地往葡萄糖输液瓶里灌水，一边灌着水，一边告诉李兰：

“这里面有多于半两少于一两的葡萄糖营养。”

然后李光头体贴地将自己的被子整齐地铺在躺椅上，他说路上颠簸，身体下面有被子就不怕颠簸了。李光头左脚压住板车的把手，体贴地将李兰扶上了板车，又体贴地扶着她在躺椅里躺下来。李兰手里抱着纸元宝和纸铜钱的篮子，躺在了板车里的躺椅上，她看着头顶上的油布雨伞，知道是为她挡雨遮太阳的。李光头把含有葡萄糖营养和装满了水的输液瓶递到李兰怀里，说是路上让她解渴。李兰接过输液瓶时眼泪涌了出来。李光头看到李兰哭了，吃惊地问：

“妈，你怎么啦？”

“没怎么，”李兰擦擦眼泪，笑着说，“好儿子，我们走吧。”

这天清晨李兰坐上了我们刘镇有史以来最豪华的板车，由李光头拉着，在我们刘镇的大街上招摇过市。刘镇的群众目瞪口呆，一个个都不相信自己的眼睛，如此组装起来的板车就是在梦里也没有见过。有群众叫着李光头的名字，打听这东西是怎么弄出来的。

“这东西？”李光头得意地回答，“这是我妈的专板车。”

群众听了一头雾水，问李光头：“什么专板车？”

“专板车都不知道？”李光头骄傲地说，“毛主席坐的飞机叫专机，毛主席坐的列车叫专列，毛主席坐的汽车叫专车，为什么？因为别人不能坐。我妈坐的板车叫专板车，为什么？也是别人不能坐。”

群众恍然大悟地笑起来，李兰也忍不住笑出声音。李兰看着儿子拉着她坐的专板车，在大街上走得雄赳赳气昂昂，心里是百感交集，这个儿子曾经和那个叫刘山峰的人一样带给她耻辱，现在又像宋凡平那样让她感到骄傲了。

我们刘镇的女群众觉得李兰的专板车更像是花轿，她们咯咯笑个不停，叫着李兰的名字说：

“你今天是出嫁吧？”

“不是的，”李兰羞红了脸，“我是去乡下给我丈夫扫墓。”

李光头拉着李兰的专板车走出了南门，走上了乡间的泥路。听到板车轮子的嘎吱声更加响亮的时候，李兰知道板车过了那座木桥，板车开始在乡间的泥路上颠簸了。李兰呼吸到了乡间的气息，清新的春风扑面而来，李兰在油布雨伞下支起身体，她看到金黄的油菜花在田野里一片片地开放，在阳光下闪闪发亮；她看到田埂弯弯曲曲，两旁的青草像是让田埂镶上了两条绿边；她看到了房屋和树木在远处点点滴滴；她看到近处池塘里的鸭子在浮游，甚至看到了鸭子在水中的倒影；她看到了麻雀在路旁飞翔……这是李兰最后一次走在这条泥路上了，在板车的颠簸里，李兰看到的春天是如此广阔和美丽。

然后李兰看着前面卖力拉着板车的儿子，李光头的身体都躬下去了，他不停地举手擦一下脸上的汗水，李兰心疼地叫着儿子的名字，要他放下板车歇一歇，李光头摆着头说他不累。李兰拿起输液瓶要李光头停下来喝几口水，李光头还是摆着头说他不渴，他说：

“这葡萄糖营养水是给你喝的。”

李兰这时候知道了她的儿子有多么好，她欣慰地哭了，欣慰地笑了，她在板车里呜咽说：

“好儿子，求你了，求你歇一歇，求你喝口水。”

这时候李光头已经看到站在远处村口的宋钢了，还看到了宋钢的爷爷背靠着树坐在地上。每年的清明节，宋钢和他爷爷都会在村口等着他们的来到。宋钢手搭凉棚，看着远处过来的这一辆奇怪的板车，他没有想到这是李光头拉着李兰来了。李光头看到宋钢以后，躬着的身体抬起来一些，他拉着板车奔跑起来了，李兰的身体在颠簸的板车里剧烈摇晃。李光头大声喊叫：

“宋钢，宋钢……”

宋钢听到了李光头的喊叫后，挥舞着手奔跑过来，宋钢也大声喊叫起来：

“李光头，李光头……”

二十六

李兰给宋凡平扫墓回来，躺在床上想了想，觉得该办的事都办了，第二天她放心地住进了医院。正如李兰自己预感的那样，住院后她的病情逐渐加重，她确实出不来了。两个月以后，李兰只有借助导尿管才能排尿，而且高烧不退，她长时间地昏睡，清醒的时候越来越少。

李兰病情加重后，李光头没有再去学校，整日守候在母亲的病床前，深更半夜时李兰从昏睡里醒来，常常看到儿子趴在床沿上睡着了，李兰泪水长流，一声声吃力地叫着儿子的名字，要儿子回家去。

李兰觉得自己快不行的时候，她无限想念起了另一个儿子，她让李光头把耳朵挨到她的嘴边，声音轻得跟蚊子叫声似的，说了一遍又一遍，要李光头去乡下把宋钢叫来。

去乡下的路太长，来去要半天，李光头想着医院里的母亲需要自己看护，他没有去乡下，走到南门外的木桥上就站住了，他在桥栏上坐了两个小时，见到一个出城的农民就问他是哪个村的，问了十多个，都不是宋钢他们村的。后来一个抱着一头猪崽的老头走过来，那时李光头已经不抱什么希望了，心想自己要像个马拉松运动员那样长跑去乡下了，这个老头说出的正是宋钢的村庄，李光头猛地从桥栏上跳下来，差一点抱住这个老头了，李光头喊叫着说话，让老头给宋钢传个口信，让宋钢赶快进城：

“十万火急的事，找一个叫李光头的人。”

宋钢来了，清晨就敲响了李光头的屋门。李光头在医院里一直守护到天亮，宋钢来敲门的时候，李光头刚刚睡下，他睡意蒙眬地打开屋门，这时的宋钢已经比李光头高出一头了，宋钢紧张地问李光头：

“出了什么事？”

李光头揉着眼睛说：“妈妈快不行了，她要见你，你快去医院吧。”

宋钢当时就哭了，李光头说：“别哭了，快去吧，我睡一会儿就来。”

宋钢掉头向着医院奔跑，李光头关上门继续睡觉。李光头打算只睡一会儿，连日的疲惫让他一觉睡到了中午，当他起床来到医院的病房时，见到的情景让他吃惊，李兰竟然坐起来了，说话的声音也比昨天响亮多了，宋钢坐在病床旁边的凳子上，正在说着乡下的事。李光头心想她是不是见到宋钢病就好了一半？李光头不知道这是回光返照，李兰在生命行将结束的时候突然来了精神，她看到李光头进来时还笑了起来，她心疼地说：

“你瘦了很多。”

李兰说她非常想念自己的家，她对医生说今天感觉好多了，两个儿子都在身边了，她想回家去看看。医生知道她快不行了，觉得让她回家看看也可以，就点头同意了，但是警告李光头和宋钢，不能超过两个小时。

比李光头高大的宋钢背着李兰走出了医院，他们走在街道上，李兰的眼睛像是婴儿的眼睛那样，惊奇地看着街上的行人和房屋，有几个认识她的人还叫她的名字，问她身体好些了吗。李兰显得非常高兴，她说好些了。走过灯光球场时，李兰又想起了宋凡平，她的手搂着宋钢的肩膀，满脸幸福的表情，她说：

“宋钢，你越来越像爸爸了。”

回到了家中，李兰无限深情地看着桌子、凳子和柜子，无限深情地看着墙壁和窗户，无限深情地看着屋顶的蜘蛛网和桌上的灰尘，她看来看去的眼睛像是海绵在吸水那样。她在凳子上坐下来，宋钢站在身后扶着她，她让李光头把抹布拿给她，她细心地擦起了桌子上的灰尘，一边擦着一边说：

“回家真好。”

接着她觉得很累了，李光头和宋钢帮助她在床上躺下来，她闭上眼睛似乎睡着了。过了一会儿她睁开眼睛，让李光头和宋钢像上课的学生那样并排坐在床前，她声音虚弱地对两个儿子说：

“我要死了……”

宋钢呜呜地哭了，李光头也低头擦起了眼泪。李兰对两个儿子说：

“别哭，别哭，好儿子……”

宋钢听话地点点头，不再哭了，李光头的头也抬起来了。李兰继续说：

“我已经订好了棺材，你们把我埋葬在爸爸身边，本来我说过要等你们长大了再去陪他的，我对不起你们，我等不到那时候了……”

宋钢哇地哭出声来，宋钢的哭声让李光头的头又低下了，又擦起了眼泪。李兰又说：

“别哭，别哭。”

宋钢擦着眼泪止住了哭声，李光头的头还低在胸前。李兰微笑了一下说：

“我身体很干净，死了以后不用再洗了，穿的衣服只要干净就行，就是不要给我穿毛衣，毛衣上有很多结，会在阴间缠住我的，给我穿棉布的衣服……”

她说累了，闭上眼睛又睡了一会儿，十来分钟后她眼睛又睁开了，对两个儿子说：

“刚才听到你们爸爸在叫我。”

李兰甜蜜地笑了笑，让宋钢把床下的一只木箱子拉出来，把里面的东西拿出来。李光头和宋钢打开后，一包是染上宋凡平鲜血的泥土，一块手帕包着那三双古人用的筷子，还有就是三张全家福的照片。她说两张照片是给李光头和宋钢的，要他们一定要好好保存，她说李光头和宋钢以后都要娶妻成家，所以给他们每人一张照片，还有一张照片她要带到阴间去给宋凡平看看，她说：

“他还没来得及看照片呢。”

古人用的筷子她也要带走，染上宋凡平鲜血的泥土她也要，她说：“等我躺到棺材里，你们就把这些血土撒在我身上……”

说着要两个儿子扶她一下，帮助她把手伸进了泥土。七年过去了，这些染血的泥土已经完全黑了，她的手在泥土里摸索着，她说：

“里面很暖和。”

李兰甜蜜地笑了笑，她说：“我马上要见到你们爸爸了，我很高兴，七年了，他等了我七年，我有很多故事要讲给他听，很多宋钢的故事，很多李光头的故事，几天几夜也讲不完啊。”

李兰看着李光头和宋钢又哭了：“可是你们怎么办？你们一个十五岁，一个十六岁，我放心不下，我的两个儿子，你们要好好照顾自己，你们是兄弟，你们要互相照顾……”

李兰说完后闭上了眼睛，她似乎是睡着了一会儿，她眼睛再次睁开后，让李光头上街去买几个包子。李兰把李光头支走后，拉住了宋钢的手，说出了自己最后的遗嘱，她说：

“宋钢，李光头是你弟弟，你要一辈子照顾他……宋钢，我不担心你，我担心李光头，这孩子要是能走正道，将来会有大出息；这孩子要是走上歪路，我担心他会坐牢……宋钢，你要替我看好李光头，别让他走上歪路；宋钢，你要答应我，不管李光头做了什么坏事，你都要照顾他。”

宋钢抹着眼泪点着头说：“妈妈，你放心，我会一辈子照顾李光头的。只剩下最后一碗饭了，我会让给李光头吃；只剩下最后一件衣服了，我会让给李光头穿。”

李兰流着泪摇着头说："最后一碗饭你们兄弟分着吃，最后一件衣服你们兄弟换着穿……"

这是李兰生命里最后一天了，她在家里的床上一直睡到黄昏才醒来，她清醒过来时，听到李光头和宋钢在小声说话，夕阳的光芒照耀进来，房间里红彤彤的，李光头和宋钢说话的声音，让李兰觉得他们亲密无间，李兰微微笑了起来。然后她轻声说着应该回医院去了。

宋钢背着李兰走出家门，李光头锁上门的时候，李兰又说了一句：

"回家真好。"

李光头和宋钢在医院里一直守护着李兰，这一天李兰的精神好了很多，她昏睡一会儿，又醒来一会儿，看到两个儿子一直坐在身边亲密地小声说话。李兰醒来一次，就催促他们一次，让他们回家去睡觉。

李光头和宋钢凌晨一点钟的时候才走出医院，兄弟两个走在了寂静的街道上。那时候李光头知道宋钢喜欢读书，就告诉宋钢，"文革"初期抄家抄来的东西全部堆在红旗巷的一间大屋子里，里面什么都有，有书，有画，有玩具，有各式各样想都想不到的好东西。李光头告诉宋钢，赵胜利和刘成功去偷过好几次了，每次都偷到不少好书，李光头说：

"为什么赵胜利成了赵诗人，刘成功成了刘作家？就是偷了这些书，又读了这些书，最后自己也会写了。"

李光头和宋钢悄悄地来到了那间屋子前，准备敲碎玻璃后翻窗而入，可是窗户上已经没有玻璃了。等他们翻窗进去后，才知道里面的东西早就被人席卷一空了，只有几个空荡荡的大柜子，他们摸遍了屋子所有的角落，摸遍了柜子里所有的地方，只摸到了一只红色的高跟鞋。最初他们还以为是什么宝贝，翻窗出来后，把它藏在衣服里面一路奔跑，跑到一个没人的路灯下才取出来。李光头和宋钢在路灯下研究了很长时间，他们从来没有见过高跟鞋，也没见过红色的鞋，他们互相问对方：

"这是什么东西？"

一会儿兄弟两个觉得是鞋，一会儿兄弟两个又觉得不是鞋，后来想想会不会是船，玩具船。最后两个人确定它肯定是玩具，即便不是玩具船，也应该是玩具鞋。李光头和宋钢喜滋滋把红色高跟鞋带回家中，又坐在床上研究了一番，再次确定高跟鞋是玩具，而且是前所未有的玩具，然后把高跟鞋藏到了床下。

第二天李光头和宋钢醒来时，太阳照在他们屁股上了，他们急匆匆来到医院时，李兰的病床已经空了。就在他们两个人不知所措地站在那里看来看去，不知道发生了什么时，一个护士走了进来，告诉他们：李兰死了，已经躺在医院的太平间里了。

宋钢当时就号啕大哭，他哭叫着穿过医院的走廊，哭叫着走向太平间。李光头开始没有哭，他迷惘地跟在宋钢的后面，当他们走进太平间，李光头看到母亲直挺挺地躺在一张水泥床上时，立刻大哭起来，他的哭声比宋钢还要响亮。

死去的李兰仍然张开着眼睛，她临死前太想看看两个儿子了，直到目光在她的眼睛里彻底熄灭，她仍然没有看到这两个让她牵肠挂肚的儿子。

宋钢跪在水泥床前的地上哭得浑身哆嗦，李光头站在水泥床前哭得像风中的小树那样抖个不停。李光头和宋钢一起哭，一起叫着妈妈。李光头是在这一刻才真正感到自己是这个世界上的孤儿了，他只剩下了宋钢，宋钢也只剩下了他。

然后宋钢背起了李兰的遗体，李光头跟在后面，他们三个人回家了。宋钢背着李兰走上大街时泪流不止，李光头也是不断地擦着眼泪，两个人不再号啕了，两个人无声地哭泣了。当他们走到灯光球场时，宋钢又大声哭出来了，他哭着对李光头说：

“昨天走到这里时，妈妈还和我说话呢……”

宋钢哭得都走不动路了，李光头哭着说让他来背母亲，宋钢摇头不答应，宋钢说：

“你是弟弟，我要照顾你。”

两个少年和一具遗体，在我们刘镇的大街上哭声响亮地走过去，李兰的遗体不断从宋钢背上滑下来，李光头就在后面托着，宋钢也不断地停下来，把身体弯得像一张弓，让李光头轻轻地将李兰的遗体托上去。后来宋钢干脆像一张弓那样背着李兰走去，李光头的双手扶着李兰的遗体小跑着跟在侧面。两个少年小心翼翼地照顾着李兰的遗体，仿佛李兰没有死，李兰只是睡着了，两个少年怕弄疼她似的。这情景很多人看在眼里，难过在心里。苏妈和她的女儿苏妹也看见了，苏妈当时就掉出了眼泪，对她的女儿说：

“李兰是个好人，真可怜，丢下这么好的两个儿子走了。”

两天以后，这两个少年拉着童铁匠的板车出现在大街上，板车上的棺材是李兰生前自己选中的。李兰已经躺在棺材里了，棺材里还有一张全家福的照片、三双古人用的筷子、染满了宋凡平血迹的泥土。宋钢拉着板车走在前面，李光头护着棺材走在后面，两个少年担心棺材从板车上滑下来，都是低垂着腰，让板车和地面平行地滚动过去，宋钢的身体仍然像是一张弓，李光头的身体像是另一张弓。这时候两个少年不再哭泣了，他们弯着腰无声地走着，车轮在石板路上滚动时发出了嘎吱的响声。

七年前另一辆装着棺材的板车也是这样从大街上经过，那时候棺材里躺着的是宋凡平，那个老地主在前面拉着，李兰和两个孩子在后面推着，哭声在这四个人的胸中澎湃起伏，可是他们不敢哭出声音来。现在两个孩子长大成两个少年了，李兰躺进了棺材，两个少年可以放声大哭地送李兰去九泉之下了，可是他们已经哭不出来了。

他们出了南门，走上了乡间的泥路。七年前的时候，李兰就是在这里说了一声“哭吧”，他们四个人尽情地哭喊起来，他们的痛哭惊飞了树上的麻雀。现在同样是一辆板车，同样是一具薄板棺材，田野同样是那么的广阔，天空同样是那么的高远，不同的是四个人变成了两个人，这两个人也没有了哭声。他们弯着腰一个在前一个在后，一个拉着一个推着，他们的身体弯得比板车上那具棺材还要低，远远看去不像是两个人，像是那辆板车多出来了一个车头和一个车尾。

两个少年把他们的母亲送到了宋凡平出生成长的村庄，宋凡平在村口的坟墓里已经等了七年，现在他的妻子终于来陪伴他了。那个老地主手里拄着一根树枝站在儿子的坟墓旁，他看上去虚弱得已经奄奄一息了，如果没有手里的那根树枝，他就会倒在地上。这个老地主穷得连一根拐杖也买不起，这根当成拐杖的树枝是宋钢给他削出来的。宋凡平的坟墓旁边已经挖好了一个墓穴，仍然是那几个穷亲戚帮着挖出来的，这几个穷亲戚仍然像七年前那样衣着破烂，仍然像七年前那样拄着铁锹站在那里。

李兰的棺材放进了墓穴后，拄着树枝的老地主是老泪纵横，身体摇晃着支持不住了，宋钢扶着他，让他坐在了地上。老地主靠在一棵树上，看着他们将泥土填进了墓穴，老泪纵横地说：

"我儿子有福气，娶了这么好的女人，我儿子有福气，娶了这么好的女人，我儿子有福气啊……"

李兰的坟墓隆起来和宋凡平的坟墓一样高了，老地主哭着说着，他说着自己的儿媳有多么的好，说李兰每年清明都来扫墓，每年的春节都来拜年，每年都会来看望他好几次……老地主哭着说着，宋钢让李光头把他爷爷扶起来，让李光头把他爷爷背回家去。李光头背着老地主走去了，那几个穷亲戚提着铁锹跟在后面。宋钢看着他们走进了村庄，看着四周寂静下来了，他跪在了李兰的坟墓前，向李兰保证：

"妈妈，你放心，只剩下最后一碗饭了，我一定让给李光头吃；只剩下最后一件衣服了，我一定让给李光头穿。"

下　部

一

逝者已去，生者犹在。李兰撒手归西，走上漫漫阴间路，在茫茫幽灵里寻觅宋凡平消失的气息，已经不知道两个儿子在人世间如何漂泊。

宋钢的爷爷风烛残年，这个老地主卧床不起，几天才吃下几口米饭，喝下几口水，瘦得只剩下一把骨头。老地主知道自己要走了，他拉住宋钢，眼睛看着门外不肯松手。宋钢知道他的眼睛里在说些什么，于是在那些没有风雨的傍晚，宋钢就会背上他，在村子里缓慢地走过一户户人家，老地主告别似的看着一张张熟悉的脸。来到村口后，宋钢站在榆树下，爷爷趴在他的背上，旁边是宋凡平和李兰的坟墓，两个人无声地看着落日西沉晚霞消失。

宋钢觉得背上的爷爷轻得像是一小捆柴草，每个晚上从村口回家，宋钢将爷爷从背上放下来时，爷爷都像是死去一样没有声息，可是第二天爷爷的眼睛又会跟随着晨曦逐渐睁开，生命之光仍在闪烁。日复一日，老地主仿佛死了，其实活着。宋钢的爷爷已经没有力气说话，也没有力气微笑，在命定之日来到的那个黄昏里，在村口的榆树下，在宋凡平和李兰的坟墓旁，老地主突然抬起头微笑了一下。宋钢没有看到爷爷在背上的微笑，只是听到爷爷在自己的耳边咝咝地说：

“苦到尽头了。”

老地主的头掉落在宋钢的肩膀上，睡着似的一动不动了。宋钢仍然背着爷爷站在那里，看着通往刘镇的小路在降临的夜色里逐渐模糊起来，转身在月光里走进了村子，宋钢觉得肩膀上爷爷的头跟随着他的脚步在晃动。回到家中，宋钢像往常一样小心地将爷爷放在了床上，给他盖好被子。这个晚上老地主两次微微地睁开了眼睛，想看一眼自己的孙子，可是他只能看到无声的黑暗，然后他的眼睛永远闭上了，没有再次跟随着晨曦睁开。

宋钢早晨起床后，不知道爷爷已经离世而去，整整一天都不知道。老地主躺在床上无声无息，不吃不喝，这样的情景有过很多次了，宋钢没有往心里去。到了傍晚的时候，宋钢依然背起了爷爷，他觉得爷爷的身体似乎僵硬了，在走出屋门时，爷爷的头从他的肩膀上滑落了，宋钢腾出一只手将爷爷的头在他肩膀上放好了，继续在村里一户户人家的门前走过，爷爷的头也继续跟随着他的脚步晃动，爷爷的头在他肩膀上硬邦邦的，像是一块晃动的石头。宋钢走向村口的时候突然感觉到了什么，爷爷晃动的头几次滑落肩膀，宋钢伸向后面的手摸到了爷爷冰凉的面颊。宋钢站在了榆树下，他的手指举到肩后，贴在了爷爷的鼻孔上，很长时间没有感受到爷爷的气息，他感受到自己的手指凉了下来，这时候他知道爷爷真的死了。

第二天上午，村里的人看着宋钢弯着腰，左手托着背上死去的爷爷，右胳膊夹着一卷草席，右手上还拿着一把铁锹，挨家挨户地走来，神情凄凉地说：

“爷爷死了。”

老地主的几个穷亲戚跟随着宋钢来到了村口，村里其他人也来到了村口，帮助宋钢将草席在地上铺展，宋钢小心地将背上的爷爷放在草席里，就像放在床上一样，几个穷亲戚将草席卷起来，系上三股草绳，这就是老地主的棺材。村里的几个男人帮忙掘好了墓穴，宋钢抱起草席里的爷爷，走到墓穴前双腿依次跪下，将爷爷放入墓穴里，然后站起来擦了擦潮湿的眼睛，开始往墓穴里填土。看着孤苦伶仃的宋钢，村里的几个女人忍不住掉下了眼泪。

老地主埋葬在宋凡平和李兰的身旁，宋钢为爷爷披麻戴孝十四天，过了头七和二七之后，宋钢开始整理起自己的行装，他把破屋子和几件破家具分送给了几个穷亲戚。刚好村里有人进城，宋钢委托他给李光头捎个口信，让他告诉李光头：宋钢要回来了。

这一天凌晨四点宋钢就醒来了，他推开屋门看到了满天星光，想到马上就要和李光头见面，他迫不及待地关上屋门，脚步“嚓嚓”地走向了村口。他在村口的月光里站了一会儿，回头看了看他生活了十年的村庄，又低头看了看宋凡平、李兰的旧坟和老地主的新坟，然后走上了月光下冷清的小路，走向了沉睡中的刘镇。宋钢告别了相依为命十年的爷爷，走向了相依为命的李光头。

宋钢手里提着一个旅行袋，黎明时从南门走进了我们刘镇，风尘仆仆地回到了从前的家。就是这个旅行袋，李兰曾经提着它去上海治病，当她提着它从上海回来时得到了宋凡平的死讯，她跪在车站前的地上，将染上宋凡平鲜血的泥土捧进了这个旅行袋，当宋钢去乡下和爷爷一起生活时，李兰将宋钢的衣服和那袋大白兔奶糖放进了这个旅行袋。现在宋钢又提着它回来了，旅行袋里放着几件破旧衣服，这是宋钢全部的财产。

昔日的少年，如今已是英俊青年的宋钢回来了。宋钢回来的时候，李光头没有在家。李光头知道宋钢要回来了，他也是凌晨四点就醒来，幸福地等待着宋钢的回来。天刚亮李光头就上了街，要去锁匠那里给宋钢配一把钥匙。李光头没有想到宋钢星光满天时就上路了，天亮时已经站在了家门口。宋钢提着旅行袋在门外站了有两个多小时，那时候李光头站在大街上等待着锁匠铺开门。这时的宋钢已经和他父亲一样高的个子，只是没有宋凡平魁梧，宋钢清瘦白皙，他的衣服太短了都挂在腰的上面，他的两个袖管和两条裤管都接出来了一截，都是不同颜色的布料接上去的。宋钢安静地站在从前的家门口，安静地等待着李光头的回家，他的两只手轮换地提着那个旅行袋，他没有把旅行袋放到地上，他不想弄脏这个旅行袋。

李光头回家时远远就看见了宋钢，看见这个高个子兄弟提着旅行袋站在门口发呆。李光头飞奔过去，又悄悄地跑到宋钢身后，抬起脚使劲蹬在了宋钢的屁股上，宋钢一个踉跄后听到了李光头的哈哈大笑。接下去兄弟俩在家门口追逐打闹了足足半个小时，弄得家门口尘土飞扬。李光头一会儿踢过去左脚，一会儿扫过去右腿，一会儿是螳螂脚，一会儿是扫堂腿，宋钢抱着旅行袋蹦蹦跳跳左躲右闪，不让李光头碰着他。李光头像矛一样进攻，宋钢像盾一样防守，兄弟俩哈哈笑个不停，笑出了眼泪，又笑出了鼻涕，最后是弯下腰来咳嗽不止。然后李光头喘着气摸出那把新配的钥匙，交到宋钢手里，对宋钢说：

“开门。”

李光头和宋钢像野草一样被脚步踩了又踩，被车轮碾了又碾，可是仍然生机勃勃地成长起来了。臭名昭著的李光头，中学毕业后没有一家工厂愿意要他。这时候“文化大革命”结束了，改革开放开始了。陶青已经是县民政局的副局长，陶青想到宋凡平惨死在车站前，想到李兰跪地给他叩头时叩出了血，陶青接纳了李光头，把他安排到民政局下面的福利厂当工人。福利厂一共十五个人，除了李光头，还有两个瘸子、三个傻子、四个瞎子、五个聋子。宋钢的户口在刘镇，他回来后分配进了刘镇五金厂当工人，也就是刘成功刘作家任职供销科长的五金厂。

两个人是同一天拿到第一个月的工资，宋钢所在的五金厂离家近，宋钢先回到家中，他站在门口等着李光头下班回来。宋钢的右手插在裤子口袋里，捏着里面的十八元人民币，他的右手捏着第一笔工资时，都捏出汗来了。宋钢看到李光头下班回来时春风满面，右手也插在裤子口袋里，宋钢知道李光头也拿到工资了，也把工资捏出汗来了。李光头走近了，宋钢喜气洋洋地问他：

“拿到了？”

李光头点点头，他看到宋钢满脸的喜气，也问道：“你也拿到了？”

宋钢也是点点头，两个人进了屋子，仿佛担心别人来偷来抢似的关上门，还拉上窗帘，两个人嘿嘿笑个不停，各自把工资拿出来放在床上，总共三十六元，两个人的钱都被手上的汗水弄潮湿了。两个人坐在床上，把三十六元钱数了一遍又一遍，李光头的眼睛闪闪发亮，宋钢的眼睛眯成了一条缝。这时的宋钢已经近视了，他双手举起钱看着，快把钱贴到鼻子上了。李光头提议两个人的钱放在一起，由宋钢统一掌管。宋钢觉得自己是哥哥，应该由他来掌管。宋钢把床上的钱一张一张捡起来，叠整齐了让李光头最后数一遍过过瘾，自己也最后数了一遍过过瘾，然后幸福地说：

“我从来没有见过这么多的钱。”

宋钢说着在床上站了起来，脑袋碰上了屋顶。宋钢低着头解开了他那条接了两截的长裤，露出里面也是几块旧布料缝制的内裤，内裤的里侧有一个小口袋，宋钢小心翼翼地将两个人的工资放进了这个小口袋。李光头说宋钢内裤上的小口袋缝制得很精致，问他是谁缝的。宋钢说是他自己缝制的，说这条内裤也是自己剪裁自己缝制的。李光头哇的一声叫了起来，他说：

“你是男的，还是女的？”

宋钢嘿嘿笑着说：“我还会织毛衣呢。”

两个人拿到第一个月的工资后，做的第一件事就是走进人民饭店，每人吃了一碗热气蒸腾的阳春面。李光头说要吃三鲜面，宋钢没有同意，宋钢说等以后生活更好了再吃三鲜面，李光头觉得宋钢说得有道理，心想这次是吃自己的，不是吃打听林红屁股那些人的，李光头就点头同意吃阳春面。宋钢走到了开票的柜台前，解开了裤子，一边看着柜台里开票的女人，一边在自己的内裤里摸索着，让站在身旁的李光头嘿嘿直笑，柜台里那个四十多岁的女人面无表情地等着宋钢摸出钱来，好像这样的事她见得多了。宋钢从内裤里准确地摸出了一张一元钱，递给柜台里的女人，提着长裤等她找钱回来。两碗阳春面一角八分，找回来八角二分后，宋钢将钱由大到小叠好了，还有两分的硬币，又摸索着放回内裤的口袋，然后才系上外面的长裤，跟着李光头走到了一张空桌前坐下来。

两个人吃完了阳春面，抹着额头上的汗水一起走出了人民饭店，一起走进了红旗布店，他们挑选了深蓝色卡其布。这次柜台里站着的是一个二十多岁的姑娘，宋钢又是当场解开了长裤，手伸到内裤里摸索起来。那个姑娘看着宋钢的这个动作，看着李光头在一旁坏笑，脸一下子就红了，她扭过头去，有一句没一句地找她的同事说话。这次宋钢摸索了很长时间，一边摸着一边还在嘴里数着，当他把钱摸出来时，刚好是布料的价钱，一分不少，一分不多。当那个姑娘面红耳赤地接过去时，李光头惊奇地问宋钢：

“你什么时候学会这瞎子本领？”

宋钢眯缝着眼睛，看着那个满脸羞色的姑娘，他的近视眼没有看清楚姑娘脸红了，他笑着系上长裤，笑着对李光头说：

“把钱从小到大叠整齐了，就知道第几张是什么钱了。”

然后两个人抱着深蓝色的卡其布，一起走进了张裁缝的铺子，每人定做了一套中山装。宋钢第三次解开长裤，第三次伸手在裤裆里摸索起来。张裁缝把皮尺挂在脖子上，看着宋钢的手在自己的裤裆里摸索，笑着说：

“很会找地方藏钱……”

宋钢把钱摸出来递给了张裁缝，张裁缝还举到鼻子前，闻了闻说：“还有屌气味呢……”

近视眼睛的宋钢觉得张裁缝闻了闻他的钱，他走出裁缝铺子后眯缝着眼睛问李光头：

“他是不是闻我们的钱了？”

李光头知道宋钢的眼睛近视已经很严重了，他说要去眼镜店给宋钢配一副近视眼镜，宋钢连连摇头，说等以后生活更好了再配近视眼镜。刚才不吃三鲜面，李光头点头同意，这次不配眼镜，李光头不答应了。李光头站在大街上对着宋钢吼叫起来：

“等以后生活更好了，你的眼睛也瞎啦！”

李光头的突然发火把宋钢吓了一跳，他眯缝着眼睛看到街上很多人都站住脚来看他们了，宋钢让李光头说话轻点声。李光头压低声音，狠狠地告诉宋钢，若他今天不去配眼镜，他们就分家。然后李光头大声对宋钢说：

“走，我们配眼镜去。”

李光头说着大摇大摆地走向了眼镜店，宋钢犹豫不决地跟了上去。两个人不再像刚才那样并肩而行，而是一前一后走向我们刘镇的眼镜店，两个人的神态像是刚刚打过一架，李光头像是胜利者得意洋洋地走在前面，宋钢像是被打败了，十分窝囊地跟在后面。

一个月以后，李光头和宋钢穿上了他们深蓝色的卡其布中山装，宋钢还戴上了一副黑边近视眼镜。李光头在眼镜店里买下了最贵的一副镜架，让宋钢眼圈都红了，一方面是心疼花了很多钱，另一方面又深受感动，觉得自己的这个兄弟真是好。宋钢刚刚戴上那副黑边近视眼镜，刚刚走出眼镜店时，不由哇的一声叫了起来，他惊喜万分地对李光头说：

“好清楚啊！”

宋钢告诉李光头，戴上近视眼镜以后，整个世界像是刚刚洗过一遍似的清楚。李光头哈哈地笑，他说宋钢现在有四只眼睛了，看到漂亮姑娘赶紧拉一下他的衣服。宋钢点着头嘿嘿地笑着，一本正经地为李光头看起了街上的姑娘。兄弟俩穿着崭新的卡其布中山装，用深蓝的颜色走在我们刘镇的大街上，让几个坐在街边下象棋的老人看见了惊奇不已，他们说昨天这两个人还穿得跟叫花子似的，今天穿得像是两个县里的领导了。他们感慨地说：

“真是佛靠金装，人靠衣装啊。”

宋钢身材挺拔，面容英俊，像个学者那样戴着黑边眼镜；李光头身材粗短，虽然穿着中山装，可是满脸的土匪模样。这两个人总是形影不离地走在我们刘镇的大街上，刘镇的老人伸手指着他们说：一个文官，一个武官。刘镇的姑娘就不会这么客气了，她们私下里议论这两个人：一个像唐三藏，一个像猪八戒。

二

宋钢悄悄热爱上了文学，他对五金厂的供销科长刘作家十分尊敬。刘作家的办公桌上堆了一沓文学杂志，说起话来虚无缥缈。刘作家喜欢高谈阔论地说文学，在厂里抓住一个人就会滔滔不绝，可惜五金厂的工人们听不懂他的话，只能满脸傻笑地看着刘作家，私底下议论纷纷，议论这个刘作家说文学的时候是在说中国话，还是说外国话，为什么让人一句也听不懂。工人们的议论也传到了刘作家的耳中，刘作家心里不屑地想：

“这些粗人。”

文学爱好者宋钢来了以后，刘作家如获至宝，宋钢不仅听懂了刘作家的文学思想，而且满脸的虔诚，该点头的时候就点头，该笑的时候就笑出声来。刘作家很高兴，酒逢知己千杯少，只要碰上了宋钢就会说个没完没了。有一次两个人在厕所里撒完尿，刘作家拉住宋钢，站在尿池旁说了两个多小时。全然不顾厕所里臭气熏天，也全然不顾坐在那里拉屎的人啊啊喊叫和哼哼低吟。刘作家有了宋钢这个学生以后，觉得自己是文学导师了。原先那些粗人让他一点导师的感觉也没有，他就是把嘴皮子磨薄了，那些粗人还是一脸的傻笑，连换一种表情都不会。刘作家开始把他办公桌上的文学杂志借给宋钢阅读了，他拿起一本《收获》，小心翼翼地用袖管擦干净上面的灰尘，又当着宋钢的面，一页一页地检查了一遍，说这本《收获》没有一个地方是脏的，也没有一个地方是破的。他告诉宋钢，读完后还给他的时候，他也要一页页地检查，他对宋钢说：

“损坏了要罚款。”

宋钢把刘作家的文学杂志拿回家，如饥似渴地阅读起来，然后自己开始悄悄地写小说了。宋钢的小说写了半年，先是三个月写在废纸上，又在废纸上修改了三个月，半年后才工整地抄写到方格纸上。宋钢的第一个读者当然是李光头，李光头拿过来宋钢的小说时惊叫一声：

“这么厚。”

李光头一页一页数下去，一共有十三页。数完后李光头崇敬地看了看宋钢，对宋钢说：

“你真是了不起，写了十三页啊！”

李光头开始读小说时又惊叫了一声：“你的字写得真好啊！”

李光头认真地将宋钢的小说读完，他不再惊叫了，开始沉思起来。宋钢紧张地看着李光头，他不知道自己的第一篇小说写得是否通顺，他担心这篇小说写得乱七八糟，他紧张地问李光头：

“通顺吗？”

李光头一声不吭，继续沉思着。宋钢心里发虚了，他问李光头：“是不是写得很乱？”

李光头还是在沉思。宋钢绝望了，心想肯定是自己写得毫无章法，让李光头读了什么都不知道。这时候李光头的嘴里突然吐出一个字来：

“好！”

李光头说完这个“好”字后，又加了一句“写得真好”。李光头认真地告诉宋钢，这是一篇好小说，虽然还没有好到鲁迅巴金那里，也好到刘作家和赵诗人前面去了。李光头挥舞着手欣喜地说：

“有了你以后，刘作家和赵诗人从此暗无天日了。”

宋钢又惊又喜，这个晚上他激动得失眠了。在李光头的鼾声里，他把已经倒背如流的小说又读了五遍，越读越觉得没有李光头夸奖得那么好。他心想李光头是自己的兄弟，自然要说他的好。可是李光头的赞扬又很有道理，李光头还举例说明了这篇小说什么地方写得好，宋钢重读的时候觉得李光头说好的地方真是很不错。宋钢鼓起勇气，决定把小说拿给刘作家指正一下。要是刘作家也说他写得好，那他可能真是写得不错了。

第二天宋钢忐忑不安地把自己的小说拿给刘作家，刘作家先是一愣，他没料到自己的弟子也写起小说来了。那时刘作家手里拿着擦屁股纸，正要去厕所拉屎，他把宋钢十三页的手稿压在擦屁股纸的上面，一边读着一边走向厕所；进了厕所以后一只手解开裤子，一只手拿着宋钢的小说还在读；然后他一边哼哼啊啊地拉屎，一边继续读着宋钢的小说。刘作家拉完屎，宋钢的小说也读完了，他从厕所里出来，把半张没用完的擦屁股纸压在宋钢小说的上面，双眉紧蹙地走回了供销科的办公室。整整一个上午，刘作家都坐在办公室里评点宋钢的小说，他手里捏着一支红笔，把宋钢小说的每一页都涂改了，又在最后一页的空白处洋洋洒洒地写下了三百多字的评语。下班的时候，宋钢忐忑不安地出现在供销科办公室的门口，刘作家一脸严肃地向宋钢招了一下手，宋钢走进了办公室，刘作家把十三页小说还给宋钢，一脸严肃地说：

“我的意见都写在上面了。”

宋钢接过自己的小说时心里凉了半截，上面被刘作家用红笔胡涂乱抹以后已经面目全非，让宋钢觉得自己的小说可能是有很多问题。这时刘作家得意地从抽屉里拿出自己的一篇小说，递给宋钢，让他拿回家认真读一读。刘作家的神态仿佛是将一篇传世佳作递给宋钢，他说：

“你看看我是怎么写的。”

这天晚上宋钢把刘作家的涂改和评语认真读了几遍，宋钢越读越迷茫，不知道刘作家在说些什么。宋钢也把刘作家的新作认真读了几遍，也是越读越迷茫，不知道好在什么地方。李光头看到宋钢废寝忘食，好奇地凑上去，先是拿起刘作家给宋钢小说的评语读了一遍，读完后他说：

“胡说八道。”

接着李光头又拿起刘作家的新作，先是数了数，同样的方格纸只有六页，他拿在手里不屑地抖了抖，说才这么一点。然后李光头读了起来，还没读完就扔到了一旁，对宋钢说：

“干巴巴的，没意思。”

李光头打着呵欠躺到了床上，翻身以后鼾声就起来了。宋钢继续认真读着自己被涂改了的小说和刘作家的新作。虽然刘作家的涂改和评语让他感到迷茫和失望，尤其是那段评语，几乎把宋钢的小说全盘否定，只是在最后说上了两句鼓励的话。宋钢仍然觉得刘作家这样做是良药苦口，毕竟刘作家的涂改和评语是花了工夫的。宋钢觉得自己应该投桃报李，也应该在刘作家新作最后一页的空白处写下一段评语。宋钢开始认真地写起了评语，先是写上一些赞扬的话，最后才指出某些不足之处。宋钢不像刘作家那样，评语都写得涂涂改改，他先在废纸上写出草稿，又修改了几遍，然后才认真抄写到刘作家新作的最后一页上。

宋钢第二天上班时将新作还给刘作家时，刘作家坐在椅子里架起了二郎腿，满脸微笑地等待着宋钢的歌功颂德，他没想到宋钢说了一句：

“我的意见写在最后一页上。”

刘作家当时的脸色就变了，他迅速翻到自己新作的最后一页，果然看到了宋钢的评语，而且还指出了他小说的不足之处。刘作家勃然大怒了，从椅子里跳起来拍了一下桌子，伸手指着宋钢的鼻子吼叫起来：

“你，你，你，你怎么敢在太岁头上动土……”

刘作家气得说话都结巴了，宋钢站在那里呆若木鸡，他不明白刘作家为什么愤怒，他支支吾吾地说着：

“我动什么土了……”

刘作家拿起自己的小说，翻到最后一页指给宋钢看：“这，这是什么？”

宋钢不安地回答：“是我写的意见……”

刘作家气得将自己的小说狠狠摔在了地上，马上又心疼地捡了起来，他一边抚摸着自己的小说，一边继续冲着宋钢叫道：

“你，你怎么敢在我的手稿上乱涂乱写……”

宋钢终于明白刘作家为什么愤怒了，他也不高兴了，他说：“你也在我的手稿上乱涂乱写了。”

刘作家听后一愣，随即更加愤怒了，刘作家接二连三地拍着桌子说：“你是什么？老子是什么？你的手稿？老子在你手稿上面拉屎撒尿都是抬举你，操你妈的……”

宋钢也愤怒了，他向前走了两步，伸手指着刘作家说：“你不能骂我妈，你骂我妈，我就……”

“你就什么？”刘作家举起了拳头，看到宋钢比自己高出半头，他又把拳头放下了。

宋钢犹豫了一下后说：“我就揍你。”

刘作家吼叫道：“你口出狂言。”

平时恭恭敬敬的宋钢竟然敢说要揍刘作家，刘作家气得拿起桌子上一瓶红墨水就泼了过去。红墨水泼在了宋钢的眼镜上、脸上和衣服上，宋钢摘下染上红墨水的眼镜，放进了上衣口袋，然后伸出双手像是要掐刘作家脖子似的冲上去。供销科的其他人赶紧扑上去拉住了宋钢，把宋钢往门外推。刘作家趁机退到了墙角，指挥着他手下的几个供销员：

“把他扭送到派出所去。”

供销科的几个人把宋钢推回到了他的车间，宋钢一身红墨水，脸色通红地坐在一条长凳上，他的脸上还有纵横交叉的红墨水在流淌。供销科的几个人站在一旁说了一堆安慰的话，宋钢车间里的工人也围过去打听发生了什么事，供销科的人向他们讲解了宋钢和刘作家冲突的全过程。有人问为什么发生冲突，供销科的几个人立刻迷惑起来，他们摇着手摆着头说：

“他们文人之间的事，我们弄不懂。”

宋钢坐在那里一言不发，他不明白平时温文尔雅的刘作家怎么突然像个泼妇一样骂人了，这个刘作家说出来的话比村里种田的农民还要粗野难听。宋钢心里愤愤不平，心想刘作家怎么可以这样说话，就是村里的农民也不应该这样说话。围在身边的人都走开了，宋钢起身走到水池那里清洗了他的黑边眼镜，又清洗了脸上的红墨水。洗掉了脸上的红墨水，宋钢的脸色就铁青了，他铁青着脸回到自己的车间，中午下班后又铁青着脸回到家中。

李光头回家后看到宋钢坐在桌前生气，衣服上的红墨水像是一张地图。李光头问宋钢发生了什么事，宋钢就把前后经过告诉了李光头，李光头听完后一句话没说，转身走出了家门，他知道刘作家住在哪条小巷里，他要去教训一下这个不识抬举的刘作家，他粗短的身材摇晃着走去。

李光头走在大街上的时候就见到了刘作家，刘作家刚从那条小巷里拐出来，手里提着个酱油瓶，奉老婆之令出来买酱油。李光头站住脚，对着刘作家喊叫：

“喂，小子，过来。”

刘作家听着这话觉得十分熟悉，他扭头看到李光头耀武扬威地站在街道对面向他招手，他想起来小时候他和赵成功还有孙伟经常这样叫着这个李光头，要给这个李光头吃扫堂腿，现在李光头竟然这样叫他了。刘作家知道他是为宋钢的事来找他的，他迟疑了一下，提着酱油瓶横穿大街走到了李光头面前。

李光头指着刘作家的鼻子就是一顿臭骂：“你这个王八蛋，你竟敢把墨水泼到我家宋钢身上，你他妈的不想活啦……”

刘作家气得哆嗦了几下。他在宋钢面前举起拳头又放下了，是因为宋钢比他高半个脑袋，这个李光头比他矮半个脑袋，他就没什么可担心了。他也想回骂李光头几句，眼看着街上的群众围了上来，刘作家觉得还是应该注重自己的形象，他冷冷地说：

"请你嘴里干净一点。"

李光头冷冷一笑，左手一把揪住刘作家胸前的衣服，右手捏成拳头举了起来，李光头凶狠地叫道：

"老子的嘴就是脏，老子还要把你干净的脸揍脏了。"

李光头的气势让刘作家胆怯了，他看着眼前这个李光头虽然矮了半个脑袋，可是十分的粗壮。刘作家努力想摆脱李光头的手，当着围观群众的面，他要努力保持自己的作家形象，他一边轻轻拍着李光头抓住自己衣服的手，希望李光头自觉松开，一边文雅地说：

"我是知识分子，我不和你纠缠……"

"老子揍的就是知识分子。"

刘作家的话还没有说完，李光头的右拳已经一、二、三、四揍了上去，揍得刘作家的脑袋左右摇晃。李光头乘胜追击，五、六、七、八又揍上去四记重拳，刘作家的身体也摇晃起来，一下子跪倒在地。李光头左手一使劲，把刘作家提了起来，然后九、十、十一、十二再往刘作家脸上揍了四拳，刘作家手里的酱油瓶掉到了地上，砰的一声碎了。刘作家昏迷了似的浑身瘫软了，李光头的左手使劲提着他，不让他倒地，右拳像是在击打沙袋，继续往刘作家的脸上狠揍。把刘作家的眼睛揍得肿成了一条缝，把刘作家的鼻子嘴巴揍得鲜血淋漓。李光头一共往刘作家的脸上揍了二十八拳，把刘作家揍成了一个车祸受害者。最后李光头提着刘作家的左手没劲了，松开后刘作家的身体像沙袋似的掉了下去，李光头赶紧从后面抓住刘作家的衣服。刘作家跪在了地上，李光头左手拉着他的衣领，不让他倒地，李光头笑嘻嘻地对围观的群众说：

“这就是知识分子……”

说完李光头的右拳开始狠击刘作家的背部，一口气揍出了十一拳，揍得刘作家嘴里“嗨哟嗨哟”地响，李光头发现刘作家的声音变了，不再是尖声细气了，开始发出一系列沉重的声响。李光头满脸惊奇地对围观的群众说：

“听到了吧，这个知识分子在喊劳动号子啦……”

然后李光头像是做起了科学实验，往刘作家背上狠揍一拳，听刘作家喊叫“嗨哟”一声。李光头一连揍了五拳，刘作家像是事先约好了一连喊叫了五声“嗨哟”的劳动号子。李光头满脸的兴奋，一边揍着刘作家，一边对围观的群众说：

“我把他的劳动人民本色给揍出来啦！”

这时的李光头自己也汗流浃背了，他的左手一松，刘作家的身体完全掉在了地上，像一头死猪似的瘫在了那里。李光头擦擦额上的汗水，心满意足地说：

“今天到此为止。”

李光头意犹未尽，他想起来刘作家还有一个知识分子同党赵诗人，就对围观的群众说：

“赵诗人也是个知识分子，你们转告他，半年内我要揍他一顿，也要把他的劳动人民本色给揍出来。”

李光头扬长而去，刘作家躺在街上的梧桐树旁满脸是血，来去的群众围在那里看上一会儿，指着地上的刘作家议论纷纷。李光头对准刘作家的五官揍了二十八记重拳，把刘作家揍得神志不清了，瘫痪似的躺在地上。直到几个五金厂的工人上班走过时，看到他们的刘科长被人揍得满脸是血，眼睛转溜溜，咧着嘴傻笑，赶紧把他抬到了医院。

刘作家躺在医院急症室的病床上，一口咬定揍他的人不是李光头，是李逵。那几个五金厂的工人不知所云，问他：

“哪个李逵？”

刘作家咳嗽着，嘴里吐着鲜血说：“就是《水浒传》里的那个李逵。”

几个工人惊讶不已，说那个李逵不是在刘镇，是在书里。刘作家点着头说，那个李逵就是从书里跑出来揍了他一顿。几个工人忍不住笑了，笑着问他，李逵为何要从书里跑出来揍他呢？刘作家趁势骂了李逵几句，说那是个有勇无谋的马大哈，浑身的肌肉都长到脑子里去了，这个马大哈李逵得到了错误情报，走错了地方，揍错了人。最后刘作家继续咳嗽着，继续吐着血，声音嗡嗡地说：

“李光头哪是我的对手。”

几个五金厂的工人心想坏了，他们拉住医生，打听他们的刘科长是不是被揍成个傻子精神病了。医生摇摆着手说，还没有这么严重，说刘科长只是被人揍出了妄想性回忆，医生说：

“睡一觉醒来就好了。”

李光头扬言下一个挨揍的是赵诗人，这话传到赵诗人耳中，赵诗人气得脸色苍白，他鼻子里放屁似的一连哼出了五六声，很少说脏话的赵诗人忍不住骂了一声：

“这个小王八蛋。”

赵诗人对我们刘镇的群众说，想当初，也就是十一十二年前，这个李光头吃了他多少扫堂腿，这个李光头哭着喊着摔着跟斗，一口气摔出去半条街。赵诗人声称李光头是人渣，十四岁就到厕所里去偷看女人屁股，被他赵诗人生擒活捉以后怀恨在心，一直想伺机报复。赵诗人回想起当年揪着李光头游街时的无限风光，苍白的脸色红润了起来，说话的声音也洪亮了。有群众说李光头也要把赵诗人的劳动人民本色给揍出来，赵诗人的脸色又苍白了，他气得声音直发抖，他说：

“我先揍他，你们看着吧，我先把这个劳动人民揍成个知识分子，揍得他从此不说脏话，揍得他以礼待人，揍得他尊老爱幼，揍得他温文尔雅……”

有群众笑着说：“你这么揍下去，不就把他揍成个李诗人了吗？”

赵诗人听后一愣，随即喃喃地说：“揍成个李诗人也无妨。”

赵诗人在大街上口出狂言，回到家里就发虚了。他心里七上八下，想想自己要是和刘作家打架，就是大战一百回合，自己可能只是略占上风，而且把握并不大。想想李光头把刘作家揍得毫无还手之力，把刘作家揍出了妄想性回忆，让刘作家错把李光头当李逵了，成了刘镇群众饭后茶余的笑料；想想自己可能也是同样的下场，甚至更加不如。赵诗人觉得李光头是那种嘴上无毛办事不牢的愣头青，揍起人来不知道轻重死活，他对准刘作家的脸蛋揍了二十八拳，揍出了刘作家从未有过的妄想性回忆，他要是对准自己的脸蛋揍上八十二拳，还不把自己揍得一辈子呆头呆脑，揍成妄想性人生了。这么一想后，赵诗人能不上街就不上街了，有时迫不得已必须上街的话，赵诗人走路时也像个侦察兵那样探头探脑，眼观六路耳听八方，一旦发现有李光头的敌情，立刻蹿进一条小巷躲藏起来。

刘作家挨揍后在医院里躺了两天，在家里躺了一个月。李光头被陶青叫到民政局的办公室臭骂一顿后，就什么事也没有了。此后有群众当面问起李光头：为何要把知识分子刘作家，揍成了劳动人民刘成功？李光头矢口否认，他嬉笑着说：

“我没揍他，是李逵揍了他。”

刘作家被李光头揍进了医院，揍到了床上下不来，宋钢心里不安了，虽然刘作家那天的所作所为让宋钢很生气，可是李光头把刘作家揍成那样，宋钢觉得也不对。宋钢一直想去探望刘作家，又怕李光头不高兴，这事就拖了下来。眼看着刘作家马上就要伤愈复出，马上就要回到五金厂供销科上班了，宋钢觉得不能再拖下去了，他支支吾吾地对李光头说：

“应该去探望一下刘作家。”

李光头挥了一下手说："要去，你自己去，我不去。"

宋钢继续支支吾吾，他说把人家打伤了，去探望的话，总得提点什么过去。李光头不知道宋钢要说什么，他问：

"你吞吞吐吐想说什么？"

宋钢只好实话告诉李光头，他想买几个苹果去探望刘作家。李光头一听苹果，马上吞起了口水，说自己这辈子还没吃过苹果呢，他说：

"这不便宜那个劳动人民了？"

宋钢不再说话了，他低头坐在桌前。李光头知道宋钢心里不安，就拍拍宋钢的肩膀说：

"行，你就买几个苹果去探望那个劳动人民吧。"

宋钢感激地笑了，李光头摇着头对宋钢说："我不在乎那几个苹果，我是担心，我费了很大的劲才揍出了他的劳动人民本色，我担心他一吃上苹果，知识分子的嘴脸又吃出来了。"

宋钢在街上的水果铺子买了五个苹果，他先是回到家里，把里面最大最红的那个苹果挑出来，给李光头留着，另外四个苹果他放进了旧书包。宋钢背着旧书包来到刘作家家中，那时候刘作家早已康复，坐在院子里和邻居聊天，听到宋钢在门外向人打听，他立刻站起来，走进屋子躺到了床上。

宋钢小心翼翼地走进刘作家的屋子，刘作家闭着眼睛躺在床上，宋钢走到床前，刘作家睁开眼睛看他一眼就闭上了。宋钢在刘作家的床前站了一会儿，轻声说了一句：

"对不起。"

刘作家的眼睛睁开来，看了宋钢一眼又闭上了。宋钢站了一会儿，打开书包把里面四个苹果拿了出来，放在刘作家床前的桌子上，他轻声对刘作家说：

"我把苹果放在桌子上了。"

刘作家一听说苹果，不仅眼睛睁开了，整个身体都张开似的坐了起来。他看见桌上的四个苹果，立刻满脸欢笑，他对宋钢说：

“你真是客气。”

刘作家说着拿起一个苹果在床单上擦了擦，迫不及待地放进嘴里咬了一口。刘作家幸福的眼睛眯成了一条缝，他清脆地一口一口咬着苹果，清脆地在嘴里嚼着苹果，就是往肚子里吞的声音都是清脆的。正如李光头意料的那样，刘作家吃完一个苹果后，马上把知识分子的嘴脸吃出来了。刘作家眉飞色舞地和宋钢谈起了文学，好像他们之间什么事都没有发生过。

三

半年过去了，李光头没有机会把赵诗人的劳动人民本色给揍出来，他也忘记了自己对刘镇群众许下的诺言，他越来越忙了，他当上了福利厂的厂长。李光头刚去的时候，两个瘸子是福利厂的正副厂长，没过半年两个瘸子都心甘情愿地听从李光头的指挥了。

这时的李光头只有二十岁，已经是个李厂长了。福利厂原来只有两个瘸子、三个傻子、四个瞎子、五个聋子的时候，年年亏损，年年要到陶青那里去申请救助。陶青掌握的民政经费本来就少，年年都要拆东墙补西墙。福利厂是陶青一手创建起来的，陶青指望福利厂能够解决十四个残疾人的吃饭问题，福利厂不仅没有挣钱，他年年还要往里面贴钱弥补亏损。陶青收留李光头是因为李兰给他叩头叩破了额头，没想到李光头去的第一年就让福利厂扭亏为盈了，不仅十四个残疾人的工资解决了，还上交了五万七千两百二十四元的利润。第二年更是不得了，上交到陶青这里的利润高达十五万之多，人均利润达到一万元。县长见了陶青都是满脸笑容，说陶青是全中国最阔的民政局长，然后悄悄请求陶青从福利厂上交的利润里拿出一些来，让他去填补县里的财政窟窿。

陶青因此荣升为局长，他几年没有去福利厂看看了，这天他开完会散步着走进了福利厂。陶青早就知道福利厂的两个瘸子厂长不管事了，成了两个摆设，李光头是个实际的厂长了。陶青还知道李光头进了福利厂不到半年，就带着两个瘸子、三个傻子、四个瞎子和五个聋子到照相馆去拍了一张全家福，然后带着这张全家福的照片上了长途汽车去了上海。李光头上车前在苏妈的点心店里买了十个馒头做干粮，他在上海奔波了两天，跑了七家商店和八家公司，拿着福利厂全家福的照片到处给人看，指着照片上的人一个个告诉那些商店和公司的领导，哪个是瘸子，哪个是傻子，哪个是瞎子，哪个是聋子，最后指着照片上的自己说：

"只剩这个，不瘸不傻不瞎不聋。"

李光头到处博得人们的同情，他把十个馒头吃光后，终于在一家大公司拿到了加工纸盒的长期合同，然后才有了福利厂现在的辉煌。

陶青走进福利厂的时候，瘸子副厂长刚好从厕所里出来，陶青问他厂长在哪里。瘸子副厂长回答说，厂长正在车间里干活。陶青让他把厂长叫来，自己走进了厂长办公室。陶青看到墙上挂着那张全家福的照片，他记得上次来的时候办公室里有两张桌子，两个瘸子厂长正在下象棋，一边下棋一边悔棋，一边悔棋一边对骂。现在只有一张桌子了，陶青心里有些奇怪，难道瘸子正厂长把瘸子副厂长赶出办公室了？陶青在办公桌后的椅子里刚坐下，李光头就跑进来了，李光头还没进门就在外面喊叫了：

"陶局长，陶局长你来啦！"

陶青看到李光头也是很高兴，他笑着对李光头说："你干得不错。"

李光头谦虚地摇摇头说："才刚开始，还要努力。"

陶青赞许地点点头，问李光头是不是很满意现在的工作。李光头连连点头，说他很喜欢现在的工作。陶青和李光头聊了一会儿，往门外望了望，心想那个瘸子厂长怎么还不来？车间就在隔壁，瘸子厂长走路是慢了一点，也应该来了。陶青问李光头：

"你们厂长怎么还不过来？"

李光头听后先是一愣，随即伸手指着自己的鼻子说："我来了呀，我就是厂长。”

“你是厂长？”陶青吃了一惊，他说，“我怎么不知道？”

李光头笑着说：“你工作太忙，我不好意思来打扰你，所以没有告诉你。”

陶青的脸色沉下来了，他问李光头：“原来的两个厂长呢？”

李光头摇着头说：“已经不是厂长了。”

陶青明白了为什么办公室里只有一张桌子了，他指着桌子问李光头：“这是你的办公桌？”

李光头点着头说：“是。”

陶青严肃地说：“厂长的任免应该通过组织，先是民政局领导讨论通过，再上报县政府批准……”

李光头连连点头，他对陶青兴奋地说：“对，对，你说得对，你正式把原来的厂长免了，再正式任命我当厂长。”

陶青沉着脸说：“我没有这个权力。”

“陶局长你太谦虚了，”李光头嘿嘿笑着伸手指着陶青说，“谁当福利厂的厂长，还不是你说了算数？”

陶青哭笑不得，他说：“不懂规矩。”

接下去的情景更是让陶青哭笑不得，自封为厂长的李光头带着陶青去参观糊纸盒的车间，十四个残疾人都口口声声叫李光头为“李厂长”，就是原来的两个瘸子厂长也是恭恭敬敬地叫“李厂长”。李光头厂长站在陶青局长身旁使劲鼓掌，十四个残疾人也跟着使劲鼓掌，李光头还嫌掌声太轻，对他手下的十四个忠臣喊叫道：

“陶局长来看望我们大家啦！把掌声给我鼓出鞭炮的响声来！”

十四个忠臣拼命鼓掌了，把十四具身体都鼓得发动起来了。李光头还嫌不够，他挥手说：

“大声喊，欢迎陶局长！”

两个瘸子和四个瞎子扯破了嗓子喊："欢迎陶局长。"

五个聋子张着嘴笑着，不知道两个瘸子和四个瞎子在喊些什么，李光头急忙跑上去，让五个聋子看着他的嘴巴，李光头的嘴一张一合像是浮出水面的鱼嘴一样，终于让五个聋子找对了口型。五个聋子里有三个还是哑巴，只有两个不哑的聋子喊出了声音，喊出来的"欢迎陶局长"响得震耳欲聋，李光头十分满意，两个大拇指全对他们竖起来了。接着李光头又发现了新问题，三个傻子不会喊叫"陶局长"，他们喊着"欢迎李厂长"。这让李光头很丢面子，李光头赶紧跑到三个傻子前面，像是教他们唱歌似的教他们喊"欢迎陶局长"，李光头的两条胳膊上下舞动着，嗓子都喊哑了，三个傻子还是喊着"欢迎李厂长"。陶青忍不住哈哈大笑了，李光头不好意思地对陶青说：

"陶局长，给我一点时间，你下次来，我保证他们会喊'陶局长'了。"

"不用啦，"陶青摆摆手说，"他们'李厂长'倒是喊得很利索。"

陶青走出车间时回头看了看两个瘸子厂长，对李光头说："我以为这两个厂长是两个摆设，现在才知道连摆设都不是。"

两个月以后，李光头正式被任命为福利厂的厂长。李光头被叫到陶青的办公室，陶青把县政府批复的任命文件给李光头读一遍，李光头激动得脸色通红，他告诉陶青，福利厂的三个傻子已经可以很利索地叫"陶局长"了。陶青嘿嘿地笑，然后他语重心长地告诉李光头，正式任命他当厂长有很大的阻力，因为他过去犯过错误。陶青像是对自己的心腹说话那样，低声告诉李光头，别人都视李光头为他的嫡系，他要李光头从此注意自己的形象，改一改满身的土匪习气。最后陶青给李光头下达利润指标，他伸出两根手指说：

"你今年要上交二十万利润。"

李光头伸出三根手指："我上交三十万，达不到这个指标我就辞职。"

陶青满意地点点头，李光头卷起县政府批复的任命文件就要往口袋里塞，陶青指着任命文件说：

“你这是干什么？”

李光头说：“我拿回家。”

陶青摇了摇头说：“你真是不懂规矩，这文件是要拿到组织部备案的，你现在是国家干部了。”

“我是国家干部了？”李光头一脸的受宠若惊，他说，“那我更应该拿回家给宋钢看看了。”

陶青想起了十二年前的宋钢，一个可怜又可爱的孩子。陶青犹豫了一下，同意李光头把任命文件拿回家给宋钢看一看，但是他要求李光头下午就把文件交还回来。李光头出门的时候给陶青鞠躬，他真诚地说：

“谢谢陶局长让我当厂长。”

陶青拍拍他的肩膀说：“谢什么，你都先斩后奏了。”

李光头把“先斩后奏”听进去了，他嘿嘿地笑，当他走出民政局的院子，“先斩后奏”再从他嘴里出来时，完全变味了。

李光头手里拿着县政府批复的任命文件，路上见到认识的人就把文件展开来给他们看，得意洋洋地告诉他们，他现在是李厂长了。在桥上遇到童铁匠时，李光头拉着他干脆坐到了桥栏上，摆开架势讲起了自己是怎么当上福利厂厂长的，他告诉童铁匠，他早就是实际的福利厂厂长了，他抖动着手里的任命文件说：

“这张纸只是给个名分。”

“对，”童铁匠叫了一声，他说，“好比是结婚证，谁还憋到结婚那天，早睡到一起了，结婚证就是给个名分，这叫合法化。”

“对，就是合法化。”李光头也叫了起来，他对童铁匠说，“用陶局长的话说，我是先把人家姑娘的肚子搞大了，人家姑娘只好嫁给我了，这叫先斩后奏。”

李光头回到家里时，宋钢已经做好了午饭，摆好了碗筷坐在桌前等着李光头。李光头小人得志地在桌旁坐下来，不屑地看一眼桌上的饭菜，嘴里嘟哝地说：

“堂堂李厂长天天吃这些破菜烂饭……”

宋钢不知道李光头是正式的厂长了，他以为李光头还是那个自封的厂长，他嘿嘿笑了一声，端起饭碗自己吃了起来。李光头这时才把那张任命文件展开来，伸到了宋钢的眼睛下面，宋钢嘴里嚼着饭菜看完了任命文件，惊喜地从椅子里跳了起来，宋钢嗡嗡地叫着，满嘴的饭菜让他说不出准确的话来，他一口将饭菜吐到了手掌上，深深地吐了一口气，大叫起来：

“李光头，你真的是……”

李光头镇定自若地纠正宋钢的话：“是李厂长。”

“李厂长，你真的是李厂长啦！”

宋钢兴奋地叫着在屋子里蹦跳，嘴里一声声叫着“李厂长”，捏着饭菜的拳头对准李光头的胸膛接连捶打了三拳，拳头里的饭菜飞溅出来，飞溅到了李光头的脸上。李光头抹着脸上宋钢嚼过的饭菜，哈哈笑个不停。宋钢的拳头还要往他胸膛上捶打，李光头跳起来躲闪着宋钢的拳头。就像宋钢提着旅行袋从乡下回来时那样，两个人蹦蹦跳跳地在屋子里嬉笑打闹，这次是宋钢追打李光头，李光头满屋子乱跑躲闪着宋钢的拳头。他们把椅子凳子全部碰倒在地，把桌子也撞斜了，碗里饭菜全泼在了桌子上。宋钢这才收回了自己的拳头，想起来拳头里还沾有刚才吐出来的饭菜，他拿起抹布擦了擦手，将泼在桌子上的饭菜收拾到碗里，又把倒地的椅子扶起来，然后对着正在笑着喘气的李光头做出一个“请”的动作，对李光头说：

“李厂长，请吃饭。”

李光头喘着气摇着头说：“我堂堂李厂长要吃三鲜面。”

宋钢眼睛一亮，挥一下手说：“对，吃三鲜面，庆祝一下。”

宋钢不屑地看了一眼桌子上的饭菜，拍着李光头的肩膀走出了屋子，锁上屋门向前走了几步后，宋钢又站住了，他问李光头三鲜面要多少钱一碗，李光头说三角五分钱一碗。宋钢点着头又走回到了屋门前，贴着屋门解开了裤子，手在内裤里摸索了一会儿，摸出来了七角钱，放进上衣口袋后，神气地向前走去了。宋钢一边走，一边对李光头说：

"你现在是厂长了，我是厂长的哥哥，我不能再当着别人的面去裤裆里摸钱了，我不能让我的厂长弟弟丢面子。"

兄弟俩像是凯旋的英雄走在我们刘镇的大街上，李光头手里还捏着那张任命文件，宋钢两次停下来，要求李光头把任命文件再给他看一遍，宋钢站在大街上朗诵似的大声读着任命文件，读完后由衷地对李光头说：

"我真是太高兴了。"

兄弟俩走进了人民饭店，宋钢刚跨进饭店的大门，就对着柜台里开票的女人喊叫起来：

"两碗三鲜面！"

宋钢走到开票的柜台前，从上衣口袋里摸出了准备好的七角钱，重重地拍在了柜台上，把里面开票的女人吓了一跳，她嘟哝着说：

"才七角钱，就是十元钱也用不着这么使劲。"

兄弟俩吃完了三鲜面，满头大汗地往回走。一路上李光头三次展开任命文件给认识的人看，宋钢两次站住脚朗诵了两遍。回家后宋钢要求他来保管任命文件，他怕李光头以后会弄丢了。李光头听了宋钢的话以后，满脸的陶局长表情，满嘴的陶局长语气，李光头说：

"你真是不懂规矩，这文件是要拿到组织部备案的，我现在是国家干部了。"

李光头的话让宋钢更加欣喜，他觉得自己的这个弟弟真是了不起，他把任命文件捧在手里，要把每个字都吃下去似的读了最后一遍。读完后想到以后再也看不到这个任命文件了，宋钢满脸的遗憾，随即他灵机一动，立刻去找来一张白纸，用黑墨水工工整整地将任命文件抄写下来，又用红墨水把上面的公章小心翼翼地画出来。李光头嘴里不停地“啧啧”，说宋钢画出的公章比真公章还要真。宋钢画完公章后，如释重负地笑了，将任命文件还给李光头，拿起自己这张，对李光头得意地说：

“我们以后可以看这个。”

兄弟俩的工资由宋钢保管，宋钢每次花钱都要和李光头商量，都要征得李光头的同意。李光头正式当上厂长以后，宋钢自作主张上街给李光头买了一双黑皮鞋，宋钢说李光头是厂长了，不能再穿那双破球鞋了，应该穿上一双亮闪闪的黑皮鞋。李光头看到宋钢给他买的黑皮鞋很高兴，他数着手指，从县里的书记县长数到县里的局长，从县里的局长数到几个大厂的厂长，李光头说刘镇有身份的人都穿着黑皮鞋，他说：

“我也是个有身份的人。”

李光头身上的毛衣也破烂了，而且有几种颜色混杂在一起，那是李兰生前用几件旧毛衣拆下的毛线织出来的。宋钢上街给李光头买了一斤半米色的新毛线，下班回家后，他就开始给李光头织毛衣，他一边织着一边贴到李光头身上比划着，一个月以后新毛衣织成了，李光头一穿非常合身，胸前还有波浪的线条，波浪上面是一艘扬帆启航的船。宋钢说这胸前扬帆的船象征了李光头的远大前程，李光头高兴地哇噢哇噢直叫，他对宋钢说：

“宋钢，你真是了不起，女人的事你也会做。”

穿上了黑皮鞋的李光头，每次出门都要穿上深蓝色的卡其布中山装，每个纽扣都扣严实了，连风纪扣都扣上。自从穿上宋钢织出的米色新毛衣以后，李光头就不再扣中山装上的纽扣了，他敞开着中山装大摇大摆地走在街上，为了让人清楚地看到他新毛衣上面的波浪和扬帆的船。他的双手插在裤子口袋里，将上衣挡在胳膊后面，挺着厚实的胸膛走着，逢人咧嘴微笑。

我们刘镇的女人从来没有见过毛衣上还能织出扬帆的船，她们见到李光头把他围在中间，五六只手同时扯着李光头的新毛衣，研究上面的船是怎么织出来的，她们赞叹不已，她们说：

“上面还有帆呢！”

这时的李光头仰着脸嘿嘿笑着让她们欣赏，听着她们夸奖他身上的船毛衣，她们问他，谁这么心灵手巧？李光头骄傲地说：

“宋钢，宋钢除了生孩子不会，什么都会。”

我们刘镇的女人赞叹了船的图案和帆的图案后，开始研究这毛衣上的是一艘什么船。她们问李光头：

“是不是渔船？”

“渔船？”李光头生气地说，“这叫远大前程船。”

她们庸俗的提问让李光头十分恼火，他推开她们的手，觉得把远大前程船的毛衣给她们欣赏，简直是对牛弹琴。李光头恼火地走去时，还回头奚落了她们一句：

“你们，哼，除了会生孩子，还会什么？”

四

李光头成了李厂长以后，经常和其他的厂长们一起开会。都是一些身穿中山装脚蹬黑皮鞋的人物，李光头和他们笑脸相迎握手致意，几个月下来李光头就和他们称兄道弟了。李光头从此进入了我们刘镇的上流社会，于是造就了一副不可一世的嘴脸，他喜欢昂着头和别人说话。

有一天在桥上突然见到林红，不可一世的李光头突然呆头呆脑了。这时的林红芳龄二十三，六年多前李光头偷看到的是一个十七岁美少女，如今的林红更是风姿绰约。林红目不斜视地从桥上下来，走到李光头身旁时，刚好有人喊叫她的名字，她一个转身长辫子飘扬而起，差一点扫到了李光头的鼻尖。李光头如痴如醉地看着林红下桥沿着街道走去，嘴里呻吟似的说个不停：

"美啊，美啊……"

两股鲜血从他的鼻孔里流了出来，流进了他的嘴巴。李光头很久没有见到林红了，他当了厂长以后差不多忘记了这个刘镇美人，这天他突然见到林红时竟然激动得流出了鼻血。李光头再次名噪一时，差不多和他当年在厕所里偷看屁股齐名了。我们刘镇的群众嘿嘿笑个不停，群众敲打着手指数了一年又一年，说自从李光头在厕所里偷看女人屁股以后，刘镇再没有什么让人兴奋的事情发生了；说这刘镇是一年比一年沉闷，群众是越活越消极；现在好了，现在李光头重出江湖了，闹出来的仍然是个林红新闻。

李光头对群众的嘲笑不屑一顾，他说那是“献血”，他说普天之下能为爱情献血的，他拍拍自己的胸脯：

“非我莫属。”

我们刘镇的老人说话比较客气，他们说：“有名气的人，做出来的事情也有名气。”

这话传到李光头耳中，他听了很舒服，点着头说：“名人嘛，是非总是比普通人多。”

李光头曾经把刘作家揍出了妄想性回忆，现在他自己也患上了妄想症，他左思右想，想着林红从他身旁走过时为什么挨得那么近，林红飘起的长辫子都快碰上他的鼻尖了。李光头把钟情妄想和夸大妄想熔于一炉，他断定林红爱上自己了，哪怕没有爱上也是快要爱上了。李光头心想那天桥上和街上的人实在是太多了，要是深更半夜街上和桥上都是空无一人，林红肯定会站住脚，肯定会含情脉脉地把他看了又看，把他脸上皮肉里的血管神经，一根根看进眼里，铭刻到心里去。然后李光头一脸傻笑地告诉宋钢：

“林红对我有意思了。”

宋钢知道林红，知道这个刘镇美人是所有刘镇男人深夜里的美梦。宋钢觉得林红就像是天上的月亮和星星一样可望而不可即，现在李光头突然声称林红对自己有意思了，宋钢惊愕得说不出话来。林红会喜欢六年多前在厕所里偷看自己屁股的李光头吗？宋钢一点把握都没有，他问李光头：

“林红为什么对你有意思？”

“我是李厂长啊！”李光头拍着胸脯，对宋钢说，“你想想，这刘镇上上下下前前后后二十多个厂长里面，只有我李厂长是个未婚青年……”

“是啊！”宋钢听了这话连连点头，他对李光头说，“古人说郎才女貌，你和林红就是郎才女貌。”

“对啊！”李光头兴奋地给了宋钢一拳，他的眼睛闪闪发亮，他说，“我要说的就是郎才女貌。”

宋钢的话让李光头找到了他和林红相爱的理论基础，李光头开始正式追求林红了。我们刘镇很多年轻男子都曾经或者正在追求林红，这些没出息的男人后来都一个个知难而退，只有气度不凡的李光头锲而不舍。

李光头大刀阔斧地追求林红，他让宋钢做他的狗头军师，宋钢读过几本破烂的古书，宋钢说古人打仗前都要派信使前去下战书，他说：

“不知道求爱前是不是也要派个信使过去？”

“当然要派。”李光头说，“让林红做好准备，要不太突然了，她激动得晕倒了怎么办？”

李光头派遣的信使是我们刘镇的五个六岁的男孩，他是在去福利厂上班的路上见到他们的。这几个男孩正在大街上嚷嚷，他们对着李光头指指点点争吵不休，有个孩子说这个光脑袋的人就是那个传说中偷看林红屁股的人，也是传说中见了林红流出鼻血的人；还有一个孩子说不是这个人，是那个叫李光头的人。李光头听到了他们的话，心想连这些小王八蛋都知道自己的种种传说，自己已经是刘镇的神话人物了。李光头站住脚，神气地招招手，让孩子们走过来。这几个流着鼻涕的孩子走上去，仰脸看着我们刘镇的名人李光头。李光头跷起大拇指，指着自己的鼻子说：

“老子就是李光头。”

几个男孩呼呼地吸着他们的鼻涕，个个惊喜地看着李光头。李光头挥动着手让他们赶快把鼻涕吸干净了，然后问：

“你们也知道林红？”

几个男孩点着头齐声说：“针织厂的林红。”

李光头嘿嘿笑了几声，说要交给他们一个光荣的任务，让他们跑到针织厂的大门口守候着，像夜里的猫守候着夜里的老鼠那样，等林红下班出来时，就对着林红大声喊叫……李光头学着孩子的腔调喊叫起来：

“李光头要向你求爱啦！”

几个男孩咯咯笑着齐声喊叫：“李光头要向你求爱啦！”

“对，就是这样喊。”李光头赞赏似的挨个拍了拍他们的脑袋，对他们说，“还有一句，‘你准备好了吗？’”

几个男孩喊叫：“你准备好了吗？”

李光头十分满意，夸奖这几个孩子学得真快。他伸手数了数，一共有五个男孩，他从口袋里拿出两个五分的硬币，在街旁的小店里买了十颗硬糖，发给孩子们每人一颗硬糖，剩下的五颗放进了自己的口袋。李光头告诉五个男孩，先给他们每人一颗，剩下的五颗等他们完成任务以后，再到福利厂来领赏。然后李光头像是战场上的军官指挥士兵冲锋那样，向着针织厂的方向一挥手：

“出发！”

五个孩子飞快地将糖纸剥了，飞快地将硬糖放入嘴中，他们站在那里没有动，幸福地吃着糖果。李光头再次挥了一下手，他们还是没有动，李光头说：

“他妈的，快去呀！”

他们互相看了看后，问李光头：“什么叫求爱？”

“求爱？”李光头费劲地想了想后说，“求爱就是结婚，就是天黑了一起睡觉。”

五个孩子咯咯直笑，李光头再次把他粗短的手臂挥向了针织厂，五个孩子排成一队向前走去，他们一边走一边喊叫：

“李光头要向你求爱啦！结婚啦！睡觉啦！你准备好了吗？”

“他妈的，回来。”李光头赶紧把他们叫回来，告诉他们，“不准喊结婚，不准喊睡觉，只能喊求爱。”

这天下午，李光头的五个爱情信使一路喊叫着走向了针织厂。我们刘镇的群众是大开眼界，看着这几个李光头的爱情特派员叫叫嚷嚷，群众做梦都想不到李光头还会有这样一手，竟然让几个流着鼻涕穿着开裆裤的孩子代表自己去向林红求爱。群众一边笑着一边摇头，他们说李光头肯定是脑子里有屎有尿了，才会干这种蠢事；他们说李光头整天和两个瘸子、三个傻子、四个瞎子、五个聋子相处在一起，把自己的脑子也相处残疾了。

当时赵诗人也在现场，他同意群众的结论。他说自己很早就认识李光头了，他了解李光头的底细；他说从前的李光头虽然不聪明，但是也不傻；他说李光头自从去了福利厂，尤其是当上了瘸傻瞎聋们的厂长以后，一天比一天傻。赵诗人优雅地说了一句古话：

“这叫近墨者黑，近朱者赤。”

五个孩子吸着鼻涕唱歌似的喊叫，先是把“求爱”喊出去了一条街，接着把“结婚”喊出去了第二条街道，当他们喊到第三条街道时，嘴里已经在喊叫着“睡觉”了。五个孩子喊叫到了“睡觉”，才想起来李光头的话，李光头不准他们喊“睡觉”。他们开始往回喊叫，喊叫起了“结婚”，接着想起来“结婚”也不能喊叫，当他们再往回喊叫时，怎么都想不起来“求爱”这个词了。五个孩子站在街道上东张西望，他们用手擦着鼻涕，又把手上的鼻涕擦到屁股上，把屁股上的裤子擦得像是蚰蜒爬过似的亮晶晶，他们仍然没有想起来“求爱”这个词。

赵诗人刚好走到这第三条的街道上，赵诗人听清楚了孩子们的议论，心里想到李光头曾经扬言要揍出他劳动人民的本色，顿时一脸坏笑了，他向五个孩子招招手，五个孩子走到他跟前，他低声告诉他们：

“是‘性交’。”

五个孩子互相看来看去，觉得有点像这个词，又不太像这个词。赵诗人斩钉截铁地又说了一遍：

“肯定是‘性交’。”

五个孩子立刻点起了头，他们欢欢喜喜地走向了针织厂。在针织厂的大门口，五个孩子叫叫嚷嚷，看着传达室里守门的老头，对着关上的大铁门齐声喊叫：

“李光头要和你性交啦！”

传达室里的老头先是好奇地竖起耳朵听，孩子们喊叫了三遍后他才听清楚，他勃然大怒，提起门后的扫帚冲了出去，五个孩子吓得四散而逃。老头挥舞着扫帚破口大骂：

“操你妈，操你奶奶……”

五个孩子战战兢兢地重新聚到一起，十分委屈地对守门的老头说：“是李光头让我们来……”

“李光头，操他妈的。”老头把扫帚往地上一捅，叫道，“他敢来和老子性交？老子捅烂他的屁眼。”

五个孩子的五个脑袋，像五个拨浪鼓一样摇晃，他们对着老头喊叫：“不是和你，是和林红……”

“和谁都不行。”老头义正词严地说，“就是和他亲妈，也不能性交。”

五个孩子不敢再走近针织厂的大门了，他们躲在不远处的树后，眼睛盯着传达室里的老头。老头一出来，他们立刻转身逃跑；老头回到传达室，他们又小心翼翼地走到那棵树后探头探脑。他们按照李光头的指示，像是夜里的猫守候着夜里的老鼠那样，守候到针织厂下班的铃声响起。然后他们看到林红和一群女工走出来了，五个孩子中间有两个知道谁是林红，这两个孩子使劲向林红招手，另外三个像哨兵一样盯着传达室里的老头。两个孩子压低声音喊叫：

“林红，林红……”

正和其他女工说说笑笑走来的林红，听到了孩子神秘的喊叫，她好奇地站住脚，看着躲在树后的五个孩子。其他女工也站住了脚，她们嬉笑着说林红真是美名远扬，连穿开裆裤的孩子都知道她。这时五个孩子齐声对林红喊叫起来：

“李光头要和你性交啦！”

有一个孩子还向林红解释：“就是在厕所里偷看你屁股的李光头。”

林红立刻脸色惨白，其他女工先是一怔，接着捂住嘴哧哧笑了起来。五个孩子继续喊叫：

“李光头要和你性交啦！”

林红气得眼泪都出来了，她紧紧咬着自己的嘴唇，飞快地向前走去，其他女工在后面忍不住咯咯笑出声来了。五个孩子想起来还有一句话没有喊叫，他们像一群兔子似的追了上去，对着林红的背影喊：

“你准备好了吗？”

五个孩子终于完成了李光头交给他们的光荣任务，一个个高兴得满脸通红，走在了那群下班的女工中间。那些姑娘摸着他们的脑袋，摸着他们的脸，仿佛无限宠爱着他们，向他们打听着事情的前前后后。他们一五一十地说着，姑娘们咯咯笑得一个个弯下了腰，一个个都直不起来了。

然后五个孩子跑向了福利厂，福利厂也下班关门了，他们又一路打听着跑到了李光头的家门口叫叫嚷嚷，李光头和宋钢从屋里走出来，五个孩子的五只右手同时伸向了李光头，李光头知道他们是来领赏的，他把口袋里的五颗硬糖拿出来，一颗颗地放在他们手中，五个孩子飞速地剥了糖纸，将五颗硬糖放进了五个嘴巴里。李光头充满期待地问他们：

“她是不是笑了？”

李光头做出一副害羞的笑容给孩子们看，问他们：“是不是这样笑？”

五个孩子摇着头说：“她哭了。”

李光头吃惊地对宋钢说：“这么激动。”

李光头继续充满期待地问他们：“她一定是脸色通红？”

五个孩子继续摇着头说：“她的脸白了青了。”

李光头疑惑地看着宋钢说："不对呀，她的脸应该是红了。"

"就是白了青了。"孩子们说。

李光头开始疑惑地看着五个孩子了，他说："你们是不是喊错了？"

"没有。"孩子们说，"我们就是喊'李光头要和你性交啦'，我们连'你准备好了吗'都喊了。"

李光头哇哇地咆哮起来，像头野兽似的对着五个孩子咆哮："谁让你们喊'性交'啦？他妈的，谁让你们喊'性交'啦？"

五个孩子浑身哆嗦着，结结巴巴地说着，他们不认识赵诗人，他们说了又说也没说清楚那个人是谁。他们一边后退一边说着，最后是撒腿就跑。李光头气得脸色从苍白到铁青，比林红的脸色还要白还要青，他挥舞着拳头咆哮着：

"那个王八蛋，那个阶级敌人，老子一定要把他揪出来，一定要对他实行无产阶级革命专政……"

李光头气得胸膛里像是拉风箱一样呼哧呼哧地响，宋钢拍着他的肩膀说，生气没有用，还是尽快去向人家林红道歉。第二天下午下班的时候，李光头和宋钢一起站在了针织厂的大门口。针织厂下班的铃声响起来，里面的女工成群结队走出来时，李光头有些紧张了，他说自己马上要挺身而出了，他让宋钢在一旁察言观色，若形势不对宋钢要赶紧拉拉他的衣服。

林红远远就看见了站在大门外的李光头，她听到身边的姑娘们一声声地惊叫，她铁青着脸走到了大门口，她看到李光头身旁的宋钢时，不由多看了他一眼，这是林红第一次注意到身材挺拔面容英俊的宋钢。

李光头看到林红从大门里走出来时，悲怆地对着林红喊叫："林红，误会啦！昨天的几个小王八蛋喊错啦！我没让他们喊'性交'，我让他们喊'求爱'，我李光头要向你求爱！"

那些成群结队走出来的女工听到了李光头悲怆的喊叫，看到了李光头悲怆的表情，笑得挤成了一团又一团。林红已经愤怒得麻木了，她神情冷漠地从李光头身边走过。李光头紧跟在她的身后，举起拳头捶打着自己的胸膛，都捶打出了鼓的响声。他让胸膛发出的鼓声伴奏自己的喊叫：

“天地良心啊！”

李光头一点都不理会针织厂女工们咯咯的嗤笑，他继续悲怆地表白：

“那几个小王八蛋真的喊错啦，有个阶级敌人在搞破坏……”

随即李光头义愤填膺了，他的拳头不再捶打自己的胸膛，开始在头顶胡乱挥舞，他说：

“那个阶级敌人在破坏我们的无产阶级革命感情，故意让那几个小王八蛋喊‘性交’。林红，你放心，不管那个阶级敌人隐藏得有多深，我他妈的一定要把他揪出来，一定要对他实行无产阶级革命专政……”

然后李光头语重心长地说：“林红，千万不要忘记阶级斗争啊！”

这时林红终于忍无可忍了，她回头看着叫嚷的李光头，咬牙切齿地说出了一句有生以来最难听的话：

“你去死吧！”

这句话让慷慨激昂的李光头一下子愣住了，不知道发生了什么，等针织厂的女工们都走过去了，等她们幸灾乐祸的嬉笑也都飘过去了，李光头这才回过神来，他要快步追上去，宋钢紧紧拉住了他，宋钢说别追了，李光头才悻悻地站住脚，充满爱意地看着林红远去的背影。

然后兄弟两个走向了自己的家。李光头一点都没有失败的感觉，仍然走得气宇轩昂。宋钢反而像个被爱情淘汰的人，垂头丧气地走在李光头身旁。宋钢忧心忡忡地对李光头说：

“我觉得林红对你没有意思。”

“胡说。”李光头说完后，又自信地加了一句，“不可能没有意思。”

宋钢摇着头说：“她要是对你有意思，就不会说那句难听的话了。”

“你懂什么呀？”李光头老练地教育起了宋钢，“女人就是这样，她越是喜欢你，就越是要装出讨厌你的样子；她想得到你的时候，就会假装不要你。”

宋钢觉得李光头说得很有道理，他惊讶地看着李光头说：“你是怎么知道这些的？”

“社会经验嘛。”李光头得意地说，“你想想，我经常和厂长们一起开会，那些厂长都是过来人，都是聪明人，他们都这么说。”

宋钢钦佩地点着头，说李光头接触的人不一样，眼界也不一样了。李光头这时候哇的一声叫了起来，他说：

“有一个成语，说的就是这个道理。”

李光头拍着自己的脑袋，遗憾地说：“他妈的，我怎么想不起来了？”

李光头一路上都在兴致勃勃地想着那个成语，他一路上说了十七个“他妈的”，也没把那个成语想出来。宋钢也绞尽脑汁地替他想，走到家里了也同样没有想起来。宋钢进屋后赶紧去找来中学时用过的成语词典，坐在床上翻阅了半天后，试探地问李光头：

“是不是欲擒故纵？”

“对！”李光头欢呼起来，“我要说的就是欲擒故纵。”

这天晚上李光头拉着宋钢挑灯夜战，商量着如何来破解林红的“欲擒故纵”。到了纸上谈兵的时候，宋钢立刻显得才华横溢，他读过半册破烂的《孙子兵法》，他闭着眼睛把半册兵法在脑子里回忆了一遍，睁开眼睛又分析了一番林红的敌情，然后夸奖林红的“欲擒故纵”实在是高深莫测，宋钢说：

“欲擒故纵了不得，进可攻，退可守。”

接下去宋钢捧着成语词典翻来覆去地读着，他在里面找到了另外五个成语后，得意地伸出了五根手指，告诉李光头：

“要用五招战术，方可破解林红的欲擒故纵。”

“哪五招？”李光头欣喜地问。

宋钢把五根手指一根一根弯下来说："旁敲侧击，单刀直入，兵临城下，深入敌后，死缠烂打。"

宋钢向李光头解释，前两招战术已经用过了。昨天让几个孩子先去喊叫，这是旁敲侧击；今天李光头亲自出马，这是单刀直入。第三招为什么叫兵临城下？就是不能再一个人去了，李光头应该把福利厂的全体员工都带去，让林红领略一下李厂长的风采。第四招深入敌后，宋钢说这是关键一役，成败与否都在这里了。

李光头眼睛闪闪发亮地问："怎么深入敌后？"

"去她家。"宋钢说，"深入敌后，就是深入到她家里去，去把她父母征服了，这叫擒贼先擒王。"

李光头连连点头，他问："死缠烂打呢？"

"天天去追求她，锲而不舍，直到她以身相许。"宋钢说。

李光头猛地拍了一下桌子，对宋钢大声喊叫："宋钢，你真不愧是我的狗头军师！"

李光头雷厉风行，第二天下午就兵临城下了。李光头带着十四个瘸傻瞎聋的忠臣在我们刘镇的大街上招摇过市，我们刘镇的很多群众亲眼目睹了当时热闹的情景，群众笑疼了肚子，笑哑了嗓子。李光头担心两个瘸子走得太慢会掉队，就让他们走在最前面，于是整支求爱的队伍向前走去时故障不断，走得七零八落。领队的两个瘸子，一个往左瘸，一个往右瘸，走着走着一个走到了大街的最左边，一个走到了大街的最右边。让后面的三个傻子迟疑不决，往左边跟上几步，又赶紧退回来再往右边跟上几步。三个傻子手挽手一副齐心合力的样子，他们忽左忽右地走着，把后面用竹竿指路的四个瞎子撞得晕头转向，跌倒在地重新爬起来后，只有一个瞎子还在往前走，两个往后走了，一个走到街边被一棵梧桐树挡住了，他手里的竹竿对着梧桐树指指点点，嘴里一声声地叫着：

"李厂长，李厂长，这是什么地方？"

李光头忙得满头大汗，他刚把两个往后走的瞎子转过身去，那个正确往前走着的瞎子又被三个傻子撞倒了，梧桐树那边的瞎子还在发出一声声的求救。多亏了还有五个聋子，李光头手舞足蹈地指挥他们，让他们不要走成一排了，让他们分头行动，一个去把梧桐树前的瞎子拉回来，两个去管好前面的三个傻子，还有两个赶紧去帮助倒地的瞎子。李光头像是跳起了街舞，上蹿下跳地指挥着五个聋子。一边指挥着，一边还对街边的群众指点着自己的耳朵，告诉他们：

"这五个是聋子。"

李光头手忙脚乱地控制着求爱的队伍，他发现问题的症结是最前面的两个瘸子，他飞快地跑上去，让两个瘸子互换了位置，让往左瘸的走在右边，让往右瘸的走在左边。两个瘸子不再越走越分开了，他们瘸到了一起，走几步就会互相撞上，分开后再走几步后又互相撞上了。李光头继续跳着街舞，指手画脚地指挥着五个聋子，五个聋子也明白了自己的使命，两个走到了队伍的左侧，三个走到了队伍的右侧，他们像宪兵一样维持起了队形。

这支求爱的队伍终于没有故障了，李光头擦着满头的汗水，面对街边阵阵哄笑的群众，像是领导视察般地向他们挥手致意。街边的群众七嘴八舌，打听着这支奇奇怪怪的队伍要走向何方？李光头信誓旦旦地告诉他们，他把福利厂的全体工人都带上了，他要兵临城下针织厂，要去向林红宣布自己波浪滔天的爱和群山巍峨的爱，他说：

"我要让林红知道，我对她的爱，比山高比海深。"

这是我们刘镇的今古奇观。群众奔走相告，街上闲逛的男女老少共同掉头走向了针织厂，很多商店里的售货员也请假出来了，更多的人是从工厂里溜出来的，大街上的人是越来越多。我们刘镇的群众拥挤推搡，像是波浪包围着漩涡一样，包围着李光头的求爱队伍，一起涌向了针织厂。

针织厂守门的老头兴致勃勃，他的眼睛里望出去全是人，他感叹不已，他说“文化大革命”以后就没有一下子见过这么多的人，然后他说了一句幽默的话：

“我还以为是毛主席来了。”

有群众没有幽默感地说：“毛主席逝世好几年啦。”

“我知道，”守门的老头不高兴地说，“谁不知道毛主席他老人家逝世了？”

李光头的求爱队伍站在了针织厂的大门口，他让十四个忠臣排成两队，两个瘸子、四个瞎子和两个会喊叫的聋子站在前排，三个傻子和三个不会喊叫的聋子站在后排。李光头已经在福利厂的车间里练习了一个上午，他让前排的八个瘸瞎聋练习齐声喊叫，让后排不会出声的三个聋子练习使劲鼓掌。至于三个傻子，李光头吸取了上次陶青来视察时的教训，知道冰冻三尺非一日之寒，知道他们到了该喊叫“林红”的时候，喊出来的又是“李厂长”。李光头花了一个上午的时间，教会他们如何举起双手捂住自己的嘴巴。李光头最担心的就是这三个傻子，已经站到针织厂大门口了，李光头又让三个傻子练习了三次捂紧嘴巴。李光头把双手往嘴边一举，三个傻子的六只手掌立刻齐刷刷地捂紧了他们的嘴巴，李光头一个一个检查过来，他十分满意，他说：

“捂得好，捂得水泄不通啦。”

这时候人声鼎沸，李光头转向了黑压压的群众，两条胳膊抬起来，又使劲地压下去。像那个名扬世界的指挥家卡拉扬，李光头的两条胳膊抬起来七次，压下去七次，群众的嘈杂声终于下来了，只有七零八落的声音在起起落落，李光头把食指举到了嘴边，身体转着圈“嗞嗞”地吹着气。李光头的身体一百八十度地转来转去，快把自己转晕了，群众终于鸦雀无声，李光头对着群众喊叫：

“大家配合一下，好不好？”

“好！”群众一起喊。

李光头满意地点点头，群众的声音又七零八落地起落了，李光头赶紧把食指举到嘴边，“嗞嗞”吹着气，身体又转了起来。

下班的铃声还没有响起来，针织厂的刘厂长是我们刘镇的著名烟鬼，他抽着烟带着几个人走到了大门口，他听说李光头兵临城下，几乎把全镇的群众都带了过来。三十多岁的刘厂长一天抽三盒香烟，从早到晚手不释烟，他一边抽着烟一边走来，看到大门外黑压压乌云般的人群，吓了一跳，心想这个李光头真是个百分百的王八蛋。烟鬼刘厂长和李光头经常在一起开会，他们是老熟人了，烟鬼刘厂长很远就向李光头招手了，嘴里热情地叫着：

“李厂长，李厂长……”

走到了李光头身旁，烟鬼刘厂长忘记香烟快要烧到手指上，低声埋怨他：“李厂长，你这是干什么？你看看，把大门全堵住了，工人下班怎么回家？”

李光头嘿嘿地笑，他说：“刘厂长，你只要让林红出来一下，我们对她说上一两句话，我马上撤兵，班师回朝。”

烟鬼刘厂长知道只能这样了，这时他猛地抖了一下右手，扔掉烧到了手指的香烟屁股，他点点头，重新抽出一支香烟点燃了，猛吸一口后，转身让手下一个人去把林红叫来。

十分钟以后，林红出现了，她握紧双手低着头走过来，她步伐僵硬像是瘸了一样。林红的出现让群众山呼海啸了，李光头焦急地转过身去，面对着群众再次像指挥家卡拉扬了，胳膊一次次抬起来，一次次压下去。群众的喊叫渐渐平息下来，李光头扭头一看，林红已经走近了，赶紧对着手下的十四个忠臣一挥手，他的左手在捂住嘴巴的时候，右手豪迈地挥向了天空，后排的三个傻子竟然反应最快，立刻举手捂住了自己的嘴；其次是后排的三个聋子拼命鼓掌；然后前排八个瘸瞎聋开始齐声喊叫了：

“林红！林红！林红！”

乌云般黑压压的群众也跟着喊叫："林红！林红！林红！"

八个瘸瞎聋接下去喊叫："请你来当福利厂的第一夫人吧，请你来当福利厂的第一夫人吧……"

群众叽叽喳喳，八个瘸瞎聋喊了四遍以后，群众才听清楚了，群众山呼海啸地喊叫起来，群众去芜存菁，自动改编了口号，群众喊：

"第一夫人！第一夫人！第一夫人！"

李光头眼睛闪闪发亮，激动地说："群众的呼声很高啊，群众的呼声很高啊……"

低头走来的林红这时抬起了头，她惊恐万分地站住了脚，看了看黑压压的人群，她转身往回走了。这时意外发生了，三个傻子中的一个，本来好好地捂着自己的嘴巴，林红抬起头来的时候，让他见到了人间美色。这个傻子立刻身不由己了，他用力推开了前面的瞎子，伸开双臂去追赶林红了。这个傻子流着口水，一声声叫着：

"妹妹，抱抱；妹妹，抱抱……"

群众先是惊讶得一片耳语高低起伏声，随后爆发了飞机投弹轰炸般的大笑声。李光头没想到半路杀出一个花傻子,他一声声骂着"他妈的"，冲上去拉住这个花傻子，低声吼叫：

"他妈的，你给我回去，你这个花傻子。"

花傻子使劲挣脱李光头的手，喊叫着继续追赶林红："妹妹，抱抱……"

李光头再次冲上去，这次抱住了他，低声给他讲道理："林红不能和你抱，林红要和我抱；林红和我抱是第一夫人，和你抱就是傻夫人……"

花傻子被李光头抱住后不能去追赶林红了，花傻子很生气，对准李光头的左眼就是一拳，揍得李光头嗷嗷叫了两声。李光头右手扯住花傻子后背的衣服，左手向站在那里的十三个忠臣连连挥手：

"快给我拿下。"

花傻子背后的衣服被李光头扯住了，他不知道为什么不能往前追赶林红了，他双手胡乱挥舞着，像是一个溺水者。十三个忠臣七零八落地跑上来，五个聋子跑在最前面，剩下的两个傻子东张西望地紧随其后，两个瘸子一左一右地瘸了过来，四个瞎子也知道发生了什么，他们用竹竿敲击着地面，不慌不忙地走过来。李光头手下的五个聋子忠臣和两个瘸子忠臣齐心协力将花傻子摁在了地上，两个不花的傻子忠臣站在一旁呵呵傻笑，四个瞎子忠臣站成一排像是四个纠察，竹竿整齐地敲击着地面。花傻子被摁倒在地后，嘴里发出了屠宰场里杀猪般的喊叫：

"妹妹，抱抱……"

李光头兵临城下式的求爱只好草草收场，李光头左手捂着自己的左眼，指挥着十三个忠臣把花傻子拉回福利厂。两个瘸子继续在前面开道，五个聋子和两个傻子拉扯着花傻子往前走，四个瞎子紧随其后。花傻子被拉扯着往前走去时仍然一声声地喊叫着"妹妹"和"抱抱"，花傻子喊叫时唾沫横飞，让拉扯他的五个聋子不停地擦着脸上的唾沫，另外的两个傻子也是满脸的唾沫，这两个傻子没弄清唾沫的来源，抬头好奇地看着晴朗的天空，不明白自己的脸上为什么会湿漉漉。

我们刘镇的群众议论纷纷，都说这天下午最大的看点不是李光头和林红，是李光头和那个花傻子。尤其是花傻子狠揍了李光头一拳，把李光头的左眼揍成了一只青苹果，疼得李光头走去时还在龇牙咧嘴。刘镇的群众呵呵哈哈地笑，滔滔不绝地说，没想到李光头手下的傻子反戈一击，把李光头揍成了独眼龙；真是俗话说得好，为朋友两肋插刀，为女人插朋友两刀；这俗话真是颠扑不破的真理，用在傻子身上也是千真万确。然后群众浮想联翩起来，这个李光头要是再在青肿的左眼睛上戴一个黑眼罩，群众说：

"李光头就是一个欧洲海盗啦。"

李光头兵临城下以后的第三天，左眼的青肿仍然醒目，他就深入敌后，到林红家里去了。这次他让宋钢亲自陪同，他说随时需要宋钢这个狗头军师，一旦再次出现意外，宋钢要立刻献上妙计。李光头伸出三根手指，要宋钢起码献上三条妙计，供他筛选。这一高一矮，一个像文官一个像武官，在我们刘镇的大街上扬长而去。

李光头一路上嘿嘿笑个不停，他觉得宋钢让他深入敌后，去征服林红的父母，实在是高明的一招。李光头一路上都在夸奖宋钢，他竖起大拇指对宋钢说：

“你这擒贼先擒王，真是一条毒计。”

宋钢胳肢窝里夹着一本文学杂志，忧心忡忡地走在李光头的身旁，看着李光头胸有成竹的模样，宋钢心里七上八下，他给李光头出的五招战术，前三招都失败了，这深入敌后的第四招也怕是凶多吉少。来到了林红的家门口，宋钢胆怯地站住脚，告诉李光头，他不进去了，他在外面等着李光头。李光头不答应，说来都来了，为什么不进去？拉着宋钢要一起进去。宋钢使劲往后退，说他不好意思进去。

“有什么不好意思？”李光头在林红家门口叫了起来，“又不是你去求爱，你在旁边看着就行了。”

宋钢脸红了，他低声说：“你小点声，我在旁边看着你求爱也不好意思。”

“你真是没出息。”李光头无奈地摇了摇头，“你只能做个狗头军师。”

然后李光头踌躇满志地走进了林红家的院子，这个院子里住着几户人家，李光头大摇大摆走进去的时候，院子里没有人，有三扇屋门开着，李光头笑声朗朗地叫着：

“伯父，伯母，你们好！”

李光头冒失地跨进了一户人家，看到一对年轻的夫妻坐在桌前吃惊地看着他，他赶紧摆摆手，笑声朗朗地说：

“走错啦！”

李光头笑声朗朗地走进了另一扇敞开的屋门，这次他走对地方了。林红的父母都在屋子里，他们不认识李光头，看到这个身材粗短的年轻人左一声“伯父”，右一声“伯母”地走了进来，林红的父母互相看了看，都在用眼神问对方：这个人是谁？李光头站在屋子中央左右看了看，笑呵呵地问：

“林红不在家？”

林红的父母同时点起了头，林红的母亲说：“林红上街去了。”

李光头点点头，双手插进裤袋，走到林红家的厨房里东张西望起来，林红的父母心想这人是谁呀？他们一边用眼神互相询问，一边跟进了厨房。李光头走到煤球炉旁，弯腰打开地上装煤球的纸板盒，看到里面满是煤球，李光头直起身体，对林红的父亲说：

“伯父，你昨天刚买了煤球？”

林红的父亲不置可否地点点头，又摇起了头说：“前天买的。”

李光头点点头表示知道了，走到米缸前，揭开上面的木盖，看到里面满满一缸大米，回头说：

“伯父，你昨天刚买了大米？”

林红的父亲这次先是摇头，随即又点头了，他说：“米是昨天买的。”

李光头将插在裤袋的右手伸出来，摸了摸自己的光头，自告奋勇地对林红的父母说：

“以后买煤球买大米这些体力活我全包了，二位老人家不用再辛苦啦。”

林红的母亲终于忍不住了，她问李光头：“你是谁呀？”

“你们不认识我？”李光头吃惊地叫了起来，那神情好像还有中国人不知道北京。李光头拍着胸脯说：“我就是福利厂的李厂长，我大名叫李光，绰号叫李光头……”

李光头话音未落，林红的父母已经脸色铁青了，原来当初在厕所里偷看他们女儿屁股的就是这个人，如今把他们的女儿气哭了一次又一次的也是这个人。这个刘镇臭名昭著的流氓，竟然还敢自己找上门来，林红的父母愤怒地吼叫起来：

“滚！滚！滚出去！”

林红的父亲拿起了门后的扫帚，林红的母亲拿起桌上鸡毛掸子，一起举向了李光头的光脑袋。李光头用手护着他的光脑袋，几个箭步蹿出门去了。李光头蹿到院子里时，其他几户人家的男男女女听到了动静，全站到院子里来看热闹了。林红的父母气得浑身发抖，李光头一脸的莫名其妙，他像是投降似的举着双手，接二连三地向林红的父母解释：

“误会，完全是误会。我没让那几个孩子喊‘性交’，有个阶级敌人在搞破坏……”

林红的父母齐声喊着：“滚出去！滚出去！”

“真的是误会。”李光头继续解释，“那个花傻子是半路杀出来的，我也没办法……”

李光头说着转向了林红家的邻居们，他向这些看热闹的邻居解释：“都说英雄难过美人关，傻子也难过美人关。”

林红的父母还在喊叫着：“滚出去！”

林红父亲的扫帚打在了他的肩膀上，林红母亲的鸡毛掸子在他的鼻梁上挥来挥去。李光头有点不高兴了，他一边躲闪着，一边对林红的父母说：

“不要这样嘛，以后都是一家人，你们是我的岳父岳母，我是你们的女婿，你们这样子，以后一家人怎么相处？”

“放屁！”林红的父亲吼叫着，扫帚抽打在李光头的肩膀上。

“放你的臭屁！”林红母亲喊叫着，鸡毛掸子也抽打在李光头的脑袋上。

李光头赶紧蹿到了大街上，一口气蹿出去了十多米，看到林红的父母站在院子门口，没再追打他，他也站住脚，还想着要继续解释。这时林红父亲当着满街的群众，用扫帚指着李光头骂道：

“你是癞蛤蟆想吃天鹅肉！”

“告诉你，”林红的母亲举着鸡毛掸子对他喊叫，“我女儿这朵鲜花不会插在你这堆牛粪上。”

李光头看了看街上幸灾乐祸的群众，看了看气急败坏的林红父母，再看看站在那里忐忑不安的宋钢，李光头一挥手，宋钢跟在了他的身后，兄弟两个走在了我们刘镇的大街上。李光头一直认为自己是个人物，不是千里挑一，也是百里挑一，没想到在林红父母那里成了一只癞蛤蟆和一堆牛粪。李光头走去时觉得损失惨重，他一路骂骂咧咧。

“他妈的，”李光头对宋钢说，“英雄也有落难时。”

李光头在林红父母那里遭受了癞蛤蟆和牛粪之耻，让他窝囊了整整一个星期。一个星期以后，李光头求爱之心又死灰复燃，重新兴致勃勃地追求起了林红。他用上了宋钢传授的最后一招——死缠烂打。他开始在大街上追逐林红，他让宋钢一路陪同，当林红出现在大街上，他就像个恋人兼保镖，走在林红身旁，一直把林红护送到家门口。当林红委屈得噙满泪水，气得咬破嘴唇的时候，李光头却是热情洋溢，喋喋不休地说着话，他还以未婚夫的身份把宋钢介绍给林红，他对林红说：

“这是我的兄弟宋钢，我们结婚的时候，宋钢要做我的伴郎。”

恋人兼保镖的李光头，只要看到街上男人的眼睛盯着林红时，就会举起拳头恶狠狠地说：

“看什么，再看给你一拳。”

五

林红每次回到家里就扑到了床上，抱住枕头痛哭一场。她哭了十次以后，擦干眼泪不再哭泣了。她知道一个人躲起来哭泣是没有用的，她必须自己想办法去对付那个厚颜无耻的李光头。李光头的死缠烂打，促使林红想尽快找个男朋友。这是那个时代年轻姑娘通俗的想法，林红也不例外，她觉得只要自己有男朋友了，就可以摆脱李光头的纠缠。林红将我们刘镇的未婚男青年在脑子里过了一遍，她模模糊糊地有了几个目标，然后梳妆打扮一番，在脖子上围了一条米色丝巾，走上了我们刘镇的大街。

以前很少上街的林红成了我们刘镇的马路天使，让我们刘镇的男群众大饱眼福。林红有时候和她的母亲走在一起，有时候和她工厂的女工走在一起，差不多每个傍晚她都在霞光里走来，又在月光里走去。那时的林红知道自己的美丽已经广为传播，知道刘镇的很多男人对她一片痴情，可是她不知道自己所爱的男人身在何方。她曾经指望父母为她做主，可是她的父母太容易满足了，条件稍微不错的年轻男子托人上门来求亲，她的父母就会喜出望外，就会说比那个李光头好多了。这些年轻男子都进入不了林红的眼角，更不用说进入她的心里了。所以她只好亲自出马，亲自来挑选一个如意郎君。林红走来走去，美丽的脸上挂着美丽的微笑，偶尔见到一个面容英俊的年轻男子，她就会认真看他一眼，随即扭过头去一、二、三、四、五，走出去五步后再回头看他一眼，这时的林红就会看到一张神魂颠倒的脸。

我们刘镇被林红认真看过两眼以上的年轻男子一共二十个，有十九个想入非非了，只有宋钢一个没有反应。这想入非非的十九个觉得林红的眼睛里分明是有话要说，尤其是回头一望的第二眼，可谓是春色满园风情恋恋，让他们心驰神往夜不能寐。

十九个里面有八个已经结婚了，这八个嘴上唉声叹气，心里叫苦不迭，后悔自己这么早就定下了终身大事，连个幸福的擦边球都没有打着。八个里面有两个的妻子长相丑陋，这两个更是恼羞成怒，深更半夜了还会从睡梦里气急败坏地醒来，忍不住狠狠地拧了妻子一把，把他们的妻子疼得尖叫着从睡梦里惊醒，他们吓得立刻假装睡着了，用阵阵鼾声蒙混过关。这两个已婚男子，一个专拧大腿，一个专拧屁股，他们的妻子苦不堪言。她们不知道自己的丈夫已经心猿意马，各自看着青肿的大腿和青肿的屁股，以为自己的丈夫在睡梦里有性暴力倾向，她们白天的时候喋喋不休地埋怨，到了晚上死活不愿意和丈夫睡进一个被窝，说睡在一个被窝里心里发毛。

十九个里面还有九个已经有了女朋友，这九个也同样唉声叹气叫苦不迭，心想真是心急喝不了热粥，赶早的不如赶巧的。他们心里开始盘算是不是把现任女友甩了，重整旗鼓再去追求林红。九个里面有八个患得患失，心想现在的女友虽然不如林红漂亮迷人，也是花了九牛二虎之力才追求到手，又花言巧语把女友摸了，费尽心机把女友睡了。林红虽好，毕竟只是看了他们两眼，实在是虚无缥缈的事情，不像自己的女友已是板上钉钉了。他们心想眼看着鸭子要煮熟了，不能让它飞了，所以他们对林红也就是动动心思，没有实际的作为。九个里面的这八个是稳健型爱情追求者，只有一个是风险型爱情追求者，这个风险型开始脚踩两条船，这一天晚上还和现任女友睡在一起情深似海，第二天就悄悄买了两张电影票，一张藏在胸前的口袋里，另一张托人给林红捎去。

这时的林红是我们刘镇的女福尔摩斯，已经把那二十个面容英俊的年轻男子的底细摸清楚了，知道这个送电影票的风险型已经和他的女朋友住在一起了。林红接过电影票的时候脸上不动声色，心里哼了一声，心想都是快要结婚的人了，还敢来打她的主意。那个时代的人就是这样僵化保守，男女一旦睡过了就立刻双双贬值，新房变旧房，新车变旧车，只能去旧货市场交易了。林红知道这个风险型的女朋友是红旗布店的售货员，林红走进了布店，一边看着各种颜色的花布，一边和风险型的女朋友聊天，然后将电影票拿出来递给她，看着她发怔的神色，林红告诉她，这是她男朋友给的。林红将真相一五一十地告诉了这个迷茫忧愁的年轻女子后，警告她：

"你的男朋友是个刘镇陈世美。"

这个风险型爱情追求者就是曾经大名鼎鼎，后来丧魂落魄的赵诗人。赵诗人当时还蒙在鼓里，傍晚的时候满面春风地走向了电影院，有群众说他还吹着口哨。赵诗人在电影院外面转悠了半个小时，等里面的电影放映了，才像个贼一样悄悄溜了进去。赵诗人从亮的地方走进了暗的地方，他摸到自己的座位坐了下来，看不清身边那张脸，以为身边坐着的就是林红，他自鸣得意地轻轻叫了几声"林红"，又自鸣得意地说知道她会来的。

接下去赵诗人对着自己的女友倾诉起了对林红的衷肠，赵诗人轻声细语诗情画意，话还没说完就听到了类似火车汽笛的喊叫，赵诗人接二连三地挨上了大嘴巴。赵诗人遭此突然袭击，不知道发生了什么，他都顾不上自我防卫，哑口无言地伸长了脖子，把自己的脸蛋完全暴露在对方的巴掌之下。他的女朋友极端愤怒以后喊叫都失真了，赵诗人没听出来，以为是林红在扇他的脸，赵诗人十分生气，心想天底下哪有这样谈情说爱的？赵诗人对着自己的女朋友低声叫着：

“林红，林红，注意影响……”

赵诗人的女朋友这时候说话了，她尖声叫道：“我打死你这个刘镇陈世美。”

赵诗人终于看清女朋友的脸了，他惊慌地抱住自己的脑袋，任凭尖叫的女朋友把自己揍得落花流水。当时银幕上放映的是《少林寺》，看电影的群众后来都说同时看了两场《少林寺》，一场是李连杰版，一场是赵诗人版，群众都说赵诗人版更精彩，说赵诗人的女友好比是武林高手，对着赵诗人狂叫狂揍，其武功比电影里的李连杰还要高强。赵诗人从此臭名昭著，风头甚至盖过了当年偷看屁股的李光头，女朋友自然是一脚蹬掉了他，做了别人的老婆，给别人生下了一个大胖儿子。赵诗人后悔莫及，从此光棍一条，再无女友史，更无婚姻史。赵诗人痛定思痛之后，对刘作家说：

“什么叫偷鸡不成蚀把米？我就是。”

刘作家嘿嘿笑个不停，想当初自己也是对林红想入非非，差一点甩了现在的老婆，差一点和赵诗人一样的下场。刘作家拍拍赵诗人的肩膀，既像是夸奖自己，又像是安慰赵诗人，他说：

“人贵有自知之明。”

十九个想入非非的人里面只有两个是正牌单身，这两个刘镇之骄子启动了求爱之程序，都说自己既无婚姻史，也无女友史。有一个还拿着病历给林红的父母看，上面写着无精神病史，无慢性病史。另一个知道后立刻拿上自己父亲和母亲的病历，得意洋洋地放在了林红家的桌子上，像是展开两幅名画似的，将两份病历翻开来，让林红的父母仔细看看，知道他的父母无精神病史，无慢性病史。至于他自己，他拍拍胸脯说连个病历都没有。他说自己从生下来到现在都不知道什么叫生病，身体健康得连个喷嚏都没打过，小时候看着别人打喷嚏心里十分好奇，以为鼻子也会放屁。话音刚落，这人的鼻子里就一阵发痒了，嘴巴不由自主地张了开来，眼看着一个喷嚏呼之欲出，这人表情张牙舞爪地将喷嚏吞了回去，好像是在吃毒药，他赶紧用一个打呵欠的假动作掩盖了自己的喷嚏，接着不好意思地说：

“昨晚没睡好。”

这两个正牌单身也就是去了林红家几次，见了两眼林红不冷不热的脸，与林红的父母多说了几句话，林红父母客气的笑容让他们忘乎所以，立刻摆出了乘龙快婿的嘴脸，一口一个“妈”，一口一个“爸”地叫上了，叫得林红父母浑身起鸡皮疙瘩，连连摆手说：

“别这么叫，别这么叫。”

一个还算知趣，改口叫上“伯父”和“伯母”了。另一个的脸皮比李光头还要厚，继续叫着“妈”和“爸”，还说迟早都要这么叫，迟叫不如早叫。叫得林红的父母沉下了脸，很不高兴地说：

“谁是你爸？谁是你妈？”

林红从心底里瞧不起这两个面容英俊的小气鬼，他们每次都是空手而来，到了林红家吃晚饭的时候还磨蹭着不愿走，想在林红家白吃一顿饭。有一个倒是给了林红一把瓜子吃，他坐在林红家里说话时右手一直插在裤袋里，等着林红父母转身进了厨房，才从裤袋里摸出瓜子递给林红，那表情像是要送给林红一颗南非钻石。林红看着他手里的瓜子都被汗水弄潮湿了，瓜子上还有裤袋里掉下来的线头。林红一阵恶心，扭过头去装着没有看见，心想这草包还不如李光头。

林红的父母刚开始出于礼节，在吃晚饭的时候看着上门求爱的人坐着不走，也就请他一起吃了晚饭。这两个正牌单身自从在林红家吃过一顿晚饭以后，立刻扬言他们和林红恋爱了，他们逢人就说，而且添油加醋，一个吹嘘林红的母亲如何亲热地给他夹菜，另一个听说后马上虚构了林红如何含情脉脉地给他添饭。这两个正牌单身还让他们的亲朋好友到处去传播，传播他们和林红虚无缥缈的爱情故事。他们的亲友觉得这事八字还没有一撇，张嘴说说容易，要是人家林红不承认，实在没面子。这两个人不是这样想，眼看着对方张嘴乱说，心想自己也不能落后，一定要在声势上压倒对方，即便最后不成功，他们觉得和林红谈过恋爱也是一段光荣人生，也能让自己身价倍增，再和别的姑娘谈情说爱时就会拥有优越感。

这两个爱情的炒作者终于狭路相逢了，其中一个正在大街上得意洋洋说着他和林红的爱情故事，另一个从旁边走过时实在听不下去了，站住脚大吼一声：

"放屁。"

这两个人就在我们刘镇的大街上唾沫横飞地对骂起来，刚开始我们刘镇的群众以为他们要打起来了，两个人一边骂着一边将自己的袖管卷起来，卷完了左手的袖管，又同时卷起了右手的袖管。刘镇的群众纷纷后退为他们腾出地方，以为一场拳击大战马上就要拉开序幕。这两个人却是蹲下身去卷起了裤管，刘镇的群众更加兴奋，说他们肯定会打个尘土飞扬，打个天昏地暗，打出世界轻量级拳王的风采来。这两个人把四条裤管都卷到四个膝盖上面去了，眼看着身上没什么东西可以卷了，两个人还是没有出拳，还像刚开始那样对骂，只是增加了抹口水的动作。

就在我们刘镇群众焦急万分的时候，李光头出现了。李光头在民政局向陶青汇报完了工作，走回福利厂的路上看到围满了人，他拉住一个群众打听发生了什么事。那个群众夸张地对李光头说：

"第三次世界大战马上就要爆发啦！"

李光头眼睛闪闪发亮挤了进去，我们刘镇的群众看到李光头挤进来了，情绪更加激昂，说这下有好戏看了，说已经有两个在这里双雄会，再来一个李光头就是三国演义了。李光头听着这两个指着对方鼻子，抹着自己口水对骂的人，都在说林红是自己的女朋友，不由勃然大怒，一个箭步冲上去横在他们中间，伸开双手抓住这两个人胸前的衣服，吼叫道：

“林红是老子的女朋友！”

这两个人没想到半路杀出个李光头，一下子都怔住了。李光头吼叫着松开右边那个，举起右拳对准左边那个人就是两记重拳，当场把他揍出了乌眼青，紧接着李光头又如法炮制把右边那个人也揍出了乌眼青。这天下午李光头揍了左边的，再揍右边的，把这两个人揍得嗷嗷直叫，痛得都忘记了还手。让大街上围观的群众急得连连跺脚，好比是眼睁睁看着三国时期的曹操揍了刘备，又揍孙权，刘备和孙权却不知道联手还击。有几个群众一急，就把自己急成了诸葛亮，嚷嚷着让挨揍的两个人联起手来和李光头干仗，有个群众把右边那个当成刘备了，指着他一声声地叫：

“联吴抗魏！赶快联吴抗魏！”

这两个人被李光头揍得晕头转向，只觉得天旋地转，群众的喊叫早听不清楚了，他们倒是听清楚了李光头的喊叫，李光头一边狠揍他们，一边像个警察似的审问他们：

“说，快说，林红是谁的女朋友？”

这两个人都是气息奄奄地说：“你的，你的……”

我们刘镇的群众万分失望，纷纷摇头说：“真是扶不起的阿斗，两个都是阿斗。”

李光头扔开了这两个人，目光凶狠地扫起了围观的群众。刚才的几个诸葛亮吓得缩进去了脖子，往后退着不敢说话了。李光头抬起右手扫了扫我们刘镇的群众，警告他们：

“以后谁要是再敢说林红是他的女朋友，老子就揍得他永世不得翻身。”

李光头说完扬长而去，很多群众听到他走去时洋洋自得地说：“毛主席说得好，枪杆子里面出政权。”

李光头把两个爱情的炒作者揍得刻骨铭心，从此不敢追求林红了，这两个人丢尽了颜面，在大街上遇到林红时，都是低着头满脸羞愧地走去。林红不由莞尔一笑，心想那个土匪恶霸李光头也算是做了一件好事。

林红放眼望去，刘镇的未婚男子们犹如丛生的杂草，竟然没有一棵参天大树，林红倍感苍凉，仿佛是前不见古人，后不见来者。这时候有一个人变得清晰起来，一个白净英俊戴着眼镜的人引起了林红的兴趣和好感，这个人虽然不是大树，在林红的眼中也算是一棵小树，比那些杂草强多了。只要是一棵树，就有参天的可能，而杂草永远只能铺在地上。这个人就是宋钢。

六

宋钢是当时的好青年形象，他总在手里拿着一本书或者杂志，文质彬彬风度翩翩，见到有姑娘看了自己一眼就会脸红。李光头死缠烂打追逐林红时，宋钢都在一旁。宋钢是李光头追逐爱情时的随从陪客，这个年轻人恰恰是因为做了陪同，在林红眼里的曝光率立刻高于我们刘镇其他的年轻人。李光头追求林红追得满头大汗，不知道林红已经暗暗看上了一声不吭的宋钢。

李光头傻乎乎地在大街上充当林红的保镖，霸道地不准别的男人用眼睛看林红，宋钢总是低着头无声地走在李光头的身旁。这时的林红习惯了李光头的纠缠，已经从容不迫了，她学会了视而不见，面无表情地走着。林红在街角拐弯的时候会趁势看一眼宋钢，有几次两人四目相视，宋钢立刻惊慌地躲开自己的目光，林红的嘴角不由露出一丝微笑。当李光头说着那些令她气恼的话，她就会不由自主地偷偷看一眼宋钢，她每次都看到了宋钢忧伤的眼神。林红得到了一个信号，知道宋钢那一刻正在心疼自己，她突然有了幸福的感觉。李光头差不多每天都在骚扰林红，林红也就每天见到宋钢，见到宋钢有时候慌张有时候忧伤的眼神，林红心里响起泉水流淌般欢快的声音。她甚至不讨厌李光头了，正是李光头的纠缠，才让她每天都见到了宋钢。到了晚上林红入睡之时，宋钢令人难忘的低头形象，就会无声地擦过林红的梦境。

林红希望有一天的下午或者是傍晚，宋钢挺拔的身影会出现在她家的门口，像那些上门求爱的人一样走了进来。林红觉得那时的宋钢肯定和那些厚脸皮的求爱者不一样，宋钢会在门外害羞地站上很长时间，走进来以后说话也是吞吞吐吐。林红心想自己喜欢的就是这样的男人，当她想象宋钢羞红的脸色时，忍不住摸了一下自己已经发烫的脸。

有一天的傍晚，宋钢真的来到了，他迟疑不决地站在林红的家门口，声音颤抖地问林红的母亲：

“阿姨，林红在家吗？”

当时林红在自己的屋子里，她母亲进来告诉她，那个整天和李光头在一起的年轻人来了。林红一阵慌乱，正要出去，又退了回来，她悄声对母亲说：

“让他进来。”

林红的母亲会心一笑，走出去亲热地告诉宋钢，林红在里面的屋子，让他进去。宋钢忐忑不安地走向林红的房间，他不是为自己来的，他是被李光头逼迫来的。李光头死缠烂打了五个月毫无成效，觉得这第五招也没有一点用处，还是应该深入敌后，可是想到自己在林红家遭受的牛粪和癞蛤蟆之耻，李光头觉得不宜亲自上门，他就委托狗头军师宋钢前去说媒。宋钢是一百个不愿意，李光头大发雷霆之后，宋钢只好硬着头皮来了。

宋钢走进林红的屋子时，林红背对着他站在晚霞映红的窗前，正在给自己扎辫子。晚霞映照进来，林红站在来自天上的光芒里，楚楚动人的背影在丝丝闪亮，晚风从窗外吹拂进来，轻轻扬起了她身上的白裙，一股神秘的气息袭击了宋钢，宋钢战栗了。那一刻宋钢突然觉得林红犹如云上的仙女，她一半的长发披散在右侧的肩背上，另一半的长发三股纠缠在一起越过了左肩，在她的手里微微抖动。此刻的霞光恍若红色的云雾了，她细长白皙的脖子在宋钢眼中若隐若现，这时的宋钢像李光头手下的花傻子一样呆头呆脑了。

林红听着身后宋钢急促的呼吸，从容地扎着自己的辫子。扎完了左边的辫子后，她的头轻轻一甩，右手轻轻一撩，披在右背的长发飞翔似的越过了肩膀，整齐地降落在林红的胸前，林红扎起了另一条辫子。这时她细长白皙的脖子在宋钢的目光里清晰完整了，宋钢的呼吸听上去像是被堵住了，喘不过来了。林红微微一笑，背对着宋钢说：

“说话呀。”

宋钢吓了一跳，这才想起来自己的使命，他结结巴巴地说：“我是为李光头来……”

宋钢紧张得都忘记自己应该说些什么了，林红听宋钢说是为李光头来的，心里一沉，她咬了咬嘴唇，犹豫不决之后，点明了告诉宋钢：

“你要是为李光头来，你就出去；你要是为自己来，你就坐下。”

林红说完这话不由脸红了，她听到身后的宋钢碰了一下椅子，以为宋钢要坐下来，可是她听到了宋钢蹒跚的脚步走了出去。宋钢听明白了前半句话，没明白后半句话，林红转过身来时，宋钢已经走出去了。

这天傍晚宋钢离去以后，林红气得掉出了眼泪，她咬牙发誓，再不会给这个傻瓜任何机会了。可是天黑以后，林红躺在床上时心又软了，她想想前面那些厚颜无耻的求爱者，再想想宋钢的言行举止，林红觉得宋钢是个真正靠得住的男人，而且宋钢比所有的求爱者都要英俊迷人。

林红继续希望着，希望宋钢会来主动追求她，又是几个月过去了，宋钢那边杳无音信，林红反而越来越喜欢宋钢了，差不多每个晚上都会思念宋钢，思念他低头的形象，他忧伤的眼神，他偶尔出现的微笑。

时间的流逝让林红觉得不能指望宋钢上门来求爱了，她告诉自己应该主动一些，可是她每次见到宋钢时，旁边都有那个土匪恶霸李光头。终于有过两次机会在大街上单独见到宋钢，当她的眼睛深情地望着他时，他却是慌张地掉头走开了，像个逃犯那样走得急急忙忙。林红心都酸了，这个宋钢让她恨得咬牙切齿，同样也爱得咬牙切齿。当她第三次单独见到宋钢时，林红知道这样的机会不多了。那是在桥上，林红站住了脚，满脸通红地叫了一声：

“宋钢。”

正要慌张走开的宋钢听到林红的叫声，浑身哆嗦了一下，他转着身体看看前后左右，仿佛桥上还有另外一个“宋钢”。当时桥上还有其他的人，他们都听到了林红叫宋钢的名字，他们的眼睛都看着林红。林红虽然脸色通红，还是当着别人的面对宋钢说：

“你过来。”

宋钢像个做错了事的孩子一样走上去时，林红故意大声说：“你告诉那个姓李的，别再缠着我了。”

宋钢听了这句话点点头竟然准备走开了，林红低声对他说：“别走。”

宋钢以为自己听错了，他不知所措地看着林红。这时候桥上暂时没人了，林红的脸上出现了从未有过的柔情，她悄悄问宋钢：

“你喜欢我吗？”

宋钢吓得脸色苍白。林红羞涩地对他说：“我喜欢你。”

宋钢目瞪口呆。林红看到有人走到桥上来了，悄声说了最后一句话：“明晚八点在电影院后面的小树林里等我。”

这一次宋钢完全听明白林红的话了，他整个白天都在神思恍惚。他坐在工厂车间的角落里左思右想：发生在桥上的一切是不是真的？宋钢把当时所有的情景回忆了一遍又一遍，他一会儿满脸通红，一会儿又是脸色苍白；一会儿神情苦恼，一会儿又在嘿嘿傻笑。宋钢的工友们嘻嘻哈哈地议论他，他一点都没有意识到，他们大声喊叫他的名字时，他梦中惊醒似的瞪圆了眼睛看着他们。宋钢的表情让工友们笑声不断，他们问他：

“宋钢，你在做什么美梦？”

宋钢抬起头来“嗯”了一声后，又低头继续他的浮想联翩了。有一个工友捉弄他，对他说：

“宋钢，该去撒尿啦！”

宋钢嘴里“嗯”了一声，竟然站起来往外走，准备上厕所了。在工友们的捧腹大笑里，宋钢走到了车间门口站住了脚，像是想起了什么，重新走回车间的角落里坐了下来。工友们一边笑着咳嗽着，一边问他：

“你怎么回来了？”

宋钢若有所思地回答：“我没有尿。”

到了傍晚的时候，发生在桥上的情景在宋钢的回想里越来越真实了。宋钢的思绪集中到了林红潮红的脸色和发颤的声音上，还有她飘忽不定的紧张眼神。尤其是林红悄声说出的那句“我喜欢你”的话，让宋钢每一次回想时，心里都是一阵狂跳。宋钢的眼睛闪闪发亮，激动的红晕在脸上像潮汐一样起伏。

这时候宋钢已经坐在家里了，已经吃过了晚饭。坐在桌前的李光头满腹狐疑地看着宋钢，宋钢的模样吃错了药似的，像个傻子一样哧哧笑个不停。李光头轻轻叫了两声：

“宋钢，宋钢……”

宋钢没有反应，李光头猛地拍了一下桌子，喊叫道：“宋钢，你怎么啦？”

宋钢这才回过神来，像个正常的宋钢那样问李光头：“你说什么？”

李光头把宋钢看了又看，对他说：“你笑起来怎么像我手下的花傻子？”

宋钢看着李光头满脸的疑惑，突然不安起来，他躲开李光头的目光，低头犹豫了一会儿，抬起头吞吞吐吐地问李光头：

“要是林红喜欢别人了，你怎么办？”

“我宰了他。”李光头干脆地说。

宋钢心里一怔，继续问："你是宰了那个男的，还是宰了林红？"

"当然是宰了那个男的。"李光头挥了一下手，又抹一下嘴，"林红不舍得宰，林红要留着做我老婆呢。"

宋钢心里翻江倒海了，继续试探地问："林红要是喜欢我，你怎么办？"

李光头哈哈笑了起来，他的双手在桌子上拍打着，坚定地说："不可能。"

看着李光头自信的模样，宋钢心往下沉，面对这个相依为命的兄弟，宋钢觉得自己不能隐瞒了。他深深吸了一口气，仿佛陷入到了久远的回忆之中，宋钢的思绪时断时续，艰难地说出了白天在桥上和林红相遇的全部过程。宋钢讲述的时候，李光头的眼睛越瞪越圆了，他在桌子上拍打的双手也渐渐地安静下来。宋钢艰难的讲述终于结束以后，他长长地松了一口气，开始不安地看着李光头。宋钢觉得自己是在等待李光头的咆哮了，哪怕不是咆哮，李光头也应该是暴跳起来。

宋钢没有想到，李光头竟然安静地看着自己，他瞪圆了的眼睛眨了几下后，又变得狭长了。李光头怀疑地看着宋钢，问他：

"林红对你说了什么？"

宋钢结巴地说："她说喜欢我。"

"不可能。"李光头站了起来，对宋钢说，"林红不可能喜欢你。"

宋钢脸红了，他说："为什么不可能？"

"你想想，"李光头一屁股坐到了桌子上，居高临下地开导起了宋钢，"这刘镇有多少人在追求林红，个个条件都比你好，林红怎么会看上你呢？你没爹没妈，你还是个孤儿……"

宋钢争辩道："你也是个孤儿。"

"我是孤儿。"李光头点点头说，接着又拍着胸脯说，"可我是厂长呀。"

宋钢继续争辩道："林红可能不在乎这些。"

“怎么会不在乎？”李光头摇着头对宋钢说，“林红好比是天上的仙女，你也就是个地上的穷小子，你们……不可能。”

宋钢想起了一个美丽的传说，他说：“天上的七仙女也喜欢地上的董永……”

“那是神话故事，那是假的，不是真的。”李光头这时发现了什么，他认真地看起了宋钢，指着宋钢的鼻子问：“你是不是喜欢林红？”

宋钢再次脸红了，李光头跳下桌子，站到了宋钢的对面说：“我告诉你，你不能喜欢林红。”

宋钢有些不高兴，他说：“我为什么不能喜欢林红？”

“妈的。”李光头惊叫了一声，他的眼睛又瞪圆了，他喊叫着对宋钢说，“林红是我的，你怎么可以喜欢林红？你是我兄弟啊，别人可以和我争抢林红，你不能和我争抢。”

宋钢不知道该说什么了，他迷茫地看着李光头。这时李光头充满感情地对宋钢说：

“宋钢，我们是相依为命的兄弟，你明明知道我喜欢林红，你为什么也要喜欢她？你这是乱伦啊！”

宋钢低下了头，他不再说话。李光头觉得宋钢感到羞愧了，他安慰地拍拍宋钢的肩膀，对宋钢说：

“宋钢，我相信你，你不会做出对不起我的事。”

接下去李光头自作多情了，他看着宋钢自言自语：“林红为什么不对别人说那句话？为什么偏偏对你说？她会不会是拐个弯说给我听的？”

这天晚上宋钢失眠了，听着李光头甜蜜的鼾声和来自美梦里的哧哧笑声，宋钢在床上翻来覆去。林红美丽的身影和美丽的神态在黑暗里时隐时现，让宋钢心驰神往，有一会儿他忘记了李光头，于是他品尝到了什么是幸福。他的想象在黑暗里飞翔，他和林红像一对恋人那样亲密无间地走在我们刘镇的大街上，接下去的情景是两个人拥有了一间屋子，像夫妻一样相亲相爱。可是这想象中的幸福昙花一现，接下去往事蜂拥而至，他想到了父亲宋凡平惨死在汽车站前的情景；想到了自己和李光头号啕哭叫的情景；想到了爷爷拉着板车让死去的父亲回家，一家人走在乡间的泥路上放声大哭，路边树上的麻雀飞散时惊慌失措；想到了他和李光头相依为命地将死去的李兰拉回村庄。宋钢最后想到的是李兰临终前拉住他的手，要他好好照顾李光头。宋钢泪水涟涟，浸湿了枕头，这时他痛下决心，他一辈子都不会做出对不起李光头的事。然后晨光初现，宋钢终于睡着了。

中午的时候，宋钢下班前就从五金厂偷偷溜了出去，快步走到了针织厂的大门口，在那里等待着林红下班走出来。宋钢要告诉林红，今天晚上八点钟，他不会到电影院后面的小树林里去。他只想说这一句话，他觉得这句话已经表明了自己决心。

宋钢站在那棵树下，李光头的五个爱情特派员就是在这里对着林红喊叫“性交”的，当针织厂下班的铃声响起时，宋钢突然感受到了从未有过的痛苦，仿佛是来到了死亡的边缘，他要说出那句他一生里最不愿意说的话，可是一旦说了出来，宋钢也就拯救自己了。

林红和往常一样走了出来，她身边的女工也像往常一样的多。林红看到了宋钢遮遮掩掩地站在那棵树下，她心里偷偷骂了宋钢一声“傻瓜”，心想约他晚上八点见面，他竟然中午就守候在这里了。林红身边的女工们见到宋钢时，发出了惊奇的叽叽喳喳，她们知道这人是李光头的兄弟，她们掩嘴而笑，悄悄说着，不知道那个李光头又要玩出什么离奇的新花招。林红和众多的女工走在一起，所以她从宋钢身边走过时目不斜视，她只是用眼角的余光扫了一下那个身影，她觉得那个身影一动不动，像是大树旁的一棵小树。林红又在心里甜蜜地骂了宋钢一声：

“这傻瓜。”

宋钢确实像个傻瓜一样站在那里，林红从他身边走过时，他的嘴巴动了一下，连“嗞”的声响都没有发出来。林红走远以后，针织厂所有的女工都走远以后，宋钢才意识到刚才林红对他根本就是视而不见。宋钢这时突然觉得李光头的话是对的，李光头说林红不可能喜欢他，林红刚才走过时冷漠的表情证实了这一点。这样的想法立刻让宋钢如释重负了，他离开了那棵大树，沿着大街往回走去时感到自己身轻如燕。宋钢觉得过去的只是一场美梦，他歪着嘴偷偷笑了几声，就像是刚从美梦里醒来，宋钢开始回味梦中的情景，他觉得假的比真的好，假的幸福让他那么的轻松。

到了晚上宋钢仍然是轻松愉快，他哼着小调在煤油炉上给李光头做了晚饭，又哼着小调和李光头一起吃了晚饭。李光头始终疑神疑鬼地看着宋钢，眼看着八点钟就要到了，宋钢一点出门的意思都没有。李光头倒是时刻在想着电影院后面的那片小树林，他坐在桌前看了看窗外的月光，手指敲打着桌面，阴声怪气地对宋钢说：

“你怎么不出去了？”

宋钢知道他在说些什么，摇摇头不好意思地说：“你说得对，林红不可能喜欢我。”

李光头不明白宋钢为什么这样说话，宋钢就将自己到针织厂门口的前后经过告诉了李光头，宋钢说林红见到他时像是根本就不认识他。李光头听后若有所思地点点头，随即猛地拍了一下桌子叫了起来：

“这就对了。”

宋钢一惊，李光头站起来，对宋钢说：“林红那些话肯定是说给我听的。”

李光头满怀信心地跨出了家门，向着电影院后面的小树林奔跑过去。跑过了电影院，李光头想起来自己厂长的身份，不能像个愣头青那样胡乱奔跑，立刻修改成了从容不迫的步伐；走近小树林的时候李光头又是赴约恋人的身份了，他蹑手蹑脚地走进了月影摇曳的小树林。

林红已经站在那里了，她故意晚到了一刻钟，以为宋钢早就在这里了，结果树林里空无一人。林红正在生气的时候，听到了身后悄悄的脚步，那脚步听起来像是要去偷鸡摸狗，林红不由抿嘴一笑，心想文质彬彬的宋钢竟然还会这样走路，这时林红听到了李光头粗犷的笑声：

“哈哈哈……”

林红吓了一跳，回头看到的不是宋钢，是李光头。李光头在月光里喜笑颜开，大言不惭地说：

“我知道你在这里等我，我知道你对宋钢说的话是拐个弯说给我听的……”

林红目瞪口呆地看着李光头，她一时没有反应过来。李光头柔情蜜意地埋怨起了林红：

“林红，我知道你喜欢我，你直接对我说嘛……”

李光头说着就要去抓住林红的手，林红吓得尖叫起来：“你走开，你给我走开……”

林红叫着就往树林外面跑，李光头紧随其后，一声声地叫着林红的名字。林红跑出树林以后站住了脚，回头指着李光头说：

“你站住。”

李光头站住了，很不高兴地对林红说：“林红，你这是干什么？天底下哪有这样谈恋爱的……”

“谁和你谈恋爱？”林红气得浑身发抖，她说，“你这只癞蛤蟆。”

林红说着快步走去了，李光头被骂成了一只癞蛤蟆，悻悻地站在那里，眼睁睁地看着林红走远了消失了，才抬脚往前走去。李光头一边走着，一边想起了林红的父母骂过他癞蛤蟆和牛粪，不由气上心头，骂骂咧咧地说：

“你爸才是癞蛤蟆，你妈是牛粪，他妈的……”

李光头像是一只斗败的公鸡那样回到了家中，横眉竖眼地坐在了桌前，他一会儿愤怒地敲敲桌子，一会儿又泄气地擦擦额上的汗水。宋钢手里拿着一本书坐在床上，不安地看着李光头，李光头的样子让他预感到发生了什么，他小心地问李光头：

“林红去了小树林？”

“去啦。”李光头生气地说，“他妈的，她骂我是癞蛤蟆……”

宋钢出神地望着李光头，他的脑海里浮现了所有和林红有关的情景，林红在桥上对他说的每一句话，还有在林红的屋子里，林红系着辫子时提醒他的话，现在仿佛就在眼前一样清晰了。就像水落石出一样，宋钢终于确信林红喜欢自己了。这时李光头开始认真地看起了神思恍惚的宋钢，李光头发现了新大陆似的对宋钢说：

“他妈的，林红可能真的喜欢你……”

宋钢痛苦地摇了摇头。李光头满腹狐疑地看着他，试探地问：“你是不是喜欢林红？”

宋钢点了点头。李光头拍着桌子霸道地叫了起来：“宋钢，林红是我的，你他妈的不能喜欢她……你要是喜欢她，我们就不是兄弟啦，我们就是仇人，就是阶级敌人啦……”

宋钢低头听着李光头的喊叫，李光头把所有想得起来的狠话都喊完了，宋钢才抬起头来忧伤地笑了笑，对李光头说：

“你放心，我不会和林红相好，我不愿意失去你这个兄弟……”

“真的？”李光头嘿嘿笑了起来。

宋钢认真地点点头，然后眼泪掉出来了。他擦了擦眼泪后，伸手指指身下的那张床，对李光头说：

“你还记得吗？妈妈死前让我背着她回家，她就躺在这张床上……”

“我记得。”李光头点着头说。

“后来你上街去买包子，记得吗？”

李光头再次点了点头。宋钢继续说："你走后，妈妈就拉着我的手，要我以后一定好好照顾你。我让妈妈放心，我说只剩下最后一件衣服，我会让给你穿；只剩下最后一碗米饭，我会让给你吃。"

宋钢说完后泪流满面地笑了，李光头感动得眼泪汪汪，他说："你真的这么说了？"

宋钢点点头，李光头也擦起了眼泪，他说："宋钢，你真是我的好兄弟。"

七

李光头继续贯彻死缠烂打的求爱方针，他不再让宋钢陪同了，只要宋钢和林红一见面，李光头说他心里就是一阵慌张，他要宋钢躲着林红，要宋钢在大街上见到林红就像见到麻风病人那样躲得远远的。李光头开始学习宋钢好榜样，他觉得林红喜欢宋钢，是因为宋钢温文尔雅从来不说脏话，而且宋钢手里总是拿着一本书，显得好学上进。李光头从此改头换面，这个恋人兼保镖走在林红身旁时手里也有书了，不再恶狠狠地面对我们刘镇的男群众，他像一个拉选票的政客那样面露亲切的微笑，见到熟人打了招呼还要握一下手，而且手不释卷，一边走着一边还在读着。我们刘镇的群众见了李光头这副模样，都说太阳从西边出来了。他们看着李光头手里翻动着书页，诵经似的念念有词地走在林红身边。群众掩嘴而笑，悄悄说林红身旁少了一个花土匪，多了一个花和尚。李光头看到街上的群众对他不倦的阅读很感兴趣，就高声对群众说：

“读书好啊，一天不读书，比一个月不拉屎还难受。”

李光头这话是说给林红听的，他一说出来就后悔了，心想自己又说粗话了，回家后请教了宋钢，以后就改成：

“读书好啊，可以一个月不吃饭，不能一天不读书。”

刘镇的群众不同意李光头的话，说一天不读书还能保住性命，一个月不吃饭肯定把自己饿牺牲了。李光头很不高兴地用手指横扫了群众一遍，心想这些贪生怕死之徒，他一脸视死如归地说：

“一个月不吃饭，也就是饿死；一天不读书，是生不如死。”

林红面无表情地走着，她听着李光头和刘镇群众你一言我一语，群众笑声朗朗，李光头高昂亢奋，林红无动于衷。

李光头摇身一变成了儒家弟子以后，从此书生意气，经常妙语连珠，偶尔粗话脏话。林红听到李光头粗话脏话的时候，就会在心里说：

“狗改不了吃屎。”

林红知道李光头是一个什么货色，她没觉得太阳从西边出来了，心想李光头哪怕有孙悟空的本事，变来变去还是一个癞蛤蟆加牛粪的李光头；好比孙悟空有七十二变，到头来也还是猴子一只。

那天晚上宋钢没有赴约来到小树林，来了一个哈哈大笑的李光头，林红气得咬牙切齿，回到家中就把宋钢从心里删除出去了。几天以后在大街上远远见到宋钢时，林红冷笑了几下，心想这人是个地道的傻瓜，这傻瓜再也没有机会了。林红迎面走去，她告诉自己要对宋钢视而不见。没想到从远处走来的宋钢一看见林红，立刻转身躲开了。后来的日子，宋钢每次见到林红都是迅速地躲开，完全是李光头要求的那样，见到林红就像是见到了麻风病人一样逃之夭夭。看着一次次远远躲开的宋钢，林红心里的骄傲也一次次溜走了，到头来林红怅然若失，宋钢离去的身影让她感到了失落。

宋钢重新回到了林红的心里，而且根深蒂固了。林红发现自己心里奇怪的变化，宋钢越是躲着自己，自己越是喜欢他。在那些月光明媚或者阴雨绵绵的晚上，林红入睡的时候总会不由自主地想着宋钢英俊的容貌，想着宋钢的微笑，想着宋钢低头沉思的模样，想着宋钢看到自己时忧伤的眼神，所有的宋钢都让林红倍感甜蜜。久而久之，林红在入睡之时对宋钢的回想变成了思念之情，仿佛宋钢已经是她的恋人了，仿佛是远在他乡的恋人，让她的思念之情犹如细水长流。

林红相信宋钢暗恋自己，相信宋钢躲着她是因为李光头。林红一想到李光头就气得脸色苍白，李光头穷凶极恶的模样，让刘镇的年轻人都不敢追求她了，刘镇的那些年轻人在林红眼里个个都是窝囊废。宋钢不是窝囊废，林红这样想。林红很多次想象宋钢主动来追求她的情景，每一次宋钢都是害羞地来到她的家中，害羞地说出一些不着边际的话。林红心想这就是宋钢，一个不知所措的宋钢。每当想象消失以后，林红就会摇头叹息，她知道宋钢永远不会主动出现在她的家门口，她觉得应该是自己再次主动的时候了。她给宋钢写了一张纸条，七行八十三个字，还有十三个标点符号。里面用了五十一个字臭骂李光头，剩下的三十二个字要求宋钢在晚上八点钟出来，这次约会的地点改到了一座桥下，就是宋凡平在"文革"中挥舞红旗的那座桥下。林红把纸条叠成了蝴蝶的形状，藏在一条崭新的手帕里，在宋钢下班的时候守候在街边。林红纸条里的最后一句话，就是要求宋钢赴约的时候将手帕还给她。林红坚信有了这句话，宋钢一定会来到。

那是深秋时节，天空里飘扬着蒙蒙细雨，林红撑着一把雨伞站在一棵梧桐树下，从树叶上滴落下来的雨水打在她的雨伞上，嘀答嘀答地响着。林红的眼睛望着灰蒙蒙的街道，一些雨伞在来来去去，几个没有雨伞的年轻人横冲直撞地奔跑着。林红看见了宋钢，在街道对面奔跑过来，宋钢的外衣没有穿在身上，而是在他的手上。宋钢双手撑开外衣遮挡着蒙蒙细雨，奔跑过来时他的外衣像旗帜一样飘扬。林红赶紧走到街道对面，她用雨伞挡住了宋钢，她看到宋钢的身体刹车似的滑了过来，差点扑在了她的雨伞上。林红移开雨伞时，看到了宋钢吃惊的表情，林红将手帕塞到了宋钢的手中，随即转身离去。林红走出了十多米以后，回头看了看宋钢，她看到了一个目瞪口呆的宋钢，一个双手捧着手帕不知道发生了什么的宋钢。宋钢的外衣掉落在地，几只走过的脚踩在了他的外衣上。林红扭回头来，撑着雨伞微笑地走去，接下去的情景她就不知道了。

在这个阴雨绵绵的日子里，宋钢丧魂落魄了。宋钢不知道自己是怎么回到家中的，他心跳不已地打开了手帕，看到了里面叠成蝴蝶般的纸条，他双手颤抖着拆开纸条，林红叠得十分复杂，让宋钢总觉得自己拆错了。宋钢花了很多时间才把纸条拆开，他呼吸急促地把林红写下的八十三个字读了一遍又一遍，邻居下班回来的脚步声让他几次匆忙地将纸条塞进口袋里，他以为是李光头回来了。当邻居打开了隔壁的屋门后，他才松了一口气，重新将纸条拿出来，继续心惊肉跳地读着。然后他抬起头来，激动不安地望着窗玻璃上歪曲流淌的雨水，心里已经被扑灭的爱情火焰，因为这张纸条重新熊熊燃烧。

宋钢太想去和林红见面了，他几次走到了门口，打开屋门后他又想到了李光头，他的双腿就跨不出去了，他迷惘地看了看屋外的蒙蒙细雨，又把屋门关上。最后是林红纸条里结尾的那句话，就是要宋钢把手帕还给她的那句话，让宋钢找到了说服自己的理由，他毅然地走了出去。

这时候李光头应该下班回家了，他恰好有事耽搁在工厂里，这就给了宋钢一次机会。宋钢在读着林红纸条时一直害怕李光头会回来，所以他走出屋门以后一路狂奔到了那座桥下，他知道只要遇到了李光头，李光头只要叫住了他，他就没有勇气再去那座桥下了。宋钢走下河边的台阶，站到桥下时是傍晚六点钟，还有两个小时，林红才会来到。

宋钢浑身哆嗦地站在那里，头顶的桥上有很多脚步在走动，发出的声响像是有很多人在他家的屋顶上走动一样，他看着逐渐黑暗下来的河水在雨点下波动时点点滴滴，仿佛河水也在哆嗦。宋钢在桥下百感交集，一会儿激动，一会儿沮丧，一会儿充满了向往之情，一会儿又涌上了绝望之感。他在经历了一个多小时的焦虑不安之后，天色完全黑暗下来时，他也渐渐平静下来了。李兰临终时哀伤的眼神出现了，宋钢再一次拒绝了幸福，他暗暗发誓不能对不起李光头，他告诉自己到这里来不是和林红约会，是为了把手帕还给她。他把林红的手帕举到黑暗的眼前，告别似的看了一眼，坚定地放进了口袋，然后他长长地出了一口气，他觉得自己轻松了很多。

林红是晚上八点半的时候出现的，她撑着雨伞走下了台阶，向着桥下张望了一会儿，她看到了一个高高的身影无声无息地站在那里，她确定那是宋钢，不是身材粗短的李光头，她莞尔一笑，放心地走了过去。

林红走到了桥下，走到宋钢身旁时她收起了雨伞，在手里甩动了几下，她抬头看着宋钢，黑暗里看不清宋钢脸上的神色，她听到了宋钢紧张不安的呼吸，她感到了宋钢抬起的右手，她低头仔细看了看，看到了自己的手帕，心里"咯噔"一下。她没有去接宋钢还给她的手帕，她知道只要接过手帕，那么这次约会就结束了。她扭过头去，看着河面上闪烁出来的丝丝亮光，那些亮光来自上面街道的路灯。她听着宋钢越来越急促的呼吸，不由偷偷笑了一下，她说：

"说话呀，我不是来听你喘气的。"

宋钢的右手抖动了两下，声音哆嗦着说："这是你的手帕。"

林红生气地说："你就是来还手帕的？"

宋钢点点头，仍然哆嗦地说："是。"

林红摇了摇头，在黑暗里苦苦一笑，然后她抬起头看着宋钢，伤心地说："宋钢，你不喜欢我？"

宋钢在黑暗里仍然不敢面对林红，他转过脸去，声音凄凉地说："李光头是我的兄弟……"

"别提那个李光头，"林红打断宋钢的话，她斩钉截铁地告诉宋钢，"哪怕我不和你好，我也绝不会去和李光头好。"

宋钢听了这话以后垂下了头，他不知道应该说些什么。林红看着他仿佛知错的样子有些心疼，她咬了咬嘴唇，温柔地说：

"宋钢，这是最后一次了，你好好想想，以后不会有这样的机会了……"

林红说着声音忧伤起来，她说："以后我就是别人的女朋友了。"

林红说完以后，在黑暗里充满期待地看着宋钢，可是她听到的仍然是那句话，宋钢低声说着：

"李光头是我的兄弟……"

林红伤心极了，她转脸重新看着河面上的亮光，她感到宋钢拿着手帕的右手一直举着。她沉默着，宋钢也沉默着。过了一会儿，林红悲哀地问：

"宋钢，你会游泳吗？"

宋钢不知所措地点点头，他说："会游泳。"

"我不会游泳，"林红自言自语，她转过脸来看着宋钢，"我跳进河里会不会淹死？"

宋钢不知道她为什么这样说话，他无声地看着林红。林红伸手在黑暗里摸了一下宋钢的脸，宋钢像是触电似的浑身震动了一下。林红指着河水，发誓似的对宋钢说：

"我最后问你一句：你喜欢我吗？"

宋钢嘴巴张了张，没有声音。林红的手仍然指着河水，她说："你要是说不喜欢，我就立刻跳下去。"

宋钢被林红的话吓傻了，林红低声喊叫了："说呀！"

宋钢声音哀求似的说："李光头是我的兄弟。"

林红绝望了，她没想到宋钢还是说这句话，她咬牙对宋钢说："我恨你！"

说完林红纵身跳进了河水里，河面上的亮光在那一瞬间粉碎了。宋钢看着林红的身体在黑暗里跳进了河水，溅起的水花像冰雹一样砸在他的脸上，他看着林红的身体消失了，又挣扎着冲破水面。宋钢这时跳了下去，他跳进了冰冷刺骨的河水里，他感到自己的身体把挣扎着浮上来的林红压了下去，林红的双手紧紧抓住了他胸口的衣服，他双脚踩着河水，双手使劲将林红托出水面，林红嘴里的水喷了出来，喷在了他的脸上，他抱着林红的身体，双脚踩着河水，向着岸边游去，他感到林红的双手搂住自己的脖子了。

宋钢把林红抱上了台阶，他跪在台阶上，低声喊叫着林红的名字，他看到林红的眼睛睁开了，这时他才意识到自己正抱着林红，他吓得赶紧松开手，站了起来。林红的身体斜躺在台阶上，她一声声咳嗽着，嘴里吐着河水，然后她蜷曲地坐了起来，低垂着头双手抱住自己的膝盖。湿淋淋的林红在冷风里浑身发抖，她坐在那里等待着宋钢走过来抱住她，就像刚才在河水里那样紧紧地抱住她。可是同样湿淋淋的宋钢却只知道站在那里，只知道自己一阵阵地发抖。林红伤心地站了起来，慢慢地走上了台阶，她的身体摇摇晃晃，宋钢却不知道跟上去扶她一下。林红双手抱住自己的身体，浑身发抖地走了上去，她感到宋钢跟在身后，她没有回头，一直走到了大街上，这时她听不到宋钢的脚步声了，她仍然没有回头，她的泪水在脸上的雨水里流着，在细雨蒙蒙的大街上走去。

宋钢走上大街以后就站住了，他心如刀绞，看着林红低垂着头双手抱着自己的肩膀走去，林红走在湿漉漉的街道上，细雨在路灯里像雪花一样纷纷扬扬，空荡荡的街道沉睡般的安静。宋钢看着林红的身影渐渐远去，他抬起左手擦着眼睛上的泪水和雨水，朝着相反的方向走去了。

李光头已经躺进被窝了，听到宋钢开门进来，他拉亮了电灯，脑袋伸出被窝，叫了起来：

“你跑到哪里去啦？我等了又等……”

李光头裹着被子坐起来，看着湿淋淋的宋钢坐在了凳子上，李光头没有注意宋钢丧魂落魄的神色，他继续叫着：

“你也不做晚饭，我李厂长辛苦了一天，回到家里什么吃的都没有，连个剩饭剩菜都没有，我等了又等，只好上街去吃包子了。”

李光头喊叫后，问宋钢：“你吃过晚饭了吗？”

宋钢迷惘地看着李光头，那神情像是不认识李光头，李光头吼叫了：“他妈的，你吃过没有？”

宋钢浑身一颤，他终于听清了李光头的话，摇摇头低声说：“没吃过。”

“我知道你没吃。”李光头得意地从被窝里拿出一只碗来，里面放着两个包子，他把碗递给宋钢，“快吃，还热着呢。”

宋钢叹息一声，伸手接过那只碗放在了桌子上，继续迷惘地看着李光头。李光头指着桌上的包子又叫了一声：

“吃呀！”

宋钢又叹息了一声，他摇着头说：“不想吃。”

“这是肉包子！”李光头说。

李光头看到宋钢坐着的凳子下面积了一大摊水，水向着四面八方流淌，有几股水流已经到床底下去了，宋钢的衣服还在往下淌着水。这时李光头才注意到宋钢不是被雨水淋湿的，宋钢像是刚刚被人从河里捞上来，李光头惊讶地说：

“你怎么像一条落水狗？”

接着李光头看到了宋钢右手捏着的手帕，手帕也在湿淋淋地往下滴水，李光头指着手帕问：

“这是什么？”

宋钢低头看到了自己右手上的手帕，他自己都吃了一惊，他记得自己是拿着手帕跳进河水里把林红救到岸上，没想到手帕还在手里。李光头从被窝里爬了出来，他意识到了什么，疑神疑鬼地看着宋钢：

“谁的手帕？”

宋钢把手帕放在了桌子上，抹了抹脸上的水流，神情黯然地说：“我去见林红了。”

“他妈的。”

李光头骂了一声后，看到宋钢连着打了三个喷嚏，他没再骂下去，他让宋钢赶快脱了衣服，赶快钻到被窝里去，说着他自己也打了一个喷嚏，他立刻缩进了被窝。宋钢点点头，从凳子上站了起来，脱下湿淋淋的衣服裤子，他钻进被窝时想起了什么，又爬出来从衣服口袋里摸出了林红的纸条，这已经不是纸条，是纸团了。宋钢把湿成一团的纸条递给李光头，李光头满脸疑惑地接了过去，他问：

“这是什么？”

宋钢咳嗽着说：“林红的信。”

李光头听说是林红的信，半个身体从被窝里出来了，他小心翼翼地将湿纸团打开来，字迹上的墨水已经化开，模模糊糊像一幅山水画了。李光头干脆跳下了床，站到桌子上面，将纸条展开来贴在耀眼的灯泡上，灯泡把湿纸条烤干后，李光头仍然看不清上面写了些什么，他只好去问宋钢：

“林红写了什么？”

宋钢已经躺进了被窝，他闭着眼睛说：“你把灯关了。”

李光头赶紧关了电灯，躺进自己的被窝。兄弟两个躺在两张床上，宋钢一边咳嗽，一边打着喷嚏，断断续续地将晚上的事全部告诉了李光头。李光头一声不吭地听着，等宋钢说完了，他轻轻叫了一声：

“宋钢。”

宋钢“嗯”了一声，李光头小心地问：“你没有送林红回家？”

宋钢感冒似的嗡嗡地说：“没有。”

李光头在黑暗里无声地笑了，他再次轻轻地叫了一声“宋钢”，宋钢仍然是“嗯”了一下，李光头充满感情地说：

“你真是我的好兄弟。”

宋钢那边没有反应，李光头连着叫了几声“宋钢”，宋钢才答应一声，李光头还想和宋钢说话，宋钢声音疲惫地说：

“我要睡觉了。”

宋钢不断咳嗽着度过了这个阴雨之夜，有时他觉得自己睡着了，有时他觉得自己仍然醒着，他睡着的时候觉得是昏昏沉沉，仿佛是在水中沉浮；醒着的时候觉得喘不过气来，仿佛胸口压了一块大石头。直到早晨的阳光从窗口照射进来，阳光让宋钢睁开了眼睛，他才觉得自己真正睡着了。宋钢看到了一个雨过天晴的早晨，屋檐仍然在滴水，窗玻璃上仍然映着水珠，可是阳光让整个屋子灿烂起来了。麻雀在屋外的树上叽叽喳喳地鸣叫着，邻居们响亮地说着话，宋钢长长地出了一口气，他终于度过了艰难和压抑的夜晚，这个美好的早晨让宋钢心情舒畅了。宋钢从床上坐起来，看到李光头还在蒙头大睡，他像往常那样叫了起来：

“李光头，李光头，该起床啦！”

李光头的脑袋从被子里猛地伸了出来，宋钢扑哧笑了，李光头揉着眼睛不知道宋钢笑什么，宋钢说李光头刚才像乌龟脑袋那样伸了出来。宋钢说着表演了起来，他把被子蒙住自己，在被子里弓起身体声音嗡嗡地问李光头，像不像乌龟？随后脑袋突然伸了出来，并且伸长了脖子定格在了那里。李光头揉着眼睛嘿嘿地笑了，他说：

“像，真像乌龟。”

然后李光头想起了昨晚发生的事，他吃惊地看着宋钢。宋钢像是什么事都没有发生那样跳下了床，从柜子里找出一身干净衣服穿上，往牙刷上挤上了牙膏，拿起脸盆和杯子，把毛巾搭在肩膀上，打开屋门走到井边去洗漱了。李光头听着宋钢在井边和几个邻居说话，说话间还有宋钢轻微的笑声，李光头满腹狐疑地搔了搔脑袋，骂了一声：

“他妈的。”

宋钢平静地度过了这一天，他偶尔也想起了昨晚发生在桥下河水里的事，想起了湿淋淋的林红走在湿漉漉的街道上，那一刻他恍惚了一下，随即他就回过神来，不再继续想下去了。度过了一个激烈的夜晚之后，宋钢反而获得了真正的平静。昨晚与林红生离死别般的经历，就像是一个故事的结尾，现在这个让宋钢喘不过气来的故事终于结束了，应该是一个新的故事开始的时候了。如同雨过天晴一样，宋钢的心情终于晴朗起来了。

这天下班以后，李光头提着几个又红又大的苹果回家，宋钢已经做好了晚饭，李光头一脸坏笑地将苹果放在了椅子上，一边吃着饭，一边继续坏笑地看着宋钢。李光头的坏笑让宋钢心里很不踏实，他不知道李光头又在打什么坏主意了。吃过晚饭，李光头开口说话了，他告诉宋钢，他去针织厂侦察过了，林红今天没有上班，她病了发烧了，一天都躺在家里的床上。李光头用手指敲着桌子，对宋钢说：

“你马上去林红家。”

宋钢吃了一惊，疑惑地看了看满脸得意的李光头，又去看看放在椅子上的苹果，以为李光头是让他带着苹果去探望林红。宋钢摇着头说：

“我不能去，更不能带着苹果去。”

“谁让你带苹果？苹果是我带着去的。”李光头拍着桌子站了起来，将那条已经晾干叠好的手帕递给宋钢，“这个你带去，还给她。”

宋钢仍然疑惑地看着李光头，不知道他葫芦里卖的是什么药。李光头站在那里，眉飞色舞地向宋钢讲解了他的计划。他让宋钢拿着手帕先走进林红的屋子，他自己提着苹果守候在屋外。宋钢走到林红的床前应该无声地站着，当昏睡的林红睁开眼睛看到宋钢时，宋钢立刻冷冷地说一句“这下你该死心了吧”，说完后就把手帕扔在林红的床上，然后转身出来，一秒钟都不要耽搁。宋钢出来以后，就轮到李光头提着苹果进去了，对绝望中的林红进行一番心灵的安抚。李光头把他的计划讲解完了以后，抹了抹嘴角的口水，得意地对宋钢说：

“这样一来，林红对你就彻底死心了，对我就开始真正动心了。”

宋钢听完了李光头的计划后垂下了头，李光头被自己的锦囊妙计所陶醉，他兴致勃勃地问宋钢：

“这是不是一条毒计？”

看到宋钢低垂着头一言不发，李光头摆摆手说：“行啦，你该走啦。”

宋钢难过地摇了摇头，他不愿意去，他说：“那句话我说不出口。”

李光头不高兴了，他伸开左手，用右手把左手的五个手指一个个弯下来，他说：“你想想，你给我出的五招，什么旁敲侧击、什么单刀直入、什么兵临城下、什么深入敌后、什么死缠烂打，没有一招有用，没有一条是毒计，你这个狗头军师一点都不实用，到头来全靠我自己想出了一条真正的毒计……”

说到这里，李光头给自己竖起了大拇指，又用大拇指向门外指了指：“快去吧。”

宋钢还是摇着头，他咬着嘴唇说：“那句话我真的说不出口。”

“他妈的。”李光头骂了一声，然后亲切地叫了一声“宋钢”，亲切地说：“我们是兄弟，你就帮我这一次吧。我对天发誓，这是最后一次，以后我肯定不让你帮忙了。”

李光头说着把宋钢从椅子里拉了起来，又把宋钢推到了门外。他把手帕塞到宋钢手里，自己提着苹果，兄弟两个向着林红家走去了。这是黄昏时刻，街道仍然在散发着潮湿的气息，李光头右手提着苹果走得神气活现，宋钢左手捏着手帕走得心灰意冷。李光头一路上喋喋不休说了很多鼓励宋钢的话，还向宋钢开出了一张张空头支票。李光头向宋钢保证，当他和林红相好以后，他首先要做的事就是给宋钢找一个比林红还要漂亮的女朋友。刘镇没有，就到别的镇上去找；别的镇里没有，就到市里去找；市里没有，就到省里去找；省里没有，就到全中国去找；全中国没有，就到全世界去找。李光头嘿嘿笑着说：

“说不定给你找到一个金发碧眼的外国女朋友，让你住洋房，吃洋饭，睡洋床，搂洋姑娘腰，亲洋姑娘嘴，生下一男一女土洋结合的双胞胎……”

李光头神采飞扬地描绘着宋钢的洋未来，宋钢低垂着头走在我们刘镇的土包子街上。李光头说的话宋钢一句也没有听进去，他机械地跟随着李光头的脚步往前走，当李光头站住脚和路上的行人说话时，宋钢也站住了，抬起头来迷惘地看着西下的夕阳。李光头说完继续往前走，宋钢重新低垂着头跟着走去。我们刘镇的群众看到李光头手里提着苹果，高声问道：

“走亲访友吧？”

“岂止是走亲访友。”李光头得意地回答。

他们来到了林红家的院子门口，李光头站住脚拍拍宋钢的肩膀说：“看你啦！我在这里等待你胜利的消息。”

李光头说完又深情地补充了一句，这是他的杀手锏，他说：“记住了，我们是兄弟。”

宋钢看了看夕阳里李光头通红的笑脸，摇摇头苦笑了一下，转身走进了林红家的院门。宋钢唐突地出现在林红家门口时，林红的父母正在吃晚饭，他们有些吃惊地看着宋钢，显然他们知道昨晚发生的事。宋钢觉得自己应该说两句话，可是他脑子里一片空白，什么话都想不起来了。没有说话，宋钢觉得自己的双腿就跨不进去。在这进退两难的时候，林红的母亲起身招呼他了：

“进来呀。”

宋钢的双腿终于跨进去了，他走到了屋子中间后不知道接下去应该怎样，他木然地站在那里。林红母亲微笑着打开了林红卧室的门，悄声告诉宋钢：

“她可能睡着了。”

宋钢木然地点点头，走进了那间被晚霞映红的屋子，他看到林红睡在床上像小猫那样安静，他不安地往前走了两步，走到了林红的床前。隆起的被子显示了林红柔和的身段，林红的头发遮掩了美丽的脸，宋钢觉得自己血往上涌，心跳越来越快。也许是感受到了有一个身影移动到了床前，林红微微睁开了眼睛，她先是吓了一跳，当她看清楚是宋钢站在床前时，脸上出现了惊喜的笑容。她闭上眼睛抿嘴笑了一会儿，又睁开眼睛抬起了右手，她的手伸向了宋钢。

这时宋钢想起来自己应该做什么了，他深深地吸了一口气，干巴巴地说："这下你该死心了吧。"

林红像是被子弹击中似的浑身一颤，她瞪大眼睛看着宋钢，那一瞬间宋钢看见了她眼睛里的恐惧，随即她的眼睛痛苦地闭上了，泪水流了出她的眼角。宋钢浑身哆嗦着把手帕轻轻放在了林红的被子上，转身以后逃命似的冲出了林红的屋子，他走向大门时好像听到林红的父母说了什么，他迟疑了一下后，还是夺门而出了。

守候在外面的李光头看到宋钢脸色惨白地跑了出来，那模样像是死里逃生，李光头喜气洋洋地迎上去，问宋钢：

"胜利啦？"

宋钢痛苦地点点头，眼泪夺眶而出，然后永不回头似的疾步走去。李光头看看宋钢的背影，自言自语地说：

"哭什么？"

接下去李光头像是梳理头发一样，摸了摸自己亮闪闪的光头，又掂了掂手中的苹果，迈着功成名就的步伐走了进去。

林红的父母还没弄清楚发生了什么时，李光头进来了，李光头笑呵呵地叫着"伯父伯母"，笑呵呵地走进了林红的屋子，笑呵呵地回头关上了林红的屋门，关门的时候还对林红父母神秘地眨了眨眼睛，让林红的父母摸不着头脑，两个人站在那里面面相觑。

李光头笑呵呵地走到了林红的床前，笑呵呵地说："林红，听说你病了，我买了苹果来看你。"

此刻的林红还没有从刚才的打击中解放出来，她无声地看着李光头，眼神疑惑不解。李光头看到林红没有叫着让他滚蛋，心里一阵暗喜，他在林红的床边坐了下来，将苹果一只只拿出来，放在林红的枕头旁，同时吹嘘道：

“这可是刘镇有史以来最红最大的苹果，我跑了三家水果店才挑选到的。”

林红仍然是无声地看着李光头，李光头以为自己马到成功了，他温柔地抓起了林红的右手，一边抚摸着，一边就要往自己的脸上贴。这时林红突然清醒过来了，她猛地缩回自己的手，发出了一声让人胆战心惊的喊叫。

林红的父母听到女儿的惊叫，推门冲了进去，看到女儿害怕地缩在床角，手指着李光头仿佛要拼命一样，林红喊着：

“滚！滚出去！”

李光头还没来得及解释，就像上次那样抱头鼠窜了。林红的父母这次没有用上扫帚和鸡毛掸子，他们赤手空拳把李光头打出门去，打到了大街上。林红的父母当着围观的群众，再次破口大骂，癞蛤蟆和牛粪也再次用上了，还新加上了流氓、二流子、坏蛋等等超过十个难听的词语。

林红的父母骂到一半想起了自己的女儿，赶紧跑回屋里去。李光头悻悻地站在那里，觉得自己有一肚子的骂人话，可是一下子又想不起来了。围观的群众嬉笑地看着李光头，纷纷向他打听发生了什么惊天动地的事。

“没什么事。”李光头若无其事地摆摆手，轻描淡写地说，“也就是爱情引起了一些小小纠纷。”

李光头说着正要转身离去，林红的父母捧着苹果出来了，他们叫住李光头，如同向敌人扔手榴弹一样，把苹果向李光头身上砸去。李光头左躲右闪，等林红的父母扔完了苹果回去后，他一脸无辜地对围观的群众摇摇头，蹲下去将砸破的苹果一个个捡起来，一边捡着，一边告诉群众：

"这是我的苹果。"

然后李光头双手捧着他的破苹果神情坦荡地走去了。我们刘镇的群众看着他将一个苹果往衣服上擦了擦，举到嘴边大声咬了一口，嘴里嘟哝了一声"好吃"。李光头嚼着苹果走去时，群众听到他嘴里念起了毛主席诗词：

"而今迈步从头越，从头越……"

八

宋钢从林红家出来后眼泪夺眶而出，在晚霞消失的时候，沿着刘镇的大街悲壮地走去。那一刻宋钢痛苦绝望，眼前不断闪现着林红睁大恐惧的眼睛，随即闭上后泪水流出眼角的情景，这让宋钢心里仿佛刀割般的疼痛。宋钢咬牙切齿地走在刚刚降临的夜幕里，他心里充满了对自己的仇恨。从桥上走过时，他想纵身跳进下面的河水里；走过电线杆时，他想一头撞上去。有个人推着一辆板车嘎吱嘎吱地过来，板车上放着两个重叠起来的箩筐，箩筐上挂着一捆草绳，宋钢迎了上去，随手抄走草绳，疾步走去。那人放下板车追上去拉住宋钢的衣服喊叫：

"喂，喂，你干什么？"

宋钢站住脚，凶狠地看着那人说："自杀，你懂吗？"

那人吓了一跳，宋钢把草绳套在自己脖子上，又伸手往上提了提，还吐了一下舌头，凶狠地笑了笑，凶狠地说：

"上吊，你懂吗？"

那人又吓了一跳，然后目瞪口呆地看着宋钢走去。他推起板车时嘴里骂骂咧咧，心想真他妈的倒霉，天没黑就遇到了一个疯子，被疯子吓了两跳，还损失了一捆草绳。他推着板车走去时骂个没完没了，走完我们刘镇最长的那条街，一直走到林红的家门口。那时候李光头刚好捡起了苹果，咬着嚼着走过来。那人喊冤似的对李光头说：

“他妈的，老子倒霉透了，撞上了一个疯子……”

“你才像个疯子。”李光头不屑地说着走去。

宋钢把那捆草绳套在脖子上以后没再取下来，像是一条稻草编织出来的围巾。宋钢飞快地走着，仿佛向着死亡冲刺过去，他听到了衣服上发出的飕飕风声，急速的步履让宋钢觉得自己时时踩空了，身体像是波浪上的船只一样微微摇晃。宋钢觉得自己闪电般地走过了那条长长的街道，然后闪电般地拐进了那条小巷，来到了自己的家门口。

宋钢摸出钥匙打开了屋门，走进黑暗的屋子后，他想了想才知道应该打开电灯。灯亮了以后，他抬头看看屋顶的横梁，心想就在这里了。他把凳子拿到横梁下面，身体站到凳子上面，他的手抓住了横梁，这时他发现手里没有草绳，他疑惑地东张西望，不知道草绳忘在什么地方了，可能是掉在半路上了，他跳下了凳子走到了门口，一阵风迎面吹来，脖子上发出了毛茸茸的声音，他笑了，原来草绳就挂在脖子上。

宋钢重新站到了凳子上，取下脖子上的草绳，认真地系在了横梁上，认真地打了一个死结。他用力拉了拉，把脑袋伸进了绳套，勒住了自己脖子，他长长地出了一口气，闭上了眼睛。一阵风吹进来，让他感到屋门是开着的，睁开眼睛后看到屋门在风中摇摆，他的脑袋从绳套里出来，跳下凳子去关上了屋门。重新站到凳子上，重新把脑袋伸进了绳套。他闭上眼睛，最后吸了一口气，又最后吐了一口气，然后踢翻了脚下的凳子。他觉得自己的身体猛地被拉长了，呼吸猛地被塞住了，这时他模糊地感到李光头进来了。

李光头推门而入时，看到宋钢的身体在半空中挣扎，他失声惊叫着冲上去抱住宋钢的双腿，把宋钢的身体拼命往上举，随后发现这不是办法，他就像一头笼中的困兽一样嗷嗷叫着在屋子里乱窜。他看到菜刀以后有办法了，他拿起菜刀，竖起凳子，站上去以后又跳了起来，挥刀将草绳砍断。宋钢的身体掉下来时，他也摔倒在地，他赶紧翻身跪在那里，抬起宋钢的肩膀使劲摇晃。李光头哇哇哭着喊叫：

“宋钢，宋钢……”

李光头哭得满脸的眼泪鼻涕，这时宋钢的身体动了起来，宋钢开始咳嗽了。李光头看到宋钢活过来了，擦着眼泪鼻涕嘿嘿地笑，笑了几下以后，他又哭了，一边哭一边说：

“宋钢，你这是干什么？”

宋钢咳嗽着靠墙坐起来，他木然地看着哭泣的李光头，听着李光头一遍遍喊叫着他的名字，他悲哀地张了张嘴，没有声音，他又张了张嘴，这次有声音了，他低沉地说：

“我不想活了。”

李光头伸手去摸宋钢脖子上那条红肿的勒痕，哭叫地骂着宋钢：“你他妈的死了，我他妈的怎么办？我他妈的就你一个亲人，你他妈的死了，我他妈的就是孤儿啦。”

宋钢推开他的手，摇着头伤心地说：“我喜欢林红，我比你还要喜欢她，你不让我和她好，还要我一次次去伤害她……”

李光头擦干净眼泪，生气地说：“为一个女人自杀，值得吗？”

这时宋钢冲着李光头喊叫了：“要是换成你，你会怎么办？”

“要是换成我，”李光头也喊叫起来，“我就宰了你！”

宋钢吃惊地看着李光头，他用手指着自己说：“我是你的兄弟啊？”

“兄弟也一样宰了。”李光头干脆地叫道。

宋钢听了这话怔住了，过了一会儿他嘿嘿笑了起来，他仔细地看着李光头，看着这个相依为命的兄弟，这个兄弟刚才的那句话让宋钢突然获得了解放，他觉得自由了，他可以全心全意地投入到林红那里去了，而且势不可挡。宋钢笑出了声音，他由衷地对李光头说：

“你这话说得真好。”

宋钢刚才还哭着喊着“不想活了”，现在突然笑声朗朗了，李光头心里一阵发毛，他看着宋钢像是比赛跳高似的一跃而起，精神抖擞地走向了屋门。李光头不知道宋钢要干什么，他从地上爬起来，“喂喂”地喊叫，问宋钢：

“你要干什么？”

宋钢回头镇定地说：“我要去见林红，我要去告诉她，我喜欢她。”

“不能去！”李光头喊叫着，“他妈的你不能去，林红是我的……”

“不。”宋钢坚定地摇着头说，“林红不喜欢你，林红喜欢我。”

李光头这时又使出了杀手锏，他动情地说：“宋钢，我们是兄弟……”

宋钢幸福地回答：“兄弟也一样宰了。”

宋钢说着跨出了屋门，脚步响亮地走去了。李光头气急败坏，一拳打在了墙上，然后痛得龇牙咧嘴，对自己受伤的拳头又是摸又是呵气又是吹，嘴里的嗷嗷叫声变成了咝咝的吹气声。等到疼痛缓过来了，看着门外空荡荡的黑夜，李光头对着早已消失的宋钢喊叫：

“你给我滚！你这个重色轻友，妈的，重色轻兄弟的王八蛋！”

宋钢走在月光的街道上，深秋的落叶在街上滑行时咝咝响着。宋钢嘿嘿笑个不停，他已经压抑了很久，现在终于可以释放自己的幸福了。他大口呼吸着秋夜的凉风，大步走向林红的家。他沿途走去，他觉得刘镇的夜晚是那么美丽，星光满天，秋风习习，树影摇曳，灯光和月光交错在一起，就像林红的秀发编到了一起。宁静的街道上偶尔出现几个行人，从路灯下走过时身上仿佛披上了光芒，让宋钢惊讶地瞪圆了眼睛；当宋钢从桥上走过时更是万分惊讶，他看到波动的河水里满载着星星和月亮。

九

这天晚上林红的父母经历了大起大落，先是沉默不语的宋钢走进了林红的房间，让林红伤心绝望；接着厚颜无耻的李光头又来了，让林红失声惊叫。林红的父母整个晚上都在唉声叹气，刚刚脱了衣服上床睡觉，又听到有人敲门了，两个人你看看我，我看看你，不知道又会来一个什么人。他们穿上衣服走到门前，敲门声没有了，他们议论着是不是听错了，正要往回走，敲门声又响了。林红的母亲隔着门问外面的人：

“谁呀？”

“是我。”宋钢在门外回答。

“你是谁？”林红父亲问。

“我是宋钢。”

林红的父母听说是宋钢，气就上来了，交换了一下眼色后，打开了屋门，他们正要开口训斥宋钢，宋钢幸福满面地说：

“我回来了。”

“你回来了？”林红的母亲说，“这又不是你的家。”

“莫名其妙。”林红的父亲沉着脸说。

宋钢脸上的幸福立刻失踪了，他不安地看着他们，觉得他们说得很有道理。林红母亲想骂他几句，话到嘴边时又改了，她冷冷地说：

“我们已经睡觉了。”

林红的母亲说着关上了屋门，两个人回到床上躺下来以后，林红的父亲想到女儿的遭遇，立刻怒火中烧了，他骂着屋外的宋钢：

“像个傻瓜。”

“本来就是个傻瓜。”林红母亲狠狠地说。

林红的母亲觉得宋钢脖子上好像有一条血印，她问林红父亲是不是也看见了，林红的父亲想了想，点了点头，然后他们熄灯睡觉了。

宋钢站在林红家的屋门外懵懵懂懂，他站了很长时间，夜晚静得连针掉在地上的声音都没有，后来有两只猫蹿到了屋顶上，它们追逐时叫声凄惨，宋钢听了心里发抖，这时他才意识到夜深了，他有些后悔，觉得自己不该这时候来敲林红家的门。他走出了林红家的院子，重新走在了大街上。

宋钢走上大街以后又精神焕发了，他练习竞走似的让脚后跟先着地，在我们刘镇的大街上走过去，又走过来，他来回走了五次，觉得自己仍然有使不完的力气。这时候已经是凌晨时分了，他这个晚上第七次来到了林红家的院子门口，他决定停止自己的竞走，他要在林红家门口安营扎寨，一直守候到天亮。

宋钢靠着一根嗡嗡响着的木头电线杆蹲了下来，他蹲在那里不时偷偷地笑，他不知道自己的笑声正在黑夜里回响。林红家的一个邻居下了夜班回家时，听到电线杆发出了笑声，吓了一跳，心想连电线杆都会笑了，是不是要发生地震？他仔细一看，看到有东西蹲在那里，笑声就是从那里出来的，他不知道这是什么动物，吓得他推开院门逃了进去。这人进了屋锁上门，躺进被窝时仍然不放心，把被子蒙住脑袋才终于睡着，一觉睡到中午才醒来，醒来后逢人就说天亮前看见了惊人一物，不知道是什么。说它像人呢，它圆滚滚的；说它像猪呢，没有那么胖；说它像牛呢，又没有那么大。这人最后肯定地说：

“我见到了原始社会里的动物。”

林红的母亲天刚亮就起床了，她把马桶端出来时，看到了满头满身露水的宋钢站在那里，她吃了一惊，抬头看看初升的太阳，心想昨晚上没有下雨，她明白了，宋钢在这里站了整整一夜，全身上下都被露水打湿了。落水狗一样的宋钢笑容满面地看着林红的母亲，林红母亲觉得宋钢笑得有些稀奇古怪，她放下马桶就回到了屋里，对林红父亲说，那个叫宋钢的人好像在外面站了一夜，她说：

“是不是犯精神病了？”

林红的父亲惊讶地张开了嘴，他像是要去看熊猫似的惊奇地走出去，他看到宋钢笑眯眯地站在那里，他好奇地问宋钢：

“你站了一夜？”

宋钢高兴地点着头，林红父亲心想站了一夜还这么高兴，转身回到屋里对林红母亲说：

“是有点不正常。”

林红早晨醒来后退烧了，她感觉自己身体好一些了，坐起来后又觉得浑身发软，她重新躺下。她是这时候知道宋钢在外面站了整整一夜，她先是一惊，随即想起了昨晚发生的事，她咬了咬嘴唇，满腹的委屈让她涌出了眼泪，她用被子蒙住头呜呜地哭了。林红哭了一会儿后，用昨晚上宋钢还给她的手帕擦干净眼泪，对她父亲说：

“让他走，我不想见他。”

林红的父亲走了出去，对还在那里笑眯眯的宋钢说：“你走吧，我女儿不会见你的。”

宋钢收起了脸上的笑容，不知所措地看着林红的父亲。林红父亲看他站着没有动，就挥动着双手，像是驱赶鸭子一样，驱赶着宋钢。宋钢被林红父亲赶出去了十多米，林红父亲站住脚，指着他说：

“走远点，别再让我见到你。”

林红的父亲回到屋里，说把那个傻瓜赶走了，把那个傻瓜赶走比赶鸭子下河困难多了，那个傻瓜走一步就回一次头，那个傻瓜站着不动好比是灰尘……毛主席说得好：扫帚不到，灰尘就不会自动跑掉。林红父亲一口气说出了七个“傻瓜”，林红听到第七个“傻瓜”，心里不舒服了，她扭过头去，嘟哝着说：

“人家也不是傻瓜，人家就是忠厚。”

林红的父亲对林红的母亲眨了眨眼睛，偷偷笑着走了出去，走到了院子里，这时一个邻居从外面买了油条回来，他对林红父亲说：

“刚才被你赶走的那个人又站在那里了。”

“真的？”

林红父亲说着回到了屋里，悄悄走到了窗前，撩起窗帘往外面张望，果然看到了宋钢，他笑着让林红母亲也来看一眼。林红母亲凑上去，看到宋钢低垂着脑袋站在那里，一副丧魂落魄的模样。林红母亲也忍不住笑了，她对女儿说：

“那个宋钢又来了。”

林红看着父母脸上的怪笑，知道他们心里在想些什么。她侧过身去，面对着墙壁，不让父母看到她的脸。这时她又想起了昨晚的事，气又上来了，她说：

“别理他。”

林红母亲说：“你不理他，他就一直这么站下去。”

“把他赶走。”林红叫了起来。

这次是林红母亲出去了，她走到忐忑不安的宋钢面前，低声对他说：“你先回去，过几天再来。”

宋钢迷惑地看着林红母亲，不知道她是什么意思。林红母亲看清楚了宋钢脖子上的那道血印，她昨晚上就看见了，她关心地问：

“脖子怎么了？”

“我自杀了一次。”宋钢不安地说。

"自杀？"林红母亲吓了一跳。

"用绳子上吊。"宋钢点点头说，接着不好意思地补充道，"没死成。"

林红母亲神情紧张地回到了屋里，来到女儿的床边，说宋钢昨晚上吊自杀了一次，没死成。她说昨晚就看见宋钢脖子上有一道血印，刚才见了比昨晚见到的血印还要深，还要粗。林红母亲说着唉声叹气，她推推面壁躺着的女儿说：

"你出去见他一下吧。"

"我不去。"林红扭动着身体说，"让他去死吧。"

林红说完这话，心里一阵绞痛。接下去她越来越不安了，她躺在床上，想着站在外面的宋钢，想着他脖子上的血印，心里越来越难过，也越来越想去见见外面的宋钢。她坐了起来，看看自己的父母，她的父母立刻知趣地走到了外屋。林红沉着脸下床走到外屋，像往常那样不慌不忙地刷牙洗脸，坐到镜子前认真地梳理着自己的一头长发，又把长发编成了两根辫子，然后站起来对她的父母说：

"我去买油条。"

宋钢看到林红出来时激动得差一点哭了，他像是怕冷似的抱住自己的肩膀，嘴巴张了又张，却没有声音。林红看了他一眼，面无表情地走向了卖油条的点心店，浑身潮湿的宋钢跟在她的身后，终于说出声音来了，他沙哑地说：

"晚上八点，我在桥下等你。"

"我不去。"林红低声说。

林红走进了点心店，宋钢神情悲哀地站在门口。林红买了油条出来时看清了宋钢脖子上的血印，她心头一颤。这时宋钢更换了约会地点，他小心翼翼地问：

"我在小树林等你？"

林红迟疑了一下后，点了点头。宋钢喜出望外，他不知道接下去应该做什么，继续跟随着林红走到了她家的院子门口。林红进门时，回头悄悄给他使了个眼色，让他赶紧走。宋钢知道自己应该做什么了，他使劲地点点头，看着林红进去以后，他才转身离去。

宋钢脑子昏昏沉沉度过这个难熬的白天，他在工厂上班时睡着了十三次。在车间的角落里睡了五次，中午吃饭时睡了两次，与工友打扑克时睡了三次，两次靠着机床睡，一次上厕所撒尿时头顶着墙睡着了。然后在傍晚的时候情绪激昂地来到了电影院后面的小树林，这时候刚刚夕阳西下，宋钢像个逃犯似的在树林外的小路上走来走去，样子鬼鬼祟祟。几个认识他的人走过去时，叫着他的名字问他在干什么，他支支吾吾说不清楚。他们笑着问他是不是丢了钱包，他点点头；又问他是不是丢了魂，他也是点点头，他们哈哈大笑地走去。

这个晚上林红迟到了一个小时，她美丽的身影在月光小路上缓缓走来，宋钢见到她时激动地挥着手迎了上去，不远处还有人在走动，林红低声说：

“别挥手，跟着我。”

林红走向了前面的小树林，宋钢紧跟在她的身后，林红再次低声说：

“离我远点。”

宋钢立刻站住了，他不知道应该离开林红有多远，站在那里不动了。林红走了一会儿发现宋钢还站在那里，就低声叫他：

“来呀。”

宋钢这才快步跟了上去，林红走进了小树林，宋钢也跟进了小树林。林红走到树林的中央，看看四周，确定没有别人了才站住脚，听着后面宋钢的脚步声越来越近，然后没有脚步声，只有呼哧呼哧的喘气声了。林红知道宋钢已经站在她身后了，林红站着不动，宋钢也是站着不动，林红心想这个傻瓜为什么不绕到前面来？林红等了一会儿，宋钢还是在她身后站着，还是呼哧呼哧地喘气。林红只好自己转过身去，她看到月光里的宋钢正在哆嗦，她仔细地看了看宋钢的脖子，那道血印隐隐约约，她开口说话了：

“脖子上怎么了？”

宋钢开始了漫长的讲叙，他结结巴巴，语无伦次地说着，李光头如何逼着他来说那句话，他说完后回到家中就上吊自杀了，恰好李光头又回来了，把他救了下来。林红的眼泪在宋钢的讲叙里不断地流出来，宋钢说完后，结结巴巴地又从头说起了，林红伸手捂住了他的嘴，让他别说了。宋钢的嘴唇接触到了林红的手，他浑身颤抖起来。林红缩回手，低头擦了擦眼泪，然后抬头命令宋钢：

“取下眼镜。”

宋钢急忙取下了眼镜，拿在手里不知道下一步做什么。林红继续命令他：

“放进口袋。”

宋钢把眼镜放进了口袋，接着又不知道该做什么了。林红深情地笑了一下，扑上去搂住了宋钢的脖子，她的嘴唇贴着宋钢脖子上的血印，心疼地说：

“我爱你，宋钢，我爱你……”

宋钢浑身颤抖地抱住林红，激动地哭了起来，而且哭得上气不接下气。

十

宋钢和李光头分家了。他害怕见到李光头，他是在上班的时候偷偷溜回家中，把自己所有的衣服放进了那只旧旅行袋，把两个人共有的钱分成两份，自己拿走一份，另一份放在桌子上，剩下的零钱全归李光头，又把李光头给他配的那把钥匙压在了钱的上面，然后关上门，提着旅行袋走出了和李光头相依为命的屋子，他搬到五金厂的集体宿舍去住了。

宋钢和林红进行了一个多月的地下爱情以后，决定公开他们的恋情了，当然这是林红的决定。林红选择了电影院，那天晚上我们刘镇的群众吃惊地看着林红和宋钢并肩走入了电影院，林红吃着瓜子和宋钢说说笑笑，找到自己的座位后，两个人并排坐了下来，林红继续旁若无人地吃着瓜子，旁若无人地与宋钢亲热地说着话。倒是宋钢谦和地和所有认识他的人点头打招呼，我们刘镇的男群众个个百感交集，电影开始放映后，那些没有结婚的男群众和已经结婚了的男群众，差不多一半的时间在看银幕，另一半时间偷偷看这两个人，在两侧的扭着头，在前面的回过头，在后面的伸长了脖子。看完电影后，这个晚上不知道多少个多情的男群众辗转反侧，失眠睡不着，宋钢让他们羡慕得死去活来。

接下去林红和宋钢时常一起出现在大街上，林红似乎更漂亮了，她的脸上始终挂着轻松的微笑。城里的老人们伸手指点着她，说这是个泡在蜜罐里的姑娘。宋钢走在林红身边时幸福得不知所措，几个月下来后他还是改不了一副受宠若惊的模样。城里的老人们说他实在不像一个恋人，说他还不如那个气势汹汹的李光头，李光头起码还像个保镖，这个宋钢充其量也就是个随从跟班。

在幸福里晕头转向的宋钢买了一辆亮闪闪的永久牌自行车，这差不多花去了他全部的积蓄。这永久牌自行车是什么？在当年就是现在的奔驰宝马了，一年分配到我们县里也就是三辆，那年月别说是没钱了，有钱也买不到亮闪闪的永久牌。林红的叔叔是五金公司的经理，专管每年三辆永久牌自行车卖给谁，是个威风凛凛的人物，多少人见了他都是点头哈腰。林红为了让宋钢在我们刘镇出人头地，整天缠着她的叔叔，差不多都要哭哭啼啼了，要这个叔叔给她亲爱的宋钢弄一辆永久牌。林红的父亲也是对这个弟弟缠住不放，林红的母亲都快指着鼻子骂这个小叔子了。林红的叔叔万般无奈，咬咬牙将本来应该给县人武部部长的永久牌自行车，给了林红那个亲爱的宋钢。

宋钢从此春风得意，他骑着永久牌自行车风驰电掣，在我们刘镇的大街小巷神出鬼没，亮闪闪的自行车晃得我们刘镇的群众眼花缭乱，他还时时按响车铃，清脆的铃声让群众听了不是吞口水就是流口水。他下了车就会拿出塞在座位下面的一团棉线，仔细擦去车上的灰尘，所以他的永久牌是永久地亮闪闪。不管是刮风下雨，还是雪花飘飘，他的永久牌都是一尘不染，比他的身体还干净，他一个月也就是洗澡四次，可他的永久牌天天都要擦。

那些日子林红觉得自己像个公主一样，每天早晨当清脆的铃声在她门外响起时，就知道她的专车、亮闪闪的永久牌自行车到了。她笑吟吟地出门，侧身坐在永久牌的后座上，一路欣赏着众人羡慕的眼神，去她的针织厂上班了。当她每次下班走出厂门时，英俊的宋钢和亮闪闪的永久牌已经等候在那里了，她坐上幸福的永久牌，前面的后背是那个让她幸福的男人，她一上车就会提醒宋钢：

“打铃，快打铃。”

宋钢立刻将车铃按出一连串的响声，林红侧身看着厂里其他女工们落在后面，优越感油然而升，她们累了一天了，还要靠自己的两只脚把她们带回家，她却已经坐上专车了。

只要林红在车上，永久牌的铃声就会响个不停，一路上只要见到认识的人，林红就会提醒宋钢打铃，宋钢每次都是卖力地打出了像街道一样长的铃声来。林红的微笑里充满了自豪，她一路上笑着和认识她的人点头打招呼。

这时候我们刘镇的老人们觉得宋钢像个恋人了，他们说宋钢骑车的模样像从前骑马的将军，他打出的一串串铃声就像马鞭声声。

宋钢骑着亮闪闪的永久牌带着美丽的林红，遇到谁都要打上一阵子铃声，就是见了李光头他不打铃了。李光头还是满脸的牛气，昂首挺胸目不斜视地迎面走来。这时候宋钢反而是一阵心虚，一阵慌张，像个做错了事的孩子那样扭过头去，歪着脑袋骑车了，好像眼睛长在耳朵上。林红就不一样了，她看到李光头时赶紧让宋钢打铃，可是宋钢打出来的铃声总是七零八落，那种一连串的响亮铃声他怎么也打不出来了，林红知道宋钢是怎么了，她马上伸手搂住宋钢的腰，把脸贴在宋钢的后背上，满脸幸福和骄傲地看着李光头，看着李光头故作镇静的模样，林红就会咯咯地笑，就会指桑骂槐地说：

“宋钢，你看呀，这是谁家的落水狗？”

李光头听到了林红的话，嘴里嘟哝地骂出了一连串的“他妈的”，比宋钢的铃声还要长。然后就是一脸的失落，心想自己的女人跟着自己的兄弟跑了，自己的兄弟跟着自己的女人跑了，自己什么都没有了，他妈的鸡飞蛋打，他妈的竹篮打水一场空。看着宋钢和林红的永久牌远去以后，李光头才把自信找回来，他自言自语地说：

“来日方长呢，谁是落水狗还难说……”

接下去他开始鼓励自己了，满嘴唾沫地说：“老子以后弄一辆超大型永久牌，前面坐西施，后面载貂蝉，怀里抱个王昭君，背上驮个杨贵妃。老子带着这古代四大美女骑上他妈的七七四十九天，从当代骑到古代去，再从古代骑到当代来，老子高兴了还要骑到未来去……”

林红和宋钢的恋情曝光以后，我们刘镇最大的爱情悬念终于揭晓了，未婚的男青年像是多米诺骨牌倒下似的纷纷死了心。这些死了心的男青年纷纷去找其他未婚的女青年，于是我们刘镇谈情说爱的男女青年，像是雨后的春笋一样冒了出来，把我们刘镇的大街弄得甜甜蜜蜜，让我们刘镇的老人目不暇接。老人们伸出一根手指说：

“好像都有了，都有女人了……那个李光头还没有。”

刘镇的群众很少在大街上见到李光头了，李光头瘦了一圈，像是得了一场大病。

那天晚上自杀未遂的宋钢幸福地夺门而出，李光头暴跳如雷地骂了一个小时，然后鼾声如雷地睡了八个小时。早晨醒来后看到宋钢的床还是空着，李光头屋里屋外侦察了一遍，没有发现宋钢回来的蛛丝马迹，嘴里“咦咦”地叫了起来，他不知道宋钢在林红的家门口守候了一夜，以为宋钢是躲着他，李光头哼哼地说：

“你躲得了一时，躲不了一世。”

第二天宋钢仍然没有回家，到了晚上李光头坐在桌前，想了一条又一条对付宋钢的计策，可是没有一条是毒计，李光头只好全部否决。李光头最后想出了一条煽情计，就是拉住宋钢的胳膊，一把眼泪一把鼻涕回忆童年岁月，他和宋钢的童年血淋淋泪汪汪，两个孩子举目无亲相依为命。李光头相信这样一来，宋钢肯定会羞愧地低下头，肯定会难舍难分地把林红让给他。李光头得意洋洋，觉得这才是一条毒计，而且是剧毒之计。李光头一直等到了深夜，等得李光头呵欠连连，上下眼皮直打架，宋钢还是没有回家，李光头只好骂骂咧咧上床睡觉了，上床前李光头环顾屋子，心想跑得了和尚跑不了庙，宋钢即使有天大的本事，也得回家来，到时再使出他的煽情计。

第三天李光头下班回家，见到桌子上的钱和钥匙以后，知道大事不妙了，知道跑掉的和尚不要庙了。李光头气得在屋子里团团转，把中国话里面难听的都找出来骂上一遍，又把抗战电影里学来的日本话骂上两句，还想找几句美国话，美国话他一句都不知道了，只好哑口无言地坐在床上发呆发痴。李光头心想自己小看宋钢了，宋钢读过半部破烂的《孙子兵法》，自己的煽情计还没有使出来，宋钢抢先使出了三十六计里的走为上计。

这天晚上李光头有生以来第一次失眠了，此后一个月他都是茶饭不香睡眠不足。李光头人瘦了，话也少了，不过走在大街上时仍然威风凛凛，他见到过几次宋钢，每次宋钢都是远远地躲开了；他也见到过几次林红，每次林红都和宋钢走在一起，林红亲热地捏着宋钢的手，让李光头看在眼里苦在心里。后来宋钢骑上了永久牌，后面坐上了美林红，风光无限地从李光头身旁闪闪而去，李光头已经不是痛苦了，而是觉得自己颜面尽失。

我们刘镇的群众都是好记性，都记得李光头痛揍那两个爱情炒作者时说的话，李光头扬言谁敢自称是林红的男朋友，他就把谁揍得永世不得翻身。群众里有些坏小子在大街上见到李光头时，就会酸溜溜地对他说：

“林红不是你的女朋友吗？怎么一眨眼成了宋钢的女朋友了。”

听了这话，李光头就会痛心疾首地喊叫：“他要不是宋钢，我早把他宰啦！早提着他的人头去笑傲江湖啦！可是宋钢是谁？宋钢是我相依为命的兄弟，我只好认命了，只好牙齿打碎了往肚子里咽。”

宋钢为林红上吊自杀，脖子上的血印一个月以后才消失掉，让林红想起来眼圈就会发红。林红把宋钢自杀的事情真相详细告诉了自己的父母，又忍不住告诉了自己最亲近的几个针织厂女工。林红的父母和那几个女工再去告诉别人，一传十，十传百，百传千，宋钢自杀的故事在我们刘镇传播时像细胞分裂一样快，没出几天就家喻户晓了。我们刘镇的女群众对林红羡慕之余，就要去盘问自己的现任丈夫或者未来丈夫：

“你能为我自杀吗？”

刘镇的男群众苦不堪言，个个都要口是心非地说上一堆“能能能”，还要装出一副视死如归的英勇气概。这些女群众问起来没完没了，最多那个男群众回答了一百多次，最少那个也回答了五六次。有几个男群众被逼急了，只好把绳索套进自己的脖子，把菜刀架在自己的手腕，信誓旦旦地说：

“只要你一声令下，我马上弄死自己。”

这时候赵诗人无爱一身轻，前面的女朋友跟着别人跑了，后面的女朋友还没有从别人那里跑过来，赵诗人正处在爱情的空白时期，他对刘镇男群众的遭遇幸灾乐祸，心想这些窝囊废活该受罪。赵诗人扬言，他不会找一个让自己为她自杀的女朋友，只会找一个让她为自己自杀的女朋友。赵诗人如数家珍似的说：

“你们看看孟姜女等等，你们看看祝英台等等，真正的爱情都是女的为了男的自杀。”

赵诗人觉得自己和李光头是同病相怜，都是在林红那里栽了跟头。自从刘作家挨揍以后，赵诗人一直躲着李光头，最近的几次在街上相遇，李光头都是对赵诗人点点头就走过去了。赵诗人觉得自己安全了，他开始和李光头套近乎了，在大街上见到李光头走来，赵诗人招呼着迎上去，亲热地叫道：

“李厂长，近来可好？”

“好个屁。”李光头没好气地说。

赵诗人嘿嘿笑着拍拍李光头的肩膀，当着过路群众的面，滔滔不绝地说起来了。他说李光头根本不应该把上吊的宋钢救下来，宋钢活过来就把李光头的林红抢走了，宋钢要是没有活过来……赵诗人说：

“爱情的天平还不是向你倾斜了又倾斜？”

李光头听了赵诗人的话很不高兴，心想这王八蛋竟然敢诅咒宋钢去死。赵诗人全然不顾李光头越来越难看的脸色，继续自作聪明地说：

“这好比是农夫与蛇的故事，农夫看见路上有一条冻僵的蛇，就把蛇放到了胸口，蛇暖和过来后就一口咬死了农夫……”

赵诗人最后忘乎所以地指点起了李光头：“你就是那个农夫，宋钢就是那条蛇。”

李光头勃然大怒了，一把揪住赵诗人的衣服吼叫了：“你他妈的才是那个农夫！你他妈的才是那条蛇！”

赵诗人吓得面如土色，眼看着李光头威震刘镇的拳头举起来了，赵诗人急忙伸出双手抱住李光头的拳头，连声说：

“息怒，李厂长，请你千万要息怒，我这是一片好意，我是在为你着想……”

李光头迟疑了一下，觉得赵诗人像是一片好意，他放下了拳头，松开抓住赵诗人衣服的手，他警告赵诗人：

“你他妈的听着，宋钢是我的兄弟，就是天翻地覆慨而慷了，宋钢还是我的兄弟，你他妈的要是再敢说宋钢一句坏话，我就……”

李光头停顿了一下，他在“揍”和“宰”两个字之间犹豫了一下，然后坚定地选择了“宰”字，他说：

“我就宰了你。”

赵诗人表示同意似的点点头，转身就走，心想赶快离开这个粗人。赵诗人匆匆走出了十来步，看到街上的群众嬉笑地看着自己，赵诗人立刻放慢了脚步，装出从容不迫的样子来，同时感叹地对群众说：

“做人难啊。”

李光头看着赵诗人走去时，突然想起了当初狠揍刘作家时许下的诺言，立刻对赵诗人招手了：

“回来，他妈的给我回来。”

赵诗人心里哆嗦了一下，当着刘镇众多的群众，他不好意思撒腿就逃，他站住脚，为了显示自己的从容，他缓缓地转过身来。李光头继续向他招手，李光头一脸的亲热表情，他对赵诗人说：

“快回来，我还没把你劳动人民的本色给揍出来呢。”

眼看着群众兴奋起来了，眼看着自己要倒霉了，赵诗人心里怦怦乱跳，他急中生智地摆摆手说：

“改天吧。”

赵诗人说着伸手指指自己的脑袋，向李光头解释：“这里突然来灵感了，我要赶快回家把灵感记下来，错过了就没有了。”

听说赵诗人的灵感来了，李光头就挥挥手，让赵诗人放心地离去。街上的群众十分失望，他们对李光头说：

“你怎么放过他了？”

李光头看着赵诗人离去的背影，通情达理地对群众说：“这个赵诗人不容易，他脑子里怀上灵感，比他肚子里怀上孩子还要难。”

李光头说完一副宽容的模样扬长而去，他走过布店的时候，沉浸在幸福里的林红正站在里面和售货员说着话，给自己和宋钢挑选布料做衣服。李光头没有看见林红，也不知道林红和宋钢准备结婚了。

十一

林红准备结婚那天在人民饭店摆上几桌酒席，把男女双方的亲朋好友都请过来喝喜酒。林红在一张白纸上把女方亲友的名字都写上了，又拿了一张白纸给宋钢，让宋钢把男方的亲朋好友也写上，宋钢手里拿着笔像是举重似的吃力，半天写不出一个字来。宋钢支支吾吾地说自己在世界上只有一个亲人，就是李光头。林红听了这话不高兴了：

“难道我不是你的亲人？”

宋钢连连摇头，他说自己不是这个意思，他充满爱意地对林红说：“你是我最亲的亲人。”

林红幸福地笑了，她说：“你也是我最亲的亲人。”

宋钢拿着笔还是写不出一个字来，他小心翼翼地问林红，是不是也请李光头出席婚宴？他说虽然和李光头没有交往了，可他们毕竟是兄弟。宋钢说这些话的时候，一再声明，要是林红不答应，他坚决不请李光头。结果林红爽快地说：

“请他吧。”

林红看着宋钢满脸的疑惑，扑哧笑了，她说：“写上吧。”

宋钢在白纸上写下李光头以后，飞快地把自己车间里工友的名字都写上了，最后他犹豫了一下，也把刘作家的名字写了上去。然后宋钢按照两张白纸上的名单，填写红色的婚宴请柬了，林红把头依偎在宋钢的肩头，看着宋钢漂亮的字体一个个从笔尖下流淌出来，林红一声声惊叹：

“真好看，你的字真好看。”

这天下午，宋钢拿着请柬，骑着他亮闪闪的永久牌来到了大街拐角处，守候在李光头下班回家的路上。宋钢坐在自行车上，伸出一只脚架在梧桐树上保持平衡。当李光头走来时，宋钢不再骑车躲开了，他远远地喊叫，远远地挥着手。宋钢的热情让李光头一脸的莫名其妙，他扭头看看身后，以为宋钢是在和别人打招呼。李光头走近时，听见宋钢喊叫他的名字：

“李光头。”

李光头伸手指指自己的鼻子，问宋钢：“你是在叫我？”

宋钢热情地点点头，李光头抬头看看天上的太阳，阴阳怪气地说：“太阳没从西边出来啊。”

宋钢不好意思地笑了笑，李光头看着宋钢坐在永久牌上，右脚架在梧桐树上，那模样神气极了。李光头越看越羡慕，他说：

“他妈的，你这模样像是天上的神仙。”

宋钢立刻跳下自行车，抓住车的把手，也请李光头上车去做一回天上的神仙。李光头从来没有骑过自行车，就是自行车的后座，他的屁股也没有沾过一次。他却像个老手一样抬腿跨过了横杠，坐上去以后就破绽百出了。他的身体一会儿往右边斜，一会儿又往左边倒，双手抓住车把就像是抓住救命稻草，他的双手像两根棍子似的僵硬。宋钢双腿夹住自行车的后轮，喊叫着要李光头身体放松，要李光头将车把扶直了。然后宋钢在后面推了起来，刚开始李光头的身体不断左右摇晃，宋钢一边推着，一边还要伸手去扶住李光头，不让他掉下来。慢慢地李光头找到骑车的感觉了，他身体僵直地坐在自行车上，宋钢在后面越推越快，李光头根本没有蹬车轮，全靠宋钢在后面推着。宋钢推着自行车奔跑起来了，李光头尝到了什么是速度，他觉得自己正在刘镇的街上飞过去，李光头高兴地哇哇大叫：

“好大的风啊！好大的风啊！”

宋钢在后面推着奔跑，跑得满头大汗，跑得上气不接下气，跑得眼睛发直，跑得口吐白沫。李光头听着风声飕飕地响，衣服哗哗地抖，自己的光头更是滑溜溜的舒服。李光头指挥后面的宋钢：

“快，快，再快一点。”

宋钢推着自行车跑出了一条街，实在跑不动了，慢慢停下来，再用双腿夹住后轮，把李光头从车上扶下来，然后他蹲在地上喘了差不多半个小时的粗气。李光头从车上下来后意犹未尽，他双手抚摸着宋钢这闪闪的永久牌，回味着刚才风驰电掣的美好感觉，再看看蹲在地上喘不过气来的宋钢，李光头才意识到宋钢推着他跑完一条街了。李光头蹲下去像是要帮助宋钢喘气，轻轻拍打着他的背，李光头对他说：

“宋钢，你真了不起，你简直就是一台发动机。”

说完这话，李光头又遗憾起来，他说：“可惜你是台假发动机，你要是台真的，我就一路去上海啦。”

宋钢喘着气笑了起来，他捧着肚子站起来说：“李光头，以后你也会有一辆自行车的，到时候我们一起骑到上海去。”

李光头的眼睛像宋钢的永久牌一样亮闪闪了，他拍拍自己的光脑袋说：“对呀，我以后也会有自行车的，我们一起骑车去上海。”

这时宋钢缓过来了，他迟疑了一下后，有些不安地说：“李光头，我要和林红结婚了。”

宋钢说着将请柬递给李光头，请他来喝喜酒。李光头刚才还是喜气洋洋的脸色，立刻阴沉了下来，他没有接请柬，慢慢地转过身去，独自一人走去了，一边走一边伤心地说：

“生米都煮成熟饭了，还喝什么喜酒。”

宋钢呆呆地看着李光头走去，刚刚恢复的兄弟情谊又烟消云散了。

宋钢推着他的永久牌沿着街道心事重重地走去，他忘记了骑车。宋钢回到家里，把请柬拿出来放在了桌子上。林红见到给李光头的请柬又回来了，问宋钢：

“李光头不来？”

宋钢点点头，不安地说：“他好像还没死心。”

林红鼻子里哼了一声说：“生米都煮成熟饭了，他还有什么不死心的？”

宋钢听了林红的话以后吃了一惊，心想这两个人说话怎么一种腔调。

林红和宋钢在人民饭店摆了七桌酒席，林红的亲友占了六桌，宋钢的只有一桌，李光头没来，那个刘作家也没来，吃喜酒就要送红包，他表示不屑于参加宋钢的婚宴，其实是他不舍得花钱，他伸出小拇指说，宋钢是个小人物，他从来不吃小人物的饭，不过刘作家施舍似的表示，他会去宋钢的新房看看，闹洞房的时候送上自己心里的一片祝福。宋钢同一个车间的工友都来了，刚好凑成一桌。热闹的婚宴晚上六点开始，每桌都是十菜一汤，鸡鸭鱼肉一应俱全，白酒喝掉了十四瓶，黄酒喝掉了二十八瓶，十一个微醉，七个半醉，三个全醉。全醉的三个分别趴在三张桌子下面嗷嗷叫着呕吐不止，把七个半醉的也勾引得呕吐了起来，十一个微醉的触景生情，张开十一张嘴巴，打出了十一串酸甜苦辣之嗝。把我们刘镇当时最为气派的人民饭店弄得杯盘狼藉，弄得像是化肥厂的车间，都闻不到食物的香味了，闻到的全是化学反应的气味。

这天晚上李光头也喝醉了。他独自一人在家里喝着白酒，喝下足足一斤的白酒，他第一次喝醉了，喝醉以后呜呜地哭，又呜呜哭着睡着了，天亮醒来时他嘴里还有呜呜声。邻居们都听到了李光头失恋的哭声，他们说李光头的哭声里有七情六欲，有时像是发情时的猫叫，有时像是被宰杀时的猪嚎，有时像是吃草的牛哞哞地叫，有时像是报晓的雄鸡咯咯叫。邻居们意见很大，说李光头吵得他们一夜睡不着，就是睡着了也是噩梦连连。

李光头呜咽号叫了一个晚上以后，第二天就去医院做了输精管结扎手术。他先去了福利厂开好了单位证明，证明上的结扎申请人是李光头，单位领导签名同意的也是李光头，还一本正经地盖上了公章。李光头拿着单位证明一脸悲壮地走进了医院的外科，把单位证明往医生的桌子上一拍，高声说：

“我来响应国家计划生育的号召。”

医生当然认识大名鼎鼎的李光头，李光头走进来劈头盖脸就要医生给他结扎。医生看着李光头的手掌像把刀似的在自己的肚子上划拉着，心想天底下竟然还有这样的人。又看了看李光头的单位证明，申请人和批准人都是李光头，心想天底下竟然还有这样的证明。医生忍不住嘿嘿地笑，他说：

“你没有结婚，没有孩子，为什么要结扎？”

李光头豪情满怀地说：“没有结婚就来结扎，计划生育不就更加彻底吗？”

医生心想天底下竟然还有这样的道理，医生低下头嘿嘿笑个不停，李光头不耐烦地一把将医生从椅子里拉起来，好像是李光头要给医生结扎似的，又拉又推地把医生弄进了手术室。李光头解开皮带，褪下去裤子，撩上来衣服，躺到了手术台上，然后命令医生：

“结呀，扎呀。”

李光头在手术台上躺了不到一个小时就下来了。完成了输精管结扎壮举的李光头，面带微笑地走出了医院的大门。他左手拿着结扎手术的病历，右手捂着肚子上刚刚缝上的伤口，走几步歇一会儿，来到了林红和宋钢的新房。

那时候林红的针织厂来了二十多个女工，正在大闹林红的洞房，刘作家也来了，喜气洋洋地坐在二十多个姑娘中间，一副梦里花落知多少的表情。姑娘们从屋顶上吊下来一根绳子，绳子上系着一只苹果，嚷嚷着让新郎和新娘一起咬苹果。李光头走了进去，姑娘们一片惊叫，她们都知道李光头和宋钢和林红之间的关系，又像三角关系又不像三角关系，说不清是什么关系。她们以为李光头是来寻衅滋事的，林红当时也紧张了，李光头横着眼睛走进来，林红觉得他没安好心。只有宋钢没有看出来，他看到李光头惊喜万分，心想这个兄弟终于还是来了，宋钢抽出一支香烟迎上去高兴地说：

“李光头，你终于来了。”

刚刚结扎了的李光头用右手一拨，就将新郎宋钢拨到了一边，他气势汹汹地说：

“老子不抽烟。”

屋里的姑娘们吓得都不敢出声，李光头从容地将结扎病历递给林红。林红不知道那是什么，没有去接，她去看自己的新郎宋钢。宋钢伸手去拿，李光头挡开了他的手，将病历递给身边的一个姑娘，让她传递给林红。林红拿着这份医院的病历，不知道李光头是什么意思，李光头对她说：

“打开看看，上面写着什么？”

林红打开来看到上面有“结扎”这样的字，她还是不明白，小声问身边的姑娘：

“‘结扎’是什么意思？”

几个姑娘凑上去看病历时，李光头对着林红说：“什么叫‘结扎’？就是阉割，我刚去医院把自己阉割了……”

屋里的姑娘们哇哇地惊叫起来，新娘林红也是花容失色。那个时期我们刘镇流行把买来的雄鸡阉割了，养成大公鸡以后宰杀煮熟，吃起来就会鲜嫩，就会没有公鸡的骚味，刘镇的群众都把阉割的公鸡叫“鲜鸡”。一个姑娘听说李光头去医院把自己阉割了，脱口惊叫起来：

“你是个‘鲜人’啦？”

这时候刘作家出头露脸的时机到了，他慢慢地站起来，从林红手里拿过病历，读了一遍，满腹学问地纠正那个姑娘的话，他说：

“不是，阉割和结扎不一样，阉割后就变成太监了，结扎了还是可以……”

刘作家扫了一眼屋子里鲜花盛开般的姑娘，下面的话欲言又止了，那个姑娘还在问：

“还可以什么？”

李光头不耐烦地对这个姑娘说：“还可以和你睡觉。”

这个姑娘气得满脸通红，咬牙说：“谁也不会和你睡觉。”

刘作家点点头，表示同意李光头的意思，补充道：“就是不能生孩子了。”

刘作家的补充让李光头满意地点点头，他取回了自己的病历，对林红说：

“我既然不能和你生儿育女，我也绝不会和别的女人生儿育女。”

说完这话，忠贞不渝的李光头转身走出了林红的新房，他走到门外站住脚，回头对林红说：

“你听着，我李光头在什么地方摔倒的，就会在什么地方爬起来。”

然后李光头像一个西班牙斗牛士一样转身走了。李光头一二三四五六七，走出七步时，身后的新房里鸦雀无声，当他跨出第八步时，新房里发出了一阵哄笑声。李光头脚步迟疑了起来，他失望地摇了摇头。这时宋钢追了出来，宋钢跑到走路变成了瘸子的李光头跟前，拉住李光头的胳膊想说些什么：

“李光头……”

李光头没有答理宋钢，他左手捂住肚子，一瘸一拐悲壮地走上了大街，宋钢也跟着走上了大街。李光头走了一阵子，宋钢仍然跟在后面，李光头回头对宋钢低声说：

"你快回去。"

宋钢摇了摇头，嘴巴张了张，还是只有一声："李光头……"

李光头看到宋钢站着没有动，低声喊叫了："他妈的，你今天是新郎，快回去。"

宋钢这时把话说出来了："你为什么要断后？"

"为什么？"李光头神情凄楚地说，"我看破红尘了。"

宋钢难过地摇起了头，看着李光头沿着街边缓慢地走去，李光头走出了十多步以后，回头真诚地说：

"宋钢，你以后多保重！"

宋钢一阵心酸，他知道从此以后兄弟两人正式分道扬镳了。看着李光头一瘸一拐地走去，宋钢的脑海里出现了小时候两人第一次分手的情景，爷爷拉着自己的手站在村口，李兰拉着李光头的手在乡间的小路上越走越远。

我们刘镇的西班牙斗牛士头也不回地走去了，他在街上遇到了小关剪刀。小关剪刀看见李光头像一个瘸子走来，左手还捂着肚子，好奇地叫住了李光头，问李光头是不是肚子疼上了。李光头还没有回答，小关剪刀就自作主张地说：

"蛔虫，肯定是蛔虫在咬你的肠子。"

这时的李光头还沉浸在自己结扎的壮举里，他神色悲壮地拉住小关剪刀，举着手里的病历，不屑地说：

"蛔虫算什么？"

然后打开病历给小关剪刀看看，还特意指了指上面的"结扎"两字。小关剪刀仔细地将李光头的病历读了一遍，一边读着一边埋怨医生的笔迹太潦草。小关剪刀读完了病历，也不知道"结扎"是什么意思，小关剪刀问：

"什么叫'结扎'？"

李光头这时候得意起来了，他骄傲地说："结扎？就是阉割。"

小关剪刀吓了一跳，失声惊叫："你把自己的屌剪掉啦？"

"怎么是剪掉？"李光头很不满意小关剪刀的话，他纠正道，"不是剪掉，是结扎。"

"这么说，"小关剪刀问，"你的屌还在？"

"当然在。"李光头说着右手摸了一下自己的裤裆，补充道，"完好无损。"

接着李光头豪迈地说："我本来是想剪掉的，考虑到以后要像女人那样蹲下来撒尿，不雅观，所以我结扎了。"

然后李光头拍拍小关剪刀的肩膀，捂着肚子，挥动着结扎证明，一瘸一拐地走去了。小关剪刀站在那里笑个不停，指点着李光头走去的背影，告诉街上的群众，李光头把自己结扎了，也就是阉割，不过……小关剪刀实事求是地补充道：李光头的屌还在。李光头越走越远的时候，小关剪刀身边的群众越聚越多，群众兴致勃勃地议论着远去的李光头，纷纷说自己度过了愉快的一天。这些群众谁也想不到，十多年以后李光头成为了我们全县人民的GDP。

十二

李光头的GDP之路是从我们刘镇福利厂开始的。塞翁失马，焉知非福？李光头在林红这里跌了爱情的跟头，转身就在福利厂连续创造了利润奇迹。这时候改革开放进入了全民经商的年代，李光头左思右想，越想越觉得自己是一个经商的天才，自己率领着两个瘸子、三个傻子、四个瞎子、五个聋子，都能够富得流油；若是率领五十个学士、四十个硕士、三十个博士、二十个博士后，还不富成了一艘万吨油轮？

李光头脑子一热，马上命令手下十四个瘸傻瞎聋的忠臣放下手里的工作，好像地震了，好像火灾了，召开了福利厂历史上最紧急的一次会议。刚才他还在打电话联系一笔业务，放下电话后就决定辞职了。李光头发表了长达一小时的慷慨演说，里面用了五十九分钟给自己歌功颂德，最后一分钟先是任命两个瘸子为正副厂长，接着用沉痛和惋惜的语气宣布：福利厂全体员工一致接受李光头厂长的辞职申请。李光头最后眼含热泪地说：

“谢谢！”

李光头说完谢谢，转身疾步走了，十四个瘸傻瞎聋的忠臣坐在那里一动不动。三个傻子乐呵呵的根本没听懂李光头说了些什么，李光头走后三个傻子仍然乐呵呵；五个聋子只看见李光头的两片厚嘴唇上下翻动，见他嘴唇突然不动了转身出去，以为他是尿急上厕所，聋子们正襟危坐，等待着李光头回来继续上下翻动他的厚嘴唇；两个瘸子你看看我，我看看你，不知道是怎么回事。五年多前，李光头也是这样召开了一次福利厂全体员工大会，突然袭击地撤掉两个瘸子的正副厂长职务，自作主张地任命自己为厂长，现在他又突然袭击撤掉了自己，又把两个瘸子厂长给任命回来了；四个瞎子瞪着他们黑暗的眼睛，他们的脑子比那十个瘸傻聋明亮多了，他们最先醒悟过来，知道李光头一去不回了。有一个瞎子嘿嘿地笑起来，另外三个也跟上嘿嘿笑。三个傻子本来就乐呵呵，见到四个瞎子也乐呵呵，三个傻子不甘示弱，干脆放声大笑。五个聋子听不见笑，可是看得见笑，以为李光头尿急走时说了一个笑话，五个聋子的五张嘴巴张开来，两个笑出的是声音，三个笑出的是口型。两个刚刚官复原职的瘸子厂长，这时候反应过来了，知道李光头辞职不干了，可是不知道大家为什么这么高兴。瘸子正厂长说李厂长平日里厚待大家，他辞职走了，大家不该这么高兴。瘸子副厂长连连点头，说正厂长说得对，说出了他副厂长的心声。四个瞎子嘿嘿笑着说，李厂长好端端的为什么辞职走了？还不是升官升到民政局去了。瞎子们瞎说：

“李厂长去做李局长了。”

“有道理。”两个瘸子恍然大悟。

民政局的陶青局长，一个月以后才知道李光头辞职不干了。那时候十四个瘸傻瞎聋干完了李光头拉来的最后一笔业务，旧的完成了，新的不再来。两个瘸子搬回到了厂长办公室，重操旧业找出了那盘象棋，隔着桌子一边悔棋一边互相指着鼻子对骂。剩下的十一个在车间里无所事事，三个傻子继续乐呵呵，四个瞎子和五个聋子比赛着打呵欠。

十四个忠臣开始无事想念李厂长了，在四个瞎子的倡议下，在两个瘸子的批准下，福利厂的十四个忠臣组成一支乌合之众的队伍，七零八落地来到了民政局的院子里，七零八落地喊叫起来：

“李局长，李局长，我们来看望你啦！”

正在主持民政局会议的陶青，隔着窗户看到十四个瘸傻瞎聋站在院子里又喊又叫，陶青正在念着中央红头文件，院子里的喊叫让他十分恼怒，他把红头文件往桌子上一拍，生气地说：

“这个李光头太不像话了，竟然把福利厂搬到民政局来了。”

陶青局长说着对坐在旁边的一个科长挥一下手，让科长出去把他们赶走。科长出去后比局长还要生气，科长横眉怒目地训斥道：

“干什么？干什么？我们正在学习中央文件。”

两个瘸子做过领导，知道学习中央文件的重要性，吓得不敢吱声了。四个瞎子什么都看不见，自然不把中央文件放在眼里，他们听到科长的训斥，很不服气地说：

“你是谁？这么对我们说话，就是李局长，也不会这么对我们说话。”

科长看着四个瞎子拄着四根竹竿，说话神气活现，科长气得喊叫道：“出去！都给我出去！”

“你进去！你给我们进去！”瞎子们也喊叫，瞎子们说，“你进去告诉李局长，福利厂全体员工想念他了，来看望他了。”

“什么李局长？”科长莫名其妙地说，“这里没有李局长，这里只有陶局长。”

“你瞎说。”瞎子们说。

科长哭笑不得，心想真是瞎子说瞎话。这时陶青出来了，陶青满脸怒色，他还没有看见李光头，就冲着十四个瘸傻瞎聋喊叫：

“李光头，你过来。”

四个瞎子不知道后面出来说话的人是谁，继续不知天高地厚地说：“你是谁？竟敢这么叫李局长。”

“什么李局长？”陶青也是一脸的莫名其妙了。

“哼，连李局长都不知道。”瞎子们哼哼地说，“就是我们福利厂的李厂长，到民政局来做李局长啦。”

陶青看看身边的科长，不明白四个瞎子在说些什么。科长立刻去训斥四个瞎子：

“胡说八道！李光头来做局长，我们陶局长做什么？”

四个瞎子哑口无言了，他们这时才想起来民政局已经有一个陶局长了。四个瞎子里面有一个心里没底地说：

“陶局长可能去做陶县长了。”

“对呀。”另外三个瞎子高兴地叫起来。

陶青本来恼羞成怒，听到瞎子们提拔他当县长了，扑哧一声笑了出来，像三个傻子一样乐呵呵了。陶青这才发现李光头不在这些人里面，陶青看见两个瘸子躲在五个聋子身后，就伸手指着两个瘸子说：

“你们两个，过来。”

两个瘸子知道大事不好了，知道李厂长升官做了李局长是瞎子们瞎说的。两个瘸子忐忑不安地从五个聋子身后瘸了出来，先是瘸到了两边，再转身瘸到了一起，他们站在了陶青的面前。

接下去陶青终于弄明白李光头辞职不干了，这个李光头辞职一个月了，都没有到自己这里来汇报一声；这个李光头根本就没和福利厂员工们商量一下，就宣布全体员工一致接受他的辞职申请。陶青气得脸色发白，嘴唇哆嗦地说：

“这个李光头目无组织，目无纪律，目无领导，目无群众……”

已经十多年没有说脏话的陶青局长忍无可忍地骂了起来：“这个狗娘养的王八蛋！”

陶青命令两个瘸子把福利厂的人带走后，回到会议室不再学习中央红头文件了，开会讨论李光头的严重错误。陶青建议将李光头从民政系统永远开除出去，民政局工作会议一致通过陶青局长的建议，然后打印成民政局的红头文件准备上报县政府。陶青拿着打印好的文件最后审读了一遍，他说：

“对李光头这种无法无天的人，不能用‘辞职’这两个字，一定要用‘开除’。”

十三

李光头被陶青开除的时候，坐在长途汽车站旁边苏妈的点心店里。李光头眉飞色舞，一手拿着去上海的车票，一手拿着肉包子。他咬着热气腾腾的肉包子，眯着眼睛美滋滋地嚼着咽着，得意洋洋地告诉苏妈：从此以后他要为自己创业了。李光头看着手里的车票，差不多一小时过后他就要跳上去上海的汽车了，他抬头看着点心店墙上的挂钟，满脸庄重的表情，嘴里念念有词，像是要发射火箭似的倒记时，从十数到了一，然后挥手对苏妈说：

"一小时以后，我李光头就要鲲鹏展翅啦！"

李光头用突然袭击的方式辞职后，回到家中关起门来，花了半个白天和半个晚上的时间，就确定了李鲲鹏飞翔的方向。李光头根据自己在福利厂的成功经验，觉得自己的创业首先要从加工业务开始，积累了资本以后再打造自己的品牌。可是加工什么呢？李光头也想做和福利厂一样的纸盒业务，这个业务他已经熟门熟路了，李光头想了很久以后还是忍痛割爱了，想到福利厂的十四个可爱的忠臣，李光头觉得不能去抢他们的饭碗。最后李光头决定做服装加工，只要从上海的服装公司那里拿到一笔笔订单，李光头的事业就会像早晨的太阳一样冉冉升起。

冉冉升起的李光头拿着一张世界地图来到童铁匠的铺子里，这时的童铁匠已经是我们刘镇的个体工作者协会主席，李光头自己创业需要资金，他知道从国家那里是弄不出来一分钱，他的脑子就转到了童铁匠这里。改革开放以后，童铁匠这些个体户首先富起来了，他们银行存折上的数字越来越大。李光头笑呵呵地走进了童铁匠的铺子，一口一个“童主席”，叫得童铁匠心花怒放，童铁匠放下打铁的锤子，挥手擦汗道：

“李厂长，别叫我童主席，叫我童铁匠，童铁匠这三字叫起来虎虎有生气。”

李光头哈哈笑出了声音，他说：“别叫我李厂长，叫我李光头，李光头三个字也是虎虎有生气啊。”

然后李光头告诉童铁匠，他已经不是李厂长了，他辞职不干了。李光头站在童铁匠的火炉旁，唾沫横飞地向童铁匠描绘了自己的宏伟蓝图。他再三提醒童铁匠，他带着十四个瘸傻瞎聋都能一年挣几十万，要是带上一百四十个、一千四百个健全人，里面要是像炒菜撒上味精那样，再撒些学士硕士博士和博士后进去，那就不知道能挣多少钱了。李光头数着手指，嘴里念念有词地算了起来，算了半个小时也没有结果。童铁匠等得满头大汗，童铁匠问他：

“到底能挣多少？”

“实在是算不出来了。”李光头摇摇头，瞪圆了眼睛，浪漫地说，“我满眼望去已经不是钞票了，是茫茫大海。”

李光头浪漫之后，马上又实际了，他补充了一句：“反正是不愁吃、不愁穿、不愁钱包鼓不起来。”

接着李光头像一个拦路抢劫的强盗那样，向童铁匠伸出手说：“拿钱来，一百元一份，你拿出多少份钱，以后就分多少份红利。”

童铁匠的脸色像炉火一样通红，他已经被李光头的话挑拨得激情燃烧了，他粗壮的右手在胸前的衣服上擦了又擦后，伸出了三根手指，童铁匠说：

“我出三十份。”

“三十份就是三千元人民币啊！”李光头惊叫起来，他羡慕地说，“你真有钱啊！”

童铁匠嘿嘿笑了两声，不以为然地说：“三千元人民币我还是拿得出来。”

李光头这时展开了世界地图，他告诉童铁匠，刚开始是给上海的服装公司加工服装，等到时机成熟了，他就要打造自己的服装品牌，他的服装品牌名叫“光头牌”，他要把光头牌服装打造成世界第一名牌。他指着世界地图对童铁匠说：

“这上面有圆点的地方，都有光头牌服装的专卖店。”

童铁匠发现问题了，他问李光头：“都是光头牌？没有别的牌子？”

“没有。”李光头干脆地说，“要别的牌子干什么？”

童铁匠不高兴了，他说：“我出了三千元人民币，也应该有我一个牌子。”

“有道理。”李光头听后连连点头，“给你一个铁匠牌。”

李光头说着扯扯自己的卡其布中山装说：“这外衣是我的光头牌，我死活不会让出来，我还要把光头牌商标绣在胸口呢。剩下的长裤、衬衣、背心和内裤里面，你挑选一个。”

童铁匠觉得李光头的要求也算合理，他同意挑选剩下的。他对背心和内裤不屑一顾，在长裤和衬衣之间他犹豫不决，心想衬衣是好，商标还能绣在胸口，可是衬衣外面还有一件外衣，只露出一个领子在外面，曝光度太低，他选中了长裤为他的“铁匠牌”。童铁匠指着世界地图问李光头：

“上面有圆点的地方，也都有铁匠牌？”

“当然。”李光头拍着胸脯说，“有我光头牌的地方，就有你的铁匠牌。”

童铁匠高兴地竖起了食指，他说：“为了我的铁匠牌，我再加十份，再加一千元人民币。”

李光头没想到在童铁匠这里一下子筹到了四千元人民币，他从童铁匠的铺子里出来时笑得合不拢嘴巴。童铁匠是我们刘镇个体户里的领头羊，榜样的力量是无穷的，听说童铁匠出了四十份，再说李光头在福利厂的骄人业绩路人皆知，其他的个体户都在李光头徐徐展开的世界地图前报出了他们的份额。

李光头离开铁匠铺后，马上去了裁缝铺，李光头只花了十分钟就搞定了张裁缝，他把衬衣的品牌给了张裁缝，世界地图上的小圆点让张裁缝看花了眼睛，张裁缝拿着一根针指点着数起了欧洲那一块，光是一个小国家里的小圆点，张裁缝都数不过来。想到自己的“裁缝牌”衬衣名扬全世界，张裁缝激动地伸出了一根手指：

“我出十份。”

李光头阔绰地送给了张裁缝十份，张裁缝出十份的钱拿二十份，李光头说这送给他的十份是为了体现张裁缝的技术含量，张裁缝是即将开张的服装公司的技术总监，他要培训员工和严把质量关。

拥有了五千元人民币创业资金的李光头，再接再厉地又拿下了磨剪刀铺的小关剪刀和撑着油布雨伞拔牙的余拔牙。老关剪刀前些年大病一场，身体垮了以后磨不动剪刀了，常年在家静养。小关剪刀开始执掌磨剪刀铺，用他自己的话说是磨剪刀铺的光杆司令。李光头把背心的品牌给了小关剪刀，小关剪刀很满意自己的“剪刀牌”背心，说这背心的两根挂带还真像是剪刀，小关剪刀出了十份一千元人民币。

离开了小关剪刀，李光头来到了余拔牙的领地。余拔牙仍然像从前那样，在街尾撑着一把很大的油布雨伞，雨伞下面一张桌子，左边仍然放着一排拔牙钳子，右边仍然放着几十颗拔下的坏牙，有顾客的时候自己坐在板凳上，没顾客的时候自己躺在藤条躺椅里，这把藤条躺椅修修补补了十多次，上面一块块新补上去的藤条让躺椅看起来像一张刘镇地图。眼看着革命从滚滚洪流变成了涓涓细流，如今涓涓细流也不知去向，余拔牙知道革命也老了也退休了，心想这辈子革命不会回来了，余拔牙觉得那十多颗拔错的好牙不再是革命宝贝了，以后会成为他拔牙生涯里的十多个污点了。于是在一个月黑风高的夜晚，余拔牙像个贼一样偷偷溜出屋去，偷偷地将十多颗好牙扔进了下水道。

这时的余拔牙五十多岁了，听完李光头对远大前程的描绘后，余拔牙异常激动地从他刘镇地图似的躺椅里坐起来，接过李光头手里的世界地图，爱不释手地看了又看，无限感慨地说：

“我余拔牙活了大半辈子了，还没有出过我们县界，我余拔牙什么风景都没见过，见来见去的都是张开的嘴巴，我余拔牙就指望你李光头了，我余拔牙跟着你李光头当上了富翁以后，他妈的再也不拔牙了，他妈的再也不见那些张开的嘴巴了，我要见风景去，我要到世界各地去旅游，把这些小圆点全跑遍。”

“真是远大志向啊！”李光头竖起大拇指夸奖余拔牙。

余拔牙意犹未尽，看着桌子上的钳子不屑地说：“这些钳子全扔了。”

“别扔了，”李光头摆摆手说，“你去小圆点见风景时带上它们，万一手痒了，你就顺便拔几颗白人的牙，拔几颗黑人的牙，你拔了这么多中国人的牙，你当上富翁了，就去拔外国人的牙。”

“有道理。”余拔牙两眼闪闪发亮说，“我余拔牙拨了三十多年牙了，拔的都是我们县里人的牙，连上海人的牙都没有拔过，我要在这世界地图上每个小圆点里都拔掉一颗牙。”

“对。”李光头叫了起来，“别人是读万卷书，行万里路；你是行万里路，拔万人牙。”

接下去是品牌问题了，余拔牙对只剩下内裤品牌十分不满意，他指着李光头的鼻子骂了起来：

“他妈的，你把长裤衬衣背心给别人了，把内裤给我，你眼睛里根本没有我余拔牙。”

“我对天发誓，”李光头慷慨激昂地说，“我李光头绝对把你放在眼睛里，我是沿着街走过来的，谁让你在街尾，你要是在街头，长裤衬衣背心还不是让你先挑选。”

余拔牙仍然不依不饶，他说：“我在这街尾蹲的年份比你年纪还长，你还是一个小王八蛋的时候，一天来几次，现在翅膀硬了，你就不来了。你为什么不先来找我？他妈的，你是不牙疼……”

“这话说得对，”李光头点头承认了，“这叫饮水不忘掘井人，牙疼思念余拔牙，我李光头要是牙疼了，肯定第一个找你余拔牙。”

余拔牙对内裤表达了不满以后，对“拔牙牌”也不满意，他说：“难听。”

“那就叫牙齿牌内裤？”李光头建议道。

“还是难听。”余拔牙说。

“齿牌内裤呢？”李光头又问。

余拔牙想了想后同意了，他说：“‘齿牌’可以，我出十份一千元，你要是把背心品牌给我，我就出二十份。”

李光头旗开得胜，磨了一个上午的嘴皮子就磨出了七千元人民币，他凯旋而归的时候，我们刘镇的王冰棍尾随其后，这个在“文革”时期声称要做一根永不融化的革命冰棍的王冰棍，如今也是五十多岁了。李光头在铁匠铺展开世界地图时，王冰棍刚好走过，李光头的高谈阔论也进了王冰棍的耳朵，童铁匠出手就是四千元人民币，让王冰棍一阵心惊肉跳。王冰棍继续尾随着李光头，眼看着张裁缝、小关剪刀和余拔牙加在一起又出了三千元人民币，王冰棍急成了热锅上的蚂蚁，心想机不可失时不再来，过了这个村就没那个店，李光头摇头晃脑地走出这条街道时，王冰棍从后面扯住了他的衣服，伸出五根手指说：

“我出五份。”

李光头没想到半路冒出一个王冰棍都能拿出五百元，自己大名鼎鼎的李厂长就是把全部的钱都凑起来，连分币都凑进去，也凑不出五百元。

李光头看着王冰棍身上的破旧衣服，龇牙咧嘴了一番，骂了起来：

“他妈的，有钱的全是你们个体户，两袖清风的全是我们国家干部。”

王冰棍点头哈腰地说：“你也是个体户了，你马上就要富得流油了。”

“不是流油，”李光头纠正道，“是富成一艘万吨油轮。”

“是啊，是啊。”王冰棍阿谀奉承道，“所以我王冰棍跟定你了。”

李光头看着王冰棍伸出的五根手指，为难地摇摇头说：“不行啊，没有品牌给你了，最后一条内裤给了余拔牙……”

“我不要品牌，”王冰棍伸出的五根手指摇摆起来，“我只要你分红。”

“这不行，”李光头坚决地摇着头说，“我李光头做事向来是一碗水端平，童铁匠、张裁缝、关剪刀、余拔牙都有品牌，你王冰棍没有，说不过去。”

李光头说着昂首挺胸地走去了，有了七千元资金的李光头，对王冰棍的五百元没有兴趣。王冰棍可怜巴巴地跟在后面，五根手指仍然伸着，像是一只假手。王冰棍一路上哀求着李光头，指望日后李光头的万吨油轮里，有一些王冰棍油在蠕动。王冰棍诉说着自己的苦难故事，说自己卖冰棍只能挣一个夏季的钱，另外三个季节只能到处打零工糊口，如今年纪大了，零工的活也不好找了。说到后来王冰棍眼泪汪汪，五百元人民币是他一辈子的积蓄，他要投到李光头的宏伟蓝图里去，挣一个幸福的晚年出来。

这时李光头突然想起了什么，他站住脚拍了一下自己的光脑袋，叫了起来：“还有袜子呢。”

王冰棍一时没有反应过来，李光头看到他五根手指还伸开着，指指他的手说：“缩回去，把你的手指缩回去，我决定收下你的五百元了。我把袜子的品牌给你，就叫冰棍牌袜子。”

王冰棍喜出望外，他缩回去的手在胸前擦了又擦，连声说着：“谢谢，谢谢……”

“不要谢我，”李光头说，“要谢前人。”

“前人是谁？”王冰棍没有听明白李光头的话。

“前人都不知道？你真是老糊涂了。”李光头用卷起来的世界地图拍拍王冰棍的肩膀说，“前人就是那个发明袜子的人，你想想，要是那个前人没有发明袜子，这个世界上就没有冰棍牌袜子，我就不会收下你王冰棍的钱，我的万吨油轮里就没有你王冰棍的油。”

“是啊，”王冰棍明白过来了，他双手抱拳对李光头说，“多谢前人。”

李光头筹集到七千五百元创业资金以后，马不停蹄地把我们刘镇所有的空房子都看了一遍，他选中的厂房是从前的仓库，这个仓库曾经关押过宋凡平，那个长头发中学生的父亲就是在这里把铁钉砸进了自己的脑袋。这个仓库已经空置多年，李光头把它租了下来，一口气买进了三十台缝纫机，一口气招进了三十个附近的农村姑娘，让张裁缝对她们进行技术培训。张裁缝说这个仓库太大了，可以放下两百台缝纫机。李光头伸出三根手指说：

“不出三个月，我从上海拉来的服装加工量就会堆积如山，两百台缝纫机二十四小时踩动，也来不及做出来。”

李光头花了一个月的时间，把这些全部安排好以后，他决定去上海了，他说现在是万事皆备只欠东风。李光头把买了缝纫机后的全部资金交给张裁缝，要求张裁缝按时交纳厂房的租金，按时给三十个农村姑娘发工资，最重要的是张裁缝要在一周内把三十个农村姑娘培训出来，他说不出一周，上海的第一批服装加工的布料就会运抵刘镇。他说自己短期内不会回来，他要像条疯狗那样在上海到处乱窜，要把全上海的服装加工全拉到刘镇来。他要张裁缝注意一下邮电局的电报，他拉到一笔业务，就会发一份电报回来。最后李光头抹了一下满嘴的唾沫，使劲握一下张裁缝的手，豪迈地说：

“这里就交给你了，我要去上海借东风啦。”

然后李光头坐在了苏妈的点心店里了，他不知道这时候陶青把他开除出民政系统了，他胸前的口袋里放着自己的全部积蓄四百多元，这是他去上海借东风时的食宿车马钱，他觉得这四百多元还没有花完的时候，整个刘镇已经是缝纫机的响声此起彼伏了。李光头第一次去上海为福利厂拉生意时，也是坐在苏妈的点心店里一边吃着一边等候着发车，上次他带着福利厂的全家福照片，这次他带上的是世界地图。李光头吃着包子的时候，也把世界地图向苏妈展示开来，地图上的小圆点让童铁匠他们激动得快要精神失常了，现在轮到苏妈激动了。

这些天苏妈已经听说李光头的远大志向了，听说童铁匠、张裁缝、关剪刀、余拔牙和王冰棍已经加入到李光头的志向里去了。苏妈仍然觉得耳听为虚眼见为实，李光头吃着包子夸夸其谈的时候，苏妈比王冰棍还要焦急，她迫不及待地也要加入进去。李光头摇头晃脑，不同意苏妈加入进来，他说：

"没有品牌了，外衣是我的光头牌，长裤是铁匠牌，衬衣是裁缝牌，背心是剪刀牌，内裤是齿牌，好不容易想起来还有一双袜子，也成了冰棍牌了……"

苏妈说她不要品牌，李光头坚定地说没有品牌不行。两个人你一言我一语，来去说了十多个回合，吃着包子的李光头突然看到了苏妈隆起的胸脯，他眼睛一亮叫了起来：

"我怎么忘记了你是个女的？还有胸罩呢。"

李光头看一眼吃了一半的肉包子说："你的品牌就叫肉包子牌胸罩，你出十五份吧，加上送给张裁缝的技术十份，刚好凑成一百份。"

苏妈高兴得都顾不上"肉包子牌胸罩"听起来不文雅，她欣喜万分地说："我前两天刚去庙里烧过香，多亏了我前两天烧过香，今天就遇上你李光头了……"

苏妈说完急着要回家去取存折，再去银行取钱出来。李光头说来不及了，他马上要上车了，他先把苏妈的十五份记在心里的账上。苏妈不放心，她担心李光头从上海拉来了大生意以后，就不认苏妈的十五份了。苏妈说：

“记在心里的账靠不住，记在纸上的账才靠得住。”

苏妈说着就走出门去了，她让李光头等着她取钱回来，李光头吼了两声才把苏妈叫回来，李光头说：

“我等你，车不等我。”

李光头一看时间差不多了，提起包卷起世界地图走出苏妈的点心店。苏妈一直跟随到候车室的大门口，看着李光头排队检票了，苏妈对着他喊叫：

“李光头，你回来后不能赖账，我是看着你长大的。”

李光头这时想起了童年往事，想起了宋凡平就在外面的空地上被人活活打死，他和宋钢悲怆哭号，就是苏妈借出她的板车，也是苏妈让陶青拉着死去的宋凡平回家……李光头转过身来看着苏妈，动容地说：

“我想起了小时候的事情，我和宋钢在这里等妈妈从上海回来，没有人理睬我们，是你给我们包子吃，让我们回家去。”

李光头眼圈红了，他伸手擦着眼睛走到了检票口，回头对苏妈说：“我不会赖账的，你放心。”

十四

李光头鲲鹏展翅去了上海，童铁匠、张裁缝、关剪刀、余拔牙、王冰棍伸长了脖子翘首以盼，这五个人晚上躺到床上睡觉时，闭上眼睛全是世界地图上的小圆点，像天上的星星那样亮闪闪。王冰棍的脑子里除了密密麻麻的小圆点，还有一艘万吨油轮在乘风破浪。心潮澎湃的还有苏妈，想一想世界地图上的小圆点也是她入睡时的必修课，不过她心里还是有些不踏实，自己的十五份毕竟没有记在账上。李光头走后，苏妈提着刚出笼的肉包子，分别走访了童张关余王五位合伙人，把她加入十五份的前因后果细说了五遍，俗话说拿人家的手短吃人家的嘴软，童张关余王五个人吃掉了苏妈的二十只肉包子，五个脑袋都点头认可了。苏妈放心了，万一李光头赖账，这五个吃过包子抹过嘴巴的全是证人。

李光头走后，童铁匠的铺子成了这些合伙人聚会的场所，天刚黑张裁缝小关剪刀余拔牙王冰棍就会鱼贯而入，苏妈的点心店远在长途车站，她最晚来，来的时候已是月儿弯弯高高挂了。这六个人坐在一起笑声朗朗，说起李光头就是赞不绝口，把李光头在福利厂的业绩挂在嘴边说个不停，越说越夸大，夸大以后，他们和李光头合伙的事业就有了一个高高在上的起点。童铁匠说现在做生意是广东人的天下，不管是不是广东人，做生意都得说点广东话，童铁匠说：

“这个李光头回来时肯定是满嘴的广东腔，像个港商。”

然后听取张裁缝的工作汇报。张裁缝为了培训三十个农村姑娘，暂时关了自己的裁缝铺子，他说三十个农村姑娘都自己带着铺盖来，好在现在是阳春四月了，好在那个仓库面积大，她们都睡在地上，睡成三排，像是三十个女兵。张裁缝说三十个姑娘里有聪明的有笨的，聪明的三天就掌握了缝纫的技术，笨的怕是要花上十天半月。童铁匠说十天半月太慢了，这个李光头不出一周就会拉来大笔的生意，到时候做不出来怎么交待？

童张关余王苏就这么议论纷纷，眼看着一个星期过去，另一个星期也要过去了，去了上海的李光头一点音讯都没有，六个人的话慢慢少了起来，心里的小算盘也各自拨弄起来。王冰棍第一个沉不住气，他自言自语：

"这个李光头会不会逃跑了？"

"胡说。"张裁缝立刻反驳，"他走的时候把钱全交到我手里了，有什么可逃跑的？"

童铁匠点点头，支持张裁缝的话，他说："生意上的事情，总会有快有慢，有多有少。"

"是啊，"余拔牙应声说，"我有时候一天拔十多颗牙，有时候几天拔不了一颗牙。"

"磨剪刀也一样，"小关剪刀也说，"有时候忙死，有时候闲死。"

接下去又是两个星期过去了，李光头还是音信全无，六个合伙人仍然每天晚上在铁匠铺聚会，最晚来到的不是苏妈，是张裁缝了。张裁缝每天下午满怀希望地来到邮电局，打听有没有李光头从上海发来的电报。邮电局收发电报的人总是在下班前半个小时，看到张裁缝探头探脑地走进来，一脸讨好的笑容，收发电报的人摆一下手，还没说话，张裁缝的脸立刻阴沉下来了，知道没有李光头的电报。收发电报的人刚开口说没有电报时，张裁缝已经转身走出了邮电局。张裁缝垂头丧气地站在邮电局的门口，直到邮电局下班了，里面的人一个个走出来，大门上锁的时候，张裁缝还站在那里，对邮电局锁门的人说，如果晚上有他张裁缝的电报，就送到童铁匠那里。然后张裁缝茫然若失地走回家中，呆头呆脑地吃过晚饭，神情黯然地来到铁匠铺。

六个合伙人在铁匠铺里盼星星盼月亮，盼着李光头的电报从上海发过来，盼了一个月零五天了，这个李光头好比是伸手不见五指的黑夜，没有一个星星，没有一丝月光，让六个合伙人黑灯瞎火的不知道怎么办。童张关余王苏这六个坐在铁匠铺里面面相觑，刚开始个个意气风发，如今六个人坐在那里沉默寡言，各想各的心事。小关剪刀忍不住埋怨起来：

"这个李光头去了上海，怎么像是肉包子打狗，有去无回啊！"

上次王冰棍怀疑李光头是不是逃跑了，引来一片反对声；这次小关剪刀的埋怨，引来了一片共鸣声。余拔牙首先应和小关剪刀，余拔牙说：

"是啊，拔掉一颗牙，不管是好牙坏牙，都会出血；这个李光头去了上海，不管有无生意，总该有个音讯吧。"

"我早就说过了，"王冰棍说，"李光头会不会逃跑了？"

"逃跑是不会的，"张裁缝摇摇头说，接着叹息一声，"可他这么音信全无，也实在是说不过去。"

苏妈想到另外一个地方去了，她突然紧张起来，她说："李光头会不会是出事了？"

"出什么事？"小关剪刀问。

苏妈挨个看看五个合伙人，犹豫不决地说："不知道该不该说？"

"说呀！"余拔牙急了，"有什么不该说的？"

苏妈结巴地说："上海是大地方，汽车多，李光头会不会被汽车撞了？躺进医院出不来了？"

其余五个合伙人听了这话默不作声，心里都朝着苏妈说的方向担心起来，觉得李光头遇上车祸的可能也不是没有。五个合伙人都在心里祈求老天爷保佑李光头了，保佑李光头千万别让汽车给撞了；就是撞了，也是轻轻擦一下，擦破点皮流点血就够啦；千万别把李光头撞狠了，尤其不能把李光头撞成个瘸傻瞎聋的综合残疾人。

过一了会儿张裁缝开口说话了，他告诉大家，这个月的租金付了，三十个农村姑娘的工资付了，再加上李光头买进的三十台缝纫机的钱，现在剩下的也就是四千多元了。张裁缝说完后忧心忡忡地补充了一句：

“这可是我们自己的血汗钱啊。”

张裁缝的话让大家心里一阵哆嗦，苏妈也哆嗦了一下，过后一想自己的钱还没有进去，才放下心来。大家都去看童铁匠，童铁匠是个体工作者协会的主席，又是出钱最多的，大家都指望着他拿个主意出来。童铁匠整个晚上都没有说话，大家都看着自己了，不说话不行了。童铁匠长长地叹了一口气说：

“再等几天吧。”

李光头的电报终于来了，是第二天傍晚的时候到我们刘镇的。李光头没有把电报发给张裁缝，他发给了苏妈。电报里只有两句话，他说苏妈的肉包子牌胸罩听起来不雅致，要改成点心牌胸罩。

苏妈拿着李光头的电报一路小跑来到了铁匠铺，沉寂多时的铁匠铺立刻激动起来了，童张关余王五位拿着电报看了又看，五颗悬着心全放下了，五个脸蛋全通红起来了。这五个合伙人再加上苏妈重新意气风发了，他们笑声朗朗议论纷纷，都说李光头去了这么久才拍回来一个电报，肯定是生意谈成了一大堆。他们把李光头夸奖了一通，又臭骂了一通，说这个李光头真是十足的王八蛋，这王八蛋是故意吓唬他们，吓得他们心惊肉跳了不知道多少个日日夜夜。

接下去王冰棍从电报里发现了问题，王冰棍通红的脸立刻白了，他抖动着手里的电报说：

“这电报上没有说生意啊？”

“对啊，”小关剪刀的脸色也跟着王冰棍白了起来，“没有说生意啊？”

另外四位赶紧拿过去电报再仔细读了一遍，读完后互相看来看去，张裁缝第一个出来为李光头说话，他说：

“他只要还想着给苏妈的品牌改名字，应该是谈成几笔生意了。”

“张裁缝说得对，”童铁匠指指几个合伙人坐着的那条长凳，“我了解李光头，他还是个小王八蛋的时候，就天天到我这里来和这条长凳搞搞男女关系，这个王八蛋与众不同，他做什么事都想一口吃成个大胖子……”

“童铁匠说得对，”余拔牙打断了童铁匠的话，“这王八蛋的胃口比谁都大，想当初他来借我的躺椅，借完了躺椅还要借我的油布雨伞，差一点把我的桌子都借走，让我堂堂拔牙铺做了一天的赤膊麻雀……”

“余拔牙说得对，”小关剪刀也想起了往事，“这王八蛋从小就会做生意，用林红的屁股骗了我一碗三鲜面，他吃得那个香喷喷啊，我馋得那个口水哗哗地流……”

“你们说得都对，”王冰棍的立场也变过来了，“这王八蛋心比天高，别人富得流油就满足了，他非要富成一艘万吨油轮……”

眼看这五位合伙人信心百倍，苏妈又担心起自己的十五份来了，她说：“这李光头拉了大堆的生意回来，要是不认我的十五份了怎么办？你们可要替我作证啊！”

“你不用担心，”童铁匠指指张裁缝手里拿着的电报，“这电报就是证据，比我们五个人出来作证强多了。”

苏妈一听这话，赶紧从张裁缝手里抢劫似的拿过来电报，宝贝似的捧在胸前，欣喜地说：

“多亏了我去庙里烧过香，这李光头才发电报给我，有了这电报，他就不能赖掉我的十五份了，烧香真是灵验啊！”

李光头发了一份莫名其妙的电报回来，这电报好比是东方红太阳升，把童张关余王苏从黑暗中解放出来了。童张关余王苏六个合伙人也就是喜气洋洋了半个月，接下去李光头再次音信全无，六个合伙人白天盼，晚上盼，时时盼，分分盼，最后是秒秒盼了，也盼不来李光头的一根头发丝。李光头在上海石沉大海了，从此以后他的电报再也没有来到我们刘镇。

童张关余王苏纷纷耷拉起了脑袋，重新开始了心惊肉跳的日日夜夜。两个月过去了，张裁缝付了第二次仓库的租金，给三十个农村姑娘发了第二次工资，然后声音抖动地说：

“我们的血汗钱剩下不到两千元了。”

大家又是一阵哆嗦，苏妈仍然跟着哆嗦了两下，想到自己的钱仍然没有进去，苏妈再次放下心来。这时的李光头在六个合伙人那里遭遇信誉危机了，余拔牙首先表达了自己的不满，余拔牙说：

“这王八蛋哪像是在跟我们做生意？这王八蛋像是在跟我们捉迷藏。”

“是啊，”张裁缝这次也应和着说话了，“一根缝衣服的针掉在地上，也会有响声，这个李光头没有一点音讯，实在不应该。”

“别说是一根针了，”小关剪刀十分生气，“就是放个屁，也会有声响。”

王冰棍接过去说：“这王八蛋连个屁都不如。”

童铁匠铁青着脸，仍然是一声不吭。其他人的眼睛全责怪地看着童铁匠，童铁匠知道他们的意思，他们仿佛在说：若不是他童铁匠第一个出了四十份四千元人民币，他们的钱就不会跟进。童铁匠心想：说起来榜样的力量是无穷的，可他妈的这榜样真不是人做的事情。六个合伙人沉默了一会儿，张裁缝继续声音抖动地说：

“再过一个月，剩下的钱就不够交租金发工资了。”

张裁缝的声音阴森森的，说完以后眼睛也阴森森地盯着童铁匠了。童铁匠觉得另外的几个人也在阴森森地看着自己的眼睛，只有余拔牙看着他的嘴巴，似乎是在打他嘴里好牙的主意。童铁匠深深吸了一口气说：

“这样吧，先让三十个农村姑娘回家，需要的时候再让她们回来。”

其他几个合伙人没有说话，继续阴森森地看着童铁匠。童铁匠知道他们心里想着仓库的租金，知道他们谁也不愿意将剩下的钱再扔进去了。童铁匠摇了摇头，又点了点头说：

“这样吧，先把仓库退了，万一李光头真的拉来了生意，再租回来也不迟。”

几个合伙人开始点头了，张裁缝提出一个问题：“三十台缝纫机怎么办？”

童铁匠想了想后说：“按大家出钱的比例，把缝纫机分了，各自搬回家里。”

张裁缝出面让三十个农村姑娘回家，又出面把仓库退了，再出面把三十台缝纫机按出钱比例分了，苏妈没有出钱，苏妈自然没有分到缝纫机。所有的后事全料理完了，这六个合伙人仍然每天晚上在铁匠铺聚会，只是这六个聚在一起时不像是活生生的人了，他们像六个鬼一样冷冷清清地坐在一起，铁匠铺到了晚上也像墓穴一样悄无声息。

又是一个月过去了，李光头还是没有丝毫音讯。苏妈第一个不去铁匠铺了，接下去张裁缝、小关剪刀和余拔牙也不去了，只有出钱最少的王冰棍锲而不舍，继续每天晚上到铁匠铺报到，坐在愁眉不展的童铁匠对面，一会儿叹气，一会儿抹眼泪，然后可怜巴巴地问童铁匠：

“我们的血汗钱就这么赔了？”

“没办法，”童铁匠双眼空洞地说，“该割肉的时候，也只好割肉了。”

十五

就在六个合伙人绝望的时候，李光头风尘仆仆地回来了。这时的李光头已经离开刘镇三个月零十一天了，他傍晚的时候走出了我们刘镇的长途汽车站，还是穿着那身衣服，还是一手提着一个包，一手拿着那张卷起来的世界地图，他走到了苏妈点心店里，在一张桌子前坐下来，苏妈竟然没有把他认出来。这个李光头走的时候是一个亮闪闪的光头，回来时却是一头长发，而且满脸的胡子。李光头拍一下桌子，大叫一声：

"苏妈，我回来啦！"

苏妈吓了一跳，指着李光头的长发惊叫起来："你，你，你怎么是这副模样？"

"忙死啦，"李光头晃着脑袋说，"我在上海忙死啦，理发的时间都没有。"

苏妈双手在胸前捏着，看看站在一旁也在吃惊的女儿苏妹，小心翼翼地问李光头：

"生意谈成了？"

"饿死啦，"李光头冲着苏妈说，"我饿死啦，赶快给我弄五个肉包子。"

苏妈赶紧让苏妹给李光头端上去肉包子，李光头抓住一个就往嘴里塞，声音嗡嗡地对苏妈说：

"你马上去通知童铁匠他们，到仓库开会，我吃完包子就来。"

李光头的神气让苏妈觉得他已经拉到了大笔的生意，苏妈连连点头，转身出门急匆匆地走去了。苏妈走出二十来米，才想起来那个仓库已经退掉了，又急匆匆地走回来，站在门口不安地说：

“是不是去童铁匠那里开会？”

李光头嘴里塞满了包子，说不出话来了，只好连着点了几下头。苏妈如获圣旨般地跑向了我们刘镇的城西巷，她走到张裁缝门前时就大叫起来：

“李光头回来啦……”

苏妈连着叫了四声，把张裁缝、小关剪刀和余拔牙都叫了过来，童铁匠听到了叫声也冲出门来。童张关余这四个人就站在铁匠铺门口，听着苏妈上气不接下气地说着李光头如何神气活现地走进点心店，如何拍着桌子大声说话。听完了苏妈断断续续的介绍，童铁匠沉吟了片刻，面露笑容地说：

“成了，这事成了。”

“你们想想，”童铁匠继续说，“这事要是不成，李光头还会这么嚣张吗？还会通知我们开会吗？早就灰溜溜地躲起来啦。”

张裁缝、小关剪刀和余拔牙三位使劲地点起了头，高兴地骂了起来：“这王八蛋，这王八蛋，这王八蛋……”

童铁匠笑着问苏妈：“这王八蛋是不是满嘴的广东腔，像个港商？”

苏妈仔细想了想，摇摇头说：“还是满嘴的刘镇腔。”

童铁匠有些不信，他说：“总会有几句上海话吧？”

“上海话也没有。”苏妈说。

“这王八蛋倒是不忘本。”童铁匠夸奖了李光头一句。

苏妈点着头说：“他头发很长，像个唱歌的。”

“我明白了，”童铁匠自作聪明地说，“这王八蛋真是心比天高，连港商都不放在眼里，他学起外商来了。你们想想，马克思和恩格斯都是外国人，都是长头发大胡子。”

“对呀，”苏妈叫了起来，“他满脸的胡子。”

苏妈这时候是个积极分子，她抹了抹额上的汗水，说还要去通知一声王冰棍。小关剪刀说刚才还见到王冰棍手里提着酱油瓶走出城西巷，苏妈立刻急匆匆地跑出了城西巷，跑向了我们刘镇的酱油店。

童铁匠、张裁缝、小关剪刀和余拔牙在铁匠铺里坐了下来，四个人兴奋得红光满面，像是四个精神病患者一样张嘴呵呵地笑，在铁匠铺里胡乱走着胡乱撞着。童铁匠第一个冷静下来，他摆摆手让张关余三个在长凳上坐下来，他说李光头不知道他们把仓库退了，把三十台缝纫机分了，让三十个农村姑娘回家了；他说李光头知道后可能会暴跳如雷，可能会骂出一堆难听的话来。童铁匠对张关余三个人说：

“这个李光头骂起人来，那张嘴像机关枪一样突突响。你们千万不要生气，千万要冷静，就让他骂上一阵子，等他消气了，再讲讲我们的难处。”

“童铁匠说得对，”张裁缝扭头对小关剪刀和余拔牙说，“你们一定要冷静。”

“放心吧，”小关剪刀说，“别说是骂我了，就是骂我爸爸老关剪刀，骂他一个狗血喷头，我小关剪刀也不会生气。”

“是啊，”余拔牙说，“这李光头只要拉来了大笔生意，就是把我祖宗十八代骂上十八遍，我余拔牙仍然笑脸相迎。”

童铁匠放心了，他环顾自己的铁匠铺，说铺子里一把像样的椅子都没有，这个李光头凯旋而归了，总得弄把好椅子让他坐坐。童铁匠话音刚落，余拔牙立刻起身出门，把他的藤条躺椅搬来了。张裁缝和小关剪刀看着这把修补得像刘镇地图似的躺椅直摇脑袋，说这把躺椅太寒酸了。童铁匠也摇了摇脑袋，也说这躺椅寒酸。余拔牙有些不高兴，指着自己的宝贝躺椅说：

“看起来是寒酸，躺上去就舒服啦。”

这时苏妈和王冰棍急匆匆地走进来了，苏妈进门就说，看见李光头摇摇晃晃走过来了。童铁匠赶紧躺到余拔牙的藤条躺椅里检验一下，童铁匠试躺之后同意余拔牙的话了，他说：

“还算舒服。”

长头发大胡子一副外商模样的李光头走进铁匠铺时，看见他的六个合伙人满脸幸福的笑容，恭恭敬敬地站在那里，李光头哈哈大笑地说：

“久违啦！”

童铁匠看着风尘仆仆的李光头，恭敬地要李光头坐到躺椅里去，童铁匠说：“你终于回来啦，你辛苦啦。”

其他五个合伙人也跟着说：“你辛苦啦。”

“不辛苦，”李光头摆着手说，“做生意不能说辛苦。”

童铁匠他们连连点头，嘿嘿笑个不停。李光头没有坐到躺椅里，他一屁股坐在那条长凳上，把提包和世界地图也放在了长凳上。童铁匠他们执意要请他坐进余拔牙的躺椅里，李光头摇摇头摆摆手，还对童铁匠眨了眨眼睛，他说：

“我就坐这长凳，说起来这长凳还是我的老相好。”

童铁匠哈哈大笑起来，他对张关余王苏说：“我说过的，李光头不会忘本。”

李光头看到六个合伙人全站在那里，就招呼他们也坐下来。六个合伙人摇晃着六个脑袋，说他们不想坐下，说他们站着很好。李光头点点头，同意他们就这么站着。李光头架起二郎腿，身体靠在墙壁上，把自己侍候舒服了，脸上露出了听取工作汇报的表情，他说：

“我走了三个多月，你们这边进展如何？”

童张关余王苏哑口无言地互相看来看去，然后张关余王苏五个全看着童一个了。童铁匠迟疑了一会儿，上刀山似的向前走了一步，咳嗽了几下，清理了嗓子，才缓缓地说起话来。童铁匠把李光头走后发生的事一五一十地说了一遍，最后说：

“我们也是迫不得已，请你千万要理解。”

李光头听完童铁匠的话，低下了脑袋。六个合伙人忐忑不安地看着李光头，心想这王八蛋的脑袋只要抬起来，肯定是一阵王八蛋叫骂声。李光头的脑袋抬起来后，出乎他们意料，李光头宽宏大量地说：

“留得青山在，不怕没柴烧。”

六个合伙人长长地出了六口气，六颗悬着的心放下了，六张紧张的脸放松后笑了起来。童铁匠向李光头保证：

“只要一天，仓库就能租回来，三十台缝纫机就能搬进去；再给两天，三十个农村姑娘就能叫回来。”

李光头点点头，然后说：“不急。”

不急是什么意思？六个合伙人瞠目结舌地看着李光头，李光头架着二郎腿坐在长凳上，还是一副舒服的模样。到了关键的时候，张关余王苏五个人的十个眼珠子立刻习惯性地看着童铁匠一个了，指望童铁匠出来说话。童铁匠又是上前一步，小心翼翼地问：

“你走了三个多月，上海那边进展如何？”

“上海，大地方，”李光头一听上海两字立刻亢奋起来，“挣钱的机会多如猪毛，口水都能换黄金……”

张裁缝谨慎地纠正李光头的话：“是不是多如牛毛？”

“比牛毛还是少一些，”李光头实事求是地说，“和猪毛相差无几。”

六个合伙人看到李光头突然神采飞扬了，互相发出了欣慰的微笑。李光头继续慷慨激昂地说着：

“上海，大地方，走几步路就是一家银行，里面存钱取钱的人排着长队，点钞机哗哗地响；百货公司就有好几层，上上下下跟爬山似的，里面的人多得像是在看电影；大街上就不用说了，从早到晚都是挤来挤去的，挤得人类不像人类了，挤得像他妈的蚂蚁搬家……”

李光头滔滔不绝地说着上海大地方，唾沫喷在我们刘镇小地方，喷到了童铁匠的脸上，童铁匠伸手擦着脸，看看另外五个合伙人都在呵呵地傻笑，都不知道李光头已经离题千里了。童铁匠只好打断李光头的话，再次小心翼翼地问：

“你和上海的服装公司谈的生意……”

“谈啦，”李光头没等童铁匠把话说完，就得意洋洋地数着手指说起来，“谈了不下二十家服装公司，里面有三家还是外商……”

小关剪刀惊叫起来：“所以你像马克思恩格斯了。”

“什么马克思恩格斯？”李光头不明白小关剪刀的话。

张裁缝出来解释：“你长头发大胡子，我们估计你和外商谈过生意了，你就学起外商的模样来了。”

“什么外商的模样？”李光头还是不明白。

童铁匠眼见着又要离题千里了，立刻接过去说：“我们说的还是生意，你谈得怎么样了？”

“谈得好啊，”李光头说，“岂止是生意，就是品牌我也和他们沟通交流过了……”

苏妈叫了起来：“所以你给我发了电报，把肉包子牌改成了点心牌？”

李光头仔细想了想，眼睛闪亮地叫了起来：“对，对，对……”

苏妈得意地看看另外五个合伙人，张关余王四个对着苏妈连连点头。童铁匠心想他妈的又要扯远了，童铁匠赶紧对李光头说：

“你谈了二十家服装公司，谈成了几家？”

这时李光头长长地“唉”了一声，这声叹息跌进了六个合伙人的耳朵，好比是六盆冷水泼在了六个热脑袋上，刚刚兴奋起来的六个脸色通通阴沉了下去。李光头挨个看了他们一眼，伸出五根手指说：

“五年前，我去上海为福利厂拉生意，只要把福利厂残疾人的全家福照片拿出来，再加上我的真诚热情，就会打动一个个公司的一个个业务员，为福利厂拉来了一笔笔的生意；五年后，我拿着世界地图为我们自己去上海拉生意，比五年前更真诚、更热情，也更成熟，可是……”

李光头五根伸开的手指卷了起来，变成了数钞票的动作：“现在时代不同啦，社会变啦，要靠塞钞票行贿才能拉来生意，我万万没有想到，不正之风刮得这么快这么猛……”

李光头的五根手指不数钞票了，又伸直了晃动起来：“才五年时间，就刮遍了祖国大地……”

六个合伙人听得眼睛发直。童铁匠忐忑不安地问：“你塞钞票行贿了没有？”

“没有，”李光头摇摇脑袋说，“当我终于发现行贿这个硬道理时，我口袋里的钱只够买一张回来的汽车票了。”

“这么说，”童铁匠声音颤抖地说，“你一笔生意都没谈成？”

李光头斩钉截铁地说：“没谈成。”

李光头的话仿佛是一个晴天霹雳，打得六个合伙人晕头转向、哑口无言地互相看来看去。张裁缝第一个反应过来，他看着童铁匠浑身哆嗦地说：

“我们的血汗钱就这么赔啦？”

童铁匠这时候也六神无主了，他看着张裁缝不知道是点头还是摇头。王冰棍呜呜地哭了，呜呜地说：

“这可是我的救命钱啊！”

苏妈也跟着“呜呜”了两声，随即她想起来自己的钱还没有进去，马上不“呜呜”了。小关剪刀和余拔牙吓出了满头的冷汗，两个人惊慌地看着李光头，结结巴巴地说：

“你，你，你怎么就赔啦？”

“不能说赔了，”李光头看着六张丧魂落魄的脸，坚定地说，“失败乃成功之母。只要你们再给我凑起一百份的钱，我马上再去上海，我一个个去塞钞票，一个个去行贿，保证给你们拉来一笔笔大生意。”

王冰棍还在呜呜地哭，他抹着眼泪对童铁匠说：“我是没钱了。”

童铁匠看了看满脸惊慌的余拔牙和小关剪刀，又看了看浑身哆嗦的张裁缝，摇了摇头，长长地叹了一口气说：

“我们哪里还有钱啊！”

“你们没钱了？”李光头满脸的失望，他挥了挥手说，“那我也没办法了，只好赔了，我自己的四百多元也赔进去了。”

李光头说完看着六个惊慌失措的合伙人，忍不住笑了两声。王冰棍指着李光头对童铁匠说：

“他怎么还在笑呢？”

“胜败是兵家常事，大丈夫赢得起也输得起。”李光头伸手指点着六个合伙人，“你们六个垂头丧气的，这点风雨都经受不起，像六个俘虏……”

“他妈的，”童铁匠怒火冲天了，“你才像个俘虏！”

童铁匠挥起了打铁的右手，打铁一样地打在了李光头的脸上，一巴掌将李光头从长凳扇到了地上，童铁匠吼叫着：

“老子出了四千元啊！”

李光头捂着脸从地上跳起来，生气地说：“干什么？干什么？”

随即又在长凳上坐下来，又架起了二郎腿，刚刚摆出一副要和童铁匠明辨是非的架势，张裁缝、小关剪刀和余拔牙三张嘴吼叫着三声“一千元”，对着李光头就是一阵猛踢，踢得李光头嗷嗷叫着跳到了长凳上，蹲在了长凳上，嘴里还在喊叫着“干什么”。张关余的脚也互相踢到一起，他们自己也疼得嗷嗷叫了。王冰棍最为悲壮，他像是堵枪眼那样扑了上去，哀号着他的“五百元”，抱住李光头的肩膀大口吃肉般地咬了起来，仿佛要从李光头身上咬下价值五百元人民币的皮肉来，李光头杀猪般号叫着跳下长凳，使劲甩了几下才甩掉王冰棍的尖牙利嘴。李光头一看大事不妙了，拿起他的提包和世界地图蹿出了铁匠铺，站到了门外后，李光头觉得自己虎口脱身了，他气愤地指着屋里的人喊叫：

“干什么？干什么？买卖不成仁义在，可以坐下来好好讲讲道理嘛。”

李光头本来还想和他们继续讲道理，看到童铁匠举着铁锤冲出来，赶紧说：“今天不讲啦！”

李光头好汉不吃眼前亏，拔腿就跑，跑得比狗比兔子还要快。童铁匠举着铁锤一直追赶到了巷口才站住，对着仓皇而逃的李光头吼叫道：

“他妈的你听着，老子以后见你一次，就揍你一次，老子要世世代代揍你下去！”

童铁匠说完了他的豪言壮语，转身往回走的时候想到自己的四千元付诸东流，立刻像霜打的秧苗一样蔫了。他耷拉着脑袋走回铁匠铺，张关余王四个想到自己的钱都打了水漂，四个都眼泪汪汪了，看着童铁匠倒提着铁锤走进来，王冰棍第一个哭出了声音，张裁缝呜咽地说：

“我们的血汗钱就这么赔光啦？”

此话一出，小关剪刀和余拔牙也哭出了声音。童铁匠把铁锤往火炉旁一扔，在余拔牙的藤条躺椅里坐下来，举起拳头捶打起了自己的脑袋，童铁匠把自己的脑袋当成李光头的脑袋了，使劲捶打着，都捶打出了“咚咚”的鼓声。

“我这狗娘养的王八蛋！”童铁匠痛骂自己，“我怎么会相信李光头这狗娘养的王八蛋！”

小关剪刀和余拔牙也忍不住捶打起了自己的脑袋，也忍不住痛骂起了自己：“我们这几个狗娘养的……”

苏妈是唯一没有赔钱的，看着这几个前合伙人都在狠揍自己痛骂自己，苏妈的眼泪也掉出来了，她一边擦着眼泪，一边喃喃地说：

“我多亏了去庙里烧过香啊……”

童铁匠把自己揍得头晕眼花以后，咬牙切齿地发誓了：“李光头这王八蛋，老子不把他揍成个瘸子傻子瞎子聋子，老子誓不为人。”

哭得伤心欲绝的王冰棍听到童铁匠的誓言，也擦干眼泪，一脸风萧萧兮易水寒的表情，仿佛要荆轲刺秦王了，他挥着拳头发誓：

“老子一定把他揍成个残疾人……”

小关剪刀和余拔牙也狠狠地发誓了，小关剪刀发誓要剪掉李光头的屌，剪掉李光头的鼻子耳朵，剪掉李光头的手指脚趾；余拔牙发誓要拔光李光头嘴里的牙齿，拔掉李光头身体里的骨头。就是这样他们仍然不能解气，他们又剪又拔地继续发誓，发誓要把李光头剪拔成一个残疾大全。

张裁缝是一个斯文人，也像一个义勇军战士那样说话了，他说自己恨啊，恨不得割下李光头的脑袋。张裁缝为了证明自己的话不是儿戏，他说自己的床底下藏着一把日本军刀，虽然生锈了，只要到小关剪刀那里磨上两个小时，就亮闪闪地锋利了，就可以割下李光头的脑袋了。

苏妈听着这五个前合伙人狠话毒话呼呼地说出来，吓得脸色白了。听到张裁缝说要割下李光头的脑袋，她信以为真，看着张裁缝文弱书生一样的手臂，忍不住担心地说：

“李光头的脖子像大腿那么粗，你割得下来吗？”

张裁缝先是一愣，随后想了想觉得自己确实没有把握，他就改口说：“不一定要割下他的脑袋。”

“不割下他的脑袋，”小关剪刀喊叫起来，“也要割下他的两个蛋子。”

这时候张裁缝摇头不同意了，他说：“这种下流事我做不出来。”

十六

童张关余王说到做到，他们此后在大街上见到李光头一次，就出手揍他一次。写文章的是文如其人，揍人的是揍如其人，这五个人用五种风格揍李光头。童铁匠撞见李光头立刻扬起打铁的右手，一巴掌扇下去，扇得李光头跌跌撞撞的时候，童铁匠已经目不斜视地扬长而去，他从来不揍李光头第二下，童铁匠是一锤定音的风格。张裁缝见到李光头就会恨铁不成钢地喊叫起来“你你你”，揍出去的是拳头，挨到李光头脸上时变成了一根手指，像缝纫机的针头一样密密麻麻地戳一阵李光头的脸就结束了，张裁缝是一指禅的风格。

余拔牙是职业风格，每次都用拔牙的右手对准李光头嘴里的牙齿揍上一拳，揍得李光头的嘴唇鲜血淋漓，揍得余拔牙的手指上都有牙齿印了，自己拔牙的右手烫伤似的举到眼前甩动起来，自己疼得“哎哟”直叫了，以为李光头被他揍得满地找牙了，可是下次见到李光头时，李光头的嘴里仍然是一口洁白整齐的牙齿。余拔牙惊奇地让李光头张大嘴巴，伸手往李光头的嘴里数上一遍，竟然一颗牙齿也不少。所以余拔牙每次揍李光头嘴巴的时候，总要赞叹一声：

“好牙齿！”

小关剪刀是下三路的风格，他相中了李光头的裤裆，而且声东击西，先是对准李光头的两条腿一阵猛踢，踢得李光头弯下了腰劈开了腿，把裤裆暴露出来时，小关剪刀使劲一脚踢在李光头的两个蛋子上，李光头疼得天昏地暗，双手捂住下身在地上来回翻滚。此后李光头再遇上小关剪刀时，马上双腿夹紧，双手一前一后捂住裤裆处，任凭小关剪刀如何胡踢乱踹，李光头也要誓死捍卫他的两个蛋子。小关剪刀往李光头的小腿缝踢了一脚又一脚，又往大腿缝踹了一脚又一脚，把自己弄得满头大汗了，也弄不开李光头夹紧的双腿，小关剪刀急了，一边踢着踹着，一边喊叫：

“劈开来，劈开来……”

李光头连连摇头，腾出左手指指自己裤裆里的宝贝说：“它已经结扎啦，你就可怜可怜苦命的它，给它一条生路吧。”

王冰棍的风格是钝刀子割肉，每次见到李光头都像刚死了爹妈一样地哭出声来，揪住李光头的衣领一拳又一拳，揍得李光头双手抱住脑袋蹲在地上，王冰棍左手按在李光头肩膀上，支撑着自己的身体，右手一拳又一拳。王冰棍每次都要揍上一个小时，中间有二十分钟用来喘气休息。喘气休息的时候，王冰棍就会抹着眼泪对围观的群众说：

“五百元啊！”

五个债主从春暖花开一路揍到夏日炎炎，把李光头揍成一个从战场上回来的伤兵，每次出现在我们刘镇的大街上时，李光头不是鼻青脸肿，就是吊着胳膊瘸着腿。这时的李光头破衣烂衫，头发比马克思长，胡子比恩格斯多，昔日威风凛凛的光头不知去向，露出了一副要饭的乞丐模样。李光头长发披肩以后，我们刘镇的两大文豪给他取了两个洋歌星的绰号，刘作家叫他“李披头士”，赵诗人叫他“李迈克尔·杰克逊”。刘镇的群众听不懂，他们知道世界上有个唱歌的叫邓丽君，不知道还有唱歌的叫披头士和迈克尔·杰克逊，他们向刘作家和赵诗人打听，披头士和迈克尔·杰克逊何许人也？刘作家和赵诗人故作高深地转身离去，心想这些粗人连长头发的披头士和长头发的迈克尔·杰克逊都不知道。刘作家和赵诗人对刘镇群众的无知深感不满，转身离去是出污泥而不染。群众只好去向李光头打听，李光头虽然也不知道他们是谁，仍然热心地回答群众的提问，他晃着脑袋说：

“都是外国人。”

五个债主的五种揍人风格里，李光头最害怕的是小关剪刀的下三路；童铁匠的巴掌虽然稳准狠，可那是一锤子买卖；余拔牙领教了李光头牙齿的坚固以后，揍上去的拳头也就越来越轻了。李光头最能适应的是张裁缝斯文的一指禅，其次适应的是王冰棍，王冰棍虽然揍起来没完没了，可是王冰棍力气有限，李光头皮粗肉厚不害怕。没想到春去夏至，最厉害的是王冰棍了。这时的王冰棍背起了他的冰棍箱，右手捏着木块，一路叫卖地拍打着冰棍箱，见到李光头就用右手里的木块揍他了。王冰棍的传统武器让李光头苦不堪言，那木块硬邦邦地揍在李光头长发披肩的脑袋上，揍得李光头昏头昏脑。当李光头抱住脑袋蹲下后，王冰棍干脆坐在了冰棍箱上，一边叹息着他失去的五百元，一边用木块拍打着李光头的脑袋，一边还在叫卖他的冰棍。李光头为了保护自己的脑袋，只好牺牲自己的双手了。李光头的双手又红又肿，被王冰棍揍成了一对红烧猪蹄，他仍然紧紧保护着自己的脑袋，心想脑袋最重要，以后还要靠它做生意呢。

苏妈在街上见到王冰棍一次次用木块揍李光头，实在看不下去了，上去拉住王冰棍的手，对他说：

“你这样会有报应的。”

王冰棍收住了手，可怜巴巴地对苏妈说：“五百元啊！”

苏妈说：“不管多少钱，你也揍不回来了。”

王冰棍背起冰棍箱哀伤地离去后，苏妈看着双手抱住脑袋蹲在地上的李光头，忍不住埋怨起了李光头：

“你明明知道他们要揍你，你还整天在大街上晃荡，你不能躲在屋里不出来吗？”

李光头抬头看看王冰棍走远了，双手从脑袋上滑下来，站起身对苏妈说：

“躲在屋里还不闷死了。”

李光头说完甩了甩一头长发，若无其事地走去了。苏妈又是摇头又是叹气，对着走去的李光头说：

“我多亏了去庙里烧过香，才没有赔钱，要不我也要揍你几下。”

苏妈看着李光头走去的背影，再次感叹起来：“烧香真是灵验啊！”

我们刘镇的赵诗人目睹了李光头一次次挨揍，李光头一次次都没有还手。刚开始赵诗人心里没底，眼看着五个债主把李光头从春天揍到了夏天，把李光头揍得越来越窝囊，就是那个没有力气的王冰棍，也能揪住李光头收放自如地揍上一个小时，赵诗人的胆量就上来了，心想这王八蛋扬言要揍出他赵诗人的劳动人民本色，让他在刘镇威风扫地。此仇不报，何以为人？赵诗人决定当着刘镇的群众，找回他失去的面子。

这一天王冰棍揍完了李光头，背着冰棍箱前脚刚走，赵诗人后脚就到了。赵诗人伸脚踢踢仍然抱住脑袋蹲在地上的李光头，看着街上来往的群众，大声说：

“没想到你也有今天啊！李光头成了李迈克尔·杰克逊，被人揍得都不敢还手。”

李光头抬头看了赵诗人一眼，一副懒得答理他的神态。赵诗人以为李光头害怕了，再次踢了踢李光头，趾高气扬地说：

“你不是要揍出我劳动人民的本色吗？怎么没见你动手？”

李光头缓缓地站了起来，赵诗人变本加厉地推了李光头一把，赵诗人看看街上的群众，得意地说：

“你动手啊！”

赵诗人的脑袋刚从街上群众那里得意洋洋地转回来，就中了李光头的一套连环拳。李光头肿胀的左手揪住赵诗人胸前的衣服，肿胀的右手捏成拳头对准赵诗人的脸一顿猛揍。赵诗人还没有反应过来是怎么回事，已经被李光头揍得满脸是血了，鼻血流到了嘴唇上，嘴唇的血流到了脖子上。赵诗人疼得嗷嗷直叫，才知道李光头雄风犹存。赵诗人双腿一软跪在了地上，李光头仍不松手，继续他的暴揍。李光头一边揍着赵诗人，一边朗朗上口地说着：

“他们揍老子，老子不还手，是老子弄赔了他们的钱；老子没有弄赔了你小子的钱，老子就要揍死你小子。”

赵诗人被李光头揍得晕头转向，倒是听清楚了李光头朗诵诗歌似的铿锵有力的话，赵诗人才知道李光头为什么不还手，也知道自己要完蛋啦，赵诗人立刻“嗨哟嗨哟”地叫出了劳动号子。赵诗人都发出了劳动人民的声音，李光头还是一拳拳地揍他，赵诗人只好一边“嗨哟”，一边对李光头说：

“出来啦，出来啦。”

“什么出来了？”李光头不明白。

赵诗人看到李光头收住了拳头，赶紧再“嗨哟”两声，双手抱住李光头揪着自己胸前衣服的手说：

“听到了吧，这是劳动人民的声音，被你揍出来啦。”

李光头明白过来了，他嘿嘿地笑，他说：“老子听到了，可是还不够。”

李光头说着右拳又举起来了，赵诗人吓得又是几声“嗨哟”的劳动号子，哀求似的对李光头说：

“恭喜你，恭喜你……”

李光头又不明白了：“恭喜我？”

“对，对，对。”赵诗人连连点头地说，“恭喜你把我劳动人民的本色给揍出来啦。”

赵诗人都这样说话了，李光头举起的拳头就揍不下去了。李光头放下拳头，松开赵诗人的衣服，嘿嘿笑着拍拍赵诗人的肩膀说：

“不用客气。”

李光头被童张关余王揍了三个月窝囊了三个月以后，终于在我们刘镇的大街上重新威风凛凛了。我们刘镇的群众嬉笑地看着赵诗人狼狈地离去，发现刘作家也在群众中间，群众的眼睛两点成一线了，一会儿看看刘作家，一会儿看看坐在地上喘气休息的李光头。群众纷纷想起了李光头当初暴揍刘作家的情景，群众怀旧迎新，指望着李光头从地上蹦起来，把刘作家的劳动人民本色再揍出来一次。群众的眼睛盯着刘作家，议论着坐在地上的李光头，说这个李光头饥一顿饱一顿都瘦了一圈，又被五个债主揍得鼻青脸肿吊胳膊瘸腿，没想到揍起那个健康饱满的赵诗人来，就像老鹰抓小鸡，大人揍小孩。群众看着刘作家总结道：

“真是瘦死的骆驼比马大。”

刘作家知道群众话里有话，知道群众唯恐天下不乱，知道群众指望他马上去步赵诗人后尘。刘作家面红耳赤了一会儿，想转身离去，可是一旦离去就给刘镇群众茶余饭后增加一个笑话，刘作家要面子，只好硬着头皮站在那里。群众先用话去挑拨李光头，李光头饥肠辘辘靠着梧桐树坐在地上，正在吞口水充饥，对群众的话置若罔闻。群众又用话去挑拨刘作家，说写文章的人竟然这么没出息，这个赵诗人刚才奴颜婢膝的嘴脸，比叛徒汉奸还不如，不仅让自己丢脸，也让他的父母丢脸。

“别说是让他父母丢脸了，”有一个群众趁机说，“就是刘作家的脸，也让这个赵诗人丢光啦。”

“是啊。”群众齐声同意。

刘作家的脸上青红皂白，心想这些王八蛋就是要挑起群众斗群众，心想自己千万不能冒失，千万不能主动送上门去供李光头拳打脚踢。可是群众的眼睛齐刷刷地看着自己，不出来说几句话是不行了。刘作家随机应变地向前一步，大声同意群众的话，他说：

“是啊，天底下写文章的脸都被这个赵诗人丢光啦！”

刘作家不愧是我们刘镇的文豪，他一句话就把古今中外的作家诗人全拉过去做了自己的垫背。刘作家看到群众愣在那里，知道自己一举扭转了局面，他得意洋洋一发而不可收了，他说：

“连鲁迅先生也跟着丢脸啦，还有李白杜甫先生，还有屈原先生，屈先生爱国而投江自尽，也跟着赵诗人丢脸……还有外国的，托尔斯泰先生，莎士比亚先生，更远的但丁先生，荷马先生……多少个英名先生啊，全跟着赵诗人丢脸啦！”

群众呵呵地傻笑起来，李光头也跟着呵呵地笑，他对刘作家的话十分欣赏，他高兴地说：

“我让这么多的名人先生丢脸，真是没有想到。”

这时候宋钢骑着亮闪闪的永久牌过来了，看到群众把大街堵死了，不断地摁响车铃，宋钢急着要去针织厂接他的林红回家。李光头一听铃声就知道是宋钢过来了，他贴着梧桐树站起来，对着宋钢叫起来：

“宋钢，宋钢，我一天没吃东西了……”

十七

这时的宋钢和林红的新婚生活过去了一年多，他们的永久牌自行车在刘镇的大街上闪亮了两年。宋钢的自行车每天都擦得一尘不染，每天都像雨后的早晨一样干净，林红每天都坐在后座上。林红的双手抱着宋钢的腰，脸蛋贴着他的后背，那神情仿佛是贴在深夜的枕头上一样心安理得。他们的永久牌自行车在大街上风雨无阻，铃声清脆地去了又来，来了又去，我们刘镇的老人见了都说他们是天作之合。

李光头落难以后，林红心里高兴。以前一听到李光头的名字，林红立刻脸色难看，现在听到这个名字，林红就会忍不住笑出声音来，她说：

"我早知道他会有今天，这种人……"

林红鼻子里哼了几声，下面的话不说了，这个李光头劣迹斑斑，说多了会引火烧身牵扯到自己的屁股上。林红说完后就要扭头去看宋钢，对宋钢说：

"你说是不是？"

宋钢沉默不语，李光头的境遇让宋钢牵肠挂肚寝食难安。宋钢的沉默让林红有些不高兴，她推了推宋钢：

"你说话呀！"

宋钢只好点点头，嘴里却在喃喃地说："他做厂长的时候还是很好的……"

“厂长？”林红不屑地说，“福利厂的厂长能算厂长吗？”

宋钢看着自己美丽的妻子，为自己的幸福露出了感激的笑容。林红不知道他为什么笑了，问他：

“你笑什么？”

宋钢说：“我命好。”

宋钢沉浸在自己的幸福生活里，可是李光头如影随形，就像自己在阳光下的影子一样挥之不去，让宋钢总觉得心里有一块石头压着似的。宋钢暗暗埋怨这个李光头，放着好好的厂长不做，去做什么自己的生意，结果赔了个血本无归，欠了一屁股的债务，被人揍得皮开肉绽。

有一天晚上宋钢梦见李兰了，刚开始是李兰拉着他的手和李光头的手走在刘镇的大街上，然后是李兰临死的情景了。李兰拉着他的手，要他好好照顾李光头。宋钢在梦中哭泣起来，把林红从睡梦里惊醒，林红叫醒他，紧张地问他怎么了。宋钢摇了摇头，想了想梦中的情景，告诉林红，他梦见李兰了。宋钢迟疑了一会儿，继续说着睡梦里那个令他心酸的时刻，李兰拉着宋钢的手，要他好好照顾李光头。宋钢向李兰保证，只剩下最后一碗饭了，会让给李光头吃，只剩下最后一件衣服了，会让给李光头穿……林红打了一个呵欠，打断宋钢的话：

“她又不是你亲妈。”

宋钢听后一怔，他想争辩几句，听到林红均匀的呼吸响起来，知道她睡着了，就默默地把下面的话吞了回去。林红对宋钢和李光头童年时的经历模糊不清，她不知道这些经历对于宋钢已经刻骨铭心。她只知道宋钢是自己的丈夫，每天晚上睡觉时都会搂着自己，让自己甜蜜地进入梦乡。

结婚以后，家里的钱由林红掌管，林红觉得宋钢这么大的个子会比别人饿得快，就在宋钢的口袋里放上二角钱和二两粮票，告诉宋钢这是给他滋补身体的钱，饿了就去点心店买吃的。细心的林红每天都要去检查一下宋钢的口袋，若钱和粮票花掉了，她就要补进去。婚后的很长时间里宋钢没有花过一分钱和一两粮票，林红每次伸进宋钢的口袋，摸到的都是原来的钱和粮票，有一天林红生气了，问宋钢为什么不花钱。

“我不饿，”宋钢笑着说，“结婚以后我就没有饿过。”

林红当时也笑了。晚上躺进了被窝，林红甜蜜地抚摸着宋钢的胸口，要宋钢老实告诉她，为什么不花钱。宋钢搂着林红，感动地说了很多话，他说林红平日里省吃俭用，一分钱恨不得掰成两分钱花，有好吃的夹到他碗里，去商店时想着他缺什么，从来不想想自己。宋钢说到最后忍不住坦白了，他说自己确实经常觉得饿，可他还是不舍得花掉口袋里的钱和粮票。

林红说宋钢的身体是属于她的，要宋钢替她照顾好自己的身体；要宋钢发誓，饿了一定去买些吃的。宋钢如痴如醉，林红说一句，他就会点一次头，嘴里还要“嗯”上一声。然后林红睡着了，安静得像一个婴儿，气息轻轻地吐在宋钢的脖子上。宋钢长时间难以入睡，他左手搂着林红，右手抚摸着林红的身体，林红的身体炽热又光滑，像是温暖的火焰。

接下去林红仍然是每天从宋钢的口袋里摸出来原先的钱和粮票，那时候林红就会轻轻地摇头，责怪宋钢为什么还是一分钱不花。宋钢不再说自己不饿，他实话实说：

“不舍得。”

后来的日子里，林红几次对宋钢说：“你答应我的。”

宋钢每次都是固执地回答：“不舍得。”

有一次宋钢说这话时正骑在自行车上，送林红去针织厂上班，林红在后座上抱住他，脸贴在宋钢的后背，对宋钢说：

“你就当成是为我花钱，行吗？”

宋钢还是说了一句“不舍得”，然后打出了一串铃声。这一次宋钢口袋里的钱没有了，他把林红送到针织厂，在去五金厂上班的路上遇到了饥肠辘辘的李光头。李光头正从地上捡起一截甘蔗头，一边咬着一边走过来。这时的李光头穷困潦倒，吃了上顿没下顿，吊胳膊瘸腿的，仍然八面威风。他咬着别人扔掉的甘蔗头，就像吃着天下第一美味那样得意洋洋，他看到宋钢骑车过来，假装不认识似的扭过头去。宋钢看到李光头的潦倒模样，心里一阵难受，他在李光头面前刹住车，从口袋里摸出了钱和粮票，跳下车叫了一声：

“李光头。”

李光头咬着甘蔗头转过脸来，东张西望了一番，嘴里说：“谁叫我了？”

“我叫你，”宋钢说着将手里的钱和粮票递过去，“你去买包子吃。”

李光头本来还想继续装模作样，看到宋钢递给自己的钱和粮票后，立刻笑了起来，他一把抓了过去，亲热地说了起来：

“宋钢，我就知道，你不会不管我，为什么？”

李光头自问自答：“因为我们是兄弟，就是天翻地覆慨而慷了，我们还是兄弟。”

此后的李光头只要在大街上见到骑车的宋钢，就会挥着手把宋钢叫到面前，再把宋钢口袋里的钱和粮票拿走，那模样理直气壮，好像那是他自己的钱，暂时存放在宋钢的口袋里。

十八

这一天李光头威风凛凛地揍了赵诗人，又让刘作家有惊无险了一场，他蹲在梧桐树下听着群众议论纷纷，吞着口水充饥时，听到永久牌自行车的铃声，李光头知道是宋钢来了，立刻站起来，理直气壮地喊叫了：

“宋钢，宋钢，我一天没吃东西了……”

宋钢听到了李光头的叫声，他的铃声立刻熄灭了，双脚踩着地骑车过去，从群众中间歪歪扭扭地骑到李光头跟前，看着叫花子模样的李光头，宋钢摇了摇头，要从永久牌上下来，李光头摆着手说：

“不用下来啦，快给钱吧。”

宋钢在车上踮起双脚，从口袋里摸出了两张一角钱，李光头神气活现地接了过去，像是宋钢欠他的。宋钢伸手去口袋里找粮票，李光头知道宋钢急着要去针织厂接林红回家，他驱赶蚊子似的挥着手说：

“走吧，走吧。”

宋钢从口袋里摸出粮票递给李光头，李光头晃了晃满头的长发，对宋钢手上的粮票看了一眼说：

“这个用不上。”

宋钢问李光头：“你有粮票？”

李光头不耐烦地说：“快走吧，林红在等你。”

宋钢点点头将粮票放回口袋，双脚踩着地从人缝里骑车出去，出去后还回头对李光头说：

“李光头，我走了。”

李光头点点头，听着宋钢的铃声响起来，看着宋钢飞快地骑车远去。李光头扭回头来对群众说：

“我这兄弟太婆婆妈妈了。”

李光头手里捏着宋钢的两角钱，转身长发飘飘地走去。我们刘镇的群众目送他走向人民饭店，以为他走进去会一口气吃掉两碗阳春面，没想到李光头目不斜视地走过了人民饭店，走进了旁边一家理发店。群众满脸惊讶，嘴里“呀呀”地响起来，说这个李光头是不是饿昏了头，把剪下的头发当成面条了？有群众说：

“头发和面条还真有点像，都是细长细长的。”

另一个群众补充道：“女人的头发像面条，男人的头发太短，不像面条，像胡子。”

群众想象着李光头把女人的头发当面条吃下去，一个个哈哈地笑。刘作家心想群众真是愚蠢，他声音响亮地纠正群众的话，说李光头就是饿死了也不会去吃头发，李光头是要去给自己推个光头。刘作家说李光头都饿成鲁迅先生笔下的一个人物了，哪个人物他一时想不起来；说这个李光头有了钱不去填饱肚子，还想着自己的光头。刘作家忍不住说起粗话来：

“这他妈的李光头，真是个死不悔改的光头。”

就像刘作家所说的，李光头从理发店出来后恢复了他的传统光头。第二天中午，我们刘镇的群众看着李光头重新亮闪闪地走在了大街上。李光头脑袋亮堂了，青肿的脸蛋也泛出了红光，像是刚吃了一碗肉一条鱼。饥肠辘辘的李光头虽然一副伤兵的模样，仍然嗓音洪亮地和熟人打着招呼，他打着饿嗝摸着肚子沿街走去，仿佛刚吃了一桌丰盛的酒宴。街上的群众问他：

“吃了什么山珍海味？打嗝打个不停。”

“什么都没吃。”李光头摸着空荡荡的肚子说，“打出来的是空气嗝。”

李光头一路走到了福利厂，他七个多月没来福利厂了，刚走进福利厂的院子，就听到两个瘸子厂长在办公室里破口对骂，知道他们又在下棋又在悔棋了。李光头走到厂长办公室门口打出一个响亮的空气嗝，两个唾沫横飞的瘸子扭头一看是李光头，立刻扔下手里的棋子瘸着冲出来，嘴里亲热地叫着：

“李厂长，李厂长……”

两个瘸子厂长一左一右拉着伤兵李光头来到了隔壁的车间，里面三傻四瞎五聋正在发呆打瞌睡，两个瘸子冲着他们吼叫：

“李厂长来啦！”

李光头被童张关余王五个人用五种风格揍了三个多月，如今回到福利厂又回到了昔日的辉煌之中。十四个忠臣围着他，好奇地看着他脸上的青肿，还有红烧猪蹄似的双手，“哇哇”地叫着“李厂长”，问他脸怎么了，手怎么了。三个傻子挨得最近，喷了李光头一脑袋的口水。李光头笑逐颜开地抹着光脑袋上的口水，绝不回答让他丢面子的问题，而是尽情地享受十四个忠臣的爱戴和拥护。十四个忠臣叫了十多分钟的“李厂长”，叫声稀薄之后，李光头的空气嗝出来了。李光头连着打了三个空气嗝，两个瘸子厂长羡慕地看着李光头说：

“李厂长，中午吃了什么好东西？”

“什么好东西？”李光头摆摆手让十四个忠臣停止喊叫，抬头问两个瘸子厂长，“你们谁的鼻子最好？”

瘸子正厂长看看瘸子副厂长，瘸子副厂长看看四个瞎子说：“瞎子的鼻子最好。”

“瞎子是耳朵好，”李光头摇摇头，伸手指了指五个聋子说，“聋子是眼睛好。”

李光头说着看了看两个瘸子厂长说："你们是胳膊好。"

然后李光头对着站得最近的花傻子招招手，让花傻子把鼻子凑上来闻闻自己打出来的空气嗝。花傻子呵呵傻笑着把鼻子贴到李光头的嘴巴上了，李光头打出了一个空气嗝，问花傻子：

"闻到了吧？里面有没有肉味鱼味？"

花傻子仍然呵呵傻笑，李光头只好摇着头自己回答："没有，没有肉味也没有鱼味。"

花傻子立刻跟着摇起了头，李光头满意地招招手，让花傻子的鼻子再次凑上来。李光头又打出一个空气嗝，问花傻子闻到米饭的味道没有？花傻子惯性地摇起了头，李光头满意地笑起来，让花傻子去闻闻空气。花傻子抬头猛吸了几口空气后，李光头问他：

"味道是不是和我的嗝一样？"

花傻子还是惯性地摇头，李光头不满意了，他自己点着头说："我的嗝和空气一模一样。"

花傻子看到李光头点头了，马上跟着点起了头。李光头重新满意地笑起来，他对着全部的忠臣说：

"我打出来的是空气嗝，为什么？我一天没吃东西啦，岂止是一天，我这三个月没吃过一顿饱饭，我打了三个月的空气嗝啦。"

两个瘸子厂长首先惊叹起来，接着四个瞎子也惊叹了；五个聋子听不到李光头说什么，看到两瘸四瞎的惊讶表情，他们的表情也惊讶起来；三个傻子没有反应过来，还在呵呵傻笑。李光头趁热打铁地伸出了张开的双手说：

"把你们的口袋全部翻出来，把你们的钱和粮票全部拿出来，让你们的李厂长好好吃一顿吧。"

两个瘸子恍然大悟，伸手摸进了他们的口袋；四个瞎子听到了李光头的话，也摸起了自己口袋里的钱和粮票；五个聋子听不到，可是看得到，他们知道自己的钱和粮票应该贡献出来了，他们摸的时候把口袋都拉出来挂在外面了。三个傻子呵呵笑着没有动手，两个瘸子摸完了自己的口袋后，就去摸三个傻子的口袋，把三个傻子的所有口袋都拉扯出来了，也没有见到一分钱和一两粮票，两个瘸子骂了起来：

“他妈的。”

这些忠臣摸出来的钱都是分币，摸出来的粮票都是皱巴巴的，全部交到李光头手上。李光头低头认真地数了一遍，粮票刚好凑成一斤，分币是四角八分，李光头抬起头来，吞着口水遗憾地说：

“要是再有二角六分就好了，我就能吃两碗三鲜面了。”

两个瘸子立刻把自己的口袋拉了出来，表示自己的全部贡献了。又让四个瞎子把口袋拉出来，再看看三傻五聋的所有口袋都挂在外面，只好摇着头对李光头遗憾地说：

“没有了。”

李光头豁达地摆摆手说：“吃不了两碗三鲜面，也能吃五碗阳春面。”

然后李光头在十四个忠臣的簇拥下走出了福利厂，走向了我们刘镇的人民饭店。十四个忠臣的二十八个衣服口袋和二十八个裤子口袋全挂在外面，像是刚刚被抢劫了一样，他们脸上的表情却像刚领了薪水那样得意洋洋。仍然是两个瘸子走在最前面，三个傻子手挽手走在第二排，四个瞎子用竹竿指路跟在最后，李光头加上五个聋子，三人一组分别走在两端维持队形。有了上次兵临城下针织厂，簇拥着李光头兵荒马乱地去向林红求爱的经验后，这次全体上街走得秩序井然，竟然走出了仪仗队的方阵。

他们威风凛凛地走进了人民饭店，李光头将手里的分币一巴掌拍在了开票的柜台上，刚把皱巴巴的粮票也拍上去，瘸子正厂长抢先开口了：

“五碗阳春面！”

“胡说。”李光头纠正道，“不要五碗阳春面，要一碗三鲜面和一碗阳春面。”

瘸子正厂长疑惑地问李光头：“你不是打了三个月的空气嗝？”

李光头晃着光脑袋说：“我就是打他妈的三年空气嗝，一口气也吃不下五碗面条，最多吃两碗，既然只能吃两碗，当然要吃一碗三鲜面。”

瘸子正厂长明白了，他再次大声对柜台里开票的说：“一鲜一春，两碗面。”

李光头对瘸子正厂长“一鲜一春”的概括十分满意，他点着头夸奖道：“说得好！”

然后李光头在一张圆桌前坐了下来，十四个忠臣也围坐在圆桌前，两个瘸子坐在李光头的左右，这样能够显示他们的身份；三个傻子和五个聋子依次坐开去，他们东张西望地看看饭店里的摆设，又看看饭店外街道上的行人；四个瞎子坐在李光头的对面，他们最安静，手拄竹竿仰起脸笑眯眯。

跑堂的端上来两碗面条时，看到一张圆桌坐了十五个人，不知道应该将面条递给谁。李光头急忙向他招手说：

“都给我，都给我。”

两碗热气蒸腾的面条放在了李光头的面前，李光头拿起筷子指点着三鲜面和阳春面，笑逐颜开地演说起来：

“先吃哪一碗？先吃鲜后吃春，好处是一上来就吃到最好的，坏处是吃完了鲜再吃春，春的美味就吃不出来了，这是急功近利之徒；先吃春再吃鲜，好处是既吃出了春的美味，也吃出了鲜的美味，而且是越吃越美味，这是有远大志向之士……”

李光头的演说还没有结束，就听到十四张嘴巴里响起一片吞口水的声音，李光头看到三个傻子的口水在六个嘴角尽情流淌了，知道自己再不下嘴，三个傻子就会扑上来了。李光头大叫一声：

“先吃他妈的鲜！”

李光头左手护着阳春面，右手拿着筷子，整张脸埋在三鲜面上呼呼地吸起来嚼起来，还有喝起来。李光头一口气吃完了三鲜面，他的脸才抬起来，李光头擦了擦满嘴的油腻和满脑袋的汗珠，听着十四个忠臣的口水翻滚声，开始对他们许愿：

“我以后有钱了，每天请你们吃一碗三鲜面。”

十四个忠臣的口水声浪涛似的响起来，李光头心想坏了，赶紧埋头又把阳春面一口气吃了下去。李光头吃完了阳春面，十四个忠臣的口水声戛然而止了。李光头放心地擦起了自己的嘴巴，两个瘸子、四个瞎子和五个聋子也都伸手擦起了嘴巴，只有三个傻子的口水还在白白流淌。十四个忠臣眼睁睁地看着两只空碗，李光头把两只碗里的汤都喝得一滴不剩。李光头擦了擦嘴上的油腻，又擦了擦脸蛋上的汗珠，站起来感情冲动地对十四个忠臣说：

“苍天在上，大地在下，你们在中间，我李光头对天对地对你们发誓，我决定回来做你们的李厂长啦！”

十四个忠臣愣在那里，四个瞎子首先反应过来，抬手鼓掌了。两个瘸子也立刻跟着鼓掌，五个聋子虽然不知道李光头说了些什么，看到两个瘸子厂长鼓掌了，知道自己也应该鼓掌。三个傻子是最后鼓掌的，他们的口水还在流淌。掌声响了足足五分钟，李光头站在那里昂首挺胸，微笑地接受十四个忠臣的掌声。然后李光头在忠臣们的簇拥下走出了人民饭店，走向了陶青的民政局。仍然是来时的方阵，整齐地走在我们刘镇的大街上。李光头摸着肚子打着饱嗝，心满意足地走在瘸子正厂长的身旁。瘸子正厂长听到李光头的嗝声，笑嘻嘻地问他：

“不是空气嗝了？”

“不是啦！”

李光头坚定地说，舌头在嘴里卷了卷，回味着刚才的嗝，幸福地告诉瘸子正厂长：

“是鲜嗝，三鲜面的嗝。”

李光头一路打着鲜嗝走去，快到民政局的时候，李光头觉得嘴巴里嗝的味道有些变化了，他舌头卷了几圈后，遗憾地对瘸子正厂长说：

“他妈的，先吃下去的三鲜面消化掉啦。”

“这么快？”瘸子正厂长吃了一惊，他回头看着李光头说，“你还在打嗝呀？”

“现在打得是春嗝啦！”李光头抹了抹嘴说，“后吃下去的阳春面现在开始消化了。”

那时候陶青正在民政局主持会议，正在和尚念经似的读着红头文件，听到院子里人声鼎沸，扭头看到窗外站满了福利厂的瘸傻瞎聋，陶青放下手里的红头文件，皱着眉头走出民政局的会议室，迎面撞上了笑容可掬的李光头。李光头打着阳春面的嗝，热情地握住陶青的手，热情地说：

“陶局长，我回来啦！”

陶青看看李光头鼻青脸肿的脸，敷衍地握了一下李光头红烧猪蹄似的手，神情严肃地问：

“什么回来啦？”

“我，”李光头伸手指指自己的鼻子说，“回来当福利厂的厂长啦！”

李光头话音刚落，四个瞎子带头鼓掌了，三个傻子也跟着鼓掌，五个聋子东张西望后也开始鼓掌，只有两个瘸子厂长没有鼓掌，他们的手抬起来了，又放了下去，他们发现陶青的脸色很难看，就不敢鼓掌了。

陶青脸色铁青地说：“不要鼓掌了。”

四个瞎子互相看来看去，掌声稀薄下来了；三个傻子正在兴头上，顾不上陶青说什么；五个聋子听不到，看到瞎子们正在迟疑不决，傻子们还在使劲鼓掌，两个聋子停下来，三个聋子继续鼓掌。李光头一看形势不妙，赶紧转身像个乐队指挥那样把双手举起来，又放了下去，掌声立刻没有了。李光头满意地转回身来对陶青说：

“不鼓掌了。”

陶青严肃地点点头，直截了当地告诉李光头，他当初不辞而别的错误十分严重，民政局已经将他开除了，所以他不能回到福利厂工作。陶青看看院子里的整齐站着的十四个瘸傻瞎聋，对李光头说：

“福利厂虽然……”

陶青说了半句，把“残疾”两字咽了下去，改口说：“福利厂也是国家单位，不是你的家，不是你想走就走，想来就来。”

“说得好，”李光头连连点头，接着说，“福利厂是国家单位，不是我的家，我李光头以厂为家，所以我回来啦！”

“不可能。”陶青斩钉截铁地说，“你目无组织、目无领导……”

陶青话还没有说完，有个瞎子开口了，这个瞎子微微笑着说：“李厂长不辞而别，是目无领导；陶局长不理睬我们的要求，是目无群众。”

李光头听了这话嘿嘿地笑出声来，看到陶青火冒三丈了，立刻不笑了。陶青差一点要骂娘了，看着这些瘸傻瞎聋，又把火气压了下去，他想让两个瘸子把这些人带走，两个瘸子正在往后面躲，陶青知道不能指望他们，就对李光头说：

“把他们带走。”

李光头立刻对十四个瘸傻瞎聋挥手说：“走！”

李光头和他十四个忠臣走出了民政局的院子，他说下班时间没到，要十四个忠臣立刻回厂工作。看着十四个忠臣依依不舍七零八落地走去，李光头心里突然难受起来，他安慰他们，对着他们喊叫道：

“我李光头说出的话，就是泼出的水，收不回来的。你们放心，我肯定会回来做你们的李厂长。”

四个竹竿指路的瞎子听到李光头的话，站住脚把竹竿夹在大腿里，抬手鼓掌了；两个瘸子、三个傻子和五个聋子也站住脚，一起鼓掌。李光头看到他们鼓掌的时候身体转过来了，好像又要走过来，心想这些人比宋钢还要婆婆妈妈，赶紧向他们挥挥手，大步流星头也不回地走去了。

后来的几天里，李光头找了县里的书记县长，找了县里的组织部长，找了县里大大小小的官员总共十五人，慷慨激昂地表达了重回福利厂的决心。书记县长和组织部长还没等他把话说完，就叫人把他轰了出去。李光头换一副嘴脸，找到另外的十二个官员可怜巴巴地说了又说，这十二个小官员听他说完后，给他泼了十二盆凉水，说了十二个斩钉截铁的“不可能”，告诉他国家是有体制的，出去的人是回不来的。李光头心想什么他妈的体制，心想县政府里这些王八蛋是敬酒不吃吃罚酒。李光头一生气，决定给他们吃罚酒，开始静坐示威了。李光头每天上班的时候来到县政府的大门口，在县政府大门的中央坐下来，一直到下午下班了，他才和县政府里的人一起走在回家的路上。

李光头盘腿坐在县政府大门的中央，脸上挂着一夫当关万夫莫开的表情，刚开始我们刘镇的群众不知道他在干什么，李光头主动向他们解释，走过一个人就要说一遍：

“我是在静坐示威。”

群众嘿嘿地笑，说他坐在那里威风凛凛一点都不像静坐示威，倒是像武侠电影里报仇雪恨的侠客。有群众向他建议，静坐示威一定要装出一副可怜模样，如果再弄断自己一条腿或者一条胳膊就更好了，只要博得党和人民的同情，他就能回福利厂了。李光头听了群众的建议，甩了甩脑袋说：

“没用。”

李光头扭头看了一眼身后的县政府，说自己装出可怜模样找了里面十五个王八蛋，比福利厂的十四个瘸傻瞎聋还要多出一个，他阿谀奉承说好话，他低三下四表决心，结果屁用都没有。他坚定地告诉群众，他万般无奈只好静坐示威了，而且要一直静坐下去，静坐到海枯石烂，静坐到地球毁灭。群众听了他的豪言壮语齐声叫好，然后问他怎么才会不静坐不示威，他伸出两根手指说：

“一是让我回福利厂当厂长，二是我把自己坐死了。”

衣衫褴褛的李光头没吃的没喝的，他在去县政府静坐的时候就沿途捡些破烂东西，像是易拉罐、矿泉水瓶、报纸和纸盒之类的，堆在县政府的大门口。在县政府上班的人都知道他收破烂了，也把旧报纸废纸盒等废品拿到大门口扔给他。他把县政府大门旁的空地弄成了一个废品收购站，他在那里静坐示威的时候，看到有群众拿着报纸走过去，就会喊叫着问报纸读完了没有。群众说读完了，他就要群众把报纸扔给他；看到群众喝着饮料走过时，就叫住他们，让他们喝完了，把瓶子罐子扔给他再走。有时候看到走过的群众穿着旧衣服，他就说：

“你这么有身份的人，穿这么破的衣服太丢脸，脱下来扔给我吧。”

李光头想回到福利厂做李厂长，他没做成厂长，倒是做成了一个破烂，我们刘镇的群众开始叫他李破烂了。李光头开始只是为了糊口才沿途捡些破烂，没想到后来因此成名，成了刘镇的破烂大王，不亚于少年时期的屁股大王。刘镇群众的家里有什么要扔掉的东西，都会走到县政府的大门口，让他去取。那时候他还在静坐示威，他对待自己的静坐事业兢兢业业，他说现在不能去取，他认真记下他们的地址，告诉他们：

“我下班了就来取。”

十九

林红沉浸在自己的幸福里，她英俊的丈夫骑着时髦闪亮的永久牌，每天早晨把她送到针织厂，她走进厂门以后一次次回头，一次次都看到宋钢扶着自行车站在那里依依不舍地挥手。到了傍晚的时候，她走出厂门就会看到宋钢洋溢着幸福的笑容。林红不知道宋钢背着自己悄悄接济李光头，当她发现时，已经过去一个月了。

林红第一次发现宋钢口袋里的钱和粮票没有的时候，不由微微一笑，林红一声不吭地拿出二角钱和二两粮票放进宋钢的口袋。宋钢站在一旁什么都没有说，看着林红由衷的微笑，宋钢心里一阵不安。

林红不知道李光头像强盗一样，每天都把宋钢口袋里的钱和粮票要走。她一天又一天地将钱和粮票补充到宋钢的口袋里，没有一天间断过。林红起初是高兴，觉得宋钢知道照顾自己身体了，知道饿了就应该去买些吃的。慢慢地林红觉得奇怪了，以前的宋钢是一分钱都不舍得花，现在是每天都把钱花干净，而且没有留下零钱。林红心想不管宋钢买什么吃，总会有些零钱剩下。林红怀疑地看起了宋钢，宋钢的眼睛躲躲闪闪，林红终于问他了：

“你每天都吃了些什么？”

宋钢的嘴巴张了张，没有说话。林红又问了一次，宋钢摇摇头说自己什么都没有吃。林红怔住了，宋钢躲开林红的眼睛，不安地说出钱和粮票的去向：

“都给李光头了。”

林红无声地站在屋子中央，这时候她才想起来李光头已经是个要饭的叫花子了，在此之前她完全忘记了李光头的存在，她的世界里只有宋钢，没有别人，现在李光头这个混蛋又闯进来了。林红屈指一算，一个月下来差不多被李光头拿走了六元钱，不由流出了难过的眼泪。林红嘴里反复念着“六元钱”，她说要是省着花，能够让两个人生活一个月。

宋钢低垂着头坐在床沿上，没有去看林红。直到林红哭着问宋钢：为什么要这么做？宋钢这才抬起头来，看了林红一眼，轻声说：

“他是我弟弟。”

“他又不是你的亲弟弟，”林红说，“就是亲弟弟，他也该自己养活自己了。”

“他是我的弟弟，”宋钢不同意林红的话，继续说，“他以后会养活自己的，妈妈死前要我照顾……”

“别提你那个后妈。”林红喊叫着打断宋钢的话。

林红的话让宋钢伤心了，他也喊叫起来：“她就是我妈妈。”

林红吃惊地看着宋钢，这是宋钢婚后第一次冲着她喊叫，林红无声地摇头了。林红说出了“后妈”，宋钢突然伤心地叫了起来，林红吃惊之后，觉得自己可能是说错了，她不再说话，于是屋子陷入到沉默之中。

宋钢低头坐在那里，此刻遥远的往事雪花纷飞般地来到，他和李光头的共同经历仿佛是一条雪中的道路，慢慢延伸到了现在，然后突然消失了。宋钢思绪万千，可是又茫然不知所想，仿佛是皑皑白雪覆盖了所有的道路，也就覆盖了所有的方向。直到宋钢低头看见了林红站在屋子中央的两只脚，他的思绪才回来。他看到林红的鞋是旧的，鞋上面的裤子是旧的，他知道裤子上面的衣服也是旧的。想到林红平日里的省吃俭用，宋钢心里难受起来，他觉得自己不应该瞒着林红把钱给李光头，他这时候觉得自己确实做错了。

过了很长时间，看着宋钢低着头始终一声不吭，林红气又上来了，她说：

“你说话呀。”

宋钢抬起头来，真诚地看着林红说：“我错了。”

林红一下子心软了，看着宋钢真诚的眼睛，不由叹息了一声。然后林红开始安慰宋钢了，她说了很多话，说六元钱算不了什么，就当成是被人偷走的，她还说了一个“破财免灾”的成语，她说宋钢以后不要再和李光头来往就行了。她说话的时候，又从自己的皮夹里摸出了两角钱和二两粮票，放进了宋钢的口袋。宋钢看见了十分感动，他对林红说：

“我不需要钱了……”

“你需要，”林红看着宋钢说，“你一定要花在自己身上。”

这天晚上两个人躺在床上以后，继续着他们一如既往的甜蜜。宋钢充满爱意地搂着林红，林红享受着宋钢对自己细水长流似的爱，脸上挂着甜蜜的微笑，睡着以后微笑仍然挂在脸上。

第二天下班的时候，宋钢骑着自行车去针织厂接林红时，已经在县政府大门口静坐示威的李光头看见了他，立刻跳起来叫住了他。当时宋钢心里“咯噔”一下，他捏住刹车，双脚踮地稳住自行车，听着李光头脚步拖沓地走过来，宋钢突然害怕他再次伸手要钱。这个李光头偏偏伸出了手，大言不惭地说：

“宋钢，我一天没吃没喝了……”

宋钢脑子里“嗡嗡”响了，他的手习惯性地伸进了口袋，捏住了里面的钱和粮票，然后他脸红了，他摇着头说：

“今天没有……”

李光头大失所望，伸向宋钢的手缩了回去，吞着口水垂头丧气地说：“我吞了一天口水了，他妈的还要再吞一夜的口水……”

这时候宋钢鬼使神差地将口袋里的钱和粮票拿了出来，递给了满脸失落的李光头。李光头先是一惊，随后嘿嘿笑了，接过钱时骂了起来：

“他妈的，你也学会捉弄人啦！”

宋钢苦笑着骑车离去。这个晚上宋钢最担心的时刻出现在晚饭以前，林红的手伸进了宋钢的口袋，她发现钱和粮票又没有了。这一次林红期待着能够摸到它们，当她确信钱和粮票都没有以后，突然惊慌起来，她有些害怕地看着宋钢，希望宋钢告诉她，这一次是他自己花掉的。当林红的手伸进口袋的时候，宋钢痛苦地闭了一下眼睛，睁开眼睛看到林红害怕的眼神后，宋钢声音抖动地说：

“我错了。”

林红知道钱和粮票又被李光头拿走了，她绝望地看着宋钢，愤怒地喊叫起来：

“你为什么要这样做？”

宋钢羞愧不已，他想解释事情的前后经过，可是话到嘴边时还是那一句：

“我错了。”

林红气得眼泪直流，她咬着嘴唇说：“我昨天才给你的钱，你今天就去给李光头了，你就不能等几天再给他吗？你就不能让我先高兴几天吗？”

宋钢恨起了自己，他咬牙切齿想说一句仇恨自己的话，可是说出来仍然是这三个字：

“我错了。”

“别再说啦！”林红喊叫起来，“我都听烦了，你只会说这三个字。”

宋钢不敢再说话了，他低头站在屋子的角落里，像是“文革”时挨批斗的父亲宋凡平。林红一边哭着一边说着，宋钢站在那里一点反应没有，林红又气又伤心，她不愿意去理睬宋钢，她躺到了床上，用被子蒙住自己。宋钢无声无息地站了一会儿后，开始在屋子里走动了，林红听到锅碗的响声，知道宋钢在做晚饭了。屋子里逐渐暗下来，宋钢做好了晚饭，把饭菜端到桌子上，又准备好了碗筷。林红心想宋钢应该走过来说话了，可是宋钢在桌子旁坐了下来，然后又是死一般的沉寂。林红气得咬住了嘴唇，过去了很长时间，屋子里变得漆黑一团，宋钢还是一动不动地坐在那里，好像是在等待着林红睡醒了起床一起吃饭。

林红知道宋钢一直会这么坐下去，如果林红在床上躺到天亮的话，宋钢就会在椅子里坐到天亮。宋钢坐在那里连呼吸都很轻微，像是怕吵着林红。林红开始心疼宋钢了，开始想到宋钢的种种好处，想到宋钢对自己的爱，想到宋钢的善良忠诚，想到宋钢的英俊潇洒……想到英俊潇洒时她不由抿嘴一笑，她忍不住轻轻叫了一声：

"宋钢。"

坐在椅子里的宋钢霍地站了起来，接下去林红没有说话，宋钢犹豫不决地又要坐下了。林红看到了宋钢的身影在黑暗里的反应，她再次抿嘴一笑，她轻声说道：

"宋钢，你过来。"

宋钢走到了床前，高大的身影俯首下来。林红继续轻声说："宋钢，你坐下来。"

宋钢小心翼翼地在床沿上坐下来，林红拉住他的手说："坐进来。"

宋钢坐了进去，林红把他的手拉到自己胸前说："宋钢，你太善良了，我以后不能再给你钱了。"

宋钢在黑暗里点点头，林红把他的手贴到了自己脸上，问他："你没有生气吧？"

宋钢在黑暗里摇摇头说："没有。"

林红坐了起来，把宋钢另一只手也拉过来，然后温柔地对宋钢说："我不想说李光头这个人有多坏，他就是一个好人，我们也养不起他。你想想，我们两个人一个月才多少钱？我们以后还会有孩子，我们要把自己的孩子养大，不能有李光头这个负担，李光头没有了工作，以后活不下去，会死缠着你……宋钢，我不是担心现在，我是担心以后，你为我们以后的孩子想想吧，你一定要和李光头断绝关系……”

宋钢在黑暗里点了点头，林红没有看清，她问：“宋钢，你点头了吗？”

宋钢点着头说：“我点头了。”

林红停顿了一下，问宋钢：“我说得对不对？”

宋钢点头说：“对。”

这个晚上疾风暴雨之后又是风平浪静，此后的日子里宋钢开始躲避李光头了。宋钢下班骑车去针织厂接林红时，就要经过李光头静坐示威的县政府大门。宋钢躲开李光头绕道远行，让林红时常站在针织厂大门口等了又等。以前林红还没有跨出厂门，宋钢就等在那里了，现在她伸长了脖子左等右等，针织厂的女工都走光了，宋钢骑着车才匆匆赶到。有一天林红终于不高兴了，沉着脸一声不吭地坐上了后座，路上不和宋钢说一句话。回到家里，林红开始责怪宋钢，她说自己站在工厂门口担惊受怕，担心宋钢路上出事了，甚至都想到宋钢是不是撞上电线杆撞破了脑袋。宋钢支支吾吾地解释自己为什么迟到，他说是为了躲避李光头绕了远路。听了这话，林红立刻响亮地说：

“怕什么？”

林红说李光头这种人，谁越是怕他，他就越是要欺负谁。林红告诉宋钢，以后还是从县政府大门口走，她说：

“你不要去看他，就当没有这个人。”

宋钢问她：“他要是叫我呢？”

“你没有听到，”林红说，“就当没有这个人。”

二十

这时的李光头已经在县政府大门口将破烂堆成小山了，他改变了静坐示威的风格，只是在上班和下班的时候才盘腿坐在大门中央，其他时间进出大门的人不多，他就撅起屁股在破烂里乐此不疲地翻拣，他的屁股抬得比他的脑袋还高，围着破烂三百六十度转过去又转过来，像是在沙里淘金。一听到县政府下班的铃声，李光头立刻蹦跳着跑回大门中央，仍然是一夫当关万夫莫开的表情盘腿坐下。县政府下班出来的人嘿嘿地笑，说这个静坐示威的李光头，比县长做大会报告时还要神气。李光头很满意这样的评价，他对着说话者走去的背影响亮地说：

“说得好！”

李光头一个月没有见到宋钢了，宋钢骑着他的永久牌重新从县政府大门前经过时，李光头顾不上自己正在示威，霍地从地上蹦起来，挥舞着双手大声喊叫：

“宋钢，宋钢……”

宋钢假装没有听到李光头的喊叫，可是李光头的喊叫仿佛是一只拉扯他的手，他蹬车的双腿动不了，犹豫了一下后，掉转车头慢慢地骑向李光头。宋钢忐忑不安，他不知道是否应该告诉李光头，他口袋里一分钱也没有。李光头兴奋地迎上去，将宋钢从自行车上拉了下来，神秘地说：

“宋钢，我发财啦！”

李光头右手从口袋里摸出一块破旧手表，左手将宋钢的脑袋按下来，让他把手表看仔细了。李光头激动地说：

“看见上面的外国字了吧，这是外国牌子的手表，走出来的都不是北京时间，是格林尼治时间，我从破烂里找出来的……”

宋钢没有看到表上的指针，他说：“怎么没有指针？”

“安上三根细铁丝就是指针了，”李光头说，“花点小钱修理一下，格林尼治时间就哗哗地走起来啦！”

然后李光头将外国手表放进宋钢的口袋，慷慨地说：“给你的。”

宋钢吃了一惊，没想到李光头把自己这么喜欢的东西送给他，他不好意思地将手表拿出来还给李光头，他说：

“你自己留着。”

“拿着。”李光头斩钉截铁地说，“我十天前就找着这手表了，我等了你十天，要把手表送给你，这一个月你跑哪里去了？”

宋钢满脸通红，不知道应该说些什么。李光头以为他还是不好意思收下手表，强行将手表放进宋钢的口袋，对宋钢说：

“你每天接送林红，你需要手表；我不需要，我是日出出门示威，日落回家睡觉……”

李光头说着抬起头来，寻找西下的夕阳，他举手指着透过树叶看到的夕阳，豪迈地说：

“这就是我的手表。”

看到宋钢脸上的疑惑，李光头解释道：“不是这棵树，是那个太阳。”

宋钢嘿嘿地笑了。李光头对宋钢说：“别笑了，快走吧，林红在等你呢。”

宋钢跨上自行车，双脚支撑着地面，扭头问李光头：“这一个月你还好吗？”

“好！”李光头挥手驱赶宋钢，“快走吧。”

宋钢继续问他："这一个月你吃了些什么？"

"吃什么？"李光头眯起眼睛想了想，摇摇头说，"忘了，反正没饿死。"

宋钢还要说话，李光头急了，他说："宋钢，你太婆婆妈妈了。"

李光头从后面推起了宋钢，推出了五六米远，宋钢只好蹬起了自行车，李光头收住手，看着宋钢骑车离去，重新走到大门中央，刚刚盘腿坐下，才想起来县政府的人已经下班走光了，李光头有些失落地站起来，骂了一声：

"他妈的。"

接了林红回家后，宋钢迟疑了很久，还是没有把李光头送给他的手表拿出来，他想以后再告诉林红。宋钢口袋里没有钱没有粮票，可是他还有午饭。那时候他和林红每天的晚饭都会多做一些，吃完后将剩下的饭菜放进两个饭盒，这是他们第二天在工厂吃的午饭。宋钢避开李光头的那几天里，只是偶尔想一想李光头怎么样了，见了李光头，兄弟情谊又在心里挥之不去了。这个李光头捡了一块没有指针的外国手表，宝贝似的藏了十天，专门为了送给宋钢，让宋钢想起来就感动。第二天吃午饭的时候，宋钢想到了李光头，就拿着饭盒骑着自行车来到了县政府大门口，李光头撅着屁股埋头在破烂里翻拣着什么，宋钢骑车到了他身后，他没有发现。宋钢摁响了车铃，李光头吓了一跳，回头看到宋钢手里的饭盒，眉开眼笑地说：

"宋钢，你知道我饿了。"

李光头说着一把拿过来宋钢手里的饭盒，急匆匆地打开来，看到里面的饭菜没有动过，李光头的手停下来了，他说：

"宋钢，你没吃？"

宋钢笑着说："你快吃吧，我不饿。"

"不可能。"李光头把饭盒递给宋钢说，"我们一起吃。"

李光头从那堆破烂里找出来一沓旧报纸，铺在地上，让宋钢坐在报纸上，自己一屁股坐在了地上。兄弟两个并肩坐在那堆破烂前，李光头重新拿过来宋钢手里的饭盒，用筷子将里面的饭菜拨弄均匀了，又用筷子在中间挖了一条战壕，告诉宋钢：

“这条是三八线，一边是北朝鲜，一边是南朝鲜。”

李光头说着将饭盒塞到宋钢手里：“你先吃。”

宋钢将饭盒推回去：“你先吃。”

“让你先吃，你就先吃。”李光头不高兴地说。

宋钢不再推来推去，他左手接过饭盒，右手拿起筷子吃了起来。李光头伸长脖子往饭盒里看了看，对宋钢说：

“你吃的是南朝鲜。”

宋钢嘿嘿笑了起来，宋钢吃得慢条斯理，李光头在一边急得直吞口水，听到李光头的滔滔口水声，宋钢停下来了，把饭盒递给李光头：

“你吃吧。”

“你先吃完，”李光头把饭盒推了回去，“你能不能吃得快一点，宋钢，你吃饭都是婆婆妈妈的。”

宋钢把剩下的饭菜全部塞进自己嘴里，他的嘴巴像个皮球一样鼓起来了。李光头接过饭盒，吸尘器似的将属于自己的饭菜哗啦哗啦地吃了下去。李光头吃完了，宋钢嘴里的饭菜还没有全部咽下去，李光头亲热地拍着宋钢的后背，帮助他把嘴里的饭菜咽下去。宋钢将饭菜咽下去以后，他先是抹了抹嘴，然后抹眼泪了，宋钢突然回想起了李兰临死前说的那些话。看到宋钢哭了，李光头吓了一跳，他说：

“宋钢，你怎么啦？”

宋钢说：“我想起妈妈来了……”

李光头怔了一下。宋钢看着李光头说：“她放心不下你，她要我以后照顾你，我向她保证，只剩下最后一碗饭了，一定让给你吃；她摇着头说，最后一碗饭兄弟两个分着吃……”

宋钢指着地上的空饭盒说："我们现在分着吃饭了。"

兄弟两人回到了过去的伤心时刻，他们坐在县政府的大门口，坐在堆成小山似的破烂前抹着眼泪，回忆小时候如何手拉手从汽车站前的桥上走下来，看到了死去的宋凡平躺在夏天的烈日下；手拉手在汽车站的出口站到夕阳西下黑夜降临，等待着李兰从上海回来……最后的情景是兄弟两人拉着板车将死去的李兰带到乡下，把他们的母亲还给他们的父亲。

然后李光头擦干眼泪，对宋钢说："我们小时候太苦了。"

宋钢也擦干了眼泪，点着头说："小时候我们到处受人欺负。"

"现在好了，"李光头笑了起来，"现在谁也不敢欺负我们了。"

"不好。"宋钢说，"现在还是不好。"

"怎么不好？"李光头扭头看着宋钢说，"你都和林红结婚了，还不好？你真是生在福中不知福。"

"我是说你。"宋钢说。

"我怎么了？"李光头回头看看身后的破烂，"我也混得不错。"

"不错？"宋钢说，"你工作都没有了。"

"谁说我没有工作？"李光头不高兴了，"我静坐示威就是工作。"

宋钢摇了摇头，忧心忡忡地说："你以后怎么办？"

"放心。"李光头不以为然地说，"车到山前必有路，船到桥头自会直。"

宋钢仍然摇头，他说："我都替你急死了。"

"你急什么？"李光头说，"我撒尿的不急，你端尿壶的急什么？"

宋钢叹了一口气，不再说话了。李光头兴致勃勃地问起了那块外国手表，问宋钢拿去修理了没有。宋钢捡起地上的饭盒，站起来说要回工厂上班了。宋钢跨上自行车以后，左手拿着饭盒，右手扶着车把蹬车离去。李光头在后面见了，不由叫了起来：

"宋钢，你都会单手骑车啦？"

骑着车的宋钢笑了，回头对李光头说："单手算什么？我可以不用手。"

宋钢说着张开双臂，像是飞翔一样骑车而去。李光头满脸的惊讶，他追赶着跑过去，喊叫道：

"宋钢，你真了不起！"

后来的一个多月里，宋钢每个上班的中午都会拿着饭盒来到李光头跟前，兄弟两个就坐在那堆破烂前，说说笑笑亲密无间将饭盒里的饭菜分着吃完。宋钢不敢让林红知道，到了晚饭的时候他饿得饥肠辘辘，他怕林红起疑心，仍然不敢多吃，而且比过去吃得更少。林红发现宋钢的胃口小了，担心地看着宋钢，问宋钢最近是不是身体不舒服。宋钢支支吾吾，说自己的胃口是小了，可是力气一点没少，他说身体很好。

世上没有不透风的墙，一个多月以后，林红知道了事情真相。那是针织厂的一个女工告诉林红的，那个女工前一天请了事假，中午路过县政府大门口，看到宋钢和李光头并肩坐在地上，分吃着饭盒里的饭菜。第二天那个女工笑嘻嘻地告诉林红，这兄弟两个一起吃饭时，看上去比夫妻还要亲密。林红当时正端着饭盒，坐在车间的门口吃着午饭，她一听这话，脸色立刻变了，放下手里的饭盒，疾步走出了工厂。

林红来到县政府大门口时，兄弟两个已经吃完饭了，坐在地上笑个不停，李光头正在高声说着什么。林红铁青着脸走到他们面前，李光头先看到她，立刻从地上蹦跳起来，亲热地说：

"林红，你来啦……"

宋钢脸色一下子白了，林红冷冷地看了宋钢一眼，转身就走。李光头刚从破烂里找出一沓旧报纸，准备请林红也坐在地上，转过身来看到林红走了，失望地对林红说：

"你人都来了，也不坐一会儿？"

宋钢不知所措地站着，看着林红走远了，才想起来应该追上去。他赶紧跳上自行车，飞快地骑车过去。林红神色凝重地向前走去，她听到宋钢的自行车从后面追上来，来到了她的身边，听到宋钢低声说着话，要她坐到后座上。林红仿佛没有听到，仿佛身边根本就没有宋钢这个人，她昂首走着，目不斜视。宋钢不敢再说话了，跳下自行车，推着车默默地跟随在林红的身后。他们像是两个互不相识的人，在我们刘镇的大街上无声地走着。刘镇的很多群众都看见了，站住脚好奇地看着他们，知道他们之间出现了问题。刘镇的群众天生爱管闲事，有人叫着林红的名字，林红没有答应，连一个点头和一个微笑都没有。另外的人叫着宋钢的名字，宋钢也没有答应，宋钢倒是向群众点头了，也微笑了。宋钢的微笑十分古怪，当时赵诗人也在大街上，赵诗人是有了种子就要发芽，他指着宋钢对刘镇的群众说：

“看见了吧，这就是苦笑。”

宋钢推着自行车追随着林红一直走到针织厂的大门口，林红一路上没看宋钢一眼，她走进针织厂大门时仍然没有回头去看宋钢，她感觉到宋钢站住了，她的脚步迟疑了一下，这一刻她突然心软了，她想回头看一眼宋钢，她还是忍住了，径直走进了车间。

宋钢丢了魂似的站在大门外，林红的身影消失了，他仍然站着，下午上班的铃声响过以后，大门里面空空荡荡，他的心里也是一片空白。宋钢站了很久，才推着车转身离去。宋钢忘记了骑上那辆亮闪闪的永久牌，他推着自行车一路走回到自己上班的五金厂。

宋钢在煎熬里度过了这个下午，大部分时间他都是看着车间的墙角发呆，他一会儿茫然若失，一会儿仔细思索，仔细思索的时候他脑子里什么都没有，只好继续茫然若失了。直到下班的铃声响起，他才猛然惊醒，跑出车间跳上自行车，冲锋似的骑出了五金厂，在我们刘镇的大街上风驰电掣。来到针织厂大门口时，里面下班的女工们正在陆续地走出来，宋钢扶着自行车站在那里，他看到林红和几个女工说着什么走了过来，他喜悦了一下，随即心里又沉重了，他不知道林红会不会坐上自己的自行车。

宋钢没有想到，林红像往常一样走到了他跟前，向那几个女工挥手说着再见，侧身坐上了后座，仿佛什么事情都没有发生过。宋钢先是一愣，随即长长地松了一口气，跨上自行车满脸通红，宋钢揿响了车铃一路飞快地骑去。宋钢重新获得了幸福，幸福让他充满了力量，他的双脚使劲蹬着，坐在后面的林红本来双手抓着座位，车速太快了，她只好去抓住宋钢的衣服。

宋钢的幸福昙花一现，林红回到家里关上门以后，立刻像中午走在大街上那样冷若冰霜了。她走到了窗前，拉上窗帘以后没有走开，像是看着外面的风景那样一声不吭地看着窗帘。宋钢站在屋子中央，过了一会儿喃喃地说：

“林红，我错了。”

林红鼻子里哼了一声，继续站了一会儿，然后回过身来问宋钢：“什么错了？”

宋钢低着头，把这一个多月以来和李光头分着吃午饭的事如实说了出来。林红一边听着一边摇头流泪，宋钢宁愿自己挨饿，也要让那个混蛋李光头吃饭。看到林红气哭了，宋钢立刻闭上嘴巴，忐忑不安地站在一旁。过了一会儿，看到林红擦起了眼泪，宋钢才转身找出了那块外国手表，结结巴巴地告诉林红，他本来已经不和李光头交往了，因为那天骑车从县政府大门口经过，李光头叫住他，给了他这块手表，让他重新想起了往日的兄弟情谊。宋钢喃喃说着，林红看清了他拿着的那块手表，突然喊叫起来：

“指针都没有，这是手表吗？”

林红终于爆发了，她哭喊着大骂李光头。从李光头在厕所里偷看她屁股骂起，骂到李光头如何在大庭广众死皮赖脸地骚扰她，还带着福利厂的瘸傻瞎聋来针织厂闹事，让她丢尽了颜面，在别人面前抬不起头来。

林红历数李光头的种种罪行，说到最后伤心欲绝，她呜呜地哭着，说起了自己跳河自杀，就是这样了，李光头还不肯放过她，还逼着宋钢来对她说“这下你该死心了”，逼得宋钢也差一点自杀死了。

林红泣不成声，她把李光头骂完以后，骂起了宋钢，她说结婚以后省吃俭用，就是为了存钱给宋钢买一块钻石牌手表，没想到李光头用一块别人扔掉的破烂手表，就把宋钢收买了。林红说到这里突然不哭了，她擦干眼泪，苦笑着自言自语起来：

“也不是收买，你们本来就是一家人，是我插进来，把你们分开的。”

林红哭完了骂完了，擦干净眼泪，沉默了很久后，长长地叹息一声，然后悲哀地看着宋钢，声音平静地说：

“宋钢，我想通了，你还是和李光头一起生活，我们离婚吧。”

宋钢万分恐惧地摇起了头，嘴巴张了几下没有声音。林红看到宋钢的神情，不由心疼宋钢了。她的眼泪又流出来了，她摇着头说：

“宋钢，你知道我爱你，可是我实在不能和你这样生活下去了。”

林红说着走到柜子前，取出几件自己的衣服，放进一个口袋。林红走到门口，转身看了看因为恐惧而发抖的宋钢，林红犹豫了一下，还是打开了屋门。宋钢突然跪下了，声泪俱下地哀求林红：

“林红，你不要走。”

这时的林红真想扑上去抱住宋钢，可是她忍住了，她语气温和地说：“我回娘家住几天，你一个人好好想想，是和我在一起，还是和李光头在一起？”

“不用想。”宋钢泪流满面地说，“我和你在一起。”

林红双手捂住自己的脸呜呜地哭，她说：“李光头怎么办？”

宋钢站起来，坚定地对林红说：“我去告诉他，我要和他一刀两断，我现在就去。”

林红再也忍不住了，扑上去一把抱住了宋钢。两个人在门后紧紧地抱在了一起，林红贴着宋钢的脸轻声问：

“要我一起去吗？”

宋钢坚定地点点头：“一起去。”

两个人胸中燃烧着爱的火焰，伸手替对方擦干了眼泪，然后一起走出了屋门。林红习惯地走到他们的自行车前，宋钢摇摇头，他说不骑车了，他要在路上好好想一想，应该对李光头说些什么。林红有些吃惊地看着宋钢，宋钢向她挥一下手，自己向前走去了，她立刻听话地跟了上去，两个人走出了小巷，走上了大街。林红挽着宋钢的胳膊走去，不停地抬头看看宋钢，宋钢脸上出现了从未有过的刚毅神情，林红突然觉得自己的丈夫十分强大，这是结婚以来第一次有这样的感受。此前的宋钢对她百依百顺，什么都听她的，现在她觉得以后要听他的话了。两个人在落日的余辉里走向县政府的大门，看到李光头还在摆弄着他的破烂，林红拉了拉宋钢的胳膊，问他：

“你想好了怎么说？”

“想好了。”宋钢点点头，“我要把那句话还给他。”

林红不明白：“哪句话？”

宋钢没有回答，他的左手拿开了林红挽住他右胳膊的手，径直走向了李光头。林红站住了，看着宋钢高大的背影威风凛凛地走到粗短的李光头跟前，听到宋钢声音沉着地说：

“李光头，我有话对你说。”

李光头觉得宋钢说话的口气不对劲，林红又站在那里，他满腹狐疑地看看宋钢，又去看看宋钢后面的林红。宋钢从口袋里拿出那块没有指针的外国手表，递给李光头。李光头知道来者不善，他接过了手表，仔细擦了几下，戴在了自己的手腕上，他问宋钢：

“你要说什么？”

宋钢缓和了一下语气，认真地对李光头说：“李光头，自从我爸爸和你妈妈死了以后，我们就不是兄弟了……”

李光头点着头打断宋钢的话：“说得对，你爸不是我亲爸，我妈不是你亲妈，我们不是亲兄弟……”

“所以，”宋钢也打断李光头的话，“我任何事都不会来找你，你任何事也别来找我，我们从此以后井水不犯河水……”

“你是说，”李光头再次打断宋钢的话，“我们从此一刀两断？”

“是的。”宋钢坚定地点点头，然后说出了最后那句话，“这下你该死心了吧？”

宋钢说完这话转身迎向了林红，他以胜利者的姿态对林红说：“那句话还给他了。”

林红张开双臂抱住了迎面而来的宋钢，宋钢也抱住了林红，两个人侧身互相抱着向前走去。李光头摸着光脑袋看着宋钢和林红亲热地离去，他不明白宋钢为什么要说“这下你该死心了”，嘴里嘟哝着说：

“他妈的，我死什么心啊？”

宋钢和林红相拥着走在我们刘镇的大街上，然后走进了他们住的小巷，当他们回到家里，宋钢突然沉默起来，坐在椅子里一声不吭。林红看到宋钢脸上凝重的表情，知道他心里的难受，毕竟他和李光头的兄弟往事太多了，藕断丝连在所难免，林红没有去责怪他，心想过些日子就会好了。林红相信宋钢和自己生活得越久，他和李光头的往事就会越淡。

晚上躺在床上后，宋钢仍然心情沉重，在黑暗里忍不住叹息了几声，林红轻轻地拍拍他，微微抬起头来，宋钢习惯地将胳膊伸过去搂住了林红，林红依偎着宋钢，要宋钢别再想什么了，好好睡觉。林红说完后自己先睡着了，宋钢很久才睡着。这天晚上宋钢又做梦了，他在梦里面哭个不停，眼泪流到了林红的脸上，林红惊醒后拉亮电灯，宋钢也惊醒了，林红看到宋钢满脸的泪水，心想可能又梦见他的后妈了。林红关了灯，安慰似的拍了拍宋钢，问他：

“是不是又梦见你妈妈了？”

这次林红没有说“后妈”。宋钢在黑暗里摇了摇头，仔细回想着梦里的情景，然后在黑暗里擦着脸上的泪痕，对林红说：

“我梦见你和我离婚了。”

二十一

李光头继续在县政府大门口进行着他的示威事业，各类破烂东西每天都堆成一座小山，他没时间静坐了，而是在那里走来走去，将破烂分门别类，再通过不同的销售渠道卖到全国各地去。他盘腿坐在地上，专门花了两个小时对付了那块外国手表，满头大汗地安上去了三根长短不一的细铁丝，然后神气活现地戴在手腕上。以前他喜欢伸出右手指指点点，有了那块指针永远不动的外国手表后，他的左手忙起来了，只要是个人走过，他的左手就会亲热地挥动。没过多久，我们刘镇的很多群众都看见李光头左手上的外国表了，有几个群众围上去，仔细看着他手腕上的外国表，好奇地说：

"里面的指针怎么像铁丝？"

李光头不高兴了，他说："凡是指针，都像铁丝。"

群众又发现了破绽，他们说："这表上的时间不对。"

"当然不对。"李光头骄傲地说，"我的是格林尼治时间，你们的是北京时间，不是一家的。"

李光头戴着格林尼治时间的外国手表神气了半年，有一天那块外国手表不见了，手腕上换成了一块崭新的国产钻石牌手表。群众见了不由惊叫：

"你换手表啦？"

“换啦，换成北京时间啦。”李光头晃动着手腕上亮闪闪的新手表说，“格林尼治时间好是好，就是不符合中国国情，所以我换成了北京时间。”

群众十分羡慕，说这块全新的钻石牌手表从哪里捡来的？李光头生气了，从口袋里掏出发票给群众看，李光头说：

“我自己花钱买的。”

群众万分惊讶，一个捡破烂的竟然有钱买一块钻石牌手表？李光头当场拉开他的破烂外衣，露出了里面系在腰间的钱包，他打开钱包的拉链，里面厚厚一沓钞票。在群众的惊叫声里，李光头心满意足地说：

“看见了吧，看见里面整整齐齐的人民币了吧？”

群众个个目瞪口呆，嘴巴张开以后就合不拢了。过了一会儿，有一个群众想念李光头的外国手表，讨好地问李光头：

“你那块格林尼治时间呢？”

“送人了，”李光头说，“送给我的老部下花傻子了。”

手腕上换成了北京时间的李光头再接再厉，干脆在县政府大门外搭起了一个茅棚。他弄来了竹竿和茅草，在县政府门口大兴土木，福利厂十四个瘸傻瞎聋来了十三个，只有花傻子没来。四个瞎子站成一队，一捆一捆地传送茅草；两个傻子负责扶住竹竿，两个瘸子手上有劲，负责扎紧竹竿；五个聋子是生力军，三个在下面用茅草做成了墙，两个爬到上面用茅草铺成了屋顶；李光头指手画脚，就是工地总指挥了。他们叫叫嚷嚷，满头大汗地干了三天，茅棚搭成了。李光头才想起那个花傻子，问瘸子正厂长。瘸子正厂长说，花傻子以前上班下班从来没有迟到早退，自从戴上了那块格林尼治时间后，就再也没有来过福利厂了。瘸子正厂长问李光头：

“是不是格林尼治时间把花傻子弄糊涂了？”

“肯定是。”李光头嘿嘿笑着说，“这就叫时差。”

十三个忠臣浩浩荡荡地从李光头家里搬来床和桌子，还有被子衣服洗脸盆煤油炉碗筷杯子等等，李光头得意洋洋地住进了茅棚，在县政府大门外安营扎寨了。没过多久，刘镇的群众看到邮电局的工人在给李光头的茅棚安装电话了，这是刘镇第一部私人电话，群众嘴里啧啧不停，纷纷说想不到，想不到啊！李光头的电话铃声从早响到晚，深更半夜了还要响，县政府里的人都在说，李光头的电话比县长的电话响的次数还多。

李光头正经做起了破烂生意，他不再白拿群众的废品，开始收购了。县政府大门外的破烂堆成了一座大山，他的茅棚里也堆满了废品，用李光头的话说，茅棚里的都是高级破烂。路过的群众经常看到，他满脸笑容地坐在这些高级破烂中间，那神态仿佛是坐在珠光宝气里。群众还看到，每个星期都有外地来的卡车，将李光头分类以后的废品拉走。李光头站在茅棚前，看着卡车远去，手指蘸着口水数起了钞票。

李光头仍然是衣衫褴褛，他腰间的钱包换了，换成了一个大钱包，里面的钱充了气似的将钱包鼓了起来。他胸前的口袋里放着一个小本子，正面翻过去记着他的破烂业务，反面翻过来记着他以前创办服装厂时欠下的债务。

童张关余王五个债主这时候早就死心了，早就自认倒霉了，他们万万没想到，李光头做上破烂生意挣钱后，竟然还债了。

这天下午，王冰棍背着冰棍箱从李光头的茅棚前走过，光着上身只穿了一条短裤的李光头看见了，急匆匆地从茅棚的废品里跑了出来，大声叫着王冰棍。王冰棍背着箱子缓慢地转过身来，看到是李光头在向自己招手，李光头喊叫道：

“过来，过来。”

王冰棍站着没有动，不知道李光头又在打他的什么主意。李光头说要还钱给他，王冰棍以为自己听错了，回头去看看身后是否还有别人。李光头不耐烦了，指着王冰棍说：

“就是你，我李光头就是欠了你的债。”

王冰棍将信将疑地走了过来，跟着李光头走进茅棚，坐在废品中间。李光头翻开他的小本子，埋头计算起了本金和利息。王冰棍好奇地打量着李光头的茅棚，里面吃喝用什么都有，还有一台电风扇呼呼地吹着李光头。王冰棍羡慕地说：

“你都用上电风扇了。”

李光头“嗯”了一声，举手摁了一下电风扇上的按钮，电风扇摇着头吹风了，吹得王冰棍连声说：

“凉快，凉快……”

李光头把王冰棍的本金加上利息算出来了，他抬起头不好意思地说：“我现在钱不多，只能分期还债，我每个月都还，争取一年内还清。”

李光头拉开他的大钱包，取出钱点算清楚后，多的放回钱包，少的塞到王冰棍手里。王冰棍接过钱的时候，双手颤抖了，嘴唇也颤抖了，他连声说着没想到，没想到李光头把这些记在本子上，他说自己早就忘记了。王冰棍说着眼睛红了，他说做梦都没有想到赔掉的五百元钱还能回来，他指着利息钱说：

“还生出儿子来了。”

王冰棍将钱小心地放进了口袋，弯腰从箱子里拿出一根冰棍，说自己什么都没有，只有冰棍送给李光头吃。李光头摇晃着脑袋说：

“我李光头不拿群众一针一线。”

王冰棍说这不是群众的一针一线，是自己的一片心意。李光头说心意就更不能吃了，他让王冰棍把冰棍心意放回去，他说：

“你替我做件事吧，去通知童铁匠、张裁缝、小关剪刀和余拔牙，我李光头开始分期还债了。”

傍晚的时候，童铁匠、张裁缝、小关剪刀和余拔牙，还有王冰棍来到了李光头的茅棚，这五个人站在李光头的茅棚前，亲热地叫着：

“李厂长，李厂长……”

李光头光着膀子走出来，挥着手说：“我不是李厂长，我现在是李破烂。”

童张关余王五个嘿嘿地笑，童铁匠看看另外四个，这四个全看着他，他知道这时候又要自己出马了，他赔着笑脸说：

“听说你要还钱了？”

“不是还钱，是还债。”李光头纠正道。

“还债还钱都一样，”童铁匠连连点头，“听说还有利息？”

“当然有利息，”李光头说，“我李光头好比是人民银行，你们好比是储户。”

童张关余王纷纷点头称是。李光头回头看看自己的茅棚，说里面太小了，容不下六个人，就在外面结算。李光头说着一屁股坐在了地上，拿着小本子嘴里念念有词地算起来钱来了。李光头光膀子下面穿着的短裤比抹布还脏，他一屁股坐下去了，五个债主犹豫起来，不知道是不是也应该坐在地上。他们是专门洗了澡穿戴干净了，才约好了一起过来的。张关余王四个看着童一个了，童铁匠心想为了钱，别说是坐在地上了，就是下面是粪便也得坐下去。童铁匠一屁股坐下去了，另外四个也跟着坐在了地上。六个人坐成一圈，李光头一个个结算，一个个给钱。债主们拿了钱以后，童铁匠作为代表说话了，他郑重其事地向李光头道歉，说当初不该用拳脚逼债，逼得李光头鼻青脸肿。李光头认真听完童铁匠的话，咬文嚼字地说：

“不是逼得我鼻青脸肿，是揍得我鼻青脸肿。”

童张关余王尴尬地笑着，童铁匠再次代表全体债主说：“从今天起，你什么时候想揍我们了，尽管揍，我们绝不还手，一年有效期。”

另外四个跟着说：“一年有效期。”

李光头听了很不高兴，他说：“你们是以小人之心，度我君子之腹。”

李光头开始还债的消息迅速传遍我们刘镇，群众感慨万千，都说李光头是个了不起的人物。说李光头捡破烂，都能把自己捡成个财主；要是捡黄金，还不把自己捡成个全国首富了。这些话传到李光头耳中，他谦虚地说：

“群众抬举我了，我小打小闹，做些糊口的买卖而已。”

谦虚之后，李光头忍不住要抚今追昔。当初辞职鲲鹏展翅去开服装厂，赔了个血本无归；然后回心转意想回福利厂，回不了福利厂只好静坐示威，为了糊口去捡些废品破烂卖了，没想到竟然做成了破烂生意，他总结了自己的经验教训，告诉刘镇的群众：

“生意上的事情，是有心栽花花不开，无心插柳柳成荫。”

二十二

李光头的破烂生意迅速壮大，我们县里的领导终于忍无可忍了。李光头的破烂货在政府大门外堆积如山，他们屈指算来，这个李光头静坐示威都快有四年了，回收废品破烂货也有三年多了，刚开始李光头只是在大门一侧堆了个破烂小山，如今他在大门两侧堆起了四座破烂大山，还招收了十个临时工，上班下班以县政府的铃声为准。刚开始群众只看见外地的卡车将破烂拉走，后来是外地的卡车拉着破烂来了，再由李光头批发到全国各地去。群众目瞪口呆，说这个李光头是不是想做全中国的丐帮帮主。李光头摇着脑袋，财大气粗地告诉群众，他是个生意人，他对权力不感兴趣，他已经把刘镇发展成了华东地区最重要的破烂集散地之一，他说：

"这才是万里长征的第一步，第二步是全中国，第三步是全世界，这一天不会太远，当刘镇成为全世界的破烂集散地，你们想想，刘镇就是毛主席所说的'风景这边独好'啦。"

我们县里的领导都是穷人出身，他们不怕脏，不怕废品破烂的气味飘进办公室。他们就怕上级领导下来视察时，一看见大门外的四座废品大山就会脸色铁青。上级领导非常生气，说这哪像是政府机关，这简直就是垃圾中心。我们县里的领导天不怕地不怕，就怕升不了官。上级领导不高兴了，县里领导的仕途就大受影响。县里的几个主要领导紧急开会研究，趁着李光头还没有把刘镇变成全世界的破烂集散地，赶紧处理，要不以后就更不好办了。县里的主要领导一致同意，把清除政府大门外的废品山当成了县里的形象工程来抓。他们研究了两种方案，一是出动武警和民警，强行将李光头的废品山清理掉。这个方案很快被否决，自从李光头捡废品破烂挣了钱后，首先想到的就是还债，这让他在群众中的威望直线上升，已经凌驾于县长之上了。县里的领导知道众怒难犯，他们说对付一个李光头没什么，就怕有些群众会趁机寻衅滋事，发泄自己的不满。于是他们通过了第二种方案，就是满足李光头的要求，让他重新回到福利厂工作，让他重新去做从前的那个李厂长。这样既挽救了一个同志，又清理了政府大门外的废品山。

民政局的陶青局长接到书记县长的指示，来找李光头谈话了。四年多前陶青开除了李光头，现在又要自己去把李光头请回来。陶青走出民政局院子时，心里很不是滋味。陶青知道李光头是个什么货色，没有梯子他想着要往上爬，给了他梯子，他就要你背着他往上爬了。陶青心里盘算着先要给这小子一个下马威，再让他重新回来做那个李厂长。

陶青走到李光头的四座破烂山的山脚下，李光头指挥着十个临时工正在干得热火朝天，陶青在李光头身后站了一会儿，李光头没有发现，陶青只好响亮地咳嗽一声。李光头转回身来，看到是昔日的老领导陶青局长，立刻亲热地叫起来：

“陶局长，你来看望我啦。”

陶青一脸局长的威严，摆摆手说：“我是路过，顺便看一眼。”

“顺便看一眼也是看，”李光头高兴地说着，然后对十个干活的临时工喊叫起来，“我的老领导老上级陶局长来看望大家了，大家赶快鼓掌欢迎。”

十个临时工放下手中的活，七零八落地鼓掌了。陶青皱了一下眉，简单地对着临时工们点点头，李光头不满足，悄悄对陶青说：

“陶局长，你不对他们说一声‘同志们辛苦啦’？”

陶青摇摇头说：“不说了。”

“好吧，”李光头点点头，对着临时工们喊叫，“你们干活吧，我要陪陶局长去办公室坐坐。”

李光头殷勤地将陶青请进了他的茅棚，唯一的一把椅子让给陶青坐，自己坐在了床上。陶青坐在废品中间，左右看看，这茅棚里应有尽有，真是麻雀虽小五脏俱全，陶青还看见了那台电风扇，陶青说：

“你都用上电风扇了。”

“用了两个夏天了，”李光头得意地说，“明年就不用了，明年准备安装一个空调。”

陶青心想这王八蛋是故意这么说，这王八蛋是在要挟自己，陶青不动声色地指指茅棚说：

“这里用空调不合适吧。”

“怎么不合适？”李光头问。

“这茅棚透风，”陶青说，“用空调太费电。”

“不就是多交一些电费，”李光头财大气粗地说，“有了空调，夏天这茅棚里就是高级宾馆了。”

陶青心里又骂了一声“王八蛋”，站起来走到了茅棚外，李光头赶紧跟出来，殷勤地说：

“陶局长，你不再坐一会儿？”

“不坐了，”陶青摇摇头说，“还有一个会议在等我。”

李光头赶紧回头对十个临时工说：“陶局长要走啦，大家鼓掌欢送。”

临时工们的掌声再一次七零八落地响起来，陶青还是简单地向他们点点头。李光头讨好地说：

“陶局长，我就不送了。”

陶青摆摆手，表示不用送。陶青向前走了几步，假装想起来什么，站住脚对李光头说：

“你过来。”

李光头立刻跑上去，陶青拍拍他的肩膀低声说：“你写个检讨吧。”

“什么检讨？”李光头不明白，“为什么要我写检讨？”

“四年多前的事情，”陶青说，“你写个检讨，认个错，就可以重新回来做福利厂的厂长了。”

李光头明白了，他嘿嘿地笑了，不屑地说：“对那个厂长位置，我早就没兴趣了。”

陶青心里骂着李光头“王八蛋”，嘴上还是严肃地说：“你考虑一下吧，这是一个机会。”

“机会？”李光头伸手一二三四数了一遍他的四座破烂大山，豪迈地说，“这才是我的机会。”

陶青阴沉着脸继续说：“我劝你还是考虑一下。”

“不用考虑，”李光头坚定地说，“我放着这么大的事业不做，去做什么福利厂的厂长，这不是让我丢西瓜捡芝麻嘛……”

陶青没有办法让李光头回到福利厂，县长很生气，批评陶青当初就不该开除李光头，县长对陶青说：

“你当初是放虎归山，现在祸害全县人民了。”

陶青唯唯诺诺地挨了县长一通骂，回到民政局找来两个科长，把他们臭骂了一顿，两个科长被陶青骂得莫名其妙，不知道自己做错了什么。陶青出气以后再也不管李光头的破烂事了。眼看着一个月又过去了，李光头不仅没走，反而变本加厉，开始堆起了第五座破烂大山。县长知道不能指望陶青去处理这事了，就派他的心腹、县政府办公室主任出马去对付李光头。

陶青曾经有恩于李光头，李光头自然尊重陶青。那个县政府办公室主任，李光头就不放在眼里了。县办主任来到大门口时，李光头正在给废品分类，县办主任脸上挂着亲热的笑，嘴里说着亲热的话，跟在李光头屁股后面，在破烂山里走来走去，李光头一边处理他的破烂业务，一边冷淡地应付着县办主任。县办主任眼看着时间一分一秒过去，这个李光头是不会对自己热情了，只好亮出底牌，告诉李光头：

"县长请你去他的办公室。"

李光头晃着脑袋说："我现在没时间。"

县办主任拍着李光头的肩膀，悄悄告诉他，县长书记副县长副书记已经研究过了，同意他重新回到福利厂做厂长。让他赶紧去见县长，县办主任说：

"快去吧，机不可失。"

李光头一点都不领情，他头都没抬地说："你没看见我正在日理万机？"

县办主任灰溜溜地回去了，把李光头说的话告诉县长，县长听了很不高兴，将手里的文件往地上一扔说：

"他算什么日理万机，我才是日理万机……"

县长在办公室里发了一通脾气后，只好亲自到大门口去找李光头了。过几天有个副省长要来县里视察，县长必须在副省长来到之前将大门口的五座破烂大山清理掉。虽然县长在心里骂骂咧咧，他见了李光头还是满脸笑容，他说：

"李光头，还在日理万机啊？"

李光头看到县长亲自来了，放下了手里的活，抬头和县长说话了。他在县长面前说话就谦虚多了，他说：

"我算什么日理万机？您才是日理万机。"

县长觉得自己不能在李光头的破烂山里面站立太久，让来去的群众见到了影响不好，他开门见山地告诉李光头，县里已经同意他返回福利厂工作的申请，前提是他必须在两天时间内把这五座破烂大山清理干净。

李光头听了县长的话以后没吭声，继续低着头收拾起自己的破烂。县长在一旁站着，等着李光头的回答，县长心里火冒三丈，心想这个李光头真是不识抬举。李光头收拾了一会儿废品破烂后，看到有个矿泉水瓶里还有水，拧开瓶盖将里面的矿泉水喝干净，然后他抹着嘴巴问县长，他回去当厂长，一个月有多少薪水？

县长说这个他不清楚，说干部的薪水国家有规定。李光头就问县长一个月挣多少钱，县长含糊地说也就是几百元。李光头嘿嘿笑了，他指着十个满头大汗的临时工，对县长说：

“他们挣的钱都比你多。”

然后李光头好心好意地邀请县长：“县长，您到我这里来工作吧，我给您每月一千元，干得好还有奖金。”

县长铁青着脸回去了，回到办公室以后发了一通更大的脾气。他把县政府办公室主任再次叫了过去，说把李光头交给他了，可以不惜一切代价，必须在副省长来到之前把大门口的破烂废品山清理掉。县办主任灰头土脸地来到了大门口，见了李光头就直截了当地说：

“你说吧，什么条件你搬走？”

李光头听了县办主任的话，知道自己的计划成熟了，他挥着手斩钉截铁地说，他不会回到福利厂去工作。衣衫褴褛的李光头口若悬河，他说那点厂长薪水养不活他，他神气地说：

“再说好马也不吃回头草。”

就在县办主任不知道如何是好的时候，李光头换了一副嘴脸，他谦虚地说话了。他说回收废品破烂也是一番事业，也是建设社会主义，也是为人民服务，也需要得到政府的支持。他说早就想把这些废品破烂大山从县政府大门口撤离了，他也不愿意给县里领导和全县人民丢脸，他是苦于没有别的地方，所以一直在这里苦苦支撑。

李光头说得情真意切，说得县办主任连连点头。李光头趁热打铁，他说县房产局有几处街面房子空置着，还有那个他曾经租来创办服装厂的仓库也空置着，仓库地处偏远，前面有很大的空地，刚好堆放他的破烂废品，那几处空置的街面房可以给他开回收废品破烂的连锁店。这样一来，空置的房子和仓库利用上了，县政府大门口的破烂大山也没有了。李光头最后说：

“这是两全其美的事。”

县办主任点着头说回去研究一下。一个多小时以后，县办主任和县房产局局长一起来了，告诉李光头，县里同意将三处空置的街面房子低价租给他，那个空置的仓库可以让他免费使用三年，条件是他必须在两天里将眼前这五座破烂大山彻底清理掉。

“两天？”李光头摇着头说，“两天太久了，毛主席说‘只争朝夕’，我一天就清理干净。”

李光头说到做到，他雇用了一百四十个农民，加上十个临时工和自己，一百五十一个人干了一天二十四小时，变魔术似的将县政府大门外的五座破烂大山清理掉了，不仅打扫得干干净净，还在县政府大门口整齐地摆上了两排二十盆万年青。县长书记们第二天早晨来上班时，惊得目瞪口呆，以为自己走错了地方。惊讶之余，县长书记副县长副书记在大门外流连忘返，县长这时忍不住说了一句公道话，他说：

“这个李光头还是有优点的。”

我们刘镇的群众已经习惯了李光头的破烂大山，突然没有了，群众发现新大陆似的奔走相告，纷纷来到县政府大门口，驻足观望，纷纷说以前不觉得，现在才发现县政府大门口竟然风景如画。

一个星期以后，李光头的李记回收公司开张了。前两天童铁匠召集了张裁缝、小关剪刀、余拔牙和王冰棍开会，做出了两项决定：第一大家凑钱买一堆鞭炮，第二大家将自己所有的亲朋好友叫来捧场。李记回收公司开张的这一天，差不多有一百来人前来祝贺，还有两百多个围观的群众挤在那里嘻嘻哈哈，鞭炮噼里啪啦地炸了一个多小时。场面十分火爆，像是过年时的庙会。李光头红光满面，仍然穿着那身要饭似的破烂衣服，胸前却戴了一朵崭新的大红花。他站到了一张桌子上，激动得说话结巴了：

“谢谢……谢谢……谢谢……谢谢……谢谢……”

李光头结结巴巴地说了一堆“谢谢”后，总算是流畅地说起来：“就是家里有人结婚了，也不会来这么多人；就是家里有人死了，也不会来这么多人……”

下面掌声雷动，李光头才把话说流畅了，又激动得说不出来了，他又是擦眼泪又是吸鼻涕，刚刚把眼泪擦干净了，嘴巴张了张发现鼻涕堵在嗓子眼了，他又把鼻涕吸到了肚子里去，终于说出来话来了，他呜呜地说：

“过去有一首歌你们都听过：天大地大不如党的恩情大，爹亲娘亲不如毛主席亲，千好万好不如社会主义好，河深海深不如阶级友爱深……”

李光头继续擦着眼泪，继续吸着鼻涕，继续说：“我要把这首歌改一下，唱给你们听……”

李光头呜咽地唱了起来：“天大地大不如党和你们的恩情大，爹亲娘亲不如毛主席和你们亲，千好万好不如社会主义和你们好，河深海深不如你们的阶级友爱深……”

二十三

李光头的破烂事业蒸蒸日上，一年以后他弄了一本护照，里面贴上了日本签证，竟然要出访日本，去和日本人做国际破烂业务了。李光头出国之前专门去找了童张关余王，询问他们是否愿意再次入股。现在的李光头已经不缺钱了，眼看着自己就要富成一艘万吨油轮，李光头想起了这五个从前的合伙人，觉得应该再给他们一个机会，让他们跟随着自己的脚步走共同富裕的道路。

李光头穿着一身破烂衣服来到了铁匠铺，与上次拿着世界地图不同，这一次他手里举着自己的护照，冲着挥汗打铁的童铁匠喊叫：

“童铁匠，没见过护照吧？”

这时的童铁匠听说过护照，还没有见过，双手在自己的围裙上擦了擦，接过李光头的护照看了又看，一脸的羡慕神情，翻开往里面看的时候惊叫一声：

“里面贴了一张外国纸啊？”

“这是日本签证。”

李光头得意地将护照收回来，小心放进自己破烂衣服的口袋，在他小时候搞男女关系的长凳上坐下来，架起二郎腿，气势恢宏地讲述起了他破烂事业的远大前景，他说一个中国已经满足不了他的业务需要，不知道一个世界能不能满足他。他先去日本采购一下……童铁匠问他：

“采购什么？”

“采购破烂。”李光头说，“我开始做国际破烂买卖啦。”

然后李光头询问童铁匠愿不愿意再次入股。他说自己现在是家大业大，和四年多前不一样了，现在童铁匠想加入的话，不是一百元一份，是一千元一份了，就是一千元一份，也让童铁匠捡了大便宜。李光头说完后，一副你爱干不干的神情看着童铁匠。

童铁匠想起了前一次的惨痛教训，看着衣着破烂的李光头心里实在没底。心想这王八蛋在刘镇待着，哪里都不去，还真做出一些事情来了；这王八蛋要是出了刘镇，不知道又会闯出什么大祸来。童铁匠摇摇头说自己不入股了，他说：

“我是小富即安，不指望发大财。”

李光头笑嘻嘻地站起来，一副仁至义尽的表情，走到门口时又掏出了他的护照，对童铁匠晃了晃说：

“我现在是一名国际主义战士啦。”

李光头离开了铁匠铺，又分别去了张裁缝和小关剪刀那里，张裁缝和小关剪刀听完李光头的国际破烂事业后，都是犹豫不决，向李光头打听童铁匠是否入股。李光头摇着脑袋，说童铁匠小富即安，没有远大志向。这两个人立刻说自己也是小富即安，也没有远大志向。李光头怜悯地看着他的前合伙人，点点头自言自语道：

“做一名国际主义战士是需要勇气的。”

李光头前脚走，张裁缝和小关剪刀后脚就进了童铁匠的铺子，询问起入股之事。童铁匠皱眉说：

“这李光头只要一出刘镇，我心里就发慌，再说破烂生意也不是一条正道。”

“是啊。”张裁缝和小关剪刀点头说。

童铁匠往地上吐了一口痰，继续说：“四年多前还是一百元一份，如今一千元一份了，还说便宜我们了，这王八蛋的物价涨得也太快了。”

“是啊。”张裁缝和小关剪刀说。

“就是抗战时期，物价也没有涨得这么快。”童铁匠有些生气了，“现在是和平时期，这王八蛋还想发国难财。”

“是啊。”张裁缝和小关剪刀说，“这王八蛋。”

李光头在街上遇到了王冰棍，由于童铁匠、张裁缝和小关剪刀态度冷淡，李光头懒洋洋地向王冰棍说起入股之事，完全是一副例行公事的模样。王冰棍听着李光头说完，陷入了沉思，王冰棍也想到了前一次的惨痛教训，他和童铁匠不一样，他继续往下想，想到了李光头当初欠债还钱的情景，想到了李光头绝处还能逢生。接着王冰棍开始想自己可怜的处境，这时的存折上已经有一千元了，可是一千元给自己养老送终肯定不够，还不如再赌上一把，输了就输了，反正大半辈子活过来了。李光头站在那里，看着王冰棍低头沉思，半天不吱声，不耐烦地说：

“你干不干？”

王冰棍抬起头问：“五百元只有半份了？”

“半份都便宜你啦。”李光头说。

“我干。”王冰棍咬咬牙说，“我出一千元。”

李光头吃惊地看着王冰棍说：“没想到你王冰棍竟然还有远大志向。真是人不可貌相，海水不可斗量。”

然后李光头来到了余拔牙这里。此刻的余拔牙正在遭受职业危机，县卫生局发出通告，像余拔牙这样的江湖郎中都要进行考试，合格后发放行医执照，不合格就要被取消行医资格。李光头走过来的时候，余拔牙捧着一本厚厚的《人体解剖学》，闭着眼睛在背诵，他背诵了上半句，就忘了下半句，睁开眼睛看清楚书里的下半句，闭上眼睛又忘了刚才的上半句。余拔牙的眼睛不停地一闭一睁，像是在做眼保健操。

李光头走过来躺在了他的藤条躺椅上，余拔牙闭着眼睛时以为来了一个顾客，睁开眼睛一看是李光头。余拔牙立刻合上《人体解剖学》，气愤地对李光头说：

“你说世上什么最缺德？”

“什么最缺德？”李光头不知道。

“人体最缺德。”余拔牙拍着手里的《人体解剖学》说，“好端端的一个人体，长了这么多的器官就不说了，还长了更多的肌肉、血管、神经，我余拔牙一把年纪了，怎么背诵下来？你说缺德不缺德？”

李光头点头同意余拔牙的话：“是他妈的缺德。”

余拔牙感慨万千，说自己行走江湖三十多年，拔牙无数，人人爱戴，号称方圆百里第一拔。他妈的县卫生局突然要考试了，他妈的自己是难过这道门槛了。余拔牙眼圈红了，自己一世英名，到头来阴沟里翻船，栽在这本《人体解剖学》上面了。余拔牙看着我们刘镇街道来去的群众，伤心地说：

“群众眼睁睁地看着方圆百里第一拔没了，消失了。”

李光头嘿嘿笑个不停，他伸手拍拍余拔牙的手背，问他是否愿意再次入股。余拔牙眯起眼睛，也像几位前合伙人一样盘算起来，想到李光头前一次的失败，余拔牙心里没底了，可是看看手里的《人体解剖学》，心里更没底了。余拔牙左思右想后，打听起童张关王四位是否也再次入股。李光头说童张关三个不入股，只有王冰棍一个入股。余拔牙满脸惊讶了，心想前面已经吃过一次亏了，王冰棍竟然还敢入股。余拔牙自言自语起来：

“这王冰棍哪来的胆量？”

“人家有远大志向。”李光头夸奖了王冰棍一句，然后说，“你想想，王冰棍是没什么指望的人了，自然指望我李光头了。”

余拔牙看着手里的《人体解剖学》，心想自己也是没什么指望了，立刻一脸豪迈了，他伸出两根手指说：

“我余拔牙也是有远大志向的，我出两千元，要两份。”

余拔牙说完就将《人体解剖学》扔到地上，还踩上一脚，拉住李光头的手慷慨激昂地说起来：

“我余拔牙跟定你李光头了，你李光头做破烂都做出了大生意，要是做上不破烂生意，不知道你会做出个什么来，做出个国家来都难说……”

“我对政权没有兴趣。”李光头摆手打断余拔牙的话。

余拔牙意犹未尽，继续激昂地说：“你的世界地图呢？上面的小圆点都还在吧？我余拔牙跟着你李光头发了大财以后，一定跑遍那些小圆点。”

李光头第二次鲲鹏展翅离开刘镇时，仍然在苏妈的点心店里吃起了肉包子。李光头咬着包子，从他的破烂衣服里掏出护照让苏妈开开眼界。苏妈惊奇地拿着李光头的护照，左看右看，又将护照上的照片和眼前的李光头比较，苏妈说：

“照片上的人还真像是你。”

“怎么叫像呢？”李光头说，“他就是我。”

苏妈继续爱不释手地看着李光头的护照，惊奇地问：“拿着这个就能出国去日本？”

“当然。”李光头说着将苏妈手里的护照取了回来，对苏妈说，“你手上都是油腻。”

苏妈不好意思地在围裙上擦起了自己的手，李光头用他的破袖管仔细擦干净护照上的油渍。苏妈看着李光头一身的破烂衣服说：

“你就穿着这身衣服去日本？”

“你放心吧，我李光头是不会给国人丢脸的。”李光头拍拍破烂衣服上的尘土说，“我到了上海就会买一身人模狗样的衣服穿上。”

李光头吃饱了肚子，走出苏妈的点心店时，想起来四年前苏妈是差点入股，觉得也应该给她一个机会。李光头站住脚，简单地说了一下再次入股的事。苏妈心里动了一下，马上想到了上次的赔本买卖，苏妈心想上次没有赔进去是她刚好去庙里烧香了。最近点心店生意好，忙得走不开，已经三个星期没去庙里烧香了。苏妈心想没有烧香，这事做不得，就摇头说这次不入股了。李光头惋惜地点点头，转过身去，雄赳赳地走向了我们刘镇的长途汽车站，第二次鲲鹏展翅了。

二十四

李光头鲲鹏展翅去了日本的东京、大阪和神户等地，北海道和冲绳岛也没有放过，他在日本晃荡了两个多月，收购了三千五百六十七吨的垃圾西装。这些垃圾西装看上去都是崭新的，都是做工十分考究，都和后来李光头身穿的意大利裁缝阿玛尼的西装一样笔挺神气。日本人把这些西装当成破烂废品卖给了李光头，李光头雇了一艘中国的货轮，把日本的垃圾西装运到了上海。李光头没敢雇日本的货轮，他说日本的货轮太贵，他说就是在日本的码头雇人将垃圾西装搬上货轮的力气钱，都比这三千五百六十七吨的垃圾西装要贵。李光头在上海的时候就把日本的垃圾西装出手了，全国各地的破烂大王们那几天里云集上海，听说把南京路上一家四星级酒店都住满了。破烂大王们个个都将现金装在麻袋里，提着麻袋在四星级酒店的大堂总台登记入住，提着麻袋挤进电梯，提着麻袋走入各自的房间。最后他们麻袋里的钱全流入到李光头这里，李光头的垃圾西装通过铁路、公路和水路发往了全国各地，全国各地的群众们都脱下了皱巴巴的中山装，穿上了李光头从日本弄来的垃圾西装。

李光头当然不会忘记刘镇的父老乡亲，他专门留下五千套垃圾西装拉回了我们刘镇。这时候穿西装已经是件时髦的事了，刘镇的男青年结婚前都要去做一身西装，都是请张裁缝做的。张裁缝做了二十多年的中山装，西装时髦了，他就做起了西装，张裁缝说简单得很，垫肩和中山装一样，改个衣领就是西装了。刘镇的男青年穿着张裁缝做的土西装，两个月以后西装就变形了，穿在身上东歪西斜了。李光头的垃圾西装运到我们刘镇时，刘镇轰动了，群众纷纷扑向了那个仓库，像是跳进河里一样，跳进了李光头的垃圾西装里，东挑西拣，寻找着自己合身的西装。群众都说这些西装新得像是没有穿过似的，价格却比旧衣服还要便宜。不出一个月，李光头拉回来的五千套垃圾西装就被抢购一空。

那些日子，李光头的李记回收公司里比茶馆还要热闹。李光头回到刘镇后，立刻又穿上那身破烂衣服了，神采飞扬地坐在那里，群众整天围着李光头，听他一遍遍讲述着日本的故事，群众百听不厌。李光头每次讲到日本的东西有多贵时，都要龇牙咧嘴一番，李光头说在日本早晨喝豆浆吃油条的钱，在我们刘镇差不多可以吃下一头猪了。那豆浆还少得可怜，不像我们刘镇的豆浆是满满一大碗，日本喝豆浆的碗比我们刘镇喝茶的茶盅还要小，那油条更是细得跟筷子似的。群众听了感慨万千，都说这个日本不能去，就是猪八戒去了也要饿成个白骨精。

"对，不能去。"李光头挥着手说，"日本那地方有钱没文化。"

"日本没文化？"群众不明白。

李光头跳起来，群众立刻给他闪开一条道，李光头走到挂在墙上专给破烂废品记账的黑板前，拿起粉笔在黑板上写一个"9"，转身问群众：

"这个念什么？"

群众说："九。"

"对。"李光头又在"9"的后面写上一个"8"，"这个念什么？"

群众说："八。"

"对。"李光头满意地点点头说，"这两个都是阿拉伯数字。"

李光头说着扔掉粉笔，坐回到原来的椅子上说："日本人连阿拉伯数字都不认识。"

"真的？"群众惊讶地纷纷张开了嘴巴。

李光头架起了二郎腿得意地说："我李光头在日本挣着钱了，我李光头就想消费一下，去哪里消费呢？当然去最洋气的地方消费；哪里最洋气呢？当然是酒吧。可是我李光头不知道酒吧在哪里，也不会说日本话'酒吧'，说中国话酒吧日本人又听不懂，怎么办？"

李光头卖起了关子，他抹着嘴巴看起了刘镇的群众，欣赏一会儿群众急切的眼神，才慢条斯理地说：

"我李光头灵机一动，想到了阿拉伯数字，日本人不懂中国字，总应该懂阿拉伯数字吧？"

群众纷纷点头。李光头继续说："我就把'98'两个数字写在手掌上，'98'念起来不就是'酒吧'吗？"

"对呀，"群众叫起来，"'98'念起来就是'酒吧'。"

"我李光头万万没有想到，"李光头说，"给十七个日本人看'98'，十七个日本人全看不懂，不知道我要干什么。你们说，日本人是不是没文化？"

"是没文化。"群众齐声喊叫了。

"可是他们有钱。"李光头最后说。

二十五

我们刘镇有身份有面子的人都穿上李光头弄来的垃圾西装，没身份没面子的也穿上了。刘镇的男群众穿上笔挺的垃圾西装后，得意之情溢于言表，都说自己像个外国元首。李光头听了这话嘿嘿笑个不停，说自己真是功德无量，让刘镇一下子冒出来几千个外国元首。再看看我们刘镇的女群众，还是穿着一身身土里土气的衣服，男群众嘲笑她们是土特产品，嘲笑之后站在商店的玻璃前看着自己西装革履的模糊样子，纷纷说早知有今日外国元首的派头，何必当初娶个土特产品。刘镇的男人里面只有李光头一个不穿西装，李光头心想再好的西装也是垃圾衣服，自己这身破烂衣服再破烂也是自己的衣服。李光头心里这么想，嘴上不是这么说，群众问他为什么还穿得这么破烂时，他谦虚地说：

“我是做破烂生意的，自然要穿破烂衣服。”

那些日本垃圾西装上都标有家族的姓氏，标在胸前内侧口袋上。刘镇的群众刚刚穿上垃圾西装的时候，对这些衣服里面的姓氏充满了好奇，整天站在大街上，掀开衣服互相看看对方穿着谁家的西装，然后嘻嘻哈哈笑个不停。

那时候赵诗人和刘作家还在做着文学白日梦，他们知道李光头弄来了一批日本西装，立刻跑到了李光头的仓库里，扎进了堆积如山的垃圾西装里，刘作家花了三个小时找到一套“三岛”西装；赵诗人也不示弱，他花了四个小时找到一身“川端”的西装。我们刘镇的两大文豪得意洋洋，见了人就掀开他们的西装，让人看看里面“三岛”和“川端”的姓氏，他们告诉刘镇的无知群众，“三岛”和“川端”可是两个了不起的姓氏，日本最伟大的两个作家就姓“三岛”和“川端”，一个叫三岛由纪夫，一个叫川端康成。他们说这些话的时候红光满面，好像他们穿上“三岛”和“川端”的西装以后，就是我们刘镇的三岛由纪夫和川端康成了。两大文豪在街上相遇时，先是互相鞠躬，然后寒暄起来。刘作家点头微笑地对赵诗人说：

“近来可好？”

赵诗人也是点头微笑：“近来还好。”

刘作家问：“近来有何诗作？”

“近来不写诗，”赵诗人说，“近来构思散文，题目有了，叫《我在美丽的刘镇》。”

“好题目。”刘作家大声赞叹，“和川端康成的名篇《我在美丽的日本》只有两字之差。”

赵诗人矜持地点点头，问刘作家：“近来有何短篇小说？”

“近来不写短篇，”刘作家说，“近来构思长篇小说了，题目也有了，叫《天宁寺》。”

“好题目。”赵诗人也是大声赞叹，“和三岛由纪夫的名作《金阁寺》也是两字之差。”

刘镇的两大文豪再次互相鞠躬，然后一东一西缓缓离去。刘镇的群众嘻嘻哈哈地看着他们，说一个小时前还看见这两个王八蛋站在一起说话，一个小时以后怎么就变成“近来”了？说这两个王八蛋好端端的互相鞠躬干什么？刘镇的老人小时候见过日本人，站出来向群众解释，说日本人见了面就是互相鞠躬，有群众指指刘作家和赵诗人的背影，很不服气地说：

“这两个明明是刘镇王八蛋，又不是日本王八蛋。”

余拔牙和王冰棍意气风发地走在我们刘镇的大街上。李光头发了日本垃圾西装财，这两个人股以后水涨船高，口袋里也有钱了。余拔牙扔掉了那本厚厚的《人体解剖学》，收起那套拔牙的行装，说他收山了，不干了，说从此以后方圆百里没有第一拔了，刘镇的父老乡亲就是牙疼疼死了，他余拔牙也将视而不见。王冰棍立刻步余拔牙后尘，也扔了冰棍箱，声称明年夏天再也见不着王冰棍卖冰棍了，刘镇的父老乡亲就是渴死了，他王冰棍学习余拔牙也是视而不见。

余拔牙穿着“松下”姓氏的西装，王冰棍穿着“三洋”姓氏的西装，游手好闲地在刘镇的大街上走来走去，两个人相遇时就会忍不住哈哈地笑，比癞蛤蟆吃了天鹅肉还要高兴。笑过以后，余拔牙就会拍拍自己的口袋，问王冰棍：

“有钱了吧？”

王冰棍也是拍拍自己的口袋说：“有钱啦。”

余拔牙小人得志地总结道：“这就叫一步登天。”

然后余拔牙好奇地询问王冰棍，穿着谁家的西装？王冰棍威风凛凛地拉开西装，让余拔牙看看内侧口袋上绣着的“三洋”。余拔牙一声惊叫：

“是三洋家的，电器大王啊！”

王冰棍笑得合不拢嘴巴，余拔牙不甘示弱地拉开了自己的西装，王冰棍往里面看了一眼，看到了“松下”两字，也是一声惊叫：

“是松下家，你的也是电器大王啊！”

“都是电器大王，你我是同行。”余拔牙挥手说，接着又补充道，“你我既是同行，也是竞争对手。”

“是啊，是啊。”王冰棍连连点头。

这时同样穿着垃圾西装的宋钢走过来了。我们刘镇是个男的都穿上西装以后，林红也跑到那个仓库里去了，花了两个小时翻拣，找到这身宋钢穿着的西装。宋钢笔挺的身材穿上笔挺的黑色西装，一路走来潇洒满刘镇。群众见了个个赞叹，说宋钢穿上西装以后，比宋玉还要风流，比潘安还要倜傥；说这个宋钢天生就是穿西装的命。余拔牙和王冰棍听了群众的赞叹，表面上跟着点头，心里实在不服气。余拔牙招手让宋钢走过来，宋钢走到他们面前，余拔牙问宋钢：

"你是谁家的？"

宋钢拉开西装说："'福田'家的。"

余拔牙看看王冰棍，王冰棍说："我没听说过。"

"我也没有听说过。"余拔牙得意地说，"和'松下'和'三洋'两家比起来，'福田'确实是无名小卒。"

"不过，"余拔牙建议道，"你如果把'福'字改成'丰'字，就是'丰田'家，那就是汽车大王啦。"

宋钢笑笑说："这'福田'穿着合身。"

余拔牙遗憾地向王冰棍摇摇头，王冰棍也摇了摇头。虽然身材和模样不如宋钢，可是身上的西装家族把宋钢的比下去了，余拔牙和王冰棍继续在大街上意气风发，走进了他们居住的小巷，走到张裁缝的铺子前站住脚。此刻的张裁缝也穿上了一身垃圾西装，茫然若失地坐在平时顾客坐的长凳上。余拔牙和王冰棍嬉笑地在门口站着，张裁缝发呆地看着他们。余拔牙笑着问张裁缝：

"你是谁家的？"

张裁缝回过神来，看清了眼前的余拔牙和王冰棍，苦笑地说："这个李光头太缺德了，弄来了这么多的进口衣服，没人请我做国产衣服了。"

余拔牙对张裁缝的苦衷不感兴趣，继续追问："你是谁家的？"

张裁缝叹息一声，摆着手说："这往后几年啊，都没人请我做衣服了。"

余拔牙不高兴了，他喊叫起来："我在问你是谁家的？"

张裁缝这才醒悟过来，拉开衣服低头一看说："'鸠山'家的。"

余拔牙和王冰棍互相看了看，王冰棍问张裁缝："是革命样板戏《红灯记》里的鸠山？"

张裁缝点点头说："就是那个鸠山。"

张裁缝没有穿着无名小卒家的西装，让余拔牙和王冰棍有些失落，王冰棍问余拔牙：

"这鸠山也算个名人吧？"

"是名人，"余拔牙说，"不过是个反面人物。"

王冰棍连连点头说："对，是个反面名人。"

余拔牙和王冰棍觉得在张裁缝这里找回面子了，两个人踌躇满志继续前行，来到了小关剪刀的铺子前。小关剪刀给自己弄了两套垃圾西装，一套黑色，一套灰色，穿上以后就不肯磨剪刀了，站在铺子门口卖弄起潇洒来，上午一套黑西装，下午一套灰西装，见了人就滔滔不绝地说话，一边说着一边轻轻掸去肩上的头皮屑，右手掸去左肩的，左手掸去右肩的。刘镇的男群众穿上垃圾西装以后，纷纷掀开衣服互相看看对方是谁家的，这样的举动立刻蔚然成风，小关剪刀这才注意到自己的两套西装都不是名人世家，小关剪刀为此郁闷了好几天，又焦急了好几天，然后自己动手摘下胸口的两个无名家族，绣上去了"索尼"和"日立"。他不知道索尼和日立不是姓氏，只知道索尼和日立的家电赫赫有名。当余拔牙和王冰棍意气风发地走过来时，身穿黑色"索尼"西装的小关剪刀骄傲地迎了上去，抢先问他们：

"你们是谁家的？"

"'松下'家。"余拔牙拉开自己的西装给小关剪刀看看，又指指王冰棍的西装说，"他是'三洋'家。"

"不错，"小关剪刀赞赏地点点头，"家境都不错。"

余拔牙嘿嘿笑着问："你的家境呢？"

"也不错，"小关剪刀拉开自己的西装，"'索尼'家的。"

“你也是电器大王啊！”余拔牙叫了起来。

小关剪刀举起大拇指往身后指了指，得意地说：“我的柜子里还挂着一套‘日立’家。”

王冰棍惊叫起来：“你自己是自己的同行啊？”

余拔牙补充道：“也是自己和自己的竞争对手。”

“说得对，”小关剪刀很满意余拔牙的话，他拍拍余拔牙的肩膀说，“这叫挑战自我。”

余拔牙和王冰棍笑呵呵地离开了小关剪刀的铺子，来到了童铁匠这里。童铁匠穿着一身深蓝色西装，西装外面挂着他标志性的围裙，围裙上布满了火星飞溅出来的小孔。童铁匠穿着西装打铁，让余拔牙和王冰棍看傻了眼，王冰棍轻声问余拔牙：

“西装也能当工作服？”

“西装就是工作服，”童铁匠听到了，大声说着放下手里的铁锤，“电视里的外国人都是穿着西装上班。”

“是啊，”余拔牙立刻教导起王冰棍来了，“西装就是外国人的工作服。”

王冰棍看看自己的西装，有些失落地说：“原来我们穿着的都是工作服。”

余拔牙没有失落，他兴致勃勃问童铁匠：“你是谁家的？”

童铁匠从容不迫地取下围裙，拉开自己的西装说：“‘童’家的。”

余拔牙吃了一惊：“日本也有姓童的？”

“什么日本也有姓童的，”童铁匠说，“这是老子自己的姓。”

余拔牙糊涂了，他说：“我看见上面绣着一个‘童’字？”

“自己绣上去的，”童铁匠骄傲地说，“我让老婆拆了原来的日本姓，绣上自己的中国姓。”

余拔牙和王冰棍明白了，余拔牙点着头说：“自己的姓好是好，就是没有名气。”

童铁匠鼻子里哼了一声，套上围裙不屑地说：“你们这些人，穿上外国衣服就忘记了自己的祖宗，一点骨气都没有。为什么抗战时期出了这么多的汉奸？看看你们这些嘴脸就知道了。”

童铁匠说着举起铁锤狠狠地砸铁了。余拔牙和王冰棍自讨没趣，转身走出了童铁匠的铺子。余拔牙生气地对王冰棍说：

“他妈的，他有骨气，他就别穿日本西装啊……”

“是啊，”王冰棍说，“这不是既要做婊子又要立牌坊吗？”

我们的县长也穿上了垃圾西装，县长的西装里绣着“中曾根”，当时的日本首相叫中曾根康弘。县长听说了李光头弄来的日本西装，他看着县政府里的人穿上后一个个人模狗样，自己也想弄一套，就让陶青陪同着到李光头的仓库里去看看。县长弄了这套“中曾根”的西装，陶青弄了一套“竹下”西装。县长穿上“中曾根”以后觉得十分合体，就像是专门给他量身定制的，他对着镜子把自己看了又看，心想真是不看不知道，越看越觉得自己与中曾根康弘有几分相像。县长当然不会像余拔牙和王冰棍那样张扬，不会主动出示他西装内侧口袋上的“中曾根”，当县长脱下西装架在椅子上时，别人才无意中看到“中曾根”，不由叫了起来：

“县长，您穿的是日本首相家的西装啊！”

县长心里高兴，脸上还是不以为然，他摆摆手说：“巧合，纯属巧合。”

当时陶青也在场，陶青心里很不是滋味。这套“中曾根”是他先发现的，他正要拿起来试穿时，看到县长瞪了他一眼，陶青不敢去拿“中曾根”了，县长立刻拿了过去。陶青眼睁睁看着“中曾根”套到县长身上去了，心里一百个不高兴，脸上还要赔着笑容，嘴里还要一声声夸奖县长穿上“中曾根”如何合体合身。为了不暴露自己的政治野心，陶青随手拿了一套“竹下”穿在身上。此后陶青每天起床穿上“竹下”时，都会念念不忘那套“中曾根”。没想到半年以后，中曾根康弘不是日本首相了，日本首相的名字叫竹下登了。这时县长也调走了，陶青升任为县长。当上了县长的陶青站在镜子前看着自己身上的“竹下”西装，浮想联翩感慨万分，他自言自语：

“真是天意啊。”

二十六

李光头在垃圾西装上发了一笔大财后，首先想到了宋钢。李光头觉得自己修成正果了，觉得这时候应该把宋钢拉进来了，兄弟两人携手并进共创伟业。李光头翻箱倒柜，找出当年初任厂长时，宋钢为他织的毛衣，第二天一早穿在身上，敞开了他的破烂上衣，露出里面毛衣上的“远大前程船”，大摇大摆地走在我们刘镇的大街上。李光头威风凛凛地来到宋钢的家门口，自从上次拿着结扎证明来过一次，他已经很多年没有来过了。李光头站在那里，看着宋钢和林红的身影在窗前一晃，两个人开门出来了，李光头兴奋地拉开自己的破烂上衣，满腔热情地对宋钢说：

“宋钢，你还记得这件毛衣吗？你还记得这艘‘远大前程船’吗？宋钢，让你说中了，我终于有自己的远大事业了；宋钢，我已经是这艘‘远大前程船’的船长了；宋钢，你来做‘远大前程船’的大副吧……”

宋钢开门看见李光头时吃了一惊，他没想到李光头一早就站在他的家门口。这几年他和李光头没有说过一句话，就是街上相遇也不到十次，每次他都是骑车迅速离去。当李光头叫嚷着什么“远大前程船”时，宋钢不安地扭头去看林红，林红倒是神态自若。宋钢低头推出了自行车，跨上去以后低头等着林红坐上来，林红侧着身子坐了上去。

李光头继续满腔热情地说：“宋钢，我昨晚一夜没睡好，想来想去，你做人太忠厚容易上当，你做不了别的工作，你只能管财务。宋钢，你要是来管财务，我就一百个、一千个、一万个放心啦！”

宋钢蹬起自行车的时候开口说话了，他冷冷地对李光头说：“我早就对你说过，你该死心了。”

李光头听了这话像个傻子一样了，他没想到宋钢这么无情无意，他愣了一会儿，随后冲着宋钢离去的背影破口大骂了：

“宋钢，你这个王八蛋，你他妈的听着，上次是你和我一刀两断，这次是我和你一刀两断，从此以后我们不是兄弟啦！”

李光头伤心了，他冲着宋钢和林红离去的自行车最后喊道：“宋钢，你这个王八蛋，你把我们小时候的事忘光啦？”

宋钢骑车离去时听到了李光头所有的叫骂，最后一句“你把我们小时候的事忘光啦”，让宋钢一下子眼圈红了。宋钢无声地骑车而去，坐在后面的林红也是一点声音没有。宋钢努力做出来对李光头的无情无意，全是为了林红，林红没有反应，宋钢不安了，骑车拐弯以后，宋钢轻轻叫了几声：

“林红，林红……”

林红“嗯”了一声，轻声说：“这李光头也是一片好意……”

宋钢更加不安了，他声音沙哑地问林红：“我刚才说错了？”

“没说错。”

林红说着双手搂住了宋钢的腰，脸贴在宋钢的后背上。宋钢放心了，长长地吐了一口气，他听着林红在后面说：

“他再有钱，也是个捡破烂的，有什么了不起！我们怎么说，也是有国家工作的，他没有国家工作，以后很难说。”

李光头在宋钢那里碰了一鼻子灰，回头想到了福利厂的十四个忠臣。他去民政局找了陶青局长，这时的陶青马上就要当上县长了，他自己还不知道。他正在为福利厂的年年亏损伤透脑筋。李光头见了陶青，开口就说要把福利厂买下来，陶青一怔，不知道李光头是真是假。李光头用动人的声调说，这十四个瘸傻瞎聋虽然不是自己的亲人，可是胜似自己的亲人。陶青心里一阵窃喜，这个福利厂已经是民政局最大的包袱了，甩都甩不出去，李光头竟然要掏钱买下来。两个人一拍即合，握手成交。李光头买下了福利厂以后，重新装修后把福利厂改造成了“刘镇经济研究所”，门口的牌子也换了。没过几天，李光头觉得“所”这个字太土了，他去过日本，就把“所”改成了“株式会社”，于是福利厂门口的牌子又换成了“刘镇经济研究株式会社”。李光头给十四个忠臣一一发放了聘书，聘请瘸子正厂长为会长，瘸子副厂长为副会长，其他十二个都是高级研究员，全体享受大学教授待遇。瘸子会长和瘸子副会长拿到聘书后分外激动，知道从此以后李光头把他们养起来了，两个会长眼泪汪汪地问李光头：

“李厂长，我们研究什么？”

“研究象棋。”李光头说，“你们两个还能研究什么？”

“知道了。”两个会长点点头，继续问，“株式会社里的十二个高级研究员研究什么？”

“十二个高级研究员？”李光头想了想后说，“四个瞎子研究光明，五个聋子研究声音，三个傻子研究什么？他妈的，就让他们去研究进化论吧。”

李光头安置好了十四个忠臣以后，又自己出钱从省里请来了两个园艺师，雇用人手在县政府的大门外铺上草皮，种上鲜花，还建造了一个喷泉。县政府的大门口立刻成了我们刘镇群众的旅游景点，每到傍晚或者周末，刘镇的群众就会扶老携幼地来到县政府的大门外，面对美景赞叹不已。上级领导下来视察时，看到以前的破烂废品山变成了绿草鲜花和喷泉，也忍不住在大门口站上一会儿，夸奖一会儿。县里的领导十分高兴，我们那个穿着“中曾根”西装的县长亲自去拜访李光头，代表县政府和全县人民感谢李光头。李光头不仅没有小人得志，反而十分惭愧地拉着县长的手，接二连三地向县长和县政府以及全县人民道歉，说自己以前不该在县政府大门外堆起破烂大山，他现在出钱铺草皮种鲜花建喷泉就是为了弥补自己的过错。

李光头成了我们县领导眼中的红人，他当上了县人大代表。半年以后，县长换成"竹下"西装的陶青后，李光头更上一层楼，当上了县人大常委。李光头发财以后仍然是衣衫褴褛，就是参加县人民代表大会时，他也是一身破烂衣服，像个要饭的乞丐那样走上主席台去发言了。陶青县长实在看不下去了，在大会上发言时顺便要求李光头注重仪表。陶青县长说完话，刚刚发言结束走下去的李光头，一身破烂又走上了主席台，全体人大代表以为他要当场表态：以后不穿破烂衣服了。没想到李光头一张嘴语惊四座，他首先解释自己为什么穿得如此破烂，他说没钱时要艰苦奋斗，有钱了更要艰苦奋斗，他指着自己的破烂衣服说：

"我这是远学春秋时期越王勾践卧薪尝胆，近学'文革'时期贫下中农忆苦思甜。"

到了年底，李光头把余拔牙和王冰棍叫到自己回收公司的办公室，说今年收成不错，分红也不错。余拔牙入了两千元是两份，王冰棍入了一千元是一份，余拔牙分红得到两万元，王冰棍得到一万元。当时还没有一百元的钞票，当时最大的钞票是十元。李光头将厚厚的二十沓钞票推到余拔牙面前，又将厚厚的十沓钞票推到王冰棍面前。这两个人互相看来看去，不敢相信这是真的。李光头靠在椅子里，像是看电影一样，嘿嘿笑着看他们。

余拔牙和王冰棍嘴里念念有词算了又算，自己的钱入股还不到一年，一下子翻了十倍。余拔牙和王冰棍继续傻笑，余拔牙喃喃地说：

"两千元赚了两万元，做梦也想不到啊。"

"不是赚了，是分红。"李光头纠正余拔牙的话，"你们两个是我的股东，以后年年都要分红给你们。"

王冰棍梦游似的问："我每年都能拿一万元？"

"不一定，"李光头说，"你明年很可能分到五万元。"

王冰棍中弹似的浑身一抖，差点从椅子里栽下去。余拔牙目瞪口呆地问："我是不是十万元了？"

"当然，"李光头点头说，"王冰棍五万元，你就是十万元。"

余拔牙和王冰棍的脸上再次出现了怀疑的表情，两个人互相看着，心想天底下哪里有这么好的事？王冰棍小心翼翼地问余拔牙：

"是真的吧？"

余拔牙点点头，又摇摇头说："不知道。"

李光头哈哈地笑了，他说："你们掐一下自己的手，疼就是真的，不疼就是假的。"

两个人急忙掐起了自己的手，余拔牙掐着自己的手问王冰棍："你疼了吗？"

王冰棍紧张地摇摇头说："还没疼。"

余拔牙也紧张了，他说："我也没疼。"

李光头捧着肚子大笑，他喊叫道："老子肚子都笑疼了，你们的手还没掐疼，拿过手来，老子替你们掐。"

余拔牙和王冰棍急忙将手递给李光头，李光头一手抓住一个，使劲一掐，两个人同时惊叫了：

"疼啦！"

余拔牙喜出望外地对王冰棍说："是真的。"

王冰棍更是喜形于色，他伸手给余拔牙看："血都掐出来啦。"

余拔牙和王冰棍这两张嘴就是我们刘镇的人民广播电台，两个人丰收以后喜气洋洋，见了刘镇的群众就要广播他们的发财故事。别人听了羡慕不已，童铁匠、张裁缝和小关剪刀听了就是愁眉不展了。那些天里，张裁缝和小关剪刀天天聚在一起，埋怨童铁匠，后悔当初没有入股。两个人你一言我一语，说到后来变成了童铁匠阻止他们入股。他们说要是没有那个童铁匠出来阻挠，他们现在和余拔牙王冰棍一样风光了，甚至更加风光。两个人事后诸葛亮，说他们当时肯定是变卖家产，换了现金全部入到李光头的破烂事业里去了。童铁匠知道这两个王八蛋天天在交头接耳地骂自己，他假装不知道，他坐在自己的铺子里，也是追悔莫及，心想第一次不该入股时他入了，第二次该入股时他又不入了，自己真是瞎了眼。童铁匠坐在那里摩拳擦掌，把一肚子的气全出在十根手指上了。后悔的还有苏妈，李光头第二次鲲鹏展翅离开刘镇时，问过苏妈要不要加入。眼看着财富就要滚滚而来了，苏妈想到已经很久没去庙里烧香，就摇头拒绝了。苏妈后来每次想起这事就会感叹，当时要是去庙里烧香了，自己肯定会加入，苏妈逢人就说：

“没去庙里烧香，就是不灵。”

从日本回来以后，李光头知道自己的破烂事业已经达到顶峰，再做下去就要走下坡路了。李光头开始了新的事业，他首先开了一家服装厂，李光头念旧情聘用张裁缝为技术副厂长，张裁缝感激涕零，胸前挂着一条皮尺，第一个上班，最后一个下班，兢兢业业在车间里严把质量关。服装厂稍有起色后，李光头再接再厉，又开了两家饭店和一家洗浴中心，还弄起了房地产。到了第二年的年底再次分红时，余拔牙和王冰棍果然分别拿到了十万元和五万元的红利，这次两个人不再惊心动魄了，两个人的嘴脸好像这是他们意料之中的，来的时候就各自提着一个旅行袋，往旅行袋里装钞票时的表情，像是往米缸里倒米一样轻松。

李光头坐在椅子里，看着余拔牙和王冰棍从容不迫地将一沓沓钞票装进旅行袋，李光头对他们的表情很满意，夸奖他们：

“你们成熟了。”

余拔牙和王冰棍矜持地笑了笑，然后安静地坐在那里。李光头低头沉思了一会儿，抬起头来对他们说：

“古人云‘行商坐贾’，生意做到坐下来的时候才是‘贾’，才真正做成大生意了，跑来跑去的只能做小生意，只是‘商’。”

李光头告诉余拔牙和王冰棍，现在是家大业大，破烂生意还在做，服装厂工人越招越多，两家饭店一家洗浴中心生意红红火火，还有房地产项目好几个，自己整天像个货郎似的东奔西跑，每天都要去各处看看。他说现在还跑得过来，以后要是有了四十个甚至四百个产业，就是买进来一架F-16战斗机当运输工具，他也跑不过来了。他本来以为自己做成大生意了，仔细一想自己还是个“行商”。李光头说着挥挥手，站起来斩钉截铁地向余拔牙和王冰棍宣布：他决定做一个“坐贾”，决定学习秦始皇统一中国的做法，成立一家控股公司，把所有的产业全部注入到控股公司里，他以后就坐在公司里“贾”了，以中央集权的方式办公，偶尔去下面各处看看就行了。李光头看到余拔牙和王冰棍连连点头，问他们：

“你们知道秦始皇为什么要统一中国吗？”

两个人互相看看后摇着头说：“不知道。”

“这是因为，”李光头得意地说，“这王八蛋想做大生意，这王八蛋不想做‘行商’了，这王八蛋想做一个‘坐贾’。”

余拔牙和王冰棍听得热血沸腾，两个人问李光头：“你‘贾’了以后，我们是什么？”

“你们就是控股公司的股东兼董事，”李光头指指自己说，“我是董事长兼总裁。”

余拔牙和王冰棍互相看着哈哈地笑，王冰棍笑逐颜开地问李光头：“我们有没有董事名片？”

“当然有，”李光头一时高兴地说，“你们还想要什么职位的话，可以考虑给你们加一个副总裁。”

“要！”余拔牙喊叫起来，他对王冰棍说，“多一个职位总比少一个职位好。”

“是啊，”王冰棍点点头，又去问李光头，“还有什么职位可以给我们？”

“没有啦，”李光头生气了，“哪有这么多的职位给你们。”

看到李光头生气了，余拔牙赶紧推推王冰棍，责备王冰棍：“做人不能贪得无厌。”

余拔牙和王冰棍有了董事副总裁的头衔以后，名片发得比李光头的还快。这两个人站在我们刘镇的大街上，像是发送广告似的，见了人就发出一张自己的名片。

童铁匠和小关剪刀也拿到了他们的名片，张裁缝投靠李光头以后，小关剪刀没有朋友了，只好和童铁匠重建友谊。小关剪刀手里拿着余拔牙和王冰棍的名片，对童铁匠说，这两个王八蛋小人得志乱发名片，连刘镇的鸡鸭猫狗都有他们的名片了。

精明能干的童铁匠是我们刘镇最早步李光头后尘致富的人，童铁匠眼看着我们刘镇群众的生活越来越好，眼看着乡下的农民越来越富，他知道继续打铁是没有出路了。他不再给城里群众打铁做菜刀了，也不再给乡下农民打铁做镰刀锄头了，有一天他的打铁铺子突然没了，变成了一家专卖各类刀具的商店。

童铁匠不抽烟不喝酒，精神抖擞地站在柜台后面，看他那双打铁的大手又粗又笨，可是数起钞票来比银行的职员还要利索，他飞快地用手指蘸一下口水，飞快地数着钞票，都能去和银行的点钞机比赛了。

小关剪刀的顾客也是越来越少，童铁匠的刀具店一开，他就更没有顾客了。小关剪刀非常生气，认为童铁匠砸了他的饭碗，从此断绝了和童铁匠的交往，两个人的友谊又没有了。

童铁匠的刀具店生意逐渐红火起来时，小关剪刀彻底没有生意了，只好关了磨剪刀的铺子，整天在大街上游手好闲。同样游手好闲的余拔牙和王冰棍经常在大街上和小关剪刀相遇，这三个人又像从前那样聚到了一起。小关剪刀咬牙切齿地骂童铁匠，先骂童铁匠如何阻挠他入股李光头，后骂童铁匠如何抢了他的生意，逼迫他关掉了祖宗三代创建起来的磨剪刀铺子，让他没有了事业流落街头。

余拔牙和王冰棍对小关剪刀的处境十分同情，王冰棍向余拔牙建议："是不是到李总那里说说，给小关剪刀一份工作？"

"何须李总，"余拔牙说，"我们两个是副总，别的工作不敢说，看守大门的工作，我们两个可以安排小关剪刀去做。"

"让老子看守大门？放屁。"小关剪刀一听余拔牙的话火就上来了，"老子当初若不是一念之差，现在也是董事副总裁，排名还在你们两个前面。"

小关剪刀说着气呼呼地走了，王冰棍惊讶地看看余拔牙，余拔牙不以为然地摆摆手说：

"狗咬吕洞宾，不识好人心。"

小关剪刀痛定思痛，既然在刘镇混不下去了，何不出去闯荡一番？想到李光头第一次出去闯荡，到了上海血本无归；第二次出去闯荡，到了日本腰缠万贯。小关剪刀心想要闯荡就应该越远越好，小关剪刀收拾好行装，沿着我们刘镇的大街走向长途汽车站。

这时候春暖花开了，小关剪刀背着包拉着箱子豪情满怀地走去，他的父亲老关剪刀拄着拐杖可怜巴巴地跟在后面。小关剪刀走去时留下一路的豪言壮语，说他这次出去闯荡世界比李光头走得远看得广，说他回来时比李光头见识丰财富多。老关剪刀跟不上他的步伐，距离越拉越远，疾病缠身的老关剪刀一声声哀求儿子别走了，老关剪刀嘶哑地喊叫：

"你不是有钱人的命，别人出去能弄到钱，你出去弄不到钱。"

小关剪刀对老关剪刀的喊叫充耳不闻，他意气风发地向我们刘镇的群众挥手说再见，我们刘镇的群众以为他要去欧洲美国了，纷纷为他叫好，向他打听是先去欧洲，还是先去美国？小关剪刀的回答让群众大失所望，他说：

“先去海南岛。”

群众说：“海南岛还不如日本远。”

“是不如日本远，可是，”小关剪刀说，“比起李光头第一次去的上海，还是远多了。”

小关剪刀坐上的长途汽车驶出了刘镇的车站，老关剪刀才蹒跚走到，他双手拄着拐杖，看着汽车驶去时卷起的滚滚尘埃，老泪纵横地说：

“儿子啊，命里只有八斗米，走遍天下不满升……”

这时候的李光头也离开了刘镇，他去的是上海。他仍然穿着那身破烂衣服走向长途汽车站，他身后跟着一个提包的年轻人，像是他的随从。有一个群众见了，问李光头身后的年轻人是谁？李光头回答是他的司机。那个群众笑了又笑，逢人就说李光头雇用了一个司机，可是没有汽车，李光头和他的司机坐着长途汽车去上海了。

几天以后李光头回来了，他没有坐长途客车，他在上海买了一辆红色的桑塔纳轿车，他有专车了。司机开着李光头的专车，驶进了我们刘镇，停在了百货公司的门前。李光头从他的桑塔纳专车里出来时，身穿一身黑色的意大利阿玛尼西装，那身破烂衣服扔在上海的垃圾桶里了。

李光头走出桑塔纳轿车的时候，群众没有立刻把他认出来，群众已经习惯了李光头的破烂衣服，突然换上了阿玛尼西装，群众不习惯了，况且那年月坐轿车的都是领导同志。群众纷纷猜测起来，这个西装革履的重要人物究竟是谁？觉得他亮闪闪的光头似曾相识，一时又想不起来，可能在电视里见过，是不是市里来的领导？是不是省里来的领导？就在群众觉得李光头可能是来自北京的领导时，手腕上还戴着格林尼治时间的花傻子走过来了，响亮地叫上一声：

“李厂长。”

群众惊讶万分，他们恍然大悟地说：“原来是李光头啊！”

有一个群众补充道：“这人的脸真像是李光头的脸！简直是一模一样啊！”

二十七

我们刘镇天翻地覆了，大亨李光头和县长陶青一个鼻孔里出气，两个人声称要拆掉一个旧刘镇，创建一个新刘镇。群众说这两个人是官商勾结，陶青出红头文件，李光头出钱出力，从东到西一条街一条街地拆了过去，把我们古老的刘镇拆得面目全非。整整五年时间，我们刘镇从早到晚都是尘土飞扬，群众纷纷抱怨，说吸到肺里的尘土比氧气还多，脖子上沾着的尘土比围巾还厚；说这个李光头就是一架 B-52 轰炸机，对我们美丽的刘镇进行地毯式轰炸。我们刘镇的一些有识之士更是痛心疾首，说《三国演义》里有一个故事发生在刘镇，《西游记》里有一个半故事发生在刘镇，《水浒传》里有两个故事发生在刘镇，现在都被李光头拆掉了。

李光头拆掉了旧刘镇，建起了新刘镇。也就是五年时间，大街宽广了，小巷也宽敞了，一幢幢新楼房拔地而起，群众脖子上的尘土没有了，吸到肺里的氧气也多起来了。群众还是抱怨，说从前的房子虽然旧和小，那是国家分配自己去住；现在的房子虽然大和新，那是要花钱向李光头去买。俗话说兔子不吃窝边草，这个李光头黑心烂肝，把窝边的草儿吃得一根不剩，赚的全是父老乡亲的钱。刘镇的群众继续抱怨，说现在的钱已经不是钱了，现在的一千元还不如过去的一百元。刘镇的老人抱怨街道变宽了，中间都是汽车自行车，喇叭从早到晚响个不停，从前的街道虽然窄，两个人站在两端说上一天的话也不累，如今站在两端说话谁也听不到，站到一起了说话还是要喊叫。从前只有一家百货公司一家布店，如今超市商场七八家，服装店更是雨后春笋般冒了出来，街道两旁的门面里挂满了男男女女五颜六色的衣服。

我们刘镇的群众眼睁睁地看着李光头富成了一艘万吨油轮。你去我们刘镇最豪华的餐馆吃饭，是李光头开的；你去最气派的澡堂洗澡，也是李光头开的；你去最大的商场购物，还是李光头开的。我们刘镇群众胸前吊着的领带、脚上穿着的袜子、内衣内裤、皮衣皮鞋、毛衣大衣、西裤西服都是国际名牌，都是李光头的产品，李光头代理了二十多家国际名牌服装的加工业务。我们刘镇群众住的房子是李光头开发的，吃的蔬菜水果是李光头提供的。这个李光头还买下了火化场和墓地，刘镇的死人群众也得交给李光头。李光头为我们刘镇群众从吃到穿、从住到用、从生到死，提供了托拉斯一条龙服务。谁都不知道他做的生意究竟有多少。谁也不知道他一年究竟挣多少。他曾经拍着胸脯说，整个王八蛋县政府都是靠他交的王八蛋税来养活的。有人阿谀奉承，说李光头是我们全县人民的GDP。李光头听了十分满意，他点着头说：

“我确实是那个王八蛋GDP。”

余拔牙和王冰棍也跟着油光满面。王冰棍好吃懒做整天晃荡在大街上，愁眉苦脸地说着自己不会花钱，说自己是天生的穷人命，钱多得数都数不清了，可是他不知道怎么花。余拔牙有了钱以后就没有了踪影，他一年四季都在外面游山玩水，五年时间把全中国跑遍了，现在他跟随着旅游团开始跑全世界了。福利厂的十四个瘸傻瞎聋，摇身一变成了十四个高级研究员，从此养尊处优，吃吃喝喝睡睡，刘镇的群众说他们是十四个纨绔子弟。

这时候我们刘镇五金厂破产倒闭了，刘作家下岗了，宋钢也下岗了。刘作家百感交集，没想到世界变得这么快，捡破烂的李光头成了刘镇的巨富，捧着铁饭碗的自己失业后走投无路。他在街上见到同样失业的宋钢惺惺相惜，他拍着宋钢的肩膀突然想起了什么，他说：

“怎么说，你也是李光头的兄弟……”

刘作家趁势骂起了李光头，说世上还有这种没心没肺的人，发财以后管起了别人的闲事，不管自己的兄弟。余拔牙和王冰棍就不去说了，福利厂的十四个瘸傻瞎聋也跟着李光头混成了十四个刘镇贵族，自己的兄弟穷得没饭吃了，这个李光头反而不管不顾，假装不知道，假装没看见。刘作家借题发挥地说：

“李光头和你宋钢，好比是朱门酒肉臭，路有冻死骨。”

“我不是冻死骨，”宋钢冷冷地说，“李光头也不是酒肉臭。”

宋钢失业那天仍然像往常一样，傍晚时骑车来到了针织厂接林红。这辆永久牌自行车跟随宋钢十多年了，宋钢十多年里风雨无阻地接送林红。这时候针织厂的女工早就有自己的自行车了，而且都是外国名字的牌子，很多人都骑上了电动自行车，我们刘镇的商场里已经没有永久牌自行车卖了。林红和宋钢虽然生活不富裕，家里的彩电、冰箱和洗衣机早就应有尽有，买一辆新的自行车不算什么了。林红一直没有给自己买一辆自行车，是因为十多年来宋钢和他的永久牌每天忠诚地接送她。林红知道永久牌旧了，样式也老了，其他女工骑着样式新颖的自行车和电动车远去时，林红仍然跳上永久牌的后座，仍然搂住这个骑车男人的腰，仍然甜蜜地微笑着。她已经不是十多年前拥有专车时的幸福了，她的幸福是这个男人和这辆永久牌十多年的忠心耿耿。

宋钢扶着他的老式永久牌站在针织厂的大门口，这个刚刚失业的男人身披落日的余晖，目光凄凉地看着工厂铁栅栏门里黑压压的女工。下班的铃声响起，铁栅栏门打开以后，几百辆自行车、电动车和轻骑比赛似的冲了出来，铃声和喇叭声响成一片。这巨浪似的车流过去以后，宋钢看到了林红，仿佛是被海浪遗忘在沙滩上的珊瑚，林红在工厂空荡荡的路上独自一人走来。

刘镇五金厂破产倒闭的消息顷刻之间传遍全城，林红是在下午的时候听说的，当时心里一沉，她的心情沉重以后再也没有轻松回来，她不是担心宋钢的失业，她担心的是宋钢如何去承受。林红走出了工厂的大门，走到宋钢身旁，仰脸望着一脸苦笑的丈夫，宋钢嘴巴动了一下，准备告诉林红他失业了。林红没有让他把话说出来，抢在前面说了：

“我已经知道了。”

林红看到宋钢的头发上有一小片树叶，心想他是骑车赶来时穿过树下挂上的，林红伸手摘下了宋钢头发上的树叶，微笑地对宋钢说：

“回家吧。”

宋钢点点头转身跨上了自行车，林红侧身坐在了后座上。宋钢骑着他的老式永久牌在我们刘镇的大街上嘎吱嘎吱响着，林红双手抱住他的腰，脸贴在他的后背上。宋钢感到林红的双手比往常更加热烈地抱住他，林红的脸蛋比往常更加亲密地贴着他，宋钢微笑了。

回到了家中，林红走进厨房做起了晚饭。宋钢将自行车翻过来支在门口的地上，他拿出工具先是卸下了两个车轮，又卸下两个脚踏板和中间的三角架，宋钢将自行车全部拆卸下来，整齐地摆在地上，自己坐在小凳子上拿着一块抹布，开始仔细擦拭起了自行车的每一个部件。这时天色暗下来了，路灯亮了，林红做好了晚饭，走到门口叫宋钢进去吃饭，宋钢摇摇头说自己不饿，他对林红说：

“你先吃。”

林红端着饭碗搬了把椅子也坐到了门口，一边吃饭一边看着坐在路灯下的宋钢，宋钢熟练地擦拭着自行车的部件，这样的情景她已经很熟悉了，她以前经常说宋钢对待自行车像是对待自己的孩子，这样的话她不知道说过多少次了。现在她又说了，宋钢嘿嘿地笑了，将擦拭干净的部件组装起来时，他告诉林红，他明天就要去寻找新的工作，他不知道新找到的是什么工作，是在什么时间上班和什么时间下班。他说以后不能再接送她了……宋钢说到这里站了起来，挺直了有些僵硬的腰，对林红说：

“你以后要自己骑车上下班了。”

林红点点头说：“嗯。”

宋钢将仔细擦拭干净的自行车重新组装后，在轴承上抹上机油，用抹布擦干净自己的手，骑上去在屋门前转了两圈，没有再听到嘎吱嘎吱的响声，他满意地跳下车，又将座位压低了。然后他将老式永久牌推到了林红面前，让她骑上去试一试。林红已经吃完饭了，她手里端着给宋钢准备的饭菜。宋钢接过饭菜的时候，林红接过了自行车。宋钢在刚才林红坐的椅子里坐下来，一边吃着晚饭，一边看着林红在路灯下跨上自行车骑了起来。林红在宋钢面前骑了三圈，她说感觉很好，说这十多年的永久牌骑起来像是新车一样。宋钢发现问题了，他起身将饭碗和筷子放在椅子上，林红从自行车上下来后，宋钢再次将座位压低了，再次让林红坐上去试试，看到林红坐在车座上双脚同时踮着地，宋钢放心地点点头，他嘱咐林红：

“你捏住刹车的时候，双脚一定要踮地，这样你就不会摔倒。”

二十八

这时候宋钢和林红原来的家拆掉了，他们搬到了街边新楼房的第一层；苏妈的点心店也从汽车站搬了过来，就在林红家的对面；拆迁搬过来的还有赵诗人，住在第二层，就在林红宋钢家的楼上。赵诗人故意把自己的床放在他们床的上面，夜深了人静了，赵诗人就躺在床上凝神细听，想听一些鸳鸯戏水的云雨之声，什么都没有听到，赵诗人趴到地上，耳朵贴着水泥去听，还是什么都没有听到。赵诗人心想天底下还有什么声响都没有的床上夫妻？宋钢和林红结婚这么多年了，一直没有孩子，赵诗人觉得问题一定出在宋钢身上，他断定宋钢是个性无能。赵诗人悄悄把自己的想法告诉了刘作家，然后说：

“这对夫妻晚上睡在床上像是两把无声手枪。”

宋钢下岗失业以后自寻出路去做了搬运工，在我们刘镇的码头扛大包，把船上的货物扛到岸上的仓库里，又把岸上仓库里的货物扛到船上。宋钢拿的是计件工资，扛的大包越多，挣的钱也越多。在码头到仓库的那条一百多米的街道上，宋钢卖命地扛着大包来回奔走，别人也就是扛上一包，宋钢常常一口气扛上两包。坐在街边聊天的老人，每天都听着宋钢拉风箱似的呼吸声，“呼哧呼哧”地响了过去，又“呼哧呼哧”地响了过来。汗水浸湿了宋钢的衣裤，看上去像是刚从河水里爬上来一样，宋钢的球鞋里也都是汗水，扛着大包来回奔走时，两只球鞋也在“叽咕叽咕”地响着。我们刘镇的几个老人摇头说：

“这个宋钢啊，要钱不要命。”

宋钢的工友们扛着大包跑上三四个来回，就会喘着粗气一个个坐到了河边的石阶上休息了，他们喝着水，抽着烟，说上半小时的话，才起身重新去扛大包。宋钢从来没有在河边的石阶上坐下来，他要扛上七八个来回，直到自己脸色惨白嘴唇哆嗦，身体也摇晃了，他知道自己快不行了，他把肩上的大包放进船里，踏着跳板走到岸上，看到坐在石阶上的工友向他招手，他觉得自己已经没有力气走到十米远的石阶那里，他下了跳板立刻倒在地上。他的休息就是直挺挺地躺在潮湿的草地上，青草从他的脖子和衣领之间生长出来，河水在他的胳膊旁边荡漾，他双眼紧闭，剧烈的呼吸让他的胸脯急促地起伏着，里面的心脏似乎像拳头一样捶打着他的胸口。

宋钢躺在地上休息可以更快地恢复体力，他每次直挺挺躺下时，坐在不远处石阶上的工友们就要嘿嘿地笑，说宋钢是拼命三郎。那时的宋钢累得听不到他们在说些什么了，他只觉得天旋地转，紧闭的双眼一团漆黑，直到眼皮在阳光的照射下重新明亮起来，胸口的呼吸平稳了，这时候也就是休息了十来分钟，他听到了工友在叫他的名字，他缓缓地从地上爬起来，看到还在休息的几个工友向他招手，向他举起了水杯，还有一个举着香烟要扔给他，他轻轻笑着摆摆手，走到码头的自来水龙头前，拧开水龙头喝下一肚子水，随后又扛起两个大包奔走起来了。

宋钢干了两个多月的搬运活，他挣的钱比工友们多两倍，比以前在五金厂的铁饭碗工资多四倍。宋钢第一次把工资交给林红的时候，林红吃了一惊，她没有想到宋钢干搬运活会挣这么多的钱，她数着钱对宋钢说：

“你现在一个月挣的比以前四个月还多。”

宋钢微微一笑地说：“其实下岗也没什么不好。”

林红知道这是宋钢拼了命挣来的钱，她劝宋钢不要这么拼命，她说：“钱多钱少都能活下去。”

宋钢每天傍晚回家时，都是耷拉着脑袋，而且脸色灰白，累得仿佛说话的力气也没有了，吃过晚饭以后倒头就睡。以前的宋钢睡着以后十分安静，只有均匀的呼吸声，现在的宋钢睡着后鼾声如雷，中间还夹杂着沉重的叹息声。有几次把林红吵醒了，林红醒来以后就睡不着了，听着宋钢杂乱的鼾声和偶尔响起的喊叫声，林红忧心忡忡，觉得宋钢在睡梦里都是疲惫不堪。

到了早晨，宋钢醒来后又生机勃勃了，脸色也红润起来，林红又放心了。宋钢笑容满面地吃过早饭，提着午餐的饭盒，迎着朝阳脚步“咚咚”地走去了，林红推着老式永久牌走在宋钢身边，两个人一起走出了五十米左右，在街道拐角处站住脚，宋钢看着林红跨上自行车，叮嘱她骑车要小心，林红点点头往西骑车而去，宋钢扭头往东走向了码头。

宋钢只干了两个月的搬运工，第三个月就扭伤了腰。当时宋钢左右扛起两个大包，刚刚走下跳板时，船上有人叫了他一声，他转身太快，听到自己的身体里“咔嚓”一声，宋钢知道坏了，他把两个大包摔到地上，身体试着动一下，感觉后腰一阵刺疼，他双手护着后腰，苦笑地看着两个扛着大包走下跳板的工友，两个工友看着宋钢的模样吓了一跳，问他怎么了。宋钢苦笑地说：

“可能骨头断了。”

两个工友赶紧扔下肩上的大包，扶着宋钢走到河边的石阶上坐下来，问他哪里的骨头断了。宋钢指指后腰，说自己刚才转身时听到里面“咔嚓”一声。两个工友一个让他举起双手，一个让他摇晃脑袋。看到宋钢的双手举起来了，脑袋也摇晃了，两个工友放心了，告诉宋钢后腰上只有一根脊梁骨，脊梁骨要是断了，上半身就瘫痪了。宋钢立刻再次举举双手，再次晃晃脑袋，然后他也放心了，他右手护着后腰说：

“听到里面咔嚓一声，我以为是骨头断了。”

“是扭伤，”工友告诉他，“扭伤时也有声响。”

宋钢嘿嘿地笑了起来，工友让他回家去，他摇摇头说就在石阶上坐一会儿。宋钢在河边的台阶上坐着休息了一个多小时，他干了两个多月的搬运工，第一次在工友们休息的地方坐下来，石阶上扔满了烟蒂，十几只白瓷茶杯沿着石阶整齐地排列下去，每只茶杯上都用红油漆写着工友自己的名字。宋钢笑了，他觉得明天自己也应该带一只茶杯来，也应该是白瓷的，那个仓库里就有一桶红油漆，只要用一根树枝蘸上红油漆，就可以在白瓷杯子上写下自己的名字。

宋钢在荡漾的河水旁坐了一个多小时，看着工友们嗨哟嗨哟喊着劳动号子，扛着大包来来回回热火朝天，他忍不住站了起来，活动了一下腰，感觉没有刚才的刺疼了，他觉得自己没问题了，踏上跳板走入船舱，想到自己刚才扭伤过，他犹豫了一下，没有扛起两个大包，只扛起了一个，他刚刚把大包扛到肩上，使劲直起腰的时候，他发出了痛苦的喊叫，然后一头栽倒了，那个大包压住了他的头和肩膀。

几个工友搬开大包，把宋钢拉起来时，剧烈的疼痛让宋钢嗷嗷直叫，他的身体弯得像是一只河虾。两个工友小心翼翼地将宋钢抬起来，扶到另一个工友的背上，那个工友背着宋钢走出船舱，走下跳板时，宋钢还在嗷嗷地喊叫。工友知道宋钢的伤势很严重了，他们拉来了一辆板车，把宋钢放上去时，宋钢疼得杀猪般地喊叫。工友拉着板车走上了那条石板铺成的街道，宋钢弯着身体躺在板车里呻吟不止，板车颠簸一下，宋钢就要长长地呻吟一声。宋钢知道工友们要送他去医院，板车上了大街以后，宋钢呻吟着说：

“不要去医院，我要回家。”

几个工友互相看了看，拉着板车往宋钢的家走去了。这天下午，在我们刘镇的大街上，躺在板车里的宋钢和坐在轿车里的李光头迎面相遇，疼痛难忍的宋钢看到了他昔日的兄弟，李光头没有看到宋钢，他坐在红色的桑塔纳轿车里，胳膊搂着一个妖艳的外地女子，正在哈哈大笑。桑塔纳轿车从板车前驶过时，宋钢嘴巴张了张，可是没有声音，他只是在心里喊叫了一声：

“李光头。”

二十九

林红快要下班的时候知道宋钢受伤了，她脸色苍白地骑着自行车匆匆回家，急切地打开屋门后，看到宋钢弯腰侧身躺在昏暗的床上，睁着眼睛无声地看着自己。林红关上门走到床前坐下来，伸手心疼地抚摸宋钢的脸，宋钢看着林红羞愧地说：

"我扭伤了。"

林红当时眼泪就下来了，她俯身抱住了宋钢，轻声问："医生怎么说？"

林红动了宋钢的身体，宋钢疼得紧闭双眼，这次他没有喊叫，等到疼痛缓过来以后，他才睁开眼睛对林红说：

"没去医院。"

"为什么？"林红紧张地问。

"我扭伤了腰，"宋钢说，"躺几天就行了。"

林红摇摇头说："不行，一定要去医院。"

宋钢苦笑一下说："我现在不能动，过几天再去吧。"

宋钢在床上躺了半个月，才能够下床走路，他的腰仍然无法挺直。宋钢弯着腰，在林红的陪同下去了一次医院，拔了四个火罐，配了五副外伤膏药，就花掉了十几元钱，宋钢心疼不已，心想再这么下去，两个多月挣来的搬运苦力钱，治腰伤都不够。宋钢没再去医院，他觉得扭伤和感冒一样，治疗能痊愈，不治疗也能痊愈。

宋钢在家里休息了两个月以后，可以挺直身体了，他重新出门去寻找工作。那些日子，宋钢整天用手捂着腰，步履蹒跚地走在我们刘镇的大街小巷，到处寻找工作，可是谁会要这么一个腰中无力的人？宋钢迎着朝阳满怀信心地走出家门，夕阳西下时他一脸苦笑地出现在家门口，林红看到他的神态就知道什么结果也没有。林红努力让自己高兴起来，好言安慰宋钢，说只要省吃俭用，她一个人的工资也能养活自己和宋钢。晚上躺进了被窝，林红就会用手轻轻抚摸宋钢受伤的腰，告诉宋钢，只要有她在，不用担心以后的事。宋钢感动地说：

"我对不起你。"

这时的林红是在强作欢笑，针织厂连续几年效益不好，现在开始裁员了。那个烟鬼刘厂长打起了林红的主意，几次把林红叫到自己的办公室，关上门以后悄声告诉林红，两次裁员的名单里都有林红，是他用笔划掉的，然后满眼睛色情地盯上了林红丰满的胸脯。这个五十多岁的刘厂长烟龄四十年了，满嘴的黑牙，嘴唇都是黑乎乎的，他看着林红时一脸的淫笑，两个下垂的眼袋像是两颗瘤子。

林红在他的对面如坐针毡，知道他的弦外之音，这个男人让她感到阵阵恶心，隔着桌子都能闻到他浑身的烟臭，可是想到受伤在家的宋钢已经失业了，自己不能再丢掉工作，林红只能微笑地坐在那里，心里盼望着立刻有人敲门进来。

烟鬼刘厂长手里晃动着一支钢笔，说就是用这支钢笔划掉裁员名单里林红的名字。看到林红笑而不答，烟鬼刘厂长俯身向前，悄声说：

"你也不说一声谢谢？"

林红微笑地说一声："谢谢。"

烟鬼刘厂长进一步说："怎么谢我？"

林红继续微笑地说："谢谢你。"

烟鬼刘厂长用钢笔敲打着桌子，声东击西地说出了几个女工的名字，她们为了不被裁掉，如何主动送上门来和他睡觉。林红仍然微笑着，烟鬼刘厂长色眯眯地看着林红，再次问她：

“你打算怎么谢我？”

“谢谢你。”林红还是这样说。

“这样吧，”烟鬼刘厂长放下手里的钢笔，起身绕过桌子说，“让我像抱妹妹一样抱抱你吧。”

林红看到他绕着桌子走过来了，立刻起身走到门口，她打开屋门时微笑地对烟鬼刘厂长说：

“我不是你妹妹。”

林红微笑着走出了烟鬼刘厂长的办公室，她听到身后刘厂长骂娘的声音，她仍然微笑着走回自己工作的车间。可是下班后，林红骑着老式永久牌回家时，想到烟鬼刘厂长色眯眯的眼睛和那些声东击西的话，心里不由充满了委屈。

林红几次想把这些告诉宋钢，可是看到宋钢疲惫的神情和脸上的苦笑，她话到嘴边又吞了回去，林红心想这时候把自己的委屈告诉宋钢，对宋钢只会是雪上加霜。日子一天又一天地过去，宋钢还是没有找到工作。林红想起李光头来了，这时的李光头越来越富有，手下的各类员工已经超过一千人了。有一个晚上，林红迟疑了一会儿后，提醒宋钢：

“你去找找李光头。”

宋钢低头不语，心想当初自己绝情绝意要和李光头一刀两断，现在李光头成功了有钱了，自己再上门去哀求他，这样的事做不出来。看到宋钢没有说话，林红补充了一句：

“他不会不管你……”

这时宋钢抬起头来倔强地说：“我和他已经一刀两断了。”

这一刻林红在烟鬼刘厂长那里遭受的委屈差一点脱口而出，可是她咬咬嘴唇还是忍住了，随后她无奈地摇起了头，不再说什么。

宋钢知道自己的身体不能再干重体力活了，他找不到工作，开始盘算自己做些小生意。他告诉林红，自己寻找工作在街上走来走去时，经常看到农村来的小女孩在叫卖白玉兰，用细铁丝穿起来，一串两朵五角钱，刘镇的姑娘买下以后戴在胸前挂在辫子上，看上去很美，宋钢说到这里羞涩地笑了笑。宋钢说他了解清楚了，这些白玉兰是从苗圃买来的，平均一朵白玉兰的成本只有五分钱。林红吃惊地看着宋钢，她很难想象宋钢这样一个大男人挎着竹篮在大街上叫卖白玉兰。宋钢真诚地对林红说：

“让我试试吧。”

林红同意了，心想就让他试一试。宋钢第二天一早就挎着竹篮出门了，竹篮里放了一圈细铁丝和一把小剪刀，走了一个多小时到了乡下的苗圃。他买下了那些含苞待放的白玉兰后，席地坐在苗圃的花草中间，拿出小剪刀剪去白玉兰的枝叶，又用细铁丝小心翼翼地将白玉兰两朵一组地穿起来，然后让它们整齐地躺在竹篮里，挎上竹篮满脸幸福地走上了乡间小路。

宋钢在阳光里眯缝着眼睛，看着遥远的地平线走去。他走了十多分钟，感到自己出汗了，他担心阳光会将这些饱满的白玉兰晒蔫了，他走进路旁的田地，蹲下来摘了几片南瓜叶子，盖在白玉兰上面，他仍然不放心，又到附近的池塘里去弄些水洒在上面。然后他放心地向前走去了，他不时低头看一眼竹篮里的白玉兰，它们躲藏在宽大的南瓜叶下面，有几次他轻轻揭开南瓜叶看了看下面的白玉兰，他微笑的神态仿佛是看了一眼襁褓中的婴儿。宋钢觉得自己很久没有这样高兴了，他走在宽广田野里纤细的小路上，经过一个池塘就要给竹篮里的白玉兰洒上一次水。

宋钢走回刘镇时已经过了中午，他顾不上吃午饭就站到了大街上，开始出售他的白玉兰了。他小心翼翼地将南瓜叶子插在竹篮的四周，于是这些白玉兰躺在绿色包围里了。宋钢挎着竹篮站在一棵梧桐树下，微笑地看着每一个走过的人，有人注意到他竹篮里的白玉兰，看上一眼就走过去了。曾经有两个姑娘将他的白玉兰看了又看，嘴里赞叹着说，这些白玉兰躺在绿叶中间真是又美丽又可爱。这时候机会出现了，宋钢仍然只是微笑地看着那两个姑娘。她们走开后，宋钢后悔了，觉得自己刚才应该叫卖几声，那两个姑娘可能不知道他是在卖白玉兰。

然后一个叫卖白玉兰的农村小女孩走过来了，她左手挎着竹篮，她的右手拿着一串白玉兰，一边走着一边喊叫：

“卖白玉兰啊！”

宋钢左手挎着竹篮跟在小女孩的后面，他的右手也拿起了一串白玉兰，前面的小女孩喊叫一声“卖白玉兰”，后面的宋钢就会腼腆地跟着说一声：

“我也是。”

农村小女孩见到年轻的姑娘走过来，立刻迎上去喊叫：“姐姐，买一串白玉兰吧。”

宋钢也迎了上去，他犹豫了一下，还是说：“我也是。”

宋钢跟着农村小女孩走出了半条街，跟着说出了十多遍“我也是”，小女孩不高兴了，她回头生气地对宋钢说：

“你不要跟着我。”

宋钢站住了，茫然地看着小女孩走去。这时王冰棍捧着肚子哈哈笑着走过来，王冰棍在大街上游手好闲了一天，他看着宋钢手里拿着一串白玉兰，不知道如何叫卖，只知道跟在人家小女孩后面说“我也是”。王冰棍肚子都笑疼了，他走上来指点宋钢，他说：

“你不能跟在人家屁股后面……”

“为什么不能跟在后面？”宋钢说。

“我是卖冰棍出身的，”王冰棍得意地说，“你跟在后面，人家买了前面的，谁还会买你后面的？这好比是钓鱼，不能两个人站在一起钓，要分开。”

宋钢明白地点点头，右手拿着白玉兰，左手挎着竹篮向着小女孩的反方向走去。王冰棍又想起了什么，叫住宋钢：

“人家小女孩见了姑娘叫‘姐姐’，你不能这么叫，你要叫‘妹妹’。”

宋钢迟疑了一下说：“我叫不出口。”

“那就别叫了，”王冰棍抹着嘴角的口水说，“反正你不能叫人家姑娘‘姐姐’，你都三十多岁了。”

宋钢虚心地点点头，正要转身走去，王冰棍又叫住了他，从口袋里摸出一元钱递给宋钢说：

“我买两串。”

宋钢接过王冰棍手里的钱，递过去两串白玉兰，嘴里连声说着：“谢谢……”

“你记住了，”王冰棍双手接过两串白玉兰，放在鼻子上闻了闻说，“我王冰棍是第一个买你白玉兰的，以后你要是做鲜花生意，我王冰棍要来入股。”

王冰棍说着露出了一副投资银行家的神态，得意地告诉宋钢：“我成功地入股了破烂生意，再入股一次鲜花生意也是可以的。”

王冰棍将两串白玉兰举在嘴鼻处，一边闻着一边走去，他使劲地吸气，那贪婪的样子不像是闻花，像是在吃着两根奶油冰棍。

宋钢学会了叫卖白玉兰，虽然声音腼腆，他还是一声声叫出来了。接下去他无师自通了，他知道应该站在服装店的门口，这里的姑娘比别处多，他没有走进去打扰那些正在挑选衣服的姑娘，耐心地等待着她们走出来，然后递上去白玉兰，谦恭和文雅地说：

“请你买一串白玉兰。”

宋钢英俊的脸上有着感人的微笑，我们刘镇的姑娘喜欢这样的微笑，她们一个个买下了宋钢手里纯洁的白玉兰。有几个姑娘认识宋钢，知道他的腰受伤了，关心地问起了他的身体。宋钢微笑着说腰伤痊愈了，只是不能再干重活。他不好意思地说：

“所以我卖花了。”

宋钢挎着竹篮走遍了我们刘镇的服装店，他在每一个服装店门口都要站上很长时间，每卖出一串白玉兰，他的脸上都会出现感激的微笑。他一天没吃东西了，也不觉得饿，一家服装店关门打烊，他就去另一家，他忘记了时间，不知道已经很晚了。他的身影徜徉在月光和灯光里，竹篮里的白玉兰一串串卖了出去，只剩下最后一串时，最后的一家服装店也要关门了，宋钢转身正要离去时，一个买下很多衣服的姑娘提着大包小包跟上来，她看中了宋钢竹篮里最后的白玉兰，她拿出皮夹问宋钢：白玉兰多少钱？

宋钢低头看看竹篮里最后两朵白玉兰，充满歉意地说：“我不舍得卖了。”

那个姑娘疑惑地看着宋钢说：“你不是卖花的？”

“我是卖花的，”宋钢不好意思地说，“这最后两朵是留给我老婆的。”

姑娘点点头表示明白了，她收起皮夹往外走。宋钢跟在后面诚恳地说：“你住在哪里？我明天给你送过去，不收钱。”

“不用。”姑娘头也不回地走去了。

宋钢回家时已经是晚上十点多了，他看到屋门敞开着，林红站在门前的灯光里正在眺望，她看着喜气洋洋走来的宋钢，长长地松了一口气，然后抱怨起来：

“你去哪里了？我都急死了。”

宋钢笑容满面地拉起林红的手，一起走进屋子，关上门以后，宋钢来不及坐下，就滔滔不绝地讲述起了自己一天的经历。林红已经很久没有看到宋钢如此神采飞扬了，宋钢的左手还挎着竹篮，一边讲述着，一边从口袋里摸出一把零钱，数钱的时候还在讲述着自己如何叫卖白玉兰。数完手里的钱，他幸福地告诉林红，他这一天挣了二十四元五角钱，他把钱递给林红时说：

“本来我可以挣二十五元的，最后的五角钱我不舍得挣了……”

宋钢说着从竹篮里拿出最后的两朵白玉兰，放到林红手里，讲述了那个姑娘要买下，而他怎么不卖，他对林红说：

“这是给你留着的，我不舍得卖。”

“应该卖掉，”林红干脆地说，“我不要什么白玉兰……”

林红看到宋钢眼睛里热情的火焰一下子熄灭了，她不再往下说，取下宋钢左手上的竹篮，让他坐下赶紧吃饭。宋钢这时才觉得自己饿了，他端起饭碗狼吞虎咽地吃了起来。林红走到镜子前，将那串白玉兰挂在了辫子上，又将辫子放在了胸前，坐到了宋钢身旁，她希望宋钢能够看见自己辫子上的白玉兰。宋钢没有去看林红的辫子，他看到的是林红脸上幸福的笑容，他的幸福也立刻重新高涨了，再次滔滔不绝说起来，把刚才说过的话又说了一遍，最后他感叹起来，他说没想到这么轻松的工作，挣的钱竟然和干搬运工差不多。这时林红假装生气了，她推了宋钢一把说：

“你看见了没有？”

宋钢终于看见了林红辫子上的两朵白玉兰，他的眼睛闪闪发亮了，他问林红：

“你喜欢吗？”

“喜欢。”林红点点头。

这天晚上宋钢美好地睡着了。听着宋钢均匀的呼吸，林红觉得宋钢很久没有这样安宁地进入睡眠了。林红一直没有睡着，她将白玉兰放在枕头上，呼吸着花的芬芳，感慨着宋钢对自己的忠诚和爱，这时那个色情刘厂长带给她的委屈也算不了什么了。然后林红对宋钢的前程忧心忡忡起来，她觉得卖花这样的工作谁也不能做一辈子，况且宋钢这么一个高大的男人，整天挎着竹篮叫卖白玉兰，实在是一份没有颜面的工作。

林红的担忧很快成为了现实，针织厂的女工七嘴八舌，一天到晚讥笑起了宋钢，她们说从来没有见过男人卖花的，更没有见过宋钢这样高高大大的男人卖花；她们嬉笑着说，宋钢叫卖白玉兰的时候嗓门倒是很小，一点不像大男人，像个小姑娘那样秀气。她们背着林红说，当着林红的面也说，说得林红都脸红了。林红回到家中忍不住就要和宋钢生气，她让宋钢别再卖花了，别再丢人现眼了。倔强的宋钢不同意，可是他叫卖白玉兰的利润越来越少，我们刘镇很多的姑娘认识宋钢，她们不是掏钱向宋钢买花，是伸手向宋钢要花。宋钢不好意思拒绝。他长途跋涉去了乡下的苗圃买了白玉兰，又精心制作成两朵一串，结果被这些姑娘一串串地要走了。那些在林红面前讥笑宋钢的针织厂女工，见了宋钢也大言不惭地要上一串，戴在胸前挂在辫子上，见了林红还要笑着说：

“这是你家宋钢送给我的。”

林红听到这样的话，转身走开。傍晚回到家里，林红见到宋钢就发火了，她关上门压低嗓音，发狠地说：

“不准你再卖花了。”

这对宋钢来说是一个漫长的夜晚，林红觉得很累，吃了几口饭就去睡了，宋钢也吃得很少，他在桌旁坐了很久，左思右想觉得叫卖白玉兰确实不是一条出路。他惆怅失落，刚刚有了的工作现在又没有了。夜深人静以后，宋钢悄声躺在了林红的身旁，听着林红睡着以后轻微的呼吸，宋钢心里逐渐宁静下来。宋钢不知道林红在针织厂遭受的委屈，不知道那个烟鬼刘厂长已经对林红动手动脚了。宋钢第二天早晨醒来时，看到林红已经起床了，正在卫生间里漱口洗脸。宋钢赶紧下了床，穿好衣服后走了出去，他走到卫生间门口，林红看了他一眼，满嘴的牙膏泡沫没有说话，宋钢说：

“我不再卖花了。”

宋钢说完犹豫了一下后走到门口，这时林红从卫生间里出来叫住了他，问他去哪里。他站住脚回头说：

“我去找工作。”

林红手里拿着毛巾说：“吃了早饭再去。”

“不想吃。”宋钢摇摇头，打开了屋门。

“别走。”

林红说着摸出钱塞到宋钢的口袋里，让宋钢自己上街去买吃的。林红抬头看到宋钢脸上的微笑时，心里一阵难受，不由低下了头。宋钢笑着拍拍林红的背，转身打开屋门走了出去。林红跟到门口看着宋钢走去，仿佛宋钢要出远门了，林红轻声嘱咐：

“小心点。”

宋钢回过身来点点头，接着走去了。林红再次叫住了宋钢，她突然恳切地说：

“你去找找李光头吧。”

宋钢怔了一下，随即坚定地摇头了，他说：“不找他。”

林红叹了一口气，看着自己倔强的丈夫在日出的光芒里走上了大街。宋钢开始了寻找新工作的漫漫征途，接下去的一年里宋钢早出晚归，坚持不懈地寻找着挣钱的机会。他的面容迅速憔悴，当他傍晚时分拖着疲惫的身体回到家中，在桌前沉默地坐下来，林红都不敢去看他的眼睛，知道他又一次无功而返了。宋钢满脸的羞愧，无声地吃过晚饭，无声地躺到了床上，第二天的日出把他照醒时，他又满怀信心地走出了家门。这一年里，宋钢找到过一些临时的工作，比如看守大门看守仓库的人有事要离开一天，他就去代替一天挣一天的钱；商场里售货的、卖电影票的、卖汽车票的、卖轮船票的有事要离开一天，他也赶紧跑去代理一天。宋钢成了我们刘镇的首席代理，最多的时候有二十多份工作等待着他去代理，可是一年时间下来他的工作日还不到两个月。

林红的脸色一天比一天忧郁，她经常叹息了，有时说话也难听了，虽然她的叹息、她说出难听的话不是因为宋钢，是因为那个让她想起来就恶心的烟鬼刘厂长。可是宋钢认为是自己的原因，他回到家里总是低垂着头，说话也越来越少。宋钢虽然挣的钱很少，可是他把挣到的全部上交给林红，自己一分钱都不留。最让他难过的就是交钱给林红的时候，他拿出少得可怜的钱递过去，这已经是他全部的努力了，那时的林红总是摇摇头，哀伤地扭过脸去，轻声说：

“你自己留着。”

宋钢听了这话心如刀绞。宋钢扭伤了腰两年以后，终于在刘镇的水泥厂找到了一份长期工作，一年十二个月都可以去上班了，如果他愿意，周六和周日还可以加班。宋钢愁眉不展的脸上重新有了笑容，当初在永久牌自行车上的自信也回到了脸上。找到工作的宋钢没有回家，他激动地来到了针织厂的大门口，等待着林红下班从里面走出来。当针织厂女工们骑着她们样式新颖的自行车和电动车，还有轻骑蜂拥出来后，林红推着他们的老式永久牌落在后面。林红出来时，宋钢脸色通红地迎了上去，低声告诉林红：

“我有工作了。”

林红看着宋钢兴奋的神态，心里一酸，她让宋钢骑车，自己像过去那样坐在后座上，她双手搂着宋钢，脸贴在他的后背上。这天晚上，林红突然发现宋钢一下子老了很多，额头和眼角爬满了皱纹，以前浓密的头发现在稀少了，她心疼自己的丈夫，躺在床上时给宋钢的腰部做了很长时间的按摩。这个晚上两个人像新婚之夜那样紧紧抱在一起，过去的幸福回来了。

那些日子宋钢加倍努力地工作，他怕自己会再次失业。宋钢在水泥厂的工作没人愿意干，就是往袋子里装水泥，虽然他戴着口罩，他每天还是要吸入大量的水泥尘埃，两年以后他的肺彻底坏了，林红心疼得哭了很多次。宋钢再次失业了。他没去医院打针吃药，他怕花钱。

宋钢重新做起了他的首席代理，肺坏了以后他十分自觉地不再睡到床上去了，他怕自己的肺病会传染给林红，他要求睡在沙发上。林红不答应，说宋钢不愿意和她一起睡在床上的话，她就睡到沙发上。宋钢没有办法，只好睡在林红的脚旁。偶尔有一份工作需要宋钢去代理一天，宋钢也会戴着口罩出门，他不愿意把肺病传染给其他人。哪怕是烈日炎炎的夏天，他也要戴着口罩出门。宋钢是我们刘镇唯一四季出门都要戴口罩的人，只要看到一个戴口罩的人在慢慢地走过来，我们刘镇屁大的孩子都知道他是谁了，他们说：

“首席代理来啦。”

三十

李光头已经顾不上宋钢了，他伸出两根手指，说自己是白天挣钱，晚上挣女人。他说自己忙得不亦乐乎，除了钱和女人，什么都不知道了。李光头一直没有结婚，和他睡过的女人多得不计其数，连他自己都记不清了，有人问他究竟睡过多少女人，他想了又想，算了又算，最后不无遗憾地说：

“人数没有我的员工多。”

李光头不仅睡了我们刘镇的女人，还睡了全国各地的女人，睡了港澳台及海外侨胞的女人，就是外国女人他也睡过十多个。我们刘镇偷偷和他睡觉的，公开和他睡觉的，是什么样的女人都有，高的矮的，胖的瘦的，俊的丑的，年轻的和年纪大的。群众说这个李光头胸怀宽广，只要是个女人他都来者不拒，甚至牵头母猪到他的床上，他也照样把母猪给干了。有些女人和他偷偷睡了，偷偷拿了钱就走了；还有一些女人和他睡了以后，拿了钱以后还要到处炫耀，她们不是炫耀自己和李光头睡觉了，她们炫耀的是李光头的床上功夫，说李光头如何厉害如何了得，说李光头简直不是人，简直是头牲口，说这个李光头一上床就像机关枪一样突突突突地没完没了，多少个女人被他干得两腿抽筋，多少个女人从他的床上下来都像是死里逃生。

李光头的绯闻比战场上的硝烟还要多，和他睡过的女人里有一些想永久占有他的财富。第一个这么做的是个二十来岁的姑娘，一个从乡下到刘镇来打工的姑娘，她抱着自己初生的婴儿闯到了李光头的办公室，幸福满面地问李光头，应该给孩子取个什么名字。李光头睁大眼睛看着姑娘，没有认出来她是谁。李光头满脸疑惑地问：

“这干我屁事？”

这个姑娘当场号啕大哭，她说世上哪有亲爹不认自己亲生儿子的。李光头把姑娘看了又看，想了又想，怎么也想不起来和她有过一腿。他问姑娘：

“你真的和我睡过？”

“怎么没有？”姑娘抱着婴儿冲到李光头跟前，让李光头看看清楚，她哭着说，“你看看，你看看，眉毛像你，眼睛像你，鼻子像你，嘴巴像你，额头像你，下巴像你……”

李光头看了婴儿两眼，觉得除了像个婴儿以外，其他什么都不像。姑娘又揭下了婴儿的尿裤，对李光头说：

“他的屌都和你的一模一样。”

李光头勃然大怒，这个姑娘竟然把李光头的大屌和婴儿黄豆似的小屌相提并论。李光头吼了一声后，他公司的几个手下把这个又哭又叫的姑娘拖了出去。

这个姑娘开始在李光头公司的大门口示威了，她每天都抱着婴儿坐在那里，她对所有过路的人和围观的人哭诉，说李光头的良心被狗叼了，被狼吃了，被老虎嚼烂了，被狮子当屎拉出去了。几天以后另一个女人抱着个婴儿也加入了进来，她说手里抱着的是李光头的亲生女儿，这个女人也是一把眼泪一把鼻涕，诉说着当初李光头是如何把她骗到床上去的，如何让她怀上了，她哭得比前一个还要悲伤，她说在生女儿的时候，李光头都没去看她一眼。接下去第三个女人来了，手里拉着一个四五岁的小男孩，她倒是没哭，她比前两个都冷静，她义正词严地控诉李光头，说李光头当初山盟海誓，要和她结婚要和她白头到老，她才上了李光头的贼床，才有了这个李光头的孽种，她指着自己的儿子说，按年龄的话，她儿子应该是李光头家的太子。话音刚落，第四个女人来了，拉着一个七八岁的男孩，她上来就说，她的儿子才是李家的太子。

声称和李光头睡过的女人越聚越多，最后有三十多个女人带着三十多个孩子，堵在李光头公司门前的大街上，日复一日地掉眼泪，日复一日地控诉李光头的风流罪行。她们叽叽喳喳挤在那里，把李光头公司门前的大街变成了一个小商品市场。为了争夺公司门前的一个有利位置，为了一两句标榜自己的话，这些女人互相之间打起来了，扯头发吐口水，抓破脸抓破衣服，从早到晚都是女人的谩骂和孩子的哭叫。

李光头公司的员工们都没法上班了，李光头公司门前的大街也交通堵塞了。县妇联主任带着全体人马出面做这些女人的工作，苦口婆心地劝说她们，要她们相信政府，政府一定会处理好她们和李光头的纠葛，让她们回家去。她们死活不走，她们集体对着县妇联主任哭诉，要求县妇联出来维护她们正当的权利，要县妇联逼迫李光头和她们结婚成亲。县妇联主任哭笑不得，说国家法律规定一夫一妻，李光头不可以把你们三十多个都娶过去。

县交通局长给李光头打电话，说县里最重要的大街堵塞一个月了，全县的经济形势本来一片大好，现在这条运输大动脉塞住了，全县的经济明显受到了影响。陶青县长也给李光头打电话了，他说李光头是县里最有影响的人物，说这个事件处理不好，不仅李光头损失很大，整个县的荣誉都会受到损害。李光头在电话里嘿嘿地笑，说让她们闹吧。陶青县长说都有三十多个女人出来闹事了，再不制止会越来越多。李光头说：

“越多越好，这叫虱子多了不怕咬。”

这些闹事的女人里面，有些确实和李光头睡过，有些是认识没睡过，有些根本不认识李光头。和李光头睡过的女人里，有几个觉得自己的孩子可能真是李光头的种，这几个女人的胆识自然与其他女人不一样，她们一商量，觉得整天在这里示威又累又渴又饿，又没有结果，还不如告到法院去。

李光头成了被告。开庭那天法院内外是人山人海，李光头西装革履胸前还戴着一朵小红花，他刚刚参加完下面一个子公司的开业仪式，他像个新郎似的笑呵呵地在人群里走进了法庭，然后像是准备做报告似的坐进了被告席。李光头在法庭上坐了两个小时，他兴致勃勃地听着那些女人的陈述，像是一个孩子在听故事一样听得入迷。当陈述的女人哭哭啼啼地说着自己和李光头的美好往事时，李光头听得红光满面，他时常惊讶地咧嘴叫起来：

"真的？真的是这样？"

两个小时的听证以后，李光头觉得自己累了，女人们陈述的故事也是越来越重复，可陈述的女人们还不到一半。李光头觉得差不多了，他举手向法官申请要求发言。法官同意后，李光头从胸前的口袋里小心翼翼地拿出了他的杀手锏，就是十多年前医院的结扎手术病历。

结扎手术的病历递到法官手上，法官看清楚以后捂着肚子笑了足足有两分钟，然后大声宣布李光头是无辜的，说李光头十多年前就将自己结扎了，他根本没有生育的能力。群众一片愕然，几分钟的寂静无声之后，法庭里爆发出了哄堂大笑。那三十多个原告个个目瞪口呆，她们互相看来看去都是一样的表情。这时候法官告诉李光头，他可以用诽谤罪和诈骗罪起诉这些女人。十多个女人脸色惨白，有两个吓得当场晕倒，有四个哇哇大哭，有三个想偷偷溜走，被群众及时发现给推了回来，还有几个确实和李光头睡过觉的女人底气就是不一样，她们声称不服法官判决，她们嚷嚷着要上诉，她们说即便孩子不是李光头的，就凭李光头把她们给睡了这一条，把她们比生命还要宝贵的处女膜给毁了这一条，她们也要上诉到底，市里中级法院不行，去省里的高级法院，再不行就去北京的最高法院，还不行就去海牙国际法庭。

群众趁火打劫，对她们说："你们告李光头把你们睡了，李光头也可以告你们把他睡了；你们要他赔偿处女膜，他还要你们还他童子身呢。"

法庭像个养鸡场一样乱哄哄，群众都站在李光头一边，他们痛斥这些女骗子，要求法官把这些女骗子统统绳之以法。法官怎么敲桌子，怎么喊叫都没用。后来是李光头从被告席上站起来，他连连向群众作揖，连连向群众鞠躬，群众才渐渐安静下来。李光头说话了，他说：

"父老乡亲们，谢谢你们，谢谢……"

李光头感情冲动地擦了擦眼睛，继续说："我李光头有今天这番事业，全仗父老乡亲们的支持提拔，我今天向你们说句心里话，我李光头确实睡了很多女人，可是我李光头惨啊，我李光头长这么大了，没见过一次处女膜……"

刘镇的父老乡亲笑得前仰后合，他们捧着肚子乱声叫好。李光头摆着手让他们安静下来，继续演讲：

"我当初为什么要结扎，就是因为我爱的女人跟别人结婚了……从此我自暴自弃，生活不检点，睡了那么多的女人，有屁用？不检点的男人睡来睡去，睡到的也都是些不检点的女人。我今天才明白一个道理，说句粗话，只有睡了一个有处女膜的女人，才真叫和女人睡觉了；说句文雅的话，只有和真正爱你的女人睡了，才真叫和女人睡觉了。可是没有一个女人真正爱过我李光头，所以我李光头睡了再多的女人也等于没睡，还不如自己跟自己睡……"

刘镇的父老乡亲笑得喘不过气来了，法庭里喘息声和大笑声此起彼伏，李光头不高兴了，他挥着手大声喊叫：

"我不是在讲笑话……"

刘镇的父老乡亲慢慢安静下来后，李光头真诚地指着自己的胸口说："我说的是心里话……"

李光头擦了擦潮湿的眼睛，继续他的真情表白："实话告诉你们，我李光头已经不会谈恋爱了，我曾经和几个好姑娘谈过恋爱，都没有成功，为什么？因为我已经是个浪荡子了……"

李光头开始讲道理了："谈恋爱嘛，人家姑娘总会有些小情绪，这时候我就火冒三丈，我就忍不住骂娘了，我就对人家姑娘吼叫起来，'他妈的，你什么态度？'几次吼叫，好姑娘就跑掉啦！"

李光头停顿一下，然后苦笑着说："为什么？因为我已经习惯付钱和女人睡觉了，拿了我的钱和我睡觉的女人当然态度好啊，我和女人睡觉跟做生意一样，一点点的爱都没有，我李光头已经不会尊重女人了，不会尊重女人，也就不会谈恋爱了，我李光头惨啊！"

在父老乡亲的哄堂大笑里，李光头结束了他的演讲，他擦了擦眼睛，抹了抹口水，然后伸手指着那三十多个原告，大度地说：

"她们也不容易，她们在我公司门前闹了一个月，就算她们在我这里上了一个月的班吧……"

李光头转身对他手下一个人说："通知财务总监，给她们每人发一千元钱，算是一个月的工资。"

父老乡亲是一片欢呼声，那些原告也都纷纷放下悬着的心，松了憋在胸口的气，心想虽然偷鸡不成，可也没有蚀把米，而且最终还是赚了一把米钱。李光头在群众的欢呼声里满面春风地走出法院，钻进他的桑塔纳轿车前，还转身向欢呼的群众挥手致意，进了轿车后又摇下了车窗玻璃，轿车驶去时他仍然在向群众挥手。

这次事件以后，李光头格外珍惜自己的结扎手术病历，多亏了当初一气之下的结扎，才在今天给自己解除了这么大的麻烦，心想这个世界上很多好事都是歪打正着。他将病历上的这一页小心撕了下来，请工匠精心裱了起来，挂在了他收藏的齐白石画和张大千画的中间。

我们刘镇的群众纷纷觉得李光头当初的结扎确是英明之举，设想一下，假如这个李光头当初不结扎的话，我们刘镇的大街小巷不知道会有多少个小李光头在窜来窜去，而且这中间还会有几个金发碧眼高鼻子的小李光头。

然后群众浮想联翩，开始编造起了李光头的结扎前传。他们把当年李光头失恋后的结扎说得神乎其神，说他拿了根草绳套住脖子，把自己吊在一根树枝上，结果草绳靠不住断了，树枝靠不住也断了，李光头摔了个嘴啃泥；接着李光头去投河自尽，跳进了河里才想起来自己会游泳，又死不成了，李光头从河里爬上来说一声：他妈的不死啦。回到家里就脱下裤子，把屌掏出来搁在砧板上，举起菜刀正要剁的时候，他突然想撒尿了，撒完尿回来就舍不得自己的屌了。他就去找来削笔刀，准备把自己的两个蛋子削下来，结果两个蛋子吓得缩成一个了，李光头看着它们实在是可怜，实在是不忍心下手，然后他才去医院让医生动手把自己结扎了。

李光头十多年前的结扎手术曝光以后，刘镇的群众再次关注起了林红。他们对林红指指点点，多少人为她惋惜，多少人为她摇头。群众里的有些女性幸灾乐祸，说林红是聪明面孔笨肚肠，说这就叫红颜薄命。群众里的有些男性为林红辩护，他们说谁也没有先见之明，就是算命先生，也只会算别人的命，算不了自己的命。他们说要是人人都有先见之明，从前的皇上就不会丢了江山，现在的林红也不会丢了李光头。

三十一

我们刘镇两大文豪之一的刘作家，那天也去了法庭旁听，亲眼目睹了那场令人捧腹大笑的闹剧，亲耳聆听了李光头慷慨激昂的演讲。刘作家激动得晚上睡不着了，心想自己是遇上了一个千载难逢的好题材，于是披衣起床，连夜赶写了一篇洋洋万言的报道《百万富翁呼唤爱情》。刘作家在报道里充分使用了高、大、全的写作风格，给李光头涂脂抹粉，把李光头几百人次地玩弄女性美化成是几百人次的恋爱失败，说李光头一腔热血地投身到纯洁的恋爱之中，结果几百次恋爱下来，李光头没有遇到一个处女，遇到的全是生活不检点的荡妇。刘作家还在报道里追根寻源，把李光头十四岁在厕所里偷看屁股的故事也写了出来，说少年李光头上厕所时刚刚坐下来哼叫了两声，屎还没有拉出来，裤袋里的一把钥匙不小心滑落出去，掉进了下面的粪池。就在少年李光头转身将脑袋塞下去寻找钥匙时，一个赵某人进去了，不由分说揪住了少年李光头，诬陷他是在偷看女人屁股，又揪住他游街走遍了刘镇的大街小巷。刘作家把我们刘镇的另一大文豪赵诗人写成了赵某人，一个不分青红皂白的糊涂虫。然后刘作家在报道里动情地写道：一个纯洁上进的少年从此蒙受不白之冤，可是这个少年没有沉沦，小小年纪就忍辱负重，长大成人后励精图治，终于成就了一番伟大事业。

这篇报道首先发表在我们市里的晚报上，没出两个月，全国几百家地方小报纷纷转载。李光头读了这篇报道，他对报道的内容十分满意，尤其是写他少年时期上厕所钥匙从裤袋里滑出，掉进粪池的章节，李光头赞不绝口。他左手拍着桌子，右手抖着报纸大声喊叫：

“这个王八蛋刘作家真有才华，一把钥匙就把刘镇有史以来最大的冤假错案平反啦！”

然后李光头一脸嬉笑地说：“历史终究是公正的。”

李光头对刘作家报道的标题略有意见，他伸出五根手指说自己怎么也有五千万的个人资产，刘作家只是把他写成个百万富翁，不过他不计较这些，他对手下的人说：

“一个没见过钱的人，能写个‘百万’也不容易。”

这篇报道在不断的转载里，也不断地改头换面，标题改成了《千万富翁呼唤爱情》。李光头读到了，这次他对标题比较满意，他手里抖动着那张千里之外的地方小报说：

“这篇写得实事求是。”

刘作家的报道在全国转了一圈后又回来了，我们省里的报纸也转载了，这次标题变成了《亿万富翁呼唤爱情》。李光头读到后，谦虚地笑了笑说：

“言过其实，言过其实了。”

刘作家没有想到自己的一篇报道竟然有几百家报纸转载，差不多赶上李光头玩弄女性的总人数了。刘作家终于出名了，终于一吐多年来没人知道他的郁闷之气。他笑容满面地走在我们刘镇的大街上，手里挥动着一张汇款单，逢人就说：

“天天都有汇款单，天天都要去邮局。”

然后他大声感叹：“做名人真累。”

刘作家因为一篇报道出名后，赵诗人后悔莫及，后悔自己那天没有去法庭旁听，后悔自己没有抢先去报道李光头。赵诗人指着报纸上李光头少年时在厕所里的段落，痛心疾首地告诉刘镇的群众：

“这是我的题材啊！被刘作家偷去啦……”

我们刘镇的两大文豪冤家路窄，在童铁匠超市的开张仪式上相遇了。这时的童铁匠已经拥有三家商店了，眼看着超市这个新鲜事物在祖国大地上如雨后春笋般涌现出来，童铁匠与时俱进，在我们刘镇也开张了一家三千平米的超市。童铁匠把开张仪式弄得风风火火，他请不来陶青县长，请来了县长秘书；请不来局长们，请来了科长们。李光头忙着洽谈生意接受采访也来不了，他派人送了最大的花篮。余拔牙正乘坐欧洲之星火车从米兰去巴黎，路过瑞士边境时发来了贺电，请王冰棍代为宣读。王冰棍拿着余拔牙的贺电读不出来，上面两行外国字，不知道是意大利字，还是法国字。童铁匠兴高采烈地拿过去，向着围观的群众挥动起来：

“外国友人也来贺电啦！”

童铁匠也请到了我们刘镇的两位社会名流，刘作家和赵诗人。赵诗人见到刘作家脸色铁青，刘作家见到赵诗人满面春风，两个人站在一起谁也不说话。本来两个人还算相安无事，童铁匠介绍来宾时的一席话让两个人冲突起来。童铁匠先是指着刘作家说：

“这位就是名作《百万富翁呼唤爱情》的作者。”

群众掌声热烈，刘作家红光满面。童铁匠接着介绍赵诗人了，他说：“这位就是《百万富翁呼唤爱情》里的重要角色赵某人。”

群众没有掌声了，响起了一片嬉笑声。刘作家在报道里把他写成个“赵某人”，赵诗人已经恼羞成怒，现在童铁匠这么一说，赵诗人再也按捺不住，当场指着刘作家的鼻子痛斥道：

“有本事就直接写‘赵诗人’，没本事才遮遮掩掩写个什么‘赵某人’。”

刘作家满脸的微笑，请赵诗人不要生气，他说：“你这个年纪生气很容易中风。”

刘作家笑里藏刀的一番话，把赵诗人原本铁青的脸色气得通红了，赵诗人当着众多的群众，责问刘作家：

“明明是我的题材，凭什么你写了？”

“什么你的题材？”刘作家假装糊涂。

“李光头在厕所里偷看女人屁股的题材，”赵诗人伸手指了指围观的群众，“刘镇有点年纪的男男女女都记得，是我活捉了他，是我揪着他游街……”

“说得对，”刘作家连连点头，“李光头偷看屁股确是你的题材，这个我没写，我写的是李光头寻找钥匙，寻找钥匙是我的题材。”

群众哄堂大笑，称赞刘作家说得有理。赵诗人哑口无言，通红的脸色又气成了铁青。童铁匠看到两个人斗起来了，心想不能坏了自己的开张仪式，大手一挥，喊叫一声放鞭炮。鞭炮噼里啪啦炸响了，群众立刻忽略了刘作家和赵诗人，兴趣全跑到鞭炮上去了。

刘作家的报道让李光头名扬天下，报纸广播电视的记者纷纷来到我们刘镇，对李光头进行密集如雨的采访。李光头早晨睁开眼睛就是接受采访，到了晚上闭上眼睛终于可以睡觉了，手机又响了，千里之外的记者开始电话采访李光头了。最多的时候有四个摄像机对着他拍，有二十三个照相机的闪光灯对着他闪，有三十四个记者对着他集体提问。

李光头兴奋得像是一只小狗看到了一堆肉骨头，他知道百年一遇的商机来了，他在回答记者关于爱情的问题时，总是巧妙地把话题转到他的生意上。他夸夸其谈说了几句爱情誓言后，立刻扯到他贫穷凄惨的童年，说他为什么叫李光头，就是因为家里太穷了，连理发的钱都不够，每次理发母亲都让理发师给他推个光头，这样一年可以少花几次理发钱。说到童年，李光头总是声泪俱下，然后抹一把眼泪，大声感谢改革开放，感谢党和政府，感谢全县人民，感谢说完了就开始讲述自己如何创业，如何成就今天这番伟大事业。说到这里他连连摆手，谦虚地解释起来，说他并不觉得自己的事业伟大，是报纸上说伟大，他就跟着报纸说自己伟大了。

接下去报纸广播电视上出现的李光头，不再是个爱情弃儿的形象，开始是以一个成功企业家的形象出现了。李光头不愧是李光头，也就是两个星期的时间，他就把全国各地所有的报道都拧过来了，都拧到他的生意上了。李光头的公司也出了大名，大笔大笔的银行贷款跟在记者的屁股后面来了，大堆大堆的合作伙伴跟在银行贷款的屁股后面来了，有全国各地的富翁，有港澳台的富翁，有海外华侨的富翁，都要来投资，都要和李光头一起办厂开公司。各级政府也是大力支持李光头，原来他想上个新项目，一两年都批不下来，现在一个月批文就下来了。

这些日子李光头一天也就睡上两三个小时，一边接受采访一边与人洽谈生意，他每天都要发出几十张名片，每天都要收进几十张名片。前来与他洽谈生意的有不少是骗子，李光头是什么人？他一眼就能看出谁是真正与他合作，谁是想来套他的钱财。他眯着眼睛跟人谈生意，人家以为他睡着了，可他比谁都清醒。他跟谁都愿意合作，有个前提就是必须先把合作资金打到他公司的账号上，谁要是想让他把自己的资金打出来，那是痴人说梦，这个李光头别说是自己公司的钱了，他就是放个屁也不会让那些骗子闻。

李光头只对记者们出手阔绰，请记者吃，请记者喝，请记者玩，记者走的时候还会带走大堆的礼物。对前来洽谈业务的他是一毛不拔，他就在自己公司的咖啡厅里和他们谈，他跟洽谈业务的玩 AA 制，他说：

“这是国际通行的规则，各付各的账。”

李光头的咖啡厅是全中国最黑的黑店，北京上海五星级酒店里用进口咖啡豆当场磨出来的咖啡，也就是四十元一杯，他这里一杯速溶的雀巢咖啡要收一百元。骗子们心里叫苦不迭，从前的周瑜是赔了夫人又折兵，现在的自己是骗不到钱财，还折了咖啡钱。

我们刘镇的旅馆业、餐饮业和零售业突飞猛进，大批的外地人像雪花飘扬似的来到，他们在刘镇住，在刘镇吃，在刘镇的商店进进出出买东西。他们来自全国各地，他们都有自己的方言土话，到了我们刘镇都说上普通话了。我们刘镇的群众从来都是只说自己的土话，现在也卷着舌头说起普通话来了。对外地人卷着舌头说话，回到家里说话时不小心舌头也卷起来了，吃饭时舌头卷起来说普通话了，夫妻上床后舌头也卷起来说普通话了。

我们刘镇的群众天天看到李光头，打开报纸看到李光头在笑，听广播听到李光头在笑，看电视看到李光头在笑。李光头不仅自己出名，让我们刘镇也出名了。我们刘镇已经有一千多年的命名史，这些日子里大家忘记了刘镇这个镇名，大家张口闭口李光头说习惯了，说到刘镇时自然而然地说成了李光头镇。外地人开车经过时，也会摇下车窗玻璃问街上的群众：

“这是李光头镇吗？”

三十二

李光头如日中天的时候，宋钢戴着口罩仍然在寻找他的代理工作，可怜巴巴地走在刘镇梧桐树下的街道上。林红一次次被那个烟鬼刘厂长叫到办公室，烟鬼刘厂长关上门以后不再是言语色情了，开始手脚色情了。他把自己的椅子搬到林红身旁，假装爱怜地抚摸起了林红的手。林红真想站起来狠狠地给他一巴掌，可是想到失业的宋钢，她忍住了，只是甩开烟鬼刘厂长的手。烟鬼刘厂长得寸进尺，满嘴黑牙的嘴亲起了林红的脸，林红直想作呕，她一把推开烟鬼刘厂长，起身走到门口。当她准备开门的时候，烟鬼刘厂长从后面抱住了她，一只手在林红胸口捏了起来，另一只手伸进她的裤子，使劲把林红往沙发那边拉过去。林红双手紧紧抓住门的把手，她知道只有打开屋门才能救出自己，她大声喊叫，烟鬼刘厂长慌张了一下，林红趁机打开了屋门，外面有人走来，烟鬼刘厂长立刻松开了手，林红一个箭步跨到门外，听着烟鬼刘厂长在里面骂骂咧咧，她整理了一下自己的衣服和头发，然后匆匆走去。这时候还没有下班，林红骑上她的自行车已经冲出了厂门，流着眼泪在我们刘镇的大街上骑车回家。

宋钢刚刚回家，刚刚在沙发里坐下来，还没有摘下口罩，看到林红哭着推门进来了。宋钢不知道发生了什么事，紧张地站了起来。林红看到宋钢以后哭得更加伤心了，宋钢急切地问她出了什么事。林红嘴巴张了张，看到宋钢戴着口罩的可怜模样，还是没有把烟鬼刘厂长欺负她的事说出来，她心想宋钢已经是不堪重负了。林红之所以一直忍受着烟鬼刘厂长，就是因为宋钢失业了，林红心想要是宋钢在李光头那里有一份很好的工作，她就不用去忍受那种屈辱了，林红眼泪汪汪地对宋钢说：

"你去找找李光头吧……"

看到宋钢迟疑了一下后，再次倔强地摇了摇头，林红忍不住喊叫了，她流着眼泪喊叫：

"当初李光头发财了，想着你这个兄弟，专门来找你，你一口就把人家回绝了。"

"当初你也在。"宋钢喃喃地说。

"你和我商量了吗？"林红冲着宋钢哭喊道，"这么大的事，你不和我商量，就一口回绝人家了。"

宋钢低下了头，林红看到宋钢低下头，气得连连摇头："你就会低头……"

林红不断地摇头，她不明白宋钢为什么这么倔强。人家是不见棺材不掉泪，这个宋钢是见了棺材也不掉泪。林红决定亲自去找李光头，她把自己的想法告诉宋钢，她说别说是曾经相依为命的兄弟，就是一起长大的伙伴，李光头也应该给一份工作。林红擦干眼泪，对宋钢说：

"我不会说别的，我只说你的病，只问他愿不愿意给你一份工作。"

林红说着打开衣柜，想穿上一身漂亮衣服去找李光头。林红把所有的衣服都拿出来，放在床上挑选了差不多一个小时，她一边哭着一边挑选，她发现像样一点的衣服都是很多年前买的，而且这些衣服也早就过时了，她已经几年没有买衣服了。林红流着眼泪，穿上一身虽然过时还算像样的衣服，已经发胖的她穿上这身过时的衣服时，紧得像是绷带裹在她的身上一样。

宋钢看在眼里，难过在心里，他觉得自己太对不起林红了，他从沙发里站了起来，坚定地说：

“我去。”

宋钢走上了大街，走向了李光头的公司，我们刘镇最贫穷的人走向了最富有的人，他们曾经是兄弟，现在仍然是兄弟。宋钢走进了李光头的公司，他站在大堂里张望了一会儿，看到李光头坐在咖啡厅里，正在和记者高谈阔论，他走到李光头身后轻轻叫了一声：

“李光头。”

已经很多年没人这样叫李光头了，人们都是叫他“李总”，突然有人在后面叫他“李光头”，李光头心想是谁呀？回头一看是戴着口罩的宋钢，宋钢的眼睛在口罩上面的镜片里微笑。李光头赶紧站起来，对记者们说：

“我失陪一下。”

李光头拉着宋钢走进了电梯，又进了自己的办公室，他关上门后对宋钢说的第一句话就是：

“摘下你的口罩。”

宋钢的嘴在口罩里说：“我有肺病。”

“去你妈的肺病。”李光头一把摘下了宋钢的口罩，他说，“在自己兄弟面前用不着这一套。”

宋钢说：“我怕传染给你。”

李光头说：“老子不怕。”

李光头让宋钢在沙发里坐下来，自己坐在他身边，他对宋钢说：“你他妈的终于来看我了。”

宋钢张望着李光头巨大气派的办公室，不由欣喜地说：“要是妈妈还活着，看到你的办公室，不知道会有多么高兴。”

李光头听了这话，心里一阵感动，他扶着宋钢的肩膀说：“宋钢，你的身体怎么了？我这些年太忙，都顾不上你了。我听说你伤了病了，一直想来看你，别的事一忙又忘记了。”

宋钢苦笑一下，讲述起了自己如何做搬运工扭伤了腰，后来去水泥厂又弄坏了肺。李光头听完后，从沙发里跳起来指着宋钢破口大骂：

“你这个王八蛋，你到处找工作，你就是不来找我李光头。你这个王八蛋，你看看把自己弄成什么样子了，腰坏了肺也坏了。你这个王八蛋，你为什么不来找我？”

李光头的叫骂让宋钢心里高兴，让宋钢觉得他们仍然是兄弟，宋钢笑着说：“我现在来找你了。”

“现在晚啦，”李光头气急败坏地说，“现在你是个废人啦。”

宋钢点点头，同意李光头的话，然后他不好意思地对李光头说：“你能不能给我一份工作？”

李光头叹着气摇着头，重新在宋钢身边坐下来，拍拍他的肩膀说：“先治病吧，我派人送你去上海最好的医院治病，先把病治好了。”

宋钢摇着头说：“我找你不是为了治病，是要一份工作。”

“他妈的，”李光头骂了一声，随后说，“也行，你先到我公司挂个副总裁，你爱来就来，不爱来就在家里睡觉，你还是先把病治好了。”

宋钢还是摇着头说：“我干不了这份工作。”

“你这个王八蛋，”李光头又骂起来了，“你能干什么？”

“别人都叫我‘首席代理’，”宋钢自嘲地笑了笑，“我只能干些打扫卫生、分发信件报纸的工作，其他的我确实干不了，我没有那个能力……”

“你这个王八蛋真是没出息，林红嫁给你真是瞎了眼。”李光头气得连连摇头，“我李光头怎么能让宋钢干这种活……”

李光头骂了一阵后，知道再骂宋钢也没用，他对宋钢说：“你先回家吧，还有一帮记者等着我呢，你的事以后再说。”

宋钢重新戴上口罩，他从李光头公司出来后心里充满了幸福，李光头骂了他不知道多少个“王八蛋”，李光头骂得越多，宋钢越是高兴，他觉得李光头还像过去一样，他们还是兄弟。

宋钢回家后喜气洋洋，他摘下了口罩坐在了沙发上，笑着对林红说：“李光头还是和过去一模一样，他骂了我很多个王八蛋，他骂我没出息，说你嫁给我是瞎了眼……”

林红开始也是一脸的高兴，听着听着她有些糊涂了，她问宋钢：“李光头给你工作了？”

“他让我先去治病。”宋钢说。

林红疑惑地问：“他没有给你工作？”

“他要我做副总裁，我没答应。”宋钢说。

“为什么？”林红问。

“我没有这个能力。”宋钢说。

林红的眼泪再次流了出来，她擦着眼泪忍不住说了一句：“你真是个扶不起的阿斗。”

宋钢不安起来，低声说：“他让我先去治病。”

“哪里有钱给你治病？”林红伤心地哭着。

这时候有人敲门了，林红擦干眼泪，把门打开一条缝，看到李光头公司的财务总监站在门外。这人悄悄地向林红招招手，让她出来。林红怔了一下，然后擦着眼睛走了出去。林红跟着李光头的财务总监走出了三十多米远，财务总监站住脚，塞给林红一张银行存折，说里面有十万元，户头是林红的名字，这是李光头给林红和宋钢的生活费和医药费；财务总监说，李光头怕宋钢不愿意拿钱，所以让他把存折交给林红，要林红保密，别让宋钢知道。李光头的财务总监临走时对林红说：

“李总说宋钢病得不轻了，赶紧带他去医院治病。李总说不要担心花钱，以后每隔半年都会往这个存折里打进去十万元，还不够的话，你就说一声，李总说了，你们的事，他要管到底。”

林红手里拿着十万元的银行存折，目瞪口呆地站在那里，十万元意味着什么？这是林红有生以来想都没有想过的数目。她看到过路的人都盯着手里的存折看，她吓了一跳才醒悟过来，拿着存折赶紧往家里走，走到门口时改变主意了，李光头的财务总监告诉她不能让宋钢知道，她转身去了银行，从存折里取出两千元，准备明天送宋钢去医院治病。然后她慢慢地往家中走去，她的脑海里不断浮现出过去那个咧嘴大笑的李光头，这时的林红突然觉得李光头是个很好的男人，自己当初讨厌他实在是不应该。

三十三

刘作家风光了不到两个月，突然发现自己过时了，又像从前那样没人注意了，汇款单也不来了。刘作家愤愤不平，他一手缔造了家喻户晓的李光头，自己却被迅速地遗忘。来了那么多的记者，个个扑向李光头，没有一个记者关心他，甚至没有一个记者认真看过他一眼。他曾经在大街上拦住过几个记者，告诉他们，最早关于李光头的那篇报道就是他写的。几个记者嘴里嗯嗯了几声，就急匆匆地跑向李光头的公司，急匆匆地要去采访李光头，因为去晚了，这一天就会轮不上，就要等到第二天。

刘作家穿着皱巴巴的西服，胡子拉碴头发蓬乱，一双黑皮鞋满是灰尘，变成灰皮鞋了。外来的人不理他，他就找我们刘镇的群众，他只要拉住一个刘镇的群众就是唠唠叨叨，历数他在李光头出名上的丰功伟绩，他的唠叨到了最后总是那句话：

“我是为他人作嫁衣裳啊。”

刘作家的唠叨一传十，十传百，百传千，就传到李光头耳朵里去了。李光头让手下的人去把刘作家找来，李光头说：

“我要开导开导他。”

李光头的两个手下找到刘作家时，刘作家正站在大街上啃着一只苹果。李光头的两个手下走过去告诉他：李光头要见他。刘作家一阵激动将嚼烂的一片苹果咽到气管里去了，他弯着腰憋红了脸，咳嗽连连捶胸顿足地跟着李光头的两个手下走去。他一直捶胸顿足到李光头的公司门前，终于将堵在气管里的苹果碎片咳了出来。他仿佛死里逃生似的大口喘气，将刚才气管堵住时憋出来的眼泪擦了又擦，对李光头的两个手下说：

“我知道李总会来找我的，我一直在等着李总来找我，我知道李总的为人，我知道李总是饮水不忘掘井人……”

刘作家走进了李光头一百平米的办公室，那时候李光头正在电话里跟人洽谈生意。刘作家东张西望，嘴里啧啧不停，等李光头放下电话，刘作家笑容满面地说：

“早听说您的办公室有多么气派，今日一见果真名不虚传啊。我去过县长的办公室，县长的办公室够大了，可是跟您的一比，也不过是个卫生间。”

李光头冷冷地看着刘作家，看得刘作家心里的激动一下子就没了。李光头横着眼睛对他说：

“听说你在外面造谣滋事？”

刘作家的脸色刷地白了，他连连摇头，连连说：“没，没，没有……”

“他妈的。”李光头拍一下桌子，又骂了一声，“他妈的。”

刘作家听了两声“他妈的”，身体跟着抖了两次。刘作家心想完了，心想这个李光头眼下大红大紫，这个李光头要对付他，还不就是拿着拍子去拍苍蝇一样容易。李光头冷笑着问他：

“你说什么？你说你为我作嫁衣裳？”

刘作家点头哈腰地说：“对不起，李总，对不起，我说错话了……”

李光头扯了扯胸前的西服，问刘作家：“这衣服是你作的嫁衣？”

刘作家连连摇头：“不是，不是……”

“你知道这衣服是什么牌子？”李光头骄傲地说，“这是阿玛尼。阿玛尼是谁？是意大利人，是世界上最有名的裁缝，你知道这衣服值多少钱？”

刘作家开始连连点头：“一定很贵，一定很贵……”

李光头伸出两根手指：“两百万里拉。”

刘作家一听说“两百万”，吓得腿肚子直哆嗦。这个土包子哪里知道意大利里拉是什么钱，他只觉得外国钱比中国钱贵。他张着嘴喊叫起来：

“我的妈呀，两百万……”

李光头看着刘作家惊慌失措的样子，微微一笑地说：“我给你一个忠告，管好自己的嘴。”

刘作家继续点头：“是，是，一定管好，俗话说祸从口出，我以后一定管好。”

李光头给了刘作家一个下马威以后，表情变了，友好地说：“坐下吧。”

刘作家一下子没有反应过来，李光头又说了一声让他坐下，他才小心翼翼地坐了下来。李光头亲切地对他说：

“那篇报道我读了，你这王八蛋是个才子，你是怎么想到那把钥匙的？”

刘作家松了一口气，高兴地回答：“那是灵感。”

“灵感？”李光头觉得有些费解，“他妈的，别说深奥的话，说容易的话。”

刘作家意味深长地笑了起来，脑袋探向李光头，悄悄说：“从前我也经常在厕所里偷看屁股，我有经验……”

“真的？你也偷看？”李光头兴奋地问，“什么经验？”

“用镜子，”刘作家起身开始表演了，“把镜子伸下去照女人的屁股，看镜子里的屁股，这样既不会掉下去，又可以警惕别人进来。”

“他妈的，”李光头拍起了自己的脑门，“老子当初怎么就没想到镜子？”

“可是您看到林红的屁股了，”刘作家奉承地说，“我也就是看看童铁匠老婆的屁股。”

“他妈的。”李光头两眼闪闪发亮地说，“你这王八蛋确实是个才子，我李光头一生有三爱，爱钱爱才爱女人，你这王八蛋是我的第二爱。本公司现在是大公司了，大公司都需要一个新闻发言人，我觉得你这王八蛋是个合适的人选……”

刘作家成了李光头的新闻官。几天以后刘镇的群众再见到他时，已经不是一个土包子了，他穿着笔挺的西服，皮鞋擦得锃亮，白衬衣红领带，头发梳理得整整齐齐。当李光头从桑塔纳里钻出来时，他跟在屁股后面也钻了出来。他的绰号也换了，换成了刘新闻。刘新闻牢记李光头的忠告，要管好自己的嘴，从此以后刘镇的群众再想从他嘴里套出话来，比拔掉他的门牙还难。他私下里对朋友说：

“我不能再像从前那样随便说话了，我现在是李总的喉舌了。”

李光头没有看错人，刘作家不该说话时是闷棍子砸不出一个屁来，该说话时又是巧舌如簧。当我们刘镇的群众津津乐道于李光头的绯闻时，刘作家就会出来更正：

“李总是单身男子，单身男子和女人睡觉不叫绯闻。什么叫绯闻？就是丈夫和别人的老婆睡觉，老婆和别人的丈夫睡觉。”

刘镇的群众问他：“别人的老婆和李光头睡了，算不算有绯闻？”

“有绯闻，”刘作家点点头，“不过这绯闻在别人那里，李总这里还是干净的。”

刘作家的绯闻论传到了李光头的耳朵里，李光头十分赞赏，他说：“这王八蛋说得有理，像我李光头这样的单身男子，哪怕睡遍古今中外的女子，也睡不出个绯闻来。”

刘作家改头换面成为刘新闻以后，第一件事就是处理堆积如山的来信，这些来自全国各地的信件都是自称是处女的女性写来的。一个亿万富翁没有品尝过爱情的滋味，没有见过处女的真相，让全国各地多少女性想入非非，她们纷纷写信向李光头表达纯真的爱情。这里面有少女也有少妇，有良家女也有卖淫女，有城市的也有农村的，有女中学生、女大学生、女硕士、女博士，她们在信里都说自己是处女，还有一个女教授也自称是处女，她们在信里或者是暗示或者是明说，都要把自己的珍藏至今的处女膜献给我们刘镇的李光头。

邮局的邮车每天都会将一麻袋的来信扔在公司的传达室，然后由公司里两个强壮的小伙子扛进刘作家、现在应该是刘新闻的办公室。刚刚上任的刘新闻勤奋工作，他的办公室就在李光头的隔壁，他也像李光头一样忙得每天只睡两三个小时，他阅读大量的处女来信，从中间挑选出一些有价值的读给李光头听。李光头忙得喘气的时间都快没有了，刘新闻只能见缝插针分段朗读给李光头听。李光头撒尿时读一段，李光头拉屎时读一段，李光头吃饭时读一段；李光头出门时他跟在后面读着，李光头钻进了桑塔纳，他也钻进去继续读着。到了深更半夜，李光头回家躺到床上了，刘新闻就站在床边读，读到李光头睡着了，刘新闻就在他脚旁躺下来也睡一会儿。李光头醒来，刘新闻赶紧跳起来继续读，读到李光头刷完牙洗完脸吃完早点，读到李光头到了公司的办公室日理万机后，刘新闻才赶紧去刷自己的牙，洗自己的脸，吃自己的早点，接着又赶紧把自己埋进堆积如山的信件之中，赶紧去处理新的处女来信了。

那些日子刘新闻和李光头形影不离，处女的信件像是兴奋剂一样刺激着李光头，一想到全国有那么多的处女膜排成长城一样的队伍在期待着他，李光头的双手就会激动得忍不住去搔自己的大腿。刘新闻挑选的都是最精彩最感人的篇章，刘新闻朗读的时候，李光头两眼闪闪发亮，他像个幼儿园的孩子一样天真地惊叫起来：

“真的？真的？”

到后来李光头离不开这些处女来信了，它们成为了李光头的精神支柱，他像是吸毒上了毒瘾一样，当他累了的时候，就会让刘新闻读一段，又立刻精神饱满地投入到工作之中。他在接受采访时，他在洽谈生意时，也常常忍不住了，像是毒瘾发作了，他必须要溜出来让刘新闻读上一段，才能红光满面地重新坐到记者们和生意伙伴们的面前。那一阵子他常常忘了自己的新闻官应该叫刘新闻，他常常把刘新闻叫成“处女信”。刘新闻也是人，也要上厕所拉屎撒尿，有时候李光头想听听处女来信，想来一针精神海洛因，一下子又找不到刘新闻，就会站在走廊上焦急万分地喊叫：

“处女信呢？他妈的处女信跑哪里去啦？”

这时刘新闻就会提着裤子从厕所里冲锋出来，他在冲锋的时候一只手提着裤子，一只手拿着信已经在朗读起来了。

三十四

记者们像潮水一样涌来，又像潮水一样退走。也就是三个月，李光头交际花似的忙了三个月以后，突然发现没有记者了。虽然前来洽谈合作的人还在断断续续地来到，可是记者没了，李光头立刻闲下来了。前两天李光头如释重负，他说自己终于可以像个人那样睡觉了。他一觉睡了十八个小时，醒来后还说自己没睡够。他的刘新闻一觉睡了十七个小时，醒来了也说没睡够。刘新闻躺在家里的床上，李光头也躺在家里的床上，刘新闻通过电话给李光头朗读了两个小时的处女来信，直到电话那头传来李光头打雷一样的呼噜声，刘新闻才放下处女来信，眼睛一闭也是鼾声四起。李光头和他的刘新闻各自再睡了五个小时，然后两个人眼睛红肿地在公司见面了。

接下来的一个星期里，李光头懒洋洋地躺在办公室的沙发上，听着刘新闻口干舌燥地朗读着处女来信。虽然处女们的来信仍然像精神海洛因刺激着他，可是记者们突然销声匿迹了，让李光头很不适应，他在听着那些处女们的肺腑之言时开始走神了，他打断刘新闻的朗读，自言自语地说：

“这些王八蛋记者为什么集体失踪了？”

刘新闻站在李光头的沙发前，他说报纸广播电视的记者就是这么王八蛋，哪里有热点就往哪里扑。就像狗一样，哪里有根骨头就往哪里扑。

李光头霍地坐起来说："难道我李光头已经不是根骨头啦？"

刘新闻支支吾吾地说："李总，您不能这么比喻自己……"

李光头重新在沙发里躺下来，满脸惆怅地继续听刘新闻朗读处女信。李光头思绪万千，听着听着突然红光满面地坐起来了，他喊叫了一声：

"不行，我还得是根骨头。"

源源不断的处女来信让李光头灵机一动，他说要搞一个全国性的处女膜奥林匹克大比赛。刘新闻一听也是两眼放光，接下去李光头滔滔不绝，他在办公室里走来走去，一口气说出了二十个王八蛋，他说要让那些王八蛋记者统统像疯狗一样扑回来，要让王八蛋电视直播处女膜比赛，要让王八蛋网络也在网上直播，要让王八蛋赞助商纷纷掏出他们的王八蛋钱，要让王八蛋广告布满大街小巷，要让那些王八蛋漂亮姑娘穿上三点式王八蛋比基尼在大街小巷走来走去，要让我们刘镇所有的王八蛋群众大饱一下王八蛋眼福。他说还要成立一个王八蛋大赛组委会，要找几个王八蛋领导来当王八蛋主任和王八蛋副主任，要找十个王八蛋来当王八蛋评委，说到这里他强调一下，十个评委都要找男王八蛋，不要找女王八蛋。最后他对刘新闻说：

"你就是那个王八蛋新闻发言人。"

刘新闻手里拿着纸和笔，飞快地记录着李光头的王八蛋指示，等李光头说完了说累了坐到沙发里喘气时，刘新闻说话了，他对李光头的绝妙主意歌功颂德一番，提出自己的两条小小的修改意见，首先他说叫处女膜奥林匹克大比赛有所不妥，是否改成首届全国处美人大赛。

李光头点点头说："改得好。"

刘新闻说第二条意见，说十个评委都是男性是否也不妥？还是应该有几个女性评委。这条意见李光头没有同意，他摆摆手坚决地说：

"不要女的，评比姑娘里面谁漂亮谁不漂亮，还不是我们男人说了算数，要女人进来干什么？"

刘新闻沉思片刻，说评委都是男性可能会有负面效应，媒体上会有争论，会有非议，会成为一个话题被人们没完没了地讨论下去。

“这样才好呢。”李光头叫了起来，他说，“我就是要他们争论，要他们非议，要他们没完没了地讨论下去，这样我李光头就永远是根骨头啦。”

刘新闻办事雷厉风行，第二天就把处美人大赛的新闻稿发出去了。他在办公室里天南地北地打了一天电话后，组委会主任和副主任的领导名单确定下来了，十个评委的名单也确定下来了。李光头也在办公室里五湖四海地打了一天的电话，把那些日子前来洽谈过生意的董事长总裁们的电话统统打遍，确定了赞助商和广告商的名单。最后李光头给陶青县长打了一个电话，把他的宏伟计划向陶青汇报了一番后，说到时候请陶青出面，把城里最宽阔的大街留出来，就在大街上举行首届全国处美人大赛。李光头吞着口水说：

“到时候会有上千个美女从全国各地赶来参加比赛，他妈的个个都是处女，县里最大的地方也就是电影院，电影院里只有八百个王八蛋座位，光是那些来比赛的美处女都装不下，你我的位置没了，其他领导的位置没了，连评委的位置都没了，我们总不能坐到美处女的大腿上去吧？还有那么多想看美处女的王八蛋群众们，所以只能在王八蛋大街上……”

陶青县长欣喜若狂，他说这是刘镇发展史上的一个重大契机，弄好了全县的 GDP 都能上去三到五个百分点，他告诉李光头：

“你放心，别说是一条大街了，两条、三条都行，所有的大街小巷都给你留出来也行，让全国各地的美处女都来吧，我们有这个接待能力。”

首届全国处美人大赛的新闻瞬间席卷全国，退潮一样离去的记者们又像涨潮一样回来了，我们的李光头又成为了全中国的一根首席骨头，他的音容笑貌又在报纸广播电视上频频出现。刘新闻跟着水涨船高也出尽了风头，这小子饮水不忘掘井人，他知道要是没有李光头的信任和提拔，哪有他今天的人模狗样。所以刘新闻在举行新闻发布会的时候，回答所有的问题都是一句一个“李总”。

有记者问：“为什么要举行全国处美人大赛？”

刘新闻字正腔圆地回答：“为了弘扬祖国的传统文化，为了让今天的女性更加自爱，自爱后才有真正的自信，同时也为了今天的女性更健康和更卫生，我们李总决定举行首届全国美处女大赛……”

记者打断他的话：“你说的更卫生是什么意思？”

刘新闻回答：“处女膜对阻挡病菌入侵，保护内生殖系统，维护生育能力，是有十分重要的作用。这就是我们李总所说的更卫生。”

另一个记者问：“你们对参赛选手有什么要求吗？”

刘新闻绕口令似的说：“美丽端庄、健康婀娜、气质出众、才韵内敛、善解人意、温柔体贴、尊老爱幼、清纯忠贞、无性经历……”

这个记者继续问：“那些因为运动而处女膜破裂的是否有资格参赛？还有因为被强暴而处女膜破裂的是否也有参赛资格？”

刘新闻回答：“我们李总对上述两类女性十分尊重，对此问题他曾经反复斟酌，茶饭不香，睡眠不足，最终为了维护首届全国处美人大赛的纯洁性和权威性，我们李总只好忍痛割爱，他专门要我通过新闻发布会向这样的女性致敬，同时呼吁全国的男性朋友们给她们更多的关爱。”

一个女记者说：“你们举行所谓的处美人大赛，其实就是封建主义的男尊女卑，其实就是对女性的歧视。”

刘新闻摇摇头说：“我们都是母亲的孩子，我们都热爱敬重母亲，我们的母亲都是女性，所以我们热爱敬重女性。”

最后一个记者提问：“处美人大赛的冠军是否会成为你们李总的新娘？”

刘新闻笑着回答：“我们李总举行的是选美大赛，不是选妻大赛。当然也不能完全排除我们李总会爱上某一位处美人，前提是这位处美人也爱上我们李总，爱情是不可预测的。”

新闻发布会上了电视，我们刘镇的群众都看到了，刘新闻油头粉面西装革履，回答问题时滴水不漏恰到好处。李光头也看了电视，他对刘新闻的表现十分满意，他说：

“这王八蛋确实是个人才。”

新闻发布会之后，首届全国处美人大赛就拉开序幕了。大赛分初赛、复赛和决赛，前来参赛的处美人都要她们食宿自理，只有进入决赛的一百名处美人的食宿由大赛组委会承担。这一百名处美人将决出冠军、亚军和季军，奖金分别是一百万、五十万和二十万。大赛组委会将推举获胜的三位处美人进军美国好莱坞，将这三位处美人打造成国际巨星。全国各地的报名信像雪片一样飞来，邮局的邮车又是每天扔一麻袋信件在李光头公司的传达室。全国各地的处女们如此踊跃，本镇本县和邻镇邻县的处女们也不甘示弱，她们也纷纷报名，她们扬言肥水不流外人田，一定要把冠、亚、季三军留在本地，决不让那些外地女子拿走。这些报名参赛的很多已经不是处女了，有的已经结婚，有的已经离婚，有的和一个男人同居着，有的不知道和多少个男人同居过了。她们纷纷去了医院妇产科，纷纷去做处女膜修复术。

我们刘镇的群众都是井底之蛙，不知道处女膜修复术瞬间风靡全国了。直到一个名叫周游的江湖骗子来到，刘镇的井底之蛙才知道世界发生了什么。周游告诉刘镇的群众，现在是处女膜经济时代了，他说这是北京的经济学家说的。刘镇的群众才知道不仅那些前来参赛的女子去做了处女膜修复术，更多的不来参赛的女子被这股潮流引导着，也突然觉得处女膜弥足珍贵了，也去医院做了处女膜修复术。一时间从全国大城市的大医院，到乡村小地方的小卫生院，都纷纷推出处女膜修复术。修复处女膜的广告也是铺天盖地而来，电视上看到了，报纸上看到了，广播里听到了，打开电脑一上网腾地弹出来了；在机场在车站在码头在大街在小巷，一抬头就会看到处女膜修复术的广告。周游告诉刘镇的群众，处女膜修复术已经成为了全中国最为暴利的行业，他说经济学家所说的处女膜经济：

“就是从你们这个刘镇起源的。”

周游最后说：“所以我来了。”

这时候我们刘镇的群众已经感受到什么是处女膜经济了。我们的县医院，我们下面的乡医院当然是近水楼台先得月，他们的广告到处张贴，桥栏上、电线杆上、街上的墙壁、公共厕所的墙壁，只要你看得见的地方，全贴着修复处女膜的广告。你睡一觉醒来，在你家的门上贴上了；你好好地吃着午饭，从你家的门缝里塞进来了。你去商场买双鞋，给你一张广告；你去买张电影票，给你一张广告；你进了餐馆拿着菜单看着时，一张广告塞过来，你刚刚点了一道菜“红烧猪蹄”，眨一下眼睛变成了“处女膜修复”，广告盖住了你的菜单。我们刘镇的男女老少都知道处女膜修复术是怎么回事了，他们说：

“就是割个双眼皮那样简单。”

我们刘镇的孩子像是背诵课文似的说：“手术三十分钟，采用局部麻醉，术后无须休息，不影响正常生活和工作，不影响月经来潮。”

我们县医院的广告都做到蹬三轮车的胸前背后了，红色的塑料布上写着黄色的大字，中间挖个洞从头上套进去，像个雨披似的。那些蹬三轮车的男人们每个胸前背后都写着：

“还你一个完整的女儿身，修复成功率达 100%，手术满意率达 99.8%，再次初夜见红率达 99.8%。”

处女膜经济的突然兴起，给李光头的处美人大赛推波助澜。那些日子一笔笔赞助商和广告商的钱打进了李光头公司的账号，李光头两眼红肿还在不停地打电话，还在邀请新的赞助商广告商加盟，他整天对着话筒吼叫，嗓子哑了还在叫：

"机不可失，时不再来，快快快……"

刘新闻更是忙得焦头烂额，说起来他是李光头的王八蛋新闻发言人，可是所有的王八蛋事情他都得干。李光头别的什么都不管，只顾对着话筒像个刽子手似的吼叫，像个乞丐似的到处要钱。刘新闻一个人早就忙不过来了，他每天都在雇用帮手；他的办公室早就不够用了，又借了别人的办公室，后来开脆到外面租了一幢房子，正式挂起了"首届全国处美人大赛组委会"的招牌，为了保密和公正，刘新闻请李光头给县武警中队打了个电话，此后就有两个持枪的武警在组委会门口站岗放哨了。组委会的工作人员每人胸前都挂个牌子，上面还有照片，没有那个牌子的人谁也别想进去。

我们这个刘镇，李光头出名后别人叫我们李光头镇，现在处美人大赛出名了，别人都叫我们处美人镇了。我们这个处美人镇开始大兴土木，县政府出面把沿街的房屋全部粉刷一新，县政府通过县里的广播电视，通过各级单位下达指示，要求家家户户都把窗玻璃擦得干干净净，要擦到看不见窗玻璃为止；要求家家户户不要再往屋外街上乱扔垃圾了，尤其是大赛开始后，要求家家户户宁可把垃圾藏在床底下，也不能扔到街道上，违者重罚，用猪肉的价格来处罚，谁要是扔了二十斤垃圾，谁就得被罚掉二十斤猪肉的钱。县政府号召全体群众动员起来，要像女人化妆那样把我们这个处美人镇搞得楚楚动人，以亮丽的形象迎接首届全国处美人大赛。然后我们的处美人镇开始张灯结彩了，标语横着挂在大街上，竖着悬在大楼上，那条用来比赛的大街搭起了高高的广告架，李光头通过电话吼叫来的巨大广告一幅一幅出现了。

大赛开始前一周，我们这个处美人镇已经人满为患了。首先来到的是记者们，文字记者摄影记者来了一批又一批，电视转播车也开进来了；随后来到的是嘉宾们，都是李光头的赞助商和广告商，还有领导同志们和评委同志们。我们刘镇最豪华的宾馆是李光头开的，他把记者朋友们和嘉宾朋友们全塞了进去，刚好把宾馆塞满。报名的处美人超过了两万，因为食宿自理，最后来到的也有三千。这些处美人从全国各地赶来，我们刘镇所有的宾馆招待所一下子都客满了，原来的双人房改成四人房了，也装不下这么多的处美人。为了维护我们刘镇亮丽的形象，为了不能让那么多的处美人睡在街道上，我们刘镇有些男群众管不住自己的性欲，他们趁着黑暗强暴了几个处美人怎么办？就是不去强暴处美人，趁着黑暗在处美人身上乱摸几把，也会让我们刘镇丢尽面子。县政府号召群众把自己的床让出来给处美人睡。好在这时候是夏天了，群众纷纷响应，很多家庭的男人们都抱着个席子睡到大街上和小巷里，给处美人们腾出睡觉的地方。赵诗人也睡到大街上，赵诗人一室一厅的房子接待了两个处美人，每个处美人一天要交一百元的住宿费，赵诗人一天就要挣两百元。宋钢和林红的家也是一室一厅，宋钢看到赵诗人每天都能挣两百元，他抱着草席也要睡到大街上去，他让林红还在屋里睡，不能接待两个处美人，也能接待一个，一天能挣一百元。林红不答应，说宋钢是个病人，不能在大街上睡。宋钢坚持要睡到大街上，林红生气了，说宋钢天天去医院打针治病，眼看着身体好起来了，睡到大街上万一病情加重了，花掉的钱比挣来的肯定多。宋钢不知道李光头已经在接济他们了，林红说治病的钱是父母和亲友给的。宋钢铺上草席已经在赵诗人旁边躺下了，看到林红站在门口气哭了，只好站了起来，卷起草席抱着回到屋子里。那几天宋钢早晨打开屋门，第一眼看到的就是赵诗人，赵诗人躺在一根电线杆下伸着懒腰，赵诗人见了宋钢就坐起来滔滔不绝地说，说睡在大街上比睡在家里的床上舒服多了，也凉快多了，还能每天挣两百元。宋钢十分羡慕，他看着赵诗人脸上被蚊子咬得满是红点，他指着赵诗人的脸问：

“你的脸怎么了？”

赵诗人得意地回答：“青春痘长出来了。”

三十五

江湖骗子周游就是这时候来到我们刘镇的。这个周游看上去一表人才，现在的骗子都是长相出众，长得都像电影里的英雄人物。周游提着两个二十九英寸彩电的纸箱子从长途汽车站走出来时，口袋里只有五元钱。我们刘镇除了首席代理宋钢，所有男人口袋里的钱都比周游多，仍然自卑地觉得自己是穷人，这个只有五元钱的周游却是满脸的福布斯中国排行榜上的表情。

这时候是黄昏了，月光还没有照射下来，路灯和霓虹灯已经交相辉映了。街上的刘镇群众因为炎热，恨不得要光屁股了。这个周游西装革履，他把两个大纸箱子放在两只脚旁，站在汽车站外的街道上，就像是站在有空调的大厅里似的一点都不觉得热，他脸上挂着福布斯中国排行榜上才有的微笑，问街道上来去的群众：

“这是处美人镇吗？”

江湖骗子周游一连问了五遍，来去的群众不是匆匆点个头，就是匆匆地“嗯”一声，没有一个人站住脚认真看看他，没有一个人走上来和他说上一两句话。群众们不上钩，让周游无从下手。要是在往常，这么一个与众不同的人物站在大街上，我们刘镇的群众早就像看猩猩一样好奇地围着他了。现在是什么时候，现在是三千个处美人已经来了两千八百多个了，还有两百多个记者，还有以前只能在电视上才见得到的节目主持人，还有领导们和评委们，我们刘镇的群众都见过了，群众一下子都是见过大世面的人了。周游以为他叫几声“处美人镇”，我们刘镇的群众就会惊奇不已，他不知道外地来的人叫“处美人镇”已经叫了一个多星期了，我们刘镇的群众自己都叫上“处美人镇”了。

周游在汽车站前一直站到天色黑下来，也没有人上来搭腔，他就无法行骗。只有几个蹬三轮车的上来拉生意：

“老板，去哪个宾馆？”

周游口袋里只有五元钱，他要是乘坐一次三轮车口袋里的钱就变成零了。他知道这些蹬三轮车的不能惹，少一元钱都会和他拼个头破血流。所以蹬三轮车的上来拉生意时，他理都不理他们，而是从西装口袋里掏出个玩具手机，这个玩具手机像真的一样，里面装上一节五号电池，悄悄按上一个键，手机的铃声就会响起来。当蹬三轮车的上来问他去哪个宾馆时，他的手机就响了，他拿出来对着手机怒气冲冲地说：

“接我的专车怎么还不来？”

天黑以后周游知道这么站下去没什么希望了，他只好提着那两个庞大的纸箱子往前走了，这时候他怎么走也走不出福布斯中国排行榜上的步伐了，他走出来的是苦力的步伐。我们刘镇的大街人山人海，人山人海里面又是美女如云，周游提着的两个大纸箱不停地与美女们的大腿相撞，与我们刘镇群众的大腿相撞，在路灯和霓虹灯的闪烁里，在外国歌曲和中国歌曲的引吭高歌里，在爵士乐和摇滚乐的轰鸣里，在外国古典音乐和中国民间音乐的抒情里，周游走走停停，停下来的时候他举目四望，欣赏着被李光头弄出来的新刘镇，欧式古典建筑和美式现代建筑里夹杂着大红灯笼高高挂的明清一条街；他看见了希腊式的大圆柱，那是李光头最豪华的饭店；他看见了罗马式的红墙商场，那是李光头的名牌服装店；中式的灰瓦院子里是李光头的中国餐厅，日式的庭院里是李光头的日本料理；他看见了哥特式的窗户和巴罗克式的屋顶……周游心想这刘镇完全是个混血儿镇了。

谁也不知道这个江湖骗子晚上都去了些什么地方，他提着两个又笨又大又重的纸箱子，大热天里西装革履，而且又饥又渴又累。这骗子身体真好，他这么走着，一直走到晚上十一点钟了，竟然没有中暑，也没有晕倒在地昏迷过去，这骗子肯定是把自己的身体也给骗住了。他走了一圈下来，看到满街躺着我们刘镇的男群众，听着男群众满街的议论，就知道我们刘镇所有的宾馆招待所都客满了，知道这些男群众的家里都住满了处美人。

周游走到赵诗人的草席前时停下了，那时候赵诗人还没有睡着，正躺在草席上往脸上拍打着蚊子。周游看了看赵诗人，对赵诗人点点头。赵诗人没有理睬他，心想这小子是干什么的？周游的眼睛看到了街道对面苏妈的点心店，他饿得前胸贴后背，他知道要是再不吃点东西就做不成骗子了，只能做饿死鬼了。他提着两个大纸箱走过了街道，虽然他西装革履，可他走出来的已经是难民的步伐。他走进了对面的点心店，里面的空调让他精神为之一爽，他在靠近门口的桌子前坐了下来。

因为夜深了，点心店里只有两个顾客在吃着。苏妈已经回家睡觉去，她的女儿苏妹坐在收钱的柜台前，正和两个女服务员说话。苏妹三十多岁了，我们刘镇的群众还不知道她的男朋友是谁，就像不知道她的父亲是谁一样。

苏妹看到周游风度翩翩走进来，又风度翩翩地坐下，只是他的两个大纸箱子一点风度都没有。周游一眼就看出这个长相一般甚至有点丑的苏妹是店里的老板，他英俊的脸上挂着英俊的笑容，像是在欣赏一幅名画似的看着苏妹。从来没有一个男人像周游这个骗子那样欣赏地看着自己，苏妹心里怦怦乱跳了。当一个女服务员将点心单递给周游时，他才依依不舍地将眼睛从苏妹脸上移开，看起了单子。他看到一笼小包子刚好是五元钱，就点了小包子。女服务员拿着酒水单子问他想喝些什么，她一口气说出了一堆饮料的名字，周游摇摇头说：

“我血液黏稠，不能喝饮料，给我一杯凉水吧。”

女服务员说没有凉水，只有矿泉水。周游仍然摇着头说：“我不喝矿泉水，那是骗人的，里面没有什么矿物质了，矿物质含量最高的就是凉水。”

周游说完后又像刚才那样欣赏地看着苏妹了，看得苏妹芳心乱跳。周游知道苏妹肯定会给他弄一杯水过来，他的手伸进口袋后玩具手机就响了，他拿出手机假装转过身去接电话，他对着手机说话时对方好像是他的秘书，他抱怨着对方没有提前给他订房间，让他到了刘镇后找不到住处。当着苏妹的面和当着那几个蹬三轮车的不一样，他没有发火，就是抱怨也是十分文雅，最后他还安慰了对方几句。当他把手机关了放进口袋转回身来时，苏妹已经拿着一杯水站在他身旁了。他知道苏妹拿着的是矿泉水，他也渴得像是刚从沙漠里出来一样，他彬彬有礼地站起来接过水，彬彬有礼地表示了感谢。然后坐下来小口喝着水，小口吃着包子，开始和苏妹聊天了。

他从包子下手，他说这包子味道不错，夸奖着苏妹这家点心店干净卫生，说得本来已经转身的苏妹又站住了。他趁热打铁，建议苏妹推出一种新的包子品种，苏妹就在他对面坐了下来。他说应该推出一种带吸管的小笼包子，他说在北京上海最高档的点心店里，小笼包子端出来时每个上面都插着一根吸管，这种小笼包子皮薄肉多，肉汁当然更多，顾客先是慢慢地将鲜美的肉汁通过吸管吸进嘴里，吸完肉汁后再吃掉包子，他说这是目前最高档的小笼包子，也是人民群众新生活的标志，吃包子不再是为了吃面粉皮吃肉馅，而是为了吸汁，他说：

“有些人吸完肉汁就走，皮和肉馅碰都不碰。”

周游说得苏妹两眼发亮，苏妹说明天就开始试验这种新的小笼包子，周游趁机说他明天就来检验，他说一定会将自己吸肉汁的宝贵经验全盘托出，毫无保留地献给苏妹，一定要帮助苏妹将带吸管的小包子风靡起来，不仅要吸引方圆百里的顾客，就是北京的顾客，也要让他们坐着飞机来品尝。说得苏妹笑容满面，最后她有些害羞地说：

“你真的会帮我？”

“当然。”周游潇洒地挥了挥手。

这个江湖骗子花去了身上仅有的五元钱以后，声称要试吃带吸管的小包子，将今后几天吃的都提前骗到手了。他提着两个纸箱子从苏妹的点心店里出来后，步伐比刚才饥饿时好看多了，现在他要寻找免费住处了，他再次走到了赵诗人的面前，打起了赵诗人草席的主意。

要不是蚊子的叮咬，赵诗人早就睡着了，那些嗡嗡响着的蚊子咬得他全身发痒，咬得他心烦意乱，他正挥舞着手噼里啪啦地打着蚊子，打得他满手都是蚊子的血。周游提着纸箱子过来了，他把两个纸箱子在赵诗人的草席旁放下后重叠在一起。赵诗人在路灯下张开他满是蚊子血的手，对周游说：

“这都是我的血。”

周游礼貌地点点头，他的玩具手机响了，他要行骗的时候玩具手机就会响。他拿着手机上来就是一声“哈罗”，接下去是一串赵诗人听不懂的外国话。赵诗人好奇地看着他，等他说完了，赵诗人小心地问他：

“你刚才说的是美国话吧？”

“是。”周游点点头说，“跟我美国分公司的经理谈了一下业务。”

赵诗人猜对了他说的是美国话，十分得意地告诉周游：“美国话我还能听懂一些。”

周游看着赵诗人一副小人得志的模样，知道刚才那一通电话还没有把他给镇住，他的玩具手机自然还得再响，他拿起手机说了一句：

“不弄懂……”

接下去又是一串赵诗人听不懂的外国话，等他说完了把手机放进口袋，赵诗人仍然小心地问他：

“你刚才说的不是美国话吧？”

“意大利话。”他说，“跟我意大利分公司的经理谈了一下业务。”

赵诗人再次得意地说：“我一听就知道不是美国话。”

这个江湖骗子遇到了一个自鸣得意的土包子，两个电话都没有把赵诗人镇住，手机只好第三次响了，他拿起来说：

“约波赛奥……”

这次周游把赵诗人镇住了，赵诗人不敢再自作聪明，他不耻下问：“你刚才说的是哪国话？”

周游微微一笑说：“韩国话，跟我韩国分公司的经理谈一下业务。”

赵诗人脸上出现了崇敬的表情，问周游：“你会说多少个国家的话？”

他伸出三根手指：“三十个国家。”

赵诗人吓了一跳：“这么多！”

周游谦虚地笑了笑说：“这里面包括了中国话。”

赵诗人还是十分崇敬，他说：“那也还有二十九个呢。”

“你数学很好。”周游表扬了一下赵诗人，接着摇着头无奈地说，“没有办法，我的业务遍及世界各地，从北极到南极，从非洲到拉丁美洲，逼得我学会了这么多外国话。”

赵诗人完全被他镇住了，差不多是崇拜地看着他了，不再对他说“你”了，改成了“您”，赵诗人问：

“您做什么业务？”

周游说：“保健品。”

周游说着脱下了西装放在了纸箱子上，又解下了领带，塞进了西装口袋，他在解衬衣纽扣时，赵诗人小心翼翼地问：

“您的纸箱子里面装着什么？”

周游说：“处女膜。”

赵诗人满脸的惊愕，看着周游脱下衬衣搁在纸箱子上，他和赵诗人一样上身赤裸了。周游看着赵诗人惊愕的表情说：

"你没听说过处女膜？"

"我当然听说过。"赵诗人仍然满脸疑惑，他说，"处女膜都是装在女人身体里的，怎么会装在您的纸箱子里？"

周游嘿嘿地笑了，他说："这是人造处女膜。"

"处女膜还有人造的？"赵诗人万分惊奇。

"当然有。"

周游坐在了赵诗人的草席上，脱下他的皮鞋和袜子，又脱下了他的长裤搁在纸箱子上，他把自己脱得和赵诗人一样了，光着身子只穿一条短裤。他一边脱着一边对赵诗人说：

"心脏都有人造的，处女膜人造算什么。这人造处女膜用起来和真的一模一样，绝对有疼痛感，绝对能初夜见红。"

周游说着在赵诗人的草席上躺了下来，就像是躺在他自己家里的床上一样。他还用脚踢踢赵诗人的身体，要赵诗人让过去一点。赵诗人不干了，心想这是他的床，这小子竟然想把他踢出去。赵诗人的火气上来了，他不再说"您"了，他踢着周游说：

"喂，喂，这是我的床，你躺上来干什么？"

周游躺在草席上用手指敲了敲，不屑地说："这也叫床？"

赵诗人说："这草席范围内的都叫床，都是我的床的范围。"

周游舒服地躺着，闭上眼睛打着呵欠说："行，就算它是床吧，让朋友躺一下也是应该的。"

赵诗人在草席上坐起来，要把这个马上就要睡着的人推出去，赵诗人说："什么朋友？我们刚刚认识，刚刚说了几句话。"

周游闭着眼睛说："有些人刚认识就成朋友，有些人认识一辈子也不是朋友……"

赵诗人站起来了，抬脚去踢周游，赵诗人说："你他妈的滚出去，谁和你是朋友？"

赵诗人有一脚踢在了周游的大腿根部，他大叫一声坐了起来，他捂住自己的下身冲着赵诗人骂道：

"你踢在我的蛋子上啦！"

赵诗人继续踢过去，他说："我就是要踢破你的蛋子，处女膜都能换人造的，我要把你的蛋子也踢成人造的。"

周游跳了起来，冲着赵诗人喊叫："我告诉你，我周总去哪里都是住五星级大酒店的总统套房……"

这时候赵诗人才知道他姓周，赵诗人不理他这一套，赵诗人说："别说是姓周总理的'周'，就是姓毛主席的'毛'，我这张床也不让你住，住你的总统套房去吧。"

周游站到了赵诗人的草席外面，开始给赵诗人讲道理了："你们这里别说是总统套房了，就是普通旅馆的普通房间都没有了，要不我周总会躺到你的草席上来吗？"

赵诗人觉得周游说得有道理，刘镇确实一个旅馆的空房间都没有了，要不赵诗人家里怎么会躺着两个处美人？赵诗人想了想后，同意周游睡到他的草席上，不过要付钱，他对周游说：

"这张床的底价是二十元一夜，看在你是外地人，看在你会说二十九种外国话，外加一种中国话，我也不哄抬物价了。二十元的一张床，我主人睡掉了一半，就收你这个客人十元一半的钱。"

"行，成交。"周游爽快地说，"我付你二十元一天，你睡的半张床算是我请客。"

赵诗人立刻笑脸相迎了，心想这小子到底是老板，气度就是不一样。赵诗人又重新说"您"了，他的手伸向周游：

"请您现在就付钱。"

周游没料到赵诗人还有这一手，他不高兴地说："住酒店都是离开时才结账……"

周游说着从纸箱子上拿起西装，他的手伸进口袋时，赵诗人还以为他是去拿钱。他的手只要伸进口袋，那个玩具手机就会响，他摁了那个响键。他拿出来的自然不是钱，是手机了，他对着手机大发脾气，骂对方没有给他预先订房间，让他现在露宿街头。他在电话里狮子大开口：

"什么？找他们省长？来不及啦。什么？让省长给他们县长打电话？现在是什么时候了？现在是凌晨一点多啦，还打个屁的电话……"

赵诗人听得两眼发直。周游看了赵诗人一眼后，在电话里改变话题了："行啦，不说住宿的事了，我的几个推销员呢？他们为什么还没有来？什么？他们出车祸了？他妈的，把我的奔驰车也撞坏了……总不能让我周总亲自推销产品……算啦，算啦，你也别认错了，赶紧去医院好好照顾推销员他们吧，我这里的事自己解决。"

周游关了手机放进口袋后，看着赵诗人说："我的推销员出车祸了，来不了，你愿意为我工作吗？"

赵诗人不知道周游口袋里一分钱都没有，周游把手机放回口袋后，没有拿出钱来，赵诗人还以为他忘了。当周游问赵诗人是否愿意为他工作时，赵诗人也忘了这二十元的床费了，他试探地问周游：

"什么工作？"

周游指指两只纸箱子说："推销产品。"

"就是处女膜？"赵诗人问。

周游点点头说："我给你一百元一天的工资，根据你的业绩还会有奖金。"

一百元一天的工资？赵诗人一阵欣喜，小心翼翼地问周游："工资什么时候付给我？"

周游斩钉截铁地说："当然是产品推销完以后。"

周游一副你爱干不干的样子，让赵诗人不敢再提工资的事了。赵诗人向周游要手机号码，他说员工应该知道老板的电话。周游说出了一个让赵诗人瞠目结舌的号码，前面是000，中间是88，后面是123。这既不是中国移动的号码，也不是中国联通的号码。赵诗人问周游：

“这是什么号码？”

周游说：“英属维尔京群岛的号码。”

赵诗人吃了一惊，那是一个他从未听说过的地方，这一吃惊让他把那二十元的床费也忘了。赵诗人赶紧把自己的身体往旁边缩过去，尽量给他的临时老板腾出大一点的地方，他说：

“周总，请您睡下。”

周游对赵诗人的举动十分满意，点点头躺下后鼾声立刻起来了。这时候赵诗人又想起来他还没付那二十元床费，赵诗人不敢再踢他了。

第二天一早，赵诗人睁开眼睛时，他的临时老板已经穿好西装在系领带了，江湖骗子周游见到赵诗人醒来了，假装不能确定似的问他：

“我昨天是不是雇用你了？”

“是。”赵诗人专门强调说，“一百元一天的工资。”

周游点点头，像个老板那样发号施令了。第一件事就是要赵诗人把两个装满了人造处女膜的纸箱子搬到仓库里去。赵诗人傻乎乎地看着他，不知道他的仓库在什么地方。周游看到赵诗人站着没动，就说：

“快去呀。”

“周总，”赵诗人说，“您的仓库在哪里？”

“你家在哪里？”周游反问道，又说，“你的家就是我的仓库。”

赵诗人终于明白了，心想这小子把他家当成仓库也可以，可是应该付钱。赵诗人笑眯眯地问：

“周总，您打算花多少钱租仓库？”

周游看了一眼地上的草席说：“二十元一天。”

赵诗人欣然接受，他提起那两个纸箱子准备上楼时，周游又叫住他，从一只纸箱子里拿出两沓人造处女膜广告，一沓广告是国产的孟姜女牌处女膜，价格一百元一只；一沓广告是进口的圣女贞德牌处女膜，价格三百元一只。周游手里拿着厚厚两沓广告，左顾右盼地说：

“本来应该有二十个推销员赶来，出了车祸全躺在医院里了，现在只有你一个不够用……”

这时候宋钢推门出来了，赵诗人看见宋钢立刻叫了起来：“宋钢，我雇用你做推销员，八十元一天，干不干？”

宋钢还没有反应过来，周游拍了拍西服，对赵诗人说：“我雇用你一百元一天，你再雇用他八十元一天，你就挣二十元？”

“不对，”赵诗人连连摇头，对周游说，“是你付钱，八十元给他，二十元给我的回扣。”

周游继续拍着西服说：“那是我雇用他，不是你。”

周游看到宋钢夏天还戴着口罩，奇怪地问宋钢：“你的嘴巴坏了？”

“嘴巴没坏，”宋钢在口罩里笑着说，“是肺坏了。”

周游点点头说：“我雇用你了，一百元一天。”

宋钢不知道是什么工作，他不安地说自己有肺病。周游告诉他：“这份工作用不上肺，用嘴就够了。”

周游说着将两沓广告分开来，塞给赵诗人和宋钢，布置了他们一天的工作，要他们拿着广告见到个女人就给她，他说：

“连老太太也不要放过。”

周游让赵诗人和宋钢顶着炎炎烈日，满街走来走去散发广告，他自己躲进了苏妹有空调的点心店。这个江湖骗子一天都没有从里面出来，他开始帮助苏妹制作带吸管的小笼包子了。他从早晨开始就进厨房了，与满脸幸福的苏妹一起指导着点心师傅如何制作。苏妈坐在收钱的柜台前，看着自己女儿进出时脸上出现了少有的开心，不由愁上心头，她总觉得那个风度翩翩的周游是个靠不住的男人。她自己年轻的时候也曾经被一个英俊男人骗过，怀孕生下了苏妹，结果这个对她山盟海誓的男人一转身从此消失了，再也没有他的音讯。

江湖骗子周游一天都在品尝着带吸管的小包子，不是说肉汁不够多，就是说肉汁不够鲜美，他从上午一直吃到下午，吃掉了七十三个吸管小包子，吃得他说话都打嗝了，吃得苏妹都心疼地看着他了，问他是不是暂停一下，明天再试验带吸管的小包子？他才摸着肚子顺水推舟地同意了。然后他喝着苏妹给他沏的绿茶，坐在离空调最近的位置上，海阔天空地吹起牛来了。

宋钢和赵诗人汗流浃背地在大街上晃荡了整整一个上午，宋钢的口罩都被汗水浸湿了。这时候来参赛的处美人们差不多到齐了，满街都是漂亮和不漂亮的外地姑娘，姑娘们的声音南腔北调地响来响去。虽然又热又累，宋钢和赵诗人还是兴致勃勃，宋钢的高兴是这么轻松的工作一天还能挣一百元，赵诗人的高兴是他从来没有见过有这么多姑娘在挤来挤去。赵诗人悄悄告诉宋钢，他觉得自己像是进了女浴室，遗憾的是她们都穿着背心裙子。两个人捧着周游的人造处女膜广告，递给这些处美人看，这些处美人都是嬉笑着接过广告放进自己的手提包里，然后骄傲地抬头说：

"我们用不着这个。"

两个人中午回家时，赵诗人偷偷看了一眼对面的点心店，看到周游正在吃着吸管小包子，他把手里剩下的广告都塞到宋钢手里，说自己下午有别的事，剩下的广告让宋钢去散发。林红还在针织厂上班，宋钢独自在家里吃了午饭，给自己换了一副口罩，戴上一顶草帽，脖子上挂了一条毛巾，装了一瓶凉水，拿着广告又出门了，他看了看对面的点心店，周游还在试吃着吸管小包子，宋钢笑了一下。周游抬头看到了正要出门的宋钢，他没有看到赵诗人，心想这小子又在玩什么花招。周游对宋钢点点头，宋钢也点了点头，转身向东走去了。

赵诗人溜回家中吃了午饭，趁着两个处美人在外面逛街，赶紧在沙发里躺下来睡觉。赵诗人一觉睡到黄昏时刻，两个处美人回来了，见到赵诗人穿着短裤躺在沙发里，几声惊叫才把赵诗人吓醒，他赶紧跳起来，把自己扫地出门。赵诗人跑到楼下时，看到周游还在对面的点心店里，他挥着手正说着什么，周围全是刘镇的群众，有些坐着在吃小包子，有些站在那里听他吹牛。

赵诗人悄悄走到宋钢敞开的门前，看到林红正在里面做饭，宋钢坐在沙发上看着电视。他问宋钢：

"广告都发出去了？"

宋钢点点头，赵诗人回头看看对面的点心店，确定周游没有看见他，他赶紧跑起来，锻炼似的在街上一口气跑出了一百七十米，把自己跑了个满头大汗，再用双手擦干净刚才睡出来的眼屎，像是勤奋推销了一天的处女膜，疲惫地走进了点心店。夸夸其谈的周游看到赵诗人进去时，向他招了招手，对身边的人说：

"赵总助来了。"

群众不知道总助是什么意思。周游说，就是总裁助理。赵诗人一下子荣升为总裁助理了，先前他还以为自己是个推销员。赵诗人刚才还是疲惫的面容，立刻红光满面了，赵诗人推开前面挡着他的群众，走到了周游的身后，弯下腰说广告都发出去了，然后像个真正的助理那样站在周游的身后。周游抬头问他：

"你下午一直在睡觉？"

"没有，"赵诗人连连摇头，"我下午走遍了刘镇，把广告全发出去。"

"你的嘴像是刚睡醒一样臭。"周游说。

群众一片哄笑，赵诗人脸红了，他再次说自己一个下午都和宋钢在散发广告。周游微微一笑说：

“我看见宋钢了，没看见你。”

赵诗人还想申辩，周游摆摆手让他别说了。接下去周游口若悬河，继续说着他的传奇经历，苏妹坐在对面听得两眼发直。周游看了看赵诗人满脸满脖子的汗水，对他说一声辛苦了，回头继续说他在非洲的经历，他说：

“非洲的农民是世界上工作效率最高的……”

群众问他：“为什么？”

他说：“他们都是光着屁股耕田，一边耕田一边拉屎撒尿，在耕田的同时也给田地施肥了。”

群众赞叹不已，觉得这确实是个好办法，两种农活同时做了，省工又省力。而且还不用擦屁股，风一吹就把屁眼给吹干净了。

接着周游指着点心店外面走来走去的处美人们，对群众说：“才这么些姑娘就把你们看花眼了，不就是来了三千个吗？”

周游说他有一次上了太平洋的一座岛屿，他喉咙里咕咚响了几声，说是那个岛的名字，翻译过来叫“女岛”。他上了岛才知道自己进了女儿国了，岛上有四万五千八百多个女人，个个美若天仙，就是没有一个男人。有个男人在他之前上过这个岛屿，那也是十一年前的事了，周游瞪着眼睛对群众说：

“你们想想，她们十一年没有见过男人啦，见了我还不……”

说到这里周游卖关子地喝了口绿茶，又让一个女服务员给他续上水。在场的男群众等得心急火燎，埋怨那个女服务员手脚太慢，等周游再次喝了口绿茶后，男群众都瞪着眼睛问：

“见了你怎么了？”

周游舒服地呼吸了一会儿，终于继续说了：“她们排着队要轮奸我，当然我的初夜权是给女国王的……”

周游说那个女国王可不是老太太，在她们女儿国里，只有公认最漂亮的女人才能做国王，他大大描述了一番那个芳龄十八的女国王有多么漂亮，他说：

“外国人说就是维纳斯，中国人说就是西施了。”

男群众迫切想知道的是他跟女国王睡了没有，男群众问他：“你的初夜权给她了吗？”

“没有。”周游摇摇头。

“为什么？”男群众惊愕不已。

周游说：“虽然她漂亮，可是我和她还没有产生爱情。”

男群众连连摇头，他们问：“后来呢？”

“后来？”周游轻描谈写地说，“后来我逃出来了。”

男群众问：“你是怎么逃出来的？”

“很简单，”周游说，“把自己化妆成个女人，就逃出来了。”

男群众一片惋惜之声，中间有人埋怨他：“你逃出来干什么？要是换成我，就是手枪顶着我脑门，大炮顶着我屁股，战斧式巡航导弹冲着我心窝飞来，我他妈的也死活不走。”

“是啊！”其他男群众齐声赞成。

“我不同意。”周游说，“我的第一次一定要献给我深爱的女人。”

周游说着瞟了一眼对面坐着的苏妹，苏妹满脸羞色。听完周游的女儿国历险记之后，有个女群众问他：

“你去过多少个国家？”

周游装模作样地想了想后说：“太多了，用电子计算器都算不清楚。”

赵诗人拍马屁的时机来了，赵诗人说：“我们周总会说三十个国家的话，当然里面包括我们中国话。”

群众“啊”地惊叫起来，周游却是谦虚地摆摆手说：“夸张了，夸张了，三十种话里面，能用来谈生意的也就是十种，还有十种只能应付一下日常生活，另外十种也就是打个招呼。”

“那也了不得啊！”群众说。

赵诗人接着拍马屁：“我们周总去哪里都是住五星级酒店的总统套房。”

群众又是“啊”的一声，周游还是谦虚地摆摆手说：“有时候也不住总统套房，刚好人家外国总统来了，我只好住商务套房了。”

这时周游想到昨天晚上就和赵诗人一起挤在街上的草席上，有些群众也看到了，他话锋一转，说自己是大丈夫能屈能伸，五星级酒店的总统套房能住，露宿街头也行。他说有一次他在阿拉伯的沙漠里睡了三天三夜，那个太阳毒啊，他说差点把自己烤成个木乃伊。他还在拉丁美洲的丛林里睡过一个星期，他睡着后，野兽们就在他身旁走来走去。有一次一头母老虎和他睡在一起，他把头枕在倒地的树干上，这头母老虎的头也枕在树干上，他们就脸对着脸睡了一个晚上，早晨是老虎的鼻须把他痒醒了，然后他才知道自己和一头母老虎像夫妻似的睡了一宿。

赵诗人继续拍马屁：“我们周总的手机号码都不是中国的，是英什么地方的。”

周游纠正说：“英属维尔京群岛。”

有群众惊讶地问他：“你是那个小岛上的公民？”

周游摇摇手说：“我的公司是在那里注册的，这样才能够在美国纳斯达克上市。”

群众惊叫起来：“你的公司还是美国股票？”

周游谦虚地说：“很多中国公司都在美国上市。”

群众里有买卖股票的，问他公司的股票代码是什么，他说了四个英文字母 ABCD。接下去他鼓励群众以后有机会去美国的话，一定要买这只 ABCD 的股票，他说 ABCD 的业绩连续三年都是成倍增长。群众在一片惊叹声中纷纷要他的手机号码，纷纷把他那个 00088123 像个宝贝似的放进自己的口袋。周游把号码告诉群众的时候，也警告群众没事不要打这个国际漫游的号码，他说：

“你们喂喂喂才喂了三声，一个月的工资就没了。”

周游这个江湖骗子把我们刘镇的群众完全给镇住了，群众挤来挤去围着他，崇拜地看着他，耸起耳朵听他说，一直到凌晨一点钟了，群众才散去。赵诗人这个总裁助理跟着他的周总从有空调的点心店里出来，铺开草席睡在了热烘烘的街道上。那个三十多岁的苏妹，那个从来没有恋爱过的苏妹，完全被周游的骗术征服了，她看到周游和赵诗人躺下后，迟疑不决地拿着点燃的蚊香走过来。昨晚上周游被蚊子一咬，脸上也有了十多个青春痘。苏妹把蚊香放在周游的身旁，不好意思地说：

“这是店里的蚊香，有空调后就用不上了，给你们用。”

周游立刻站起来，彬彬有礼地表示感谢。苏妹爱慕地看了看周游，然后对赵诗人说：

“其实你们睡到店里去多好，里面有空调，不热，也没有蚊子。”

赵诗人正要说好，周游却谢绝了，他说：“没关系，这里比阿拉伯的沙漠、拉丁美洲的丛林舒服多了。”

三十六

周游在苏妹的点心店里免费享受了三天的吸管小包子，在处美人大赛正式开始的前一天，这个江湖骗子要亲自上阵了。趁着林红上班的时候，在宋钢家里，周游花了两个小时指导赵诗人和宋钢如何推销人造处女膜。周游对赵诗人没有结婚十分失望，问他有没有情人，赵诗人先是摇头后又点头，他说：

“现实情人没有，梦中情人很多。”

“梦中情人？”周游摇着头说，“我们不是推销梦中处女膜，是现实处女膜，一定要有个现实女人做话题。”

然后周游满意地看着宋钢，他说宋钢的太太林红很漂亮，听说在刘镇曾经是一个家喻户晓的美人，也是个名人。周游神采飞扬，他说一定要充分利用名人效应，要宋钢站到大街上现身说法，讲述林红用了人造处女膜的种种好处妙处和神魂颠倒处。宋钢第一次听到别人用这样的语句说他的林红，他面红耳赤地说：

“林红没有用过人造处女膜。”

“你说她用过，她就是用过了。”赵诗人说，“你的话最权威。”

周游赞赏地对赵诗人点点头，对宋钢说：“赵总助说得很好。”

宋钢摇头说：“我不能这样说。”

赵诗人急了：“周总每天付你一百元，你连句话都不愿意说……”

"别的话我能说，这样的话我不能说。"宋钢仍然摇头。

赵诗人还要说什么，周游摆摆手让他别说了。周游想了想，对宋钢说："这样吧，你什么话都不用说，让赵总助说，你只要在旁边站着，你都不用点头，你不摇头就行。"

宋钢心想自己不用说话，也不用点头，就放心了。周游让赵诗人和宋钢每人抱着一只大纸箱子，像两个奴仆似的跟在他身后，他空着两手大摇大摆地走在前面，宋钢抱着的纸箱子上面还放着一条板凳。

三个人走到了用来比赛的大街中央，周游站在了凳子上，让赵诗人和宋钢打开两只纸箱子，取出里面的进口国产两种牌子的处女膜，开始推销了。满街的处美人和满街的群众围着他们三个，就像晚上睡觉时围着周游和赵诗人的蚊子，嗡嗡响个不停。周游首先推销进口的圣女贞德牌处女膜，他高高举起手里的人造处女膜喊叫着：

"这是进口的圣女贞德牌人造处女膜，售价三百元一片。现在去医院做一次处女膜修复术要三千元。去医院三千元只能做一次处女，买我的圣女贞德牌，三千元可以做十次处女。"

然后周游像是演哑剧似的介绍起了使用方法，他说：

"一，先将手洗干净并擦干（他做了洗手和擦手的动作），将本膜一片从密封铝箔中取出，自然揉成小团。二，将上述小团置入阴道最深处（他的手伸到裤裆里去了），置入动作要迅速，以免粘在手指上带出（他的手像是被烫了似的从裤裆里抽了出来）。三，置入三到五分钟可行房事（这次他没做动作）。四，房事后到洗手间清洗外阴沾着的血色黏液即可（他的手又到裤裆里去做了清洗的动作）。五，房事开始时，女方应适当改变体位（他的身体斜了起来），使男方开始不易进入，并配合人造膜破裂时出现的撕裂痛症状（他皱着眉做出了撕裂痛症状），若配痛苦呻吟及害羞状（他没有呻吟倒是做出了害羞的样子），效果更佳。"

在处美人和群众的欢声笑语里，周游开始推销国产处女膜了，他说：

"这是国产孟姜女牌处女膜，售价一百元，若按照医院手术的价格，用孟姜女牌就可以做三十次处女啦……"

有群众喊叫："你试给我们看看。"

周游笑着问："有哪位妇女同志愿意当众试试？"

处美人和群众哄堂大笑，那个群众说："你就一只手捏着，另一只的手指去捅。"

群众齐声叫好，周游笑着说："这可要一百元呢，你们这些人超过一百人了，你们每人拿出一元钱，我就试给你们看。"

群众纷纷掏出一元钱，赵诗人和宋钢满头大汗地在他们中间挤来挤去，终于收齐了一百张一元钱。周游开始试验了，他打开孟姜女牌的盒子，从里面取了铝箔包着的人造处女膜，撕开铝箔后，将孟姜女牌处女膜捏在左手，右手的食指往处女膜上一捅，第一下没有捅破，他又捅了第二下，还是没有捅破。处美人和群众大笑，一个男群众说：

"这是老处女吧？"

"这是孟姜女牌处女膜。"周游骄傲地说，"孟姜女都能哭倒长城，她的处女膜当然结实。"

周游在一片笑声里捅了第三下，这次捅破了，血色黏液流了周游一手，他得意地挥着他的手说：

"看到了吗？看到了吗？这就是初夜见红！"

处美人和群众的欢笑声渐渐下来以后，周游按照事先排练的喊叫起来，因为赵诗人没有结婚，他喊叫着问宋钢：

"宋钢，你老婆昨晚用的是哪个牌子的处女膜？"

"当然是进口的圣女贞德牌，"赵诗人替宋钢回答，他也像周游一样骄傲地说，"宋钢的老婆还能用国产货？"

周游仍然大声问宋钢："昨晚行房事时，你老婆是什么感觉？"

仍然是赵诗人大声说："她是一声惨叫啊！"

周游满意地点点头，继续问宋钢："你是什么感觉？"

还是赵诗人说："当场吓出一身冷汗。"

这次回答让周游很不满意，他皱着眉说："应该是快活得浑身冒热汗。"

赵诗人马上纠正道："先是一身冷汗，一二三，三秒钟后就快活得浑身冒热汗啦！"

"说得好！"周游大声说，"三秒钟享受从北极的冷到非洲的热。"

周游对赵诗人的快速纠正非常满意，他赞赏地对赵诗人点点头，又信心满怀地看着宋钢了：

"宋钢，你最后总结一下，人造处女膜的最大好处是什么？"

这时的宋钢满脸通红，都从口罩里红了出来，红到了额头上和脖子上，他没有想到自己不说话也不点头，还是如此狼狈不堪，他恨不得在地上找条缝钻进去。最后的总结还是赵诗人替宋钢说了，他指着宋钢大声说道：

"宋钢这辈子只和他老婆一个女人睡过，他老婆用了人造处女膜以后……"

赵诗人伸出两根手指："宋钢这辈子就睡过两个处女啦。"

"说得太好啦！"周游兴奋得两眼闪闪发亮，他对着所有的人喊叫，"这就是人造处女膜的好处，它不仅能让失去处女膜的女性重新找回自信自尊，也能让男性对自己的老婆更加忠诚！快来买吧，女性朋友们应该来买，男性朋友们更应该来买！比起医院手术的价格，圣女贞德牌可以让男性朋友在一个女人身上获得十次处女开苞的幸福，孟姜女牌更是可以获得三十次开苞的幸福！"

外来的处美人和我们刘镇的群众嘻嘻哈哈地看着他们的表演，看到后来有些糊涂了，一个男群众指着宋钢对赵诗人说：

"人家明明在问宋钢，你出来说什么？"

"你愿意把自己和老婆睡觉的事说出来？"赵诗人指着那个男群众

说，“你不愿意，宋钢也不愿意，宋钢就让我替他说了。”

这时的宋钢后悔莫及，他一直低垂着头。宋钢什么话都没说，没有点头也没有摇头，可是他站在那里痛苦不堪，仿佛有把钝刀子在割他的肉。周游他们的推销异常成功，当时没有人买，到了深更半夜，就不断有人悄悄推醒睡在大街上的周游和赵诗人，要买他们的人造处女膜。连续几个晚上，周游和赵诗人被推醒的次数，远远超过被蚊子咬醒的次数。大多是那些前来参赛的处美人，还有我们刘镇的姑娘，当然男人也少不了，他们都是受了赵诗人说话的影响，心想睡不了别的女人，就在自己女人身上多享受几次处女的美感吧。周游为此对赵诗人是刮目相看，他说：

“你是个难得人才，将来我们还要合作。你这次的奖金肯定超过你的工资。”

赵诗人听了喜出望外，问他：“能有多少奖金？”

周游说：“到时候你就知道了。”

三个人在大街上的表演当天就传到林红耳朵里了，林红气得浑身发抖，回到家里本来是要大发脾气的，看到宋钢坐在沙发上忐忑不安的可怜模样，她心又软了，心想宋钢是为了给家里多挣钱，她摇摇头走到了屋外，看到赵诗人神气活现地走了过来，林红的怒火全冲着他去了。她看看四下没人，压低声音狠狠地对赵诗人说：

“王八蛋！”

三十七

举世瞩目的首届全国处美人大赛终于拉开了帷幕。考虑到大赛是在大街上举行，考虑到烈日炎炎和处美人的娇嫩皮肤，组委会决定初赛安排在下午和黄昏之间进行。这是我们刘镇有史以来最为壮观的一个下午，三千个处美人全部穿着三点式比基尼，高矮胖瘦美丑不一的处美人站成一排，长达两公里，我们刘镇最长的那条街道都不够用了，处美人的队伍拐个弯通过了一座桥排列到另一条大街上去了。

夕阳还没有西下的时候，我们刘镇已是万人空巷，所有的商店关门了，所有的工厂停工了，所有的机关下班了，所有的人都挤在大街的两旁，所有的梧桐树上都像是爬满了猴子似的爬满了人，所有的电线杆都有男人在跳钢管舞，爬上去滑下来，再爬上去再滑下来。街道两旁所有的房屋的窗口上挤满了人，所有的楼顶站满了人。医院里的医生护士也全跑出来了，他们说这次不出来饱一下眼福，下次的眼福就要千年等一回了。病人们也出来了，断腿的拄着拐杖，断手的吊着胳膊，正在输液的自己举着个瓶子，刚动了手术的也由亲友抬着架着，躺在板车里，坐在自行车后座上，都出来啦。

邻城邻县的蹬着自行车来，五六个小时蹬过来，看一眼处美人们再五六个小时蹬回去。我们这个只有三万人的刘镇这一天起码超过了十万人。大街被腾出来了，处美人站成一排，交通警武警派出所的民警全部出动，在对面站成一排，阻挡着群众，警察的眼睛是这一天最幸福的眼睛，他们看处美人看得比谁都清楚。更幸福的眼睛是那些记者的眼睛了，只有他们可以在空出来的大街上走来走去，他们见到漂亮的就上去采访，眼睛盯着处美人的隆起的胸部看，还盯着处美人的肚脐看，好像要看她们一个水落石出。

处美人的身后挤满了男群众，三千个处美人的屁股全被偷偷摸过了，无一漏网。有些男群众更是光着上身只穿短裤，他们嚷嚷着叫骂着让后面的人别挤他们，自己的光身体就堂而皇之地在比基尼处美人的皮肉上蹭着擦着，处美人有的哭、有的骂、有的叫喊时，这些男群众满脸无辜的表情，回头去叫骂身后的群众了，让他们别推别挤。

李光头口口声声地说，在大街上进行处美人大赛是为了让群众免费观看。可他当中上了一次卫生间，出来后又生财有道了，他让刘新闻立刻组织人员去宣传去销售检阅票了。刘新闻大力宣传大力销售，一口气卖出了五千多张检阅票，他把本城本县邻城邻县所有的卡车都租来了，还是装不下五千多个检阅者，最后把方圆百里所有农民的拖拉机都租来了。五千多个检阅者站在卡车上和拖拉机上，阅兵似的阅着处美人。处美人的队伍也就是排出去两公里，汽车和拖拉机的检阅队伍排出去了四公里以上。

前面是二十辆敞篷的检阅轿车，坐着李光头和陶青他们，坐着大赛组委会的领导同志们和评委同志们，坐着出钱赞助的贵宾同志们，王冰棍和余拔牙坐在最后那辆敞篷轿车上。余拔牙本来是要从欧洲去非洲了，王冰棍在电话里告诉他处美人大赛后，余拔牙立刻改道回来了，心想这种出风头的时刻，自己是一定要抛头露面的。余拔牙西装革履地站在敞篷轿车上，他的西装合体合身，衬衣领带的颜色和西装颜色搭配得恰到好处。余拔牙穿上西装以后，举手投足间派头十足，好像他除了西装就没有穿过别的衣服，好像他还在襁褓里就西装革履了。再看看他身旁的王冰棍，也穿着一身西装，可是袖管太长了，连手指甲都看不见了，里面衬衣的领口过宽，扣上纽扣了还能看见两根锁骨，外面吊着一根公司保安系的那种廉价红领带。余拔牙看到王冰棍的一身穿着十分失望，他对王冰棍说：

"你穿衣没有品味。"

二十辆敞篷检阅轿车后面是连绵的卡车，前面是贵宾票的卡车，卡车上有座位有桌子有饮料有水果；接下去是甲级票的卡车，上面只有座位没有桌子；乙级票卡车上没有座位桌子，而是站成了两排人；丙级票卡车上站了四排人；丁级票卡车上挤满了人；卡车后面是望不到头的拖拉机，拖拉机就是普通票了，上面像是运送牲口似的塞满了人。

刘新闻没有站在前面的敞篷轿车上，他像个奥运会裁判，手举发令枪站在大街的入口。第一辆敞篷轿车上的组委会主任，就是李光头让刘新闻去找来的那个领导同志，对着麦克风啰嗦地说着官方语言，说着改革开放以来祖国各地的大好形势，从全国的 GDP 增长说到全省的 GDP 增长，再从全市的 GDP 增长说到我们刘镇的 GDP 增长。好不容易说到刘镇了，话题一转又说到全国去了，海阔天空一番后再次回到了刘镇，说到马上就要开始的处美人大赛，说处美人大赛的举行显示了人民群众的生活水平日益提高，显示了中国的国际地位日益提高，处美人大赛既是弘扬了祖国的传统文化，也是和全球化浪潮的亲密接轨。这个领导同志唾沫横飞了半个小时以后，终于喊叫了：

"我宣布，首届全国处美人大赛正式开始！"

刘新闻"砰"地开枪了，敞篷轿车、卡车和拖拉机的阅美人队伍隆重进来了，像是马拉松比赛一样壮观。敞篷轿车、卡车和拖拉机响声隆隆，速度慢得像是人在地上爬一样，缓缓地沿着大街向着夕阳驶去。三千个不断遭受性骚扰的处美人本来已经愤怒无比和伤心欲绝，枪声一响她们立刻集中精神，个个挺胸扭腰，眼睛含情脉脉，笑容挂在嘴角，风情三千种。

她们看着组委会领导和评委的敞篷轿车过去了，后面还有长得望不到头的检阅卡车和检阅拖拉机，身后的男群众还在她们身上偷鸡摸狗，她们早就想收场了，早就想回去好好洗一洗，把那些男群众摸过的地方彻底洗一洗。可是李光头是什么人？他什么事都想在别人前面，他早就料到这些处美人眼睛里只有评委没有群众，早就料到这些处美人等着评委的敞篷轿车过去了就会转身走人。这样后面卡车上的检阅者，尤其是拖拉机上的检阅者就什么都看不到，只能抬头看看夕阳是怎么西下了。这些出了钱买了票的人就立刻会成为社会上的动乱分子，他们会立刻聚众闹事，会立刻到他的组委会办事处打砸抢。李光头为了控制局面，同时也是为了提高购买检阅票的热情，初赛的成绩不让那十个评委打分，而是让那五千多个买了检阅票的群众打分。

你们想想，十万个群众挤在这个夏天的傍晚，十万个群众都在流汗，汗臭味在我们刘镇的大街上飘扬着开始发酵了，让我们刘镇的空气都发酸了；十万个群众都在吐着二氧化碳，里面有五千张嘴还在吐着带口臭的二氧化碳；十万个群众有二十万个胳肢窝，这二十万个胳肢窝里有六千个是狐臭型胳肢窝；十万个群众有十万个屁眼，十万个屁眼里起码有七千个屁眼放屁了，有些屁眼放了不止一个屁。放屁的不只是群众，汽车拖拉机也在放屁，它们放的是理所当然的屁。汽车开得越慢，尾气越多，汽车的尾气还算好，是灰颜色的，在大街上散开来像是浴室里的水蒸气；拖拉机的尾气就要命了，滚滚黑烟像是房子着了火一样。

我们刘镇的空气污染着三千个处美人，这些处美人把胸挺了三个小时，把腰扭着三个小时，把微笑在嘴角挂了三个小时，把深情在眼睛里含了三个小时，就是为了让卡车和拖拉机上五千多个土包子选上她们。这五千多个买了检阅票的土包子个个以初赛评委自居，他们人人手里拿着纸和笔，嘴里叫叫嚷嚷。尤其是拖拉机上的土包子，他们虽然像牲口似的挤成一堆，可他们是世界上最为敬业的评委，把眼睛瞪圆了，刚把前面挡住的人头拨开，自己的人头又被后面的手拨开了；他们人人都要把处美人看仔细了，他们的纸和笔都举在头顶，把漂亮的记在纸上，还互相推荐互相讨论，像是给自己买股票一样认真。站在后面的更是兢兢业业，刚看清楚了一个脸蛋身材都不错的处美人，还没看清楚她胸前的号码，拖拉机就过去了，后面的人焦急万分地问前面的人，那个长得什么样的处美人的号码是多少？仿佛怕自己错过了一只明天就要爆涨的股票。

三千个处美人从下午就来到了大街上，她们或浓妆或淡抹，在街道上排成两公里就花掉了差不多两个多小时，卡车拖拉机又检阅了她们三个小时，汗水把她们化妆的脸弄得五颜六色，长达四公里的轿车卡车拖拉机全部驶过去后，排出的尾气又染黑了她们五颜六色的脸，她们个个像是刚从烟囱里爬出来似的黑乎乎，群众笑逐颜开地说她们是来自非洲的处美人。

像个庙会一样的初赛天黑时终于结束了，五千多个土包子仍然兴致勃勃，他们拿着被汗水弄得皱巴巴的纸，在大赛组委会的小楼前排起了长队，挨个交上他们的评选，一直交到深夜。他们觉得自己出钱买的不是检阅票，而是全国大赛的评委，这个头衔可以让他们快乐一辈子。刘新闻看着他们愚蠢的热情，心想土包子就是土包子，心想就是把他们扔到纽约扔到巴黎，他们还是彻头彻尾的土包子。就是这些土包子评委淘汰了两千个处美人，只剩下一千个进入复赛。

住在赵诗人家的两个处美人淘汰一个，留下一个。淘汰的收拾行装黯然离去，进入复赛的那个喜气洋洋也收拾了行装，她要住到宾馆里去了，现在宾馆里有空房间了。

这时候周游已经在露天草席上睡了七个夜晚，他已经卖掉四十三片人造处女膜了，他口袋里有点钱了。他付给赵诗人一百四十元钱，说是前面七天的住宿费，而且特别强调一下，他请客让赵诗人在他身边睡了七个晚上。然后他转身走进了对面的点心店，坐下来和苏妹亲密无间地说着话，吃着带吸管的小包子了。带吸管的小包子已经试验成功，他不能再白吃不给钱了，他开始在苏妹店里记账，他说每天付那么一点小钱太麻烦，等他走的时候一次付清。

周游从点心店里出来后，赵诗人以为他也要住到宾馆去了，结果他要到赵诗人家里来住，他看了一眼赵诗人狭小的家，满脸不屑的表情，他说：

“算啦，我就睡你家的破沙发吧。”

赵诗人说：“这太委屈您啦，您还是去住宾馆吧。”

周游摇摇头，在破沙发里坐下来架起二郎腿，那模样像是坐在自己家里，他说：“我住不惯宾馆的单间，我住宾馆，最差也得住套间，可那些套间都被领导评委占着。”

赵诗人向他建议：“您可以包两个房间，就是套间了。”

“胡说。”周游说，“两个房间怎么能叫套间？两个房间我怎么睡？”

赵诗人说：“你可以前半夜睡这间，后半夜睡那间。”

周游嘿嘿地笑，他说：“实话告诉你吧，我套间都住不惯，在宾馆里我只能住总统套房。”

赵诗人说：“那您就包它一个楼层，每个房间都去打个瞌睡，不就是总统套房了吗？”

周游眼睛瞪着赵诗人说：“你小子别给我来这一套，我就喜欢睡你家的破沙发，我鲍鱼鱼翅吃多了，现在就想吃咸菜喝稀粥。”

这个江湖骗子是赵诗人的临时老板了，赵诗人的薪水奖金他还没有付，他赖在赵诗人家里，赵诗人还不能有半句怨言，还得笑脸相迎，还得装出幸福满怀的模样。赵诗人要是把他赶出去，就是把自己的薪水奖金赶出去了。

三十八

首届全国处美人大赛的复赛是在两天后的黄昏进行，仍然是在那条大街上，我们刘镇仍然是万人空屋，大街上仍然是几万个人头在攒动，只是没有了卡车拖拉机，没有了那些土包子评委，而是在大街的中央搭起了主席台。主席台的上下左右全是广告，大街的两旁也全是广告，从手机广告到旅游广告，从美容广告到泻药广告，从内裤广告到棉被广告，从玩具广告到健身广告……什么广告都有，吃的玩的用的，活人和死人的，外国的和中国的，人需要的和动物需要的。就是绞尽脑汁地想，就像中学生参加高考那样绞尽脑汁地想，也想不出还有什么广告漏掉了。

李光头和组委会的领导们和评委们坐在主席台上，余拔牙和王冰棍也坐在主席台上，在余拔牙的精心调教下，王冰棍身上的西装也革履了。音乐响起，音乐都是歌星哇哇地在唱，通过高音喇叭哇哇地唱出来，唱两句就得暂停一下，广告响起了，再唱两句又要暂停，一首歌起码要暂停四次以上，他们说这是官方暂停时间，在高音喇叭里唱着的那些著名歌手全成了结巴歌手，暂停的时候高音喇叭就哇哇地叫喊出广告来了。一千个处美人排成两行，在不断暂停的歌声里，在不断喊叫出来的广告里，在主席台前来回走了三次。这次群众被一根绳子隔在外面了，男群众摸不到她们的屁股了，男群众只能用色眯眯的眼睛，用满嘴的下流话，对她们进行摇控性骚扰了。一千个处美人来回走了三次后，太阳就落山了，复赛也就结束了。李光头和领导们和评委们走了，一千个处美人也走了，几万个群众也散了，高音喇叭还在哇哇地叫着广告，一直叫到深更半夜。

复赛以后又淘汰了九百个处美人，只剩下一百个进入最后的决赛。决赛将在电影院里进行，这样李光头又可以卖票了，又可以将大把的钞票塞进自己的口袋了。这些天李光头成了三陪先生，陪领导、陪评委、陪客户，陪他们吃、陪他们玩、陪他们欣赏女色。从前威风凛凛的李光头，整天笑脸相迎地陪着，脸上都陪出刘新闻的表情来了。三千个处美人让他看得头晕眼花，剩下一千个处美人时，他头不晕了眼睛仍然花着，最后只有一百个处美人时，李光头心明眼亮了。他把刘新闻叫来，说再不弄几个处美人来睡睡，就没有机会了。他说大赛一结束，这些处美人远走高飞，再想睡觉时，就只能到梦里去和她们睡了。他说剩下的一百个处美人，每个都不错，每个他都有兴趣睡上一觉，可是只有几天时间了，只能优而择优睡之。他说首先看中的是 1358 号，这个处美人身高差不多一百九十公分，三围突出身材火辣。李光头说他以前睡过身材最高的女人是一百八十五公分，这下他要一口气两次打破自己的吉尼斯纪录，与他睡过女人的身高纪录和从未与处女睡过的纪录。

刘新闻立刻在百忙之中抽出时间约见了 1358 号，忙得眼睛通红嗓音沙哑的刘新闻已经无力欣赏美女了，可他一见到身材挺拔脸蛋甜美的 1358 号时，也是怦然心动，他与处美人相处这么久了，也没有发现这个 1358 号。他心想李光头确实厉害，能从多如牛毛的姑娘里面一眼将她挑选出来，足见李光头睡女人的功夫独树一帜。

刘新闻没有在组委会临时租用的办公楼里约见 1358 号，而是在公司的咖啡厅里，就是那家全中国最黑的黑店，当然是刘新闻代表李光头请客了。刘新闻首先微笑地祝贺 1358 号进入最后的决赛，然后东拉西扯起来，第一次给人拉皮条的刘新闻显然缺乏经验，他不知道如何把话说在点子上，既不能说明白，又要让对方完全听明白。

刘新闻不知道1358号处美人已经不是处女，已经是一个孩子的母亲了，她是花了三千元做了处女膜修复手术后千里迢迢赶来参赛的。到了我们刘镇以后，1358号立刻知道这个首届全国处美人大赛是怎么回事了，尤其是进入复赛以后，那些参赛的姑娘纷纷去和评委们睡觉。评委只有十个，想和他们睡觉的处美人成百上千，把那十个评委都睡得面黄肌瘦了。她后悔自己花了三千元去做那个修复手术，她觉得那是杀鸡用牛刀，需要的时候到周游那里去买一片圣女贞德牌或者孟姜女牌的人造处女膜就行了。眼看着其他参赛姑娘用一片片人造处女膜把自己一次次武装成处女，再一次次把那十个评委纷纷搞定时，1358号心里焦急万分，自己重金修复的处女膜至今还无用武之地，那些人造便宜货却在这里横行天下。她觉得自己应该主动出击了，不能等着评委主动找上来，那十个评委已经被参赛姑娘们睡得晕头转向了，睡得手无缚鸡之力了，都快睡成性废品了。等他们被姑娘们睡成性废品以后，她哪怕是下凡的仙女，这些评委就是看她一眼的兴趣也不会有了。

这时候刘新闻找她了，她暗暗高兴，她起先以为是刘新闻在打她的主意，通过这些天的观察，她觉得这个男人可不是一个简单的新闻发言人，而是一个可以左右大赛结果的人物。所以她在咖啡厅里坐下来后，一直用甜美的笑容看着刘新闻，她从不主动说话，刘新闻说一句，她就答一句，心里却在悄悄地研究着刘新闻所说的每一句话。从刘新闻时明时暗的话里面，她慢慢发现打自己主意的不是对面这个男人，而是这个男人的老板李光头。刘新闻不断地说着李总对她评价很高，她很有希望进入大赛的最后三名，当然她还要加倍努力。可是怎么努力呢？刘新闻笑而不说了，让她心里焦急起来，她只能主动把话题往那方面引导了。当刘新闻刚说完一句李总喜欢她时，她立刻装着害羞的样子接过来说：

“李总怎么会喜欢我呢？”

刘新闻微微一笑地说："李总非常喜欢你。"

她装出不相信的样子来，她说："他都没和我说过一句话。"

刘新闻俯身向前说："李总今天晚上就要和你好好说话了。"

"今天晚上？"她高兴地问，"在哪里？"

刘新闻看到她兴奋的样子，缓慢地说："就在李总家里。"

她显得更高兴了，她说自己特别想去参观一下李总的豪宅，然后她问刘新闻，李总今天晚上是不是要在自己家里举行一个大型活动？刘新闻摇摇头，神秘地笑了笑说：

"不是大型的活动，是只有你和李总两个人的小型活动。"

她立刻收起了脸上的笑容，一声不吭地坐在那里。刘新闻手指敲打着沙发扶手，耐心地等待着她的决定。这时候她拿着手机站起来，说要给她妈妈打个电话，她一边拨着手机号码一边走开去。刘新闻看着她在那里走来走去地和她妈妈说话，当她关了手机走回来时脸上有了欢欣的笑容，她说了一句让刘新闻十分满意的话：

"我妈妈同意我去李总家。"

这天下午李光头没再当三陪先生，为了储备体能在晚上和 1358 号处美人进行肉搏大战，李光头一个下午都在家里蒙头大睡。当他醒来时，刘新闻提着一个口袋已经坐在客厅里等候多时了。李光头问他口袋里是什么，他不慌不忙地打开口袋，拿出放大镜、望远镜和一台显微镜，告诉李光头：

"放大镜和望远镜是买来的，显微镜是从医院借来的。"

李光头还是不明白，他问刘新闻："弄这些来干什么？"

刘新闻说："是为了您观察研究处女膜准备的。"

李光头哈哈大笑，他对自己的新闻官十分满意，他拍着刘新闻的肩膀说："你这个王八蛋真是个人才。"

李光头的夸奖让刘新闻精神焕发，他恭维李光头独具慧眼，选中的

1358号不仅是个绝色美人，还是个纯洁美人。他告诉李光头，1358号处美人晚上到他家里来，事先还打电话征求她妈妈的同意。李光头点点头称赞1358号的妈妈：

“她妈妈是个明白人。”

晚上八点整，刘新闻亲自把1358号处美人送到李光头的豪宅，送进李光头的卧室，才转身离去。

这时候李光头已经洗过澡了，光屁股穿着睡衣，坐在沙发里看电视。看到1358号处美人进来了，李光头心想人家是处女，自己应该像个绅士那样，他关了电视站起来，对着1358号处美人点头哈腰了一下，他想说几句谈情说爱的话，可是这样的话他一句也想不起来，他恼怒地捶了一下自己的光脑袋说：

“他妈的，我不会谈恋爱。”

李光头看到1358号处美人羞羞答答地站在那里，心想不要浪费时间了，还是直截了当吧，他指指卫生间温和地说：

“去洗一洗。”

1358号处美人局促不安地站在那里，仿佛没有听懂李光头的话，李光头想起来自己刚才忘了说“请”了，他赶紧补上说：

“请你去洗一洗。”

1358号处美人害怕地问他：“洗什么呀？”

“洗澡呀。”李光头说。

1358号处美人继续害怕地问他：“为什么要洗澡？”

“为什么？”李光头说，“我要看你的……”

李光头没有说出后面“处女膜”三个字，他吞口水似的把这三个字使劲吞了回去。1358号处美人继续害怕地问他：

“看什么呀？”

李光头抓耳挠腮了一会儿，只好实话实说了：“看你的处女膜。”

1358 号处美人吓得惊叫一声，随即眼泪流了出来，她说："你怎么这样说话？"

"他妈的，"李光头骂了自己一声，又捶了一下自己的脑袋说，"我李光头只会这样说话。"

1358 号处美人又害怕又伤心，她哀求地看着李光头说："你不要对女孩这样说话。"

李光头觉得自己确实是太粗暴了，他对 1358 号处美人鞠躬道歉："对不起。"

1358 号处美人仍然站在那里，仍然流着眼泪哀求似的看着李光头。李光头继续道歉，他说：

"对不起，我从来没有和处女相处过，我不知道怎么和处女说话。"

1358 号处美人擦了擦眼泪后，又拿出了手机，她又说要问问妈妈。她说着走进了卫生间，关上了门。李光头听着她在卫生间里小声说着什么，过一会儿他听到了冲澡的声响，李光头嘿嘿笑了，心想她妈妈同意她的处女膜给他看了，她妈妈帮助他省去了一堆口舌的麻烦，他对自己说：

"她妈妈确实是个明白人。"

1358 号处美人从卫生间里出来时，也像李光头那样穿上睡衣了，她径直爬到了李光头的大床上，趴在了床上，抱着枕头把脸埋了起来。李光头脱了自己的睡衣，光着屁股，捧着放大镜和望远镜还有显微镜，也爬到了大床上。李光头像是掀裙子似的将处美人的睡衣掀了起来，他看到了处美人滚圆饱满的屁股，李光头高兴地对她说：

"好屁股。"

他先是捧着屁股亲了四口，又咬了四口，把 1358 号处美人亲得咬得浑身发抖。接下去李光头开始用他的放大镜和望远镜了，他马上发现那个显微镜用不上，就扔到了床下。由于角度太平了，李光头看不见她的处女膜，他就要她翻身过来仰躺着，她抖动着屁股就是不愿意。李光头只好让步，让她把屁股抬起来，她还是抖动着屁股不愿意，李光头不由骂了一句：

“他妈的，处女真是麻烦。”

李光头心想重赏之下必有烈女，他开始许诺了，他说：“屁股抬起来，我就保证你进入前三名。”

1358 号处美人仍然抖动着屁股，好像仍然不愿意，不过她的屁股抖动着抬起来了。她的脸埋在枕头里，声音嗡嗡地说：

“我妈妈说了，只能看，不能干别的事。”

李光头心花怒放地拿起放大镜，看了一会儿，又换成了望远镜，他觉得没有放大镜看得清楚，又重新拿起放大镜。李光头左看右看，上看下看，把处女膜看得像自己的手指一样清楚后，再次用上望远镜了，这次他将望远镜反过来拿着看，他发现处女膜一下子变得遥远了，像是雾里看花似的，他是雾里看处女膜，看得他满脸的疑惑，喃喃自语：

“这处女膜看上去傻乎乎的，远看近看都看不出个天真烂漫。”

1358 号处美人仍然声音嗡嗡地问他：“好了没有？”

“没有。”李光头说。

李光头说着放下望远镜，他没再拿起放大镜，而是干了处美人妈妈不让干的事。他一下子插了进去，将处女膜一下子捅破了。1358 号处美人发出了一声尖叫，她一边疼痛地叫着，一边哭着说：

“我妈妈不让……”

“去你的妈妈。”

李光头一边干着，一边快活地对她说：“给你妈妈打电话吧，你现在是冠军啦，你有一百万奖金啦。”

1358 号处美人的哭声慢慢没有了，疼痛的呻吟声持续不断，她的嘴里仍然不断嗡嗡地叫着：

“妈妈，妈妈……”

李光头压在她背上干了一会儿后，要求她翻身过来，说要变化一下姿势，她死活不愿意翻身过来。李光头就用力要把她翻过来，她又哭上了，她一边哭一边哀求李光头，说她这是第一次，说她害怕，说她不敢看他。李光头怜香惜玉了，只好继续压在她背上干，他又骂了一声：

“处女真他妈的麻烦。”

这个晚上李光头把 1358 号处美人干得死去活来。1358 号处美人本来以为干完一次，李光头就会放她走人，没想到李光头不让她走，一个晚上干了她四次。前两次她坚决趴着，坚决不翻身过去。她心想一旦翻身过来，李光头就会看见她腹部的妊娠斑了。后来她又疼又累睡着了，那时李光头也睡着了。她想不到李光头睡着了两个小时后又醒来了，趁着她熟睡时一下子把她翻过来了，干了第三次。就是这一次，李光头看到她肚子上有一些斑纹。她惊醒后看到自己肚子上的妊娠斑被李光头看见了，赶紧翻身过去，李光头只好继续压在她的背上。李光头一边干着一边问她肚子上为什么有斑纹，她一边呻吟着一边说她小时候得过皮肤病。李光头没再问她，她此后再也不敢睡着了，怕她的妊娠斑再次被李光头看见后就会真相大白，她一直抱着枕头趴在床上。李光头干完第三次后又睡着了，她仍然不敢睡。天快亮的时候，李光头干了第四次，还是压在她背上干完的。接下去李光头一口气睡了五个小时，当他醒来时，1358 号处美人已经穿好衣服坐在沙发里了。

送走了 1358 号处美人，李光头喜气洋洋了两个小时。刘新闻来的时候，李光头的嘴角还挂着笑意，刘新闻很高兴，心想李光头昨晚上一定在床上大放光彩了，他笑眯眯地说：

“我刚才见到 1358 号了，她都瘸着走路了，我想昨晚上李总一定是雄风席卷……”

李光头伸出四根手指说：“席卷了她四次。”

刘新闻吃了一惊，他也伸出四根手指说："换成我，四个星期能席卷一次就相当不错了。"

"我终于认识处女膜了。"李光头得意地笑了笑，随即有些失落地说，"他妈的处女膜和我想的不一样，一点都不天真烂漫。"

李光头指着放大镜和望远镜还有显微镜，继续说："这个显微镜用不上；这个望远镜要反过来看才有意思，好像隔了条马路偷看对面楼里的处女膜似的；这个放大镜最实用，看起来最清楚。"

"美中不足的是，"李光头说，"四次全是在她后面干的。"

李光头说着突然皱眉了，他想起了1358号处美人肚子上的斑纹，他以前和年轻的母亲们干这种事的时候，在她们的肚子上也见过这样的斑纹。李光头终于明白1358号处美人昨晚上为什么一直趴着，为什么死活都不愿意翻身过来，他突然叫了起来：

"他妈的，我上当啦。"

刘新闻吓了一跳，眼睛瞪圆了看着李光头，李光头说："她生过孩子啦，她肚子上有妊娠斑，他妈的，她一定是做了处女膜修复手术，他妈的，不是个原装货，是个组装货……"

刘新闻看了李光头很久，才明白发生了什么，他非常不安，他说："对不起，李总，是我的过错，没让您破纪录……"

"不是你的错，"李光头摆摆手说，"是我自己挑选的人。"

接着李光头又宽宏大量地笑了，他说："这女人的身体真是个好身体，屁股滚圆滚圆，腰细肩宽，两条腿又圆又长，脸蛋也漂亮。怎么说我也算是破了一项身高的纪录……"

刘新闻向李光头发誓，他立刻去再找一个过来，一定找一个真正的处女，一定要在处美人大赛结束前，让李光头把另一项纪录也破了。

刘新闻已经知道李光头的口味了，他把进入决赛的处美人仔细研究了一遍，找来了一个身高也在一百八十公分以上的处美人，也是一个屁股滚圆两腿很长的女孩，只是脸蛋没有前一个甜美。刘新闻觉得这个也不错，这个也符合李光头的口味。

刘新闻不知道这个 864 号早就不是原装处女了，甚至连个组装处女都不是，她最多是个散装处女。这个 864 号为了拿下大赛冠军，已经和六个评委睡过觉了，已经在江湖骗子周游那里买了六次进口的圣女贞德牌人造处女膜了，六次都初夜见红了，六个评委都被她骗了，还都以为自己和一个处女睡了呢。这个 864 号还不如前面那个 1358 号，1358 号虽然做了处女膜修复术，她起码还是个组装处女，起码将第二次贞操保持住了，一直保持到上了李光头的大床为止。

刘新闻派人去找 864 号时，这个散装处女正在和第七个评委打情骂俏，正准备着将第七个评委拉上床。

刘新闻也在咖啡厅和 864 号见面，这个处美人落落大方的样子让刘新闻很高兴，和 1358 号假装害羞不一样，864 号上来就紧挨着刘新闻坐下，亲热地和刘新闻说话。刘新闻觉得这次轻松多了，这次不需要每句话都拐弯抹角地说，他说话可以变得直接一些了。他上来就说这次大赛发现了一些问题，不是处女的姑娘也来参赛了，而且有些姑娘为了能够最终获奖，竟然去拉拢评委。

刘新闻没有点明参赛姑娘和评委睡觉，而是用了“拉拢”这个词。864 号听了刘新闻的话以后一阵紧张，她误以为有人到刘新闻那里去检举她和评委睡觉。她情绪激动了，指责有些姑娘自己和评委睡觉以后，又去诬陷其他清白的姑娘。864 号说着的时候眼泪都流了下来，她一再声明自己是清白和纯洁的，她说她可以经得起检查，她对刘新闻说：

“你带我去医院做检查，或者你亲自检查。”

刘新闻想不到这次谈话这么顺利，才说了几句话就这么有深度了，他亲切地笑着对 864 号说：

“为了证明你的清白，检查是必要的，而且应该由我们李总亲自出马来检查。”

864号处美人与刘新闻分手后，立刻去找了江湖骗子周游，当时周游的口袋里只剩下最后一片国产孟姜女牌人造处女膜了。他坐在点心店里正和苏妹说着鸳鸯蝴蝶话。864号处美人在门口向周游使个眼色，周游知道她又需要人造处女膜了，她是周游的老顾客。周游假装没有看见她，继续和苏妹甜言蜜语，864号处美人像是家里着火似的焦急，周游等到苏妹起身去厨房看看时，才慢慢地走到门口，864号处美人急匆匆地向周游要圣女贞德牌，周游摸出了最后那片孟姜女牌说：

“没有圣女贞德，只有孟姜女了，这是最后一片了。”

864号处美人接过孟姜女牌，递过去钱，骂了一声：“那群婊子。”

仍然是晚上八点的时候，刘新闻把864号处美人送进了李光头的卧室。李光头仍然是光屁股穿着睡衣在看电视，864号害羞地站在那里时，李光头仍然不会谈情说爱，他关了电视站起来，倒是先把鞠躬道歉的事做了，然后伸手指着卫生间温和地说：

“请你去洗一洗。”

864号站着没有动，她说她要先说句话。李光头不知道她要说什么，心想处女就是麻烦，以后不再搞处女了，他觉得自己没有对付处女的耐心。

864号说话了，她滔滔不绝地说了一番如何崇拜李光头的话，说当初在报纸读到有关李光头的报道时，她就告诉自己，要献身的话应该献给李光头这样的男人。说完她就转身进了卫生间。

李光头心花怒放，心想这个864号性格开朗，比1358号省事多了，心想早知如此，刚才就不用先鞠躬了。864号在卫生间里洗澡以后，悄悄将人造处女膜放进了阴道。这次她用的是国产的孟姜女牌，她不是为省钱，而是进口的圣女贞德牌已经销售一空了，没办法她只好用国产货了。

她穿上睡衣出来时，看到李光头已经脱掉睡衣，光屁股站在那里嘿嘿地笑着。她惊叫一声，用双手捂住自己的脸。李光头脱了她的睡衣，把她弄到了大床上，这个过程里她始终双手捂着自己的脸。

李光头拿着放大镜首先照起了她的肚子，怎么照也没有照出妊娠斑来，李光头很高兴，又去照处女膜，处女膜也看清楚了，只是觉得和1358号的处女膜有些不一样。他没有细想，他觉得有些不一样是很正常的事，心想就是同一个女人，两个奶子还有大小呢。

李光头拿着放大镜和望远镜兴致勃勃地观察研究时，864号一直捂着脸，不过她的身体倒是扭动起来了，她在床上的模样羞羞答答风情万种，让李光头欢喜无比，让他对科研一下子没兴趣了。他扔了手里的放大镜和望远镜，就扑到了她的身上，她捂着脸的手立刻搂住了李光头的脖子。864号哼哼地呻吟着，李光头呼哧呼哧喘着气，两个人干了一会儿，孟姜女牌人造处女膜不仅没有破，还被李光头弄了出来。

周游弄来的假冒伪劣产品差点毁了864号的美好前程。当李光头满脸疑惑地将人造处女膜拿在手里看着时，864号心想完了，她哆嗦着，真正害怕地看着李光头了。李光头弄明白手里是什么东西后，骂了起来：

"他妈的，又是个假货。"

864号看着李光头满脸怒气地将人造处女膜一扔，她痛哭流涕了，她哀求李光头，让她把事情解释清楚。她正在想着编造什么样的假话时，李光头挥着手，他没兴趣也没耐心听她的解释，李光头对她说：

"你他妈的别哭，你他妈的也别解释。既然你不是处女，你就做个荡妇吧，你把我李光头弄高兴了，是个荡妇也能拿到第三名。"

864号先是一怔，接着飞快地擦干净眼泪，然后一个翻身将李光头坐在身下了。李光头一惊，心想她哪来这么大的力气。她坐在李光头身上干了起来，一边叫着呻吟着，一边扭动着上身，她的上身仿佛扭出了世界上最为淫荡的舞蹈，连李光头这样的老江湖都看得目瞪口呆。在床上打遍天下无敌手的李光头，第一次遇上劲敌了，李光头使出浑身解数，864 号也使出浑身解数，两个人在床上大战了不知道多少个回合。

第二天刘新闻见到李光头时，看他满脸喜色，以为他昨晚上终于遇到真货了。结果李光头告诉他：

“还是个假货，是人造的，他妈的都掉出来啦。”

李光头说他刚插进去时就觉得有些不对劲，他对刘新闻比喻道：“就像鞋子里有只袜子，脚伸进去怎么都觉得硌着一样。”

刘新闻惶恐不安地指责自己，说自己办事不力，刘新闻找了一堆脏话来骂自己，最后又委屈地说：

“别的我还可以先替您试试，这个处女我要是先试了，哪怕是个真的也变成个假的了。”

李光头摆摆手，他说虽然昨晚上遇到的不是处女，可这个 864 号弄得他快活似神仙，他说他在女人的江湖上闯荡了这么多年，从来没有遇到过像 864 号这么疯狂的女人，这么崇尚进攻的女人。他说这次真是棋逢对手了，这次真是人生得一性知己足矣。他说两个人你来我往，一个春风吹，一个战鼓擂，不是东风压倒西风，就是西风压倒东风；兵来将挡，水来土掩，一个刚刚魔高一尺，另一个马上道高一丈。他说用荡妇去形容她都他妈的太文雅了，她是全世界重量级荡妇中的超级至尊。他说昨天晚上两个人翻来覆去打了一场旷世罕见的肉搏大战，最后是两败俱伤不分胜负。

接下去李光头让刘新闻去搞定十个评委，让他们不要评选冠军和季军了，只要评个亚军出来就行了。他说冠军是 1358 号，季军是 864 号，虽然两个都不是处女，可两个都上了他的床，他在床上一时高兴都许下诺言了，他拍着自己胸脯说：

“我李光头是个一诺千金的人，说出的话从不收回。”

首届全国处美人大赛终于在我们刘镇的电影院落下帷幕。刘新闻完成了李光头交待的任务，搞定了十个评委，让1358号拿下冠军，864号拿下了季军。亚军是79号，这个79号是周游的最佳顾客，她不像864号那样睡一个评委买一片人造处女膜，她上来就买了十片圣女贞德牌，然后干净利索地通吃了十个评委。

大赛虎头蛇尾，一百个决赛的处美人一天时间就走光了。李光头在公司门前站了一天，和处美人告别，和组委会领导告别，和评委告别。在和1358号握手时，李光头悄悄问她：

“孩子多大了？”

1358号先是一怔，接着会心地笑了，悄悄说：“两岁。”

在和864号握手时，李光头凑到她耳边说：“老子甘拜下风。”

十个评委像是老弱病残似的被人扶上了车，十个全部肾虚肾亏，两个发了低烧，三个吃不下东西了，四个说自己的视力大幅度减退，只有一个还像个人样子，自己走上车的，他在和李光头握手告别时还有说话的力气，李光头悄声问这次是不是大饱艳福了，他唉声叹气地说，自己已经不喜欢女人了。

大赛结束以后，报纸广播电视的批判声此起彼伏，说这种处美人大赛是封建主义卷土重来，是对女性自信自尊的践踏，等等等等，矛头直指大赛的始作俑者李光头，刘新闻也被捎带着批判了一番。紧接着又曝出了丑闻，一些没有进入前三名的处美人越想越咽不下这口恶气，纷纷以不公开自己身份的方式，将评委的性索贿和某些处美人的性行贿告知天下。当然最大的丑闻是1358号创造的，处女比赛最后被一个妈妈拿走了冠军，这条消息立刻席卷全国。1358号在对付记者时简直就是一个女李光头，她频频亮相，所有的采访都来者不拒，她承认自己有一个两岁的女儿，但她坚持认为自己仍然是处女，她说自己在精神上永远是一个处女，因为她保持了精神上处女的纯洁性。这个1358号竟然给处女重新下了定义，这个处女新定义立刻引起社会上的广泛讨论，反对者有，支持者也有，讨论来争论去，折腾了足足半年时间。

这半年里李光头兴高采烈，和他有关的讨论只要继续，他就一直是一根骨头了。他非常赞赏 1358 号对处女的重新定义，他对刘新闻说精神是最重要的。李光头为此感慨不已，他说现在的姑娘个个靠不住，他说也就是二十年的时间，社会风气急转直下，二十年前没结婚的姑娘十个里面九个是处女，现在反过来了，十个里面最多一个是处女。话音刚落，李光头立刻反驳自己，说现在十个姑娘里面半个处女都没有了，现在大街上走来走去的姑娘没有一个是处女，现在只有幼儿园里还有处女，出了幼儿园再去找处女，好比是大海捞针。

“可是，”李光头话锋一转，“精神上的处女仍然比比皆是。”

接着李光头延伸了 1358 号处美人的精神论，他知道那些像狗一样扑来扑去的记者会很快忘掉他李光头，可他李光头不在乎，他说：

“在精神上，我李光头永远是根骨头。”

三十九

周游卖掉最后一片人造处女膜，这时处美人大赛没有结束，刚刚进入最后的决赛，这个江湖骗子要告别我们刘镇了，要告别苏妹点心店里带吸管的小包子，要告别那些买了人造处女膜的处美人，也要告别赵诗人了。周游说赵诗人为他工作了十天，薪水一千元；租用了赵诗人家的仓库十天，租金二百元；由于赵诗人工作出色，奖金是二千元。周游的手指在舌头上蘸了一下口水，哗哗地数给赵诗人三千二百元。他的手指又在舌头上蘸了一下口水，又数给赵诗人五百元，说这是给苏妹的包子钱，他忘记了在苏妹的点心店里欠了多少包子钱，他说五百元是肯定超过了，他让赵诗人转交给苏妹。

周游没有告别宋钢，他同样付给宋钢一千元薪水和二千元奖金。然后他坐在宋钢家的沙发上，在刘镇贩卖人造处女膜的巨大成功，让周游雄心勃勃了，他海阔天空地描述起了美好的前景。他告诉宋钢，他需要一个助手，这个助手就是宋钢。论工作能力，赵诗人强于宋钢，可是赵诗人靠不住，随时都会出卖他。周游说十天时间相处下来，觉得宋钢是一个可以充分信任的朋友……

“你是这样一个人，”周游在宋钢家的沙发上架起二郎腿，“我把所有的钱交给你，离开一年再回来，你也不会花掉我一分钱。”

然后周游动情地说：“宋钢，跟我走吧！”

宋钢情绪激动，一个崭新的前景出现了。他知道自己在刘镇已经没有前途了，永远只能做个“首席代理”，如果跟着周游出去闯荡，就有可能成就一番事业。他不知道林红为了给他治病花掉了多少钱，他不知道这是李光头的钱，林红说是她父母亲友的钱，他知道林红的父母亲友里面没有一个是富有的，他觉得林红是在向别人借钱给他治病，长此下去就会拖垮林红。宋钢对沙发里的周游点点头，坚定地说：

“我跟你走。”

到了晚上，宋钢把贩卖人造处女膜挣到的三千元钱交给林红，林红吃了一惊，她没有想到宋钢跟着那个名叫周游的人，在大街上走来走去，走了十天竟然有三千元。看到林红吃惊的样子，宋钢吞吞吐吐地说了很多话，先是说自己的身体经过治疗，现在感觉好多了，又叹息起治病花掉的钱，然后又说了一堆“树移死，人挪活”和“水往低处流，人往高处走”的道理，林红听了一头雾水，不知道宋钢在说些什么。最后宋钢才告诉林红，他打算跟着周游出去闯荡一番事业。把周游对他说的所有话，一字不漏地告诉了林红。宋钢恳切地问林红：

“你同意我去吗？”

“不同意，”林红摇着头，态度坚决地说，“你先治病，病治好了再说。”

宋钢神情悲哀地说：“就怕我的病治好了也晚了。”

“什么晚了？”林红不明白。

宋钢叹息一声说：“家里的钱根本不够我治病，你父母亲友的钱也不多，我知道你是向别人借的钱，就是病治好了，欠的钱我们也还不清了。”

“钱不用你去想，”林红明白他的意思了，“你好好治病就行。”

宋钢摇了摇头不说话了，他知道再说下去林红也不会同意。二十年的夫妻生活下来，只要林红不答应的事，宋钢就不会去做。宋钢不说话，林红以为他不再坚持自己的想法了。林红不知道宋钢已经铁了心要跟着周游去闯荡江湖，那一刻她忘记了宋钢性格里的倔强。当林红像往常一样睡着后，睡在林红脚旁的宋钢彻夜无眠，他倾听着林红均匀的呼吸，抚摸着林红温暖的小腿，无数往事涌上心头，想到明天就要和林红分别，不由心酸起来，这是他们结婚以来第一次分别。

第二天早晨，林红骑车去针织厂上班时，宋钢站在门口，一直目送林红骑车在大街上远去。然后他回到屋子里，在桌前坐了下来，铺开白纸给林红写信。宋钢写得十分简单，先是请求林红原谅他的离去，接着请求林红相信他，他这次出去一定能够成就一番事业，虽然比不上李光头，他挣到的钱也一定会让林红无忧无虑生活一辈子。最后他告诉林红，他带上了一张他们的合影照片和一把屋门钥匙。照片他每天晚上入睡前都会看上一眼，带上钥匙表示他随时都会回来，只要挣够了钱，他就立刻回到家中。

宋钢写完后，起身找出了他和林红的合影，这是当初刚刚买下那辆亮闪闪永久牌时的照片，两个人扶着自行车幸福地微笑着。宋钢把照片拿在手里看了很久，放进了胸前的口袋。他翻箱倒柜，找出了那只印有“上海”两字的旅行袋，这是从父亲宋凡平那里继承的唯一遗产。他把几身四季的衣服放进了旅行袋，把没有用完的药品也放了进去。宋钢觉得还有时间，把林红换下的衣服放进了洗衣机清洗，开始整理打扫起了屋子。宋钢满头大汗，把屋子打扫得一尘不染，把窗玻璃擦得明亮如镜。

这天中午的时候，宋钢和周游像两个小偷一样离开了我们刘镇。周游对宋钢提着的老式旅行袋很不满意，他说这都是旧社会的旅行袋了，提着它什么生意都做不成，他把宋钢的衣服倒进了纸箱子，把宋钢的旅行袋随手扔进了路旁的垃圾桶。看到宋钢留恋地看着垃圾桶里的旧式旅行袋，周游安慰他，说到了上海以后就给他买一个上面有外国字的箱子。

然后宋钢抱着纸箱子，周游提着他的大黑包，两个人在炎热的中午，低头匆匆地走向了长途汽车站。宋钢不知道周游的大黑包里有十万多元的现金，周游来的时候把自己全部的钱都买进了人造处女膜，到我们刘镇时口袋里只有五元钱了，他赌了一把，赌赢了，现在带着十万多元的现金扬长而去。当他们两个人乘坐的汽车开出车站时，周游这个江湖骗子回头对我们刘镇说：

“后会有期。”

宋钢也回头看起了他的刘镇，看着大街上几张熟悉的脸迅速远去，又看着熟悉的房屋和街道逐渐远去，宋钢一阵心酸。他心想几个小时以后，林红骑车从这条熟悉的街道回到家中，知道他已经离去时，她可能会生气，也可能会伤心落泪。宋钢在心里对林红说了一声“对不起”。长途汽车的行驶，让宋钢眼中的刘镇越来越远，消失在了广阔田野之后。宋钢回过头来，身边的周游抱着他的大黑包呼呼睡着了，宋钢觉得自己的眼泪流了出来，正在被口罩吞没。

黄昏的时候，林红骑车回到家中，开门进去后看到家里十分整洁，她笑着叫了两声，她说真干净。然后她喊叫着宋钢走进厨房，没有看到宋钢，往常这时候宋钢已经在做晚饭了，林红心想他去哪里了。她从厨房里出来，经过客厅的桌子时，没有看到上面宋钢留给她的信，她走到门口，开门后在屋外站了一会儿，夕阳西下的街道上人来人往，对面苏妈的点心店已经亮灯了。林红回到屋子里，走进厨房做起了晚饭。她似乎听到了钥匙开门的声响，她以为是宋钢回来了，站到厨房门口，屋门没有动静，她转身继续做饭。

林红做好晚饭，把饭菜端到了桌子上，这时天已经黑了，她开灯后看到桌子上有一张纸，她没有在意，在桌前坐下来看着屋门，等待着宋钢回家。林红在等待的时候突然感到身旁的白纸上有几行字迹，她有些惊慌地拿起来，匆匆读了一遍才知道宋钢走了。林红拿着宋钢的信夺门而出，仿佛要去追赶宋钢似的向着长途汽车站疾步走去，她在路灯和霓虹灯闪耀的大街上走出了一百多米后脚步慢下来了，她意识到此刻的宋钢已经远离刘镇远离自己了。林红茫然地站住了脚，看着大街上来往的人流和车辆，低头看一眼手上的白纸，缓慢地走回了家中。

这天晚上林红坐在灯下，摇着头将宋钢简短的信读了一遍又一遍，眼泪一颗一颗掉在纸上，直到化开后把宋钢的字迹弄得模糊不清，她才放下这张白纸。林红没有在心里责备宋钢，她知道宋钢这样做是为了自己；她责备的是自己，竟然没有察觉宋钢的决意要走。后来的日子里，林红度日如年，在厂里不断遭受烟鬼刘厂长的骚扰，回到家中就是一片寂静，身边没有了宋钢，倍感孤独的她只好将电视长时间开着，听着里面发出来的各种声音，想念着宋钢，甚至想念着宋钢的口罩。晚上入睡前，林红心里就会一阵难过，她想到宋钢走的时候没有带走家里一分钱。

林红没有告诉别人宋钢跟着周游走了，只说宋钢南下广东做生意去了。周游在刘镇贩卖人造处女膜，林红觉得不是正经生意，她以为宋钢跟着周游到广东后仍然贩卖人造处女膜，宋钢做这样的生意让她说不出口。

林红每天都在等待着宋钢的来信，她每天都会在中午的时候走到工厂的传达室，看着邮递员将一捆信件扔在传达室的窗台上，她急忙打开来，一封封地看着自己的名字。宋钢没有给她写信，一个月以后，宋钢给她打来了电话。那是晚上了，宋钢的电话打到了苏妈的点心店，苏妈急匆匆地走过街道敲响了林红的屋门。然后是林红急匆匆地跑过街道，进了点心店拿起了电话，她听到了宋钢的声音，宋钢在电话另一端急切地说：

“林红，你好吗？”

林红听到宋钢的声音眼圈就红了，她对着话筒喊叫：“你回来，你马上回来！”

宋钢在另一端说：“我会回来的……”

林红继续喊叫：“你马上回来！”

两个人就这样说话，林红要宋钢立刻回家，宋钢说他会回来的，不知道说了多少遍。林红开始是用命令的语气，后来哀求宋钢了。宋钢始终说着他会回来的，他肯定会回来的。然后宋钢说要挂电话了，说这是长途电话，太费钱了。林红仍然在电话里哀求宋钢：

"宋钢，你快回来……"

宋钢把电话挂了，林红拿着电话还在说话，听到话筒里响起一串盲音，林红失落地放下了电话。这时她才想起来没有问问宋钢的情况，她只是说了一堆"回来"。林红难过地咬了咬自己的嘴唇，她看了看坐在柜台里脸色阴沉的苏妹，林红向苏妹苦笑了一下，苏妹也苦笑了一下。林红走出点心店时，想和苏妹说句话，可是不知道说什么，就低头走了出去。

后来的几个月里，苏妹和林红同样伤心失落，周游这个江湖骗子不辞而别后，苏妹的肚子逐渐大起来了，群众议论纷纷，猜测是谁将苏妹的肚子搞大的。群众胡乱怀疑，可疑对象越来越多，最后多达一百零一个，赵诗人也被他们怀疑进去了，赵诗人就是被怀疑的第一百零一个。赵诗人对天发誓对地跺脚地表示自己的清白，结果越描越黑，群众更加怀疑是他干的。赵诗人苦口婆心地告诉我们刘镇的群众：点心店的苏妹虽然长得不怎么样，可人家也是公认的富婆，要是把她肚子弄大了，他还会在自己的破屋子里住吗？赵诗人说：

"我早就搬到对面点心店去做老板啦。"

我们刘镇的群众这才相信赵诗人是无辜的，群众继续怀疑群众，竟然没有一个人怀疑是周游干的。周游是一个了不起的骗子，他和三千个处美人一起来到我们刘镇，那些处美人和评委睡，和组委会的领导睡，和李光头睡，和刘新闻睡，和……睡，睡来睡去。评委、领导、李光头和刘新闻等等蒙在鼓里睡，睡的全是做了修复术的组装处女和用了人造膜的散装处女，只有周游一个睡了个原装处女，让我们刘镇女人里面唯一的处女苏妹也成了前处女。

周游走后五个月，苏妹的肚子开始挺起来了，她仍然每天坐在收钱的柜台前，不过她不再和女服务员说话，也不再和顾客说话。周游的不辞而别让她伤心欲绝，此后她脸色阴沉，再也没有笑容。她母亲苏妈常常发呆，常常叹息，有时偷偷落泪，她怎么也想不通，自己的命运为什么会在女儿身上重现。群众先是好奇，先是兴奋，慢慢地也就习惯了，群众说苏妈就是这样的，谁都不知道她的肚子是谁搞大的，只知道她生下了苏妹。如今苏妹的肚子也被一个神秘男人搞大了，苏妹怀胎十月后生下的也是一个女儿，苏妹给女儿取个名字叫苏周。就是这时候仍然没有群众去怀疑周游这个江湖骗子，群众这时候对怀疑没有兴趣了，开始热衷于预言家的工作了，他们大胆预测，说这个名叫苏周的女婴长大成人后，也会和外婆和母亲一样，肚子神秘地大起来。群众老练地说：

“这就叫命运。”

四十

江湖骗子周游在我们刘镇贩卖人造处女膜大获全胜，他带着宋钢从上海出发，沿着铁路南下，再接再厉地推销起了阴茎增强丸。他的阴茎增强丸也分为进口和国产两种，进口的名叫阿波罗牌，国产的名叫猛张飞牌。这两个人在铁路沿线的一些中等城市下车，然后在车站、在码头、在商业街叫卖他们的阴茎增强丸。西装革履的周游左手举着阿波罗牌，右手举着猛张飞牌，喊叫似的演说起来：

"每个男性都希望有一个硕大的阴茎，展现男子汉的阳刚威猛，由于种种原因很多人成年后阴茎短小，这样的现象普遍存在……"

周游摇晃着手里的药瓶，让围观的群众听听里面药丸的碰撞声响，他声称右手拿着的国产猛张飞牌增强丸，是祖国医药之瑰宝，源于故宫博物院馆藏的明清两代皇家医案，在众多原始配方中优选研制而成；而左手上的进口阿波罗牌增强丸，则是外国人民之骄傲，是在美国辉瑞公司王牌产品"伟哥"的核心基础上，加入基因技术和纳米技术，隆重诞生了阿波罗牌。周游像个货郎摇动着拨浪鼓一样，摇动着他左手和右手上的阿波罗牌和猛张飞牌，亲切地告诉群众，它们的大名叫增强丸，小名叫增大增粗延时丸。周游拍着胸口说，只要服用两到三个疗程，保证成为一名：

"极品真汉子！"

这时候的宋钢已经知道周游是个江湖骗子了。他们乘坐的长途汽车离开我们刘镇，驶进上海的街道后，周游一把摘下宋钢脸上的口罩，扔出车窗挂在了上海的树枝上。周游告诉宋钢，现在没人知道他的肺坏了，所以他的肺病痊愈了。宋钢呼吸着上海的空气，回头张望着在树枝上摇晃的口罩，汽车拐弯以后口罩也就消失了。

几天以后宋钢就知道周游是一个什么人了。他们七拐八弯，来到了郊外一个堆满假烟假酒的地下仓库，在仓库黑暗的角落里，周游买下了两纸箱的阴茎增强丸。然后周游抱着猛张飞牌，宋钢抱着阿波罗牌，跳上了南去的列车，开始了他们一年多的惨淡经营。

那一刻宋钢坐在硬座车厢里，车厢里坐满了南下的民工，他们的方言五花八门，他们有的去广东，有的到了广东以后再渡海去海南岛，他们都是没有结婚的年轻人，他们指望挣到一笔钱以后回家娶妻生子。周游坐在他们中间，脸上保持着矜持的笑容，偶尔和几个外出打工的农民搭讪几句，不时地抬头瞟一眼行李架上的两纸箱阴茎增强丸。宋钢觉得西装革履的周游坐在民工中间十分滑稽，有两个民工询问周游是做什么生意，周游看了宋钢一眼，随便地说了“保健品”三个字。周游知道这些民工没有钱来上当受骗，所以他懒得夸夸其谈。

宋钢已经知道周游在刘镇所说的一切都是弥天大谎，他忧郁地望着窗外无限伸展的田野，心里七上八下，跟着这个江湖骗子前途何在？宋钢不知道。想到周游在刘镇确实挣到了很多钱，宋钢心里又燃起了希望，他希望能够尽快地挣到一大笔钱，然后立刻回家，他幻想的数目是十万元，这样林红此后的生活就会无忧无虑。为了林红，宋钢在心里告诉自己：

“我什么事都愿意做。”

几年来宋钢都是通过被口水浸湿的口罩呼吸，接下去的日子没有了口罩，宋钢觉得空气变得干燥了。本来话语不多的宋钢，跟随着周游招摇撞骗以后越来越沉默寡言。很多个夜深人静的晚上，宋钢从睡梦里醒来，脑海里重复地浮现出了当初他离开刘镇时的情景，想象着林红每天傍晚骑车回家后孤独一人的生活，宋钢眼睛潮湿了。很多个旭日东升的早晨，宋钢走出陌生的小旅店，走上异乡的街道时，都会有一阵强烈的冲动，他想立刻回到刘镇，回到林红身边。可是木已成舟，宋钢告诉自己不能空手回去，要挣够了钱才能回去，现在只能咬牙坚持下去，跟随着周游继续行走江湖。

宋钢经常拿出那张他和林红的合影仔细端详，他们的生活曾经是那么的美满，那辆永久牌自行车就是他们幸福的象征。这张合影在最初的几个月里是宋钢的精神支柱，半年以后宋钢就不敢再看了，他只要看到照片上林红美丽的微笑，就会坐立不安，就会情绪冲动地想立刻回到刘镇。于是在后面的日子里，宋钢把这张合影压在了箱底，努力让自己忘掉它。

两个人两个月里行走了五个城市，周游亲自上阵叫卖增强丸。周游的叫卖像是拦路抢劫一样，抓住一个人的胳膊就是滔滔不绝地说起来，他喊破了嗓子也只是卖出去了十一瓶——五瓶阿波罗牌和六瓶猛张飞牌。宋钢也跟着叫卖，宋钢手里拿着增强丸，就像在刘镇手里拿着白玉兰一样，文质彬彬地询问走过身边的每一个成年男子：

“需要增强丸吗？”

“什么增强丸？”

宋钢微笑着将阿波罗牌和猛张飞牌的说明书递过去，耐心地等待着他们读完，让他们自己决定是否应该买下一瓶试试。有些人将说明书读了一遍又一遍，最终还是空手而去。周游认为宋钢错失了很多机会，宋钢不同意周游的话，他说这些增强丸的疗效本来就十分可疑，迫不及待地推销只会让人产生怀疑，宋钢说推销的时候应该欲擒故纵。两个月下来，宋钢卖出了二十三瓶增强丸，他“欲擒故纵”的业绩比周游的“拦路抢劫”高出一倍。

周游对宋钢刮目相看了，不再把宋钢当成自己的助手，客气地称宋钢为合伙人，说以后挣到的钱二八分成，他自己八，宋钢二，而且向宋钢公开财务。那天晚上他们住在福建的某一个小城里，在一家小旅店地下室的房间里，周游愁眉不展，他说虽然住的是最便宜的旅店，吃的是最简单的食物，两个月下来只卖掉三十四瓶增强丸，挣到的钱又被吃住花干净了。宋钢长时间没有说话，他走神了，他想到了在刘镇独自一人的林红。

宋钢回过神来以后，慢吞吞地告诉周游，他以前在刘镇叫卖过白玉兰，他发现站在服装店门口比站在大街上更容易，为什么？因为爱漂亮的女孩都在服装店里，她们买了衣服以后就会顺便买下一串白玉兰。

“有道理。”周游连连点头，问宋钢，“什么地方男人最集中？是那些想做极品真汉子的男人。”

“洗浴中心。”宋钢想了想后回答，然后他笑着说，“只要看一眼就知道谁的短小了……”

“有道理。”周游两眼闪闪发亮了，“这就叫有的放矢。”

“可是，”宋钢犹豫地说，“去洗浴中心要多花钱。”

“该花的钱就要花，”周游坚定地说，“舍不得孩子套不住狼。”

两个人说干就干，带上十瓶阿波罗牌和十瓶猛张飞牌去了旅店附近的一家洗浴中心。他们把增强丸放在柜子里，脱光了衣服赤条条来去了。这家洗浴中心并不豪华，也让宋钢吃了一惊，里面有三个大池子，中间是清水浴池，两旁一个是牛奶浴池，一个是玫瑰浴池。周游率先坐进了牛奶浴池，宋钢也跟着坐了进去。周游看看几个正在淋浴的人，悄悄告诉宋钢，既然花钱了，就好好享受一番。宋钢点点头，身体泡了进去，他低声问周游：

“这真的是牛奶吗？”

“奶粉泡的。”周游老练地说，“劣质奶粉。”

两个人在劣质奶粉浴池里泡了半个小时，周游起身走过了清水浴池，一脸舒适地泡进了玫瑰浴池。宋钢一个人坐在牛奶浴池里，心里有些不踏实，也起身走了过去，坐进了漂满玫瑰花瓣的池水里。宋钢用手抓起一把玫瑰花瓣，看着红色的池水，惊讶地对周游说：

“颜色都泡出来了。”

“是红墨水，”周游从容地告诉宋钢，“倒进来几瓶红墨水，再撒上一些玫瑰花瓣。”

宋钢一听是红墨水，急忙站起来。周游一把拉住了他，让他坐在自己身边，说就是红墨水也比清水贵。周游说完后闻了闻玫瑰花瓣上的蒸汽，满意地告诉宋钢：

“还洒了几滴玫瑰香精。”

接下去两个人眯着眼睛，舒展四肢泡在了红墨水浴池里。这时一个四肢发达的男子甩动着硕大的阴茎走了过来，他的身后跟着一条大狼狗。周游看了一眼男子的下身，轻声说了一句“极品真汉子”。男子听到周游在说他，站在中间的清水浴池边吼叫一声：

“你小子说什么？”

男子吼叫了一声，后面的狼狗“汪汪”叫了一串，宋钢一阵哆嗦，周游强作微笑地把他的手从玫瑰池水里伸出来，指了指男子的下身说：

“说你是极品真汉子。”

男子低头看了一眼自己的阴茎，满意地笑了，然后跳进了清水浴池，像是一颗深水炸弹，溅起的清水飞越了玫瑰浴池，纷纷落在另一端周游和宋钢的脸上。男子泡在清水浴池里，狼狗趴在池边，男子右手搓着自己的胸脯，左手替狼狗搓背了。狼狗的眼睛像个职业杀手的眼睛一样，盯着周游和宋钢，盯得这两个人心里阵阵发虚，宋钢只是轻轻嘟哝了一声“狗怎么也能进来”，那条大狼狗就冲着宋钢一阵狂吼。吓得宋钢和周游再也不敢出声，泡在池水里一动不动。

这期间有几个赤条条的人手里拿着白毛巾走进来，他们本来是想在池水里泡一会儿的，进来时还说说笑笑，看见一条大狼狗趴在清水浴池边，立刻吓得面如土色，蹑手蹑脚地退了出去。然后在外面的更衣室大声责问服务员：狗怎么也可以进来洗澡？他妈的还是一条大狼狗。趴在清水浴池边的狼狗听到外面的吵闹声，暂时不盯着周游和宋钢了，扭过头去对着更衣室"汪汪"吼叫起来，更衣室立刻鸦雀无声了。然后一个服务员小心翼翼地走了进来，他走到离狼狗五米远的地方站住了，对着那个男子轻轻叫了几声：

"先生，先生……"

这个服务员本来是想来劝说男子把狼狗带出去，可是狼狗冲着他吼叫了几声，吓得他连连后退，一溜烟跑回更衣室了。周游趁机移动到了池边，刚刚站起来，狼狗回过头来看到周游站在池边的台阶上，立刻警惕地站起来，"汪汪"吼叫了，周游进退两难，满脸讨好的笑容看着那个男子。那个男子拍拍狼狗，让狼狗重新趴了下去。周游憋住呼吸，假装从容地走下台阶，看见有一扇木门，就推开走了进去。宋钢也慢慢地向着池边移动，狼狗一直盯着他，他就一直对着狼狗亲切地微笑，移动到了池边刚站起来，狼狗也霍地站了起来，"汪汪"吼叫了。那个男子再次拍拍狼狗，狼狗趴下后，宋钢迅速地跳下台阶，也是见到木门就推开跑了进去。

周游和宋钢先后跑进了桑拿浴房。宋钢进去后才发现是一间热昏了脑子的小木屋，周游惊魂未定地坐在里面，宋钢问周游：

"这是什么地方？"

周游看到宋钢也跑进来了，立刻装出从容的模样，回答宋钢："桑拿。"

宋钢喘着粗气在周游身旁坐下来，周游拿起木勺将水洒在火炉上，一股热浪蒸腾而起，宋钢觉得呼吸都困难了，他说：

"这里面太热了。"

周游得意地说：“这就是桑拿。”

这时木门开了，那个四肢发达的男子走了进来，周游和宋钢又是吓了一跳，看到那条大狼狗没有跟进来，他们长长地出了一口气。那个男子准备躺下来，周游和宋钢赶紧站起来，给他腾出地方，他满意地点点头，在最上面的木台阶上躺了下来，周游和宋钢坐在下面的木台阶上。蒸了一会儿，周游觉得自己有些吃不消了，他起身说要出去了。周游拉开木门，那条大狼狗就趴在门口，冲着周游一阵吼叫，周游吓得赶紧关上门，转回身来自我安慰地说：

“再蒸一会儿。”

周游在宋钢身旁坐了下来，躺在上面的男子指挥他们：“加点水。”

“好。”

周游说着往火炉上浇水，热浪滚滚而来，宋钢觉得自己热得快要晕过去了，他对周游说：

“我好像不行了。”

“你快点出去。”周游推了推宋钢。

宋钢站起来，知道那条大狼狗就在门口虎视眈眈，硬着头皮拉开了木门，趴着的狼狗立刻站起来，吼叫着像是要咬宋钢的下身。宋钢马上关上木门，下意识地捂着下身退了回来，苦笑着在周游身旁坐下。两个人坐在桑拿房里热得晕头转向，可是门口的大狼狗比地雷还要让他们害怕，他们只好继续坐着，继续忍受着蒸热的煎熬。他们指望那个躺着的男子马上起身出去，把门口的狼狗带走，可是那个男子躺着越来越舒服，还吹起了口哨。周游心想再坚持下去肯定会昏死在桑拿房里了，他起身摇摇晃晃地走到男子跟前，低头在他耳边叫了几声：

“先生，先生……”

吹着口哨的男子睁开了眼睛，看着周游。周游有气无力地说：“您的保镖……”

“什么保镖？”男子没有明白。

“您的狗保镖守在门口，”周游说，“我们出不去。”

男子嘿嘿一笑说：“再加点水。”

周游抹了抹满脸的热汗，转身又往火炉上浇水了，热浪汹涌而起。宋钢歪着脑袋都快倒下了，周游摇晃着上前一步，对那个男子说：

“加过水了。”

“好。”那个男子说，“你们出去吧。”

“可是，”周游说，“您的狗保镖……”

那个男子这时嘿嘿笑着起身下来，拉开木门把吼叫的狼狗引到一旁，让周游和宋钢安全地走出来。那个男子继续在桑拿房里躺着，那条狼狗继续在门口守卫着。周游和宋钢死里逃生似的来到更衣室，周游一口气喝了八杯纯净水，宋钢一口气喝了七杯。两个人耷拉着脑袋在更衣室里面坐了十多分钟，终于缓过来了，然后穿上洗浴中心的睡衣，带上他们黑包里的增强丸，人模狗样地走进了休息大厅。

大厅里躺着二十来个客人，有的在修脚，有的在做足底按摩，投影电视里是一场足球比赛。周游对宋钢使了一个眼色，两个人分开走到了休息厅的两端。宋钢躺在了一个中年男子的身旁，这个中年男子正在看足球比赛，宋钢耐心地等到中场休息，才拿出增强丸的说明书递过去，文雅地问：

“先生，你有时间读一下这个吗？”

中年男子怔了一下，接过说明书认真读了起来。中年男子读完了国产猛张飞牌的说明书，宋钢又递上去进口阿波罗牌的说明书。中年男子认真读完两份说明书以后，看了看大厅里休息的其他人，低声问宋钢：

“多少钱一瓶？”

周游的推销风格直截了当，他手里就拿着现成的进口和国产增强丸，微笑地问身旁躺着的年轻人：

“你想做极品真汉子吗？”

“什么极品？”年轻人不明白。

周游滔滔不绝地解说起来，说得年轻人拿着两瓶增强丸看了又看，还拉开睡裤看了一眼自己的阴茎，周游也顺便看了一眼，对他说：

“你已经是真汉子了，可惜还不是极品。”

年轻人满腹狐疑地看着周游问：“不是假货吧？”

“是真是假，”周游微笑地说，“你试试就知道了。”

那个四肢发达的男子和他的狼狗也来到了休息大厅，男子和狼狗长驱直入，休息大厅里一片惊慌，几个服务员一番谦恭的劝说，那个男子同意不让狼狗进来，狼狗就趴在了休息大厅门口，一夫当关万夫莫开了。躺在休息大厅里的客人谁也不敢出去了，只能耐心地等待狼狗的主人离开。周游和宋钢如鱼得水了，他们不急不躁地一个一个去游说，哄骗他们买下增强丸。狼狗的主人看着这两个人对别人窃窃私语，不对自己说半句话，心里十分好奇，把周游叫了过去，问他是在干什么。周游就把阿波罗牌和猛张飞牌递到他的手中，恭维地说：

“您不需要这个。”

狼狗的主人看完药瓶上的说明，大声对周游说：“谁说我不需要？强者还要更强。”

“说得好！”周游兴奋了，他指指大厅里休息的其他人，低声说，“这增强丸对他们都是雪中送炭，对您就是锦上添花啦。”

狼狗的主人满意地笑了，他伸出两根手指说：“我要两瓶。”

“两瓶只是一个疗程，”周游耐心地解释，“需要两到三个疗程才能见效。”

狼狗的主人爽快地说：“我要八瓶。”

“好。”周游点点头，问他，“你是要进口的，还是国产的？”

狼狗的主人说：“四瓶进口，四瓶国产。”

周游迟疑了一下，假装内行地说：“这进口的是基因技术和纳米技术，国产的是明清两朝皇家医案，混合在一起服用不妥。”

“进口的我吃，”男子指指趴在休息大厅门口的狼狗说，“国产的它吃。”

四十一

周游和宋钢继续在福建漫游，在一个个洗浴中心推销他们的增强丸，瞄准阴茎短小者，对症下药，耐心诱导，夸夸其谈。当他们离开福建，来到广东时，两纸箱的阴茎增强丸已经全部推销出去。周游总结经验教训，觉得将近五个月才把增强丸推销出去，效益实在太低，利润更是不见踪影，加上吃住车旅费用，只赔不赚。周游怀念他在刘镇推销人造处女膜的辉煌经历，他觉得不能再推销男性保健品了，女性在这方面更愿意花钱。于是到了广东以后，两个人开始推销波霸牌丰乳霜。

此刻的宋钢已经离家半年了，在福建的时候他给林红打过三次电话，都是在夕阳西下以后，站在卖烟酒食品的小店铺前，街道上尘土飞扬，来来往往的行人大声说着闽南语，宋钢双手紧紧拿着话筒，仿佛怕别人来抢夺话筒似的，手掌里都渗出了汗水，他的声音结结巴巴，说话颠三倒四。电话另一端林红的声音疾风暴雨似的响着，要他回家，要他马上回家，在一声声“回家”的呼唤里，林红急切地询问宋钢的身体，宋钢说他的身体很好，肺病痊愈了，他的声音轻得像蚊子的叫声一样，他说：

“我不咳嗽了。”

宋钢重复说了几遍，另一端的林红才听清楚，林红喊叫着问他：“你还在吃药吗？”

宋钢这时挂断了电话，他放下电话以后轻声回答林红：“不吃了。”

然后宋钢茫然若失地站在路灯亮起的街道上，看着一张张陌生的面孔，听着一声声陌生的话语，摇了摇头，缓慢地走回简陋的小旅店。

那时候周游盘腿坐在床上，抹着眼泪在看电视里的韩剧。周游在福建的时候看了三部半韩国电视连续剧，到了广东以后找遍了所有的电视频道，也没有找到他看了一半的那部韩剧，周游大惊小怪地说了一番广东的坏话，然后集中精神推销起了波霸牌丰乳霜。

在此后的几个月里，耳边的闽南语变成了广东话，他们行走了十五个地方，竟然只推销出去了十多瓶。周游在山穷水尽之时灵机一动，决定压低价格向美容院推销，结果所有的美容院里都有丰乳霜出售；周游又瞄准了药店和商场，所有的药店和商场里也在出售丰乳霜，他们见到了上百个品牌的丰乳霜，价格比他们的波霸牌还要便宜。周游穷途末路了，他和宋钢提着波霸牌丰乳霜，在异乡的街道上像两只无头苍蝇，尤其在那些十字路口，两个人垂头丧气地东张西望，互相询问该往何处走去。周游对推销丰乳霜已经毫无信心了，见到一个年轻的女子走过来，周游就会推推宋钢，让宋钢挺身而出，自己像个哨兵一样站着不动。宋钢低着头走上去，谦恭地问来往的女子：

“需要丰乳霜吗？”

那些女子像是遇到强盗一样，捂住自己的包紧张地离去。有一次一个漂亮的女子没有听清楚，站住脚问了一声：

“什么？”

宋钢的双手就在自己胸口比划起来，他说：“丰乳霜，就是让你的胸大起来，挺起来。”

“流氓！”

女子尖声喊叫了，她一边离去一边回头叫骂，路上的行人纷纷站住脚看着宋钢，宋钢面红耳赤，一脸苦笑地走向若无其事的周游。

这时候周游在广东的电视里找到了新的韩剧，白天四处碰壁，到了晚上周游立刻兴致勃勃了，韩剧播出前一个小时就在床上正襟危坐，手里拿着摇控器，要求宋钢到外面去走走，不要打扰他观看韩剧，若宋钢不愿意出去，也可以待在屋子里，不过……周游对宋钢说：

“你不能出声。”

宋钢没有待在屋子里，他漫无目标地行走在别人的城市里，张望着一幢幢楼房里的一扇扇窗户，然后他靠在街边的一棵树上，出神地看着某一扇窗户里的某一个家庭，年轻的丈夫和年轻的妻子，他们在屋里走动，有时是一个人影出现在窗前，有时是两个人影，有时没有人影只有灯光了。宋钢站在那里长时间凝视着，直到这一男一女同时走向窗口，一左一右同时将窗帘拉到一起，拉到一起时他们亲吻了一下。这温馨的一幕让宋钢的眼睛潮湿了，那一刻他无限思念千里之外的林红，他真想立刻插翅飞回刘镇，可是他不知道什么时候才能挣到钱，他忧郁地觉得回到刘镇的日子越来越远了。

周游在广东的时候看完了四部韩国电视连续剧，接下去他在电视里找不到新的韩剧了，为此他大发脾气。那时候他们已经在海边了，在一家破旧的小旅店的二层房间里。窗外的马路对面耸立着一个广告牌，也是丰乳霜的广告，广告上面不是一个婀娜女子，是一个肌肉发达的猛男，这个猛男的胸脯竟然高高隆起，威风凛凛地戴着红色胸罩，下面是红色三角内裤。周游发脾气的时候没有看到这个广告，他发完脾气觉得已经没有什么韩剧可看了，失落地坐在了床上，他的心思终于回到了自己的波霸牌丰乳霜。这个江湖骗子拿出计算器，用手指在上面点来点去，半个小时以后他抬起头来神情悲哀，只说了三个字：

“完蛋啦！”

宋钢早就知道完蛋了，六个月的东奔西走只卖出去了十多瓶丰乳霜，这期间周游像个沉迷于女色的昏君一样，沉迷在韩剧里，现在没有韩剧了，周游必须面对现实了。周游告诉宋钢，若不在一个月以内将所有的丰乳霜推销出去，那么只能去法院了。宋钢不知道去法院干什么，周游双手拉紧一下自己的领带，像个面临倒闭的国企老总似的说：

“申请破产保护。”

宋钢苦笑起来，心想都沦落到这个地步了，周游还在说大话。就在两个人觉得走投无路的时候，周游突然看到了马路对面的丰乳霜广告，他定睛看着上面威风凛凛的三点式猛男，嘴里惊叫起来：

“比基尼！”

宋钢也看到了，他的嘴巴张开以后就没有合拢，他在梦里都没有见过这么惊世骇俗的广告。周游嘴里念念有词了，他说：

“没想到男人也可以有一对丰乳……”

周游获得了灵感，他的眼睛离开马路对面的广告牌以后，开始色眯眯地打量起宋钢来了。宋钢被周游看得浑身不自在，宋钢说：

“你这是干什么？”

周游感叹起来：“你要是有一对丰乳，我们的波霸牌肯定被一抢而空。”

宋钢脸红了，这一瞬间周游看到了宋钢脸上掠过一丝女性的羞涩，周游的眼睛闪闪发亮了，他满腔热情地说起了自己的计划，就是给宋钢去做丰胸手术，宋钢拥有一对骄人的丰乳以后，就会像对面广告牌上的猛男一样吸引人了。周游耐心细致地告诉宋钢，丰胸手术是小手术，在医院的门诊室就可以做，他说：

“和处女膜修复术一样简单。”

宋钢茫然地转向窗外，看着马路对面的广告牌，看着广告牌上面的楼房，看着楼房上面的天空，他心里的悲哀和绝望在目光里飘向了远方。他回过头来后坚定地点头了，他说：

“只要能挣到钱，我做什么都愿意。”

周游没有想到宋钢这么爽快地答应了，他兴奋得跳了起来，在屋子里走来走去，寻遍世上美好的词语来赞美宋钢，声称以后的挣到的钱不再是二八分成了，应该是五五分成，两个人各一半。周游最后感动地说：

“在刘镇的时候，我就知道你会为我两肋插刀。”

“不是为你，”宋钢摇摇头，“我是为了林红。”

从福建到广东，被韩剧熏陶了整整一年的周游，带着宋钢来到美容整形医院时，对其他丰胸手术不屑一顾，对韩式丰胸手术情有独钟。医生向他们推荐了三种，韩式无痕丰胸、韩式假体丰胸和韩式自体脂肪丰胸。医生介绍韩式无痕丰胸是运用了韩国全新的UN-TOUCH技术，确保手术微创无痕，术后就是最亲密的人也无法察觉，而且成形后自然逼真，触感柔滑酥软，尽显柔水欲滴之态，行动时乳房还会随着步态和动作的节律，轻微自然颤动，性感娇媚，流露万千女人风情。周游听完介绍，微笑地说：

“就用韩式无痕丰胸。”

那个下午是宋钢一生里最为尴尬难受的时刻，他低垂着头坐在那里一声不吭，听着周游巧言令色，编造他从童年到少年到青年一直到现在，如何梦想着有朝一日变成女儿身。医生在和周游说话时，不停地去打量宋钢。宋钢的脸色青红皂白地变来化去，听着他们谈论如何先给自己隆胸，隆胸手术之后再如何切除他的阴茎和睾丸，还要尿道移位，再造人工阴道。医生保证再造出来的女性外阴形态生动逼真，阴道具有足够的深度和宽度，阴蒂具有灵敏的性感觉功能。宋钢听了心里阵阵恶心。周游神采飞扬，一边对医生的话连连点头，一边欣喜地看着宋钢，仿佛宋钢真要成为一个女人了。最后医生认真端详了一番宋钢，说还要给他做鼻整形、颌整形、颧颊等面部骨骼女性化的手术。

周游和医生约好了三天以后就来做韩式无痕丰胸手术，两个人走出美容整形医院后，周游红光满面地对宋钢说：

“你要是真变成一个女人，我就会娶你，我会像韩剧里男主角爱女主角一样，爱你爱得死去活来。”

从来不说脏话的宋钢，脸色铁青地对周游吼叫了一声：“去你妈的！”

然后在一个阴雨绵绵的上午，宋钢跟在周游的身后，走出了那家破旧的小旅店，他们走在湿漉漉的马路上，周游向着来去的出租车招手，宋钢看着雾茫茫的大海，他听到了海鸟的叫声，可是看不到海鸟的飞翔。三个小时以后，宋钢躺在手术台上，医生在他的胸前画了两个紫色的圆形，他在无影灯下闭上眼睛，进行全身麻醉时，他的脑海里突然出现了一只孤零零的海鸟，在弥漫着烟雾的海面上滑翔，可是他没有听到海鸟的叫声。

虽然医生告诉周游，男性胸部和女性在组织结构上有差异，手术过程比女性丰胸要复杂，但手术还是很顺利，不到两个小时就完成了。宋钢留院观察了一天，第二天出院时仍然阴雨绵绵，宋钢忍受着腋下创口的疼痛，坐上出租车回到了他们海边的小旅店，他从出租车里出来，在周游付钱的时候，再次出神地看起了雾茫茫的大海，什么都没有了，没有海鸟的叫声，也没有海鸟的飞翔。

宋钢在小旅店里静养了六天，窗外飘扬了六天的阴雨，对面广告牌上戴着红色胸罩的猛男在阴雨里若隐若现，宋钢每次看到他时都是一阵羞愧，仿佛广告牌上的人是自己。周游无微不至地照顾宋钢，每天殷勤地询问宋钢想吃什么，后来干脆把附近几家小餐馆的菜谱抄录下来，拿回来让宋钢亲自点菜。宋钢点下的都是最便宜的菜，周游立刻给餐馆打电话，让他们送餐到旅店的房间，周游在电话里每次都是狮子开大口，他神气地说：

“我们宋总鲍鱼鱼翅吃腻了，送个豆腐素菜过来……”

宋钢成为了宋总，一个胸前突然出现了一对女性丰乳的宋总。宋钢拆线以后，周游喜气洋洋地上街买了红色胸罩回来，他告诉宋钢，这是 D 杯胸罩，戴 D 杯的都是真正的波霸女王，然后讨好地对宋钢说：

“你也是。”

宋钢看到周游买回来的是对面广告牌上的那种红色胸罩，他拿过来一把扔在了地上。周游捡起地上的胸罩，对宋钢说：

“红色的多好，红色的醒目显眼……”

宋钢说：“去你妈的！”

“我马上去换，”周游点头哈腰地说，“宋总，我知道你是一个低调的人，我马上去换成白色的。”

五天以后雨过天晴，宋钢在衬衣里戴上了白色胸罩，他和周游坐船去了海南岛。在广东晃荡了七个月也没卖出多少瓶波霸牌丰乳霜，周游觉得广东是一个不祥之地，他决定去海南岛大展宏图。胸口增加了两个假体乳房以后，宋钢走路的时候失重了，他的身体不知不觉地前倾下去，几个月以后宋钢驼背了。当宋钢身体前倾地走上渡海轮船，手握栏杆站在甲板上，感觉着胸口假体乳房的沉重，眺望着远去的广东海岸，心里空空荡荡，他不知道前面会发生什么。在波涛的响声里，在闪烁的阳光里，在蓝天和大海之间，他看到了海鸟真实的飞翔，听到了海鸟真实的叫声。宋钢想念起了电话里林红的呼唤，要他立刻回家的呼唤。船在波浪里颠簸，海风吹乱了他的头发，林红的呼唤恍若海鸟的叫声，逐渐远去了。宋钢不由伤心落泪，他伸手抹去眼角的泪水，告诉自己已经离家一年多了。他在离开刘镇时就梦想着回家的这一天，现在一年多过去了，他离家越来越远了。

周游和宋钢开始在海南岛推销波霸牌丰乳霜，就像一年多前在刘镇推销人造处女膜那样，两个人站在大街上，四周围满了男男女女。宋钢像个模特那样一声不吭，解开他的衬衣纽扣，露出里面白色的胸罩和一对 D 杯的大乳房。周游上下翻动他的三寸不烂之舌，高举波霸牌丰乳霜滔滔不绝，说这是由天然维他命和生长素配制而成，里面百分之三十五是维他命，百分之六十五是生物基因科技研制出来的生长素。生长素可以令乳房在几天内经历N次发育，令乳房蓬勃生长，其速度比“野火烧不尽，春风吹又生”还要快上N倍；维他命成分不但保持乳房弹性，还令皮肤表层更加细滑幼嫩，而且……

“绝对不含荷尔蒙激素，确保安全可靠。”

周游介绍完手里的丰乳霜，开始介绍宋钢的一对丰乳了。他向围观的男男女女介绍宋钢，说这位是他们公司的宋总。周游振振有词，说现在市面上丰乳霜多如牛毛，可是真正有效的只是九牛一毛，宋总为了检验波霸牌是否真有疗效，亲自试验，没想到两个月以后……周游说到这里感动地擦起了眼泪，他指着宋钢的胸脯说：

“我们宋总没有了男子汉的伟岸，出来了风流少妇的婀娜……”

围观的男男女女笑个不停，他们挤来挤去像是看外星人一样，好奇地看着宋钢。他们一个个都要往前挤，都要把宋钢的乳房看得真真切切，有几个近视眼都将嘴巴鼻子凑上去了，像是要吃奶一样。宋钢面红耳赤，有一个身材娇小的女人竟然用手去捏了捏宋钢的乳房，宋钢生气地打开了她的手。有个男人立刻指责这个女人：

“你怎么可以摸男人的性器官？”

“这叫性器官？”那个娇小女人惊讶地叫了起来。

“只要是大乳房，只要能摸出高潮来的，都是性器官，”那个男人指着说话女人的娇小乳房说，“你这个难道不是性器官？”

那个男人说着也在宋钢的乳房上捏了起来。宋钢愤怒了，打开了那个男人的手，又推了他一把。围观的女人高兴了，她们说长出这么大乳房了应该算女人，她们集体指责那个男人：

“你怎么可以随便摸女人的乳房？”

“他是女人？”轮到那个男人惊叫起来了。

“不是女人，怎么会有这么大的乳房？”女人们众口一词地说。

“是男是女不重要，”周游高高举起手里的波霸牌丰乳霜，“重要的是谁抹了它，谁就能够成为今世上的波霸女王。”

那个摸了宋钢假体乳房的娇小女人第一个走上来，她模样害羞地掏钱买下了两瓶后就匆匆离去。有几个中年妇女上来买走了几瓶，她们一边付钱一边说是给她们的女儿买的。然后年轻的女子也掏钱买波霸牌了，她们说是给朋友买的。接下去男人也上来买了，他们说是给女朋友的女朋友买，或者说是给老婆的小姐妹买。周游笑容可掬，一手拿钱一手交货，不到一个小时就买出去了三十七瓶。周游得意地举起一箱波霸牌丰乳霜，高声喊叫：

“三十七瓶名花有主啦，这些花落谁家呢？”

周游放下箱子后，一个男人挤上来悄悄指指周游的裤裆，悄悄问：“抹在那个地方有用吗？”

“你说的是阴茎？”周游大声说，“当然有用。”

“喂，喂，”那个男人低声说，“你小点声。”

“知道，”周游对那个男人点点头，举起丰乳霜对围观的男人们大声说话了，“这波霸牌丰乳霜也具有阴茎增强丸的功效，可以增大增粗，还可以延时，不过使用时千万小心，要遵医嘱，否则过于肥大就不是阴茎了。”

“不是阴茎是什么？”有男人嬉笑地问。

“过于肥大……”周游想一想后说，“就是乳房了。”

周游出师大捷喜上眉梢，第一天就卖出去了五十八瓶丰乳霜。这一天对宋钢来说，好比是上刀山下火海，解开衬衣让异乡的男男女女尽情观赏他胸口的一对假体乳房，还有人动手动脚，议论他是男是女，有一刻宋钢快要疯狂了，他咬咬牙挺了过来。夕阳西下周游收拾箱子时，宋钢像一个刚刚被强暴的女子那样，充满屈辱地扣上衬衣的纽扣，脸色铁青地跟随着周游走向旅店。周游知道宋钢心里难受，他安慰宋钢：

“这里没人认识你。”

第二天上午两个人又来到了昨天的街上，继续着昨天的表演，这一天周游推销出去了六十四瓶丰乳霜。按照周游的习惯，第三天应该换地方了，上升的销售业绩让周游流连忘返，仍然站到了这里。到了中午的时候，第一天捏过宋钢假乳的那个娇小女人带着一个粗壮的男人走来了，这个像屠夫一样男人走到宋钢面前，仔细看了看宋钢胸口的那对假乳。当时周游正在眉飞色舞地推销波霸牌，没有注意这个男人红肿起来变得巨大的嘴唇，这个男人看完宋钢的假乳后，一把抓住周游的衣服，劈头盖脸一阵叫骂，说周游买出的丰乳霜里有毒药。周游被这个男人的突然袭击弄蒙了，他听着嗡嗡的声音从这个男人巨大的嘴唇里飞出来，过一会儿才听明白，这个男人红肿的嘴唇擦上了波霸牌丰乳霜了。周游使劲拨开男人抓住他衣服的手，理直气壮地责问他：

“你怎么把丰乳霜当成唇膏擦了，你真是糊涂……”

“放屁！”嘴唇红肿的男人气势汹汹，“老子怎么会擦你的丰乳霜。”

“那你擦了什么？”周游糊涂了。

“老子……”

这个男人不知道说什么了。他的妻子红着脸解释说：“是我擦的……”

周游没有等她说完就叫了起来：“你怎么可以把丰乳霜擦到他的嘴唇上？”

“我没有擦在他嘴上，”这时她的脖子都羞红了，她指指自己的胸口说，“我擦在自己这里了，我没有告诉他擦了丰乳霜，他不知道，所以就……”

围观的男男女女在寂静里突然爆发了浪涛般的大笑，宋钢也忍不住笑了一下，周游更是喜笑颜开，他连声说：

“我明白了，我明白了……”

“你说，”这个男人吼叫道，“是不是有毒药？”

“不是毒药，是生长素起作用了。”周游指指这个男人红肿的嘴唇，对围观的男男女女说，“看见了吧，短短两天就隆起了这么多，连红色的乳晕都隆出来啦！”

这个男人的妻子不安地轻声说：“可是我自己这里没有隆起来。”

“你当然没隆，生长素之精华全被他吸走啦！”周游指着她丈夫的红肿嘴唇，不失时机地继续对广大的男女做起了广告，“看见了吧，他仅仅是间接受益，要是直接受益，他的两片嘴唇就会隆成两只耳朵啦！”

在男男女女的哄笑里，这个嘴唇红肿的男人恼羞成怒，挥手给了周游一记巴掌，扇得周游跌跌撞撞。这一掌好比当初童铁匠在刘镇的大街上揍了少年李光头，周游的耳朵里也像是养了蜜蜂一样嗡嗡叫了很多天。

这个半路杀出来的红肿嘴唇反而帮助了周游，让周游推销出去了九十七瓶丰乳霜。第四天一早，周游左手捂着嗡嗡叫着的耳朵，带着宋钢悄悄地离开了。后来的十多天里，他们在海南岛的推销一帆风顺。他们像蜻蜓点水一样，每个地方住上两三天，还没有露出破绽的时候已经溜之大吉。此刻的宋钢慢慢习惯解开衬衣的举动，屈辱也在慢慢消散，眼看着周游黑包里的现金越来越多，宋钢心里踏实了。到了晚上周游坐在旅店的床上，听着自己左耳朵里面嗡嗡的响声，蘸着口水数完一天的收入，告诉宋钢又挣了多少钱时，宋钢的脸上出现了笑容，他觉得离回家的日子又近了一天。

这时的周游又在电视里发现了没有看过的韩剧，一到晚上就在床上正襟危坐，热情地邀请宋钢和他一起观看，殷勤地向宋钢解说剧情。宋钢已经很久没有给林红打电话了，他起身出门，周游叫住他，就让他在房间里给林红打电话。宋钢说在旅店里打电话多花钱，周游说现在有钱了，不怕多花；宋钢说在房间里打电话会影响周游看韩剧，周游说他不怕影响。两个人坐在自己的床上，一个表情生动地看起了韩剧，一个拨通了千里之外苏妈点心店的电话。

宋钢双手捏着话筒，苏妈跑去街道对面喊叫林红的时候，他听到点心店里嘈杂的声音，里面还有婴儿的啼哭。宋钢听到急匆匆的脚步跑向另一端的电话时，知道林红来了，他的手颤抖起来，然后听到了林红急切的声音：

"喂——"

宋钢的眼睛一下子潮湿了，林红在电话里"喂"了几声后，宋钢才哽咽地说："林红，我想你。"

林红在电话另一端沉默了一会儿，她的声音也哽咽了，她说："宋钢，我也想你。"

两个人在电话里说了很多话，宋钢告诉林红，他现在海南岛，他没有告诉林红正在推销丰乳霜，只是说现在做的生意很红火。林红告诉他刘镇的一些事，电话里婴儿的啼哭越来越响亮时，林红悄悄告诉宋钢，苏妹产下一个女儿，取名叫苏周，刘镇没有人知道女婴的父亲是谁。两个人不知不觉说了很长时间，周游看完了两集韩剧，两个人还在互相倾诉。宋钢看到坐在床上的周游无所事事地看着自己，他知道应该挂断电话了，这时林红在电话里恳切地叫了起来：

"你什么时候回来？"

宋钢的回答充满憧憬了："快了，快回来了。"

宋钢放下电话以后，表情失落地看着对面床上的周游，周游也是满脸的失落，他是为不知道后面的剧情而失落。宋钢神思恍惚地苦笑了一下，然后他想和周游说话了。他凄楚地自言自语，不知道这一年多时间林红是怎么过来的。周游仍然沉浸在韩剧里，对宋钢的话置若罔闻。过了一会儿宋钢问周游，是否还记得刘镇点心店的苏妹。周游像是从睡梦中惊醒似的点了点头，警惕地看着宋钢。宋钢告诉周游，苏妹产下了一个女儿，名叫苏周，刘镇谁也不知道女婴的父亲是谁。宋钢的话让周游惊讶得张大了嘴巴，半晌没有合拢。

这个晚上两个人都在床上辗转反侧，宋钢想念林红，想念林红的一举一动，想念林红的微笑和林红的生气；周游的脑海里一次次浮现出苏妹的笑容，还有一个女婴的笑容。后来宋钢睡着了，周游继续睁着眼睛回味着苏妹的笑容和女婴的笑容。宋钢在天亮后醒来时，看到周游已经穿戴整齐，床上放着两堆钞票。周游神气活现地向宋钢宣布：

"我就是苏周的父亲。"

宋钢一下子没有听明白，周游指着床上的钱说，他们全部的财产都在这里，总共四万五千元，按照五五分成的原则，每人各两万二千二百五十元。周游说着将一堆钞票拿起来放进自己的口袋，指着另一堆对宋钢说：

"这是你的。"

宋钢满脸疑惑地看着周游，周游说还剩下两百多瓶丰乳霜也归宋钢所有。然后周游慷慨激昂地演说了，他行走江湖已经十五年了，江湖险恶令他身心疲惫，苦海无边回头是岸，他决定正式告别江湖，回到刘镇隐居，做苏妹的好丈夫，苏周的好父亲，老婆孩子热炕头其乐融融也。

周游说完提起他的黑包转身出门。这时宋钢终于明白了，明白是谁让苏妹怀孕生下了女儿，明白周游的丰乳霜事业要半途而废了。他叫住周游，指着自己胸口的假体乳房问：

"你走了，我这个怎么办？"

周游充满同情地看着宋钢的一对假体乳房，对宋钢说："你自己决定。"

四十二

宋钢跟随着周游走后将近十个月，我们刘镇又出了一个大新闻。李光头花钱从俄罗斯请来了一位大画家，专门给自己画肖像，传说李光头的肖像和北京天安门城楼上的毛主席画像一样大。传说这个大画家刚刚在克里姆林宫好吃好睡了三个月，给普京画了肖像。叶利钦下台了成了明日黄花，他也想请这个大画家去画肖像，可是出的价钱没有李光头高，所以俄罗斯大画家来到我们刘镇了。我们刘镇的群众都亲眼见到了这个俄罗斯大画家，白头发白胡子，高鼻子蓝眼睛。这个大画家最爱吃中国的点心，每天都笑呵呵地沿着大街走过来，在苏妈和苏妹母女俩的点心店里吃着包子。

俄罗斯大画家最喜欢的就是带吸管的小笼包子，他每次都要五屉小笼，每屉小笼里面有三只小包子。五屉小笼十五只包子上面插着十五根吸管，摆在俄罗斯大画家面前像是插了十五根蜡烛的生日蛋糕似的。他小心翼翼地一点点将里面的肉汁吸进嘴里，将肉汁吸完了，再将包子拿起来咬着嚼着吃下去。这是江湖骗子周游传播到刘镇的，是他亲自教给苏妹，还亲自把苏妹的肚子弄大。周游拂袖而去，带吸管的小笼包在我们刘镇扎下了根，而且一举成名，男女老少每天都排着队来滋滋地吮吸，点心店里是一片婴儿吃奶的声音。

俄罗斯大画家在苏妹的点心店里吸了三个月包子里的肉汁，吃了三个月包子的皮肉后，他的肖像作品也完成了。这天他拖着行李箱来到了点心店，他在吸着吃着的时候，群众知道他要走了，要回他的俄罗斯去了，估计他回去要给叶利钦干活了。俄罗斯大画家吸完了吃完了，李光头的桑塔纳也停在了点心店门口。当时林红就站在门口看着，里面没有李光头，李光头的司机将大画家的行李搬进桑塔纳的尾厢，大画家抹着嘴巴走出来，抹着嘴巴钻进了桑塔纳，林红目送着俄罗斯大画家的离去。

此刻的林红和宋钢分别一年多了，林红形影相吊，早晨骑车出门，傍晚骑车回家，本来窄小的屋子，宋钢走后让林红觉得空空荡荡了，而且无声无息，只有打开电视才有人说话。自从宋钢第一个电话打到对面的点心店，林红经常在傍晚时分站到门口，出神地看着点心店进进出出的刘镇群众，起初她是在期待宋钢的电话，可是宋钢的电话总是遥遥无期，林红站在门前的时候已经不知道自己为什么了。

这时的林红心里充满了委屈，那个烟鬼刘厂长知道宋钢走了以后，对林红更加放肆。有一次他把林红叫到办公室，关上门以后，就把林红摁在沙发上，那次把林红的衬衣都撕破了，还撕断了林红的胸罩，林红拼命挣扎大声喊叫，才吓得他不敢继续下去。以后林红再也不去烟鬼刘厂长的办公室了，烟鬼刘厂长几次让车间主任叫林红去，林红都是坚定地摇头说：

“我不去。”

车间主任不敢得罪烟鬼刘厂长，站在那里一遍遍地恳求林红赶快过去，林红明确告诉车间主任：

“我不去，他手脚不干净。”

林红不再去厂长办公室，烟鬼刘厂长开始每天来到林红的车间视察了。他像个幽灵一样悄无声息地走到林红身后，突然捏一把林红的屁股，因为机器挡住了其他女工的视线，有时他会突然捏一下林红的胸部，林红每次都是愤怒地打开他的手。有一次烟鬼刘厂长竟然从后面抱住了她，使劲亲着她的脖子。车间里还有其他女工，这次林红忍无可忍了，她使劲推开烟鬼刘厂长，指着他的鼻子大声喊叫：

"请你手脚干净点！"

其他女工听到了林红的喊叫，纷纷吃惊地跑过来。烟鬼刘厂长恼羞成怒，训斥她们：

"看什么？干活去。"

林红回到家中哭了不知道多少次，心里的委屈无人可以诉说。宋钢来电话的时候，她几次想把自己的委屈告诉宋钢，可是身边都有别人，她咬咬牙又把话咽了下去。放下电话回到家中以后，她又独自落泪，心想就是将这些告诉了宋钢，宋钢又能怎样。

林红站在傍晚的门前时，经常看到李光头坐在桑塔纳轿车里，在她面前一闪而过。宋钢走后两个月，李光头的桑塔纳轿车有一天停在了林红的面前，李光头从车里钻出来，笑嘻嘻地走到林红跟前。李光头突然走向自己，林红不由脸红了，就在她不知道应该说些什么的时候，李光头的眼睛绕过她的身体往屋里张望，嘴里念念有词：

"宋钢呢，宋钢呢……"

然后李光头知道宋钢跟着别人出远门做生意去了，李光头气得直摇脑袋，连声骂道：

"这王八蛋，这王八蛋……"

李光头一口气骂出了五声"王八蛋"，气冲冲地对林红说："这王八蛋让我伤透心了，这王八蛋跟谁做生意都愿意，就是不愿意跟我一起做……"

"不是这样的，"林红急忙解释，"宋钢一直把你当成最亲的人……"

李光头已经转身走向桑塔纳轿车，他拉开车门时回头看着林红，同情地说："你怎么会嫁给这个王八蛋？"

李光头的轿车在黄昏里远去后，林红心里百感交集，往事历历在目：

年轻的李光头和年轻的宋钢，一高一矮形影不离地走在我们刘镇的大街上。林红万万没有想到二十年后，两个人的命运如此不同。宋钢离家一年多后，李光头遵守他的承诺，每隔半年都往林红的银行户头打进去十万元，给宋钢治病花去了两万多元，剩下的二十七万多元，林红没有动用一分钱。虽然宋钢远在千里之外，虽然宋钢在电话里说他的生意做得很红火，林红还是不敢动用银行户头里的钱，那是宋钢治病的钱，也是宋钢的养老救命钱，她知道宋钢不是一个做生意的人，她担心有一天宋钢空手而归。那个烟鬼刘厂长对她虎视眈眈，她知道自己迟早要离开针织厂，迟早也会下岗失业，她就更不敢动用银行户头里的钱了。她曾经在那些服装店流连忘返，看中过很多适合自己的服装，可是她一件也没有买下。

只要看见林红站在家门口，李光头的桑塔纳轿车每次经过时都会停下来，按下车窗玻璃问林红：宋钢回来了没有？知道宋钢还没有回来，李光头就会骂上一句“王八蛋”。有一次李光头打听了宋钢的消息以后，突然关心地问林红：

“你还好吗？”

林红心里一颤，李光头出口就是粗话脏话，突然温柔的一句，让林红眼泪夺眶而出。

就是在这一天的下午，烟鬼刘厂长已经明确告诉林红，下一批裁员名单里有她的名字，一周后正式宣布。自从上次在车间里林红大声喊叫要他手脚干净点，烟鬼刘厂长三个月没来林红所在的车间，这次他进来时不像一个幽灵了，他大摇大摆地走到林红跟前，低声告诉她，她一周后就会被裁掉。烟鬼刘厂长这次没有动手动脚，而是冷冷地提醒林红，如果她不想被裁掉，下班后就到他的办公室去。林红什么话都没说，她只是咬住自己的嘴唇。下班后她仍然是咬着嘴唇骑上那辆老式永久牌回家，然后她木然地站在自己家门口。当李光头问了她一句“你还好吗”后，林红哭了，她想到了在烟鬼刘厂长那里遭受的委屈，忍不住举手擦起了眼泪。

坐在轿车里的李光头已经过去了，看到林红哭了，立刻让司机停下车，急匆匆地下车跑过来，问林红：

“宋钢出事了？”

林红摇了摇头，她第一次说出了心里的委屈，她擦着眼泪哀求李光头：“你能不能跟刘厂长说一声……”

李光头满脸疑惑地看着伤心的林红，问她：“那个烟鬼刘厂长？”

林红点点头，迟疑不决后充满委屈地说：“你能不能跟他说一声，让他放过我……”

“这他妈的王八蛋！”李光头明白了，咬牙切齿地骂了一句，然后他对林红说，“你给我三天时间，三天以后你就可以放心了。”

三天以后，县政府来人宣布撤销了烟鬼刘厂长的职务，理由是烟鬼刘厂长让针织厂连续三年效益下滑。烟鬼刘厂长阴沉着脸收拾起了办公室自己的物品，然后灰溜溜地走出了工厂的大门。烟鬼刘厂长还没有来得及宣布裁员名单，自己先被裁掉了。烟鬼刘厂长整整两个小时没有抽上一根烟，走出厂门时手里也没有夹着香烟。传达室里的老头说他和烟鬼刘厂长共事三十年了，第一次没有见到他手指上夹着香烟。针织厂的男女工人们嘿嘿地笑，说这个老烟鬼都忘记了抽烟，肯定是丧魂落魄了。

新来的厂长上任的第一件事，就是把林红从车间调到办公室工作。新厂长看见林红时笑脸相迎，悄声告诉她，若不喜欢现在的新工作还可以换，针织厂所有的工作她可以自由挑选。

林红没有想到会是这样的结果，心里感慨不已，对自己如此艰难的事情，到了李光头那里如此简单。这时的林红对李光头已经充满了好感，她觉得自己过去那么讨厌李光头，实在是没有道理。后来的日子里，林红站在门口的时候，她自己都分不清是在等待宋钢的电话，还是在等待李光头的经过。

俄罗斯大画家一走，我们刘镇的群众都知道李光头的巨幅肖像完成了，听说就挂在他一百平米的大办公室里，听说上面蒙着一块红色的天鹅绒，听说除了李光头自己，没有人见过这幅肖像。李光头公司里的人已经到处对刘镇的群众说了，李光头要请一位最重要的人物来给他的肖像揭幕。群众纷纷猜测这个重要人物会是谁，起先都觉得是本县的陶青县长，可是红色的天鹅绒蒙着肖像都一个多月了，李光头还没有准备着要揭幕，这一个多月陶青县长哪里都没去，整天等着李光头打电话请他去揭幕肖像。后来李光头的手下又传出话来，说肖像迟迟没有揭幕是因为李光头买的新车还没有到货，李光头要用他的新车去接这位最重要的人物。群众觉得这个重要人物肯定比县长大，要不李光头为什么要用新车去接呢？接下去谣言四起，先说是市长来揭幕，又说可能是省长，然后有人说这个重要人物将来自北京，可能是某一位党和国家领导人。最后竟然有人斩钉截铁地说，李光头要请联合国秘书长来揭幕。有些群众开始看电视读报纸听广播，几天下来什么都没看到，什么都没读到，什么都没听到，这些群众说：

“没有联合国秘书长来中国访问的新闻啊！”

另外一些群众说：“所以李光头一直在等着呀！”

有群众去刘新闻那里打听。这时的刘新闻已经是副总裁了，刘镇的群众起先都叫他刘总，他觉得“刘总”有和李光头的“李总”分庭抗礼之嫌，要求群众叫他“刘副总裁”，群众觉得太麻烦，就叫他“刘副”。刘副的嘴里好比是长出了处女膜，绝对保密，不管前去打听的是朋友还是亲戚，他都是一脸严肃地说：

“无可奉告。”

两个月过去了，李光头预订的两辆新车来了，一辆是黑色的奔驰，一辆是白色的宝马。为什么一下子买进了两辆轿车？李光头声称要融入大自然，白天坐白宝马，黑夜坐黑奔驰。这是我们刘镇最早来到的高级轿车，停在李光头公司门前时，群众围着黑奔驰白宝马，嘴里不停啧啧。群众一口咬定奔驰是天下第一黑，宝马是天下第一白；奔驰比非洲的黑人还要黑，宝马比欧洲的白人还要白；奔驰比煤炭还要黑，宝马比雪花还要白；奔驰比小学生用的黑墨水还要黑，宝马比小学生用的白纸还要白。群众最后总而言之，奔驰比黑夜还要黑，宝马比白天还要白。天下第一白的宝马轿车在我们刘镇的白天里转了两圈，天下第一黑的奔驰轿车在我们刘镇的黑夜里转了两圈，在这两个两圈的时候，李光头都没有坐在里面，只有他的司机在里面。那个桑塔纳司机升级成奔驰宝马司机了，他开着新车出来兜圈子时，神气得嘴唇都突起来了，刘镇的群众说粗一看还以为他嘴唇上长出了痔疮。

群众说李光头的白宝马黑奔驰终于来啦，给李光头肖像揭幕的重要人物也快要浮出水面。群众再次议论纷纷，猜测起那个揭幕肖像的重要人物究竟是谁。再次从市长开始一直猜到联合国秘书长，群众已经把陶青县长排除在外了。

这天傍晚，林红独自一人吃过晚饭，又独自一人站在门前的时候，刘副出现了。他急匆匆地走来，他身后还跟着一个人，那人肩上扛着一卷红地毯，跟在刘副后面一路小跑，跑得上气不接下气。刘副直奔林红家门口而来，他疾步走到林红身前，非常礼貌地请林红让开一下。林红满脸疑惑地侧身让开，看着刘副指挥身后那个人将红地毯铺开来，从林红家门口一着铺到大街上。四周的群众目瞪口呆，他们不知道发生了什么。林红也是目瞪口呆，也不知道发生了什么。刘副微笑着，像是面对记者似的对林红说：

“李总请您去揭幕肖像。”

林红仍然目瞪口呆，她以为自己听错了。身边的群众先是惊讶得鸦雀无声，随后爆发出了一连串动物园里才有的叫声。刘副压低声音，悄悄对林红说：

“快去换身衣服。”

林红醒悟过来了，她知道什么事情正在发生，她茫然地看着四周围观的群众，听着群众嗡嗡的声音，似乎听到有人说一眨眼丑小鸭变成天鹅了。林红苦笑了一下，不知所措地看了看刘副，刘副再次低声催促她去换衣服，她只看到刘副的嘴巴在动，没有听清他在说些什么。

林红站在我们刘镇的黄昏里，仿佛失去了知觉。她的眼睛空洞地张望着街道上越来越多的群众，有一刻她好像忘记了正在发生什么，她皱眉想了又想，终于想起来了，她有些忧郁地摇了摇头，紧张地往身后看了看，没有看到宋钢，只看到自己家虚掩的屋门。她回过头来时，听到了群众的喊叫声，一辆白色的宝马轿车沿着大街徐徐过来了，一辆黑色的奔驰跟在后面，群众嘈杂地喊叫：

“李光头来啦！”

李光头确实来了，他的两辆新车一起来了，他已经有两个司机了。白色的宝马轿车首先开过来了，停在了红地毯前，黑色的奔驰轿车停在后面。刘副赶紧上去打开车门，西装革履的李光头微笑着从车里出来，他手里拿着一枝红玫瑰，胸前的口袋里插着一朵红玫瑰。李光头走到茫然无措的林红面前，将手里的玫瑰递给她时，这个土财主竟然像个洋贵族，先将玫瑰轻轻地吻一下，然后才递给林红。林红看着李光头手里的玫瑰连连摇头，李光头拉起她的手，把玫瑰塞到了她的手里。李光头拉住林红的手踩着红地毯，走到宝马轿车前，又像个洋贵族那样伸手做了一个“请”的动作。林红紧张地回头看看，还是只看到自己家虚掩的屋门，她又看了看四周的群众，看到一张张表情古怪的脸，听到乱哄哄的人声，这时候一个清晰的念头闪现了，她想尽快离开这里，她爬进了宝马轿车。从来没有坐过轿车的林红不是坐进去，而是爬了进去，刘镇的群众都看到她翘着屁股像是爬进了狗洞。再看看李光头，他向群众挥挥手后，是屁股先坐进去，随后身体才弯着跟进去。

刘副帮着关上车门后，白色的宝马轿车驶去了，黑色的奔驰轿车紧随其后。刘副的手下把红地毯重新卷了起来，重新扛在肩上，跟着刘副走去，刘副走的时候，有群众问他：

“林红揭幕肖像后，会和李光头过夜吗？”

刘副头也不回地说：“无可奉告。”

四十三

白色的宝马轿车和黑色的奔驰轿车缓缓地行驶在我们刘镇的大街上，落日西沉霞光消失之时，宝马轿车驶到大街拐弯处停下了，李光头说了一声“天黑了”，打开车门拉着林红钻出了前面的白色宝马，在黑夜降临的这一瞬间，钻进了后面的黑色奔驰，融入了到黑夜的大自然里。此刻的林红手里捏着玫瑰，仍然深陷在茫然之中，甚至不知道刚才已经换了一辆轿车，李光头却绅士似的一直微笑地看着她。

黑色的奔驰在刘镇的夜幕里驶进了李光头的公司。李光头跳下车，绕到另一侧亲自打开车门，迎接林红从里面爬出来。然后继续像个绅士那样拉着林红的手走进了他灯火通明的办公室。进了办公室以后，李光头拉着林红的手在沙发里坐下来，深情地看着林红说：

“这一天我等了二十年了。”

林红迷惘地看着李光头，她不置可否地笑了笑。李光头拿过她手中的玫瑰扔在了沙发茶几上，伸出双手抚摸起了林红的脸。林红浑身颤抖了，李光头的双手滑到了她的双肩，又从肩膀滑到她的胳膊上，最后捏住了她的双手，等待着林红身体的颤抖渐渐平息下来。李光头觉得自己有千言万语要对林红说，可是他怎么也想不起来应该说些什么。他摇了摇头，满脸痛苦地对林红说：

“林红，请你理解……”

林红迷惑地看着李光头，不知道要她理解什么。李光头可怜地说："我已经不会谈恋爱了，请你理解……"

"理解什么？"林红轻声问。

"他妈的，"李光头骂了自己一声说，"我不会谈恋爱，我只会干恋爱了。"

接下去李光头完全是个土匪了。林红还在迷惑地望着李光头，不知道他在说些什么时，李光头一把抱住了她，同时一只手伸进了她的内裤。动作之快简直是迅雷不及掩耳，等林红明白过来发生了什么时，她已经被李光头压在沙发上了，裤子已经被剥到膝盖上。林红双手紧紧抓住自己的裤子，急切地喊叫：

"别，别，别这样……"

李光头像是一头野兽，不到两分钟就把林红身上的衣服剥了个精光，然后用一分钟把自己剥了个精光。林红手脚并用地抵挡赤裸裸的李光头，她哀求地叫起了自己丈夫的名字：

"宋钢，宋钢……"

李光头把林红压在沙发上，双手按住她的双手，双腿分开她的双腿，大叫一声：

"宋钢，对不起啦！"

李光头插进了林红的身体。林红几年没有被男人碰过了，李光头上来第一下让她惊叫一声，突如其来的快感让她快要昏迷过去了。李光头抽动的时候，她哇哇哭了起来。很久没有这种事了，林红像是干柴碰到了烈火，她哭泣，不知道是为了羞耻哭泣，还是为了快感哭泣。过去了十多分钟后，林红的哭泣转换成了呻吟，身上的李光头正是方兴未艾，她渐渐忘了时间，完全沉浸到身体的快速收缩之中。李光头和林红干了一个多小时，这一个多小时让林红体会到了从未有过的高潮，而且接连来了三次，后面的两次都在原来的高潮之上再掀起一个高潮，让她的身体像奔驰宝马轿车的发动机一样隆隆地抖动着，让她的喊叫像奔驰宝马轿车的喇叭一样呱呱地清脆响亮。

完事以后林红躺在沙发上累得不能动了，李光头趴在她身上呼哧呼哧地喘气。林红想到宋钢和自己从来没有超过两分钟，宋钢健康的时候每次都是草草了事，不健康以后连草草了事也没有了。林红摸了摸李光头的身体，心里想：

“原来男人是这样的。”

李光头在她身上趴了几分钟以后，就精神抖擞地跳了起来，精神抖擞地进了办公室的卫生间将自己冲洗一番，穿上衣服出来后，看到林红已经将自己的衣服盖在身体上了，他让林红也去冲洗一下。林红躺在沙发上不愿意动，她有气无力地摇了摇头。

李光头没再和她说话，他坐到了办公桌后的椅子上，哇哇叫着打了几个电话，都是生意上的事。李光头打着电话的时候，林红用衣服遮住自己的身体，神情恍惚地回想着刚刚发生的一切，她脑海里波涛汹涌，她的回想不知去向，就像是波涛上颠簸的小船。她只是觉得突然，仿佛闪电一样，突然发生了，又突然结束了。然后她感受到了灯光的刺眼，她意识到自己赤身裸体躺在李光头的沙发上，她用衣服遮住身体摇摇晃晃地站起来，摇摇晃晃地走进了卫生间冲了澡。她穿上衣服以后觉得自己慢慢缓过来了，她看着镜子里的自己，脸色立刻羞红了，她迟疑不决，似乎不敢走出卫生间，她不知道如何面对李光头。

这时李光头的电话也打完了，李光头推开卫生间的门，大声说着饿了，伸手拉着林红走出了办公室，两个人全忘了肖像揭幕的事。林红懵懵懂懂地跟着李光头坐上奔驰轿车，去了李光头公司下面的一家饭店。在一个包间里，林红第一次吃了鲍鱼和鱼翅，她早就听说过鲍鱼和鱼翅了，知道自己在针织厂一年的薪水也只能吃上几次，可是她什么味道也没有吃出来。

林红以为吃了晚饭以后就可以回家了，她不知道这才刚刚开始呢。李光头饭后仍然兴致勃勃，带着林红去他公司下面的一家夜总会。林红又懵懵懂懂地坐在了一个卡拉OK包间里，李光头生机勃勃一口气唱了三首情歌，他让林红也唱三首，林红说她不会唱歌，李光头就把她摁在沙发上，又要脱她的裤子了。林红再次拉住她的裤子，再次说着：

“别，别，别这样……”

李光头连连点头地说：“就脱一条裤管……”

李光头脱下了她一条裤管，这次她没有喊叫宋钢的名字，她斜躺在沙发里抱住李光头。李光头在她身上像发电似的晃动，又是一个多小时。干旱已久的林红仍然享受到了高潮的来临，这次没有三次了，只有一次高潮。然后她两腿发软跟着李光头走出了夜总会，懵懵懂懂地去了李光头家。两个人靠在床上看完了一部香港电影，这时快凌晨三点了，平时习惯早睡的林红困得眼睛都睁不开了，李光头一翻身又压住她做爱了。她不再推搡，她顺从了，这次没有高潮了，好在仍然有快感，只是后来觉得阴道越来越疼。一小时以后李光头终于完事了，她眼睛一闭就睡着了。她刚睡了两个多小时，被李光头推醒，李光头想起来还没给自己的肖像揭幕。她只好爬起来，跌跌撞撞地跟着李光头来到了他的办公室，到了办公室以后她算是清醒了。林红这次才看清楚李光头的办公室有多么气派，她走到了巨幅肖像前，伸手扯下了那块巨大的红色天鹅绒，她看到肖像大得占去差不多一面墙，肖像里的李光头顶天立地那么巨大，他西装革履地微笑着。林红看看肖像，又看看李光头，她正在说画得真像李光头时，李光头第四次摁住她了，把她摁在地上的红色天鹅绒里，十个小时里第四次和她做爱。这一次林红除了疼痛，其他什么感觉都没有了，她觉得李光头在和她做爱时，仿佛是用鞭子在抽打她的阴部似的，让她有一种火辣辣的疼痛。林红咬牙忍受着，她常常发出啊啊的叫声，让李光头误以为她是快活以后在喊叫。李光头没完没了，这次超过一小时了，还不见他有收工的打算，林红忍不住连声叹气了，李光头问她为什么叹气，她才告诉李光头自己疼得实在是受不了。李光头赶紧停下来，托起她的屁股看看她的阴部，那地方又红又肿。李光头反而埋怨她了，埋怨她为什么不早说，他说要是知道她疼痛，他绝对不会再干了，就是颁发给他吉尼斯大奖，他也不会再干她了。然后他用红色天鹅绒将自己和林红裹了起来，说一声不干了，睡觉吧。就呼呼大睡了。两个人躺在地上一觉睡到中午，直到刘副来敲门时，他们才醒来。

李光头吼了两声："什么人？什么事？"

刘副在外面胆战心惊地说话，他说没有什么事，只是一个上午没有见到李总，心里有点担心，便来敲门了。李光头"嗯"了一下，大声对刘副说：

"我很好，我还在和林红睡觉呢。"

林红中午的时候走出李光头的公司，李光头要让白色的宝马轿车送她回家，她不愿意，她觉得坐上宝马轿车又是兴师动众，又会让刘镇的群众看她的笑话，她说自己走回去。她沿着大街慢慢往家里走去，她每跨出一步，阴部都是隐隐作痛。林红终于相信群众的传言了，群众说李光头是一个牲口一样的男人，每个女人从李光头床上下来时都像是死里逃生。

林红走到家门口的时候，几个邻居挤眉弄眼地看着她，她假装没有看到，进屋后就关上了门。林红和衣躺在床上，天黑了都没有下床。她脑子里杂乱无章，长时间回想着这短短一夜所发生的，每一个细节都在清晰地重复出现；还有和宋钢漫长的二十年生活，宋钢离去一年多以后，随着宋钢身处异乡远在千里之外，林红觉得和宋钢的共同经历也变得遥远了，反而和李光头的一夜情真真切切。林红想到宋钢的时候流出了眼泪，可是她心里明白，有了和李光头这一夜以后，即使有再多的内疚羞愧，她和李光头的关系也已经开始了。

李光头和林红的绯闻立刻传遍全城，群众三三两两闲言碎语地聚在一起，这个李光头自从上了法庭以后，紧接着就是处美人大赛、俄罗斯大画家画他的肖像和林红的揭幕，一口气给了群众们四个惊喜，让群众的生活波澜起伏，让群众觉得每天的生活都像是升起的太阳一样新鲜。只是做梦都没想到最后给李光头肖像揭幕的不是联合国秘书长，而是我们刘镇曾经的美人林红。群众先是大声感叹，说这实在是个大冷门！接着群众转念一想，当初李光头一气之下去医院把自己结扎，绝了自己的后代，还不是为了这个林红。如今李光头揭幕肖像是假，睡掉林红是真，真是项庄舞剑意在沛公！李光头打雷似的和林红隆重地睡了一觉，就像他自己声称的那样，什么地方跌倒的，就从什么地方站起来，终于是壮志已酬。这么一想群众就个个满脸成熟了，他们说：

“意料之外，情理之中。”

四十四

李光头让林红休息了四天，其实到了第三天的夜晚，林红的身体已经冲动起来了，她辗转反侧，渴望着李光头此刻就压在她的身上。她和宋钢结婚二十年，她的性欲沉睡了二十年，如今年过四十了，突然被李光头唤醒，她的性欲开始汹涌澎湃了，她终于发现了自己，终于知道自己有着多么强烈的性欲。第四天的晚上，李光头的黑色奔驰来到林红的家门口时，听到喇叭声的林红激动得浑身发抖，她两腿颤抖地走出屋门，钻进了李光头的黑色奔驰。

此后的日子，李光头的奔驰宝马轿车每天都来接送林红，有时候是大白天来宝马，有时候是大半夜来奔驰，李光头日理万机不是什么时候都有空，什么时候空下来了，他就什么时候和林红睡觉了。林红不再羞羞答答，每次抱住李光头的时候都像是要勒死他一样，甚至开始主动去扒掉李光头的衣服。李光头没有想到林红会如此强烈，惊讶地对林红说：

“他妈的，你比我还要厉害。”

林红有了第一个晚上的教训以后，知道自己承受不了李光头接二连三的做爱，就和李光头约法三章：二十四小时内最好只干一次，最多只能干两次。林红说了一句让李光头听了嘿嘿笑个不停的话，林红说：

“你就让我多活几年吧。”

接下去的三个月里，林红差不多天天和李光头做爱。在李光头家的床上，在李光头办公室的沙发上，在饭店的包间，在夜总会的包间。有一次深更半夜竟然在奔驰轿车里，李光头突然心血来潮，既不想去家里的床上干，也不想去办公室的沙发上干，他想在车里干。他让司机上厕所去，不管他有尿无尿有屎没屎，都让他去厕所里蹲上一个半小时再回来，然后两个人四条腿四条胳膊在车里见缝插针地放好了，哼着叫着干了一个小时。

李光头和林红疯狂做爱三个月以后，突然觉得没有新鲜感了，他们在床上、在沙发上、在地上、在浴缸里、在车里，而且站着坐着跪着躺着趴着，前后左右什么姿势都用过了，林红什么样的声音也都喊叫过了。失去了新鲜感的李光头开始怀念过去的岁月，他开始对林红说，要是二十年前就和她做爱那就太美了。李光头告诉林红，那时候天一黑李光头就想象着她身体的两三个部位起劲手淫，李光头问她：

“你知道我一年里有多少天在为你手淫？”

林红摇摇头说：“不知道。”

李光头说：“三百六十五天，过年过节都没休息。”

然后李光头两眼放光，对着林红喊叫：“那时候你是个处女！”

李光头喊叫了三次以后，决定送林红去上海的大医院做处女膜修复术。当林红重新是个处女以后，他要和她真正做爱一次，而且要把这次做爱当成是二十年前发生的。这次做爱完了以后，他们从此不再做爱了。李光头挥着手说：

“我就把你还给宋钢啦！”

林红知道两个人分手的时候快要到了，突然感受到了失落。她在李光头的疯狂里充分满足了自己的疯狂，那些日子她的内心和身体分离了，而且越分越远，仿佛中间隔着千山万水，她的内心每天都在思念着宋钢，她的身体每天都在渴望着李光头。她不知道以后没有了强劲的李光头，自己如何度过那些漫漫黑夜。林红的性欲就像森林之火，燃烧起来后就很难扑灭了。林红悲哀地感到自己已经无法回到过去的清心寡欲，为此她仇恨自己，可是她对自己又是无可奈何。

这时林红隐约感到宋钢快要回来了，那个带走宋钢的周游一个月以前突然出现在苏妹的点心店，林红听说了，也看到他了，当时心里一惊，想走上去问问宋钢的情况，可是李光头的白色宝马轿车过来了，她的勇气没有了。后来是让刘副去周游那里打听，林红才知道宋钢暂时不会回来，宋钢在海南岛继续做着保健品生意，周游告诉刘副，宋钢挣到大钱了，没兴趣回家了。

林红还是忐忑不安，她每天都在担心宋钢会突然回来，这样的担心让她身体的欲望逐渐冷却下来，让她想到宋钢的时候就会眼泪汪汪，让她觉得自己是在犯罪，于是她不再那么强烈地渴望李光头了。她觉得和李光头有这样的三个月应该足够了，等到宋钢回来后，她就会加倍地去爱护宋钢。她了解宋钢，这是世界上最善良的男人，不管她做了什么对不起宋钢的事，宋钢都会一如既往地爱着她。所以她希望在宋钢回来之前结束和李光头的关系，她一口答应去上海做处女膜修复术。

第二天李光头就和林红坐上宝马轿车去了上海。李光头要去北京和东北洽谈生意，一走就是半个月，他知道处女膜修复手术一个小时就可以做完，他要林红在上海等着他，宝马轿车和司机留在上海供林红使用，让林红剩下的日子里在上海吃喝玩乐逛商店买衣服。

周游是在金秋十月的时候出现在我们刘镇的，就像他第一次来时一样，提着两个大纸箱从长途汽车站走了出来，这次纸箱里装着的不是人造处女膜，是孩子的玩具。周游叫了一辆三轮车，一副衣锦还乡的模样坐了上去，沿途看着刘镇的男男女女，遗憾地对三轮车夫说：

“变化不大，还是过去那些人。”

三轮车来到了苏妹的点心店，周游下来后多付给车夫三元钱，让车夫替他提着两个大纸箱。周游神气十足地走进了点心店，看到坐在收款柜台里的苏妹时，仿佛他不是销声匿迹了一年多，只是出差四五天而已，他亲热地叫了一声：

“太太，我回来了。”

苏妹受了惊吓似的面如土色，看到周游若无其事地走向自己，苏妹浑身颤抖地从柜台里走出来，躲进了里面的厨房。周游微笑地转回身来，环顾四周，看到一些吃着包子的群众目瞪口呆，他用点心店老板的语气问他们：

“味道不错吧？”

然后周游看到了惊愕不已的苏妈，苏妈怀里抱着一个四五个月大的婴儿，周游笑着走向了苏妈，他甜蜜地叫着：

“妈，我回来了。”

苏妈也像女儿一样浑身颤抖了。周游从不知所措的苏妈怀里抱过来婴儿，亲了又亲，亲热地问婴儿：

“女儿，想爸爸了没有？”

周游让车夫打开两个大纸箱，把所有的玩具都放到一张桌子上，将他女儿放在了玩具中间，旁若无人地和女儿一起玩耍了。老实巴交的苏妈吃惊地看着周游从容地与点心店的群众周旋，群众这时候才醒悟过来，原来是这个人弄大了苏妹的肚子。群众嘻嘻哈哈地笑了起来，七嘴八舌地说话了，指着在桌子上玩耍的女婴问周游：

“这是你的女儿？”

“当然。”周游不容置疑地回答。

群众互相看来看去，再问周游：“你和苏妹结婚了？”

“当然。”周游仍然不容置疑地回答。

“什么时候？”群众刨根问底。

“以前。”周游干脆地说。

“以前？”群众糊涂了，“我们怎么不知道？”

“你们怎么会不知道？”周游也是一脸的糊涂。

这个江湖骗子一边逗得女儿嘎嘎直笑，一边与群众胡说八道，说得群众一个比一个糊涂，到头来真有群众相信他的话了，群众对群众说：

“他们真的结婚了。”

苏妈是连连摇头，心想这个周游真是大白天说瞎话。苏妹躲进了厨房以后没再出来，天黑后听到周游还在点心店里和刘镇的群众高谈阔论，她实在没脸出来见人，就走出厨房的小门，悄悄回到家中。到了晚上十一点，点心店关门打烊了，周游抱起已经睡着的女儿，跟在苏妈后面从容不迫地回家了。周游一路上都在亲热地和苏妈说话，苏妈低着头一声不吭，她几次都要把外孙女抱回来，周游几次都是客气地挡回去，他说：

“妈，我来抱。”

周游抱着女儿跟着苏妈回到了家中，苏妈没有马上关门，迟疑地看了看周游，最后还是不忍心把他赶出去。周游在客厅的沙发上睡了三天，这三天里只要周游在家里，苏妹就在卧室里闭门不出。周游的神态好像什么都没有发生，高高兴兴地和苏妈一早出门去点心店，深夜后又高高兴兴地和苏妈一起回到家中。这三天里苏妹没去点心店，她和女儿待在家里。周游十分知趣，虽然三天没有见到自己的女儿，回家都是深夜了，女儿又在苏妹的房间里，他没说一个字，自觉地睡在了沙发里。到了第四天的晚上，苏妈推门走进了苏妹的房间，在苏妹的床上坐了差不多半个小时，只是轻轻地说了一句话：

“不管有多少不对，你的男人起码还知道回来。”

躺在床上的苏妹呜呜地哭了。苏妈叹息一声，抱起熟睡中的外孙女走了出去，走到已经睡在沙发里的周游面前。周游霍地跳了起来，想从苏妈手中抱过来女儿，苏妈摇摇头，指了指苏妹的房间，周游看到苏妹的房门虚掩着，在女儿脸上亲吻了一下，堂而皇之地走进了苏妹的房间。周游关上房门以后，像是每个晚上都在这间屋子里睡觉一样，熟练地走到床前，钻进了被子，摁了一下开关熄灯。苏妹背对着他睡，他不慌不忙地侧身抱住了苏妹，苏妹挣扎了几下还是让他抱住了。他抱住苏妹以后没有下一步的动作，只是轻描淡写地说：

“我以后不想出差了。”

四十五

宋钢继续在海南岛的秋天里流浪，携带着剩下的丰乳霜早出晚归。身边没有了周游，宋钢茫然不知所措，他没有勇气解开衬衣露出里面的假体乳房了，他目光呆滞地站在街道旁，像是一棵无声的树木，他的波霸牌丰乳霜整齐地放在纸箱子上。来往的男男女女奇怪地看着他，看着这个胸脯高耸的男人站立了一个小时又一个小时，似乎一动不动。一些女人走过时弯下了腰，看了看纸箱上排列整齐的丰乳霜，又拿在手里仔细察看，她们看着宋钢衬衣里的一对蓬勃的乳房，个个掩嘴而笑。她们不好意思询问宋钢的胸脯，只是一次次低头看看手里的波霸牌丰乳霜，又一次次抬头去看看宋钢的波霸胸脯，寻找着两者之间的联系，她们举起丰乳霜，小心翼翼地问宋钢：

“你用过这个吗？”

这时的宋钢脸红了，他习惯性地扭头去寻找周游，可是四周全是陌生的面孔，应该是周游替他回答的问题，他必须自己来回答了。他不安地点点头，嘴里轻轻地说：

“嗯。”

那些女人指指宋钢的胸脯，又指指自己手上的丰乳霜，继续问：“你那个就是用这个抹大的？”

宋钢羞愧地低下了头，继续轻声回答：“嗯。”

宋钢用他的羞愧打动了不少女人，她们觉得这个男人看上去老老实实，一副可靠的模样。于是没有了周游的巧言令色之后，波霸牌丰乳霜仍然一瓶一瓶地在销售出去。那些过路的男人不像女人说话那么含蓄，他们看到宋钢挺拔的胸脯后个个像是吃了兴奋剂，他们的眼睛凑上去，像是贴在显微镜上那样贴到宋钢的胸口了。他们的眼睛退回来后，就伸出两根手指指点着宋钢的胸口问：

“你这两个是胸脯呢，还是奶子？”

宋钢又是习惯性地去寻找周游，这时的周游已经睡到苏妹的床上去了，开始了和苏妹正式的夫妻生活。宋钢孤零零独自一人站在天涯海角，面红耳赤地听着这些异乡的男人议论纷纷。他不知道如何回答这个胸脯和奶子的问题，好在有人自作聪明地替宋钢回答了。

“是不是这样，”那个人手里举着丰乳霜问宋钢，“你这两个以前是胸脯，抹了这个波——霸——牌丰乳霜以后，就变成奶子了。”

宋钢在一片哄笑里继续着他的羞愧，他微微点头，轻轻说：“嗯。”

周游突然离去后，宋钢在海南岛继续漂泊了一个多月，他胸口的两个假体乳房形成纤维膜开始硬化了，宋钢不知道是什么原因，他只是觉得乳房逐渐像石头一样坚硬了。与此同时他的肺病卷土重来，本来已经不咳嗽了，停药以后再加上长期奔波的疲惫，宋钢时常觉得胸口闷得发慌，半夜里常常在睡梦里咳嗽着醒来。宋钢不担心自己的身体，他担心的是以后的日子。眼看着纸箱里的丰乳霜越来越少，最后只剩下五瓶了，宋钢惆怅满怀，他不知道卖完丰乳霜以后还能卖什么。没有了周游，宋钢行走江湖就没有了方向，仿佛树叶离开树枝以后只能随风飘去。此刻的宋钢知道什么叫孤零零了，唯一陪伴他的就是照片上的林红，他和林红的合影就带在身旁，可是他不敢拿出来。他太想回家了，可是挣到的钱太少了，还不能让林红此后的生活无忧无虑，他只能让自己继续漂泊下去，像孤独的树叶那样。

这时候的宋钢站在某个小城的广场上，推销最后五瓶丰乳霜。一个五十多岁的男人扯着嘶哑的嗓子正在叫卖刀具。这个男人在地上一字铺开十多种刀具，有菜刀有砍刀有水果刀有削笔刀，还有刺刀飞刀匕首。这人手里举着一把砍刀，大声喊叫：

“这是钨钢所铸，能砍碳素钢、模具钢、不锈钢、铸钢和钛合金，刀刀见血，不见折口……”

这人说着当场蹲下表演，一刀砍断了一根粗铁丝，起身后举着砍刀走了一圈，让围观者检查一下刀刃上是否有折口。围观者纷纷说没有折口后，他再次蹲下，卷起裤子，像是刮胡子一样用砍刀刮起了自己的腿毛，起身后手里捏着一撮腿毛再次走了一圈，让围观者看清楚了。

“看到没有？”这人嘶叫道，“这就是古代传说中的宝刀，削铁如泥，吹毛立断……”

然后他开始解释：“什么是钨钢？世界上最坚硬最名贵的金属材料，不仅用在刀具上，也用在名表上，钨钢表可是比金表还要贵重，瑞士两尼中国依波都是钨钢手表……”

“什么瑞士两尼中国依波？”围观者不明白。

“瑞士两尼就是爵尼手表和罗西尼手表，都是世界名表。”这人抹了一下嘴角的口水，“依波表是中国名表。”

那个下午宋钢卖出了三瓶丰乳霜，他站在广场的远处，没有看清这人的脸，只听到这人嘶哑地喊叫了三个小时，宋钢觉得他最多卖出去五六把刀具。这人将没有卖出的刀具放进了一个帆布口袋，背在肩上响声叮当地走了过来。他走到宋钢身旁时被一对高耸的乳房吸引了，他凑上去看了看，又抬头看了看宋钢，满脸惊讶地说：

“你明明是个男的……”

宋钢已经习惯这样的议论了，他微笑地看了这人一眼，扭头看起了远处，那一刻宋钢突然感到这人十分面熟，他转过头来时，这人嘿嘿笑着走去了。这个宋钢觉得面熟的人走出了十来米以后站住了脚，转过身来仔细地看起了宋钢，小心地叫了一声：

“宋钢？”

宋钢想起来他是谁了，失声惊叫道：“你是小关剪刀？”

我们刘镇的两个天涯沦落人在异乡相遇了。小关剪刀走到宋钢面前，像是察看刀刃一样打量起了宋钢，他看了宋钢的脸，又看了宋钢胸口的假体乳房，看到乳房时他欲言又止，看到脸时他开口了：

“宋钢，你变老了。”

“你也变老了。”宋钢说。

“十多年了，”小关剪刀满脸沧桑地笑着，“我十多年没有见过刘镇的人，没想到今天见到你，你出来多久了？”

“一年多了。”宋钢的声音里充满了惆怅。

“为什么要出来？”小关剪刀摇着头说，“出来做什么？”

“保健品。”宋钢吞吞吐吐说出这三个字。

小关剪刀拿起纸箱上的最后两瓶丰乳霜看了看，又忍不住看起了宋钢胸口的假体乳房，宋钢脸红了，他低声告诉小关剪刀：

“这是假的。”

小关剪刀表示理解地点点头，拉着宋钢的胳膊，要宋钢去他临时租借的家里坐坐。宋钢将剩下的两瓶丰乳霜插在裤子口袋里，跟着小关剪刀走了很长的路，在夕阳西下时来到了城外一个住满了民工的地方。小关剪刀带着宋钢走上了坑坑洼洼的泥路，两旁都是简易小屋子，屋前挂满了衣服，一些女人就在屋门口的煤炉上做饭，一些男人站在那里抽着香烟，懒洋洋地互相说着话，他们的孩子在胡乱奔跑，看上去一个比一个脏。小关剪刀告诉宋钢，他差不多每个地方住上一个月就要更换，要不刀具就会卖不出去了，他说明天就要走了，去另一个地方。小关剪刀带着宋钢来到一处简易小屋前，一个四十多岁皮肤黝黑的女人正在门口晾着衣服，小关剪刀冲着她喊叫：

“明天就要走了，洗什么衣服？”

那个女人回过头来也冲着小关剪刀喊叫：“就是明天要走，今天才洗衣服。”

小关剪刀生气地说：“明天一早的汽车，要是衣服干不了怎么办？”

那个女人毫不示弱地说：“你先走，我等衣服干了再走。”

“他妈的，”小关剪刀骂道，“我娶你真是瞎了眼睛。”

“我瞎了眼睛才嫁给你。”那个女人回他一句。

小关剪刀怒气冲冲地对宋钢说：“这是我老婆。”

宋钢对那个女人点头笑笑，那个女人奇怪地看着宋钢胸口挺拔出来的一对乳房，小关剪刀指指宋钢说：

“这是宋钢，我的老乡……”

小关剪刀看到他老婆的眼睛盯住宋钢的胸口，很不高兴地说：“看什么？这是假的，做生意需要。”

小关剪刀的老婆明白了，她点点头，也对宋钢笑了笑。小关剪刀拉着宋钢走进了一间十多平米的小屋子，里面只有一张大床，一个柜子，一张桌子和四把椅子。小关剪刀将背上的刀具取下来放在了墙角，让宋钢在椅子里坐下，自己也坐了下来，对着外面的女人喊叫：

“快给我们做饭……”

屋外的女人也喊叫：“没看见我在晾衣服？”

“他妈的，”小关剪刀骂了一声，继续喊叫，“我和宋钢十多年没见了，快去，买一瓶白酒，买一只鸡买一条鱼……”

“快去？哼！”屋外的女人响亮地哼了一声，“你来晾衣服？”

小关剪刀的拳头使劲捶了一下桌子，看到宋钢不安的模样后，他摇了摇头说：“贱货。”

屋外的女人晾完了衣服，取下围裙挂在窗台上时，也骂了小关剪刀一声："你才是贱货。"

"他妈的，"小关剪刀看着他老婆走去，回头对宋钢说，"不管她了。"

然后小关剪刀急切地向宋钢打听起了刘镇的很多个名字，李光头、余拔牙、王冰棍、童铁匠、张裁缝、苏妈……宋钢缓慢地说着这些名字的故事，同时也穿插着说起了自己的故事。宋钢说着的时候，小关剪刀的老婆买了白酒和鱼肉回来了，她把白酒放在桌子上，套上围裙在门外的煤炉上做饭了。小关剪刀拧开了瓶盖，发现没有杯子，又吼叫了：

"杯子呢？他妈的，快给我们拿杯子。"

"你没有手？"小关剪刀的老婆在屋外吼叫，"你自己拿。"

"他妈的。"

小关剪刀嘴里骂着站了起来，找来两个杯子倒上白酒，自己先喝了一口，抹了抹嘴巴后，看到宋钢没有拿起杯子，就说：

"喝。"

宋钢摇摇头说："我不会喝酒。"

"喝。"小关剪刀命令似的说。

说着他举起杯子等待宋钢，宋钢只好拿起杯子和小关剪刀碰了一下，抿了一小口，火辣辣的白酒吞下去时让宋钢咳嗽了。这个晚上宋钢第一次喝上白酒，小关剪刀喝下去了七两，宋钢喝了三两，两个人喝着说着，他们的话像流淌的河水一样源源不断。听到李光头的巨富，余拔牙和王冰棍跟着李光头一起富裕，童铁匠自己富起来，张裁缝和苏妈的日子也是越来越好，历经磨难的小关剪刀已经没有抱怨、没有嫉妒了，他平静地点头，平静地微笑。然后宋钢小心翼翼地说到老关剪刀，说已经几年没有看见他了，听说他病了，整日躺在床上。小关剪刀的眼角出现了泪水，他回想起了当初神情激昂地离开刘镇时，他的老父亲拄着拐杖在后面一声声地喊叫，他擦了一下眼睛说：

"不要说了，我无脸回去见他。"

宋钢说到自己如何下岗失业，如何到处寻找工作，如何弄坏了肺，又如何和一个名叫周游的人出来闯荡江湖，现在周游回到刘镇了，他一个人还在四处漂泊，而林红独自一人在刘镇天天盼着他回去。小关剪刀连声叹息了，他触景生情地喃喃自语：

"我知道，我知道一个人出来有多难，我出来十多年了，要是知道自己出来是这个模样，我当初肯定不会出来。"

宋钢难过地低下了头，也喃喃自语了："我要是知道这样，也不会出来了。"

"这都是命，你我的命里没有钱财。"小关剪刀同情地看着宋钢，"我爸爸经常说，命里只有八斗米，走遍天下不满升。"

宋钢喝下去了一大口白酒，他剧烈地咳嗽起来。小关剪刀也喝了一大口白酒下去，看着宋钢的咳嗽慢慢停止了，他动情地对宋钢说：

"回去吧，你在刘镇还有林红呢。"

小关剪刀告诉宋钢，他最初出来闯荡的两年里，差不多每天都想着要回到刘镇，可是没有面子回去，过了四年五年以后，他就回不去了，他说：

"你才出来一年多，你还能回去，再过几年你回去的心都会死了。"

两个人喝着白酒诉说衷肠的时候，小关剪刀的老婆给他们做好了晚饭，自己匆匆吃完后，开始整理行装，她在屋里进进出出，对两个人说些什么漠不关心，她把全部的家当整齐地放在墙角后，已经是晚上十一点多了，她一声不吭地躺到了床上，盖上被子睡觉了。宋钢起身告辞，他说已经很晚了，要回到自己在小旅店的房间。小关剪刀拉住他，不让他走，无限忧伤地说：

"我十多年没有见到刘镇的人了，下次不知道是不是还能再见到。"

宋钢重新坐了下来，两个人继续你一言我一语说着种种伤心事。小关剪刀离开刘镇到了海南岛，也像宋钢在刘镇一样，做了一年的搬运苦力，他又去了广东和福建，在建筑工地做了几年，跟过五个包工头，五个包工头都在年底发薪水的时候逃跑了，然后他才干起了现在这份推销刀具的活。小关剪刀苦笑着说，他在刘镇是磨刀，出来以后是卖刀，一辈子都是“刀”命。后来他们回忆起了小时候的种种往事，两个人开始哧哧地笑了。小关剪刀高兴起来了，他回头看看已经睡着的老婆，满脸欣慰的笑容，他说自己离家出走十多年没有撞上财运，倒是碰上了桃花运，他嘿嘿笑着说自己找到了一个好女人。他说：

“我在刘镇找不到这么好的女人。”

然后小关剪刀讲述起了他们的婚姻。那是十三年前，小关剪刀在福建推销刀具的时候见到了她，她一个人蹲在河边，一边洗衣服，一边擦着眼泪，这情景让小关剪刀心里突然难受起来，站在那里看了她很久，她没有发现。小关剪刀长长的叹息声她也没有听到，她沉浸在自己的悲伤里，继续擦着眼泪继续洗着衣服。小关剪刀只好转身离去，几年孤零零的生活让小关剪刀心里一片凄凉，她悲伤的背影在他脑子里挥之不去，小关剪刀走出了几里路以后毅然回头了，他重新来到河边，她仍然蹲在那里哭泣着洗衣服，小关剪刀走下了河边的台阶，在她身旁坐了下来。两个人开始说话了，小关剪刀知道她父母双亡，她的丈夫也跟着别的女人跑掉了。她也知道了小关剪刀，知道他当初如何信誓旦旦地离开刘镇，四处碰壁以后生活如何的艰难。同是天涯沦落人，相见何须曾相识。小关剪刀真诚地对她说：

“跟我走吧，我会照顾你的。”

这时她已经洗完衣服了，本来要站起来了，听了小关剪刀的一番话，她又蹲在了那里，她出神地看了一会儿河面，才端起脸盆里的衣服起身走上了台阶。小关剪刀一直跟随她走到家门口，看着她把衣服晾在绳子上，小关剪刀又说了一遍：

“跟我走吧。”

她木然地看着小关剪刀，说了一句没头没脑的话："我的衣服还没有晾干。"

小关剪刀点点头说："衣服晾干了我再来。"

小关剪刀说完转身离去，这天晚上小关剪刀就住在了这个福建的小镇上，第二天一早他来到她的屋门前时，看到她已经收拾好了行李，一个很大的箱子，站在门口等着他走过来。小关剪刀知道她答应了，走到她面前问了一句：

"衣服晾干了？"

"晾干了。"她点点头。

"走吧。"小关剪刀挥一下手说。

她拉着大箱子跟着小关剪刀远走他乡，从此行走江湖开始了另一种艰难的人生。

小关剪刀说完他的婚姻故事时，天蒙蒙亮了，小关剪刀的老婆醒来后下了床，看到两个人还在说话，她没有一丝的惊讶，熄灭了电灯后就走出门去。过了一会儿她买了十个热气腾腾的大包子回来，小关剪刀和宋钢吃着包子的时候，她在门外将已经晾干的衣服收下来，铺在床上麻利地叠好，放进了那只大箱子。她拿起一只包子，一边吃着一边在屋里检查还有什么忘记带上的东西。小关剪刀一口气吃了四只大包子，宋钢只吃了一只就说吃不下去了。小关剪刀的老婆就将剩下的四只包子放回袋子，又小心地放进了一只很大的旅行袋中。然后她将一只大背包背在了身后，右手提着大旅行袋，左手拉着大箱子走了出去，站在门外等着小关剪刀出来。小关剪刀将刀具袋背在身上，右手拉着另一个箱子也走了出去。他们走到了屋外，小关剪刀用左手使劲拍了拍宋钢的肩膀说：

"宋钢，回去吧！听我的话，回刘镇，再过几年你就回不去了。"

宋钢点了点头，也拍了拍小关剪刀的肩膀说："我知道了。"

小关剪刀的老婆对宋钢微笑了一下，宋钢也微笑了一下。宋钢站在那里看着这对患难夫妻迎着日出向前走去。小关剪刀的老婆背上那只大背包以后，宋钢看不见她的背影了，只看见她左手拉着的大箱子，右手提着的大旅行袋。这对夫妻走去时又在大声争吵了，小关剪刀背着刀具袋，左手拉着一只小了很多的箱子，他要去抢她右手的大旅行袋，她死活不给他，他又去抢她左手拉着的大箱子，她仍然不给。两个人都在骂骂咧咧，小关剪刀吼叫：

“他妈的，我还空着一只手呢。”

“你的手？哼，”她响亮地说，“又是风湿病，又是肩周炎。”

“他妈的，”小关剪刀继续骂道，“我娶你真是瞎了眼睛。”

“我瞎了眼睛才嫁给你。”她骂了回去。

四十六

宋钢在海南岛的日出里与小关剪刀夫妻挥手告别，又在与小关剪刀相逢的广场上孤零零昏沉沉地站了一天，卖出了最后两瓶丰乳霜。

宋钢决定回家了。小关剪刀的一席话，让宋钢无限想念远在刘镇的林红，他担心自己也会像小关剪刀一样，再过几年连回去的心都会死了。他在那家小旅店睡了最后一个晚上，第二天就去了整形医院，取出了胸口的假体乳房。这时他的假体乳房已经硬化，医生面对这个沉默的病人时，以为他是假体纤维囊形成了才来做摘除手术。医生问他是否定期做乳房按摩，宋钢沉默地摇摇头，医生告诉他问题就出在这里，乳房的硬化就是因为没有定期做按摩。手术完成后，医生让他六天以后来拆线，然后热情地向他推荐自己的医院，说宋钢要做变性手术的话，这家医院是首选。宋钢点点头拿了消炎药，走出了整形医院。

宋钢当天下午坐车去了海口。汽车在海边的公路上行驶时，宋钢再次看到了海鸟，成群结队地在阳光下和波涛上飞翔，可是他的耳边充斥着车内嘈杂的人声和汽车的马达声，他没有听到海鸟的鸣叫。当他在海口上船，渡海去广州的时候，在浪涛席卷出来的响声里，他终于听到了海鸟的叫声，那时候他站在船尾的甲板上，看着海鸟追逐着船尾的浪花，仿佛它们也是浪花。夕阳西下晚霞蒸腾之时，海鸟们离去了，它们成群结队地飞翔而去，像是升起的缕缕炊烟，慢慢消失在了遥远的海天之间。

宋钢坐上广州到上海的列车时，已经没有海鸟了。宋钢重新戴上了口罩，他觉得自己的肺病越来越严重了，每一次的咳嗽都让腋下的伤口绷裂似的疼痛。这时候宋钢可以拿出那张甜蜜的合影了，年轻的宋钢和年轻的林红，就是那辆永久牌自行车也是年轻的。他有半年多时间没有拿出这张照片，他怕自己看上一眼就会牵肠挂肚很多天，怕自己会半途而废逃回刘镇。现在他没有顾虑了，他的眼睛时时看着照片上的林红，偶尔也看上一眼自己年轻时的笑容，可是他的脑海里仍然飞翔着海鸟的影子。

秋风扫落叶的时候，宋钢拉着箱子走出了我们刘镇的长途汽车站，这个戴着口罩的男人在黄昏里回来了。他踩着地上的落叶，脚步“沙沙”地走向自己的家，他口罩里的呼吸声也在“沙沙”地响着，他的情绪异常激动，马上就要见到林红了，这样的想法让他剧烈地咳嗽起来，可是他没有感觉到腋下伤口的疼痛，他飞快地走在我们刘镇的大街上，街道两旁闪烁的霓虹灯和嘈杂的音乐恍若过眼烟云。当他远远看到自己的家门时，眼睛湿润了。他摘下眼镜走去，一只手拉着箱子，一只手用衣角擦着镜片。

宋钢走到了家门口。还在长途汽车上的时候，他已经将钥匙捏在手中了，现在这把钥匙就在他拉着箱子的手心里，他放下箱子，将汗水弄湿了的钥匙插入锁孔时犹豫了一下，他改成了敲门，敲了三下，又敲了三下，他呼吸急促地等待着林红开门出来的惊喜瞬间，可是屋里没有任何动静。宋钢只好拧动了钥匙，推门而入时声音颤抖地叫了一声：

“林红。”

没有声音回答他，他放下手里的箱子，走进了卧室，走进了厨房，也走进了卫生间，都是空空荡荡，他六神无主地在客厅里站了一会儿，然后想起来林红可能刚刚下班，正骑着自行车回家，他立刻站到了门外，眺望着晚霞映照下的街道。街道上人来人往车来车去，宋钢激动地站在门口，直到晚霞慢慢消失，夜幕徐徐降临，仍然没有看到林红骑车而来的身影。倒是几个过路的人见到宋钢后站住脚，有些惊讶地说：

“宋钢？你回来了？”

宋钢木然地点点头，他看到的是熟悉的脸，可是他脑子里全是林红的模样，一下子没有想起来这几个人的名字。宋钢在自己的家门口站了一个多小时，他眼睛转到了对面的点心店，他奇怪地看到上面闪亮的霓虹灯店名更换了，不是“苏记点心店”，换成了“周不游点心店”，然后他看到了周游在点心店里晃动的脸。宋钢的脚步移动起来，穿过街道走进了点心店。

宋钢看到苏妹坐在收款柜台的后面，周游正在和几个吃点心的客人说话。宋钢向苏妹点点头微笑了一下，苏妹看到戴着口罩的宋钢时怔住了，一下子没有反应过来。宋钢转向了那个江湖骗子，叫了一声：

“周游。”

周游也像苏妹那样怔了一下，接着认出来是谁了，周游立刻热情地喊叫着走上来：

“宋钢，是你，你回来了？”

周游走到宋钢面前时想起了什么，他更正道：“我现在改名叫周不游了。”

宋钢想到了外面的霓虹灯店名，他在口罩里笑了，他看到一个坐在儿童椅子里的小女孩，问周游——现在叫周不游了：

“这是苏周？”

周不游神气地摆摆手，再次更正：“她叫周苏。”

苏妹也走了过来，她看着正在咳嗽的宋钢，关心地问：“宋钢，你刚回来？你吃过晚饭了吗？”

周不游立刻像个老板那样对一个女服务员说：“拿菜单过来。”

女服务员拿过来菜单。周不游示意她递给宋钢，对宋钢说：“宋钢，我这里的点心你尽管吃，不收你钱。”

宋钢咳嗽着摆摆手说：“我不在这里吃，我等林红回家一起吃饭。”

“林红？”周不游的脸上出现了奇怪的表情，“你就别等了，林红跟着李光头去上海了。”

宋钢听了这话心里一惊。苏妹焦急地对周不游说：“你不要乱说。”

“谁乱说？”周不游据理力争，“很多人都亲眼看见的。”

看到苏妹使劲地对自己眨眼睛，周不游不再往下说了，他关心地看看宋钢的胸脯，神秘地笑了，他小声问：

“你拿掉了？”

宋钢迷惘地点点头，周不游刚才的话让他神思恍惚起来。周不游拉着宋钢在椅子里坐了下来，他架起二郎腿踌躇满志地说：

“我把保健品事业留给你以后，我的兴趣就到餐饮业上面了，我马上要在刘镇开设两家‘周不游点心店’，今后的三年里我准备在全中国开设一百家连锁店……”

苏妹在一旁打断他的话：“刘镇的两家还没开呢。”

周不游瞟了苏妹一眼，没有答理她，继续对宋钢说：“你知道谁是我的对手吗？不是李光头，李光头太小啦，是麦当劳，我要让周不游的餐饮品牌在祖国的地盘上彻底打败麦当劳，让麦当劳的股票市值跌掉百分之五十。”

苏妹不满地说：“我听了都脸红。”

周不游再次瞟了苏妹一眼，然后低头看了一下手表，焦急地站了起来，对宋钢说：

“宋钢，我们改日再谈，我现在要回家看韩剧了。”

周不游走后，宋钢也转身走出了点心店，回到他空空荡荡的家中。他把所有的电灯都开亮了，摘下口罩在卧室里站了一会儿，又到厨房里站了一会儿，再在卫生间站了一会儿，然后站在了客厅的中央，开始剧烈地咳嗽了，腋下一阵一阵的疼痛，仿佛是缝合的伤口裂开了。宋钢疼得眼泪直流，弯下腰低头坐在了椅子里，他双手捂住胸口，等待着咳嗽慢慢平静下来，伤口的疼痛慢慢缓解过来，他抬起头来时发现眼睛一片模糊，他茫然地眨了几下眼睛，仍然是一片模糊，他不知道为什么会这样。过了一会儿才发现镜片上已经布满他疼痛的泪水了，他取下眼镜，用衣角擦拭镜片，重新戴上眼镜后一切又清晰了。

宋钢戴上口罩，起身再次来到了屋外，他仍然幻想着林红会从远处走来，他的眼睛张望着街上的茫茫人流，路灯和霓虹灯的闪烁让我们刘镇的大街光怪陆离。这时候赵诗人走过来了，赵诗人走到宋钢身旁时打量了一下宋钢的口罩，又后退了一步，叫了一声：

“宋钢。”

宋钢轻声答应了一下，张望人流的目光来到了赵诗人这里，他迟缓地认出来是谁了。赵诗人嘿嘿笑了，他说：

“不用看你的脸，看你的口罩，我就知道你是宋钢。”

宋钢点了点头，咳嗽了几下，疼痛让他的双手不由自主地捂住了两侧腋下。赵诗人同情地看着宋钢，问宋钢：

“你是在等林红吧？”

宋钢点了点头，又摇了摇头，他混沌的目光又投向了茫茫人流。赵诗人轻轻地拍了拍宋钢的肩膀，劝慰似的说：

“不用等了，林红跟着李光头走了。”

宋钢浑身一颤，有些害怕地看着赵诗人。赵诗人神秘地笑了笑，再次拍拍宋钢的肩膀说：

“以后你就知道了。”

赵诗人神秘地笑着走上了楼梯，回到他自己的家中。宋钢仍然站在屋门口，他的心里翻江倒海什么都想不起来，他的眼睛里兵荒马乱什么都看不清楚，他的嘴巴在口罩里咳嗽连连，可是他感受不到腋下的疼痛了。宋钢木然地站在我们刘镇的大街旁，直到大街上的行人开始稀少，霓虹灯逐渐地熄灭，四周寂静下来，他才像一个颤巍巍的老人那样转回身来，低头走进了自己的家，没有了林红的自己的家。

宋钢度过了一个艰难的夜晚，他独自一人躺在曾经是两个人的床上，觉得自己的身体在被窝里是冰凉的，被子也是冰凉的，甚至屋子都是冰凉的。他的脑海里杂乱无章，周不游的话和赵诗人的话已经让他感到发生了什么，一个是他曾经相依为命的兄弟，一个是他挚爱永生的妻子，他没有勇气往下去想，因为他害怕，他似睡非睡地度过了一个不眠之夜。

第二天的上午，戴着口罩的宋钢心里空空荡荡地走在了我们刘镇的大街上，他心里不知道要去什么地方，是他的脚步知道，他的脚步带领着他走到了李光头公司的大门口，他的脚步停止以后，他就完全不知道接下去该怎么办了。这时他看到王冰棍兴冲冲地从传达室里跑了出来，热情地喊叫：

"宋钢，宋钢你回来啦。"

王冰棍成了我们刘镇的富翁以后，像个二流子那样整天在大街上游荡，几年下来他对游荡彻底厌倦了，他开始像个副总裁那样去公司的办公室坐班了。别人都在忙忙碌碌，他一个人闲来无事，一年时间下来他对坐办公室也彻底厌倦了，他就自告奋勇地要去公司的传达室做一个看管大门的，这样一来起码有些进出的人和他说话。王冰棍是公司的第三股东，刘副不敢怠慢，下令将原来的传达室拆除，新盖起来一个气派十足的传达室，一个大客厅、一个大卧室、一个大厨房、一个大卫生间，按照五星级酒店的标准豪华装修，夏天中央空调，冬天地热取暖，意大利进口的沙发、德国进口的大床、法国进口的柜子、大书桌老板椅一应俱全。王冰棍住进了五星级传达室以后欢欢喜喜，从此没有回家看看。他对刘副赞不绝口，每次见面都要对刘副歌功颂德一番，刘副听得心花怒放。王冰棍最满意的是 TOTO 马桶，拉完屎不用擦屁眼，一股水流冲洗得干干净净，而且还将他的湿屁眼烘干。刘副还给王冰棍传达室的屋顶装上了五口电视信号接收大锅。刘副告诉王冰棍，这五口大锅一装，比中国富裕国家的电视全能看到，和中国一样富裕国家的电视全能看到，比中国穷的国家的电视也能看到一些。于是王冰棍的传达室整天传出来各种腔调的语言，像是联合国在开大会一样。

这时候王冰棍最亲密的战友余拔牙的世界旅游也升级了。跟随旅行团和自助游，对余拔牙来说已经是陈年旧事，他每到一地就花钱雇用一名女翻译，他对游山玩水也厌倦了，他的兴趣全跑到示威游行上面去了。他已经在欧美几十个城市参加过示威游行，他不分青红皂白，什么示威，什么游行，只要遇上了立刻兴冲冲地加入进去，遇到对立两派的游行时，他加入人多势众的那一派。余拔牙已经会喊叫十来种语言的游行口号了，他经常和王冰棍通电话，说话间不经意地夹杂这些外国口号。

王冰棍对余拔牙到处去示威，到处去游行，理解成是到处去参加"文化大革命"。每当余拔牙在电话里告诉王冰棍又在什么城市游行示威后，王冰棍立刻给他最信任的刘副打电话，说外国的什么城市闹"文化大革命"了。

余拔牙对王冰棍的这种理解十分不满，他在国际长途电话里训斥王冰棍："你这个土包子，你不懂，这是政治。"

余拔牙在电话里解释自己为什么如此热衷政治，他对王冰棍说："这叫饱暖思淫欲，富贵爱政治……"

王冰棍起初不服气，有一天突然在外国的一个电视新闻里看到了余拔牙，余拔牙的左脸在游行的队伍里闪现了一下，王冰棍惊讶得目瞪口呆，从此对余拔牙十分崇敬了。当余拔牙打来电话时，王冰棍说在外国电视里看到他时，王冰棍激动得说话都结巴了。电话那一端的余拔牙也是惊讶得结巴了，像动物一样啊啊地叫了很多声，然后立刻问王冰棍，有没有把他的镜头录像下来，王冰棍说没有录像，余拔牙在电话里大发脾气了，一口气骂了王冰棍四个蛋：笨蛋蠢蛋傻蛋王八蛋！然后伤心地说，他一生最亲密的朋友，竟然没有把他横空出世的镜头录像下来。王冰棍十分惭愧，一声声向余拔牙保证，以后再有这样的镜头一定录像下来。此后王冰棍的电视频道紧紧跟随余拔牙的足迹了，余拔牙每到一个国家，王冰棍就锁定这个国家的电视，兢兢业业地寻找游行示威的画面，找到后立刻像是猫盯住老鼠一样，眼睛一眨也不眨地盯住电视，手里拿着摇控器，只要余拔牙一出现立刻录像。

王冰棍看到宋钢站在门外的时候，刚好是余拔牙从马德里坐飞机去多伦多的时候，王冰棍暂时不用盯住电视了。他看到很久不见的宋钢，立刻冲出去把宋钢拉了进来，让宋钢在意大利沙发里坐下来，开始滔滔不绝说起余拔牙的种种奇闻轶事，然后感叹道：

“这余拔牙哪来的这么大的胆子，一句外国话不会说，什么外国都敢去。”

此刻的宋钢沉沦在混沌里，腋下的疼痛隐隐袭来，他口罩上面的眼睛游离地看着王冰棍，王冰棍说出的话，他一句也没有听进去。宋钢知道李光头不在这里，林红也不在这里，他不知道自己为什么要走到这里。他一言不发地坐了半个小时，又一言不发地站了起来，走出了王冰棍的豪华传达室。王冰棍还跟在他后面喋喋不休地说着，走到大门口王冰棍站住了，继续在说着什么。宋钢什么都没有听到，他的眼睛空洞地看着我们刘镇的大街，脚步沉重地走回自己的家。

四十七

宋钢回到我们刘镇以后，悄无声息地度过了六天的时光。六天里他自己做了六次饭，每天只吃下去一碗米饭，他闭门不出，只是在需要买菜的时候才走上街道。他遇到了不少熟人，这些熟人的片言只语让他朦胧地知道了李光头和林红之间发生了什么，他看上去麻木不仁。到了第七天的晚上，宋钢找出了家里的相册，将他和林红所有的合影一张一张看过来，叹息一声后合上了相册。又找出了父亲宋凡平、母亲李兰、兄弟李光头和自己的全家福照片，这张黑白的照片经历了很多岁月，已经泛黄。宋钢仍然叹息一声，将照片放进了相册，躺到床上泪如雨下了。

混沌了七天后，宋钢的思维终于清晰了。当初李光头、林红和他之间的情感纠葛历历在目，一晃二十年过去了，现在宋钢终于明白了，林红不应该嫁给他，林红应该嫁给李光头。这样一想，宋钢突然释然了，仿佛是心里的石头终于落地，他一下子轻松起来。

第八天的曙光来到后，宋钢坐在吃饭的桌子前，认真地写起了两封信，一封信是给林红的，另一封信是给李光头的。他写得很吃力了，有很多句子他不知道写得对不对，有很多字他都不会写了。他伤感地想起自己二十岁的时候，曾经那么喜欢读书喜欢文学，他曾经写下过一篇小说，李光头读完后大声赞扬。这么多年下来，生活压得他喘不过气来，他不读书不读报，如今突然发现自己连信都不会写了。

宋钢把不会写的字记在脑子里，然后戴上口罩去书店查字典，查完字典回家继续写信。他连本字典都不舍得买，虽然他给林红带回来三万元，他觉得自己一生都没有让林红过上好日子，最后的钱一定要留给林红。几天下来，他来来回回到书店去了十来次，书店的人见了他就会嘿嘿地笑，他们私下里说这个宋钢以前是首席代理，现在成了个首席学者了。宋钢每天都到书店来查几次字典，书店的人忍不住开玩笑地叫他首席学者，后来又叫他首席字典。宋钢听了微微一笑，什么话都不说，只是低头认真地查他不会写的字。首席字典宋钢花了五天时间，一边写一边去查字典一边修改句子，终于将两封信都写完了，他又认认真真地抄写了一遍。然后他如释重负地站了起来，去邮局买了两个信封和两张邮票，在信封上写好地址姓名，贴好邮票后，他把两封信藏在胸前的衣服口袋里。

这时候宋钢感到腋下越来越疼痛了，而且疼痛仿佛越绷越紧。他疑惑地感受着这种绷紧的疼痛，慢慢解开衣服，感到贴身的衬衣已经和腋下的皮肉粘连了，脱下衬衣时仿佛是撕下了皮肉一样，剧烈的疼痛让他浑身打冷战。等到疼痛慢慢安静下来，他举起胳膊，低头看到两侧腋下的伤口已经化脓了，缝合伤口的黑线紧绷红肿的伤口，他想起来应该是手术后六天拆线，现在十三天过去了，所以伤口的疼痛越绷越紧。

宋钢起身找出了一把剪刀，拿着镜子准备自己拆线，可是担心剪刀不干净，就点火将剪刀烧烤了五分钟消毒，又拿着剪刀耐心地等待了十分钟，让剪刀完全冷却下来。他开始一点点剪去腋下的黑线，黑色的线头沾满了剪刀，他感觉绷紧的腋下在一阵一阵疼痛里逐渐放松了，他拆完线以后，感觉整个身体突然放大似的松开了。

傍晚的时候，宋钢将他带回来的钱用一张旧报纸仔细包好了，放在了枕头下面，只在自己口袋里放了十元钱，将钥匙拿出来仔细看了一会儿，然后放在了桌子上，戴上口罩走到门口，他打开屋门时回头看了看自己的家，看了看放在桌子上的钥匙，他觉得自己的家清晰可见，桌子上的钥匙却是模糊不清。他轻轻地关上了门，关上门以后他站了一会儿，心想钥匙在里面了，自己不会回来了。

宋钢转身走过了街道，走进了周不游点心店，他从来没有吃过带吸管的小包子，现在他想去品尝一下。他进去的时候，没有看到周不游和苏妹，他四处张望了几下，也没有看到苏妈，他不知道周不游把苏妈和苏妹也发展成了韩剧迷，从周一到周五的这个时候，三个人就会端坐在家里，神情专注地盯着电视屏幕。宋钢迟疑不决地在门口站了一会儿，一个陌生的女服务员坐在收款柜台的后面，他只好走向陌生的女服务员，想了想以后，说出了一句词不达意的话：

“怎么吃……”

女服务员不明白他的话，问他：“什么怎么吃？”

宋钢知道自己说错了，可是一下子又想不起来准确的说法，他指指几个正在吃着吸管小包子的群众说：

“这个带吸管的小包子……”

那几个群众嘿嘿地笑起来。有一个群众问他：“小时候吃过你妈的奶吧？”

宋钢感到这人要捉弄他了，他突然聪明地回答：“我们都吃过。”

“你长大后吃过包子吧？”那个群众继续问。

“我们都吃过。”宋钢继续聪明地回答。

“好。”那个群众说，“我教你，先像吸你妈的奶一样，把包子里的肉汁吸干净了，再像吃包子那样把剩下的包子吃了。”

群众哈哈笑个不停，坐在柜台里的女服务员也忍不住笑了。宋钢没有笑，刚才自己的回答让他的思维清晰了，他对女服务员说：

“我是问多少钱？”

女服务员明白了，收了宋钢的钱，开了票递给他。宋钢拿着票还站在柜台前，女服务员让他先找个位置坐下来，说吸管小包子正在蒸着，还要十分钟时间。宋钢看看那几个嘿嘿笑着的群众，走到了远离他们的桌子前坐下。宋钢的眼神无动于衷，他像个小学生那样端坐着等待他的吸管小包子。

宋钢的吸管小包子终于端上来了，面对蒸腾的热气，宋钢慢慢摘下了他的口罩，他把吸管含进嘴里后呼呼地吸起了里面的肉汁。那几个讥笑他的群众吓了一跳，里面的肉汁没有一百度的高温，也有个八九十度，宋钢呼呼地吸着，就像吸着凉水似的一点都不觉得烫。他吸完一个包子又呼呼地吸完了另一个，三个小包子里的肉汁一下子全吸完了，然后他抬头看看那几个吃惊的群众，他微笑了一下，他的微笑让那几个群众觉得脖子上冷飕飕的，他们觉得宋钢似乎是精神不正常。宋钢低下了头，拿起一个包子放进嘴里吃了起来。吃完了三个小包子，宋钢戴上口罩，起身走出了点心店。

这时候夕阳西下了，戴上口罩的宋钢迎着落日走去。宋钢没有像往常那样低头走在大街上，他的头抬起来了，他的眼睛左右看着，看着街道两旁的商店和行人，有人叫他名字时，他不再是低头匆匆答应一声，而是友好地向那个人挥挥手。走过商店的玻璃窗时，他也会停下来仔细看看里面展示的物品。我们刘镇的很多群众在这个傍晚看见宋钢走去，他们后来回忆说，宋钢以前每次出现在大街上都像是在赶路，只有这个傍晚他像是在逛街，他们说他对每家商店玻璃窗里的物品都是看了又看，对每个擦肩而过的人都会回头张望，甚至对街道两旁的梧桐树也是兴趣十足，他还在一家音像店前站了有五六分钟，听完了两首流行歌曲，还隔着口罩对旁边走过的人说：

“这两首歌真好听。”

宋钢走过邮局的时候，从胸前的口袋里取出了写给李光头和林红的两封信，他将信塞进邮筒以后，还蹲下来向里面张望，确定自己的信已经掉进去了，他才放心地离去，继续迎着夕阳向西走。

宋钢走出了我们刘镇，走到了铁路经过的地方。他在铁路旁的一块石头上坐了下来，摘下了口罩，幸福地呼吸着傍晚新鲜的空气，看着四周田地等待收割的稻子，有一条小河就在不远处流淌着，晚霞映红了河水。河里的霞光让他抬起头来了，他看着日落时的天空，他觉得天空比大地还要美丽，红彤彤的落日挂在晚霞的天空里，浮云闪闪发亮，层峦叠嶂般的色彩仿佛大海的潮水一样在涌动着。他感到自己看到了光，斑斓的光穿梭在天空里，而且变幻莫测。接着他的头低了下来，他重新去看四周的稻田，稻穗全披上了霞光，仿佛红玫瑰似的铺展开去，他觉得自己坐在了万花齐放的中央。

这时他听到了列车遥远的汽笛声，他取下眼镜擦了擦，戴上后看到半个夕阳掉下去了，火车从掉下去的半个夕阳里驶了出来。他站了起来，告诉自己离开人世的时候到了。他舍不得自己的眼镜，怕被火车压坏，他取下来放在了自己刚才坐着的石头上，又觉得不明显，他脱下了自己的上衣，把上衣铺在石头上，再把眼镜放上去。然后他深深地吸了一口人世间的空气，重新戴上口罩，他那时候忘记了死人是不会呼吸的，他怕自己的肺病会传染给收尸的人。他向前走了四步，然后伸开双臂卧在铁轨上了，他感到两侧的腋下搁在铁轨上十分疼痛，他往前爬了过去，让腹部搁在铁轨上，他觉得舒服了很多。驶来的火车让他身下的铁轨抖动起来，他的身体也抖动了，他又想念天空里的色彩了，他抬头看了一眼远方的天空，他觉得真美；他又扭头看了一眼前面红玫瑰似的稻田，他又一次觉得真美，这时候他突然惊喜地看见了一只海鸟，海鸟正在鸣叫，扇动着翅膀从远处飞来。火车响声隆隆地从他腰部碾过去了，他临终的眼睛里留下的最后景象，就是一只孤零零的海鸟飞翔在万花齐放里。

四十八

李光头和林红坐着白色宝马轿车在夜幕降临前回到了刘镇，驶进了李光头的豪宅。林红做完了处女膜修复术，李光头在北京和东北谈成了几笔生意，两个人从车里出来时仿佛凯旋而归。刚刚走进客厅，李光头的手机响了，是刘副打来的电话，告诉李光头，晚餐已经准备好了，随时可以进餐。李光头关了手机说：

“这王八蛋做事周全。”

李光头和林红将行李扔在客厅里，双飞燕似的走进了餐厅。这时天色昏暗下来了，李光头打开餐厅的吊灯，看到桌子上已经摆好了晚餐。桌子中间放着一丛红玫瑰，一瓶一九八五年的法国红酒放在不锈钢冰桶里，红酒已经开启，木塞插在瓶口。李光头和林红面对面坐了下来，李光头对刘副十分满意，他对林红说：

“这王八蛋弄得很浪漫。”

林红看着桌上的晚餐和玫瑰花丛咯咯笑了，她说好像是外国人在吃饭。李光头立刻像个外国绅士了，挺直了腰拿起冰桶里的红酒，拔掉木塞往自己杯中倒了一点，放下酒瓶后，举起酒杯轻轻晃动起来，再举到鼻子前闻了一下，然后才喝上一口，他赞赏地说了一句：

“这酒不错。”

起身后左手背在身后，右手拿着酒瓶风度翩翩地给林红的杯子里斟上了红酒，坐下后举起自己的酒杯，殷勤地等待着林红也举起酒杯。林红忍不住笑起来，这个满口脏话粗话的李光头突然如此优雅了，林红第一次见到，她笑着问李光头：

“从哪里学来的这一套？”

“电视里学来的。”

李光头优雅地回答，举着酒杯等着林红的酒杯伸过来碰了一下，林红小小地喝了一口，放下了杯子。李光头像是跟人拼酒量一样一口喝干了杯中的红酒，把酒杯放下后，李光头狗改不了吃屎了，对着林红粗鲁地喊叫一声：

“快吃，吃完了快洗，洗完了到床上等我。”

同样的时候，宋钢坐在周不游点心店里，平生第一次吃着吸管小包子。灼热的肉汁烫伤了宋钢的口腔，宋钢全然不觉，当他站起来走出点心店，向着城西的铁路走去时，李光头已经狼吞虎咽地吃完了晚餐，焦急万分地催促着林红快吃。这就是人世间，有一个人走向死亡，可是无限眷恋晚霞映照下的生活；另两个人寻欢作乐，可是不知道落日的余辉有多么美丽。

没有了晚霞，没有了落日，只有沉沉黑夜笼罩着我们刘镇，宋钢在微弱的月光里卧轨自杀。这时候林红已经光着屁股躺在李光头的床上了，她等着李光头从卫生间里出来。李光头在卫生间里磨蹭了很久，他刚刚拧开水龙头，刘副的电话再次打来了。刘副估计李光头应该进入卫生间了，他在电话里恭恭敬敬地告诉李光头，卫生间的柜子里有一副观察处女膜的新式武器。李光头在电话里亲热地骂了刘副一声“王八蛋”，冲澡后急急忙忙地擦干身体，弯腰打开了柜子看看是什么新式武器，没想到从里面拿出来的是一副煤矿工人的用具。李光头先是怔了一下，随后连声称赞刘副这个王八蛋了。

靠在床上的林红听着李光头在卫生间里唠叨，不知道他在说些什么，当李光头出来时林红一下子怔住了。光屁股的李光头竟然戴着一顶煤矿工人的帽子，帽子上有一盏矿灯，腰上系着一根皮带，皮带的后面挂着一块电池，一根电线像是清朝的辫子从他的矿帽挂到了皮带上。李光头看到林红怔在那里，“啪”的一声打亮了矿灯，一束光芒照射着林红的下身，李光头得意洋洋地说，这下要好好欣赏林红的处女膜了。李光头像是一个煤矿工人在矿井里爬动一样，嘿嘿笑着爬到了床上。林红反应过来了，她捧着肚子大笑起来，她怎么也想不到李光头会把自己武装成这样。林红笑得都喘不过气来，开始咳嗽了，李光头很不高兴，一抬头光束照在林红的胸前了，他说：

“你哪像个处女？”

林红还是笑个不停，笑得眼泪汪汪，她一边笑一边说：“笑死我了，笑死我了……”

李光头生气地坐在一旁，光束照在墙壁上了，他看着林红笑，等林红笑够了，他生气地说：

“他妈的，你完全像个荡妇，你哪像个处女？”

林红用手捂住嘴笑完最后几声，装出认真的样子，问李光头：“处女应该怎么做呢？”

李光头指导她：“你第一次看到男人光屁股，应该马上捂住自己的脸才对。”

林红偷偷笑了几下，用双手捂住自己的脸了，可她的两条腿还叉开着。李光头又不满意了，他说：

“只有荡妇见到光屁股男人才叉开腿，哪有处女叉开腿的。”

林红夹紧自己的双腿，她问：“这样行不行？”

李光头继续指导她：“还应该用双手护住那地方，不让男人看。”

林红不高兴了，她说：“你又要我双手捂住脸，又要我双手护住那地方，我有四只手啊？”

李光头一想也对，他开始请教林红了，他问："你第一次和宋钢是怎么做的？"

林红说："是在被窝里，关着灯呢。"

李光头赶紧下床把所有的灯都关了，这时他头上的矿灯显得更亮了，照得林红都睁不开眼睛。林红让他把矿灯关了，他不愿意，他说关了矿灯他就看不见处女膜了。他又问林红：

"宋钢是怎么看你的处女膜的？"

林红说："他没看，他不好意思看。"

"这傻瓜。"李光头说，"我要看，不看白不看。"

说着李光头爬到林红的大腿上，要看她的处女膜。林红的双手使劲护住那地方，不让他看，他使劲拉开了她的手，她的屁股就侧过去了，当他刚使劲把她的屁股摆正了，她的手又护住了那地方。李光头来回几次都没成功，他说：

"他妈的让我看呀！"

林红说："是你自己要我双手护住的。"

"他妈的，"李光头说，"护是要护住，你应该半推半就啊。"

"好吧，"林红说，"我半推半就了。"

李光头使劲了两次后，林红的手松开了，她嗯嗯叫着，双腿乱蹬了几下，仿佛赌气似的叉开了。李光头十分满意，他说：

"好！演得好！"

李光头的矿灯照着看了一会儿，林红又假装害羞似的双手护住了那地方，李光头高兴地叫了起来：

"像！演得真像！"

这时林红对李光头不满意了，她说："你哪像是第一次的童子军？你戴着矿灯像个老嫖客，男人第一次也会有点害羞的，宋钢就很害羞。"

李光头觉得林红批评得有理，他关了矿灯，解下了腰上的皮带连同矿帽一起扔到了床下，他说：

“现在黑灯瞎火了，我们就是处男对处女了。”

两个人在黑暗里抱在了一起，互相抚摸着抱了一会儿后，李光头插进去了。林红发出了一声喊叫，这是真实的疼痛喊叫。李光头听了兴奋得浑身哆嗦，他和林红干了那么多次了，这样的喊叫还是第一次听到。林红接下去呻吟了，是疼痛的呻吟，也是快感的呻吟，她身上的汗都出来了，快感在疼痛里逐渐往上爬，她的身体从未有过这样的刺激，她强烈地感受着疼痛在推动着身体的快感，就像火箭推动航天飞机一样，然后海啸般的高潮来临了，汹涌而来的快感让她浑身抽搐，她声嘶力竭地喊叫起来：

“好痛啊……”

这一刻李光头觉得自己回到二十年前了，久经肉体沙场的李光头也是从未有过这样强烈的刺激，两具身体激动地互相推波助澜，林红夹紧李光头的时候，李光头抱紧林红，林红身体开始抖动时，李光头的身体也抖动了。当林红高潮来临浑身抽搐时，李光头觉得自己抱住的仿佛是地震时的大地，这时李光头的高潮无比辉煌地呼啸起来了。

然后两个人瘫痪似的躺在床上，两颗心脏狂奔似的激烈地跳动着，林红气息奄奄，李光头呼哧呼哧，两个人都享受到了疯狂的高潮，抵达了前所未有的顶峰，现在仿佛是从珠穆朗玛峰上面缓缓坠落下来，四周白雪皑皑，两个人都觉得自己的身体轻得像是白纸，随风飘落，正在回归大地。

四十九

这个夜晚林红经历了史无前例的高潮以后，她的身体仿佛散架了，她闭上眼睛疲惫不堪地躺在床上，恍若任人宰割的羔羊，让李光头生机勃勃地干了第二次，第三次，第四次，林红在李光头那里再次体验到了什么叫死里逃生。第三次时林红不答应了，她有气无力地说先前约法三章过，说好了最多两次。李光头理直气壮，他说今天把自己当成处男了，处男第一次尝到女人的滋味，还不是小狗掉进了粪坑，吃个没完没了，两次怎么收得住。林红只好麻木不仁地让李光头干了第三次，结果李光头还要来第四次，林红差点要哭了，她觉得自己快要累死了。李光头说这是最后一次和林红做爱了，这次完了以后就不再做爱了，就把她还给宋钢了。

刘副凌晨两点多钟给李光头打电话的时候，李光头正在和林红干第四次，林红正在咬牙忍受着疼痛，忍受着这个牲口一样的男人。这时手机响了，李光头一边干，一边拿起来一看，是刘副的手机号码，他骂了一声没有接。过了一会儿，手机第二次响了，李光头又骂了一声，还是没有接。后来手机响个不停，李光头火冒三丈，他打开手机吼叫了：

“老子正在兴头上……”

李光头吼叫了一声以后，听到刘副在电话里的一句话，立刻像是一枚炮弹炸开似的喊叫了：

“啊！”

他惊慌失措地从林红身上跳了起来，跳下了床，然后赤裸裸像个傻子一样站在那里，举着手机半张着嘴，听着刘副说一句，身体就会抖一下。刘副说完了挂断手机了，李光头仍然耳朵贴着手机，像是失去了知觉那样一动不动，过了一会儿手机掉到了地上，发出的响声把他吓了一跳，他回过神来以后，痛哭流涕地诅咒自己：

“我他妈的不得好死，我不被车撞死，也要被火烧死；不被火烧死，也要被水淹死；不被水淹死，也要被车撞死……我这个王八蛋啊……”

林红已经累得奄奄一息了，她迷迷糊糊地感到李光头压在她身上接了一个电话，这个电话像弹簧一样，把李光头从她身体上弹了出去。接着就没有声响了，然后李光头挥舞着拳头，在屋子里一边狠毒地骂着自己，一边捶着自己的脑袋。林红睁开了眼睛，她不知道发生了什么，紧张地坐了起来，看到李光头的手机掉在了地上，李光头呜呜地哭着，像一个孩子那样双手擦着眼泪哭，哭得悲痛欲绝，林红隐约感到了什么，她不安地问李光头：

“出了什么事？”

李光头眼泪汪汪地对林红说：“宋钢死了，这个王八蛋卧轨自杀啦！”

林红半张着嘴，恐惧地看着李光头，仿佛李光头刚刚强奸了她，她跳下了床，迅速地穿上了衣服。穿好衣服以后，她不知道接下去该怎么办了，她满脸的不知所措，像是刚刚有医生告诉她得了绝症似的。过了一会儿，她泪如雨下了，她咬破了自己的嘴唇，仍然无法阻止自己的眼泪。她看到李光头还是赤条条站在那里，突然对他的身体充满了厌恶，她仇恨满腔地对李光头说：

“你为什么不死？”

“你这个婊子，”李光头终于找到了可以发泄的敌人，他咆哮如雷了，“宋钢的尸体在你家门口放了三个多小时啦，等着你去开门！你这个臭婊子还在外面偷男人……”

“我是臭婊子，”林红咬牙切齿地说，“你是什么东西？你是混蛋王八蛋！”

“我是混蛋王八蛋，”李光头也咬牙切齿了，“你他妈的是荡妇淫妇！”

“我是荡妇淫妇，”林红恨之入骨地说，“你是禽兽不如！”

“我是禽兽不如，”李光头眼睛通红地说，“你他妈的是什么？你他妈的害死了自己的丈夫！”

“我是害死了自己的丈夫，”林红尖厉地喊叫了，“你害死了自己的兄弟！”

李光头听了这话以后再次呜呜地哭了，他突然变得可怜巴巴了，他伸出手走向林红，哀声说：

“是我们两个人害死了宋钢，我们都不得好死……”

林红打开李光头伸过来的手，厌恶地喊叫：“滚开！”

林红转身走出李光头的卧室，走下李光头的楼梯，走到李光头的客厅时，发现赤条条的李光头跟在她身后；她打开屋门走出去时，赤条条的李光头也跟了出来，林红站住脚说：

“别跟着我！”

“谁他妈的跟着你！”赤条条的李光头喊叫着快步走到林红前面，“老子要去见宋钢！”

“你站住！”林红也喊叫了，“你没脸去见宋钢。”

“老子是没脸去见宋钢，”李光头听了这话伤心地站住了脚，然后回头指着林红骂道，“你这个婊子也没脸见宋钢。”

“我也没脸见他，”林红神情黯然地点点头，仿佛同意李光头的话，“可他是我这个婊子的丈夫……”

李光头哭了：“他是我的兄弟……”

李光头哭着捶胸顿足地走上了大街，捶胸顿足的时候他突然发现自已赤条条一丝不挂，他不知所措地站住了。林红从后面走上来时，他竟然害羞似的双手遮住了下身。林红同情他了，轻声说：

“你回去吧。”

李光头像一个听话的孩子那样点点头，林红从他身旁走过后，听到他呜咽地说着：

“我会有报应的，你也会有报应的。”

林红点点头，抬手擦着眼泪说：“我肯定会有报应。”

这个夜晚秋风阵阵月光冷清，一个沿着铁路捡煤块的人，发现了死去的宋钢，他告诉了住在铁路旁边的两户人家。宋钢身上没有一点血迹，列车轮子是从他腰上碾过去，衣服都没有碾破，可是他的身体断成两截了。深夜十一点的时候，宋钢被两个住在铁路旁边的人用板车拉回到自己的家门口。这两个人是宋钢做搬运工时的工友，他们吃惊地认出了戴着口罩的宋钢，看到了石头上的衣服和衣服上的眼镜，他们商量了一下后，找来了一辆板车，将宋钢抬到了板车上，将宋钢的眼镜放进宋钢的衣服口袋里，又将宋钢的衣服盖在宋钢的身上。宋钢的身体很长，他躺进板车后脑袋都挂到外面了，两只脚仍然拖在地上。于是一个工友在前面拉着板车，另一个工友在后面抬着宋钢的双腿，走上了我们刘镇寂静的街道。满街的落叶在车轮里“沙沙”地响着，偶尔有几个行人在路边站住脚好奇地看着他们，宋钢生前的两个工友谁也不说话，他们一前一后弯着腰，把宋钢送回到自己的家门口。两个工友放下板车后，将宋钢的身体拉下来一些，让宋钢的脑袋不再挂在板车外面，让宋钢的双腿弯曲下来，两只脚支撑住地面。然后两个工友轻轻敲了一会儿门，又轻声喊叫了一阵，他们无声地等待了半个多小时，知道屋里没有林红。一个坐在了板车的把手上守护宋钢，另一个沿着空无一人的街道走去，这个人要去找李光头公司的人，他知道宋钢是李光头的兄弟，也听说过林红和李光头的绯闻。死去的宋钢已经回家了，可是进不了自己的家门，他仰脸躺在门外的板车上。坐在板车把手上的工友，茫然地看着秋风吹起的树叶不断飘落在宋钢的身上，有些树叶来自上面的树木，有些树叶来自地面，被风刮起后掉进了板车。守护宋钢的工友一直等到凌晨两点，才看见另一个工友带着刘副走来。

刘副站在板车前看了看宋钢，摇了摇头后，走到一旁给李光头打电话了。刘副打完电话后，走回到板车前，三个人无声地站在宋钢的家门口。差不多凌晨三点的时候，他们看到林红从远处走来。林红出现在我们刘镇空空荡荡的大街上，她走过一盏路灯时浑身闪亮，随即走进黑暗里，接着又浑身闪亮地走在另一盏路灯下，随即又走进了黑暗里。她低着头双手抱住自己的肩膀幽幽地走来，像是从生里走出来，走到了死，又从死里走出来，走到了生。

林红走到这三个人的跟前，她躲闪着他们的眼睛。她侧着身体从板车旁走过去，她在开门的时候回头望了一眼板车里满身树叶的宋钢，屋门打开了，里面黑洞洞的。林红回头望了一眼宋钢后，忍不住在板车前俯下身去，捡去宋钢脸上的树叶。她看到的不是宋钢的脸，是宋钢的口罩，她一下子跪在地上失声痛哭，她浑身哆嗦地摘下宋钢脸上的口罩，借着月光她看到了宋钢宁静的脸，她痛哭着，双手颤抖着摸索宋钢的脸。这张脸曾经有过那么多的幸福微笑，这张脸不久前在列车上还充满了憧憬，现在生命离去了，这张脸已经和深夜一样冰凉了。

五十

林红经历了一个无声的凌晨。宋钢被两个生前的工友抬到床上时，林红意识到他的身体断了，两个工友抬着宋钢的手脚走向床边时，宋钢的身体仿佛被折叠起来了，屁股擦着水泥地过去了，他身上的树叶在掉落下来。宋钢躺到床上以后，他的身体就从折叠变成了整齐地铺开，有几片树叶掉落在了床上。刘副和宋钢生前的两个工友走后，黎明前的刘镇寂静无声，林红坐在床上双手抱着膝盖，泪水长流地看着安静的宋钢和安静的树叶，她的脑海里时而模糊一片，时而清晰如新。模糊的时候就像黑夜一样黑暗寂寞，清晰的时候宋钢在说话、在微笑、在走路、在充满爱意地抚摸着她。这是两个人甜蜜的秘密，没有任何人可以渗透进来。现在二十年的共同岁月戛然而止了，此后的岁月没有共同了。林红觉得浑身发冷，觉得孤零零空洞的寒冷，她一遍遍地告诉自己，是自己害死了宋钢。为此她痛恨自己，她想尖声喊叫，可是她没有喊叫，她无声地揪下了自己一把头发，捏在手里使劲拉扯，她的头发划破了她的手指，让她的两手鲜血淋漓。她可怜巴巴地看着已经永远宁静的宋钢，嘴里一声声地说：

“你为什么要走？”

然后她心里涌上了很多委屈，她想到宋钢走后自己孤立无援，在烟鬼刘厂长那里遭受到的种种委屈，不由哭诉起来：

“我还有很多委屈没有告诉你，你就走了……”

第二天上午林红收到了宋钢自杀前寄出的信。宋钢的信写了有六张纸，每一行字都是感人肺腑。宋钢告诉林红，这么多年来他一直觉得很幸福，他感谢林红一直陪伴在他身边，他说自从他的肺坏了以后，他就想着要和林红分手了。可是林红告诉他，无论发生什么事，她都不会和他分开。他说就凭这句话，他也死而无憾。他请求林红原谅他的自杀，不要为他难过，他说和林红共同生活二十年，胜过和别的女人共同生活二十生，他对自己的人生心满意足。宋钢还充满歉意地告诉林红，一年多前他不辞而别，就是想挣到足够的钱，让林红可以无忧无虑地生活，可惜他没有挣钱的本领，只带回来了三万元，就压在枕头下面。宋钢希望林红没有自己这个负担以后，可以好好生活了，依靠自己的能力去好好生活。宋钢最后说，他不恨李光头，更不恨林红，而且也不恨自己，他只是先走一步，他会在另外一个世界里时刻眺望林红，他相信总有一天他们会重逢，那时候他们就永生永世在一起了。

林红把宋钢的信读了一遍又一遍，也哭了一遍又一遍，把信纸全都哭湿了。然后林红哭泣着起身，脱下宋钢的衣服，给他擦洗身体时，注意到了他胸口的红肿。她惊慌的手捏着毛巾，从宋钢胸口的红肿擦到腋下已经化脓的伤口时，她浑身颤抖了。她擦干眼泪将宋钢的伤口看了又看，不一会儿眼泪就模糊了她的视线，她再次擦干眼泪，再次仔细看起了宋钢的伤口，随即她的眼睛又模糊了。她不知道这两道伤口如何而来，不知道宋钢漂泊在外时发生了什么。她手里拿着毛巾呆呆地站立很久。她流泪，她摇头，她疑惑，她迷惘，她不知道。直到她从枕头下面拿出宋钢用旧报纸仔细包好的三万元，那一刻她差点昏厥过去，双腿一软跪在了床边。看着散落在床上的钞票，她终于知道了，她把床上的钱一张张拿在颤抖的手里叠起来，她从宋钢胸前的红肿和腋下的伤口里知道了，这里面的每一张都浸透了宋钢的血汗。

五天以后，宋钢的遗体火化时，我们刘镇的群众再次见到林红，看到她的眼睛像电灯泡似的又红又肿。这时的林红已经没有眼泪了，她面无表情目光冷漠，当宋钢的遗体被推进火化炉时，她没有像群众想象的那样失声痛哭，她痛苦地闭上了眼睛，她在心里对化成灰烬的宋钢说：

"无论我做过什么，我一生爱过的人只有你一个。"

李光头也收到了宋钢的信，李光头也读得眼泪汪汪。宋钢在信里回顾了两个人悲惨的童年，两个人的相依为命。提到了自己回到乡下以后，如何长途跋涉进城来看望李光头；提到了他十八岁那一年回到刘镇参加工作时，李光头如何幸福地上街去给他配钥匙；提到了两个人第一次领到工资时的喜悦；然后提到了林红，这时候宋钢的语调变得愉快了，林红没有爱上李光头，林红爱上了他，宋钢差不多是骄傲地这样写。宋钢告诉李光头，他为李光头的每一次成功都是暗暗高兴，他说妈妈临死前嘱咐他要好好照顾李光头，他现在很高兴，见到妈妈的时候没有任何顾虑了，他会告诉她，李光头如何了不起。写到这里宋钢又感伤起来，他说自己非常想念爸爸宋凡平，如果没有那张全家福的照片，他肯定记不起爸爸的模样了，希望那么多年过去后爸爸的模样没有变化，他在阴间遇到爸爸时可以一眼认出来。信的最后一页，宋钢嘱咐李光头为了他们的兄弟之情，一定要给林红一个好好的安排。宋钢信里的最后一句话是：

"李光头，你以前对我说过：就是天翻地覆慨而慷了，我们还是兄弟；现在我要对你说：就是生离死别了，我们还是兄弟。"

李光头也把宋钢的信读了几遍，他每读完一遍就扇自己一个耳光，然后痛哭几声。宋钢死后，李光头变成了另外一个人，他不再去公司上班了，整日待在他的豪宅里沉默不语，只有刘副一个人可以进入他的豪宅，可以站在他的面前。刘副向他汇报公司的经营时，他像个幼儿园的孩子望着老师那样望着刘副，刘副汇报完以后听取指示时，李光头往窗外看了一眼，叹息一声说：

“天快黑了。”

刘副站了一会儿，什么指示也没有得到，只好提醒李光头：“李总，您的意思是……”

李光头扭回头来，可怜巴巴地看着刘副说：“我现在是个孤儿了。”

林红在整理宋钢的遗物时，发现有两件应该交给李光头：全家福的照片和宋钢抄写下来的李光头当厂长的任命文件。林红把两件遗物装在两个信封里，让刘副转交给李光头。李光头从刘副手中接过两个信封，首先打开的信封里滑出了全家福的照片，掉到了地上。李光头跪在地上捡起照片，拿着照片和另一个信封走向了自己的书桌，坐下拉开抽屉后摸索了很久，找出了另一张全家福的照片。李光头将两张照片看了又看，小心翼翼地放在了一起，推进去抽屉。然后站起来走向刘副时打开了另一个信封，看到二十多年前宋钢亲手抄写的任命文件时，他的脚步停止了，疑惑地看着上面的字，看到下面宋钢当初用红墨水画出来的公章时，李光头知道这是什么了，他的身体摇晃了一下，一头栽倒在地。

宋钢遗体火化的这一天，李光头才走出他的豪宅，他不要奔驰不要宝马，独自一人眼睛潮湿地走到了火化场。宋钢被推进火化炉的时候，林红没有哭泣，李光头失声痛哭了。然后李光头泪汪汪孤零零地走出火化场，黑奔驰白宝马缓缓地跟随着他，他回头看见了大发脾气，让黑奔驰滚蛋白宝马滚蛋，然后擦着眼泪继续独自走去。我们刘镇的群众见了惊讶万分，他们说：

“没想到李光头变成了林黛玉……”

李光头不去公司上班，他重新回到了福利厂，那个曾经叫刘镇经济研究株式会社，后来又改成了刘镇经济研究院的地方。宋钢漂亮的字体抄写了当初的任命文件，勾起李光头对往事的很多回忆，他已经很多年没有见到手下的十四个忠臣了，现在李光头想念他们了。

李光头的突然出现，让两个仍然一边下棋一边悔棋一边对骂的瘸子一阵惊喜，他们喊叫着“李厂长”激动地跑出来时，一个摔了跟头，一个踉跄地撞在了门框上。李光头像是父亲对待儿子一样，扶起摔倒的瘸子，又抚摸撞了门框瘸子的青肿额头。然后李光头拉着两个瘸子的手，走向另外十二个忠臣。两个瘸子激动地喊叫：

“李厂长来啦！李厂长来啦！”

三个傻子和四个瞎子听到了，五个聋子没有听到。四个瞎子的反应比三个傻子快，他们手里的竹竿指点着地面往门外走，只有一个走出来了，另外三个挤在门口了，谁也不让谁，他们嘴里喊叫着“李厂长”，他们的眼睛眯缝着，让他们张开的嘴看上去好像大得离奇。三个傻子也反应过来了，他们同时走到门口，看到李光头时也是一口一个“李厂长”了，可是门口被三个瞎子堵住了，三个傻子不管不顾，六只手同时推了出去，让堵住门口的三个瞎子摔了三个嘴啃泥。又是李光头一个个把他们扶起来，然后瘸傻瞎九个忠臣满脸幸福地簇拥着李光头走进了会议室。端坐在会议室里的五个聋子这时才知道喜从天降了，纷纷从椅子里跳起来，两个会发声的聋子也叫起了“李厂长”，三个不会发声的聋子嘴巴跟着一张一合，口型依旧完美。李光头站在他们中间，听着一片“李厂长”的叫声，听够了以后摆摆手，又指指会议室里的椅子，让他们全部坐下来。十四个忠臣坐下来以后还在叽叽喳喳，一个瘸子喊叫着让他们安静，另一个瘸子对着五个聋子重复做出捂住嘴巴的动作，会议室里立刻安静下来了，从前的瘸子正厂长对另外十三个忠臣说：

“欢迎李厂长讲话。”

十四个忠臣鼓掌了，李光头一摆手，掌声立刻停止了。李光头将十四个忠臣一个个看过来，然后感叹起来：

“你们都老了，我也老了。”

三个傻子听到李光头说完了话，唯恐落后于他人，抢先鼓掌了。五个聋子不知道李光头说了些什么，傻子鼓掌了，他们立刻跟进。四个瞎子胡乱追随潮流，也在使劲鼓掌。两个瘸子觉得刚才的话似乎不应该鼓掌，可是众人鼓掌，自己不得不鼓掌。李光头摆摆手说：

“我刚才讲的话，不宜鼓掌。”

两个瘸子立刻放下了手，四个瞎子也放下了，其后是五个察颜观色的聋子，三个傻子继续鼓掌，看到其他人的手都放下了，就没有信心了，也放下了手。李光头抬头看看会议室，又通过窗口看看外面的树木，连声叹息了。李光头叹息起来，十四个忠臣的脸色一个个凝重了。李光头感慨地回忆起二十多年前初进福利厂的情景，他一边说着一边从胸口掏出宋钢抄写的厂长任命文件，展开来读了一遍，读完后将任命文件举起来给十四个忠臣看看，十四个忠臣个个探头俯身过来，李光头苦笑着说：

“这是手抄版，正版放在县委组织部的档案里。上面的公章从前是红色的，现在变黄了，这是宋钢亲手抄写的，公章也是宋钢亲手画的，他一直珍藏至今，他为我高兴，还专门为我织了一件远大前程船的毛衣……”

李光头难过得语塞了，两个瘸子和四个瞎子神情戚戚，三个傻子似懂非懂，看到李光头的讲话停止了，马上抬手“噼噼啪啪”地鼓掌，五个聋子这一次小心了，他们看看李光头哀伤的表情，又看看使劲鼓掌的三个傻子，犹豫不决。两个瘸子对着三个傻子低声喊叫：

“不宜鼓掌，不宜鼓掌。”

三个傻子东张西望了一番，感到形势不妙，掌声就停下来了。这时李光头一脸伤心的神情，讲述起了自己和宋钢的历历往事，讲到宋凡平惨死在汽车站前，他和宋钢如何孤立无援时，李光头难过得说不下去了。两个瘸子擦着眼泪，首先呜呜地哭了起来；四个瞎子双手握住竹竿，抬起他们的脸，泪水从他们没有光芒的眼睛里缓缓流出；五个聋子听不到李光头在说些什么，他们看到了李光头的悲伤，李光头的悲伤从他们的眼睛里传达到了他们的心里，五个聋子哭得和两个瘸子一样伤心；三个傻子仍然似懂非懂，看到伟大的李厂长正在悲伤之中，看到另外十一个伙伴伤心流泪，他们张开嘴巴“哇哇”大哭了，他们后来居上，哭得响声震天，一下子压住了十一个伙伴的哭声。

此后的十多天里，李光头每天都来到这个所谓的刘镇经济研究院，一遍遍讲述着往事，十四个忠臣忠心耿耿地哭着。李光头自己不再落泪，他的悲情故事让十四个忠臣泪流满面。十四个瘸傻瞎聋忠心耿耿的悲伤，给了李光头巨大的安慰，仿佛自己的悲伤已经转换到十四个忠臣那里了。李光头一边讲述往事，一边安慰他们，让他们不要难过，李光头越是安慰他们，他们越是难过，十四个忠臣推波助澜地哭成一片。李光头深深感到，天高地厚茫茫人间，只有十四个忠臣可以分担他心里的悔恨和悲伤。

然后李光头回到公司上班了，他来上班是为了完成宋钢生前的嘱咐，他要刘副给所有的生意伙伴打电话，要在他自己开的那家饭店里摆上三天的豆腐宴，要把他认识的有钱人都请到刘镇来。刘副拟定名单以后，拿着电话哇哇叫了一天，告诉他们李光头的兄弟宋钢死了，请他们捧场来吃一顿追悼宋钢的豆腐宴。一天下来刘副的嗓子哑了，他把全国各地的生意伙伴都请了过来，把本城本县有头有脸的人也都请了过来，穷人和没头没脸的一个不请。

李光头的豆腐宴从早餐就开始了，一直到午餐到晚餐，有些人坐了几小时的飞机，又坐了两小时的汽车赶来时都是深夜了，李光头就增开了夜宵豆腐宴。宋钢火化以后，李光头再次和林红见面了，两个人冷眼相对，形同陌路。李光头和林红披白麻戴黑纱，在饭店的门口站了三天，那些来赴豆腐宴的贵客，每个都塞给林红一个大信封，信封里少的放了几千元，多的放了几万元。银行里的人每天都看到林红来存钱，每次都存进来一大包的钱。三天下来，林红收了一百多个信封，群众说她收了几百万元，群众说她数钱时把手指数肿了，把手腕数脱臼，把眼睛数出血水来了。

摆完了豆腐宴，李光头对林红说：“宋钢交待我，要给你一个好好的安排，你还要我做什么？”

林红说：“够了。”

尾声

三年的时光随风而去，有人去世，有人出生；老关剪刀走了，张裁缝也走了，可是三年里三个姓关的婴儿和九个姓张的婴儿来了，我们刘镇日落日出生生不息。

没有人知道宋钢的死在林红心里烙下了什么。只知道她辞掉了针织厂的工作，又从原来那幢楼房里搬走了。她用豆腐宴上拿到的钱买了一套新房子，独自一人住了进去，半年里深居简出。刘镇的群众很少见到她，见到了也是一张表情冷漠的脸，群众说她是一张寡妇脸。只有少数细心的人发现了她的变化，这些人说林红的衣着越来越时髦，越来越名牌。原来的旧房子闲置了半年以后，林红开始抛头露面，结束了她的隐居生活，重新回到刘镇群众的视野之中。她把旧房子装修一新变成了美发厅，自己做起了美发厅老板。林红的美发厅从此音乐响起，霓虹灯闪烁，生意日渐兴隆。我们刘镇的男群众来到林红的美发厅时，不说"理发"这个土包子词语，个个洋气地说"美个发"；平日里说话粗鲁的人也不说"理发"，他们说"美他妈个发"。

这时候对面点心店的周不游仍然在声称：三年内要在全中国开设一百家周不游连锁点心店。这样的话周不游说了三年了，不仅外面的一家没开，就是刘镇的另外两家也是毫无动静。周不游仍然夸夸其谈，还在发誓要让麦当劳的股票市值跌掉百分之五十。苏妹习惯了周不游的吹牛，知道这个男人白天不吹牛，晚上不看韩剧，就会生不如死，苏妹已经懒得替他感到脸红了。

周不游点心店依旧如故，林红的美发厅却在悄然变化，刚开始只有三个男性发型师，三个女性洗发工。一年以后小姐们一个一个来到了，她们来自天南地北五湖四海，有高有矮、有胖有瘦、有漂亮的也有丑的，个个都是袒胸露背超短裙，一共二十三个，来到刘镇以后就住进了这幢六层的楼房。原先的住户一家一家搬走了，赵诗人也跟着搬走了，林红花钱租用了他们一室一厅的屋子，重新装修后，每个一室一厅里都住上一位小姐，于是整幢楼房南腔北调了。

这些小姐白天都在寂静无声地睡觉，到了晚上就热闹了，二十三个浓妆艳抹的小姐全挤在楼下的美发厅里，像是二十三只过年时的红灯笼，亮闪闪地招徕顾客。男人们站在外面，一双双贼眼看进去；小姐们坐在里面，一个个媚眼抛出来。然后美发厅像是一个黑市了，一片讨价还价声，男人们说话像是买进毒品似的小心慬慎，小姐们说话像是卖出化妆品似的理直气壮。找好了小姐谈好了价钱，男人们就和小姐们勾肩搭背走上了楼梯，这些男女在楼梯里就浪声浪语了，进了房间后，这幢六层的楼房里就像动物园一样，什么叫声都有了，成了男男女女叫床的大百科声音全书。

我们刘镇的群众都说这里是红灯区。周不游店心店与红灯区隔街相望，生意兴隆日进斗金。以前点心店晚上十一点就关门打烊，现在改成了二十四小时营业。从凌晨一点开始，直到凌晨四五点，红灯区出来的客人和小姐就会络绎不绝地穿过街道，走进点心店，坐下来以后嘴里“咝咝”响了，吃起了吸管小包子。

我们刘镇有谁真正目睹过林红的人生轨迹？一个容易害羞的纯情少女，一个恋爱时的甜蜜姑娘，一个心里只有宋钢的贤惠妻子，一个和李光头疯狂做爱三个月的疯狂情人，一个生者戚戚的寡妇，一个面无表情深居简出的独身女人。然后美发厅出现了，来的都是客以后，一个见人三分笑的女老板林红也就应运而生。当那些浓妆艳抹的小姐一个个来到以后，林红更是八面玲珑热情应酬了。那些小姐不叫她林红，都叫她林姐，慢慢地我们刘镇的群众也不叫她林红，也叫她林姐了。林红变成了判若两人的林姐，她见到客人登门时满脸笑容甜言蜜语，可是当她走在大街上看着与生意无关的男人时，她的目光冷若冰霜。

这时的林姐虽然眼角和额头爬满了细密的皱纹，可是丰满风骚，总是穿着黑色的紧身服，圆滚滚的屁股和圆滚滚的胸。她的右手整天拿着手机，像是拿了根金条似的不松手。她的手机白天黑夜地响，她差不多每时每刻都在笑眯眯地对着手机说“局长呀”“经理呀”“哥呀弟呀”，然后她就会说：

“走了几个旧的，来了几个新的，新的个个年轻漂亮。”

接下去她要是说“我送过来给您看看”，对方一定是个 VIP 顾客，不是县里的大官也是县里的大老板；若她说“您过来看看”，对方也就是个普通客人，县里的小官和小老板。要是工薪阶层的给她打电话，她仍然是笑眯眯，只是口气不一样了，她会简单地说：

“我这里的小姐个个漂亮。”

童铁匠是林姐的 VIP。现在的童铁匠六十多岁了，他老婆还比他大一岁。童铁匠已经在我们刘镇开了三家连锁超级市场，童铁匠已经是童总了，可是他不准员工叫他“童总”，仍然叫他“童铁匠”，他仍然说“童铁匠”三个字听起来虎虎有生气。

六十多岁的童铁匠仍然像个年轻人那样精力旺盛，那双眼睛一看到漂亮姑娘就会闪闪发亮，像是贼见了钱一样。他的胖老婆在五十多岁的时候动了两次大手术，先是切掉了半个胃，接着又切掉了整个子宫，他老婆几年里瘦掉了一半的肉。他老婆身体垮了以后骨瘦如柴，性欲也彻底垮了，童铁匠仍然生机勃勃，仍然每周最少也得干上两次，每次都让他老婆痛不欲生。他老婆说每次完了以后都像是经历了一次子宫切除手术，让她两个月都缓不过来，可是这个童铁匠才过几天又卷土重来了。

童铁匠的老婆为了能让自己活下去，坚决不让童铁匠干了。童铁匠就像发情的公猪找不着发情的母猪一样脾气暴躁，在家里时砸碗摔盆，到了超市又要谩骂员工，有一次还和一个顾客大打出手。童铁匠的老婆觉得童铁匠这么憋下去早晚要出事，迟早要被别的女人勾引走，在外面包上二奶、三奶、四奶和五六七八奶，童铁匠辛苦挣来的钱自己还舍不得花，到头来全让别的女人拿去了。这个女人左思右想之后，只好把童铁匠送到林姐这里来了，让林姐手下的小姐们去治疗他暴躁的脾气。小姐们要收小费，林姐要收管理费，花钱不少。童铁匠的老婆虽然心疼这些钱，可是转念一想，就当成是把童铁匠送去医院治病，该花的钱还是要花，她心里也就安稳多了，她觉得这也算是破财免灾。

这个童铁匠每次来林姐这里时都是理直气壮，每次都是他老婆亲自陪同前来。他老婆担心他在小姐那里吃亏，亲自为他挑选了小姐，谈好了价钱，付了钱以后才离去。留下童铁匠和小姐上床去大战一番，自己坐在家里等着童铁匠回来传送捷报。

童铁匠第一次嫖娼完毕回到家中，他老婆对他和小姐干了一个多小时很有意见，审问他是不是爱上那个年轻小姐了。童铁匠说钱都花了，为什么不多干一会儿呢？他说：

“这叫投资和回报成正比。”

童铁匠的老婆她觉得丈夫说得有理，以后童铁匠每次嫖娼完毕后，她首先关心的是和小姐干了有多长时间。童铁匠虽然六十多岁了，仍然十分神勇，差不多每次嫖娼都要有一个多小时的进行时。他老婆非常满意，觉得投资和回报成正比了。童铁匠也有状态不好的时候，有几次半小时就完了，他老婆就很不高兴，觉得投资多回报少，就要修改投资计划，把每周两次投资童铁匠嫖娼，改成每周投资一次了。

童铁匠觉得自己十分委屈，他老婆为了少花钱，给他找的都是不漂亮的小姐，刚开始也还觉得不错，小姐虽然不漂亮，可是很年轻。时间一久，童铁匠对不漂亮的小姐渐渐没有了兴趣，在床上和小姐大战的回合自然逐渐减少。毕竟林姐那幢楼里面还是有些很漂亮的小姐，童铁匠看在眼里馋在心里，就哀求他老婆下次给他找个漂亮小姐。他老婆不同意，因为漂亮小姐要的钱多，投资成本就会大大增加。童铁匠向她老婆发誓，只要是漂亮小姐，他一定干她两个小时以上，一定收回投资，坚决不吃亏。

结婚几十年来，童铁匠在老婆面前一直趾高气扬，尤其是后来开店又开了连锁超市以后，事业上的成功让童铁匠更加得意洋洋，常常训斥谩骂他的老婆。如今哀求老婆给他找个漂亮一点的小姐时，他不惜下跪不惜眼泪汪汪。他老婆看着他这副可怜样，想想他以前的神气样，不由摇头叹气地说：

"男人怎么就这样没出息？"

说完后就同意在过年过节的时候给童铁匠找个漂亮小姐了。童铁匠如获圣旨般的立刻去找来年历，把所有的节日都写在纸上记在心里，从春节开始，先把传统的节日都找了出来，什么中秋节、端午节、重阳节、清明节等等一个不漏；接下去是五一劳动节、五四青年节、七一建党节、八一建军节、十一国庆节；还有教师节、情人节、光棍节、老年节；还有外国人的万圣节、感恩节和圣诞节；最后把三八妇女节和六一儿童节都算了进去。童铁匠把所有找到的节日一一告诉他老婆时，他老婆吓了一跳，失声惊叫起来：

"我的妈呀！"

然后两个人像是做买卖似的讨价还价起来。童铁匠的老婆首先删除了外国人的节日，她充满民族自豪感地说：

“我们是中国人，不过外国人的节日。”

童铁匠不同意，他做了十多年的生意了，知道的事情自然比他老婆多，他振振有词地说：

“现在是什么时代？现在是全球化的时代。我们家的冰箱、电视和洗衣机都是外国牌子，你能说你是中国人就不用外国牌子吗？”

他老婆嘴巴张了又张，不知道说什么，最后只好说一句：“我说不过你。”

外国人的节日被保留了下来，童铁匠的老婆在传统的节日里面找出来清明节，她说：

“这是死人的节日，不能算在你这个活人身上。”

童铁匠仍然不同意，他说：“清明节是活人哀悼死去的亲人，还是活人的节日，我们每年这一天都要先给我父母上坟，再给你父母上坟，怎么能不算？”

他老婆想了很久后又说了一句：“我说不过你。”

清明节也给留下了。接下去他老婆坚决不同意五四青年节和教师节，还有六一儿童节。童铁匠也同意将教师节删除，可他不同意删除六一儿童节和五四青年节，他说自己是经历了儿童和青年以后，才有今天的老年，他理直气壮地说：

“列宁同志教导我们：忘记过去意味着背叛。”

两个人你一言我一语，争论了一个多小时以后，他老婆又让步了，她说：“我说不过你。”

最后争论的焦点集中在三八妇女节上。童铁匠的老婆说：“妇女节和你有什么关系？”

童铁匠说：“妇女节才要找妇女嘛。”

童铁匠的老婆突然伤心起来，抹了抹眼泪说：“我是怎么说也说不过你。”

童铁匠乘胜追击，又想起了两个节日来，他说：“还有两个，你的生日和我的生日。”

童铁匠的老婆终于愤怒了，她叫了起来：“我生日那天你还要去嫖娼啊？”

童铁匠马上知错就改，他又是摇头又是摆手地说：“不算，不算，全部不算！你生日那天我哪里都不去，二十四小时陪着你；我生日那天也哪里都不去，也二十四小时陪着你。两个生日是我的忠贞节，这两天里别说是和别的女人睡觉了，就是看都不会去看她们一眼。”

童铁匠最后的让步，让他头脑简单的老婆还以为自己最终获胜了，他老婆欣慰地摆了一下手说：

“反正我说不过你。”

童铁匠由老婆亲自陪着到林姐那里找小姐，而且过年过节还有奖赏，还可以找价钱贵的漂亮小姐，让我们刘镇的已婚男人十分羡慕，说这个童铁匠真是命好运气好；说这个童铁匠就是变成了一堆狗屎，也会交上狗屎运；找了这么一个通情达理和思想解放的老婆，支持丈夫去放荡，自己却忠贞不渝。我们刘镇的已婚男人再看看自己的老婆，一个个都是蛮横无理和思想僵化，一个个都是一手攥紧男人的钱袋子，一手攥紧男人的裤带子，两手都不软，两手都很硬。这些已婚男人一个个唉声叹气，遇上了童铁匠就会悄悄地说：

“你怎么就这么好的命？”

童铁匠满面春风，他谦虚地说：“也就是找了个好老婆的命。”

如果他老婆就在身边的话，他会多说上几句话，他会说：“我这个好老婆，不仅世上找不着，就是打着灯笼到天上去找，到地下去找，到海底去找，也找不着。”

自从童铁匠的老婆陪同他去林姐那里找小姐后，他的暴躁脾气立刻没有了。他在老婆面前几十年的趾高气扬也没有了，他对手下的员工也不再骂骂咧咧，他像个知识分子那样温文尔雅起来，满脸微笑，说话也没有了脏字。童铁匠的老婆很高兴丈夫的变化，童铁匠不仅没有了趾高气扬，在她面前开始唯唯诺诺了，以前都不愿意和她一起上街，现在上街就替她提着包；以前任何事都不和她商量，现在什么事都要征求她的同意。童铁匠还把公司的董事长让出来了，让给了他老婆，自己满足于当一个总裁，公司的文件都要她签字，她虽然什么都不懂，可是只要是丈夫拿过来让她签字，她就知道应该签字了。别人拿过来的文件，她没有把握绝不会签字，当上面有丈夫的签名后，她才会签字。她不再是个家庭妇女了，她和童铁匠一起上班一起下班，她也开始讲究穿着打扮了，也穿上名牌服装，抹上了名牌口红。虽然她对公司的业务一窍不通，公司里的员工都对她点头哈腰，也让她觉得自己事业有成了。她喜欢讲大道理了，遇到和她一样当了几十年家庭妇女的人，她就会开导人家，说女人不能完全依靠男人，还是要有自己的事业。开导到最后，她就会说上一句时髦的话：

“要找到自我价值。”

童铁匠什么节日都铭记在心，成了我们刘镇的活年历。刘镇的女人想让丈夫同意她们买一件新衣服，就会在大街上喊叫着问童铁匠：

“最近有什么节日？”

刘镇的男人想找个理由让妻子同意他们去搓一宿的麻将，也会在街上问童铁匠：

“今天是什么节日？”

孩子们缠着父母买玩具，看见童铁匠走过来，也会叫起来：“童铁匠，今天有我们小孩的节日吗？”

童铁匠成了我们刘镇有名的节日大王，他工作起来更是干劲十足，他不仅超市的买卖越做越好，还做起了日用品的批发业务，我们刘镇的很多小店都从童铁匠的公司进货，他公司的利润当然是节节攀升。他老婆觉得这一切都是归功于自己当初的英明决策，及时解决了童铁匠的性欲危机，童铁匠精力充沛，公司的业务也是蒸蒸日上。与公司利润的不断增加相比，花在小姐身上的那点钱真是算不了什么了。童铁匠的老婆觉得回报已经大于投资了，有时候不是过年过节，她也会给童铁匠找个漂亮的高档小姐。

这一男一女两个六十多岁的人，每周两次去爬林姐红灯区的楼梯，童铁匠精神焕发，他老婆气喘吁吁，他们说话时从来不在乎别人会不会听到。童铁匠有了第一次不是过年过节也找了个漂亮小姐，以后每次来他都想找个漂亮小姐了。他站在楼梯上哀求他老婆，像是孩子哀求母亲买玩具那样，他可怜巴巴地说：

“老婆，给我找个高档小姐吧。”

他老婆一脸董事长的神气说：“不行，今天既不是过年，也不是过节。”

他像个董事长下属似的说：“今天有笔应收款到账了。”

他那个董事长老婆听了这话就会满脸笑容，就会点点头说：“好吧，给你找个高档小姐。”

这幢楼里的小姐们都不喜欢童铁匠，说这个男人实在是让她们吃不消，说童铁匠一上了床就不知道什么时候才能下床。童铁匠都是白头发白胡子了，上了床以后像个二十出头的小伙子，给的小费却比谁给的都要少。童铁匠每次都是他那个病歪歪的老婆陪同前来，他老婆每次都要在小姐喊出的价格上再打个折扣，小姐和他老婆讨价还价时是费尽了力气，都把牙齿给磨薄了，每次谈判价格就要花掉一个小时。童铁匠的病老婆说上几分钟话，就要喝口水喘上几分钟的气，歇过来了才能继续向小姐砍价。小姐们说接待一个童铁匠，比接待其他四个男人还要累，拿到的却是一个人次的小费，还打了折扣。小姐们都不愿意为童铁匠服务，可是童铁匠是我们刘镇有身份的人物，是林姐的VIP，小姐们又不能拒之门外，只要有小姐被童铁匠和他老婆看中了，这位小姐就会苦笑，就会有气无力地说：

“完了，又要学雷锋了。”

刘成功刘作家刘新闻刘副，现在是刘 CEO 了，他也是林姐的 VIP。李光头在宋钢死后，把总裁让位给了刘副，刘副总裁变成了刘总裁以后，不喜欢别人叫他“刘总”，他要求别人叫他“刘 CEO”。我们刘镇的群众嫌四个音节太麻烦，说像是日本人的名字，就叫他“刘 C”。刘成功从一个穷光蛋刘作家，变成了富翁刘 C。他穿上了意大利名牌西装，坐上了李光头送给他的白色宝马轿车，花上一百万元人民币买断他与前妻的婚姻，说是给她的青春损失赔偿费，终于一脚蹬开了那个二十多年前就想抛弃的女人，然后左拥右抱弄来了一二三四五个美貌姑娘当情人，用他自己的话说，这些情人都是阳光少女。他家里已经是春色满园了，仍然时常忍不住要到林姐这里来逛逛，他说是家里的饭菜吃多了，就想着要到林姐这里来尝尝野味。

这时候的刘 C 对赵诗人更是不屑一顾了。赵诗人声称自己仍然笔耕不辍，刘 C 说赵诗人还在搬弄文学是自寻短见，好比是拿根绳子勒自己的脖子。刘 C 伸出四根手指奚落赵诗人：

“都写了快三十年了，只在从前的油印杂志上发表了四行小诗，这么多年下来，连个标点符号也没看见增加，还在说自己是个赵诗人，不就是个油印赵诗人嘛……”

下岗失业几年的赵诗人对刘 C 也是同样不屑一顾。听说刘 C 奚落他的时候伸出了四根手指，还说他是个油印赵诗人，他先是怒发冲冠，接着冷笑了几声，他说对刘 C 这类势利小人的评价用不着伸出四根手指，伸出一根就绰绰有余了。赵诗人伸出一根手指说：

“一个出卖灵魂的人。”

赵诗人搬出了在我们刘镇红灯区的房子，在城西铁路旁边租了一间廉价小屋。每天有上百列次的火车在他的廉价小屋前驶过，他的廉价小屋每天就会上百次地震似的摇晃。桌椅摇晃床也摇晃，柜子摇晃碗筷也摇晃，屋顶摇晃地面也摇晃。赵诗人把廉价小屋的摇晃比喻成触电一样的抽搐，这个触电的比喻让赵诗人自作自受，晚上睡着后列车驶过屋子抽搐时，赵诗人几次梦见自己坐进了死囚的电椅，一把眼泪一把鼻涕作别西天的云彩。

穷困潦倒的赵诗人每月靠林姐付给他的租金生活，虽然也穿着西装，却是一身皱巴巴脏兮兮的西装。我们刘镇的群众彩色电视都看了二十年了，现在开始换上背投电视和液晶等离子电视了，这个赵诗人还在看他的十四英寸的黑白电视，里面的图像时有时无，赵诗人抱着它走遍大街小巷，都找不到一个会修理黑白电视的人，他只好亲自来修理。当图像突然没有的时候，他像是扇耳光似的给它一巴掌，图像出来了；有时候扇上几个耳光图像还是不出来，他就用上少年时期的扫堂腿了，一脚就把图像扫出来了。

从前文质彬彬的赵诗人如今愤世嫉俗，说话也开始骂骂咧咧了。刘C生活中美女如云的时候，赵诗人生活中一个女人也没有，只能在廉价小屋的破墙上挂上一份陈旧的美女年历，画饼充饥地看了一眼又一眼。没有一个活生生的女人愿意正眼看他一下，他曾经试着去和几个比他年龄大的寡妇套近乎，几个寡妇都是一眼识破了他的阴谋，明确告诉他，先把自己养活了，再来动男欢女爱的脑筋。赵诗人无限惆怅，很多年前他有过一个模样秀气的女朋友，两个人相亲相爱地度过了一年的美好光阴，后来赵诗人脚踩两条船去追求林红，结果鸡飞蛋打，林红没有追求到手，原有的女朋友也跟着别人跑了。

刘C的前妻被抛弃后，虽然对自己躺在银行存折上的一百万元心满意足，还是要站到大街上去哭诉一番，控诉刘C的无情无意。她在控诉的时候仍然是伸开了十根手指，而且翻了一番，当然说的已经不是睡觉的次数，说的是二十年的夫妻恩情。她说二十年来为刘C洗衣做饭，风里来雨里去地照顾刘C；刘C下岗失业后，她不离不弃，更加体贴关爱。她夸奖自己的身体是冬暖夏凉型的，冬天像个炉子给刘C取暖，夏天像个冰块给刘C降温。她哭着说着，说现在的刘C是满身体的铜臭，满眼睛的色情；说过去的刘C是个纯情作家，走路风度翩翩，说话温文尔雅，她当初爱上他嫁给他，就因为他是个刘作家，现在那个刘作家没有了，她的丈夫也没有了……

当时的听众里有人想起来了赵诗人，想给她和赵诗人拉皮条，对她说："刘作家是没有了，赵诗人还在呀，赵诗人至今未婚，是个钻石王老五。"

"赵诗人？钻石？"她鼻子里哼了两声，"连个垃圾王老五都算不上。"

刘C的前妻觉得自己已是刘镇的富婆，竟然有人将她和那个穷光蛋赵诗人相提并论，她深感侮辱，又狠狠地加上了一句：

"就是一只母鸡，也不会多看他一眼。"

连母鸡也不会多看一眼的赵诗人，时常出入于王冰棍的五星级豪华传达室，坐一坐意大利沙发，摸一摸法国柜子，躺一躺德国大床，能够冲洗和烘干屁眼的TOTO马桶自然也不会放过。赵诗人对王冰棍挂在墙上的液晶大电视赞不绝口，说是比他准备要出版的诗集还要薄上几毫米，里面的电视节目之多，也超过了他准备要出版诗集里的篇目。听着赵诗人口口声声准备要出版一本诗集，王冰棍送上一片祝贺，打听诗集在哪里出。王冰棍说：

"不会在刘镇出吧？"

"当然不会。"赵诗人想起当年处美人大赛时，江湖骗子周游说过的一个地名，他信手拈来，"在英属维尔京群岛出版。"

王冰棍过着豪华的无聊生活，日复一日地用电视频道追踪着余拔牙的政治足迹，日复一日地向别人讲述着余拔牙的政治传奇。我们刘镇的群众听腻烦了，给王冰棍取了个绰号叫“祥林哥”。只有赵诗人对王冰棍的讲述不厌其烦，他每次都是洗耳恭听，一副心醉神迷的模样，让王冰棍错以为人生得一知己足矣。其实赵诗人不厌其烦的是王冰棍的大冰柜，他把里面的各种饮料喝得瓶瓶底朝天。

这时候席卷全中国的反日浪潮开始了，上海北京的反日游行上了电视上了报纸上了网络。眼看着上海的日本商店被砸，上海的日本汽车被烧，我们刘镇的一些群众也不甘落后，也拉着横幅上街游行，也想砸破些什么，也想烧掉些什么，他们看中了李光头的日本料理，于是群情激昂地来到了日本料理店，砸破了落地玻璃，搬出椅子点上火，烧了两个多小时，里面其他的设施没有破坏。童铁匠一看形势不对，立刻撤下超市里所有的日本货，又在超市入口处挂出大横幅：坚决不卖日本货！

在世界各地寻找政治热点的余拔牙也回来了。真正的人生知己回来了，王冰棍对赵诗人就没有兴趣了。王冰棍关了豪华传达室的大门，让赵诗人每天都去吃几次闭门羹，隔着窗玻璃看着里面的大冰柜，赵诗人吞着口水望饮料而兴叹。那些日子王冰棍满脸虔诚地追随在余拔牙左右，在我们刘镇的大街上早出晚归，到了晚上恨不得和余拔牙睡到一张床上去。本来我们刘镇的反日游行已经偃旗息鼓，余拔牙这星星之火回来后，反日游行又开始燎原了。余拔牙说话间十来种语言的口号顺势而出，刘镇的群众耳熟能详，十几天下来十来种语言的口号也是需要时就能脱口而出。如今的余拔牙不是过去那个方圆百里第一拔了，经历了世界各地的政治风波以后，余拔牙回到刘镇俨然是一副政治领袖的嘴脸，而且处变不惊，用他自己的话说：

“我是从政治的枪林弹雨里面走出来的。”

余拔牙决定率领王冰棍前往东京，去抗议日本首相小泉纯一郎参拜靖国神社。王冰棍听了这话一个哆嗦，别说是出国了，就是出刘镇的次数，也没有他一个手掌上的五根手指多，况且还要去人家的国家，去抗议人家的首相。王冰棍心里实在没底，他小心翼翼地对余拔牙说：

“我们还是在刘镇抗议吧。”

“在刘镇抗议，最多也就是个群众。”余拔牙是有政治抱负的，他开导王冰棍，“到东京去抗议，那就是个政治家了。”

王冰棍对群众还是政治家不在乎，他在乎余拔牙，崇敬余拔牙，知道余拔牙见多识广，只要跟着余拔牙就不会有方向性错误。王冰棍在镜子里看看自己苍老的脸，心想这辈子马上要过去了，竟然一个外国也没有去过。王冰棍咬咬牙狠下一条心，决定跟随余拔牙去一趟日本东京，余拔牙去搞他的政治，自己去搞一下外国游。

刘C对公司的第二和第三股东要去东京抗议十分重视，专门安排了一辆新到的丰田皇冠轿车送他们去上海机场。刘C是一片好心，说这辆新款的丰田皇冠还没有坐过人，余王二位乘坐的是处女车。

余拔牙和王冰棍坐在豪华传达室的意大利沙发上等候，余拔牙见到来接他们的是日本轿车，招手让司机下来，语气温和地对司机说：

“去找把大铁锤过来。”

司机丈二和尚摸不着头脑，不知道大铁锤何用。他看看余拔牙，又看看王冰棍，王冰棍也是一脸的糊涂。余拔牙继续温和地对司机说：

“去吧。”

王冰棍也不知道大铁锤有什么用。既然余拔牙说了，一定有道理，王冰棍催促司机：

“快去呀！”

司机一脸傻乎乎的样子走了。王冰棍问余拔牙：“大铁锤干什么？”

“这是日货。”余拔牙指指门外的丰田皇冠轿车，在意大利沙发里架起二郎腿说，“我们坐了日本轿车，再去日本抗议，政治上会很敏感的……”

王冰棍明白了，连连点头，心想余拔牙确实厉害，确实是个政治家；心想刘C实在是糊涂，明明知道他们要去日本抗议，还用一辆日本轿车送他们，简直就是没有政治头脑。

这时司机提着一把大铁锤回来了，站在传达室的门口，等待余拔牙的指示，余拔牙摆摆手说：

“砸了。”

“砸什么？”司机不明白。

“把日货砸了。”余拔牙仍然是温和地说话。

“什么日货？”司机还是不明白。

王冰棍指着门外的轿车叫了起来：“就是这辆车。”

司机吓了一跳，看着公司的两位老爷股东，一步一步退了出去，退到丰田皇冠轿车前，放下大铁锤就跑了。过了一会儿，刘C满脸笑容地过来了，向两位老爷股东解释，这辆丰田皇冠不是日货，是中日合资货，起码有百分之五十是属于祖国的。王冰棍向来信任刘C，他转身对余拔牙说：

“对，不是日货。”

余拔牙慢条斯理地说：“凡是政治上的事，都是大事，不能马虎，把祖国的百分之五十留着，把日货的百分之五十砸了。”

王冰棍立刻站到余拔牙的立场上了，他说：“对，砸掉百分之五十。”

刘C气得脸色铁青，心想大铁锤最应该砸的就是这两个老王八蛋的脑袋！刘C不敢对着两位老爷股东发火，转身冲着司机怒气冲冲地喊叫了：

“砸！快砸！”

刘C怒不可遏地走了，司机举起了大铁锤犹豫再三后，一锤子砸碎了前面的挡风玻璃。余拔牙满意地站了起来，拉着王冰棍的手说：

“走。”

“没有车，怎么走？”王冰棍问。

“打的，”余拔牙说，“打德国桑塔纳的去上海。”

我们刘镇的两个七十来岁的富翁拉着箱子走到了大街上，站在那里看见出租车就招手。王冰棍对余拔牙刚才从容不迫的神态十分赞叹，余拔牙没说一句狠话，做出来的却是狠事。余拔牙点点头，对王冰棍说：

“政治家不用说狠话，小流氓打架才说狠话。”

王冰棍连连点头，想到马上就要跟随着了不起的余拔牙去日本了，不由心潮澎湃。可是转念一想，王冰棍又担心了，他悄声问余拔牙：

“我们去日本抗议，日本的警察会不会抓我们？”

“不会。”余拔牙说，接着又说：“我打心眼里盼着来抓我们呢！”

“为什么？”王冰棍吓了一跳。

余拔牙看看四下无人，悄声对王冰棍说：“你我要是被日本的警察抓了，中国肯定出来抗议交涉，联合国肯定出来斡旋，世界各地的报纸肯定出来刊登你我的肖像，你我不就是国际名人了？”

看着王冰棍似懂非懂的嘴脸，余拔牙遗憾地说：“你呀，你不懂政治。”

李光头不是林姐的VIP。三年多过去了，李光头没有和林红见过一面，也没有碰过其他女人，他和林红最后一次做爱已成千古绝唱。宋钢的死讯让李光头炸开似的从林红身上跳了起来，瞬间的惊吓和后来的悔恨让李光头一蹶不振，从此阳痿了，用他自己的话说：

“我武功全废了。”

李光头武功全废以后，勃勃雄心也没有了，去公司上班也是三天打鱼两天晒网，越来越像一个不理朝政的昏君。李光头用豆腐宴给了林红一个安排以后，立刻就把总裁让位给了刘副。

李光头让位的这一天是二〇〇一年四月二十七日，晚上的时候他坐在卫生间的镀金马桶上，墙上的液晶电视里正在播放着俄罗斯联盟号飞船发射升空的画面，美国商人戴维思·蒂托花了两千万美元的买路钱，穿着一身宇航员的衣服，挂着一脸宇航员的表情，得意洋洋地去游览太空了。李光头扭头看看镜子里的自己，满脸拉屎撒尿的表情，仿佛是刚看了鲜花又去看牛粪，李光头对镜子里的自己很不满意，想想人家美国佬都去太空吃喝拉撒了，自己还坐在小小刘镇的马桶上虚度年华。李光头对自己说：

“老子也要去……”

一年多以后，南非的 IT 巨富沙特尔沃思也花了两千万美元，也乘坐联盟号飞船上太空去游荡了。沙特尔沃思说地球上有十六条轨迹，所以他每天看到十六次日出和十六次日落。接着是美国的流行乐歌手巴斯也声称要在这年的十月一飞冲天……这时候的李光头像热锅上的蚂蚁一样了，他焦躁不安地说：

“已经有三个王八蛋抢在我前面了……”

李光头雇用了两名俄罗斯留学生吃在一起住在一起，教授他学习俄语。为了让自己的俄语突飞猛进，李光头立下规矩，在他的豪宅里不能说中国话，只能说俄国话。这就苦了刘 C，刘 C 每月一次来汇报公司经营时，二十分钟的话要说上三个多小时。李光头听得明明白白，偏偏装出一副不懂中国话的神情，要两个留学生翻译成俄语，听到了俄语以后李光头若有所思地晃起了脑袋，他在寻找脑袋里不多的俄语单词，他找不到准确的单词，就找几个凑合的单词，留学生再翻译成中文，刘 C 听得直翻白眼，不知道李光头在说些什么。李光头也知道没有说对，可是他不能出来纠正，因为他不能说中国话，他继续在不多的俄语里寻找不准确的单词。刘 C 累得精疲力竭，仿佛是在和动物说人话，和人说动物话，心里一声声地骂起了李光头：

“这他妈的假洋鬼子。”

李光头在勤奋学习俄语的时候，也开始了体能训练，先是在健身房训练，接着跑步游泳，又是乒乓球、羽毛球、篮球、网球、足球、保龄球和高尔夫球，李光头的体能训练花样翻新，每一样没有超出两周就腻烦了。这时候的李光头已经清心寡欲，像个和尚那样只吃素不吃荤，学习俄语和体能训练之余，他时常想念起小时候宋钢煮出的那次了不起的米饭。提起宋钢，李光头就忘记说俄语了，满脸孤儿的神情，不由自主地说起了我们刘镇土话，然后念念有词地说着宋钢遗书里最后那句话：

“就是生离死别了，我们还是兄弟。”

李光头在我们刘镇开了十一家饭店，他全去试吃了一遍，仍然吃不到小时候宋钢煮出来的那次米饭；又去别人开的饭店吃，也吃不到。李光头出手阔绰，吃到的不是“宋钢饭”，也会往桌子上放了几百元，才起身走人。我们刘镇的群众纷纷在家里煮出私家饭，请李光头去尝尝是不是传说中的“宋钢饭”。李光头挨家挨户地去了，后来不用尝了，看一眼就知道了，他把饭钱放在桌子上，摇着头站起来，摇着头说：

“不是‘宋钢饭’。”

李光头如此思念“宋钢饭”，我们刘镇一些有经济头脑的群众发现了商机，纷纷像考古学家一样，去发掘宋钢的遗物，准备在李光头那里卖个好价钱。有一个幸运儿竟然找到了那只印有“上海”两字的旅行袋。宋钢跟随周游离开刘镇时，手里就是提着这只旅行袋，可是被周游扔进了刘镇的垃圾桶。李光头看见这只旅行袋一眼就认出来了，往事历历在目了，李光头抱着旅行袋时神情戚戚，然后用两万元的高价买了回来。

我们刘镇炸开了，真真假假的宋钢遗物纷纷出土。赵诗人也找到了一件宋钢的遗物，他提着一双破烂黄球鞋守候在各类球场，终于在网球场见到前来进行体能训练的李光头，赵诗人双手虔诚地捧着破烂黄球鞋，一脸亲热地叫着：

“李总，李总，请您过目。”

李光头站住脚看了一眼破烂黄球鞋，问赵诗人：“什么意思？”

赵诗人讨好地说：“这是宋钢的遗物啊！”

李光头拿过破烂黄球鞋仔细看了几眼，扔给赵诗人说：“宋钢没有穿过这双球鞋。”

“宋钢是没有穿过，”赵诗人拉住李光头解释起来，“是我穿过，您还记得吗？小时候我给你们吃扫堂腿的事，我就是穿着这双黄球鞋，主要扫荡宋钢，次要扫荡您，所以它也算是宋钢的遗物。”

李光头听完这话“哇哇”叫了起来，在网球场的草地上一口气给赵诗人吃了十八个扫堂腿。年过五十的赵诗人摔了十八个跟头，从头顶疼到脚趾上，从肌肉疼到骨头里。李光头扫得满头大汗气喘吁吁，连声喊叫起来：

“爽！爽！爽！”

李光头发现扫堂腿才是自己训练体能之最爱，看着躺在草地上呻吟不止的赵诗人，李光头招招手让他站起来，赵诗人没有站起来，而是呻吟着坐起来。李光头问他：

“你愿意为我工作吗？”

赵诗人一听这话立刻跳起来不呻吟了，他春风满面地问：“李总，什么工作？”

“体能陪练师，”李光头说，“你可以享受公司中层管理人员的薪水待遇。”

赵诗人没有卖出他的破烂黄球鞋，倒是当上了李光头的高薪体能陪练师。以后的每一天，赵诗人都是戴上护膝和护腕，大热天也穿上棉袄和棉裤，风雨无阻地站在网球场的草地上，忠于职守地等待李光头来扫荡他。

李光头学习了三年的俄语，俄语大有长进；训练了三年的体能，体能日渐强壮。再过半年他就要去俄罗斯的太空训练中心，去接受航天员的基本训练课程。眼看上太空的日子越来越近，李光头心驰神往，坐在客厅的沙发上时，常常忘记自己立下的规矩，说几句俄国话，又说几句刘镇土话。李光头像一个老人那样喜欢唠叨了，对着两个俄罗斯留学生，左一个宋钢，右一个宋钢。他数着自己的手指说：美国佬蒂托带上太空的是照相机、摄影机、光碟和老婆孩子的照片；南非佬沙特尔沃思带上太空的是家人和朋友的照片，还有显微镜、便携电脑和磁盘。然后他伸出一根手指，说中国佬李光头只带一件东西上太空，是什么？就是宋钢的骨灰盒。李光头的眼睛穿过落地窗玻璃，看着亮晶晶深远的夜空，满脸浪漫的情怀，他说要把宋钢的骨灰盒放在太空的轨道上，放在每天可以看见十六次日出和十六次日落的太空轨道上，宋钢就会永远遨游在月亮和星星之间了。

“从此以后，”李光头突然用俄语说了，“我的兄弟宋钢就是外星人啦！”

二〇〇六年二月二十日

后记

五年前我开始写作一部望不到尽头的小说，那是一个世纪的叙述。二〇〇三年八月我去了美国，在美国东奔西跑了七个月。当我回到北京时，发现自己失去了漫长叙述的欲望，然后我开始写作这部《兄弟》。这是两个时代相遇以后出生的小说，前一个是“文革”中的故事，那是一个精神狂热、本能压抑和命运惨烈的时代，相当于欧洲的中世纪；后一个是现在的故事，那是一个伦理颠覆、浮躁纵欲和众生万象的时代，更甚于今天的欧洲。一个西方人活四百年才能经历这样两个天壤之别的时代，一个中国人只需四十年就经历了。四百年间的动荡万变浓缩在了四十年之中，这是弥足珍贵的经历。连接这两个时代的纽带就是这兄弟两人，他们的生活在裂变中裂变，他们的悲喜在爆发中爆发，他们的命运和这两个时代一样的天翻地覆，最终他们必须恩怨交集地自食其果。

起初我的构思是一部十万字左右的小说，可是叙述统治了我的写作，篇幅超过了五十万字。写作就是这样奇妙，从狭窄开始往往写出宽广，从宽广开始反而写出狭窄。这和人生一模一样，从一条宽广大路出发的人常常走投无路，从一条羊肠小道出发的人却能走到遥远的天边。所以耶稣说：“你们要走窄门。”他告诫我们，“因为引到灭亡，那门是宽的，路是大的，去的人也多。引到永生，那门是窄的，路是小的，找的人也少。”

我想无论是写作还是人生，正确的出发都是走窄门。不要被宽阔的大门所迷惑，那里面的路没有多长。

二〇〇五年七月十一日

图书在版编目（CIP）数据

兄弟 / 余华著 .-- 北京 : 北京十月文艺出版社,
2018.3
ISBN 978-7-5302-1761-0

Ⅰ.①兄… Ⅱ.①余… Ⅲ.①长篇小说－中国－当代
Ⅳ.①I247.5

中国版本图书馆 CIP 数据核字（2017）第 314828 号

兄弟
XIONGDI
余华 著

出　　版　北京出版集团公司
　　　　　北京十月文艺出版社
地　　址　北京北三环中路 6 号
邮　　编　100120
网　　址　www.bph.com.cn
发　　行　新经典发行有限公司
　　　　　电话 (010)68423599
经　　销　新华书店
印　　刷　北京盛通印刷股份有限公司
版　　次　2018 年 3 月第 1 版
　　　　　2021 年 3 月第 11 次印刷
开　　本　850 毫米 ×1168 毫米　1/32
印　　张　21.25
字　　数　356 千字
书　　号　ISBN 978-7-5302-1761-0
定　　价　68.00 元
质量监督电话　010-58572393
如有印装质量问题，由本社负责调换